Prol

Zuallererst: Sie haben keine Flügel. Zumindest diese beiden süßen kleinen Engelchen nicht, obwohl sie mit ihren schulterlangen, wippenden blonden Löckchen, den weißen Sommerkleidchen und den niedlichen Pauspäckchen und Stupsnäschen durchaus etwas von Rauschgoldengeln hatten, wie man sie früher auf Christbaumspitzen fand oder auch als niedliche kleine Putten auf Kaminsimsen oder zwischen elektrisch beleuchteten Plastiktulpen und auf geklöppelten Spitzendecken. Aber auch wenn sie ganz eindeutig keine Flügel hatten, standen ihre Chancen nicht schlecht, einen neuen Geschwindigkeitsrekord in der Luft aufzustellen. Seit gefühlten zwei Stunden jagten sie unentwegt durch den Gang der El-Al-Maschine, wobei sie die knapp neunhundert Stundenkilometer, mit denen diese in Flughöhe dahinraste, bei ihren Sprints in Richtung Bugspitze um ihre eigene Geschwindigkeit übertrafen.

An ihrem eigenen Vergleich gefiel Beka am besten das Wort *Putten,* wobei sie gerne noch das Ihre dazu getan hätte, um die Silbe *Ka* davorzusetzen. Vermutlich nicht als Einzige an Bord. Unter den knapp zweihundert Passagieren des Airbus gab es wahrscheinlich nur zwei, denen die beiden Bälger nicht gehörig auf die Nerven gingen, nämlich Mama Engel und Papa Engel, ein Pärchen mittleren Alters, das zwar weder Birkenstocksandalen noch Norwegerpullover oder John-Lennon-Brillen trug, trotzdem aber irgendwie danach aussah. Von den übrigen Passagieren warteten wohl insgeheim etliche nur darauf, dass eine der beiden kleinen Nervensägen über ihre eigenen Füße stolperte und auf die Fresse fiel.

Bisher waren der natürlichen Entfaltung der beiden herzallerliebsten Kleinen, die ihr gottgegebenes Recht in Anspruch nahmen, in zehntausend Metern Höhe ihre Grenzen auszutesten, mindestens zwei Essenstabletts, diverse Getränke und, als logische Konsequenz daraus, auch das eine oder andere Kleidungsstück zum Opfer gefallen sowie mindestens ein iPad, dessen Besitzer die Unverschämtheit gehabt hatte, sich nicht auf den Schoß seines Sitznachbarn zu retten, um dem doppelten blonden Wirbelsturm auszuweichen, der durch den Gang tobte.

Und um ein Haar auch Bekas Schneidezähne, denn obwohl sie nun am Fenster saß, prallte die erste Rotznase in vollem Galopp gegen ihre Schulter und eine Viertelsekunde später ihr Colabecher gegen ihre Zähne. Hätte sie statt eines hauchdünnen Plastikbechers ein Glas in der Hand gehabt, wäre wohl Blut geflossen. Und zwar ihres.

Ihre sündhaft teuren Designerjeans waren nicht ganz so glimpflich davongekommen. Was nicht auf den Sitz oder den Boden geklatscht war, das hatte sich über ihre Beine und in ihren Schoß ergossen. Gut, die Jeans waren schwarz, sodass sie beim Aussteigen wenigstens nicht so aussehen würde, als hätte sie einen besonders peinlichen Anfall akuter Flugangst erlitten. Aber das Zeug war eisig, und sie saß jetzt seit einer halben Stunde in einer Pfütze aus klebriger Cola, die auf dem billigen Plastiksitz auch in einem weiteren halben Tag nicht trocknen würde.

Die beiden blonden Sonnenscheinchen wirbelten schon wieder an ihr vorbei, und Beka konnte gerade noch dem Impuls widerstehen, nur einmal ganz kurz das Bein auszustrecken und dem grausamen Spiel auf diese Weise ein Ende zu bereiten. Eine verlockende Vorstellung, aber natürlich nicht machbar.

Stattdessen sah sie zum wahrscheinlich hundertsten Mal auf

die Uhr und rechnete im Stillen nach, wie viele Minuten Flugzeit noch blieben, bis sie ihr Ziel erreichten und sie und die anderen hundertfünfundneunzig Unschuldigen erlöst wurden. Noch knappe zwanzig, also vielleicht acht oder zehn Runden, die die Terrorzwillinge drehten.

Das Gefühl, beobachtet zu werden, ließ sie aufsehen und den Kopf drehen, bis sie dem Blick eines jungen Mannes begegnete, der eine Reihe hinter ihr im Mittelgang saß. Er war ihr vorhin schon aufgefallen. Und das nicht nur, weil die Anarcho-Twins *seinem* iPad das Fliegen beigebracht hatten, sondern er auch eine ganz außergewöhnliche Erscheinung war.

Der Typ war vielleicht knapp zehn Jahre älter als sie und ganz in Schwarz gekleidet: Jeans, schwarze Sneakers und ein unifarbenes Polohemd, und er hatte ein wirklich gut aussehendes, sehr männliches Gesicht, das zugleich einen beinahe sanften Zug hatte. Obwohl sein Hemd eher locker saß, konnte sie erkennen, wie perfekt die Muskeln darunter austrainiert waren. Nur seine Frisur musste sich aus den Achtzigern in die Gegenwart gerettet haben: Das platinblonde Haar (es war zweifellos gefärbt) war in der Mitte gescheitelt und reichte bis zu den Ohrläppchen, im Nacken war es dafür umso länger. In der Stirn war es zu einem kurzen Pony geschnitten, als hätte jemand mit Erfolg versucht, die ohnehin hässliche Vokuhila-Persiflage noch einmal zu toppen. Beka war ein wenig erstaunt, dass eine solche Frisur heutzutage überhaupt noch erlaubt war.

Trotzdem sah er irgendwie … süß aus. Das Erstaunlichste an ihm waren seine Augen. Sie wirkten ebenso sanftmütig wie sein Gesicht stark, und es war Beka eindeutig nicht möglich, ihre Farbe zu bestimmen. Sie waren dunkel, aber das war auch schon alles, was sie sagen konnte, nicht ob sie schwarz, grün, blau oder braun waren oder vielleicht von einer Farbe, die sie überhaupt noch nie zuvor gesehen hatte.

In diesem Moment lächelten sie diese sonderbaren Augen mit ganz sachtem Spott an.

Beka senkte hastig den Blick und spürte zu ihrem eigenen Verdruss, wie ihr das Blut in Wangen und Ohren schoss. Der Anteil von Spott im Lächeln des Blondschopfs nahm noch einmal deutlich zu, und Beka sah hastig weg.

Über ihrem Kopf leuchtete mit einem hellen *Ping* das Anschnallzeichen auf. »Meine Damen und Herren«, erklang eine Lautsprecherstimme, »wir verlassen jetzt unsere Reiseflughöhe und beginnen mit unserem Landeanflug auf Tel Aviv. Bitte stellen Sie Ihre Sitze aufrecht, klappen Sie die Tische vor sich hoch und legen Sie die Sicherheitsgurte an.«

Die Durchsage wurde noch zweimal wiederholt – einmal auf Englisch, das zweite Mal in einer Sprache, die sie nicht verstand, aber nur Hebräisch sein konnte – während sich ein allgemeines Klappern und Rumoren in der Kabine breitzumachen begann.

Und ein an der Ultraschallgrenze scharrendes Kreischen, als die beiden Killerengel zu ihrer Finalrunde ansetzten. Beka war mit Sicherheit nicht die Einzige, die innerlich aufatmete. Auch der junge Mann in der mittleren Sitzreihe verdrehte demonstrativ die Augen – und sah dann fast schon ein bisschen entsetzt aus, als die beiden Rotzgören gar keine Anstalten machten, ebenfalls zum Landeanflug auf ihre Plätze anzusetzen, sondern ganz im Gegenteil noch einmal richtig Gas gaben, um den Gang endgültig in eine Schneise der Vernichtung zu verwandeln.

Jemand beschwerte sich lautstark, und Beka bemerkte aus den Augenwinkeln, wie die Stewardess ebenso tapfer wie erfolglos versuchte, wenigstens eines der beiden Höllenkinder einzufangen. Nachdem sie das dritte Mal vergeblich nach einem blonden Schopf gegriffen und einem Passagier beinahe die feuerrot lackierten Fingernägel ins Auge gestoßen hatte, änderte sie ihre Taktik und steuerte mit energischen Schritten die beiden hintereinanderliegenden Sitze an, auf denen Mama Engel und Papa Engel saßen und über das Treiben ihrer beiden Sprösslinge wachten.

Beka konnte nicht verstehen, was die Stewardess sagte. Mienenspiel und Köpersprache der Terrormutter nach zu urteilen kam es bei ihr nicht gut an, und zumindest die Lautstärke der Unterhaltung bewegte sich nun eindeutig in Richtung Streit. Bevor er jedoch eskalieren konnte, gesellte sich eine zweite Flugbegleiterin hinzu, und die beste Mutter aller Zeiten kapitulierte angesichts dieser Übermacht. Immerhin, dachte Beka, hatte sie so bei der nächsten Häkelyogagymnastikselbsthilfegruppe etwas, um sich gebührend aufzuregen.

»Thora-Marie!«, rief sie mit einer Stimme, die das Singen der Triebwerke und die allgemeinen Kabinengeräusche mühelos übertönte. »Jezabel-Ann! Kommt hierher und setzt euch, bevor euch am Ende noch Fesseln angelegt werden! Es gibt hier drinnen anscheinend ein paar Leute, die Kinder nicht mögen.«

Thora-Marie?, dachte Beka. *Jezabel-Ann?* In welchem falschen Film war sie denn hier gelandet?

Jemand lachte, und ein kleines Wunder geschah: Natürlich nicht sofort, aber nach einer weiteren Ermahnung ihrer Mutter dann eben doch, kehrten Thora-Marie und Jezabel-Ann (in spätestens zwei oder drei Jahren würden sie anfangen, ihre Eltern für ihre Namen zu hassen, da war Beka ganz sicher) zu ihren Sitzplätzen zurück und ließen sich widerstandslos anschnallen.

Beka kam zu dem Schluss, genug kostbare Lebenszeit an diese Rotzgören verschwendet zu haben. Stattdessen ertappte sie sich bei der mindestens genauso müßigen Frage, wie sie den süßen Typen im Mittelgang ansprechen könnte, ohne sich einen Korb zu holen oder sich gleich bis auf die Knochen zu blamieren.

Die frustrierende Antwort lautete: gar nicht. Und erst recht nicht während des Landeanflugs, wenn sie alle brav angeschnallt auf ihren Sitzen zu bleiben hatten.

Beka erteilte sich selbst einen Rüffel. Das war albern und ihrer nicht würdig. Sie war fast zwanzig, eine erwachsene Frau, keine pubertierende Dreizehnjährige, die zufällig mit Justin Bieber oder Bill Kaulitz im selben Flugzeug saß und alle Mühe hatte, sich nicht vor Aufregung ins Höschen zu machen.

Außerdem war sie ganz sicher, dass er vergeben war. Jemandem, der derart fantastisch aussah, liefen die Mädchen garantiert in Scharen hinterher. Oder auch der eine oder andere Mann, je nachdem.

Sie hatte immer noch das Gefühl, angestarrt zu werden, doch statt erneut über den Gang zu sehen, ließ sie sich ganz auf ihrem Sitz nach hinten sinken, zog ihren iPod aus der Jackentasche und musste eine Weile kramen, bis sie die dazugehörigen Bluetooth-Kopfhörer gefunden und eingesetzt hatte. Ihre Gothic-Phase war eigentlich schon seit guten zwei Jahren vorbei, aber auf der Festplatte befanden sich noch genug Artefakte von damals, und angesichts der Umstände erschien es ihr passend, *Wenn Engel hassen* von *Subway to Sally* zu wählen und die Lautstärke bis zum Anschlag aufzudrehen.

Das Ergebnis war mäßig, nicht was die Musik anging, sehr wohl aber die Lautstärke. Seit irgendwelche übereifrigen amerikanischen Gesundheitsfanatiker (und ein paar geldgierige Anwälte) herausgefunden hatten, dass man sich einen Hörschaden einhandeln konnte, wenn man ungefähr achtzig Jahre lang jeden Tag siebenundzwanzig Stunden zu laute Musik hörte, war es Apple-Usern nicht mehr möglich, sich freiwillig die Trommelfelle zu perforieren oder auch nur Musik in vernünftiger Lautstärke zu hören.

Das Flugzeug bebte sacht (war das normal?) und sie konnte spüren, wie rasch sie nun an Höhe verloren. Schatten und Licht und Wolkenfetzen huschten im Wechsel an den Fenstern vorbei, und hätte sie hinausgesehen, dann hätte sie wohl bereits die Küstenlinie tief unter sich erkannt.

Natürlich hütete sie sich, etwas so Dummes zu tun. Beka bewunderte sich fast ein bisschen selbst für ihren Mut, überhaupt in ein Flugzeug gestiegen zu sein, aber sie musste das Schicksal ja nicht auch noch herausfordern. Es fehlte noch, dass sie die Aufmerksamkeit des süßen Typen ausgerechnet dadurch erregte, dass sie vor seinen Augen einen hysterischen Anfall bekam.

Beinahe gegen ihren Willen sah sie nun doch nach links, und das gerade rechtzeitig, um zu sehen, wie Thora-Marie (vielleicht war es auch Jezabel-Ann) die Gunst des Augenblicks nutzte und sich mehr oder weniger elegant in den Gang hinausbeamte. Nur einen Sekundenbruchteil später folgte ihr die andere Hälfte des Duo Infernale, und die wilde Jagd ging mit Triumphgeheul weiter. Diesmal, dachte sie schadenfroh, würde Mama Engel echten Ärger bekommen, und …

Etwas, das sich zumindest wie ein Hammerschlag anfühlte, traf ihre linke Schulter und warf sie so heftig nach vorne, dass einer ihrer In Ear Knobs herausflog und unter den blonden Tsunami geriet, der sie um ein Haar vom Sitz gefegt hätte. Er wäre auf Nimmerwiedersehen unter der Bank im Mittelgang verschwunden, hätte sich der Blonde nicht rasch vorgebeugt und ihn aus der Luft gefischt. Aus derselben Bewegung heraus warf er ihr den Ohrhörer zu, und Beka setzte ihn nicht nur wieder ein, sondern löste auch rasch den Gurt und glitt auf den Fensterplatz hinüber, um auf dem Rückweg nicht doch noch getroffen zu werden.

Allmählich reichte es ihr wirklich. Antiautoritäre Erziehung hin oder her, sie fand immer größeren Gefallen an der Vorstellung, nur einmal ganz kurz das Bein auszustrecken und mit sich selbst zu wetten, welches der beiden süßen Kleinen zuerst einen Abflug machte und wie weit es wohl flog. Der Gedanke war ebenso albern wie verlockend, und natürlich tat sie es nicht.

Aber der Blonde.

Es ging blitzschnell, nur ein kurze, harte Bewegung, mit der sein Bein vorschoss, so schnell wie der Flügelschlag eines Kolibris, aber mit katastrophalen Folgen. Engelchen Nummer eins stolperte über ein ausgestrecktes Bein, das es vermutlich nicht einmal sah, machte einen fast eleganten Hechtsprung nach vorne und schlitterte mit einem erschrockenen Quieken ein ganzes Stück durch den Gang, wobei es nicht nur mit den Handflächen bremste, sondern zu Bekas großem Entzücken auch mit dem Gesicht.

Ihre mit einem Hauch von schlechtem Gewissen gepaarte Schadenfreude hielt gerade so lange an, bis auch Engelchen Nummer zwei heran war und die Gefahr nicht nur im allerletzten Moment registrierte, sondern auch mit überraschender Reaktionsschnelligkeit auszuweichen versuchte. Aus seinem begeisterten Kreischen wurde ein entsetztes Quietschen, während es seinen letzten Schritt in einen unbeholfenen Hüpfer zu verwandeln versuchte, um über das Hindernis zu springen.

Es gelang ihm, aber das machte es nur schlimmer, denn statt über seine gestürzte Schwester stolperte es nun über seine eigenen Füße, woraufhin es eine fast komisch aussehende halbe Pirouette in der Luft vollführte. Sein Quietschen endete abrupt mit dem trockenen Knacken, mit dem sein Gesicht auf die heruntergeklappte Armlehne des Sitzes schlug, auf dem es vor einer Minute noch gesessen hatte. Blut spritzte, und Beka sah mindestens einen abgebrochenen Zahn fliegen, bevor der gefallene Engel schwer auf dem Boden aufschlug.

Chaos brach aus, sofort und absolut. Eine Frau kreischte, etwas zerbrach mit einem gewaltigen Klirren, und Papa Engel sprang so hastig von seinem Sitz in die Höhe, dass er sich ebenfalls in seine eigenen Gliedmaßen verwickelte und sich zu seinem missratenen Sprössling auf dem Boden gesellte. Unverzüglich stemmte er sich wieder hoch und hätte es wohl auch geschafft, wäre da nicht auch Mama Engel von ihrem Sitz in den Gang hinausgesprungen.

Spätestens jetzt bedauerte er vermutlich, dass sie keine Birkenstocksandalen trug, denn sie pflanzte den Pfennigabsatz ihres High-Heels zielsicher zwischen seine Schulterblätter.

Der Mann fiel mit einem schmerzlichen Grunzen zurück und begrub seine Tochter erneut unter sich. Der Absatz in seinem

Rücken brach ab, woraufhin auch seine Frau einknickte und ihrem begonnenen Sturz mit heftig rudernden Armen gerade genug Schwung verlieh, um ihm mit dem Ellbogen die Nase blutig zu schlagen. Das Ganze dauerte kaum länger als einen weiteren Atemzug und hätte so komisch wie eine Szene aus einem albernen Slapstickfilm sein können, wäre da nicht das andere Mädchen gewesen, das noch immer mit dem Gesicht in einer erschreckend schnell größer werdenden Blutlache lag und sich nicht mehr rührte. Weitere Passagiere sprangen von ihren Sitzen hoch und taten ihr Möglichstes, um das Chaos noch zu vergrößern, und noch mehr Dinge zerbrachen. Aus beiden Richtungen eilten Fluggäste herbei, um zu helfen, und die Stewardess begann laut nach einem Arzt zu rufen.

Beka saß einfach wie gelähmt da und starrte den Blonden an, der sich wieder in seinen Sitz zurücklehnte, während ein leicht spöttisches Lächeln seine Lippen umspielte. Hatte er das wirklich getan?, dachte sie entsetzt. Natürlich hatte er das – sie hatte es schließlich *gesehen*! –, aber sie verstand nicht, warum. Sie hatte sich vorgestellt, dasselbe zu tun, so wie vermutlich jeder Zweite an Bord. Doch es war eine Sache, in kindischen Rachefantasien zu schwelgen, und eine ganz andere, sie wahr zu machen.

*

Aufregung und Lärm schlugen wie eine Woge über Beka zusammen und drohten sie mit sich zu reißen. Irgendwie mussten ihr ein paar Augenblicke verloren gegangen sein, denn das Lied in ihren Ohren hatte gewechselt, und die besten Eltern aller Zeiten hatten sich inzwischen entwirrt und kümmerten sich um die Kinder. Eines der Mädchen kreischte aus Leibeskräften und strampelte wild mit den Beinen, das andere lag wie tot in den Armen seiner Mutter.

Die bei Bewusstsein gebliebene Hälfte der Terror-Twins begann noch lauter zu plärren und so panisch um sich zu treten, dass gleich zwei Männer beherzt zugreifen mussten, um ihre Beine festzuhalten. Ein untersetzter Mann mit Halbglatze bahnte sich schnaubend seinen Weg durch den Gang; möglicherweise der Arzt, nach dem die Stewardess gerufen hatte. Er kniete neben dem kreischenden Mädchen und seinem allmählich ebenfalls hysterisch werdenden Vater nieder. So flüchtig, wie er die Kleine untersuchte, konnte er kaum mehr als einen Blick investiert haben, watschelte aber trotzdem in der Hocke zu dem anderen Mädchen hin, um es ebenfalls zu begutachten.

Bekas Blick suchte den des Blonden. *Warum hatte er das getan?* Sie konnte sich nicht vorstellen, dass er es gewollt hatte, aber sie erkannte auch nicht die geringste Spur von Mitleid oder auch nur Bedauern in seinem Gesicht. *Und wieso hatte außer ihr niemand gesehen, was er getan hatte?*

Als hätte sie die Worte laut ausgesprochen oder er ihren Blick gespürt, sah er erneut in ihre Richtung, und Beka wandte rasch den Kopf. Eindeutig ohne es zu wollen, sah sie nun doch aus dem Fenster und nahm die wie mit einem Lineal gezogene Küstenlinie tief unter sich wahr, aber auch etwas Winziges und silbrig Glänzendes, das viel zu schnell wieder verschwunden war, um es wirklich zu erkennen. Es hatte irgendwie … aggressiv gewirkt, dachte sie beunruhigt. Ein Flugzeug. Vielleicht ein Militärjet, von denen der Luftraum über dem gelobten Land seit ein paar Tagen ja nur so wimmelte. Sie sah ebenso rasch wieder weg.

Die meisten Passagiere – nicht alle – hatten sich inzwischen wieder gesetzt, und die Stewardessen taten ihr Bestes, um auch den Rest wieder zurückzuscheuchen.

Die beste Mutter aller Zeiten hatte ihr strampelndes Schätzchen mittlerweile über die beiden Sitze gelegt, auf denen sie beide vorhin gesessen hatten, während ihr Mann und der Arzt dabei waren, das bewusstlose Mädchen vorsichtig auf die beiden dahinterliegenden Sitze zu betten. Sein Gesicht war rot verschmiert, und seine Augen standen weit auf, waren aber starr und leer. Sein weißes Sommerkleid war nicht mehr weiß, weil es sich in seinem Schmerz eingenässt hatte, und wo sein Mund sein sollte, war nur eine rote rohe Fläche, und …

Beka registrierte eine Bewegung aus den Augenwinkeln, und ihr Herz machte einen erschrockenen Satz in ihrer Brust, als sie den Blonden nicht mehr auf seinem Platz fand. Er war aufgestanden, machte eine flatternde Geste, um dem Arzt seinen Platz hinter dem blutenden Mädchen anzubieten und kam dann mit zwei raschen Schritten über den Gang auf sie zu, um sich wie selbstverständlich in den Sitz fallen zu lassen, auf dem sie gerade noch gesessen hatte.

»Ich darf doch?«, fragte er – nachdem er sich gesetzt und den Gurt über dem Sixpack unter seinem Polohemd geschlossen hatte. Beka erriet die Worte mehr an seinen Lippenbewegungen – so leise waren die politisch korrekt heruntergeregelten Ohrhörer nun auch wieder nicht –, nahm den Knopf auf der ihm zugewandten Seite heraus, statt einfach die Lautstärke zu senken, und er fuhr mit einem bekräftigenden Nicken fort: »Ist ja nicht so, als könnte er viel für sie tun, aber der Doktor sollte doch besser in der Nähe der Kleinen sitzen, und sei es nur, um sie zu trösten. Es hat sie ziemlich schlimm erwischt.«

Es?, dachte Beka. Doch wohl eher *er*. Sie starrte ihn an, und ihr Herz schlug noch einmal schneller und schien jetzt wie mit Fäusten von innen gegen ihre Rippen zu hämmern. Ihre Kehle war wie zugeschnürt.

»Ich habe das kommen sehen, weißt du? Die beiden sind richtige kleine Wildfänge, was ja eigentlich völlig okay ist. Kinder müssen wild sein. Aber manche Eltern verwechseln immer noch Freiheit mit Sorglosigkeit.«

Beka starrte ihn weiter an. »Warum hast du das …?« *Getan? Was?* Der Göre ein Bein gestellt, sodass sie gestürzt war und sich den Kiefer gebrochen hatte und möglicherweise sogar das Genick?

Aber die Worte wollten ihr nicht über die Lippen kommen.

Tief am Grund seiner Augen war etwas, etwas Uraltes und Gewaltiges, das es ihr unmöglich machte, die Worte auszusprechen … und im nächsten Moment sogar, sie auch nur zu denken. Sie musste sich getäuscht haben, ganz sicher. Niemand würde ein Kind verletzen, nur weil es ein bisschen nervte. Und schon gar nicht er.

»Beruhige dich! Die Kleine wird es überleben.«

Was immer sie in seinen Augen gesehen zu haben glaubte, machte wieder gutmütigem Spott Platz, während er die Hand ausstreckte, wie um nach ihrer Rechten zu greifen. Dann nahm er stattdessen mit spitzen Fingern den Hörer, den sie herausgenommen hatte, setzte ihn sich selbst ein und lauschte eine Weile konzentriert. Beka registrierte fast beiläufig, dass Subway to Sally noch einmal eine Schippe draufgelegt hatten und aus dem Ohrstecker nun *Falscher Heiland* dröhnte. Eigentlich hatte sie sich diesen besonderen Track für das Wiedersehen mit ihrem Vater und Barbie aufgehoben. Sei's drum.

Der junge Mann nahm den Ohrhörer wieder heraus und machte eine Kopfbewegung auf den iPod in ihrem Schoß. »Das ist kein sehr schönes Lied.«

»Verletzt es deine Gefühle?«, fragte sie spitz, nahm aber trotzdem auch den zweiten Hörer heraus und schaltete erst danach den iPod ab.

»Dazu gehört schon ein bisschen mehr«, antwortete er, »aber es greift zu kurz, wenn du mich fragst. Welchen Sinn hat es, den Verführten zu kritisieren statt den Verführer?« Er machte eine Geste, deren Bedeutung ihr nicht ganz klar war, und streckte zum zweiten Mal die Hand aus. »Luke. Luke Morgenstern, um genau zu sein.«

»Luke?« Bekas Anspannung entlud sich in einem albernen Grinsen. »So wie Luke Skywalker aus *Star Wars*?«

»Eigentlich eher wie Lukas«, antwortete er augenzwinkernd. »In meinem Fall inspiriert durch biblische Texte.«

Lukas Morgenstern … das klang nicht nur biblisch, sondern

auch sehr seltsam. Beka ergriff seine ausgestreckte Hand, und sein Händedruck war ganz genauso, wie sie erwartet hatte: so fest, dass es gerade eben noch nicht wehtat, und auch noch von einer anderen Stärke erfüllt, die weit über rein körperliche Kraft hinausging. Seine Berührung war mehr als eine Berührung, aber es war ihr nicht möglich, das Gefühl genauer in Worte zu fassen. Es war erschreckend und sehr angenehm zugleich.

»Beka«, sagte sie. »Eigentlich Rebecca, und genau genommen sogar Rebecca Maria – aber so heißt heute niemand mehr. Meine Eltern hatten es auch mit biblischen Namen.«

Luke blinzelte eine halbe Sekunde lang, aber dann kehrte das Lachen nicht nur in seine Augen zurück, sondern kam fast zeitgleich über seine Lippen. Er hielt ihre Finger eindeutig länger fest als nötig. »Du bist witzig. Das gefällt mir. Aber was hast du gegen deinen Namen? Er ist sehr schön, finde ich. Sie sind beide sehr schön. Und beide sehr wichtig. Maria als die Mutter des Heilands, und Rivkah, Isaaks Weib.«

»Ach?«, machte Beka. Sie wusste selbst, wer Maria gewesen war – sogar *beide* Marias, um genau zu sein. Aber wer zum Teufel war *Rivkah?*

Sie war sehr sicher, die Frage nicht laut ausgesprochen zu haben, doch Luke schien sie nicht nur in ihrem verwirrten Blick zu lesen, er beantwortete sie auch. »Rivkah ist die ursprüngliche Form von Rebecca. Sie war Isaaks Weib und die Mutter Esaus und Jakobs.«

»Wie spannend.«

»Das ist es«, behauptete Luke. »Esau war der Stammvater der Edomiter. Gut, die muss man heute nicht mehr unbedingt kennen, das gebe ich zu, aber die Söhne Jakobs waren die Vorfahren der zwölf Stämme Israels … was Rebecca praktisch zur Mutter des jüdischen Volkes macht. Du solltest stolz auf den Namen sein, den dir deine Eltern gegeben haben.«

»Bist du stolz auf den, den dir *deine* Eltern gegeben haben?«

»Das haben sie nicht«, sagte Luke.

Beka sah ihn verwirrt an. »Bist du ein Priester oder ein Bibelforscher oder so was?«

»Ein Priester?« Luke lachte. »Nein, bestimmt nicht. Wie kommst du darauf – nur weil ich weiß, wer Rivkah war?«

Beka deutete ein Schulterzucken an. »Wenn man bedenkt, wohin wir fliegen …«

»Nicht jeder, der nach Israel fliegt, ist deshalb auch gleich automatisch ein Geistlicher«, antwortete Luke schon wieder mit diesem gutmütig-stichelnden Spott, den sie ihm gerne übel genommen hätte, es aber einfach nicht konnte.

»Und warum fliegst du dann nach Israel?«

»Weil es zu lange dauern würde, zu Fuß zu gehen?«, schlug er vor, lachte ganz leise und fuhr dann nur ein wenig ernster fort: »Geschäfte. Ziemlich langweiliges Zeug.«

Beka blickte fragend. Er hatte ihre Hand endgültig losgelassen, und sie fragte sich, wie er wohl reagieren würde, wenn sie ihrerseits nach ihm griff.

»Alter Kram«, sagte er augenzwinkernd. »Ich handle ein bisschen mit Antiquitäten. Größtenteils Sakrales. Es gibt kaum ein anderes Land auf der Welt, in dem du mehr davon finden kannst. Das meiste ist gefälscht, aber es bleibt immer noch genug übrig.«

Beka zerbrach sich den Kopf nach einer Antwort, die wenigstens nicht völlig bescheuert klang, und wieder bewegte sich etwas vor dem Fenster. Sie hütete sich, auch nur in die entsprechende Richtung zu sehen. Der für Panik zuständige Teil ihres Denkens war anderer Meinung. Sie erkannte es nicht wirklich, kaum mehr als ein bedrohliches Flackern im Augenwinkel, aber in ihrem Kopf entstanden Bilder, die sie nicht sehen wollte.

Etwas davon musste sich wohl auf ihrem Gesicht widerspiegeln, denn Luke blickte plötzlich fragend, und er sah auch ein ganz kleines bisschen alarmiert aus. »Nichts«, antwortete sie, obwohl er gar keine Frage gestellt hatte. »Ich bin ein bisschen nervös, das ist alles.«

»Dafür gibt es gar keinen Grund«, behauptete Luke. »Das einzig wirklich Gefährliche beim Fliegen ist der Start. Wenn beim oder kurz nach dem Abheben etwas schiefgeht, hast du praktisch keine Chance. Aber einmal in der Luft bist du auf der sicheren Seite. Oben geblieben sind bisher nur wenige.«

Sollte sie das etwa beruhigen?, dachte sie, aber dann bemerkte sie auch das spöttische Funkeln in seinen Augen und war nicht ganz sicher, ob sie sich ärgern oder dumm vorkommen sollte. »Ja, wahrscheinlich hast du recht«, sagte sie übertrieben zerknirscht. »Ich hätte vorher keine Nachrichten sehen sollen.«

Jetzt war der fragende Ausdruck in seinen Augen echt, aber nur ganz kurz, dann beugte er sich vor und zur Seite, um an ihr vorbei aus dem Fenster zu sehen. So nahe, wie er ihr dabei kam, konnte sie spüren, wie gut er roch. Nicht nach Parfum oder Aftershave, sondern ganz natürlich und einfach nur nach *ihm*. Ihre Hand wollte sich selbstständig machen und nach ihm greifen, aber das konnte sie verhindern. So gerade noch.

Schließlich ließ er sich wieder zurücksinken. Sie war ein bisschen enttäuscht. »Du hast gute Augen«, sagte er anerkennend. »Das war eine *Fulcrum*. So nennen sie wenigstens die Amerikaner.« Beka blickte fragend, und er fügte hinzu: »Eine MIG29.«

Sie brauchte eine volle Sekunde, um diesem Begriff auch ein Begreifen zuzuordnen. »Das ist ein … Kampfflugzeug«, sagte sie beunruhigt.

»Ein ziemlich altes Modell«, bestätigte er, »aber immer noch gut. Besser als alles, was die *befreundeten Anrainerstaaten* so aufzubieten haben. Wenn man damit umgehen kann. Und die israelischen Piloten zählen zu den besten der Welt.«

»Eine MIG ist ein russisches Flugzeug … oder?«

»Und Waffenhandel ein lukratives Geschäft.« Luke nickte. »Nach dem Zusammenbruch der Sowjetunion haben die Russen alles verkauft, was nicht niet- und nagelfest war. Und Israel hatte schon immer großen Bedarf an modernen Waffensystemen.« Er schien selbst zu merken, dass diese Worte nicht besonders gut bei ihr ankamen, denn er machte eine beruhigende Geste und bemühte sich um einen dazu passenden Gesichtsausdruck. Nicht ganz mit Erfolg.

»In den Nachrichten haben sie gesagt, die Lage sei so angespannt wie nie.«

»Sagen sie das nicht immer?«, erwiderte Luke. »Die Lage in diesem Land ist seit fünftausend Jahren angespannt, und das wird sie auch bleiben, solange es existiert.«

Das mochte stimmen, aber es beruhigte sie nicht. In der letzten Nachrichtensendung, die sie leichtsinnigerweise noch kurz vor ihrer Abreise geschaut hatte, war von massiven Truppenaufmärschen sowohl an der Grenze zum Libanon als auch zu Jordanien die Rede gewesen sowie einer zunehmenden Unruhe in der wiedererstarkten Neuen Islamischen Liga. Sie verstand nichts von Politik und interessierte sich auch nicht dafür, aber das alles war wirklich sehr bedrückend.

»Wir sind hier sicher, keine Angst«, sagte er noch einmal. »Der Luftraum über Israel gehört zu den sichersten der Welt. Hier schlägt nicht einmal ein Spatz mit den Flügeln, ohne dass er von mindestens drei Radarsystemen beobachtet wird.«

Und vermutlich von ebenso vielen Raketenbatterien anvisiert, fügte sie in Gedanken hinzu. Nein, das beruhigte sie auch nicht.

»Außerdem ist das hier Gottes eigenes Land«, schloss Luke mit einem Spott, der irgendwie keiner war. »Der Herr wird seine schützende Hand schon über die Heilige Stadt halten.«

*

Das Mädchen weinte inzwischen noch lauter. Es klang nicht nur wirklich jämmerlich, sie konnte heraushören, wie sehr das Kind litt. Aber es … berührte sie nicht wirklich. Sie konnte das Leiden dieses armen Dings durchaus nachempfinden, und sie *hatte* Mitleid, eindeutig. Zugleich schien sie dieses Gefühl nicht wirklich zu erreichen; wie etwas, das sie in einem Film sah. Sowohl der Arzt als auch die beiden Eltern kümmerten sich um das verletzte Mädchen, und auch eine der Stewardessen stand aufgeregt dabei. Beka konnte nicht erkennen, was sie tat, aber nach einer Weile gesellte sich auch noch ein männlicher Flugbegleiter hinzu.

Zusammen mit dem Arzt trugen sie das bewusstlose Mädchen nach vorne in den Bereich der ersten Klasse. Mama und Papa Engel und auch das zweite Terrorkind folgten ihnen, und der Vorhang wurde zugezogen. Eine ärgerliche Stimme wurde laut, und obwohl Beka die Worte nicht wirklich verstehen konnte war nicht schwer zu erraten, worum es ging. Kurz darauf trat ein silberhaariger Mann in einem teuren Designeranzug durch den Vorhang, gefolgt von einer allerhöchstens halb so alten, hoffnungslos aufgetakelten Tussi. Beiden stand die gerechte Empörung ins Gesicht geschrieben, ihr teuer bezahltes Erste-Klasse-Refugium in eine Krankenstation umfunktioniert zu sehen. Und das grimmige Versprechen, dass das Folgen haben würde.

Beka seufzte tief und wandte sich wieder Luke zu: »Und du behauptest, kein Bibelforscher zu sein? Bei all dem, was du von dir gibst?«

»Bibelforscher?« Luke machte ein übertrieben verletztes Gesicht. »Das klingt ja furchtbar. Hast du was gegen die Bibel?«

Nein, unglücklicherweise nicht. Wenn, hätte sie es längst benutzt. Beka verzichtete darauf, den lahmen Kalauer laut auszusprechen und rettete sich in ein Achselzucken. »So war das nicht gemeint«, log sie. »Ich halte nichts davon, das ist alles. Pseudoesoterisches Brimborium, wenn du mich fragst.« Und das schon eine Menge Schaden angerichtet hatte, auch bei ihr. Ganz besonders bei ihr.

»Pseudoesoterisches Brimborium.« Der Begriff schien Luke zu gefallen. »Mag sein. Aber wenn du das ganze *pseudoesoterische Brimborium* weglässt, dann ist es immer noch ein wirklich interessantes Buch. Wenigstens der erste Teil.«

»Ach ja?«, fragte sie spitz. Sie wollte nicht über dieses Thema reden. Nicht jetzt und schon gar nicht mit ihm.

»O ja«, bestätigte Luke mit einem heftigen Nicken. »Es ist ein Buch über Menschen. Eigentlich das erste Geschichtsbuch, wenn man es genau nimmt.«

»Wie spannend.«

Ein Teil von Beka verfluchte sich dafür, das gesagt zu haben. Ganz egal, was er auch sonst noch sein mochte, sie *wollte* ihn, am besten gleich hier und jetzt. Gut, das würde vermutlich nicht nur bei der besten Mutter aller Zeiten nicht besonders gut ankommen. Aber was sprach dagegen, Interesse zu heucheln und die Heilige Jungfrau zu spielen – wenn er denn schon so großen Spaß an ihrem Namen hatte – und ein paar Pluspunkte zu sammeln?

War sie gerade im Begriff, sich Hals über Kopf in einen Wildfremden zu verlieben? Sie wusste es nicht, ganz einfach, weil sie noch nie wirklich verliebt gewesen war. Natürlich war sie nicht unbedarft und auch keine zwölf mehr. Wie es sich für ein Mädchen ihres Alters gehörte, war sie schon etliche Male verknallt gewesen – eigentlich auch das eine oder andere Mal zu oft, wenn sie ehrlich war – und hatte auch schon gewisse körperliche Erfahrungen gesammelt, auch wenn sie bisher noch nie bis zum Letzten gegangen war. Nicht aus Prüderie oder gar *religiösen* Gründen, sondern ganz einfach, weil sie den Richtigen noch nicht getroffen hatte.

Aber die große shakespearische Liebe, von der alle schwärmten, die in tausend Büchern verherrlicht und in einer Million Liedern besungen und in Filmen in opulente Bilder umgesetzt wurde? Sie konnte sich nicht erinnern, sie schon einmal erlebt zu haben, und sie war nicht einmal sicher, ob es so etwas wirklich gab. Wenn es das war, was sie gerade spürte, dann war sie nicht einmal sicher, ob sie es kennenlernen wollte.

»So … habe ich das noch gar nicht gesehen«, plapperte sie, kaum fähig, einen klaren Gedanken zu fassen. Ihr Blick verlor sich in seinen sonderbaren Alien-Augen, und erneut meinte sie dahinter noch etwas anderes zu erkennen, etwas, dessen bloße Nähe schon ausreichte, um …

Luke machte eine Handbewegung, und das Gefühl entglitt ihr nicht nur, ihr wurde auch klar, wie unbeschreiblich dumm sie sich benahm. Bevor sie jedoch etwas sagen konnte, wies er erneut an ihr vorbei zum Fenster. Sie sah nicht hin.

»Aber genug von mir und fünftausend Jahre alten Reliquien und Politik. Wieso sitzt jemand, der an Flugangst leidet und nichts mit Religion am Hut hat, in einem Flieger nach Tel Aviv?«

»Wer hat hier Flugangst?«, fragte sie spitz.

»Ich würde sagen: jemand, der ziemlich blass ist, ein durchgeschwitztes T-Shirt trägt und sich seit dem Start an den Sitz geklammert hat, als hätte er Angst, dass sich der Boden auftut, um ihn zu verschlingen. O ja, und jemand, der am Gang sitzt, obwohl der Fensterplatz frei ist und die ganze Zeit über nicht einmal hinausgesehen hat, statt sich die Nase am Fenster platt zu drücken, wie es die meisten anderen tun.«

»Ich *habe* hinausgesehen«, protestierte sie schwächlich. »Fliegen ist langweilig. Ich weiß wirklich nicht, was die Leute daran finden.«

Wieder dieses ganz sacht spöttische Lachen, dem sie einfach nichts entgegenzusetzen hatte. »Und was tut ein aufgewecktes hübsches Mädchen ohne Flugangst in einem Airbus auf dem Weg in ein Land, in dem es nur alten Kram und Hightech gibt?«

Beka nahm zwei Attribute aus diesem Satz wohlwollend zur Kenntnis, aber dann umwölkte sich ihre Stirn. »Familienkram.«

»Über den du nicht sprechen willst«, vermutete Luke.

Beka deutete ein Nicken an. Eine Sekunde lang wurde sein Blick bohrend, und sie wusste einfach, dass er nur ein einziges weiteres Wort sagen musste, vielleicht nur ein auffordernder Blick oder ein Hochziehen der Augenbrauen, und sie würde ihm alles erzählen. Doch dann machte er nur eine neuerliche Kopfbewegung zum Fenster.

»Ich kenne mich ein bisschen mit der Fliegerei aus. Das Beste bei Flugangst ist, sich ihr zu stellen. Und du hast vollkommen recht: Fliegen *ist* eigentlich langweilig, wenigstens in einem Flugzeug. Das einzig wirklich Interessante sind Start und Landung.«

Er wiederholte seine auffordernde Geste, und beinahe hätte sie den Kopf gedreht und hinausgesehen. Aber eben nur beinahe. Es gelang ihr sogar fast, sich einzureden, dass es an der Tatsache lag, in einem Flugzeug zu sitzen, direkt am Fenster und zehntausend Metern Nichts dahinter, das mit der Stimme des Abgrundes nach ihr rief. Nicht daran, wer neben ihr saß.

»Der Landeanflug auf Ben Gurion ist sensationell«, fuhr er fort, als er keine Antwort bekam, »wenigstens, wenn sie eine Schleife drehen und von Land aus anfliegen. Man kann das Tote Meer sehen, und je nachdem, aus welcher Richtung wir landen, und mit ein bisschen Glück sogar Masada. Du weißt, was das ist?«

Nein, das wusste sie nicht, aber aus irgendeinem – völlig närrischen – Grund wäre es ihr peinlich gewesen, das zuzugeben. »Du kannst den Fensterplatz haben.«

Luke lachte. »Ich kann prinzipiell alles haben, was ich will.« *Auch dich.*

Beka war nicht ganz sicher, ob er die beiden letzten Worte laut ausgesprochen hatte. Wahrscheinlich nicht, aber es spielte überhaupt keine Rolle. Sie las sie so deutlich in seinen Augen, als hätte er es getan, und spätestens jetzt sollte sie empört sein. Doch das wollte ihr einfach nicht gelingen. Ganz im Gegenteil ertappte sie sich bei dem Gedanken, ob es nicht ganz genau das war, was sie ebenfalls wollte – als wäre alles, was er tat, richtig, ganz einfach, weil *er* es tat. Ihr war sogar klar, dass sie manipuliert wurde, wenn auch nur auf einer intellektuellen Ebene, die sie nicht wirklich berührte. Etwas geschah mit ihr – etwas *wurde mit ihr gemacht.*

Es war ihr gleichgültig, solange nur *er* es war, der es tat.

Der Lautsprecher meldete sich erneut. »Unser Pilot hat vom Tower in Tel Aviv eine vorgezogene Landeerlaubnis erhalten. Bleiben Sie bitte angeschnallt. Vielen Dank für Ihr Verständnis!«

Das Flugzeug kippte bereits spürbar nach links, und das Triebwerksgeräusch änderte sich. Beka sah nun doch hinaus, wenn auch nur für einen einzigen Augenblick. Sie sah trotzdem mehr, als sie wollte.

Der Boden war bereits erschreckend nahe, sodass sie einzelne Straßen und sogar Häuser erkennen konnte, die aber so rasend schnell unter ihnen dahinjagten, dass sie ineinanderzufließen begannen, und von vorne und ebenfalls viel zu schnell schob sich die Landebahn ins Bild. Sie meinte das Flackern von blauen und roten Lichtern zu sehen, wahrscheinlich ein Krankenwagen oder auch die Feuerwehr, die ihnen entgegenkam. Dann war der Ausschnitt des Flughafens auch genauso schnell wieder verschwunden, und braunes und grünes und wie ein Kaleidoskop immer schneller unter ihnen dahinrasendes Land nahm seinen Platz ein. Ihre Hände schlossen sich so fest um die Armlehnen, dass es wehtat.

»Wir sind gleich unten«, sagte Luke. »Nicht erschrecken. Es könnte einen ziemlichen Ruck geben. Aber eine harte Landung ist im Prinzip sogar sicherer als eine weiche.«

»Aha.« Beka umklammerte die Armlehne mit aller Kraft, und sie musste an sich halten, um nicht nach seiner Hand zu greifen.

Luke tat es an ihrer Stelle. Seine Hand war so groß, dass ihre Linke vollkommen darin verschwand, und seine Berührung war warm und stark (gut, vielleicht auch ein ganz kleines bisschen aufdringlich) und erfüllte sie mit einer Zuversicht, für die es nicht den mindesten Grund gab. Ihr Unbehagen blieb, aber sie betrachtete es, wie sie eine ganz besonders giftige Spinne hinter einer dicken Panzerglasscheibe begutachten würde, hinter der sie sicher vor ihrem Gift war. Der winzige verbliebene Rest ihrer eher prüden Erziehung wollte sie dazu bringen, die Hand zurückzuziehen, und als spürte er, was in ihr vorging, schien Lukes

Hand eine Winzigkeit schwerer zu werden; gerade genug, um ihre Bedenken zu ersticken.

Sie vergaß auch, sie überhaupt gehabt zu haben.

»Keine Angst«, fuhr er fort. »Es passiert nichts, das weiß ich.«

»Das hoffst du.«

»Nein, glaub mir, ich *weiß* es«, versicherte Luke.

Sie glaubte ihm. Ein Gefühl großer Ruhe begann sich in ihr auszubreiten, an dem auch die Tatsache nichts änderte, dass der Flug zunehmend unruhiger wurde, als sie immer rascher sowohl an Geschwindigkeit als auch Höhe verloren. Die Wolken waren längst weit über ihnen, und Beka konnte gar nicht anders, als nun doch wieder aus dem Fenster zu sehen.

Schon im nächsten Moment wünschte sie sich fast, es nicht getan zu haben, denn sie musste feststellen, dass sie nicht mehr allein waren. So weit entfernt, dass sie gerade eben nicht ganz sicher sein konnte, ob sie es nun wirklich sah, folgte ihnen ein winziger dreieckiger Umriss.

»Wir haben Gesellschaft«, bestätigte Luke, dem ihr Blick nicht entgangen war. »Habe ich schon erwähnt, dass du eine gute Beobachterin bist? Die meisten anderen haben es nicht gemerkt.«

Vielleicht ein bisschen zu gut, dachte sie nervös. Manche Dinge wollte sie gar nicht so genau wissen.

»Der Pilot hat vermutlich durchgegeben, dass wir einen Notfall an Bord haben, also haben wir Geleitschutz bekommen.«

»Wegen eines verletzten Kindes?«, fragte sie zweifelnd.

Luke hob die Schultern. »So ist es hier nun mal. Wenn irgendetwas von der Normalität abweicht, reagiert das Militär sofort. Und zurzeit ganz besonders.« Er machte eine Geste, die wohl beruhigend sein sollte, bei ihr aber eher das Gegenteil auslöste. »Keine Angst, ich passe schon auf dich auf.«

Und warum sollte das nötig sein, wenn doch angeblich überhaupt keine Gefahr bestand? Sie sah wieder aus dem Fenster. Die MIG war näher gekommen, nicht sehr viel, aber doch nahe genug, um die dreieckige Pfeilspitzen-Form zu erkennen und sich nicht mehr einreden zu können, es wäre nur Einbildung, oder ein Schatten. Hatte sich das Waffenradar des Jets schon auf sie aufgeschaltet? Wahrscheinlich.

Der Lautsprecher meldete sich erneut. »Meine Damen und Herren, wir werden in wenigen Minuten auf dem Ben-Gurion-Flughafen von Tel Aviv landen. Wir möchten Sie bitten …«

Sie erfuhren nie, um was die Stewardess sie bitten wollte, denn aus dem Lautsprecher drang eine Sekunde lang statisches Zischen, dann ging er ganz aus, und zugleich lief ein spürbares Rütteln durch den Boden. Das Triebwerksgeräusch änderte sich, und Beka spürte, dass das Flugzeug jäh wieder beschleunigte, statt weiter an Höhe und Tempo zu verlieren. Sie kämpfte ihr Unbehagen nieder und zwang sich, noch aufmerksamer aus dem Fenster zu sehen. Kam es ihr nur so vor, oder stiegen sie wieder?

»Der Pilot startet durch«, sagte Luke. »Ungewöhnlich.«

Auf das letzte Wort, dachte Beka, hätte er getrost verzichten können, und sie schien mit ihrer Empfindung auch nicht ganz allein zu sein. Eine allgemeine, aggressive Unruhe begann sich in der Kabine auszubreiten. Der grauhaarige Erste-Klasse-Passagier erhob sich mit grimmig entschlossener Miene von seinem Sitz und plumpste unbeholfen wieder zurück, als das Flugzeug einen kleinen Satz machte und sich in eine Rechtskurve zu drehen begann. Luke grinste schadenfroh.

»Was ist so komisch?«, fragte Beka.

»Mister Wichtig sitzt auf dem Platz, auf dem die Kleine vorher gelegen hat«, antwortete er.

»Ich weiß. Und?«

»War wohl alles ein bisschen viel für sie«, erklärte er. »Sie hat auf den Sitz gepinkelt.«

»Auf dem er jetzt sitzt?«

Luke nickte, und ein weiteres und noch heftigeres Rütteln ging durch das Flugzeug. Beka konnte selbst spüren, wie das

Grinsen auf ihrem Gesicht gefror. »Und du bist sicher, dass alles in Ordnung ist?«, fragte sie nervös.

»Das habe ich nicht gesagt.« Luke sah ebenfalls konzentriert aus dem Fenster, und der Ausdruck auf seinem Gesicht gefiel ihr gar nicht. »Ich habe gesagt, dass dir nichts passiert.«

Über solche Spitzfindigkeiten wollte sie jetzt gar nicht nachdenken. Sie staunte ein wenig über sich selbst, trotz allem zumindest äußerlich immer noch so ruhig bleiben zu können. Die Beka, als die sie sich selbst kannte, wäre angesichts der letzten beiden Minuten längst hysterisch geworden. Mindestens.

Unruhe und ein Chor immer lauter werdender Unmutsäußerungen nahmen noch weiter zu, und der Moment war abzusehen, in dem es nicht mehr bei bloßem Murren und bösen Blicken bleiben würde. Doch dann meldete sich der Lautsprecher wieder.

»Meine Damen und Herren, hier spricht Ihre Kabinenchefin. Wie Sie zweifellos gemerkt haben, haben wir unseren Landeanflug auf Tel Aviv abgebrochen und sind vom Tower in eine Warteschleife eingewiesen worden. Der Grund ist ein technisches Problem an unserem Zielflughafen, das unsere Sicherheit jedoch in keinster Weise beeinträchtigt. Es besteht kein Grund zur Beunruhigung. Wir müssen Sie lediglich noch um ein wenig Geduld bitten, bevor wir endgültig landen können.«

»Was für ein Unsinn«, knurrte Luke, wohlweislich aber so leise, dass außer ihr niemand die Worte verstand. Es reichte ja auch, dass sie sie hörte.

Die Anspannung war jetzt so intensiv, dass die Luft wie unter einer elektrischen Spannung zu knistern schien. Sie nahm weiter zu, während die Landschaft vor dem Fenster allmählich wechselte. Berge glitten ins Bild und verschwanden wieder. Ganz kurz war da ein türkisfarbenes Funkeln, als hätte sich das Meer auf die falsche Seite verirrt, und dann wieder kahler Fels und trostloses Braun. Zumindest aus dieser Höhe betrachtet sah das Gelobte Land alles andere als gelobt aus, sondern erinnerte eher an eine hoffnungslos zersiedelte Wüste, in der das wenige Grün seltsam fehl am Platze wirkte.

»Masada.« Luke deutete mit einer Kopfbewegung aus dem Fenster und nach unten. »Siehst du?«

Unter ihnen glitt ein Berg mit einem großen Plateau hinweg, auf dem … irgendetwas … war. Sie konnte nicht erkennen, was, aber sie nickte trotzdem nervös.

Luke wirkte ein ganz kleines bisschen enttäuscht. Offensichtlich war sie keine sehr talentierte Lügnerin. Er setzte dazu an, etwas zu sagen, legte aber dann stattdessen die Stirn in Falten und sah aus dem Fenster und nach oben, und Beka folgte seinem Blick.

Es ging so schnell, dass sie es eigentlich gar nicht hätte sehen dürfen, und trotzdem tat sie es: Hinter und über der *Fulcrum* erschien ein winziger roter Punkt, wie ein bösartig glühendes Dämonenauge, das aus dem Nichts auftauchte und zu einem gleißend roten Blitz wurde, einem langsamen Laserstrahl direkt aus der Hölle gleich, der den Himmel spaltete und im Bruchteil einer Sekunde ins Heck des Kampfflugzeugs sprang.

Der Jet explodierte. Wo gerade noch der Stolz der israelischen Luftwaffe gewesen war, breitete sich eine brodelnde Flammenwolke aus, die Trümmer und schwarzen Rauch in alle Richtungen spie und rasend schnell größer wurde. Ein gewaltiger Donnerschlag erscholl und ging in einem zweihundertstimmigen Entsetzensschrei unter. Augenblicklich brach überall rings um sie herum Panik aus.

In ihr auch. Beka schrie gellend auf und versuchte von ihrem Sitz hochzuspringen, wurde aber von ihrem Gurt zurückgerissen. Luke ergriff blitzschnell ihre Handgelenke und hielt sie fest, als sie in ihrer Panik um sich zu schlagen begann. Überall zerbrachen Dinge. Schreie und Lärm hallten durch die Kabine. Das Flugzeug kippte so jäh über eine Tragfläche ab, dass etliche Gepäckfächer aufsprangen und die Passagiere darunter mit ihren eigenen Koffern und Taschen bombardierten.

Luke drückte sie gewaltsam in den Sitz zurück. »Beruhige dich!«, sagte er scharf. »Dir passiert nichts. Ich beschütze dich.« Dann wurden seine Augen groß. »Oder auch nicht.«

Weiß.

Alles wurde weiß, so grell, so unerträglich peinigend *hell* weiß, dass es sich wie glühende Dolchklingen durch ihre zusammengepressten Lider tief in die Augen bohrte. Ein sonderbares Singen erklang, ein Laut wie ein glühender Draht, der durch ihren Kopf gezogen wurde, und sie meinte eine zweite und noch heftigere Erschütterung zu spüren, die weder durch das Flugzeug noch durch den Sitz oder sie selbst ging, sondern die gesamte Welt; als hätte Thor seinen Hammer geschwungen und die Wirklichkeit selbst damit bis in ihre Grundfesten erschüttert. Lärm schlug über ihr zusammen, und es stank nach schmelzendem Kunststoff und verschmorendem Haar. Schreie und das Dröhnen der überlasteten Motoren und anderer Lärm rasten wie ein akustischer Tsunami durch die Kabine. Weitere Gepäckfächer sprangen auf und spien Koffer und Taschen und Tüten, die zum Teil schwelten. Sauerstoffmasken fielen von der Decke, und etwas *(jemand?)* begann zu brennen.

Luke rief etwas, das sie nicht verstand, und als sie an ihm vorbeisah, erkannte sie, dass der Silberrücken und seine jugendliche Gespielin von ihren Sitzen geschleudert worden waren. Die junge Frau krümmte sich auf dem schwelenden Teppichboden, und der Mann hatte beide Hände vors Gesicht geschlagen und zuckte wie unter ununterbrochenen Stromschlägen. Der Kunststoffbezug des Sitzes, von dem er gefallen war, schwelte, und Beka schrie nun noch einmal und sogar noch gellender auf, als er die Hände herunternahm und sie sein Gesicht sehen konnte. Es war rot wie nach einem wirklich heftigen Sonnenbrand. Sein Haar war auf einer Seite angesengt, und seine Augen leere graue Flächen, die nie wieder etwas sehen würden.

So war es allen ergangen, die auf der anderen Seite des Ganges gesessen und dort hinausgesehen hatten.

Und vielleicht waren das die Glücklicheren, denn anders als sie konnte Beka sehen, was hinter den Fenstern auf der anderen Seite erschien, ein gigantischer brennender Pilz aus reinem gelbem und weißem und rotem Feuer, der die Landebahn und die Stadt und vielleicht sogar die ganze Welt verschlungen hatte und sich jetzt brüllend in den Himmel hinaufwälzte, um ihn ebenfalls zu verzehren. Ein Teil von ihr begriff ganz genau, was sie da sah, aber sie weigerte sich einfach, es zu akzeptieren. *Nicht jetzt. Es war zu früh, viel zu früh! Noch nicht und nicht* so!

Sie wusste auch, dass es nicht das Triebwerksgeräusch war, das sie hörte, denn die Motoren waren im gleichen Sekundenbruchteil ausgegangen, in dem der Atomblitz die Sonne ausgelöscht hatte, und das Flugzeug jagte auch schon längst nicht mehr in den Himmel hinauf, sondern befand sich im freien Fall zurück in Richtung der brennenden Erde.

Es erreichte sie nie, denn in der nächsten Sekunde traf die Druckwelle der Explosion das abstürzende Flugzeug wie ein gewaltiger Hammerschlag der Götter.

1

Irgendwo tropfte Wasser, und es roch muffig, nach Alter, Moder, nassem Stein und ganz sacht nach etwas, das einmal gelebt hatte und es jetzt nicht mehr tat, dafür aber anderem und fauligem Leben als Grundlage diente. Es war sehr kalt, und außerdem konnte sie nichts sehen. Das war seltsam, denn ihre letzte Erinnerung war die an ein grellweißes Licht, das alles übertraf, was sie jemals gesehen hatte.

Beka blinzelte ein paarmal, konnte immer noch nichts sehen und tastete mit den Händen um sich, während sie sich zugleich behutsam aufsetzte. Sie fühlte trockenen, rauen Stein und einen kühlen Luftzug, der an Stellen über ihren Körper strich, an denen er sie eigentlich nicht erreichen sollte. Erst jetzt wurde ihr bewusst, dass sie die Berührung des kalten Steins auch im Rücken und an den Oberschenkeln und überhaupt überall gespürt hatte. War sie …?

Erst halb in die Höhe gestemmt und auf einen Ellbogen gestützt, tastete sie mit der anderen Hand an sich hinab und stellte fest, dass sie tatsächlich nackt war.

Mit klopfendem Herzen setzte sie sich weiter auf und versuchte Ordnung in ihre Gedanken zu bringen. Etwas sehr, sehr Schlimmes war geschehen, und jetzt fand sie sich nackt in einer Höhle wieder, in der es kalt und dunkel war und in der Wasser tropfte. Hätte sie das Prasseln von Flammen gehört, wäre sie sicher gewesen, in der Hölle zu sein. Vielleicht war all das Gerede von dem weißen Licht und der ewigen Dunkelheit ja doch ein Stück handfester, als sie immer geglaubt hatte.

Beka spürte, wohin diese Vorstellung sie locken wollte, und brach sie nicht nur mit einer bewussten Anstrengung ab, sondern zwang auch ein verächtliches Lächeln auf ihre Lippen. Sie war nicht tot und schon gar nicht in der Hölle. Ihre Umgebung war stockfinster und unwirtlich, und sie erinnerte sich weder wie sie hierhergekommen war, noch was vorher gewesen war. Das war beunruhigend, aber mehr auch nicht.

Sie setzte sich ganz auf und tastete mit den Händen weiter um sich. Gegen jede Logik hatte sie doch noch die verrückte Hoffnung gehabt, ihre Kleider neben sich zu finden (am besten frisch gewaschen, gebügelt und zusammengefaltet). Sie fühlte nichts als harten Stein, und auch mit weit aufgerissenen Augen nahm sie nicht einmal einen leichten Lichtschimmer war. War sie blind?

Die Vorstellung war viel zu schrecklich, um sie weiterzuverfolgen. Stattdessen stand sie vollends auf und begann sich langsam und mit vorgestreckten Händen in Richtung des tropfenden Wassers zu tasten. Das Gehen bereitete ihr Mühe. Der Boden war nicht nur uneben und hart wie Eisen, sondern schien auch mit zerbröselten Rasierklingen übersät zu sein. Schon nach den ersten Schritten begannen ihre Fußsohlen zu schmerzen. Sie versuchte ihre Schritte zu zahlen, nur um überhaupt etwas zu denken, denn wenn sie es nicht tat, dann würden die Erinnerungen kommen, und das konnte und wollte sie nicht zulassen.

Ihr Fuß stieß gegen etwas Hartes, das davonflog und zerbrach, und sie nahm einen blassroten, flackernden Schein irgendwo vor sich wahr. Sie hätte erleichtert sein sollen, überhaupt etwas zu sehen. Doch das Gegenteil war der Fall. Das Licht erschreckte sie, was vielleicht ganz banal an seiner Farbe lag. Hieß es nicht, die Flammen der Hölle seien rot?

Das waren sie, dachte Beka verärgert, *so wie alle anderen auch*. Sie belegte sich selbst mit einigen wenig schmeichelhaften Bezeichnungen und beschloss, endlich wieder zu der alten Beka zu werden und herauszufinden, was zum Teufel hier überhaupt los war.

Sie sah einen Schatten, nur für den Bruchteil einer Sekunde, und eigentlich ahnte sie ihn mehr, ein dunkles Huschen, das beinahe schneller wieder verschwand, als es entstanden war. Er war groß und bedrohlich und irgendwie ... schlängelnd und auf eine verdrehte Art unwirklich. Und waren da Schritte, und das Kratzen harter Klauen auf Stein?

Irgendwie gelang es ihr, ihre Amok laufende Fantasie zu bändigen, und sie tastete sich an der rauen Wand entlang, als sie weiterging. Manchmal glaubte sie regelmäßige Fugen zu spüren, als wären die Wände aus gewaltigen Quadern zusammengefügt. Einmal flackerte das Licht heller, sodass sie erkennen konnte, dass der Stein nicht unberührt war, sondern übersät von einer Unzahl winziger Schriftzeichen und Bilder, die in den harten Fels gekratzt worden waren. Die Dunkelheit kehrte zurück, bevor sie mehr als einen flüchtigen Eindruck erhaschen konnte. Immerhin begann sie eine Ahnung zu entwickeln, wo sie war, nämlich in einem uralten Gebäude, vielleicht auch einem Kellerlabyrinth tief unter der Erde, denn sie meinte das Gewicht unzähliger Tonnen Fels über ihrem Kopf nun beinahe körperlich zu fühlen.

Und dann hörte sie etwas. Da vorne war jemand. Oder *etwas*.

Vielleicht ja ein paar Gestalten mit Quastenschwanz, Klumpfuß und Hörnern, die um einen Kessel mit siedendem Öl herumstanden, in den sie sie gleich hineinstecken würden, flüsterte ein besonders gehässiger Teil ihrer Fantasie.

Beka zögerte, ging dann aber doch weiter, als sie, direkt nach einem scharfen Knick, erneut unruhigen Lichtschein vor sich wahrnahm. Vor ihr lag ein gewaltiger Raum von mindestens zwanzig mal dreißig Metern Ausdehnung und unbekannter

Höhe, denn das Licht verlor sich, bevor es die Decke erreichte. Mehrere Fackeln erfüllten die Luft nicht nur mit flackerndem Rot und Bewegung, die es gar nicht gab, sondern auch mit beißendem Rauch.

Direkt gegenüber erhob sich etwas, das an einen Altar erinnerte, ein gewaltiger Quader aus vom Alter schwarz gewordenem Stein, der von zwei überlebensgroßen Statuen flankiert wurde, die vielleicht steinerne Engel zeigten oder auch Dämonen oder Fabelwesen oder etwas völlig anderes. Dahinter und in den dichter werdenden Schatten nur noch zu erahnen erhob sich eine zyklopische, aber auch schlichte Fassade, in der eine für Riesen gemachte Tür gähnte. Vielleicht war noch etwas dahinter, ein blasses goldfarbenes Schimmern, etwas, das kantig war und Schwingen hatte und sie an etwas erinnern wollte, doch dieser Gedanke entglitt ihr, ehe sie ihn greifen konnte.

Wahrscheinlich lag es an der Gestalt, die sich vor dem Altarstein auf ein Knie hinabgelassen und die Hände gefaltet hatte, als würde sie beten.

*

Es war Lukas. Beka konnte sein Gesicht nicht erkennen, denn er drehte ihr den Rücken zu, aber das musste sie auch nicht. Sie wusste einfach, dass er es war. Sie wusste auch, dass er nicht wirklich betete, sondern etwas fundamental anderes tat, aber selbst daran dachte sie nicht wirklich, denn sie konnte nichts anders tun, als ihn anzustarren. Er war nackt wie sie, und er war perfekt. Was sie im Flugzeug nur vermutet hatte, das sah sie jetzt nicht nur, es erschlug sie schier. Er war … nein, in ihrem Wortschatz war kein Begriff für das, was er in ihr auslöste.

»Du bist also endlich wach«, sagte er, ohne sich zu ihr umzudrehen, aber immerhin, indem er die Hände herunternahm und aufstand. »Das ist gut. Ich wollte gerade anfangen, mir Sorgen um dich zu machen.«

Beka wollte etwas sagen, wusste nicht was und machte stattdessen einen Schritt in die große Halle hinaus, blieb aber auch sofort wieder stehen, als er sich nun doch umwandte und sie ihn in seiner ganzen Pracht erblickte.

Sie hatte niemals einen perfekteren Menschen gesehen. Er war sehr groß – sicher an die zwei Meter, obwohl sie ihn gar nicht als Riesen in Erinnerung hatte – und perfekt wie eine Statue von Da Vinci. Das rote Licht umschmeichelte seine Gestalt, als wäre das der einzige Zweck seiner Existenz, und brachte jeden Muskel, jede Linie und jeden Quadratzentimeter seiner Haut perfekt zur Geltung. Der Blick seiner sonderbaren Augen tastete aufmerksam über ihr Gesicht und dann weiter über ihren Körper und wieder zurück. Er sah alles, was nicht für jedermanns Augen bestimmt war, aber das machte nichts, denn sie konnte nicht anders, als umgekehrt ihn wieder und wieder zu betrachten und sich an seiner Schönheit satt zu trinken.

Da war nichts Anzügliches an seiner Nacktheit oder gar Peinliches. Er war … *schön,* das war das einzige Wort, das ihr passend erschien. Zugleich begriff sie auch, bisher noch gar nicht gewusst zu haben, was dieses Wort wirklich bedeutete. Sie hätte noch eine Stunde dastehen und ihn ansehen können – oder auch den Rest ihres Lebens. Sie dachte an all die Dinge, die sie mit ihm tun wollte, und all das, von dem sie wollte, dass *er* es mit *ihr* tat. Unter allen anderen vorstellbaren Umständen wäre sie vor Scham im Boden versunken. Doch hier und jetzt und vor allem mit ihm in der Hauptrolle des Films, der hinter ihrer Stirn ablief, fühlte es sich *richtig* an. Ganz einfach weil er *er* war.

Dann machte er eine knappe Handbewegung, und der magische Augenblick war vorbei. Jetzt *schoss* ihr das Blut ins Gesicht, und sie prallte erschrocken zurück und versuchte ihre Blöße zu bedecken.

»Das muss dir nicht peinlich sein«, sagte Lukas spöttisch. »Ich habe so etwas schon gesehen.«

Es war ihr nicht peinlich. Nicht das, was er sah, umso mehr aber das, was sie *gedacht* hatte. Statt zu antworten, fragte sie ihrerseits: »Hast du mich ausgezogen?«

»Und wenn es so wäre?«

»Hast du?«, fragte sie

»Nein.« Er hob die Schultern und verbesserte sich: »Oder doch, ja ... aber nicht so, wie du jetzt glaubst.«

»Aha«, machte Beka.

»Irgendwann erkläre ich es dir, aber im Moment haben wir Wichtigeres es zu tun.«

»Und was zum Beispiel?«

»Ist alles in Ordnung mit dir?«, fragte er übergangslos.

»Sag du es mir.«

»Ich?«

»So, wie du mich anstarrst, solltest du eigentlich besser wissen als ich, wie es um meinen körperlichen Zustand bestimmt ist«, antwortete sie schnippisch.

»Und das stört dich?« Lukas machte ein betroffenes Gesicht. »Das tut mir leid. Mir war nicht klar, dass es dir lieber ist, wenn ich mich angewidert abwende.«

»Das habe ich nicht ...«

»Ich weiß«, unterbrach sie Lukas. »Ich meinte auch eher, wie du dich innerlich fühlst. Tut dir etwas weh, oder ist dir übel, oder hast du Kopfschmerzen?«

Beka setzte zu einer patzigen Antwort an, aber dann spürte sie, dass diese Frage kein Small Talk war, und lauschte konzentriert in sich hinein. Ihre Füße taten weh, und ihre Waden waren verkrampft und warteten nur auf eine Gelegenheit sich für alles zu revanchieren, was sie ihnen abverlangt hatte. Doch das hatte er nicht gemeint. »Nein. Alles in Ordnung.«

»In Ordnung ist gar nichts«, antwortete er, »wenn es auch vorläufig genügen muss.«

Wie um sich selbst vom Wahrheitsgehalt ihrer Behauptung zu überzeugen, sah sie noch einmal an sich hinab und runzelte die

Stirn. Ihre Fingerspitzen tasteten über ihren Bauch, ein Stück unter und neben dem Nabel. »Sie ist weg«, sagte sie erstaunt. »Meine Blinddarmnarbe. Sie ist weg!«

Lukas beugte sich übertrieben stirnrunzelnd vor, blinzelte und rückte mit spitzen Fingern eine nicht vorhandene Brille zurecht. »Tatsächlich. Keine Narbe … und du bist sicher, dass du da auch wirklich eine Narbe hattest?«

»Du meinst, ob ich sicher bin, vor drei Jahren einen Blinddarmdurchbruch gehabt zu haben und beinahe gestorben zu sein? Eigentlich schon.«

»Das ist in der Tat erstaunlich.«

Nein, dachte Beka. Das war nicht *erstaunlich*. Das war *unmöglich*. »Sind wir … tot?«, fragte sie stockend.

»Tot?« Lukas schien kurz über die Bedeutung dieses Wortes nachdenken zu müssen. »Also, ich fühle mich eigentlich noch ganz lebendig. Vor allem, wenn du noch länger so vor mir stehst.«

Es fiel Beka nicht leicht, aber irgendwie gelang es ihr, den letzten Satz zu ignorieren. »Es ist wirklich passiert, nicht wahr?«, fragte sie mit sehr leiser, bebender Stimme. »Die Bombe. Sie haben sie wirklich geworfen.«

»Das weiß ich nicht«, antwortete Lukas. »Irgendetwas ist passiert, und das ist auch schon alles, was ich mit Sicherheit weiß. Und du auch. Wir wissen nicht, *was* passiert ist, und wildes Herumraten bringt uns kein Stück weiter.«

Aber sie hatte den Blitz *gesehen*, genau wie er, und den brodelnden Pilz aus Flammen und entfesseltem Hass, der die Welt verschlungen hatte … aber wenn das stimmte, wieso lebte sie dann noch?

»Es ist passiert«, flüsterte sie. »Die Bombe. Sie … sie haben es getan. Sie haben die Welt in Brand gesteckt und …« Sie konnte nicht weitersprechen, denn nachdem sie die Tür einmal geöffnet hatte, ließen sich die Bilder nicht mehr zurückhalten. Das weiße Licht, das die Welt verbrannte, zerstörte Gesichter und ein blutendes Kind, das sich mit zerschmettertem Kiefer auf dem Boden wand.

»Nein«, antwortete Lukas. »Oder doch, ja. Irgendwie schon …«

»Aber nicht so, wie ich jetzt glaube?«, half ihm Beka aus. »Irgendwann erklärst du es mir, aber jetzt haben wir Wichtigeres zu tun?«

»Es ist kompliziert. Und du hast recht: Wir sollten machen, dass wir von hier wegkommen. Irgendetwas ist hier. Etwas, dem ich nicht begegnen möchte.«

Beka verstand genau, was er meinte, und nickte nur knapp.

Lukas war mit ein paar Schritten bei der nächsten Wand, löste eine der brennenden Fackeln aus einer steinernen Halterung und reichte sie ihr, während er selbst nach einer zweiten griff.

»Wer hat die Fackeln angezündet?«, fragte sie.

»Ich. Und bevor du fragst, wo ich mein Feuerzeug versteckt habe …« Er hob zwei kleine Steine vom Boden auf und ließ sie geschickt in nur einer Hand zusammenklicken. Ein einzelner blauer Funke stob auf und erlosch wieder. »Und halt die Fackel anders. Wenn sich der Luftzug dreht, sengst du dir die Haare an.«

Beka senkte gehorsam die Fackel und verkniff sich sogar die Frage, wie er die Feuersteine und Fackeln oder auch nur den Tempel in völliger Schwärze gefunden hatte, sofern er nicht im Dunkeln sehen konnte wie eine Katze. Schweigend folgte sie ihm, nahm sich aber vor, diese Frage nicht zu vergessen.

Nach wenigen Schritten erreichten sie einen Durchgang. Er musste für Riesen gemacht sein, denn selbst Lukas wirkte darunter klein. Kabbalistische Symbole waren in den steinernen Rahmen gemeißelt, die sich im flackernden Licht der Fackeln zu bewegen schienen wie winzige versteinerte Insekten, die einander jagten. Dahinter herrschte eine so totale Dunkelheit, dass sie instinktiv davor zurückschrak.

»Und du bist sicher, dass es hier rausgeht?«, fragte sie nervös. »Das alles hier muss doch ein paar Tausend Jahre alt sein.«

Lukas antwortete erst, nachdem er durch die Tür getreten war und seine Fackel gehoben hatte. »Ganz bestimmt nicht.« Die Dunkelheit war wie eine Mauer, die sie an allen Seiten umgab. Aber sie floh auch vor dem Licht seiner Fackel, sodass sie das dicke Kabelbündel sehen konnte, das unter der Decke entlanglief. Ganz am Rande des erhellten Bereichs erblickte sie eine nackte Glühbirne hinter einem rostigen Drahtgeflecht und nur ein Stück darunter einen altmodischen Lichtschalter. Ohne viel Hoffnung ging sie hin und legte ihn um.

Natürlich geschah nichts.

»Jemand war hier«, sagte sie überflüssigerweise. »Kollegen von dir?«

Lukas blickte fragend. Und ein ganz kleines bisschen verärgert. »Archäologen«, fuhr sie fort. »Anscheinend finden hier doch Ausgrabungen statt.«

»Ausgrabungen?« Lukas lachte, aber es klang kein bisschen amüsiert. »Ganz bestimmt nicht. Diese Irren haben es tatsächlich versucht.«

»Was?«

»Wir sollten verschwinden«, sagte Lukas, statt zu antworten.

»Und du kennst den Weg?«

»Nein«, antwortete er, »muss ich auch nicht. Wir folgen einfach den Brotkrumen.«

*

Er ging weiter, und das so schnell, dass sie zwar mit ihm mithalten konnte, aber keine Gelegenheit mehr bekam, ihm eine weitere Frage zu stellen, die er nicht beantworten wollte.

Immerhin begriff sie spätestens bei der ersten Abzweigung, was er mit Brotkrumen gemeint hatte. Er folgte einfach den Stromkabeln unter der Decke. Beka kam sich dumm vor.

Das Kabel führte sie durch eine Anzahl weiterer Gänge, einen Raum, der zu groß war, um dem Licht der Fackeln sein Geheimnis preiszugeben und eine steile Treppe hinauf, deren Stufen alle unterschiedlich hoch waren. Manchmal enthüllte das Fackellicht sonderbare Symbole und Schriftzeichen an den Wänden, die gleich zweierlei gemeinsam hatten: Sie waren ihr allesamt unbekannt, und sie waren allesamt beunruhigend. Schließlich fanden sie sich in einem kleinen, seltsam asymmetrisch geformten Raum wieder. Das Geräusch von tropfendem Wasser war längst irgendwo auf dem Weg hinter ihnen zurückgeblieben, ohne dass sie genau sagen konnte, wo.

Es gab gleich mehrere elektrische Lampen, die sie jede für sich ausprobierten, ohne sie in Gang setzen zu können. Schließlich machte der Kabelstrang über ihren Köpfen einen jähen Knick nach oben und verschwand in einer hölzernen Klappe in der Decke, zu der eine schmale Aluminiumleiter hinaufführte. Sie sah nicht so aus, als könnte sie Lukas' Gewicht standhalten. Das hinderte ihn aber nicht daran, unverzüglich hinaufzusteigen, nachdem er ihr die Fackel in die Hand gedrückt hatte. Ganz wie sie es erwartete, ächzte die Leiter bedrohlich, vor allem, als er die Klappe erreichte und die Hand dagegenpresste. Natürlich rührte sie sich nicht, sodass er noch eine Sprosse höher stieg und den Rücken beugte, um sich mit den Schultern dagegenzustemmen.

Mehr Staub rieselte, und wo er in die Flammen der beiden Fackeln geriet, explodierten winzige knisternde Funken. Die Klappe blieb verschlossen, aber das Holz ächzte protestierend. Kurz darauf stimmte auch die Leiter in den Chor ein, und Beka wich einen Schritt zurück, als sich die beiden Sprossen durchzubiegen begannen, auf denen Lukas stand.

Die Klappe rührte sich immer noch nicht. Aus den Ritzen rieselte zunehmend mehr Staub und bildete vergängliche Muster in der Luft, grinsende Dämonenfratzen und vielfingrige Krallen, die unter ihrem Blick zerbarsten. Eines der dicken Rahmenbretter zersprang mit einem peitschenden Knall, und ein ganzer

Schwall aus grauem Staub ergoss sich über Lukas' Kopf und Schultern und schien für einen Moment ein gewaltiges Flügelpaar hinter ihm zu bilden.

Lukas strengte sich noch mehr an, sodass nicht nur die Muskeln deutlich sichtbar unter seiner Haut hervortraten, sondern er aussah wie das Titelbild eines Hochglanz-Bodybuilding-Magazins; nach reichlichem Photoshop-Einsatz. Er war mehr als perfekt, die Blaupause des Menschen, neben dem alle anderen nur wie schlechte Kopien aussahen. Erregung ergriff sie, gegen die sie sich weder wehren konnte noch wollte, und ein Teil von ihr wünschte sich, dass er einfach für immer dort oben stehen bleiben und sich von ihr betrachten lassen würde.

Lukas ließ nicht nach. Die Klappe ächzte wie ein alter Fischerkahn im Sturm, Staub und Schmutz ergossen sich nun wie ein Wasserfall über ihn und hüllten seine Gestalt fast zur Gänze ein, und die gesamte Leiter begann sich unter ihm durchzubiegen.

Sie zerbrach, nur einen Sekundenbruchteil nachdem sich die Klappe mit einem Kanonenschussknall gelöst hatte und davonflog. Staub und Trümmer stürzten polternd herab, und Beka erinnerte sich doch noch an ihren Überlebensinstinkt und brachte sich in Sicherheit. Eine der Fackeln entglitt ihr, als etwas sehr Hartes ihre Schulter traf, die andere konnte sie festhalten, und sie revanchierte sich dafür, indem sie ihr eine glühend heiße Flamme ins Gesicht spie und ihr Augenbrauen und Wimpern versengte.

Hustend zog sie sich einen weiteren Schritt zurück, wedelte mit der Hand vor dem Gesicht herum und knibbelte mit den Augen, um überhaupt etwas zu erkennen. Die Leiter war in gleich mehrere Stücke zerbrochen, und überall lagen Trümmer. Aber wo war Lukas?

Als spürte er ihre Nervosität, erklang da bereits seine Stimme. Sie begriff jedoch erst, was er wollte, als er eine Kette hinabließ und rief: »Halt dich daran fest! Ich ziehe dich hoch!«

Festhalten? An einer *Kette?* Wofür hielt er sie, für die wiederauferstandene Xena?, dachte sie fast entsetzt, ging trotzdem hin, griff nach der Kette und fand gerade noch Zeit, sie sich einmal um das Handgelenk zu wickeln, da wurde sie auch schon mit solcher Kraft nach oben gezogen, dass sie das Gefühl hatte, ihr würde der Arm aus der Schulter gerissen. Aber es ging auch so schnell, dass der Schmerz kaum Zeit fand, ganz an ihr Bewusstsein zu dringen.

Lukas schien es darauf angelegt zu haben, sie fertigzumachen, denn Beka beobachtete einigermaßen fassungslos, dass er sie mit nur einer Hand nach oben zog, während er ihr mit der anderen die Fackel abnahm, bevor sie sich endgültig das Gesicht verbrennen konnte. Reichlich unsanft setzte er sie neben sich ab und musste dann noch einmal rasch zugreifen, als ihre Knie unter ihr nachgaben und sie zu stürzen drohte.

»Alles in Ordnung?«, fragte er.

Beka verzichtete darauf, auf diese dumme Frage zu antworten, machte sich (widerwillig) aus seiner Umarmung los und begann ihre schmerzende Schulter zu massieren. Alles drehte sich um sie, und ihre Kehle fühlte sich an, als hätte sie versucht, einen Streifen Schmirgelpapier einzuatmen.

Dass sie nichts sagte, schien Lukas Antwort genug zu sein, denn er gab ihr wortlos die Fackel zurück. Beka versuchte den Staub aus den Augen zu blinzeln und sich gleichzeitig umzusehen. Die Klappe, die Lukas' Aufstieg behindert hatte, lag in mehrere Stücke zerbrochen am Boden. Der Raum war zum Großteil zerstört. Er schien einmal eine Mischung aus Lagerraum und Werkstatt gewesen zu sein, war jetzt aber hoffnungslos demoliert und einfach nur noch chaotisch. Überall lagen Trümmer, zerstörte Werkzeuge und Geräte. Von dem, was von der Decke übrig geblieben war, hingen zerrissene Kabel und Schläuche. Unter ihren nackten Füßen knirschte es, und sie gab umso mehr acht, wo sie hintrat, als sie die zahllosen rostigen Metallspitzen und -kanten sah, die überall aus dem Schutt ragten. Was um alles in der Welt war hier passiert?

Lukas ging zur anderen Seite des Raumes, die etwas glimpflicher davongekommen war. Auch hier war einiges zerstört und es herrschte ein heilloses Chaos, aber die Verheerung hielt sich in Grenzen. Überall unter dem allgegenwärtigen Staub entdeckte sie herausgerissene Buchseiten und loses Papier, etliches davon angesengt. Gleich neben dem Ausgang standen ein billiger Campingtisch und zwei dazu passende Klappstühle, die ebenfalls Brandspuren zeigten.

Lukas ließ sich neben einer großen Reisetasche in die Hocke sinken und stand dann noch einmal auf, weil irgendetwas auf dem Tisch seine Aufmerksamkeit erregt zu haben schien. Beka folgte ihm neugierig, konnte aber auf den ersten Blick nichts Besonderes erkennen: verbranntes Papier und angesengte Bücher – erstaunlicherweise alle in Deutsch –, alles unter einer zentimeterdicken Schicht aus Schutt und Staub vergraben, die von der Decke gefallen und von der Zeit zu einer harten Schicht zusammengebacken worden war.

»Was hast du?«

Lukas antwortete nicht, und als sie ganz neben ihn trat, bezweifelte sie auch, dass er ihre Worte überhaupt gehört hatte. Sein Gesicht war zu einer Maske erstarrt und er hatte die Kiefer so fest zusammengepresst, dass seine Lippen zu einem blutleeren Strich wurden. Das flackernde Licht der Fackel machte seine Augen zu glühenden Kohlen.

»Luke?«

Lukas reagierte immer noch nicht, sondern streckte die Hand aus und versuchte einen großformatigen Bildband aufzuklappen, der unter seiner Berührung zu braunen Ascheflocken zerfiel. Sie erkannte trotzdem, dass es sich um ein archäologisches Fachbuch zu handeln schien: Bilder von uralten Artefakten, die ihr allesamt nichts sagten, wechselten sich mit Luftaufnahmen noch älterer Ruinen und Grundrissen antiker Tempelanlagen ab. Dasselbe wiederholte sich auch auf den meisten der verbrannten Papierfetzen, die den Tisch bedeckten und die er einen nach dem anderen aufhob, um sie zu begutachten. Diagramme, Zahlenkolonnen und Zeichnungen, die ihr noch viel weniger sagten. Dennoch kam ihr zumindest eine der Skizzen vage bekannt vor.

Sie brauchte eine Weile, aber dann war sie dafür umso sicherer, dass sie den unterirdischen Tempel zeigte, in dem sie auf Lukas gestoßen war, wenn auch in wesentlich besserem Zustand. Auf dem Altar waren komplizierte umlaufende Schriftzeichen zu erkennen, und die beiden steinernen Wächter waren unversehrt und trugen jeweils zwei gewaltige Flügelpaare, was ihnen eher Ähnlichkeit mit gigantischen Schmetterlingen als Engeln verlieh. Wenn auch Schmetterlinge mit den Gesichtern von Dämonen.

»Was bedeutet das?«, fragte sie.

»Sie haben es wirklich versucht«, murmelte Lukas. Es war keine Antwort auf Ihre Frage, die er nicht einmal gehört zu haben schien. »Diese Wahnsinnigen!«

»Wer hat was versucht?«

Lukas knirschte mit den Zähnen, statt zu antworten, griff nach der Skizze und zermalmte sie in der Faust zu verbrannten grauen Flocken. »Diese verdammten Irren!«

»Luke!« Sie schrie fast. »Lukas!«

Diesmal wirkte es.

Lukas erwachte wie aus einem Traum, ließ die verkohlten Flocken fallen und drehte mit einem so heftigen Ruck den Kopf, dass sie zurückprallte. Für einen winzigen Moment loderte der Hass noch heißer in seinen Augen, und für dieselbe unendlich kurze Zeitspanne war sie überzeugt, dass sich dieser Zorn nun auf sie entladen würde, ganz einfach weil sie das Pech hatte, hier zu sein. Doch dann erlosch das mörderische Feuer in seinem Blick, und er zwang sich sogar zu etwas, das er vermutlich für ein Lächeln hielt.

»Entschuldige«, sagte er. »Ich habe die Beherrschung verloren.«

Irgendetwas sagte ihr, dass er das nicht einmal im Ansatz hatte und dass sie ganz bestimmt nicht dabei sein wollte, wenn es wirklich geschah. Trotzdem fragte sie: »Wegen ein paar alter Bücher?«

»Wegen dem allem hier«, antwortete er, schon wieder mit einem ganz sachten Beben in der Stimme, das sie fast bedauern ließ, die Frage überhaupt gestellt zu haben. »Das waren verdammte Grabräuber!«

»Sind die nicht zusammen mit den Pharaonen ausgestorben?«

Lukas ignorierte den lahmen Scherz. »Es gibt nur noch so wenig Echtes aus unserer Vergangenheit, und diese Verbrecher stehlen es, damit sich irgendwelche reichen Arschlöcher daran aufgeilen können, und …«

Er sprach nicht weiter, sondern presste nur abermals die Lippen zusammen und gab sich dann einen sichtbaren Ruck. »Entschuldige. Das ist jetzt wirklich nicht wichtig.«

Es war vor allem nicht wahr, dachte Beka. Es war das, wovon er annahm, dass sie es hören wollte, nicht die Antwort auf ihre Frage. Sie schwieg.

Lukas ließ sich zum zweiten Mal neben der Tasche in die Hocke sinken, wischte den Staub weg und zog den Reißverschluss auf. »Na also! Auch wenn es eigentlich schade ist.«

»Was?«

Statt zu antworten, richtete sich Lukas auf, hielt ihr eine bunt bedruckte Zellophantüte mit einer kompletten Garnitur Kleidung hin: T-Shirt, Socken und Turnschuhe, dazu eine knallrote Latzhose mit einem Firmenlogo, das ihr nichts sagte, aber ein bisschen wie ein fettes »M« aussah. Das T-Shirt und die Hose waren um mindestens zwei Nummern zu groß. Die Schuhe passten immerhin, jedenfalls nachdem sie die Schnürsenkel so fest zugezogen hatte, dass sie sie fast zerriss.

»Schick«, feixte Lukas, nachdem sie fertig war und sich zu ihm umdrehte. »Ich wusste doch, dass Super-Mario lebt.«

Beka maß ihn mit einem langen, übertrieben ärgerlichen Blick. Er hatte ebenfalls etwas zum Anziehen gefunden, wenn auch kein albernes Super-Mario-Kostüm, sondern eine einfache graue Decke, die er sich umgelegt und zu einer Kreuzung aus einer römischen Toga und … irgendetwas drapiert hatte. »Immer noch besser als eine billige Jesus-Kopie.«

»Was heißt hier billig?«, fragte Lukas beleidigt. »Das ist 1A-Qualität aus China, wenn nicht sogar aus Nordkorea.« Er machte eine knappe Geste, und sein Grinsen erlosch. »Da hinten liegt eine Taschenlampe. Schau nach, ob sie noch funktioniert.«

So, wie es hier aussah, bezweifelte Beka, dass hier überhaupt noch etwas funktionierte, aber sie ging trotzdem hin, hob die Lampe auf und betätigte den Schiebeschalter gleich mehrfach; natürlich ohne Erfolg. Sie steckte sie trotzdem ein und sah sich nach etwas anderem um, das des Mitnehmens wert war. Es gab nichts. Was immer diesem Raum widerfahren war, hatte nur Trümmer und Verwüstung zurückgelassen.

Vielleicht ja das Feuer der Sonne, überlegte sie, das ein Wahnsinniger vom Himmel geholt und entfesselt hatte, um die Welt zu verbrennen.

Aber vielleicht gab es ja auch noch eine andere Erklärung. War der Airbus vielleicht auf eine historische Ausgrabungsstelle gestürzt und hatte all diese Zerstörung verursacht? Ja, ganz genauso musste es gewesen sein. Und dann hatte es sie irgendwie durch gleich mehrere Stockwerke bis tief unter die Erde geprügelt, wobei sie zugleich auch ihrer Kleidung verlustig gegangen war. O ja, und gleich auch noch ihrer Blinddarmnarbe. Ganz genauso musste es gewesen sein, kein Zweifel.

Wortlos gab sie Lukas die Fackel zurück und schloss sich ihm an.

2

Es gab keine *Brotkrumen* mehr, aber ein sachter Luftzug wies ihnen den Weg. Überall lag Staub, der manchmal unter ihren Schritten hochwirbelte, meistens aber so festgebacken wie Zement war. Es wurde kälter, was ihr aber wie ein gutes Zeichen vorkam, denn es schien immerhin zu beweisen, dass sie nicht auf dem direkten Weg in die Hölle waren. Manchmal flackerte die Fackel so heftig, dass sie es mit der Angst zu tun bekam, sie könnte ausgehen und Lukas und sie hilflos und allein in der Dunkelheit stranden.

Immer wieder kamen sie an uralten Schriftzeichen und verstörenden Bildern vorbei, die in die Wände gekratzt worden waren und im tanzenden Licht der Fackel zu unheimlichem Leben erwachten. Bekas Unbehagen hatte längst echte körperliche Qualität erreicht und nahm immer nur noch weiter zu, und daran änderte auch die Tatsache nichts, dass sie sich zunehmend mehr über sich selbst wunderte, so zu denken, denn das war normalerweise gar nicht ihre Art. Sie liebte Gespenstergeschichten – in Filmen und Büchern –, aber sie hätte sich niemals träumen lassen, plötzlich die Hauptrolle in einer solchen zu spielen. Vielleicht hatte sie den Absturz ja doch nicht ganz so unbeschadet überstanden, wie sie es gerne gehabt hätte. Möglicherweise tat sie ja gut daran, einfach alles infrage zu stellen, was sie hier sah und erlebte.

Warum fing sie nicht gleich damit an?

»Hast du mittlerweile eine Vorstellung, wo wir sind?«, fragte sie. *Oder wie wir hierherkommen?*

»Nicht die geringste«, behauptete er.

Sie spürte, dass er log, und ließ das unkommentiert, fragte sich aber, warum. Was verheimlichte er vor ihr, das so furchtbar war, dass er es nicht sagen konnte?

»Glaubst du wirklich, dass es die … die Bombe war?«

Obwohl sie ihm nicht direkt ins Gesicht sah, konnte sie spüren, wie schwer es ihm fiel, sie nicht anzufahren, dass sie dieselbe Frage noch einmal stellte. Er war kein sehr geduldiger Mensch.

»Es *war* eine Bombe«, räumte er widerwillig ein. »Vielleicht. Und mehr weiß ich auch nicht.«

»In den Nachrichten haben sie gesagt, diese Wahnsinnigen vom NIL hätten vielleicht die Bombe.«

»Vom Nil? Die Ägypter?«

Beka blieb ernst. »Die *Neue Islamische Liga*«, antwortete sie betont. »Sie behaupten, die bloße Existenz Israels wäre eine Beleidigung des Propheten.«

»Das behaupten sie wahrscheinlich auch über den Klimawandel und das Waldsterben und die letzte Sonneneruption, die den Fernsehempfang beeinträchtigt hat«, antwortete er verächtlich. »Diese Irren haben mit Religion ungefähr so viel zu tun wie ich mit mittelalterlichem Minnegesang.«

»Eigentlich schade«, antwortete Beka, wartete auf seinen fragenden Blick – der auch gehorsam kam – und fuhr mit einem schelmischen Lächeln fort: »Als Minnesänger würdest du bestimmt eine gute Figur machen.«

»Ich mache prinzipiell immer eine gute Figur«, antwortete er, zwar mit einem Lachen, das aber irgendwie keines war. Er meinte das ernst, begriff sie. Spätestens jetzt sollte sie anfangen, ihm seine nonchalante Arroganz übel zu nehmen, oder wenigstens ein bisschen empört sein. Aber es gelang ihr auch diesmal nicht. Natürlich nicht.

»Darf ich dich … etwas fragen?«, begann sie.

»Tust du das nicht gerade schon?«

Beka blieb ernst. »Im Flugzeug«, fuhr sie fort. »Warum hast du das getan?«

»Was?«

»Das Mädchen. Du hast ihm ein Bein gestellt. Warum?«

»Aber es war doch genau das, was du wolltest«, behauptete Lukas. »Ich habe nur getan, was du dich nicht getraut hast.«

Beka starrte ihn an. »Aber das ist doch … « Was? *Nicht wahr?* Aber das stimmte nicht. Sie hätte nichts lieber als ganz genau das getan!

»Schon gut.« Lukas machte eine wedelnde Handbewegung. Sein Lächeln machte etwas anderem Platz, das sie tief am Grunde ihrer Seele berührte, obwohl sie nicht einmal sagen konnte, was es war, und Furcht und Verwirrung wichen dem warmen Gefühl von Geborgenheit.

Das hielt allerdings nur so lange an, bis sich etwas in ihre Gedanken schob, was sie bislang vollständig zu verdrängen versucht hatte. Sie war nicht in ein fremdes Land geflogen, um ein paar Tage Urlaub zu machen – sondern, um ihrer Mutter beizustehen und ihrem Vater die Leviten zu lesen.

»Du warst hier, um Familienangelegenheiten zu klären«, sagte Lukas. »Zumindest hast du mir das im Flugzeug gesagt.«

Sie nickte knapp. Warum überraschte sie es nicht, dass er schon wieder wusste, was sie bewegte?

»Meine Mutter wollte mich vom Flughafen abholen.«

»Und jetzt machst du dir Sorgen um sie.«

»Ja, natürlich«, antwortete sie; mühsam, weil da plötzlich ein bitterer Kloß in ihrem Hals war, der zu heißen Tränen werden wollte. Sie konnte sie zurückhalten, aber sie wusste nicht, wie lange noch.

»Und jetzt hast du Angst, dass ihr etwas zugestoßen ist.«

Genau genommen hatte sie Angst, dass der ganzen Welt etwas zugestoßen war. Sie nickte.

»Das kann ich verstehen«, sagte Lukas mitfühlend. »Aber noch wissen wir gar nichts.«

»Außer dass es eine Explosion gab.«

»Die alles Mögliche bedeuten kann. Vielleicht wirklich eine Bombe. Vielleicht auch eine Rakete, die sie auf das Flugzeug abgeschossen haben. Vielleicht ein simpler Unfall. Wir wissen einfach nicht, was es bedeutet.«

Hielt er sie für dumm? Sie hatte den Atompilz *gesehen*, genau wie er!

»Und selbst wenn es eine Bombe war«, fuhr er fort, als wüsste er wieder einmal ganz genau, was in ihr vorging, »bedeutet das nicht, dass ihr etwas zugestoßen sein muss. Die meisten haben vollkommen falsche Vorstellungen von Atombomben, weißt du? Sie müssen nicht gleich eine ganze Stadt einebnen oder gar ein ganzes Land. Ich kenne die Gerüchte um die Nuklearwaffen, die die Islamisten angeblich haben. Wenn es sie überhaupt gibt, dann haben sie allerhöchstens ein paar kleinere taktische Sprengköpfe. Eine halbe Kilotonne oder vielleicht weniger.«

»Bist du jetzt auch noch Spezialist für Atomwaffen?«

»Nein, aber für die Zeitungen, die ich lese«, antwortete Lukas mit einem Lächeln, das auch jetzt wieder seine Augen ausließ. »Und das Flughafengebäude ist wirklich massiv gebaut, glaub mir. Außerdem waren wir noch Kilometer vom Flughafen entfernt. Gut möglich, dass ihr gar nichts passiert ist.«

Einmal ganz davon abgesehen, dass das ein reichlich unbeholfener Versuch war, sie zu trösten, erreichte er damit das genaue Gegenteil, denn natürlich quälten sie sofort die grässlichsten Visionen einer halb zusammengestürzten, ausgebrannten Halle voller verstümmelter und verbrannter Leichname und furchtbar verletzter Menschen, die Gott verzweifelt anflehten, endlich zu sterben, und alle mit dem Gesicht ihrer Mutter. Sie ballte die Hände so fest zu Fäusten, dass es wehtat, und der Schmerz vertrieb die Bilder. Aber die Erinnerung an sie war schlimm genug.

Eine geraume Weile gingen sie schweigend nebeneinander durch die Dunkelheit, die mit kleinen ruckhaften Sprüngen vor dem Licht der Fackel zurückwich. Ihr Verstand konnte behaupten, was er wollte, sie *wusste* einfach, dass auch der Ausgang aus diesem schrecklichen Labyrinth um dieselbe Distanz vor ihnen zurückwich. Dann sagte Lukas: »Wolltet ihr Urlaub hier in Israel machen?«

In einem Land, das sich praktisch in einem unerklärten Krieg mit all seinen Nachbarn befand? »Kaum«, sagte sie spröde.

»Du willst nicht darüber reden.«

»Nein. Immer noch nicht.«

»Aber manchmal hilft es, über seine Probleme zu reden, glaub mir.«

»Woher willst du wissen, dass ich Probleme habe?« Sie bemühte sich, so barsch wie möglich zu klingen, aber es blieb bei dem Versuch.

»Wenn zwischen dir und deiner Mutter alles eitel Sonnenschein wäre, dann würdest du darüber reden, oder?«

Beka hob nur missmutig die Schultern, aber dann sagte sie doch: »Es hat nichts mit ihr zu tun.«

»Sondern?«

»Mit meinem Vater. Sie … trennen sich.«

»Das ist bitter«, sagte Lukas, nachdem er eine Weile geschwiegen und darauf gewartet hatte, dass sie von sich aus weitersprach. »Aber so etwas passiert.«

»Und es ist auch anderen schon passiert, ich weiß«, sagte sie leise. »Und die Welt dreht sich trotzdem weiter, stell dir nur vor, das weiß ich auch«

»Warum so feindselig?«, erkundigte sich Lukas. »Ich wollte nur ein bisschen Konversation machen, das ist alles.«

Konversation? Warum eigentlich nicht? Ein bisschen Small Talk, während über ihren Köpfen die Welt in Flammen stand, das machte doch Sinn.

»Du hängst an deinem Vater«, vermutete er, als sie nicht

antwortete, sondern sich weiter in schmollendes Schweigen hüllte.

»Mein Vater«, antwortete sie betont, »ist ein egoistischer Mistkerl, der mir gestohlen bleiben kann.« Genau wie seine neue kindliche Gespielin, diese magersüchtige schwarzhaarige Barbie. Beka hatte nicht gefragt und würde auch den Teufel tun, es nachzuholen, aber sie war ziemlich sicher, dass diese geldgierige Bitch kaum älter sein konnte als sie. Wenn überhaupt.

Lukas sah nachdenklich auf sie herab. »Ganz so schlecht kann er nicht gewesen sein. Immerhin hat er in seinem Leben mindestens eine gute Sache zustande gebracht.«

»Ach ja? Und welche sollte das sein?«

»Dich?«, schlug er vor.

Beka tat ihm nicht den Gefallen zu lachen. »Danke für das Kompliment ... auch wenn mir der Briefträger fast lieber gewesen wäre.«

Lukas machte ein nachdenkliches Gesicht. »Also, ich kenne euren Briefträger natürlich nicht, aber... «

Beka funkelte ihn an, und Lukas war klug genug, den dämlichen Scherz nicht auf die Spitze zu treiben. »Dann wolltet ihr hier Urlaub machen, um die neue Freiheit zu feiern?«

»Nein«, sagte sie unwillig. »Mein Vater. Er arbeitet hier in Israel, und meine Mutter ... « Sie musste neu ansetzen, um die Worte auszusprechen, die ihr einfach nicht über die Lippen wollten. »Sie wollte noch einmal mit ihm reden.«

»Und du?«

»Habe ich schon gesagt, dass er mir gestohlen bleiben kann?«

»Das hast du«, antwortete er. »Aber es klingt beim zweiten Mal auch nicht besser. Kinder sollten ihre Eltern respektieren, finde ich. Selbst wenn sie ihnen komische Namen geben.«

Beka maß ihn mit einem schrägen Blick. »Soll das witzig sein?«

»Ja«, antwortete Lukas, ohne eine Miene zu verziehen. »Was macht dein Vater hier in Israel?«

»Er ist Ingenieur«, sagte sie. »Eigentlich arbeitet er bei einer Bergbaugesellschaft, aber sie haben ihn quasi ausgeliehen, um bei irgendeiner großen Ausgrabung in den Bergen mitzuhelfen. Seit einem halben Jahr oder so.«

»Der große Fund im Hebron-Gebirge?« Lukas wirkte ehrlich beeindruckt.

»Du hast davon gehört?«

»Ich?« Lukas machte ein überraschtes Gesicht. »Natürlich nicht. Wie kommst du darauf, dass ein Antiquitätenhändler aus Haifa etwas vom größten archäologischen Fund in diesem Land seit fünfhundert Jahren gehört haben könnte?«

»Er meint, dass sie womöglich die Bundeslade finden.«

»Die Bundeslade?« Lukas lächelte amüsiert. »Nein, ganz bestimmt nicht. Aber dieses unterirdische Zikkurat ist schon ein Sensationsfund.« Er überlegte kurz. »Ich würde meinen rechten Arm dafür geben, ihn nur einmal von innen zu sehen ... oder doch zumindest meinen linken. Was meinst du – könntest du ein gutes Wort bei deinem Vater einlegen?«

»Ich glaube nicht, dass mein Vater weiß, was dieser Ausdruck bedeutet«, antwortete sie. »Wenn du große Titten hättest und jederzeit bereit wärst, vielleicht. Aber so ...«

Lukas blieb mitten im Schritt stehen und schnitt ihr gleichzeitig mit einer Geste das Wort ab. »Still!«

»Was?«, fragte sie alarmiert.

Lukas deutete nach vorne. Es dauerte eine Weile, und sie musste das Gesicht mit der Hand vor der Helligkeit der Flamme abschirmen, aber dann sah sie es auch: Vor ihnen war ein blasser Schein aufgetaucht, wie ein Schimmern von Tageslicht, das durch ein unregelmäßiges Loch am Ende des Ganges fiel. Ein leiser Brandgeruch hing in der Luft, den sie bisher auf die Fackeln geschoben hatte, der aber nicht nur immer noch da war, sondern mit dem Luftzug sogar noch zunahm, der ihnen in die Gesichter wehte.

Vorsichtig gingen sie weiter und erreichten eine Stelle, an der

der Gang zum Teil eingebrochen war. Auf der anderen Seite der Öffnung wurde es schlimmer. Die Wand sah aus, als wäre sie von einem Titanenhammer getroffen und in Stücke geschlagen worden; eine zweifache Schicht aus ungleich großen Lehmziegeln, die mit demselben Material verputzt gewesen war. Viele waren regelrecht pulverisiert, und die meisten verbrannt. Auch Boden, Wände und Decke trugen schwarze Brandspuren, und der gesamte Gang wirkte … schief … wie in eine Richtung verzogen, die es gar nicht gab. Der Boden war mit Trümmern und allerlei Unrat übersät, den Wind und Zeit hereingetragen hatten. Darunter befand sich auch hier eine Schicht aus zur Härte von Glas zusammengeschmolzenem Staub, die unter Lukas' Schritten knisternd zerbrach. Hier drinnen musste ein wahrhaft höllisches Feuer getobt haben.

Aber das war nicht einmal das Eigenartigste. Zuerst dachte sie, die Wände wären ebenfalls mit barbarischen Felszeichnungen und Hieroglyphen übersät, aber das hier war … anders; tiefe, kreuz und quer laufende und sich überschneidende Linien und Kratzer, wie … Krallenspuren? Wenn, dann mussten sie von etwas wahrhaft Monströsem stammen, etwas, das größer war als ein ausgewachsener Grizzlybär.

Was für ein Unsinn!

Beka drängte ihre aufsteigende Furcht zurück und wandte sich wieder dem Ausgang zu. Sie konnte den Ausschnitt eines regenverhangenen Himmels erkennen, an dem eine Sonne blinzelte, die ihr zu rot und zu trüb vorkam. Aus dem kühlen Luftzug war längst ein eisiger Wind geworden, der ihnen in die Gesichter blies und den Geruch von nasser Erde und verbranntem Stein mit sich brachte. Es waren jetzt nur noch wenige Schritte bis ins Freie, aber sie war ganz und gar nicht sicher, ob sie die Kraft aufbringen würde, sie zu gehen.

Noch ein paar Augenblicke, und sie bekam die Antwort auf alle Fragen, die sie niemals hatte stellen wollen. Trotz allem hatte sie es bisher irgendwie fertiggebracht, sich von einer verzweifelten Hoffnung zur nächsten zu hangeln. Ein Teil von ihr beharrte immer hartnäckiger darauf, nicht weiterzugehen, sondern auf der Stelle herumzufahren und sich irgendeine dunkle Ecke zu suchen, in der sie sich zusammenrollen und darauf warten konnte, dass alles wieder gut wurde. Wenn sie diese letzten Schritte tat, dann sah sie, was der Welt (und ihrer Mutter) angetan worden war.

Sie hatte panische Angst davor. Es hieß ja, nichts wäre schlimmer als Ungewissheit. Doch das stimmte nicht. Und es gab noch einen Grund, aus dem sie nicht weitergehen konnte. Vom eigentlichen Ausgang trennten sie jetzt vielleicht noch zehn oder zwölf Schritte.

Und davor lag ein Toter.

Im Gegenlicht war er kaum zu erkennen und hätte ebenso gut ein Bündel zerrissener Lumpen sein können. Beka war sich jedoch sicher, dass vor ihr eine Leiche lag, wie ein stummer Wächter, der sie nicht passieren lassen wollte. Ihr Herz klopfte bis zum Hals und ihre Beine weigerten sich, sie weiterzutragen.

Lukas hatte weniger Hemmungen. Er ging hin, sank neben der Gestalt auf die Knie und drehte sie um. Ein Rascheln wie von trockenem Papier erklang, und der Brandgeruch wurde sogar noch einmal intensiver.

Beka musste immer mehr gegen den Impuls ankämpfen, einfach auf der Stelle herumzufahren und wegzulaufen, so schnell und so weit sie nur konnte. Stattdessen zwang sie sich, neben Lukas zu treten und auf den Toten hinabzusehen. Der Anblick war gleichzeitig nicht so schlimm wie auch hundertmal schlimmer, als sie es erwartet hatte. Der Mann – wenn es denn ein Mann war, nicht einmal dessen war sie sich ganz sicher – war bis zur Unkenntlichkeit verbrannt, das Gesicht kaum mehr als schwarze Schlacke mit vage menschlichen Zügen. Die Kleider waren da, wo sie nicht zu Asche zerfallen waren, mit der Haut verschmolzen, und er war an Händen und Füßen gefesselt. Mit Stacheldraht.

»Großer Gott«, flüsterte sie entsetzt. »Wer … hat das getan?«

Lukas streckte die Hand aus und bog den Kopf des Toten in den Nacken. Der Unterkiefer löste sich und fiel auf den Boden. So ausgeglüht, wie der Knochen war, zerbrach er in mehrere Teile.

»Was tust du da?«, fragte sie entsetzt.

»Ich wollte nachsehen, ob sie ihm wenigstens die Kehle durchgeschnitten haben, bevor er verbrannt wurde«, antwortete Lukas. »Aber das haben sie nicht.«

»Sie?«, vergewisserte sich Beka. »Du … du willst sagen, jemand … er wäre *absichtlich verbrannt worden?*

»Und zwar lebendig«, bestätigte Lukas.

Die Vorstellung war so entsetzlich, dass sie sich weigerte, sich ihr auch nur ansatzweise zu stellen. »Woher willst du das wissen?«

»Durch den Schmerz auf seinem Gesicht.«

Beka starrte zuerst ihn, dann den Toten und dann wieder ihn an. Sie konnte in diesem Gesicht kaum noch erkennen, dass es einmal das eines Menschen gewesen war.

»Sieh dir seine Hände und Füße an«, sagte er. Beka gehorchte, obwohl es sie enorme Überwindung kostete. »Die Spitzen haben sich bis auf den Knochen ins Fleisch gegraben. Er hat sich verzweifelt gewehrt, selbst als er schon gebrannt hat.«

»Gebrannt?«, stammelte Beka. »Jemand … du meinst, jemand … hätte ihn auf so barbarische Weise gefesselt und ihn dann lebendig verbrannt? Aber wer tut so etwas?«

Lukas sah nur weiter schweigend zu ihr hoch, wandte sich mit einem Ruck um und wich so hastig von dem verbrannten Leichnam zurück, als hätte er Angst, dass er im nächsten Moment aufspringen und sich auf sie stürzen könnte. Sie fragte sich, ob sie vielleicht gerade die Antwort gefunden hatten, selbst die auf Fragen, die sie sich noch gar nicht gestellt hatte. Der unheimliche, halb ausgegrabene Tempel, die sonderbaren Symbole und Zeichnungen an den Wänden und nun diese grausam verstümmelte

Leiche … hatte es sie auf das Territorium eines mörderischen Satanskults verschlagen, der Menschenopfer zelebrierte?

Diese Erklärung war nur ein ganz kleines bisschen weniger blödsinnig als alle anderen, die sie sich vorher zurechtgelegt hatte. Immerhin *war* es eine Erklärung, und sie hatte das ungute Gefühl, dass sie die Wahrheit möglicherweise noch sehr viel mehr erschrecken würde. Dann meldete sich ihr Verstand zurück. »Wir müssen die Polizei rufen«, sagte sie.

»Ja, das ist eine hervorragende Idee«, antwortete Lukas. »Dann lass uns doch mal nachschauen, ob wir einen netten Polizisten finden, der sich der Sache annimmt.«

Beka drehte sich nun doch zu ihm um. »Hab ich irgendetwas Falsches gesagt?«, fragte sie spröde.

Lukas trat mit einem großen Schritt über den verbrannten Toten hinweg und endgültig ins Freie. Beka folgte ihm, wobei sie allerdings in so großem Abstand wie möglich an der Leiche vorbeiging. Dicht hinter ihm trat sie ins Freie und sah, was der Welt angetan worden war.

3

Es nieselte leicht, mikroskopisch feine Tropfen, die ihr der Wind wie noch feinere spitze Nadeln fast waagerecht ins Gesicht peitschte. Obwohl ihr im Moment ein kuscheliges Eisbärenkostüm eindeutig lieber gewesen wäre, war sie inzwischen nicht nur aus Gründen der Sittsamkeit froh, das alberne Super-Mario-Kostüm zu tragen. Es war nicht kalt, es war *eisig*, sodass ihr Atem nun als grauer Dampf vor ihrem Gesicht erschien. Die Luft roch nach Schnee, was sie ziemlich überraschte, denn sie assoziierte mit dem Wort *Israel* Dinge wie Palmen, Sonnenschein und den Geruch von heißem Sand. Gab es hier überhaupt Schnee?

Lukas war stehen geblieben und schenkte ihr noch eine Sekunde barmherziger Unwissenheit. Mit seinen breiten Schultern versperrte er ihr die Sicht. Dennoch erkannte sie, dass sie auf einem gepflasterten Platz von ganz erstaunlichen Dimensionen herausgekommen waren. Auf der einen Seite wurde er von einer Mauer aus gewaltigen Steinquadern und auf der anderen von altmodischen Gebäuden begrenzt, die genau dem entsprachen, was sie sich unter einer *Altstadt* in diesem Land vorgestellt hatte – und zugleich auch ganz anders waren.

Sie waren zerstört.

Alle.

Die meisten Gebäude waren ausgebrannt und mehr als eines zusammengebrochen und nicht mehr als verkohlte Trümmerhaufen. Hier und da stieg Rauch in die Höhe, als wäre die Katastrophe noch immer nicht ganz vorbei, und einmal meinte sie eine verstohlene Bewegung zu erkennen, die aber verschwunden war, als sie genauer hinzusehen versuchte.

Ein einzelner, sonderbar klagender Schrei erscholl, wie der Ruf eines großen, weit entfernten Vogels, und passend dazu meinte sie einen Schatten über den Himmel gleiten zu sehen. Als sie den Kopf in den Nacken legte und ins Licht der trüben Sonne blinzelte, war kein einziger Vogel mehr zu sehen.

Beka wischte sich mit dem Handrücken eine Nässe aus dem Gesicht, von der sie sich vergeblich einzureden versuchte, es wäre nur der eisige Regen, drehte sich schaudernd einmal um sich selbst und erblickte nichts als weitere Zerstörung. Bang sah sie zu Lukas hoch. Was immer sie hatte sagen wollen, kam nicht über ihre Lippen, als sie den Ausdruck auf seinem Gesicht sah.

Vorhin hatte er zornig gewirkt. Jetzt sah sie nichts als blankes Entsetzen auf seinen Zügen und eine hilflose Verzweiflung, deren bloßer Anblick ihr schon die Kehle zuschnürte. Er sah dasselbe wie sie und trotzdem etwas vollkommen anderes.

»Luke?«, fragte sie. »Was ist los? Was hast du?«

»Sie haben es getan«, flüsterte er, dieselben Worte wie schon zuvor, die jetzt jedoch etwas vollkommen anderes bedeuteten. Seine Stimme zitterte. »Diese Wahnsinnigen haben es wirklich getan! Es hat angefangen!«

»*Was* hat angefangen?«, fragte Beka. »Wer hat was getan? Luke! Sprich mit mir!« Natürlich wusste sie, was sie da sah, aber sie hätte ihr Leben für eine andere Erklärung gegeben.

Lukas sah aus Augen auf sie herab, die schwarz vor Zorn waren. Seine Lippen bebten, und sie hörte ein Geräusch wie von zerbrechendem Reisig, als er in brodelndem Zorn die Fäuste ballte. Er musste dreimal ansetzen, bevor er auch nur antworten konnte. Als er es tat, geschah es in einer Sprache, die nichts ähnelte, was sie je zuvor gehört hatte; nicht einmal wirklich einer Sprache.

»Lukas?«, fragte sie verwirrt.

Sein Gesicht … veränderte sich, wurde zu einer Maske aus so verheerendem Zorn, dass es kaum noch dem eines Menschen zu ähneln schien. »Diese … Wahnsinnigen«, stammelte er, nun wieder in einer Sprache, die sie verstand. »Sie … sie haben es getan! Sie haben es wirklich …«

Aus den Schatten hinter ihm kam ein babyfaustgroßer Stein geflogen, der mit einem hellen Knacken gegen seine Schläfe knallte und davon abprallte, und nun erging es ihr wie Thora-Marie vorhin oben im Flugzeug, denn er brach wie vom Blitz getroffen zusammen und begrub sie unter sich.

*

Es war wie ein Hammerschlag, der ihr zwar nicht das Bewusstsein nahm, für die Dauer von zwei oder drei Atemzügen aber jede Verbindung zum Rest der Welt. Zwei oder drei Atemzüge, die sie nicht bekam, denn er fiel wie ein stürzender Berg auf sie und presste ihr mit seinem Gewicht nicht nur jedes bisschen Luft aus den Lungen. Ihr Hinterkopf schlug auch mit solcher Wucht auf den harten Stein, dass ihr übel wurde. Tief unter ihren Gedanken begann sich ein schwarzer Strudel zu drehen, unter dem nichts mehr war; nur das Versprechen auf barmherziges Vergessen.

Etwas Warmes tropfte in ihr Gesicht und lief klebrig über ihre Wangen und ihr Kinn, und plötzlich waren überall Geräusche und Lärm und durcheinanderrufende Stimmen. Das Vergessen lockte noch immer. Zugleich war da auch noch etwas anderes, das Gefühl, dass es etwas Wichtigeres gab, etwas, das sie noch tun musste, bevor sie sich selbst aufgab. Sie konnte immer noch nicht atmen und so gut wie nichts sehen. Das Schlimmste jedoch war, dass ihr etwas von der klebrigen Wärme in den Mundwinkel lief und sie salziges Blut schmeckte, das bestimmt nicht ihres war.

Entsetzen und Ekel rissen sie nicht nur in eine Wirklichkeit zurück, von der sie zugleich überzeugt war, das es nichts anderes als ein grässlicher Albtraum sein konnte, sondern verliehen ihr genug Kraft, um Luke von sich herunterzustoßen und einen tiefen Atemzug zu nehmen. Da wurde sie auch schon in die Höhe und so grob herumgezerrt, dass die Welt erneut zu einem irrsinnigen Kaleidoskop aus Schatten und rotem und grauem Licht wurde, gefolgt von einer heftigen Übelkeit, dass es sie fast alle Kraft kostete, sich nicht zu übergeben.

Eine Hand griff nach ihr und zerrte an ihrem Arm, eine andere verfing sich in ihrem Haar und riss ihr gleich eine ganze Strähne aus, als sie sich instinktiv losmachte. Der Schmerz trieb ihr zusätzlich die Tränen in die Augen. Sie achtete so wenig darauf wie auf die Gestalten, die in einem dichten Kreis um sie herumstanden und an ihr herumzerrten und wild durcheinanderschrien und -schnatterten, sondern riss sich los. Neben Luke fiel sie auf die Knie und drehte ihn auf den Rücken, bevor sie entsetzt zurückprallte.

Seine linke Gesichtshälfte war rot von seinem eigenen Blut. Seine Schläfe war eingedrückt und zerschmettert, und ein schmaler weißer Knochensplitter ragte aus der zerrissenen Haut. Seine Augen waren weit aufgerissen und zeigten einen Ausdruck irgendwo zwischen Fassungslosigkeit und Empörung, aber kein Leben.

Er war tot.

*

Es war unmöglich. Sie hatte ihn noch nicht einmal richtig kennengelernt. Wie konnte er dann tot sein?

Und doch war ihr bewusst, was passiert war. Die Leere in seinen Augen würde sich nie wieder füllen, und sie fühlte sein Blut noch immer warm auf dem Gesicht. Es gab Wahrheiten, die einfach nicht sein durften. Der Gedanke an all das, was sie schon verloren hatte, bevor sie es überhaupt kennenlernen konnte, gehörte eindeutig dazu.

Eine Hand packte sie so fest am Arm, dass es wehtat, und eine Stimme schrie sie an. Beka riss sich los und wollte erneut neben Lukas auf die Knie fallen, und diesmal wurde sie noch derber zurückgerissen und bekam eine schallende Ohrfeige. Ihre Knie wurden weich, und zu dem Geschmack von Lukas' Blut auf ihren Lippen gesellte sich nun auch noch der ihres eigenen. Sie wäre gestürzt, hätte nicht eine andere Hand nach ihrem Arm gegriffen und ihn auf den Rücken gedreht. Sie hielt sie nicht wirklich fest, doch hätte sie zugelassen, dass ihre Beine unter ihr nachgaben und sie stürzte, hätte sie sich selbst die Schulter ausgekugelt.

Irgendwie gelang es ihr, auf den Beinen zu bleiben, auch wenn ihr Schmerz und Kummer die Tränen übers Gesicht laufen ließen. Der salzige Geschmack vermischte sich mit dem bitteren Kupferaroma von Lukas' Blut zu etwas, das sie nie wieder im Leben wirklich vergessen würde.

»Wer ihr beiden seid und was ihr hier zu suchen habt, habe ich gefragt!«, erklang eine zornige Stimme. Sie hörte sich sehr jung an. Beka versuchte die Tränen wegzublinzeln und irgendetwas zu sagen, nur damit sie nicht schon wieder geschlagen wurde, und ein weiterer Hieb traf sie, diesmal mit der geballten Faust und in den Leib. Ihr wurde endgültig übel, und sie fiel nun doch auf die Knie, ganz egal, was mit ihrer Schulter geschah. Der Mann hinter ihr ließ ihr Handgelenk gerade noch rechtzeitig los, bevor sie sich verletzen konnte.

»Wenn du nicht antworten willst, kann ich die Wahrheit auch aus dir rausprügeln«, fuhr die Stimme fort. »Wenn du auf Schläge stehst, sag es doch einfach.«

Beka wollte antworten, aber sie verschluckte sich an ihrem eigenen Blut und ihrer eigenen Spucke und brachte nur ein unverständliches Krächzen heraus. Etwas bewegte sich hektisch in den verschwommenen Schatten über ihr und sie spannte sich an in Erwartung eines neuerlichen Schlags.

Stattdessen sagte eine andere Stimme: »Wenn du wirklich

willst, dass sie dir antwortet, dann solltest du ihr vielleicht auch die Gelegenheit dazu geben, Yoram.«

Statt des erwarteten Schlags ergriff sie eine starke Hand im Nacken und zwang sie wieder in die Höhe. Der Tränenschleier vor ihren Augen löste sich allmählich auf. Sie erkannte ein ausgezehrtes und vor Schmutz nur so starrendes Gesicht, aus dem sie ein Paar tückische dunkle Augen anstarrten. Der Bursche war allerhöchstens sechzehn oder siebzehn und hätte vermutlich sogar ganz passabel ausgesehen, wäre er nicht halb verhungert gewesen und hoffnungslos verdreckt und in Lumpen gekleidet. Sein Haar hing in verklebten Strähnen bis weit über die Schulter, und es gelang Beka nicht, seine Farbe zu bestimmen, denn es sah aus, als wäre es noch nie gewaschen worden. Er trug eine Art bizarres Schmuckstück, einen schwarzen, wie lackiert glänzenden Würfel, der mit einem ebenfalls schwarzen Lederband auf seiner Stirn befestigt war.

Beka konnte ihn auf Anhieb nicht leiden. Nicht nur, weil er sie geschlagen hatte.

»Heute ist dein Glückstag, wie es aussieht«, fuhr er mit einem verächtlichen Grinsen fort. »Du hast noch eine Chance bekommen. Aber du solltest sie nutzen, Liebes. Ich bin ein herzensguter Mensch, aber sogar meine Geduld hat Grenzen.«

Er war vor allem ein ziemlicher Idiot, dachte Beka, beschloss aber dann spontan, diese Worte doch nicht laut auszusprechen. Der Bursche sah nicht so aus, als hätte er Humor. Zumindest keinen, der ihr gefallen würde.

»Jetzt hör auf, dich aufzuspielen«, sagte dieselbe Stimme, die sie schon einmal gerettet hatte. »Sieh nach, ob sie was Brauchbares bei sich haben, und dann weg hier. Es wird gleich dunkel.«

»Warum habt ihr das getan?«, brachte Beka endlich heraus. Ihre Augen wollten sich schon wieder mit Tränen füllen, die sie nur mühsam zurückhielt.

»Sie kann also doch reden, unsere unbekannte Schöne«, sagte

Yoram. »Wie gut, dass wir dich dabeihaben, Schwesterchen. Es geht doch nichts über eine richtige Mädchenfreundschaft, nicht wahr?«

»Warum habt ihr das getan?«, fragte Beka noch einmal. »Ihr habt ihn …« Umgebracht? Nein. Es war ihr vollkommen unmöglich, das Wort auszusprechen.

Yoram tat es für sie. »Umgebracht? Na, das will ich doch hoffen«, griente er und stieß Lukas grob mit dem Fuß an. »Dein Freund?«

Es war das Letzte, was sie in seiner Gegenwart wollte, aber ihre Kraft reichte nicht aus, um die Tränen zurückzuhalten. Sie fühlten sich an wie Säure, die ihr über das Gesicht lief und blutige Spuren in ihre Haut brannte. Und trotzdem: Wäre die Hand nicht gewesen, die sie immer noch mit eiserner Kraft im Nacken gepackt hatte, hätte sie sich jetzt wahrscheinlich auf ihn gestürzt, ganz egal was danach passierte. Aber sie versuchte sich das Gesicht unter all dem Schmutz und Grind einzuprägen, um es ganz bestimmt nicht wieder zu vergessen. Wenn er sie nicht umbrachte, dann würden sie sich über sein Verhalten noch unterhalten. Und es würde ihm nicht gefallen.

Ihr Blick entging Yoram nicht, und dem tückischen Funkeln seiner Augen nach zu schließen, interpretierte er das auf seine ganz eigene Weise. »Ich gefalle dir, wie?«, fragte er höhnisch. »Aber keine Angst, Liebes, wir werden noch genug Zeit miteinander verbringen.«

Er machte eine knappe Kopfbewegung, woraufhin Beka erneut an den Armen gepackt und festgehalten wurde. Ihre Taschen wurden durchwühlt. Alles, was sie dabeihatte, war die kaputte Taschenlampe. Yoram warf sie achtlos weg, ohne sie auch nur ausprobiert zu haben. Das Glas zerbrach klirrend.

»Schafft den Kerl weg«, sagte er, »und dann ab nach Hause. Thora hat recht. Die Nacht kommt.«

Thora?, dachte Beka irritiert.

Der Schmerz war noch zu frisch, um einen klaren Gedanken zuzulassen, und ihre Augen füllten sich schon wieder mit Tränen. Als sie grob zurück- und von Lukas' Leichnam weggezerrt wurde, konnte sie immerhin erkennen, dass sie von einem guten halben Dutzend Gestalten umringt war. Es waren allesamt verdreckte und jämmerliche Burschen, von denen keiner älter sein konnte als Yoram. Die einzige Ausnahme war ein schwarzhaariges Mädchen von vielleicht zwölf oder dreizehn Jahren.

Das musste Thora sein. Ihr Gesicht wirkte genauso ausgezehrt wie das der anderen, und auch ihre Kleider waren kaum mehr als Fetzen. Und doch schien wenigstens sie zu versuchen, sich einigermaßen zu pflegen. Die Lumpen, die sie trug, wirkten frisch gewaschen, und ihr Gesicht war fast sauber. Was den einigermaßen guten Gesamteindruck zunichtemachte war der barbarische Kopfschmuck, den sie wie ihre Begleiter trug. Vielleicht eine Art albernes Gangzeichen.

Thora musste ihren Blick bemerkt haben. Sie deutete in Yorams Richtung. »Du solltest besser tun, was mein Bruder sagt.«

Zwei Jungen ergriffen Lukas' Füße und zerrten ihn grob hinter sich her. Seine selbst gebastelte Toga rutschte hoch, was etlichen Anlass zu anzüglichen oder auch abfälligen Bemerkungen gab, und er hinterließ einen breiten blassroten Schmierer auf dem Boden.

»Und ab«, befahl Yoram. »Beeilt euch! Wir haben nicht mehr lange!«

Unverzüglich und in scharfem Tempo setzten sie sich in Bewegung. Beka wurde nicht mehr festgehalten, aber zwei ihrer Bewacher liefen rechts und links neben ihr, und ein dritter folgte ihr in geringem Abstand. Als sie nicht schnell genug lief, stieß er ihr so lange grob die Hand in den Rücken, bis sie es tat. Dabei hätte Beka nicht einmal dann fliehen können, wenn ihre Bewacher nicht so aufmerksam gewesen wären.

Sie fühlte sich in einem üblen Traum gefangen, in dem sie sich selbst beobachtete wie eine Fremde, auf deren Handlungen sie keinerlei Einfluss hatte und auch nicht haben wollte. Es konnte gar nichts anderes sein als ein grässlicher, unbeschreiblich schlimmer Fiebertraum. Wie sonst sollte es möglich sein, dass sie hier jeden Einzelnen verstand, als würde er ihre Sprache sprechen – was ja gar nicht sein konnte, wäre das alles hier wahrhaftige Realität.

Es würde nicht mehr lange dauern, da war sie sich ganz sicher, und sie würde aus diesem Albtraum aufwachen und sich über zwei nervige Bälger ärgern. Sie würde ihnen das größte Eis ausgeben, das sie auf dem Flughafen fand, nahm sie sich vor; ganz egal, was Mama Engel auch davon hielt.

Nicht auch noch er. Nicht auch noch Luke. So grausam konnte das Schicksal nicht sein.

*

Rasch überquerten sie den großen Platz und drangen in eine schmale, halb von Trümmern und eingestürzten Gebäuden blockierte Straße ein. Selbst als sie diesen Namen noch verdient gehabt hatte, konnte sie kaum breit genug für zwei nebeneinanderfahrende Automobile gewesen sein. Jetzt wurde der Weg zu einem halsbrecherischen Slalom zwischen Schutt- und Trümmerbergen, aus denen verkohltes Holz und halb geschmolzenes Metall ragten.

Der Regen überzog alles mit einer glänzenden Lackschicht und sammelte sich zu ölig schimmernden Pfützen, um die ihre Begleiter einen respektvollen Bogen schlugen, als fürchteten sie irgendetwas, das sich darin verbarg. Ein- oder zweimal kamen sie an etwas vorbei, das an einen rostigen Stacheldrahtverhau erinnerte. Nicht ein Haus hatte noch ein Dach oder war unbeschädigt. Ausnahmslos alle Fenster waren zu schwarzen, glaslosen Löchern geworden, und die Wände trugen Brandspuren und breite, klaffende Risse. Nirgendwo brannte Licht, und wäre das seidige Rauschen des Regens und das Geräusch ihrer eigenen Schritte nicht gewesen, hätte eine schon fast gespenstische Stille geherrscht.

Bevor sie das erste Mal abbogen, sah sie noch einmal über die Schulter zurück, aber Lukas war nicht da. Der große Platz lag schon ein gutes Stück hinter ihnen und war noch größer, als sie angenommen hatte, und dasselbe galt auch für die gewaltige sandfarbene Mauer, die die andere Seite begrenzte. Etwas Zerstörtes und Goldfarbenes blitzte darüber, aber sie bogen ab und es war ihren Blicken entzogen, bevor sie es genau erkennen konnte. Sie wollte es auch nicht. Bald würde sie aufwachen und das alles hier als das erkennen, was es war.

Aber das war nur die eine Seite. Bekas Verwirrung wuchs mit jedem Schritt. Es gehörte wirklich eine Menge Ignoranz dazu, nicht zu begreifen, was hier passiert war. Zugleich wusste sie mit unerschütterlicher Gewissheit, dass es gar nicht sein konnte. Es war doch erst ein paar Stunden her, allerhöchstens einen Tag, dass sie neben Luke in einem Airbus gesessen und auf genau diese Stadt hinabgesehen hatte. Aber was ihre Augen ihr zeigten, das war eine Stadt, die vor Jahren verheert worden war, wenn nicht vor Jahrzehnten. Und das war unmöglich. Es konnte nicht sein, weil es nicht sein durfte. So einfach war das.

Erneut fragte sie sich ganz ernsthaft, ob sie vielleicht tot und das alles hier das Jenseits war, wobei sie es ganz bewusst vermied, das Wort auch nur in Gedanken zu benutzen … auch wenn das Ergebnis dasselbe war. Vielleicht waren die Bilder von Hieronymus Bosch ja schon seit Jahrhunderten nicht mehr zeitgemäß, und jede Generation hatte ihre eigene Hölle.

Sie erreichten eine Abzweigung, hinter der sie auf eine Barrikade aus Nato-Draht stießen, die ihre Bewacher vorsichtig beiseiteräumten und hinter sich wieder schlossen. Viele der tausend winzigen Rasierklingen blitzten wie frisch poliert, und an einigen meinte sie etwas zu erkennen, das an eingetrocknetes Blut erinnerte. Es wurde jetzt rasch dunkel, und auch die Temperaturen sanken immer weiter. Der Regen war eisig, und hier und da schimmerte es in den wehenden Schleiern wie feiner Hagelschauer.

Es fühlte sich auf dem Gesicht auch so an. Beka war längst bis auf die Haut durchnässt. Sie zitterte am ganzen Leib, und ihren Begleitern erging es nicht besser. Sie konnte hören, wie der Junge neben ihr mit den Zähnen klapperte, und auch der Atem des anderen ging immer schwerer.

Auf dem letzten Stück schließlich schlugen sie ein für den mit Schutt und Hindernissen gespickten Boden fast selbstmörderisches Tempo an. Einer der Jungen stolperte auch prompt und schlug der Länge nach und mit einem schmerzerfüllten Schrei hin. Doch keiner seiner Begleiter wurde auch nur langsamer oder machte Anstalten, ihm zu helfen. Dafür hatte Beka das Gefühl, dass sie immer wieder und zunehmend nervöser nach oben sahen. Sie wagte es nicht, dasselbe zu tun, um nicht ebenfalls zu stürzen.

Endlich tauchte ein Licht vor ihnen auf, ein winziges rotes Auge, das immer wieder zu blinzeln schien, wie um sie zu noch größerer Eile aufzufordern. Schließlich näherten sie sich einem dreigeschossigen Gebäude am Ende der Straße, hinter dessen leeren Fensterhöhlen der rote Schein von Fackeln lockte.

Auf dem allerletzten Stück rannten sie tatsächlich. Bekas Begleiter mussten sie nicht eigens auffordern, dasselbe zu tun, denn sie konnte ihre Furcht fast mit Händen greifen. Etwas kam. Sie wusste nicht, was, aber sie war auch ziemlich sicher, es lieber nicht herausfinden zu wollen.

*

Zwei weitere Gestalten mit brennenden Fackeln in den Händen traten aus dem Haus. Sie begannen anfeuernd zu rufen und ihnen zuzuwinken, kamen aber nicht näher. Die beiden Jungen neben ihr legten sogar noch einmal an Tempo zu und ergriffen sie an den Händen, um sie mitzuzerren. Noch ein Dutzend rasend schneller Schritte, und sie hatten es geschafft und stürmten durch die Tür, in praktisch keinem Abstand gefolgt vom letzten Mitglied der Gruppe, das die ganze Zeit über hinter ihr geblieben war, ohne dass sie es überhaupt gemerkt hatte.

Auch er schaffte es, aber eine halbe Sekunde zuvor meinte Beka etwas Dunkles und unmöglich Großes zu erkennen, das hinter ihnen über den Himmel glitt, und dann erscholl ein sonderbarer, peitschender Laut, wie das Zerreißen einer gewaltigen Gitarrenseite, gefolgt von einem Schrei, der von Schmerz und Wut zugleich erfüllt war.

Beka stolperte noch zwei Schritte weiter, blieb stehen und wäre fast gestürzt, als der Junge hinter ihr nicht schnell genug reagierte und gegen sie prallte. Eine schmale, aber erstaunlich kräftige Hand griff nach ihrem Arm und hielt sie im letzten Moment fest. Sie machte sich zwar instinktiv los, drehte sich aber zugleich auch halb herum, um sich zu bedanken und begegnete dem Blick des dunkelhaarigen Mädchens.

»Danke«, sagte sie schwer atmend.

Thora bedachte sie lediglich mit einem kühlen Blick, und ihre Miene verfinsterte sich sogar noch weiter, als sie sich umdrehte und an ihren Bruder wandte.

»Das war ein bisschen knapp, meinst du nicht?«, fragte sie. »Avi hätte es fast erwischt.«

»Knapp daneben ist auch vorbei, oder?«, fragte Yoram.

»Ein bisschen weniger Angeberei, und wir wären früh genug zurückgekommen«, versetzte Thora ärgerlich. »Avi hätte draufgehen können! Wir alle hätten draufgehen können!«

»Hätte ich die beiden vielleicht laufen lassen sollen?«, erwiderte Yoram und machte zusätzlich ein abfälliges Geräusch. »Schlimm genug, dass sie so weit gekommen sind, ohne dass es einer gemerkt hat! Zadkiel reißt mir den Kopf ab, wenn er davon erfährt. Darüber werde ich morgen noch ein paar passende Worte mit Olmos reden, verlass dich drauf!« Er machte eine entschiedene Handbewegung, um das Thema zu beenden. »Ich bin gespannt, wie sie das geschafft haben. Bringt sie nach oben. Ich komme gleich nach und unterhalte mich ein bisschen mit unserer blonden Schönheit.«

»Das kannst du auch gleich hier machen«, sagte Beka. »Wir …«

Yoram versetzte ihr eine Ohrfeige, die ihren Kopf in den Nacken warf. Ihre Nase begann zu bluten. »Du sprichst nur, wenn ich es dir erlaube«, sagte er, als wäre gar nichts gewesen. »Bringt sie weg!«

Die letzten Worte galten den beiden Jungen, die sie hereingebracht hatten und auch prompt wieder nach ihren Armen griffen. Beka bedachte sie mit einem Blick, der sie anscheinend davon überzeugte, dass das keine wirklich gute Idee war, aber sie war auch klug genug, sich ihnen sofort anzuschließen. Es lohnte nicht, sich mit diesen durchgeknallten Jugendlichen anzulegen, die ebenso wie alles andere verschwunden sein würden, wenn sie aufwachte.

Sie gingen eine schmale Treppe hinauf. Oben angekommen erwartete sie ein langer Flur mit zahlreichen verschlossenen Türen, die ebenfalls Spuren eines heftigen Feuers zeigten, das hier gewütet haben musste. Vor langer Zeit, fügte sie in Gedanken hinzu, vor vielen Monaten, wenn nicht vor Jahren.

Die beiden Jungen führten sie zur letzten Tür, hinter der sie ein vollkommen leeres Zimmer mit ebenfalls verbrannten Wänden erwartete. Es gab ein schmales Fenster – natürlich ohne Glas – und einen Haufen schmuddeliger Lumpen in einer Ecke, von denen sie nur hoffen konnte, dass sie nicht das darstellten, was hier als Bett durchging.

Sie wurde unsanft hineingeschubst und die Tür hinter ihr zugezogen, noch bevor sie ihr Gleichgewicht wiedergefunden hatte. Auf das Geräusch eines Schlüssels wartete sie allerdings vergebens. Zornig starrte sie die geschlossene Tür an, bevor sie sich abrupt abwandte und zum Fenster ging. Eigentlich war es nicht mehr als ein Loch in der Wand. Selbst der Rahmen war verschwunden, und eisiger Wind und Nässe schlugen ihr entgegen. Trotzdem stützte sie die Hände auf den verkohlten Sims und beugte sich vor, so weit sie es wagte.

*

Das Fenster befand sich nur wenige Meter über dem Boden. Direkt darunter stand ein halb verkohlter Müllcontainer, sodass man wirklich kein Olympionike sein musste, um den Boden zu erreichen. Wenn das hier so etwas wie ein Gefängnis sein sollte, dann wirklich ein sehr eigenartiges.

Sie dachte an Lukas, und obwohl sie das Kunststück fertigbrachte, sich immer noch einzureden, dass nichts von alledem hier echt sein konnte, spürte sie einen tiefen Stich ins Herz. Ein Gefühl so heftiger Trauer überkam sie, dass sie schon wieder gegen die Tränen ankämpfen musste. Sie verstand es nicht wirklich. Gut, sie hatte etwas für ihn empfunden, mehr als nur etwas, um ehrlich zu sein – obwohl sie sich erst wenige Stunden gekannt hatten –, aber der Schmerz war so tief, als wäre ihr ein Stück aus der Brust gerissen worden.

Vielleicht lag es gar nicht so sehr an ihm, sondern an seinem Tod. Sie war noch niemals dabei gewesen, wenn jemand starb, und sie hatte erst recht noch keinen Mord miterlebt. Kein Wunder, dass sie ein ganz kleines bisschen von der Rolle war.

Die Tür ging auf, und flackernder Kerzenschein vertrieb die Dunkelheit zum Teil. Rasch drehte sie sich um und sah Thora, die sich mit einem kleinen Tablett in den Händen durch die Tür drehte, wodurch sie sie zugleich mit den Schultern daran hinderte, zuschlagen und ihr womöglich auch gleich das Tablett aus den Händen zu wischen. Rasch ging sie hin, hielt die Tür weiter auf und war nicht überrascht, einen der beiden Jungen draußen auf dem Flur zu sehen, die sie heraufgebracht hatten. Hinter Thora huschte noch ein zweites, jüngeres Mädchen herein, das sich hastig bis ans andere Ende des Zimmers zurückzog und sie aus großen Augen anstarrte.

Thora stellte das Tablett auf den Boden und wollte unverzüglich wieder gehen. Beka hielt sie rasch am Arm zurück, ließ aber sofort los, als es in den Augen des Mädchens zornig aufblitzte. Aus den Augenwinkeln sah sie, wie sich das Mädchen anspannte, das mit Thora hereingekommen war, was ihr fast rührend vorkam. Die Kleine war so dürr, dass ihre Knochen eigentlich klappern mussten, wenn sie sich bewegte.

»Ist schon gut«, sagte Thora rasch, an das zweite Mädchen gewandt. Die Kleine zog sich wieder auf ihren Posten an der Wand zurück, blieb aber angespannt und sehr aufmerksam.

»Ich wollte mich nur bedanken«, sagte Beka.

»Du hast noch nicht probiert«, antwortete Thora. »Vielleicht tust du es erst einmal, bevor du dich bedankst.«

»Das meine ich nicht.« Beka blieb ernst. »Du hast mich vor deinem Bruder in Schutz genommen. Wer weiß, was er mit mir gemacht hätte.« Nicht, dass es eine Rolle spielte, denn er existierte ja genauso wenig wie Thora und ihre streitbare Zwergin. Andererseits war eingebildeter Schmerz genauso real wie echter, solange man ihn sich einbildete. Vielleicht sollte sie ein bisschen vorsichtiger sein.

»Bild dir nicht zu viel darauf ein«, erwiderte Thora. »Yoram ist ein Idiot, und ich wollte nicht noch mehr Zeit verlieren. Es war knapp genug.«

»Darf ich dir trotzdem eine Frage stellen?« Beka fuhr gleich fort, ohne auf ihr Einverständnis zu warten. »Warum …?« Sie musste neu ansetzen, um die Frage auszusprechen. »Warum habt ihr Luke umgebracht? Wir haben nichts getan. Wir kennen euch ja nicht einmal!«

»War das sein Name? Luke?«

Beka nickte, obwohl sie nicht einmal dessen ganz sicher war. Luke, Lukas … Sie hatte ja nur sein Wort gehabt, sonst nichts.

»Wie gesagt, Yoram ist ein Idiot«, sagte Thora, als wäre das allein schon Erklärung genug. »Er hätte ihm eins überziehen sollen, damit wir ihn verhören können. Aber er musste ja gleich wieder mit seiner dämlichen Schleuder angeben.« Sie machte eine Geste auf das Tablett hinab. »Iss! Yoram kommt gleich hoch. Und wenn du noch einen guten Rat von mir haben willst, dann sei lieber ehrlich zu ihm, wenn er dich was fragt.«

Damit ging sie, auf dem Fuß gefolgt von dem dunkelhaarigen Mädchen, das es auch nicht unterließ, ihr noch einen abschließenden drohenden Blick zuzuwerfen. Beka starrte die geschlossene Tür hinter ihr noch ein paar Augenblicke frustriert an, bevor sie sich im Schneidersitz neben dem Tablett niederließ und begutachtete, was Thora ihr gebracht hatte: Auf dem Tablett standen ein Kerzenstummel, dessen Flamme in der Zugluft heftig flackerte, ein kleines Glas Wasser und eine Schale mit einem ekligen grauen Brei sowie ein grob aus Holz geschnitzter Löffel.

Nichts davon sah auch nur irgendwie appetitlich aus. Aber allein der Anblick erinnerte sie daran, wie lange sie nichts mehr gegessen und getrunken hatte. Das Wasser war warm und schmeckte ein bisschen abgestanden. Trotzdem leerte sie das Glas mit einem einzigen, langen Zug und legte auch noch den Kopf in den Nacken, um den allerletzten Tropfen zu ergattern. Danach machte sie sich über die Schale her. Ihre Erwartungen wurden nicht enttäuscht. Das Zeug sah nicht nur aus wie alter Tapetenkleister, es hatte sogar eine ganz ähnliche Konsistenz und schmeckte auch so. Sie leerte die Schale trotzdem genauso gründlich wie das Glas und fühlte sich hinterher erstaunlich gesättigt, obwohl die Portion eher bescheiden gewesen war.

*

Vielleicht eine halbe Stunde verging, in der sie weiter dasaß und vor sich hin brütete, ohne selbst zu wissen, was sie eigentlich gedacht hatte, doch dann ging die Tür auf und Yoram trat ein, begleitet von wieder denselben beiden Jungen. Hinter ihnen glitt auch Thora ins Zimmer und schob das Tablett mit dem Fuß zur Seite, ehe sie wieder zurücktrat und sich mit verschränkten Armen gegen die Wand lehnte; in einer exakten Kopie der Haltung, die ihre kleinwüchsige Leibwächterin vorhin eingenommen hatte.

»Ich hoffe, es hat dir geschmeckt«, begann Yoram.

»Scheußlich«, antwortete sie wahrheitsgemäß. »Was war das? Alte Gorillakotze?«

Yoram ignorierte ihre Worte. »Wenn du dann jetzt satt und zufrieden bist, dann kannst du dich ja für unsere Gastfreundschaft bedanken, indem du mir ein paar Fragen beantwortest. Und wenn ich dir einen guten Rat geben darf, dann sag lieber die Wahrheit, bevor wir dich in die Färse stecken.«

In die *Färse?* »Jetzt habe ich Angst«, sagte sie spöttisch.

»Das solltest du.« Yoram ließ sich vor ihr in die Hocke sinken, wobei seine Kniegelenke knackten wie die eines alten Mannes, und stützte die Ellbogen auf den Oberschenkeln auf, bevor er die Finger ineinander verschränkte. Es sah ein bisschen albern aus, zumal er ständig leicht vor und zurück schwanken musste, um nicht das Gleichgewicht zu verlieren.

»Ist im Grunde ganz einfach«, sagte er. »Ich habe nur zwei Fragen. Wer hat euch geschickt, und was sucht ihr hier? Sag mir die Wahrheit, und du kannst wieder zurück zu deinen Freunden gehen, sobald die Sonne aufgeht. Oder sag mir nichts oder versuch mich zu belügen, und du gehst auch, aber zur Färse.«

Beka fragte sich erneut, was dieses Wort bedeutete. Sie hatte das Gefühl, es schon einmal gehört zu haben, aber sie kam nicht darauf.

»Das ist nicht ganz einfach zu erklären«, sagte sie. »Ich verstehe es ja selbst nicht ganz. Eigentlich gar nicht, wenn ich ehrlich bin.«

»Versuch es einfach«, sagte Yoram. »Ich bin ein kluger Bursche.«

Beka sah ihn gerade so lange an, um fast eine Beleidigung aus ihrem Schweigen zu machen. »Niemand hat uns geschickt«, sagte sie schließlich. »Und das Einzige, was wir hier gesucht haben, war ein Weg nach Hause.« Falls es so etwas noch gab.

Sie rechnete fast damit, dass er wieder handgreiflich würde, und in seinen Augen flammte es auch tatsächlich wütend auf. Aber dann verzog er nur verächtlich die Mundwinkel. »Das ist neu. Ich habe schon eine Menge dummer Ausreden von euch Magog gehört, aber so was noch nicht.«

»Magog? Was soll das sein?«

»Du hast also keine Ahnung, wo du bist und wie du hierherkommst«, fuhr er fort, natürlich ohne ihre Frage zu beantworten. »Und wo waren dein Freund und du vorher?«

»Luke und ich waren auf dem Flug von Frankfurt nach Tel Aviv«, sagte sie. »Wir waren schon im Landeanflug, und es war ein bisschen turbulent, weil es an Bord einen Unfall gegeben hat. Dann ist etwas passiert. Etwas Schlimmes. Ich weiß nicht genau, was. Zuerst dachte ich, eine Bombe wäre explodiert, wegen dem grellen Licht und allem, aber vielleicht hat der Pilot ja auch einen Fehler gemacht, weil er es wirklich eilig hatte.« Sie hob die Schultern. »Ich glaube, wir sind abgestürzt. Das Nächste, woran ich mich erinnere, ist jedenfalls, in einer Art Tempel aufgewacht zu sein, zusammen mit Lukas.«

»Ein Tempel?«, fragte Thora. »Wo?«

Beka machte eine Kopfbewegung hinter sich. »Unter der Erde. Ein ganzes Stück unter der Erde sogar, glaube ich. Wir haben mindestens eine Stunde gebraucht, bis wir den Ausgang gefunden haben. Und dann seid ihr auch schon aufgetaucht.« *Und habt Luke umgebracht.*

Yoram starrte sie an, als hätte sie ihm erzählt, geradewegs vom Schlitten des Weihnachtsmannes gefallen zu sein, aber seine Schwester fragte: »Du meinst den Zugang drüben auf der anderen Seite des Platzes, wo wir euch erwischt haben?«

»Da, wo ihr Luke erschlagen habt, ja«, bestätigte Beka. »Gleich dahinter ist ein Loch in einer Mauer. Im Gang lag ein Toter. Habt ihr den auch ermordet?«

Yoram ignorierte auch diese Frage. »Du behauptest also, ihr wärt dort unten im Tempel gewesen?«

»Nein«, antwortete Beka. »Das *behaupte* ich nicht. Wir *waren* da. Kennst du ihn?«

Yoram antwortete auch darauf nicht. »Was habt ihr dort unten gesehen?«

»Eine Menge alter Steine.«

»Und sonst nichts?«, mischte sich Thora ein. »Keine Dämonen?«

»Dämonen?«, wiederholte Beka verdutzt. »Willst du mich auf den Arm nehmen?«

Thora wollte antworten, aber Yoram brachte sie mit einer raschen Geste zum Schweigen. »Ihr kommt also geradewegs aus Frankfurt. Das ist in Deutschland, nicht wahr?«

»Sogar gleich zweimal«, bestätigte Beka.

»Und was du anhast – ist das gerade der neueste Modeschrei bei euch Deutschen?«

»Nein«, antwortete Beka. »Das ist … äh … eine lange Geschichte.«

»Die du mir nicht erzählen willst, nehme ich an.«

»Nein«, sagte Beka. Es gab Dinge, über die sie ganz bestimmt nicht mit diesem *Kind* reden würde … obwohl sie mittlerweile nicht mehr ganz sicher war, was sein Alter anging. Jetzt, wo sie sich zumindest halbwegs gefangen hatte und ihn ansatzweise ansehen konnte, ohne daran zu denken, wie sie ihn auf die schlimmstmögliche Weise umbringen konnte, kam er ihr älter vor als bisher. Nicht viel, vielleicht ein, zwei Jahre, aber mit ein bisschen gutem Willen ging er durchaus als gleichaltrig durch.

Aber das war dann auch schon alles, was sie gemein hatten.

Yoram wartete ein paar Sekunden lang vergeblich darauf, dass sie antwortete, dann seufzte er. Sehr tief. »Du willst es anscheinend nicht anders.«

»Dieser Flug, von Frankfurt«, mischte sich Thora ein. »Wann genau soll das gewesen sein?«

»Gestern … vorgestern … ich weiß nicht genau«, gestand Beka.

Thora tauschte einen Blick mit ihrem Bruder. »Und ihr seid nach Tel Aviv geflogen?«, vergewisserte sie sich.

»Natürlich«, antwortete Beka. »Das ist die übliche Verbindung.«

Yoram seufzte sogar noch tiefer. »Du legst es anscheinend darauf an. Letzte Chance. Du sagst uns die Wahrheit. Wer hat euch geschickt, und wie seid ihr an Olmos und seinen Wachen vorbeigekommen?«

»Aber ich sage die Wahrheit!«, begehrte Beka auf. »Niemand hat uns geschickt, und ich weiß nicht, wer dieser Olmos sein soll! Und ich kenne auch keine Dämonen«, fügte sie gereizt in Thoras Richtung hinzu, als das Mädchen etwas sagen wollte.

Thora zog die linke Augenbraue hoch und ließ sich wieder mit dem Rücken gegen die Wand sinken. Sie verschränkte die Arme erneut vor der Brust. Bei jedem anderen ihres Alters hätte es einfach nur albern ausgesehen, aber bei ihr machte es Beka ein bisschen Angst.

»Ganz wie du willst.« Yoram stand auf und gab den beiden Jungen hinter sich einen Wink.

Ehe Beka auch nur ganz begriff, wie ihr geschah, wurde sie schon gepackt und zu Boden gerungen. Ihre Handgelenke wurden auf den Rücken gedreht und zusammengebunden, dann waren ihre Füße an der Reihe, auch wenn es ihr zuvor noch gelang, einen der beiden Burschen so kräftig vors Knie zu treten, dass er noch ein paar Tage Spaß daran haben würde.

»Nur damit du nicht auf dumme Ideen kommst«, sagte Yoram und machte eine Kopfbewegung zum Fenster. »Du hast Zeit bis morgen früh, zu überlegen. An allem, was danach passiert, bist du dann selbst schuld.«

Beka stemmte sich mit aller Kraft gegen ihre Fesseln, aber es gelang ihr nicht einmal, sie zu lockern. Yoram blickte kopfschüttelnd auf sie herab, bevor er sich wortlos umwandte und ging, zusammen mit seinen beiden Prügelknaben. Nur Thora blieb unter der Tür noch einmal stehen und sah auf sie herab. »Wie schade! Dabei bist du ein so hübsches Mädchen.«

Beka verstand nicht, was sie damit meinte – und wie auch? –, doch Thora ging sowieso bereits weiter und zog die Tür hinter sich zu. Beka rief ihr noch zwei- oder dreimal nach, aber sie bekam keine Antwort, und sie investierte sogar noch einmal mehr Zeit (und ein bisschen Haut) darin, sich gegen die groben Stricke zu stemmen, mit denen sie gefesselt war.

Aber irgendwann gab sie auch das auf.

4

Auch wenn es wahrscheinlich das Letzte gewesen wäre, womit sie selbst gerechnet hätte, verlangte ihr Körper schließlich sein Recht, und sie schlief ein. Es war kein erquickender Schlaf, aus dem sie auch nicht ausgeruht aufwachte, sondern eher so etwas wie ein Fiebertraum, aus dem sie immer wieder mit klopfendem Herzen und vor Kälte mit den Zähnen klappernd hochschrak und nicht sicher war, welcher Albtraum der schlimmere war; die höllischen Visionen, die sie auf der anderen Seite gemartert hatten, oder das, was von sich selbst behauptete, die Wirklichkeit zu sein.

Vielleicht war es am Schluss einzig die Kälte, die sie in die Realität zurückriss. Der Wind musste sich gedreht haben und hatte eisigen Regen fast bis zur Mitte des Zimmers hereingeweht. Ihre Beine waren bis zu den Knien hoch durchnässt, und ihr war so kalt, dass sie mit den Zähnen klapperte. Ihre Handgelenke waren von den Fesseln wund gescheuert und schmerzten höllisch, und als sie sich zu bewegen versuchte, um wenigstens aus der Nässe zu kriechen, protestierte jeder Muskel in ihrem Leib mit wütenden Schmerzen. Trotzdem quälte sie sich weiter in die Höhe und robbte und kroch bis zu der am weitesten vom Fenster entfernten Ecke, wo sie sich mit dem Rücken an der Wand in eine halb sitzende Position hochschob. Sie zitterte am ganzen Leib und hatte Krämpfe in den Waden, und ihre auf dem

Rücken zusammengebundenen Hände waren so taub, dass sie gar nicht mehr da zu sein schienen.

Aber sie waren da, genau wie der eisige Regen, dieses heruntergekommene Zimmer und die verbrannte Stadt auf der anderen Seite des Fensters. Es war kein Traum gewesen. Sie hatte geschlafen, und sie war immer noch gefangen, die Welt stand immer noch in Flammen, und Luke war immer noch tot. Aber etwas hatte sich trotzdem verändert.

Der Schmerz war fort. Die Erinnerung an den brutalen Mord erfüllte sie immer noch mit tiefem Entsetzen. Er erinnerte sie vor allem daran, dieser vermeintlich durchgeknallten Kinderbande nicht zu trauen und sie vor allem keine Sekunde lang zu unterschätzen. Doch das Gefühl, ihr wäre ein Stück aus der Brust gerissen worden, war verschwunden. Sie hatte ihn gekannt, er war vor ihren Augen ermordet worden, und jetzt war er nicht mehr da, und das war schlimm, aber das war auch alles. Es war wohl doch nur eine kurzfristige Schwärmerei gewesen, nicht die große Liebe, die aus zwei Seelen eine machte, sodass die eine ohne die andere nicht mehr sein konnte.

Unten im Haus waren jetzt wieder Stimmen zu hören, und die Dunkelheit vor dem Fenster kam ihr nicht mehr ganz so undurchdringlich vor. Es musste fast Morgen sein. Jetzt würden Yoram und seine Freunde bald kommen und wieder Antworten auf Fragen von ihr verlangen, die sie ihnen nicht geben konnte. Sie traute dieser durchgeknallten Rotznase durchaus zu, diese Antworten aus ihr herausprügeln zu wollen. Angedroht hatte er es ihr ja schon.

Als hätte das Schicksal nur auf dieses Stichwort gewartet, ging die Tür auf und Thora kam herein, begleitet von zwei Jungen, die Beka nicht kannte und die ihrem Blick fast angstvoll auswichen, und dem Mädchen von gestern. Im hellen Tageslicht wirkte es noch dünner und ausgemergelter als in der vergangenen Nacht. Auf einen stummen Wink Yorams hin zerrte sie einer der Burschen grob auf die Füße und musste sofort noch einmal fester zugreifen, als ihre Beine unter ihr nachgaben und sie zu stürzen drohte. Der andere trat hinter sie und löste ihre Handfesseln, und beide hielten sie noch eine ganze Weile fest, bis sie immerhin gegen die Wand gelehnt aus eigener Kraft stehen konnte. Oder etwas Ähnliches.

Thora sah die ganze Zeit über schweigend und mit unbewegtem Gesicht zu. »Konntest du ein bisschen nachdenken?«, fragte sie schließlich.

Beka schenkte ihr einen bösen Blick, auf den sie nur mit einem knappen Schulterzucken reagierte. »Gut, dann lassen wir dich noch eine Weile allein, damit du in Schwung kommst. Wir müssen ein Stück laufen, und du willst doch bestimmt nicht, dass mein Bruder dich an deinen hübschen blonden Haaren hinter sich herschleift, oder?«

»Ich mache das gerne«, fügte ihre magersüchtige Begleiterin hinzu.

»Sei still, Rachel«, wies sie Thora zurecht, ohne sie anzusehen. »Das ist kein Spiel.«

»Ich hab's ja auch ernst gemeint«, versetzte Rachel.

Thora seufzte, sagte aber nichts mehr, und Beka sparte sich eine Antwort auf Rachels Worte. Sie suchte vergeblich nach einer Spur von Spott oder krudem Humor in den dunklen Augen des Mädchens. Wenn Rachel sie nur erschrecken wollte, dann machte sie das perfekt.

Andererseits traute sie Yoram jede Gemeinheit zu.

Thora, einer der Jungen und auch Rachel gingen, während sich der andere mit verschränkten Armen gegen den Fenstersims lehnte und sie möglichst finster anzustarren versuchte. Das Ergebnis war eher mäßig.

Beka beachtete ihn in den nächsten Minuten kaum, sondern litt – mehr oder weniger – stumm vor sich hin, während das Leben allmählich in ihre Hände und Finger zurückkehrte; zuerst kribbelnd, dann aber mit immer schlimmer werdenden stechenden Schmerzen, als würden ihr Nadeln unter die Fingernägel getrieben; bis hinauf in die Handgelenke. Ihre Waden fügten heftige Krämpfe hinzu, die fast genauso schlimm waren, und ihre Zehen fühlten sich an wie Eisklumpen, die gleich abfallen würden. Wäre sie allein gewesen, hätte sie vor Schmerz gewimmert. Doch das ließ ihr Stolz nicht zu.

*

Irgendwann wurde es besser, und nach einigen weiteren Minuten kam Thora zurück und machte eine stumme auffordernde Geste. Bekas Hände taten immer noch weh. Mit ihren schmerzenden Waden würde sie allerhöchstens humpeln können, auf gar keinen Fall wegrennen. Aber sie würde den Teufel tun, sich Thora gegenüber irgendetwas davon anmerken zu lassen, und ihrem Bruder gegenüber schon gar nicht.

Yoram und gut anderthalb Dutzend anderer Jungen und Mädchen erwarteten sie im Erdgeschoss. Etliche Gesichter kannte Beka noch aus der vergangenen Nacht, die meisten aber waren ihr fremd. Einige von ihnen waren noch Kinder, vielleicht vier oder fünf Jahre alt, die sie aus großen Augen anblickten, und nicht einer schien älter zu sein als Yoram selbst. Beka sah sogar ein vielleicht zehn- oder elfjähriges Mädchen, das einen schlafenden Säugling auf den Armen trug. Außerdem waren sie alle ausnahmslos verdreckt, in Lumpen gekleidet und rochen nicht besonders gut. Und sie alle trugen diesen sonderbaren Kopfschmuck, der wohl tatsächlich eine Art Stammeszeichen zu sein schien.

Yoram kam ihr mit einem breiten Grinsen entgegen, das sie ihm nur zu gerne aus dem Gesicht geschlagen hätte. »Guten Morgen, Liebes! Ich hoffe doch, du hast gut geschlafen?«

»Nicht besonders«, antwortete Beka. »Da war so ein komisches Geräusch. Ich glaube, die Dusche tropft.«

»Und deinen Humor hast du auch behalten. Das ist gut. Du wirst ihn brauchen.« Yoram grinste fröhlich weiter, aber seine

Augen blieben so kalt wie angemalte Glaskugeln. »Ist dir inzwischen wieder eingefallen, wie ihr hergekommen seid?«

»Ich bin nicht ganz sicher, ob es Ryanair oder El-Al war«, antwortete sie. »Es gibt so viele Fluggesellschaften, da verliert man schnell den Überblick, weißt du?«

Ein erschrockenes Raunen ging durch die Menge, die sie mittlerweile in einem mehrfach gestaffelten Kreis umgab, und auch Yorams Grinsen erlosch endgültig. »Du legst es also wirklich darauf an, wie? Letzte Chance, Liebes. Die Wahrheit oder die Färse.«

Beka wusste immer noch nicht genau, was dieses Wort bedeutete, aber sie meinte zu spüren, wie die Menge ringsum den Atem anhielt. »Also gut«, sagte sie. »Ich gebe es zu. Es war El-Al. Ein Billigticket.«

Jemand keuchte, und ganz kurz begegnete sie Thoras Blick und las eine Mischung aus Überraschung und Mitleid darin, über deren Bedeutung sie lieber gar nicht nachdenken wollte.

»Ganz wie du willst. Dann lass uns gehen.« Yoram machte einen halben Schritt zurück und zur Seite. Hinter ihm teilte sich die Menge und bildete eine lebendige Gasse, durch die Beka und er den Raum und einen Moment später das Haus verlassen konnten.

*

Es war noch immer kalt, aber wenigstens hatte es aufgehört zu regnen. Der Himmel blieb bedeckt und die Sonne war noch nicht einmal ganz über den Horizont gestiegen, aber genauso rot und entzündet wie gestern. Ein ganz schwacher, klagender Ton war zu hören, der Wind, der sich in den zerstörten Straßen und leeren Fensterhöhlen brach, um ein niemals endendes Wehklagen anzustimmen.

Sie musste an gestern Abend denken, sah nach oben und erblickte ein Spinnennetz aus straff gespannten Drähten, das sich über die Straße spannte. Hier und da waren spitze Nägel oder Glasscherben hineingewoben oder blitzende Metallscheiben, die sich beim zweiten Hinsehen als verbogene Konservendosendeckel entpuppten, und nun fiel ihr auch wieder der seltsame Laut ein, denn sie gehört hatte; ein Geräusch, als würde eine riesenhafte Gitarrensaite angeschlagen.

Thora trat neben sie. »Noch ist Zeit. Wenn wir erst einmal angekommen sind, ist es zu spät. Das weißt du doch.«

»Unser Gast hat sich entschieden, Schwesterherz«, sagte Yoram. »Das solltest du respektieren.«

Thora ignorierte ihn. »Sag uns einfach, wer euch geschickt hat und was sie planen, und wir lassen dich laufen.«

Sie log, das war Beka klar. »Aber ich habe die Wahrheit gesagt«, beteuerte sie. »Wir müssen abgestürzt sein, und ich weiß nicht, was danach passiert ist.«

Wenn Luke doch nur hier wäre! Er würde diesen durchgeknallten Rötzlöffeln nicht nur eine gehörige Abreibung verpassen, sondern diesem Albtraum auch ein Ende bereiten. Gut, das mit der Abreibung würde sie ihm liebend gerne abnehmen; vor allem bei einer ganz bestimmten Person.

Thoras Blick wurde nun eindeutig traurig. »Wie du meinst.«

Sie ließ sich wieder zurückfallen, und ihre Stelle nahm Rachel ein, begleitet von einem Jungen, der allerhöchstens dreizehn oder vierzehn sein konnte, dennoch aber einen Kopf größer als sie war.

Beka betrachtete ihn aufmerksam und lauschte zugleich in sich hinein. Sie fühlte sich immer noch miserabel. Die Wadenkrämpfe waren verschwunden, dafür aber fühlten sich jetzt ihre Oberschenkel an wie Holz, und ihre Hände taten immer noch weh. Dennoch glaubte sie, gute Chancen zu haben, sollte am Ende ihres Weges eine wirklich üble Überraschung auf sie warten und sie sich zur Flucht entschließen müssen. Ganz anders als die zerlumpte Bande ringsum war sie trotz allem in Topform, und sie glaubte auch nicht, dass auch nur einer von ihnen einen Gutteil seiner Freizeit im Fitnessstudio und auf dem Sportplatz verbrachte, wie sie. Sollte es hart auf hart kommen, war sie guter Dinge, ihnen einfach davonlaufen zu können.

Möglicherweise aber auch nicht, denn die Zahl ihrer Begleiter nahm ständig weiter zu. Manchmal einzeln, manchmal auch in kleinen Gruppen, gesellten sich immer mehr Halbwüchsige und Kinder zu ihnen, bis ihre Anzahl auf mindestens fünfzig oder sechzig angewachsen war, und es schienen immer noch mehr und mehr zu werden. Die Stimmung wirkte nicht bedrohlich. Ein allgemeines, aufgeregtes Schnattern und Raunen lag in der Luft, und dann und wann meinte sie sogar ein Lachen zu hören. Niemand schien sonderlich aufmerksam zu sein. Eines der jüngeren Kinder zupfte sogar neckisch an ihrer roten Latzhose und rannte dann johlend davon, als Rachel spielerisch nach ihm schlug. Eigentlich hatte die ganze Stimmung etwas von einem Volksfest, fand Beka.

Trotzdem fragte sie sich, ob sie nicht vielleicht doch ein bisschen zu optimistisch war. Einer ganzen Hundertschaft davonzurennen war nicht so einfach, und anders als sie kannte sich diese zerlumpte Bande hier aus. Die Stadt war auch bei Tageslicht betrachtet nichts anderes als hoffnungslos zerstört, ein gewaltiges Labyrinth aus beschädigten und eingestürzten Gebäuden und Schuttbergen. Eine Million Verstecke für jeden, der sich hier auskannte, und eine Million tödlicher Fallen für jeden, der das nicht tat. Sie beschloss, das Einzige zu tun, was ihr ohnehin nur blieb, und ein Problem nach dem anderen zu lösen.

Sicherlich eine Viertelstunde marschierten sie in immer noch wachsender Zahl durch die zerstörten Straßen mitsamt ihren fast bis zur Unkenntlichkeit zusammengeschmolzenen Autowracks. Sie schien im gleichen Maße immer schmaler zu werden, in dem ihre Schar weiter wuchs. Da, wo sie nicht von Trümmern nahezu verstopft oder nur noch von zu bizarren Gebilden verbrannten Ruinen flankiert wurden, musste es früher eine so typische Altstadt gewesen sein, dass sie ebenso gut aus der Trickkiste eines der großen Hollywood-Studios hätte stammen können. Der allergrößte Teil bestand jetzt allerdings nur noch aus schwarz verschmorten Trümmern.

*

Schließlich betraten sie einen Bereich vollkommener Zerstörung, wo ein ganzer Straßenzug regelrecht pulverisiert worden war. Dahinter erhob sich eine stark beschädigte, aber größtenteils noch intakte Stadtmauer, in der ein gewaltiges, feuergeschwärztes Loch gähnte, das sie erst auf den zweiten Blick als Tor erkannte; einst sicherlich prachtvoll gestaltet, jetzt aber nur noch ein Fanal brutaler Zerstörung. Beißender Brandgeruch hing in der Luft, der sich so tief in das gequälte Gestein gebrannt hatte, dass er vielleicht nie wieder verschwinden würde.

Sie ging instinktiv langsamer und wäre vielleicht sogar stehen geblieben, hätte ihr der Junge hinter ihr nicht einen derben Stoß zwischen die Schulterblätter versetzt, der sie beinahe zu Boden geworfen hätte. Ungeschickt stolperte sie weiter und durch das Tor – und vergaß sowohl ihren Zorn als auch alles, was sie dem Rotzlöffel hinter sich anzutun gedachte.

Auf der anderen Seite des Tors war die Welt verbrannt. Alles war schwarz, der Boden, die halb zerstörte Wand, die über ihr in den Himmel wuchs und selbst die wenigen nahezu eingeebneten Ruinen, die verstreut wie die Gerippe einer gescheiterten Invasionsarmee hier und da zu sehen waren. Sogar der Himmel wirkte düsterer als auf der anderen Seite, als hätte die Schöpfung außerhalb der Mauern einen Teil ihrer Kraft eingebüßt, verbrannt im Feuer der Sterne, das Menschen hier entfesselt hatten.

»Großer Gott!«, flüsterte sie. »Was … was ist denn hier passiert?« Als ob sie das nicht wüsste.

»Gott hat damit nichts zu tun«, sagte Thora grimmig. Beka hatte nicht einmal gemerkt, dass sie wieder neben ihr aufgetaucht war. »Geh weiter! Und sag so etwas nicht zu laut, sonst wird es nur schlimmer.«

Beka hatte schon Mühe, die Worte zu verstehen, geschweige denn sie zu begreifen. Sie stolperte weiter, aber sie hatte das Gefühl, dass sich alles um sie drehte, als begänne die Welt über ihr zusammenzustürzen. Der eisige Wind trieb ihr die Tränen in die Augen und schmeckte nach verbrannter Asche, und unter ihren Schritten knisterte zur Härte von Glas geschmolzenes Erdreich.

Vor ihnen warteten weitere Gestalten, Dutzende, wenn nicht Hunderte, die ein johlendes und gestikulierendes Spalier bildeten. Aber das nahm sie nicht einmal wirklich zur Kenntnis. Ihr Blick tastete immer verzweifelter über die verkohlte Landschaft und suchte wie die Hand eines Ertrinkenden nach etwas, woran er sich festhalten konnte, etwas, das nicht *schwarz* war.

Es gab nichts.

*

Vor ihnen stieg das Land zuerst sacht und dann immer steiler an, bis es sich zu einem vielleicht achtzig Meter hohen Hügel aufschwang. Aus seinen Flanken ragten verkohlte Strünke unzähliger Bäume, die einmal hier gestanden hatten, da und dort auch die halb geschmolzenen Überreste einer Ruine, von denen nicht einmal mehr zu ahnen war, was sie einmal dargestellt hatten.

Schwarzer Rauch stieg von einer Stelle knapp hinter der Hügelkuppe auf, und ein Stück links davon ragte ein skelettiertes Etwas in die Höhe; vielleicht eine Art kruder Aussichts- oder Wachturm. Auch dort oben bewegte sich etwas, vielleicht Menschen, vielleicht auch nur Asche, die in den Tränen in ihren Augen schwamm.

Die Menge war auf mindestens zwei-, wenn nicht dreihundert Köpfe angewachsen, als sie den Gipfel erreicht hatten. Die Bäume hatten nicht besonders dicht gestanden und konnten auch nicht sehr groß gewesen sein, als sie noch gelebt hatten. Jetzt waren sie zu den knorrigen schwarzen Skulpturen eines verrückten Künstlers geworden, der seine ganz persönliche Version des Weltuntergangs erschaffen hatte. Aber sie erkannte auch, was sie einmal gewesen waren.

»Olivenbäume?«

»Das hier ist der Olivenberg«, bestätigte Thora. »Oder war es einmal.« Sie überlegte kurz. »Bei euch nennt man ihn wohl den Ölberg.«

Beka nickte, denn selbstverständlich hatte sie sich vor ihrer Abreise hierher über die wichtigsten Punkte informiert und ihre Umgebung trotz der schrecklichen Veränderung längst erkannt. Aber zugleich konnte es gar nicht sein.

»Wie lange lebst du schon hier, Thora?«, fragte sie.

»Lange genug«, antwortete Thora unwirsch. »Warum?«

»Nur so«, sagte Beka. »Ich kannte mal eine Thora-Marie. Ist lang her.«

»Thora-Marie?« Thora riss die Augen auf.

»Ein komischer Name, ich weiß«, sagte Beka. »Ihre Schwester hatte einen noch ulkigeren. Jezabel-Ann.«

Thoras Augen wurden schmal. Sie sagte nichts, aber in ihrem Gesicht arbeitete es auf eine Art, die in Beka das ungute Gefühl weckte, gerade einen ziemlich großen Fehler gemacht zu haben. Sie war nahe daran, irgendetwas zu sagen, um die Situation zu entspannen, doch inzwischen hatten sie ihr Ziel erreicht und traten auf die flache Hügelkuppe hinaus. Sie war nahezu baumlos, denn hier war der Bewuchs nicht von der Flanke des Berges vor der ungeheuerlichen Druckwelle geschützt worden, die alles einfach hinweggefegt hatte, was nicht mit dem Fels verwachsen war.

Einen Steinwurf entfernt ragte ein zerschmolzenes Etwas aus dem Boden, das möglicherweise einmal eine kleine Kirche oder Kapelle gewesen sein mochte, und daneben noch etwas anderes und Rotes, das eine Alarmglocke hinter ihrer Stirn schrillen ließ. Zugleich sah sie aus den Augenwinkeln auch noch etwas, das sie mitten im Schritt erstarren und dann halb herumfahren ließ.

Sofort traf sie ein noch derberer Stoß in den Rücken, aber sie nahm ihn nicht einmal zur Kenntnis.

Unter ihnen lag der verbrannte Leichnam einer Stadt.

*

Sie hatte geglaubt, es könne nicht mehr schlimmer kommen, aber das stimmte nicht. So weit ihr Blick reichte, reihten sich verbrannte Ruinen aneinander, Block für Block, Straße für Straße, ein gigantisches Gräberfeld der Zivilisation, aus dem das Feuer der Hölle jede Spur von Leben herausgebrannt hatte. Sie wusste jetzt endgültig, wo sie war, auch wenn etwas in ihr immer noch darauf beharrte, dass das gar nicht sein konnte: Die uralte Stadtmauer mit den acht berühmten Toren, der gewaltige, rechteckige Berg, von dem manche immer noch hartnäckig behaupteten, er wäre von Menschenhand erschaffen, und die weltberühmte goldene Kuppel. Unter ihr lag …

»Jerusalem?«

»Das hast du aber klug erkannt«, sagte Yoram. »Haben sie euch also doch nicht ganz blind ins offene Messer laufen lassen. Umso dümmer, dass ihr trotzdem hergekommen seid.«

»Aber das ist unmöglich«, stammelte Beka. »Ich … wir … wir waren doch in … auf dem Weg nach Tel Aviv, und …«

»Diese Stadt gibt es nicht mehr«, sagte Yoram. Es schien ihm großes Vergnügen zu bereiten.

»Das ist unmöglich«, beharrte Beka, längst nicht mehr fähig, auf ihren Verstand zu hören. Oder auch nur willens. »Meine … meine Mutter wartet am Flughafen auf mich, und … und …«

»Das ist jetzt genug.« Yoram zerrte sie grob am Arm herum. Er setzte dazu an, noch mehr zu sagen, presste aber dann nur die Lippen zu einem schmalen, blutleeren Strich zusammen und wandte sich danach abrupt ab, um davonzustürmen.

Beka verlängerte seinen Kurs in Gedanken und bemerkte überhaupt erst jetzt, dass außer der verrückten Kinderbande auch noch ein paar Erwachsene anwesend waren: eine Gruppe ebenso zerlumpt gekleideter, schmuddeliger Männer, die in dreißig oder vierzig Metern Abstand dastanden und die bizarre Szene schweigend verfolgten. Sie waren mit langen Speeren bewaffnet, auf die sie sich nachlässig stützen, und auch an ihren Seiten hingen große Messer oder andere, rostige Mordinstrumente. Auf ihre Art wirkten sie kein bisschen weniger bedrohlich als Yoram und seine Bande. Ganz im Gegenteil.

Yoram steuerte einen grauhaarigen Riesen an, der der Anführer der Gruppe zu sein schien und ihm seinerseits einen halben Schritt entgegenkam und sofort und aufgeregt mit einer Hand zu gestikulieren begann. Die andere lag auf dem Griff eines Samuraischwertes, das er an der Seite trug.

»Wer ist das?«, fragte sie.

»Olmos«, antwortete Thora. »Der Anführer vom Stamm Ephraim.« Sie zögerte ganz kurz. »Er war nicht begeistert über euer Auftauchen.«

»Dann lass mich mit ihm reden«, sagte Beka. »Ich kann ihm alles erklären.« Und er war ein Erwachsener, dessen Gehirn schon völlig ausgebildet war und nicht in einer vorpubertären Ich-mach-mal-erst-alles-kaputt-Phase feststeckte. Das sprach sie lieber nicht aus.

Thora schüttelte den Kopf. »Das solltest du dir lieber nicht wünschen, glaub mir.«

Beka sagte nichts dazu, aber sie bemühte sich, Olmos genauer in Augenschein zu nehmen. Über die große Entfernung war es nicht leicht, in seinem Gesicht zu lesen. Immerhin erkannte sie, dass er wohl schon fortgeschritteneren Alters war, sicherlich sechzig oder mehr. Er war ebenso schäbig gekleidet wie die anderen, aber irgendwie … brachialer, was vielleicht daran lag, dass seine Fetzen-Uniform mit allen möglichen Leder- und Metallstücken zu einer primitiven Rüstung umfunktioniert worden war. Sein Haar war lang und so hellgrau, dass es schon fast weiß wirkte. Anders als seine Begleiter war er glatt rasiert, aber von seinen Schläfen hingen zwei albern aussehende, erstaunlicherweise schwarze Locken; die typischen *Pejes*, an denen man die ganz hartgesottenen orthodoxen Juden erkannte.

Und er wirkte nicht besonders gut gelaunt. Seine Hand deutete immer wieder heftig gestikulierend in ihre Richtung.

Schließlich machte er eine unwillige Handbewegung, mit der er das Gespräch wohl zugleich für beendet erklärte, denn er wandte sich mit einem Ruck um und stapfte zu seinen Männern zurück, und auch Yoram machte kehrt. Sein Gesicht war finster wie die Nacht, als er zurückkam.

Trotzdem sagte er: »Heute scheint wirklich dein Glückstag zu sein, Kleines. Olmos ist außergewöhnlich großzügig gestimmt. Er ist einverstanden, dich gehen zu lassen, wenn du uns hier und jetzt die Wahrheit sagst.« Er legte lauernd den Kopf auf die Seite. »Deine allerletzte Chance.«

Beka wusste immer noch nicht, wozu eigentlich und sah stattdessen noch einmal zu Olmos und den anderen Männern hin. Der Grauhaarige erwiderte ihren Blick stumm, und selbst über die große Entfernung hinweg konnte sie den grimmigen Ausdruck auf seinen wie aus grobem Stein gemeißelten Zügen erkennen. Von diesem Mann hatte sie keine Gnade zu erwarten, das begriff sie.

»Ich habe die Wahrheit gesagt«, sagte sie noch einmal.

»Wie du willst«, seufzte Yoram. Er klang nicht wirklich enttäuscht.

*

Sie wurde weitergestoßen. In der Mitte des Platzes erhob sich eine aus großen Steinquadern gemauerte Plattform, die ganz eindeutig nach dem Höllenfeuer errichtet worden war, denn die Steine waren zwar alt, aber nicht verbrannt. Nun erinnerte sie sich auch wieder, was eine Färse war: nichts anderes als eine Kuh.

Eine solche, grob aus Eisen gefertigt und knallrot angemalt, erhob sich auf der Oberseite des gemauerten Quaders. Eine rote Kuh. Da war etwas, das mit einer roten Färse und irgendwelchen jüdischen Riten zu tun hatte. Sie kam nicht dazu, dieser Frage nachzugehen, denn plötzlich wurde sie von Yoram und dem Jungen auf der anderen Seite gepackt, die ihre Arme auf den Rücken drehten. Instinktiv versuchte sie sich zu wehren, aber die beiden Burschen waren nicht annähernd so schwach, wie ihr ausgemergeltes Äußeres glauben machen wollte.

Sie trat zusätzlich um sich, traf etwas und wurde mit einem schmerzlichen Grunzen belohnt. Es nutzte nichts. Die beiden Jungen zerrten sie mühelos weiter auf die große Eisenkuh zu und schließlich eine gemauerte Treppe hinauf. Ein Chor auffordernder Rufe und Pfiffe folgte ihnen, und sie spürte einen Schwall intensiver Wärme, der von der großen Eisenstatue ausging. Oben wurde sie grob auf die Knie gestoßen. Ein anderer Junge nahm Yorams Stelle ein, als dieser ihr Handgelenk losließ und einen Schritt zurücktrat. Beka warf sich mit verzweifelter Kraft hin und her. Es gelang ihr nicht, sich loszureißen, aber ihr Gesicht streifte die Wand der eisernen Färse, und sie schrie gellend auf. Das Metall war glühend heiß.

»Tja, Liebes, du wolltest es ja nicht anders«, sagte Yoram. »Willst du uns jetzt vielleicht die Wahrheit sagen?«

»Aber das tue ich doch!«, beteuerte Beka, und aus ihrer Angst wurde endgültig Panik, als sie die große Kupferschale unter der Färse sah, in der ein gewaltiges Feuer prasselte. Und die große Klappe in der Flanke der lebensgroßen Statue, die gar keine Statue war.

Sondern ein Ofen.

»Aber ich habe die Wahrheit gesagt!«, stieß sie verzweifelt hervor. »Ich weiß nicht, wie ich hierhergekommen bin! Wir waren im Flugzeug, und dann war ich plötzlich hier!«

»Schade«, sagte Yoram. »Aber eine Chance hast du noch. Schließlich soll mir keiner nachsagen, ich wäre unfair.«

Er trat einen Schritt zurück, hob die Arme und wandte sich

mit erhobener Stimme an die Menge. »Gnade oder Gerechtigkeit?«, rief er.

»Gerechtigkeit!«, brüllte die Menge mit hundert Stimmen, die wie eine klangen. »Gerechtigkeit! Gerechtigkeit!«

»Tja, da hörst du es«, sagte Yoram mit schlecht gespieltem Bedauern. »Ich würde ja sogar Gnade vor Recht ergehen lassen, aber Gesetz ist Gesetz, auch für mich.«

»Aber ich schwöre bei Gott …«

Yoram schlug ihr mit dem Handrücken über den Mund, und das so hart, dass ihre Unterlippe aufplatzte und sie spürte, wie sich einer ihrer Schneidezähne lockerte. »Halt den Mund, verdammte Magog!«, fuhr er sie an.

Er nickte, und die beiden Burschen hinter ihr rissen sie grob in die Höhe. Beka versuchte nach ihm zu treten und hätte ihn auch fast erwischt, hätte ihr einer der Kerle seinen Fuß nicht so hart in die Kniekehle gehämmert, dass sie erneut auf ein Knie herabfiel. Die Menge brüllte begeistert, und wieder wurden »Gerechtigkeit!«-Rufe laut. Thora kam die Treppe herauf, eine Rolle glänzenden Stacheldraht in der einen und einen schmutzigen Lappen in der anderen Hand. Den Draht ließ sie scheinbar achtlos fallen, während sie den Lappen benutzte, um die schwere Klappe in der Flanke der eisernen Färse zu öffnen. Ein Schwall so intensiver Hitze schlug ihnen entgegen, dass Beka voller Pein wimmerte und auch die beiden Jungen hinter ihr die Gesichter wegdrehten.

»Bitte!«, flehte sie. »Nein! Ihr müsst das nicht tun! Ich sage euch alles, was ihr wissen wollt!«

»Ja, darauf wette ich«, feixte Yoram. »Aber du hörst es ja selbst, das Volk verlangt nach Gerechtigkeit.«

Er griff nach dem Draht, den Thora fallen gelassen hatte, zog mit der anderen Hand eine rostige Kneifzange aus der Tasche und nickte ihren beiden Bewachern zu, die Beka daraufhin erneut niederrangen und auf den Bauch wälzten, und aus Bekas Angst- wurden gellende Schmerzensschreie, als er damit begann, zuerst ihre Hand- und dann ihre Fußgelenke mit dem Stacheldraht zu fesseln. Es tat sehr weh, aber ihre Angst war so übermächtig, dass sie es kaum spürte.

Während die beiden Kerle sie an den Oberarmen und Beinen ergriffen und hochhoben, beugte sich Thora noch einmal zu ihr herab. »Tut mir leid. Aber ich habe dafür gesorgt, dass die Färse schon heiß ist. So geht es schneller.«

Beka bäumte sich mit verzweifelter Kraft auf und warf sich hin und her und schrie aus Leibeskräften. Aber es nutzte nichts. Alles in ihr weigerte sich einfach zu glauben, was gerade geschah. So etwas passierte nicht, nicht in Wirklichkeit und schon gar nicht *ihr!*

Aber es passierte, ihr und jetzt.

Die beiden Jungen holten noch einmal Schwung und warfen sie durch die geöffnete Klappe, die hinter ihr mit einem Knall geschlossen wurde, noch bevor sie auf dem glühenden Eisen aufschlug.

*

Erstaunlicherweise tat es nicht einmal weh. Sie prallte hart mit dem Hinterkopf auf und fühlte sich leicht benommen, aber sie spürte keine Hitze und erst recht keinen Schmerz. Die Luft war stickig und roch nach heißem Metall und verschmortem Haar, und selbst durch das dicke Eisen hindurch konnte sie das begeisterte Johlen der Menge hören, die noch immer nach *Gerechtigkeit* schrie. Und dann …

… kam der Schmerz, urgewaltig und mit solcher Wucht, dass der Rest des Universums einfach aufhörte zu existieren und es nur noch Qual und Angst und pure Agonie gab. Ihr Haar fing Feuer, und nur eine Sekunde später ihre gesamte Kleidung. Sie konnte spüren, wie ihre Haut Blasen schlug und ihr Gesicht zu schmelzen begann, roch den Gestank ihres eigenen brennenden Fleischs und glaubte das Geräusch zu hören, mit dem ihr Blut in den Adern zu kochen begann, und jeder einzelne Nerv in ihrem Körper signalisierte *Pein*. Wieso starb sie nicht? Sie lag seit Stunden hier und brannte, und sie wollte nichts mehr, als zu sterben.

Aber sie starb nicht. Stattdessen wurde die Klappe über ihr aufgerissen, und starke Arme griffen zu ihr herab und hoben ihren brennenden Köper aus dem Feuer. Aus irgendeinem Grund erloschen die Flammen, die aus ihrem Gesicht und ihren Kleidern züngelten, und sie meinte etwas wie einen kühlen Luftzug zu spüren, der über ihr gemartertes Fleisch strich und ihren Schmerz linderte. Ein Gesicht erschien über ihr, und eine sehr kraftvolle und zugleich sanfte Stimme sagte: »Ich bin Zadkiel. Hab keine Angst, mein Kind! Ich bin gekommen, dich zu retten.«

Sie sah weiter zu Zadkiel hoch, aber eigentlich starrte sie das doppelte Paar gewaltiger schwarzer Flügel an, das sich über seinen Schultern ausbreitete.

Jetzt wusste sie, dass sie tot war, endlich. Denn über ihr stand ein Engel.

5

Es roch schlecht, nach kaltem, saurem Schweiß, nach süßlichem Schimmel und verbranntem Holz und Stein. Sie erinnerte sich nicht, eingeschlafen zu sein. Sehr wohl aber gestorben. Die Zeit zwischen ihrem vermeintlichen Tod und jetzt war eine nicht enden wollende Folge immer neuer und immer absurderer Albträume, die keine Handlung und keinen Sinn hatten; Schreckensbilder endloser Qual, körperlich wie seelisch. Sie wusste noch, dass sie gebrannt hatte und vor Fieber geglüht; ein fauliges Feuer, das sie von innen heraus verzehrte und schlimmer war als alles, was sie je zuvor erlebt hatte.

Es war nicht einfach nur Fieber. Etwas geschah mit ihrem Körper, etwas, das sie veränderte, und nach dem sie nie wieder dieselbe sein würde.

Panik wollte sich in ihr regen. Sie ließ sie nicht zu, sondern kämpfte mit aller Willenskraft zuerst die Furcht und dann die verstörenden Bilder nieder und versuchte, Klarheit in das Chaos hinter ihrer Stirn zu zwingen. Als Allererstes kam die Angst, dass mit der Klarheit auch die Schmerzen zurückkehren würden. Aber das geschah nicht. Stattdessen wechselte sie endgültig in eine Wirklichkeit hinüber, wie sie trister kaum sein konnte: Das Zimmer war nicht sehr groß und so gut wie leer, abgesehen von einem Tischchen und dem Bett, in dem sie aufgewacht war. Die Wände waren schmutzig, und überall blätterte der Putz ab.

Sehr vorsichtig setzte sie sich auf. Die Decke glitt mit einem kratzenden Geräusch an ihr herab, und sie sah, dass sie eine Art schlicht geschnittenes Nachthemd aus grobem Stoff trug, das nicht nur wie ein Jutesack aussah, sondern sich auch so auf der Haut anfühlte. Dass sie überhaupt etwas fühlte, überraschte sie; jedenfalls solange es keine Schmerzen waren. Ihr kam nicht einmal der *Gedanke*, dass die Erinnerung an das schreckliche Feuer eine Fieberfantasie sein könnte. Niemand, der einmal den Gestank seines eigenen brennenden Gesichts gerochen hat, vergisst ihn jemals wieder.

Mit heftig klopfendem Herzen setzte sie sich weiter auf und zog schließlich die Hände unter der Decke hervor, was sie einiges an Überwindung kostete. Sie erwartete verkrümmte Raubvogelklauen ohne Fingernägel aus rohem Fleisch zu sehen, die den Blick auf weiße Knochen und wie geschmolzener Draht zusammengeschrumpfte Sehnen freigaben. Ihr Herz klopfte noch stärker, als sie die Arme hob. Doch alles, was sie sah, waren zwei schmutzig graue Verbände, die bis in die Ärmel ihres Nachthemds heraufreichten.

Zögernd tastete sie über ihr Gesicht. Durch den Verband war sie nicht sicher, was sie wirklich fühlte. Sie ertastete immerhin ihre Lippen und Wangen, keine bloßgelegten Knochen oder freigebrannten Zahnstummel. War am Ende doch alles nur ein übler Traum gewesen?

Sie ließ die Hände wieder sinken und schlug die Bettdecke ganz zurück. Ihre Füße waren nicht verbunden und anscheinend auch nicht verletzt, und als sie das Nachthemd hochschob sah sie, dass das auch für ihre Schienbeine und Waden galt. Vielleicht hatten ihre völlig durchnässten Schuhe und Hosenbeine sie ja vor dem Schlimmsten geschützt; auch wenn sie irgendwie selbst spürte, wie wenig wahrscheinlich das klang.

*

Vorsichtig setzte sie sich ganz auf und schwang die Beine aus dem Bett, vor dem ein Paar schlichter Sandalen stand. Sie sahen nicht nur so aus, als wären sie aus einem alten Autoreifen gefertigt, sondern waren es auch. Sie schlüpfte trotzdem hinein, stand ganz auf und sah sich neugierig um. Viel gab es nicht zu sehen. Das Zimmer war leer, und gleich neben der Tür hatte etwas seinen Umriss an der Wand hinterlassen, das entfernt worden war. Ein Spiegel, nahm sie an. Natürlich ein Spiegel. Wer immer sie hergebracht und mühsam gesund gepflegt hatte, wollte ihr gewiss nicht ihren eigenen Anblick zumuten, sollte sie unversehens aufwachen.

Der Gedanke wollte sie mit einer Bitterkeit erfüllen, die sie ebenso wenig zuließ wie die Panik zuvor. Stattdessen konzentrierte sie sich ganz auf die Frage, wo sie eigentlich war und wie sie hierherkam, und fand die Antwort eindeutig schneller, als ihr lieb war. Es gab eine Erklärung, die so simpel und zugleich einleuchtend war, dass sie sich beinahe allein deshalb schon dagegen sträubte, sie zu akzeptieren: nämlich, dass das einzig Reale, woran sie sich erinnerte, das Flugzeug und die beginnende Katastrophe waren. Die Maschine war abgestürzt oder notgelandet und sie schwer verletzt worden, und nun war sie (nach Tagen? Wochen?) wieder aus dem Koma erwacht und hatte Schwierigkeiten, zwischen echten Erinnerungen und Fieberfantasien zu unterscheiden.

Aber wenn das hier ein Krankenhaus war, wo waren dann die Ärzte und das Personal, und wieso sah es hier aus wie in einem Obdachlosenheim, das leichtsinnigerweise einen Pyromanen aufgenommen hatte?

Sie würde auch darauf keine Antwort finden, solange sie hier drinnen blieb, also ging sie zur Tür und schob sie vorsichtig auf. Geräusche und gedämpfte Stimmen drangen an ihr Ohr, und nun erkannte sie ihre Umgebung endgültig wieder: Es war kein Krankenhaus. Es war das Haus, in dem Yoram und seine Kinderbande sie festgehalten hatten. So viel zu ihrer Hoffnung, endlich eine vernünftige Erklärung für alle möglichen und unmöglichen Visionen gefunden zu haben.

Sie probierte die nächste Tür aus, fand nichts als ein Zimmer voller Gerümpel und schließlich ein kleines Badezimmer. Dusche und Wanne waren verschwunden und die Toilette nichts als ein großer Scherbenhaufen. Immerhin hing über der Stelle, an der einmal das Waschbecken gewesen war, noch eine große Spiegelscherbe. Ein einziger Schritt weiter, und sie würde sehen, was das Feuer ihrem Gesicht angetan hatte. Sie hatte große Angst davor.

Aber sie hatte auch noch nie die Augen vor der Wahrheit verschlossen. Also tat sie auch diesen Schritt und dann sogar noch einen, bevor sie stehen blieb und sich mit gesenktem Blick zum Spiegel umdrehte. Ehe sie es wagte, ihrem eigenen Spiegelbild zu begegnen, hob sie nun doch die Hände und begann den Verband von der Linken zu wickeln, sorgsam darauf bedacht, nicht versehentlich doch noch in den Spiegel zu sehen.

Beka riss ungläubig die Augen auf, als sie sah, was darunter zum Vorschein kam – nämlich vollkommen unversehrte, rosige Haut. Selbst die Fingernägel waren so sauber wie frisch manikürt. Bestimmt eine Minute stand sie einfach nur da und starrte ihre Hände an, dann hob sie mit einem Ruck den Kopf und sah nun doch in den Spiegel.

Diesmal dauerte es sogar noch länger, bis sie auch nur zu sehen glaubte, was sie erblickte.

Ihr Gesicht war unversehrt. Da war nicht der kleinste Kratzer, keine Schramme, allerhöchstens, dass ihre Haut ein wenig gerötet war wie nach einem leichten Sonnenbrand. Nur ihr Haar war nicht unversehrt geblieben, denn statt ihrer gewohnten schulterlangen blond gefärbten Haarpracht erblickte sie nur eine Fläche unansehnlicher dunkler Stoppeln; als wäre sie schlafgewandelt und hätte sich dabei leichtsinnigerweise bei den US Marines eingeschrieben.

So zögerlich, als hätte sie Angst, die Illusion allein durch die bloße Berührung zu zerstören, hob sie die rechte Hand und tastete mit den Fingerspitzen über ihr Gesicht, mit der anderen fuhr sie sich über den kahl geschorenen (gebrannten) Schädel. Es kratzte ein bisschen, so wie es der Anblick erwarten ließ, und auch, was sie fühlte, passte dazu. Das war unmöglich; ein Wort, das sie für ihren Geschmack in letzter Zeit eindeutig zu oft benutzen musste.

Dennoch war es so.

Bestimmt zwei oder drei Minuten lang stand sie einfach da und sah das unversehrte Gesicht an, das ihr aus dem Spiegel entgegenstarrte und sie zu verhöhnen schien. Hatte sie sich alles nur eingebildet? Aber das war eigentlich völlig unmöglich.

Und es war nicht einmal das erste Mal, dass sie so etwas erlebte.

Beka riss sich mit einiger Mühe von dem verblüffenden Anblick los, trat einen Schritt von den Resten des Waschbeckens zurück und sah an sich hinab, bevor sie mit spitzen Fingern nach ihrem Sackhemd griff und es hochzog. Sie trug keine Unterwäsche, aber das hatte sie schon gespürt, und auch ihre Körperbehaarung war zu hässlichen schwarzen Stoppeln verbrannt. Das war jedoch nicht das Einzige, was fehlte. Ihre Blinddarmnarbe war noch immer verschwunden.

»Das mit deinen Haaren tut mir leid«, sagte eine Stimme hinter ihr. »Aber ich musste Prioritäten setzen und habe mich dann doch lieber entschieden, deine Augen zu retten. Ich kann leider nicht zaubern – auch wenn manche immer noch hartnäckig das Gegenteil behaupten.«

Beka fuhr erschrocken herum. Hinter ihr war eine Gestalt erschienen, ein sehr großer schwarzhaariger Mann mit sonderbaren Augen, die sie mit einer Mischung aus leiser Sorge und ebenso sachtem Spott ansahen.

»Zach … arias?«, brachte sie mühsam heraus. Zugleich ließ sie ihr Kleid fallen und strich hastig und mehrmals hintereinander über den rauen Stoff.

»Zadkiel«, verbesserte er sie sanft, während er amüsiert auf ihre Hände hinabsah. Beka zog sie hastig zurück. »Du erinnerst dich also. Das ist gut.«

»Zadkiel?«, murmelte sie noch einmal. Was war das überhaupt für ein Name? »Dann … dann ist … alles wahr?«

»Ich glaube, du kennst die Antwort«, sagte er. »Es tut mir leid. Ich wollte dabei sein, wenn du aufwachst, aber ich war … beschäftigt. Ich kann mir vorstellen, wie du dich fühlst und wie verwirrt du sein musst. Aber ich bin hier, um dir alle deine Fragen zu beantworten. Wenigstens die, auf die ich die Antworten kenne.«

Beka starrte ihn einfach nur an. Atmete sie noch? Sie war sich nicht sicher.

»Du musst hungrig sein«, fuhr er fort. »Komm, lass uns etwas essen, und dabei reden wir.«

*

Zadkiel streckte die Hand aus, eine sehr große, sehr kräftige Hand, an der ein auffälliger Siegelring blitzte, und Beka konnte gar nicht anders, als zu gehorchen und zu ihm auf den Gang hinauszutreten. Obwohl sie es gerne getan hätte, gestattete sie sich nicht, nach seiner Hand zu greifen, aber selbstverständlich nutzte sie die Gelegenheit, ihn noch einmal und genauer in Augenschein zu nehmen. Er war sehr groß – mindestens so groß wie Luke, dachte sie schmerzlich – und von genauso athletischer Statur. Wenigstens nahm sie das an, denn sehr viel von seiner Gestalt war nicht zu erkennen. Er trug ein schlichtes Gewand, ganz ähnlich dem ihren (nur sauberer und ganz bestimmt nicht so kratzig) und ungefähr zwölf Nummern größer und aus schwarzem statt sackfarbenem Stoff, ein schmuckloses Kleid mit angedeutetem Stehkragen und ausgestellten Ärmeln, das an jene Kleider erinnerte, in denen man auf alten Gemälden …

Nein, *dieses* Wort gestattete sie sich nicht einmal zu denken.

Das bisschen Verstand, das ihr noch geblieben war, brauchte sie noch.

Wortlos folgte sie Zadkiel, der sie nicht in das Zimmer zurückbrachte, in dem sie aufgewacht war, sondern in einen Raum am anderen Ende des Flurs, den sie erst auf den zweiten Blick als den erkannte, in dem sie auch schon ihre erste Nacht hier verbracht hatte. Durch das offene Fenster fauchte immer noch eisiger Wind herein, und jemand hatte einen Tisch mit zwei ungleich großen Stühlen hereingeschafft. Zadkiel machte eine einladende Geste auf den kleineren Stuhl, nahm selbst auf dem viel größeren Platz, der unter seinem Gewicht lautstark knirschte, und wiederholte seine Einladung; nur dass sie diesmal etwas so Zwingendes hatte, dass Beka gar nicht anders konnte, als zu gehorchen.

Auf dem Tisch war eine kleine Mahlzeit vorbereitet, ein sichtbar altes silbernes Tafelgeschirr in verspieltem orientalischem Stil und ein mindestens ebenso altes Glas aus geschliffenem Kristall, das einen Sprung hatte.

»Iss«, sagte Zadkiel. »Du musst hungrig sein.«

Beka deutete lediglich ein knappes Nicken an und dachte nicht einmal daran, in diesem Augenblick etwas zu *essen*, aber ihr Magen verdarb ihr den Spaß und ließ ein ebenso lautstarkes wie peinliches Knurren hören. Zadkiel lächelte amüsiert, und sie griff nun doch mit beiden Händen nach der aufwendig ziselierten Silberschale. Aber dann zögerte sie, auch noch den dazugehörigen Löffel zu nehmen, als sie sah, was in der Schale war.

»Stimmt etwas nicht?«, erkundigte sich Zadkiel.

»Doch, es ist alles in Ordnung«, versicherte sie hastig. »Das ist … ähm … mein Lieblingstapetenkleister. Ehrlich.«

Zadkiel lachte leise. Er klang nicht beleidigt. »Immer noch besser als alte Gorillakotze. Das ist schon ein Fortschritt.«

Beka sah überrascht zu ihm auf. Selbst im Sitzen überragte er sie um gute anderthalb Köpfe. »Sie haben mit Thora gesprochen.«

»Du«, verbesserte sie Zadkiel. »Und ja, ich habe mit ihr geredet und auch mit ihrem Bruder. Sie gehören zu mir.«

»Oh«, murmelte sie. Die Eröffnung hatte ihr den Appetit endgültig verhagelt, doch ihr Magen beharrte mit einem weiteren hörbaren Knurren auf seiner Portion Tapetenkleister, und sie begann zögernd zu essen. Es schmeckte nicht so scheußlich, wie sie es in Erinnerung hatte. Sondern sehr viel schlimmer.

»Was sie dir angetan haben ist unverzeihlich«, sagte Zadkiel in einem Ton, der nicht im Geringsten zur Wahl seiner Worte passte. »Yoram ist noch sehr jung und manchmal etwas übereifrig. Ich bin sofort gekommen, als ich davon gehört habe.«

»Keine Sekunde zu früh«, sagte Beka mit vollem Mund. Einmal mit Essen angefangen spürte sie erst, wie hungrig sie wirklich war – eindeutig hungrig genug, um Tapetenkleister zu essen –, und schluckte den klebrigen Brei tapfer herunter. Angeblich sollte man sich ja an so ziemlich alles gewöhnen, wenn es sein musste, aber in ihrem Fall ging es nicht besonders schnell.

»O nein, ein paar Sekunden wären schon noch geblieben«, antwortete Zadkiel, noch immer in vollkommen unangemessen amüsiertem Ton, fand Beka. »Wenn auch nicht sehr viel. Vielleicht fünf oder zehn. Danach hätte ich nichts mehr für dich tun können.«

Es dauerte einen Moment, bis sie wirklich verstand, was er gerade gesagt hatte. Ungläubig riss sie die Augen auf. »Soll das heißen, Sie … *du* … hast mich gerettet?«

»Ich dachte, das wüsstest du schon.«

»Aber das ist unmöglich!«, beharrte sie. »Es ist wirklich passiert? Die rote Färse und das Feuer und alles …?«

»Sag mir nicht, du hättest es vergessen«, antwortete Zadkiel amüsiert. »Es muss ziemlich wehgetan haben.«

»Aber ich müsste tot sein, wenn das stimmt!«

»Das wärst du auch, wenn ich dich nicht geheilt hätte.«

»Du? Wie soll das möglich sein?« Es war ja auch nicht möglich, dass eine Blinddarmnarbe einfach so verschwand. Oder?

Zadkiels Miene verriet, dass er zu einer weiteren spöttischen Entgegnung ansetzte, aber dann nickte er bloß und wurde umso ernster. »Bist du gläubig?«

»Gläubig?«

»Religiös«, präzisierte er.

»Spielt das eine Rolle?«, fragte sie misstrauisch.

»Nicht wirklich«, antwortete er. »Aber trotzdem – bist du es?«

»Nein«, sagte sie. Auch wenn sie nicht einmal ganz sicher war, ob das stimmte.

»Dann wird dich das hier jetzt vielleicht ein bisschen erschreckend«, sagte er und stand auf. »Aber das muss es nicht.«

»Was meinst …?« Beka verstummte mitten im Wort. Schale und Löffel entglitten ihren Händen und fielen scheppernd zu Boden, und Brei spritzte auf ihre Füße. Sie merkte es nicht einmal, denn in ihrem Denken war für nichts anderes mehr Platz als für seinen Anblick.

Und der des gewaltigen, doppelten schwarzen Flügelpaares, das sich hinter und über ihm erhob.

Sie sahen nicht wirklich aus wie die Flügel großer Schwäne, wie sie auf alten Gemälden dargestellt wurden. Die Federn waren filigran und bis ins letzte Detail ausgearbeitet, aber sie sahen dennoch aus wie aus Stahl gehämmert, mit Schneiden wie Rasiermesser, und sie waren schwarz. Und es waren vier, zwei Paar unterschiedlich großer, gigantischer Schwingen, die er in der Enge des kleinen Raumes nicht einmal annähernd entfalten konnte. Da war noch etwas, etwas Unsichtbares und Gewaltiges, das ihn umgab und in eine Aura von Macht hüllte, die ihr das Atmen unmöglich machte und ihr Herz zum Stehenbleiben zwingen wollte.

»Du bist … ein Engel«, brachte sie irgendwie heraus.

Zadkiel nickte. Seine Flügel bewegten sich mit einem Geräusch wie Schwertklingen, die gezogen wurden. »Ja. Manche nennen uns so. Manche anders.«

»Aber du bist ein Engel«, murmelte sie noch einmal, als

müsste sie die Worte nur oft genug wiederholen, um aus dem Unmöglichen Wahrheit zu machen.

Für einen unendlich kurzen Moment blitzten Ärger und Ungeduld in seinen nachtfarbenen Augen auf, aber dann erschien wieder ein warmes Lächeln auf seinem Gesicht.

»Es tut mir leid«, sagte er. »Das alles muss sehr viel für dich sein. Ich vergesse manchmal, dass es noch gar nicht so lange her ist.«

»Was?«, fragte sie, eigentlich nur eine rein automatische Reaktion. Sie konnte seinen Worten nicht wirklich folgen. Sie konnte auch nicht wirklich denken. Alles, was sie konnte, war ihn anzustarren. Ein Engel? *Ein Engel?*

Zadkiel überging ihre Frage. »Thora hat mir erzählt, dass du behauptet hast, in einem Flugzeug hierhergekommen zu sein.«

*

Es gelang Beka nicht, ihren Blick von dem gigantischen doppelten Flügelpaar loszureißen, und es gelang ihr ebenso wenig, seinen Worten zu folgen. Oder auch nur zu *denken*. Ein Engel. *Vor ihr stand ein leibhaftiger Engel!*

Zadkiel faltete die Flügel zusammen, und sie verschwanden, als hätte es sie nie gegeben. Vielleicht war es ja auch so. Er sah schon wieder ein bisschen ungeduldig aus, aber er beherrschte sich auch jetzt wieder, auch wenn sie zu spüren meinte, dass es ihm schon schwerer fiel. Dann machte er eine kleine, flatternde Geste mit der Hand, an der er den Ring trug, und etwas Erstaunliches geschah: Bekas Gedanken klärten sich. Was ihre Augen ihr zeigten, war immer noch schwer für sie zu glauben, aber die Lähmung fiel von ihr ab, und an die Stelle von mit Entsetzen gemischtem Schock traten Ehrfurcht und ein Gefühl nie gekannter, warmer Geborgenheit.

»Das Flugzeug«, erinnerte sie Zadkiel. »Ihr wart auf dem Flug hierher?«

»Nach Tel Aviv«, bestätigte sie. Die Flügel waren verschwunden, was Beka zutiefst bedauerte. Der Anblick war das Schönste gewesen, was sie jemals gesehen hatte; Luke einmal ausgenommen.

»Und es gab ein Unglück, und das Flugzeug ist abgestürzt«, fuhr Zadkiel fort. »Wann war das?«

»Vor ein paar Tagen.«

»Die Jahreszahl.«

Beka nannte sie ihm, und Zadkiel sah sie noch eine Sekunde lang zweifelnd an, aber dann wirkte er nur umso nachdenklicher. Er setzte sich wieder. Was war an der Jahreszahl so wichtig?, fragte sich Beka. Vielleicht ticken die Uhren ja hier ein bisschen anders, aber doch nicht der Kalender.

»Und da bist du dir ganz sicher«, fragte er sogar noch mal.

Natürlich war sie das – sie war doch nicht blöd! – und setzte auch zu einer entsprechend unwirschen Entgegnung an, beließ es dann aber lediglich bei einem knappen Nicken. Auch nur ein scharfes Wort an ihn zu richten wäre einfach undenkbar.

»Und du erinnerst dich nicht, was danach passiert ist?«

Beka schüttelte stumm den Kopf. Sie hatte immer noch Mühe, sich auf seine Worte zu konzentrieren. Ihr Blick suchte den Bereich hinter ihm ab, die große Leere, wo gerade noch seine Flügel gewesen waren, und ihre Gedanken begannen sich schon wieder im Kreis zu drehen. Wenn es Engel wirklich gab, bedeutete das, dass auch alles andere …?

Zadkiel machte eine komplizierte Geste, als huschten seine Finger über die Tasten eines unsichtbaren Klaviers, und die Vorstellung entglitt ihr. Zugleich überkam sie eine große Ruhe, die ihr zusätzlich half, Ordnung in das Chaos hinter ihrer Stirn zu bringen. Sie hörte auf, nach seinen unsichtbaren Flügeln zu suchen, und sah ihm direkt ins Gesicht.

»Hast … du das getan?«, fragte sie stockend.

»Ja«, gestand er unumwunden. »Das ist normalerweise nicht meine Art, aber ich möchte auch nicht, dass es zu viel für dich wird. Immerhin hast du eine Menge Schlimmes hinter dir. Und nur keine Sorge. Ich würde dich nie zu irgendetwas zwingen, das du nicht wirklich willst.«

Aber sie *wollte* doch, und zwar alles, was *er* wollte, ganz egal was es war. Es fiel ihr schwer, die Worte nicht auszusprechen. Stattdessen fragte sie: »Wie hast du das gemacht?«

»Ich bin ein Engel«, sagte Zadkiel, als wäre das Antwort genug. Und eigentlich war es das ja auch.

»Und was willst du jetzt von mir?«, fragte sie leise.

»Zuallererst einmal möchte ich sicher sein, dass es dir gut geht. Dir ist Schlimmes widerfahren, und ich fühle mich dafür verantwortlich. Es gibt nur noch sehr wenige von euch, und jedes einzelne Leben ist umso kostbarer.«

»Du hast mich gerettet«, erinnerte sie.

»Das ist wahr«, antwortete Zadkiel, schüttelte aber trotzdem den Kopf. »Yoram und sein Stamm stehen in meinen Diensten, und ich fühle mich für das verantwortlich, was sie tun. Das hätte nicht passieren dürfen.«

Das war eine sehr ehrbare, wenn auch vielleicht ein bisschen altmodische Einstellung, fand Beka. Aber irgendwie passte es auch zu ihm. »Ich habe es überlebt«, sagte sie leichthin, was Zadkiel aber nur Anlass zu einem weiteren, sogar noch heftigeren Kopfschütteln gab. Seine schwarzen Locken strichen mit einem Geräusch über den Stoff seines Gewandes, das ihr wie Ameisen den Rücken hinablief. Ein Teil von ihr begriff sehr wohl, was mit ihr geschah, aber es war ihr gleichgültig. Er war ein Engel!

»So gerade noch«, sagte er ernst. »Wäre ich ein paar Augenblicke später gekommen, dann wärst du jetzt tot.« Sein Blick wurde traurig, aber dahinter dämmerte auch schon wieder Zorn herauf. »So etwas darf nicht passieren.«

Beka dachte an das grässliche Folterinstrument draußen vor der Stadt. Wie es aussah, war *so etwas* schon öfter passiert. Aber wer war sie, einem Engel zu widersprechen?

»Es tut mir wirklich leid um deinen Freund«, fuhr er fort. »Auch das hätte nicht geschehen dürfen. Yoram und seine Männer haben durchaus die Aufgabe, nach Fremden Ausschau zu halten, aber das gibt ihm nicht das Recht, so etwas zu tun. Erzähl mir von ihm.«

»Von Luke?«

»War das sein Name?«

Sie nickte und schüttelte in derselben Bewegung den Kopf. »Eigentlich Lukas … glaube ich.«

»Du glaubst?«

»Ich kannte ihn kaum«, gestand sie. »Wir haben uns erst im Flugzeug kennengelernt, aber ich … mochte ihn. Er ist … er war sehr nett. Und er hat mich gerettet. Ohne ihn wäre ich vielleicht nicht einmal aus dem Labyrinth herausgekommen.«

Zadkiel legte den Kopf auf die Seite. »Welches Labyrinth?«

»Das weiß ich nicht«, gestand sie. »Wir waren im Flugzeug, und etwas ist passiert. Eine Explosion, glaube ich. Ich weiß nicht, was danach passiert ist. Das Nächste, woran ich mich erinnere, ist, irgendwo unter der Erde aufgewacht zu sein. In einer Art …« Etwas in ihr sträubte sich dagegen, das Wort auszusprechen, aber ihr fiel auch kein Besseres ein. »Tempel.«

»Ein Tempel?«, vergewisserte sich Zadkiel. Beka hob nur stumm die Schultern. Etwas stimmte nicht. Der schwarze Engel lächelte immer noch sacht, aber darunter meinte sie eine Anspannung zu fühlen, die gerade noch nicht da gewesen war.

»Jedenfalls hat er mich rausgeführt«, sagte sie. »Ohne ihn wäre ich jetzt vielleicht tot.« Was nicht ganz der Wahrheit entsprach. Sie wäre ganz bestimmt tot; wenn sie Glück hatte. Wahrscheinlicher war, dass sie irgendwo tief unter der Erde in vollkommener Dunkelheit liegen und darauf warten würde zu verdursten.

»Und sein Name war Lukas?«, hakte er noch einmal nach. Er klang ein bisschen lauernd, fand sie.

»Ja. Lukas Morgenstern … glaube ich.«

»Morgenstern.« In Zadkiels Gesicht rührte sich nichts, aber sie spürte, dass ihm dieser Name etwas sagte.

»Klingt komisch, ich weiß. Aber heißen die Juden nicht so – Morgenstern, Rosenstrauch, Dornenbusch und so weiter?«

Zadkiel blickte fragend, und er wirkte auch ein kleines bisschen verletzt, fand sie. Doch dann nickte er. »Ich erinnere mich. Es gab eine Zeit, da wurden ihnen solche Namen gegeben … aber das ist lange her. Lange vor deiner Geburt.«

Sogar vor der ihrer Eltern. Aber dass sie zu jung war, um sich aus eigener Erfahrung daran zu erinnern bedeutete nicht, dass sie nichts von den Untaten der Vergangenheit wusste.

»Ja, es ist in der Tat schade um deinen Freund«, wechselte Zadkiel das Thema. »Ich werde Yoram und seine Schwester bestrafen.«

Nichts wünschte sie sich mehr, aber sie schüttelte trotzdem den Kopf. »Rache nutzt niemandem. Und seine Schwester war nett zu mir.« Zadkiel blickte fragend, und Beka fuhr mit einem halb verunglückten Lächeln fort: »Thora hat mir zu essen gebracht. O ja, und sie hat den Backofen vorgeheizt, damit ich nicht zu lange leiden muss.«

»Und das war vermutlich die einzige Hilfe, die sie dir zuteilwerden lassen konnte«, sagte Zadkiel ernst. »Erzähl mir, was passiert ist.«

*

Beka überlegte kurz, die Episode mit Thora-Marie und Jezabel-Ann wegzulassen, aber das hieße, ihn auch zu belügen, und das war undenkbar. Also erzählte sie die gesamte Geschichte, beginnend mit den besten Eltern aller Zeiten bis hin zu dem Moment, in dem sie auf den Platz hinausgetreten waren und Lukas erschlagen worden war. Zadkiel hörte schweigend zu, und es gelang ihr auch nicht, in seinem Gesicht zu lesen.

»Lukas«, sagte er schließlich. »Ein Name, dessen wahre Bedeutung heute fast vergessen ist.«

»Ich glaube, er hatte es mit altmodischen Namen«, hörte sich Beka beinahe zu ihrer eigenen Überraschung sagen. Sie wollte nicht darüber sprechen, nicht einmal mit ihm. Es gab Dinge, die gingen nicht einmal einen Engel etwas an. Aber einmal angefangen, konnte sie auch nicht mehr aufhören. *Was tat er mit ihr?* »Er hat mich *Rivkah* genannt.«

Für einen winzigen Moment verlor Zadkiel nun doch die Kontrolle über seine Physiognomie. Seine linke Augenbraue rutschte ein Stück weit nach oben, und für einen noch kürzeren Moment schienen seine Augen nicht mehr dunkel, sondern zwei glühende Abgründe, in denen das Feuer der Hölle loderte.

»Habe ich etwas Falsches gesagt?«, fragte sie erschrocken. »Aber das war genau das, was er ...«

»Nein, schon gut.« Zadkiel hob die Hand und wischte gleichsam nicht nur ihre Frage beiseite, sondern auch das unheimliche Feuer aus seinen Augen. Sie sah jetzt wieder ins lächelnde Gesicht eines Engels. »Ich war nur ... überrascht. Es gibt heute nicht mehr viele, die die alten Geschichten kennen.« Er nahm die Hand wieder herunter, und Beka begriff erst im Nachhinein, dass sie die ganze Zeit über den Atem angehalten hatte. Vielleicht hatte auch ihr Herz nicht mehr geschlagen.

»Er scheint ein interessanter Mensch gewesen zu sein«, fuhr er in verändertem Ton fort. »Ich hätte ihn gerne kennengelernt. Hat er etwas über sich erzählt?«

»Nur, was ich schon gesagt habe.«

Ganz kurz wurde sein Blick noch einmal bohrend, als versuchte er in sie hineinzusehen, um den Wahrheitsgehalt dieser Behauptung zu überprüfen. Was er dort fand, schien ihm jedoch zu genügen.

»Und dort unten im Tempel«, fuhr er fort. »Habt ihr dort noch jemanden gesehen?« *Oder etwas?*

Sie schüttelte den Kopf.

»Und du bist auch ganz sicher, dass er tot ist?«

Beka nickte und wartete darauf, dass der Schmerz kam, der

zu dieser Erinnerung gehörte. Doch selbst das verhinderte Zadkiels Gegenwart. »Sie haben ihm den Schädel eingeschlagen.« Sie hatte es *gesehen,* und sie konnte die brennende Wärme seines Blutes immer noch auf dem Gesicht spüren. Das würde sie immer, ganz egal, wie lange sie noch lebte.

»Yoram ist gut mit der Schleuder«, sagte Zadkiel. »Vielleicht der Beste überhaupt. Aber ich verspreche dir, dass Thora und ihr Bruder sich verantworten werden … falls ich mich nicht doch noch dazu entschließe, ihn zu töten.«

»Nein!«, sagte sie mit Nachdruck. »Das will ich nicht!«

»Er hätte dich fast getötet«, gab Zadkiel nicht nur zu bedenken. Ebenso unausgesprochen wie unüberhörbar fügte er auch noch hinzu: *Und das ist auch nicht deine Entscheidung.* »Und er hat dir großes Leid zugefügt.«

Das hatte er, und sie würde sich liebend gerne mit ihm darüber unterhalten und möglicherweise auch sein Gesicht neu arrangieren – aber sie wollte doch nicht seinen *Tod!* »Das gibt mir doch nicht das Recht, ihn umzubringen.«

»Dir nicht«, antwortete Zadkiel lächelnd, »aber mir.«

»Aber das will ich nicht!«

Zadkiel wiegte den Kopf. »Ich denke darüber nach. Und werde deine Fürsprache bei meiner Entscheidung berücksichtigen.« Er stand auf, und er tat es auf eine Weise, die Beka bisher weder gesehen hatte noch auch nur mit Worten beschreiben konnte, die ihr aber beinahe Angst machte. Er schien einfach in die Höhe zu wachsen, ohne sich dabei wirklich zu bewegen. Es war unheimlich. Und faszinierend. Etwas regte sich hinter ihm, das unsichtbar und sehr groß war, und ein Geräusch wie Messerklingen erklang; gerade unterhalb der Schwelle des wirklich Hörbaren.

»Wenn du satt bist und keine Schmerzen hast, dann solltest du jetzt wieder zu Bett gehen.«

»Ich bin nicht müde!« Sie hatte noch tausend Fragen, und sie hatte noch nicht einmal angefangen, sie zu stellen.

»Du musst dich schonen«, beharrte er. »Auch wenn es dir im Moment selbst vielleicht nicht so vorkommt, aber du hast Schlimmes hinter dir, und dein Körper hat sich noch lange nicht wieder völlig erholt. Ich habe für dich getan, was ich konnte, und den Rest wird die Natur erledigen. Du solltest dich noch ein paar Tage schonen. Ich sorge dafür, dass du alles bekommst, was du brauchst, und dass Thora und ihr Bruder alle deine Fragen beantworten.«

Hatte er nicht gerade versprochen, das selbst zu tun? »Eigentlich habe ich nur eine einzige«, sagte sie rasch, als er sich umwenden wollte. »Wo bin ich, und was ist hier passiert?«

»Sind das nicht zwei Fragen?«, erwiderte Zadkiel amüsiert. »Aber sie sind auch rasch beantwortet. Du bist in der Stadt der Jerusalemiten. Die große Trübsal ist angebrochen, mein Kind, so wie es prophezeit wurde.« Jetzt sah er sie an, als erwartete er eine ganz bestimmte Reaktion, aber sie konnte auch jetzt nur hilflos die Schultern heben.

»Du hast keine Ahnung, wovon ich rede, habe ich recht?«, fragte er denn auch prompt.

Beka schüttelte stumm den Kopf. Nein, sie verstand nicht im Geringsten, was das alles zu bedeuten hatte.

Zadkiel lachte leise. »Nach all der Zeit hat es endlich jemand geschafft, und er weiß nichts. Wahrlich, wenn es den Schöpfer wirklich gibt, dann hat er wohl einen ganz besonderen Sinn für Humor.«

Jetzt konnte Beka gar nicht mehr anders, als ihn aus großen Augen anzustarren. *Ein Engel, der nicht an Gott glaubte?* Das war nicht absurd, dafür musste sie ein neues Wort erfinden!

»Es ist ein wenig komplizierter, mein Kind«, sagte Zadkiel, womit er ihr zugleich auch bewies, dass er in ihr wie in einem offenen Buch lesen konnte. »Du wirst es verstehen. Gönn dir ein paar Tage Ruhe, und dann reden wir noch einmal.«

Aber er hatte versprochen, es *jetzt* zu tun.

Allein dieser Gedanke ließ ihr schlechtes Gewissen beinahe

zu einem körperlichen Schmerz werden – wie konnte sie es wagen, ihn zu kritisieren? Trotzdem stand sie auf und machte sogar einen halben Schritt, wie um ihm den Weg zu vertreten, führte die Bewegung aber selbstverständlich nicht zu Ende. Zadkiel sah mit einem leichten Lächeln aus seiner ganzen beeindruckenden Höhe auf sie herab. Er schien etwas sagen zu wollen, zog aber dann stattdessen die Stirn kraus und drehte mit einem plötzlichen, irgendwie an einen Vogel erinnernden Ruck den Kopf und schien zu lauschen. »Ich muss gehen. Thora und ihr Bruder werden sich um dich kümmern, bis ich zurück bin.«

»Aber …«, protestierte Beka, und hinter ihr wurde zaghaft an der Tür geklopft. Ganz instinktiv sah sie über die Schulter zurück, nur für einen einzigen Augenblick, und als sie wieder hinsah, war Zadkiel verschwunden.

6

Beka starrte mit offenem Mund und aufgerissenen Augen die Stelle an, an der der Engel gerade noch gestanden hatte, und merkte nicht einmal, dass die Tür hinter ihr aufging und jemand hereinkam. Er konnte sich doch nicht *einfach in Luft auflösen.*

Schritte näherten sich, und Beka drehte sich mühsam um und erblickte Thora und ihren Bruder, die nebeneinander hereingekommen waren. Yoram war abgerissen und schmutzig wie immer, aber etwas hatte sich verändert: Sein Gesicht wirkte ein bisschen asymmetrisch, was wohl daran lag, dass sein linkes Auge blutunterlaufen war und sich bald schließen würde, und auch Wange und Kinn begannen so schnell anzuschwellen, dass man dabei zusehen konnte. Sie nahm an, dass Zadkiel Rechtshänder war.

»Aber wie …«, stammelte Beka. »Wo …?«

»Zadkiel?« Thora nickte. »Ja, das macht er öfter.«

»Aber er war doch gerade noch …«, begann Beka und sprach auch diesen Satz nicht zu Ende, als Thora einen Blick in Richtung des offenen Fensters warf. Ein Engel. Natürlich. Vermutlich hatte er seine Flügel nicht nur, um damit anzugeben.

»Geht es dir besser?«, fragte Yoram nervös. Es gelang ihm nicht, ihr in die Augen zu sehen.

»Ganz prima«, antwortete Beka. »Ich mochte Grillpartys

schon immer. Aber ihr habt den Ketchup und die Pizzabrötchen vergessen.«

Weder er noch Thora verstanden auch nur, wovon sie sprach, begriff Beka. Aber ihr war auch nicht danach, irgendetwas zu erklären, oder gar einen weiteren Scherz zu machen. Ganz im Gegenteil. Sie konnte spüren, wie ihre Stimmung sich nicht nur verschlechterte, sondern ihre Laune regelrecht in den Sturzflug überging. Hatte es damit zu tun, dass Zadkiel nicht mehr da war?

»Wenn du irgendwas brauchst …«, versuchte es Thora noch einmal.

Beka setzte zu einer noch bissigeren Entgegnung an, schluckte ihren Ärger aber dann herunter und machte eine Geste auf sich selbst. »Etwas zum Anziehen wäre nicht schlecht. Meine alten Kleider sind irgendwie verschwunden. Keine Ahnung, was damit passiert ist.«

*

Yoram schien zusammenzuschrumpfen und machte eine Bewegung, wie um mit den Füßen zu scharren, drehte sich aber dann mit einem Ruck um und stürmte so schnell aus dem Zimmer, dass er fast mit dem Türrahmen kollidiert wäre. Beka sah ihm nach und wartete vergeblich darauf, dass sich ihr schlechtes Gewissen meldete. Wenn ihr etwas leidtat, dann allerhöchstens, dass er nicht wirklich gegen den Türrahmen gerannt war und sich auch noch das andere Auge blau geschlagen hatte. Aber das konnte sie bei Gelegenheit ja nachholen.

»Ich glaube, es tut ihm wirklich leid«, sagte Thora unbehaglich.

»Was?«, fragte Beka. »Dass ich überlebt habe?«

Thora rettete sich in ein nervöses Lachen und drehte sich dann ganz zum Fenster, um konzentriert nach draußen zu blicken, obwohl es dort nichts anderes zu sehen gab als gestern oder vor einem Monat oder vielleicht auch Jahren ... seit wie vielen eigentlich?

Sie wollte die Frage laut stellen, doch Thora kam ihr zuvor, auch wenn sie sie dabei nicht ansah. »Wir haben wirklich gedacht, du wärst eine Magog. Sie versuchen es immer wieder, weißt du?«

»Und deshalb habt ihr Luke den Schädel eingeschlagen und wolltet mich bei lebendigem Leib verbrennen?« Wieso *wollten?* Sie *hatten es getan!*

»Ich habe doch schon gesagt, es tut mir leid«, sagte Thora, und im Gegensatz zu ihrem Bruder glaubte Beka ihr. Sie drehte sich wieder vom Fenster weg, sah ihr aber immer noch nicht direkt in die Augen. »Wenn die Magog gewinnen, dann droht uns allen ein noch viel schlimmeres Schicksal.«

»Ach ja?«, fragte Beka spitz. »Und was zum Beispiel? Der Weltuntergang?«

»Der Weltuntergang«, bestätigte Thora sehr ernst.

»Und wie nennst du das da draußen?«, fragte Beka.

»Wir sind am Leben, und es gibt noch mehr von uns. Vielleicht nicht mehr sehr viele, aber es gibt noch welche. Hier und in den anderen Städten. Wenn die Magog gewinnen, dann gibt es nichts mehr. Dann ist das Ende der Welt gekommen.«

»Das Ende der Welt?«, wiederholte Beka. »Hast du es nicht eine oder zwei Nummern kleiner?«

Thora sah sie ein wenig vorwurfsvoll an, aber da war auch noch mehr. Beka sah ihr an, wie schwer es ihr fiel weiterzusprechen.

»Meine Schwester. Du kennst sie also wirklich?«

»Deine Schwester?«

»Jezabel-Ann. Du hast gesagt, du kennst sie.«

»Nein.« Beka schüttelte heftig den Kopf und korrigierte sich: »Ich meine ja, das habe ich gesagt, aber das muss eine andere Jezabel gewesen sein.« Die ebenfalls eine Schwester namens Thora gehabt hatte? Sie spürte selbst, wie das klang.

»Du willst mir nichts von ihr erzählen«, sagte Thora traurig. »Ich kann das verstehen. Wahrscheinlich habe ich es auch nicht anders verdient.«

»Aber so ist es nicht«, sagte Beka rasch. »Ich weiß wirklich nichts. Ich erinnere mich an zwei Mädchen dieses Namens, aber sie waren viel jünger, und es war …«

»Im Flugzeug«, unterbrach sie Thora. »Ich erinnere mich jetzt. Ich hatte die ganze Zeit über das Gefühl, dich zu kennen, aber dann habe ich mir gesagt, dass es gar nicht möglich ist. Und ich war auch nicht ganz sicher. Schon weil ich damals noch sehr jung war. Es ist ziemlich lange her.«

»Wie lange?«, fragte Beka.

»Sieben Jahre«, sagte Thora. »So ungefähr. Genau weiß das niemand.«

Beka maß das schwarzhaarige Mädchen mit einem sehr langen, sehr nachdenklichen Blick. Wenn sie ihr Alter halbwegs richtig eingeschätzt hatte und wenn die beste Mutter aller Zeiten mit Lockenstab und Wasserstoffperoxyd beschlossen hatte, aus ihren beiden Sprösslingen zwei süße kleine Engelchen zu machen … es wäre möglich. Und je länger sie Thora ansah, desto mehr kam sie zu dem Schluss, dass es sogar ziemlich wahrscheinlich war. »Sieben Jahre?« Hörte dieser Albtraum denn niemals auf, sondern wurde immer nur noch schlimmer?

»Damals wurde Jezabel-Ann brutal aus meinem Leben gerissen.« Thora zögerte kurz. »Dich habe ich auch im Flugzeug gesehen. Aber du sahst nicht jünger aus als jetzt. Wie ist das möglich?«

Beka zuckte hilflos mit den Achseln. Sie hatte keine Ahnung.

»Und jetzt bist plötzlich hier.« Erneut zögerte Thora, und für einen flüchtigen Moment hatte Beka das Gefühl, sie wolle etwas ganz Bestimmtes sagen. Doch dann schüttelte sie den Kopf und fragte schroff: »Was weißt du von Jezabel?«

»Ich?« Wieso hatte Beka plötzlich das Gefühl, verhört zu werden? »Was soll ich von ihr wissen?«

Außer dass sie sich gewünscht hatte, Thora ein Bein zu stellen – ihr oder auch Jezabel-Ann oder am besten gleich allen beiden?

»Hast du sie nach dem Absturz wiedergesehen? Vielleicht bei den Magog?«

»Nein, das habe ich nicht.« Beka musste sich beherrschen, um nicht zu unwillig zu klingen. Eigentlich wollte sie Antworten von dem Mädchen, und keine Fragen beantworten. »Ich weiß noch nicht einmal, wer diese Magog sind. Selbst wenn deine Schwester bei ihnen ist: Ich war niemals dort. Alles war exakt so, wie ich schon ein paarmal gesagt habe: Ich war im Flugzeug, und dann gab es diesen Unfall oder sonst was. Und danach bin ich unten im Tempel aufgewacht, zusammen mit Luke.«

Thora betrachtete sie schweigend, als suchte sie die Lücke in einem Lügengebäude, die es nicht geben konnte. Als Beka nicht darauf reagierte, entspannte sie sich etwas.

»Genau wie bei mir«, sagte sie schließlich. »Nur dass es Zadkiel war, und ich bin hier wach geworden, ganz in der Nähe. Das sind wir alle, weißt du?«

»Ihr alle?«

»Unser Stamm.« Thora machte eine flatternde Handbewegung, die sie ein wenig an Zadkiel erinnerte. »Er hat uns alle hierhergebracht. Jedenfalls hat er die meisten gefunden.«

»Auch deinen Bruder?« Sie konnte sich gar nicht daran erinnern, dass es noch ein drittes Terrorkind gegeben hatte, und Thora schüttelte auch prompt den Kopf.

»Yoram ist nicht wirklich mein Bruder. Aber er war vor mir hier, und er ist älter, und aus irgendeinem Grund hat er einen Narren an mir gefressen. Und seitdem benimmt er sich wie mein großer Bruder.«

Aus irgendeinem Grund?, wiederholte Beka in Gedanken. Wann hatte Thora das letzte Mal in einen Spiegel gesehen? In ein paar Jahren würde sich jeder in dieser Stadt einen Arm ausreißen, um ihren *großen Bruder* zu spielen; und auch noch ein bisschen mehr.

Falls sie bis dahin ein Stück Seife und heißes Wasser auftrieb, hieß das.

»Ich glaube, da ist wirklich eine ganze Menge, die du mir erklären musst«, sagte sie. »Aber zuerst brauche ich etwas anderes zum Anziehen.«

Thora maß sie mit einem langen Blick von Kopf bis Fuß. »Sieht doch schick aus.«

»Nicht wirklich«, antwortete Beka. »Aber ich nehme an, die Boutiquen sind im Moment auch alle geschlossen?«

So verständnislos, wie Thora sie ansah, war Beka sicher, dass sie nicht einmal die Bedeutung dieses Wortes kannte. Aber sie war schließlich nicht dumm und wusste, was sie meinte. »Wir besorgen dir etwas. Aber wir warten besser bis morgen früh.«

»Warum?«

Thora deutete nach draußen und nach oben. »Nur noch eine Stunde Tageslicht.«

»Und niemand will nach Dunkelwerden draußen sein?«, vermutete Beka. »Warum?«

»Wegen der Dämonen«, antwortete Thora.

Beka verzog nur schmerzlich die Lippen. Was musste sie auch fragen? »Ja, natürlich«, seufzte sie. »Dann werde ich jetzt …«

»Ich kann dir dein Zimmer zeigen«, unterbrach sie Thora. »Heute ist es zu spät für alles andere. Aber du könntest dich schon einmal einrichten und mir sagen, ob du noch irgendwas brauchst. Und die anderen kennenlernen, wenn du willst.«

Beka war sich nicht sicher, ob sie das wollte. Noch nicht. Es lag nicht nur daran, dass ihr wirklich nicht der Sinn danach stand, die anderen Teilnehmer der kleinen Grillparty kennenzulernen, die Yoram (und seine angebliche Schwester) für sie veranstaltet hatten. Früher oder später würde sie es, aber sie war noch nicht bereit, sich mit den Bewohnern dieses höllischen Kindergartens anzufreunden, denn das wäre ein weiterer Schritt dahin, sich selbst einzugestehen, dass sie möglicherweise hierbleiben würde.

Nicht für ein paar Stunden oder Tage, bis sich ihr Körper vollständig erholt hatte, sondern für länger.

Möglicherweise für immer.

Sie bedeutete Thora mit einer stummen Geste, vorauszugehen. Als sie hinter ihr auf den Gang hinaustrat, sah sie gerade noch einen schmuddeligen Lockenkopf auf der Treppe verschwinden. Stimmengewirr wehte von unten herauf, und sie hörte ein Lachen, das ihr nach allem, was ihr in den letzten Tagen widerfahren war, fast wie eine persönliche Beleidigung vorkam.

»Rachel«, sagte Thora kopfschüttelnd und mit einem hoffnungslos schlecht gespielten Seufzen.

»Deine Leibwächterin?«

Thora zwang sich zu einem knappen Lächeln. »Sie ist wirklich süß, und sie gibt sich auch Mühe, aber manchmal ist sie auch eine echte Nervensäge.«

*

Beka erwartete halbwegs, dass Thora sie in das Zimmer zurückführen würde, in dem sie aufgewacht war. Es gab jedoch noch ein drittes Stockwerk, in das Thora sie hinaufführte und zu einem Raum ganz am Ende des Korridors brachte.

Dort erlebte sie eine Überraschung. Auf dem Boden lag keine zerschlissene Matratze oder gar ein Haufen Lumpen, womit sie halbwegs gerechnet hatte. Es gab ein richtiges Bett, einen Tisch und dazu passende Stühle sowie einige kleinere Möbelstück. Die beiden großen Fenster in der Giebelwand hatten natürlich kein Glas, aber es gab ein massives Eisengitter, das aussah, als könnte es einem übellaunigen Elefantenbullen standhalten. An den Wänden hingen bunte Tücher und einige offensichtlich aus Illustrierten herausgerissene Fotografien. Obwohl es nicht gerade nach Veilchen duftete, stank es nicht annähernd so schlimm wie unten.

»Euer Gästezimmer?«, fragte sie.

»Gefällt es dir nicht?« Thora klang ein bisschen verletzt, was Beka zuerst nicht verstand. Dann doch, und sofort meldete sich ihr schlechtes Gewissen.

»Das ist dein Zimmer.«

»Nur als kleine Wiedergutmachung«, antwortete Thora, was nun ihr sichtbar peinlich war. »Und auch nur für heute – bis wir ein anderes Zimmer für dich finden und ein paar Dinge, die du brauchst.«

»Ich möchte dich trotzdem nicht vertreiben.«

»Tust du nicht«, behauptete Thora. »Heute Nacht schlafe ich bei Yoram.«

Beka blickte überrascht, und Thora machte eine abfällige Geste und beantwortete die Frage, die sie in ihren Augen las. »Keine Angst, er behält seine Finger bei sich. Er will sie nämlich behalten.« Sie machte eine Kopfbewegung zur Tür. »Brauchst du noch irgendwas?«

Beka schüttelte den Kopf, hielt sie aber auch mit einer Geste zurück, als sie sich umdrehen und gehen wollte. »Vielleicht Wasser.«

»Auf dem Tisch steht ein Krug.«

Beka hatte ihn bereits entdeckt, wiederholte aber ihr Kopfschütteln. »Das reicht nicht. Ich würde mich gerne waschen.«

Thora sah sie ein bisschen verständnislos an, aber dann nickte sie nur, machte noch einmal auf dem Absatz kehrt und wandte sich endgültig zum Gehen. »Wir bringen dir Wasser«, sagte sie im Hinausgehen.

»Und ein paar saubere Handtücher«, fügte Beka noch hinzu. Thora schloss schweigend die Tür hinter sich.

Um sich abzulenken, begann Beka das Zimmer zu inspizieren. Anfangs noch mit einem Hauch von schlechtem Gewissen, dann aber sehr zügig sah sie sich alles genau an und zog auch sämtliche Schubladen auf, ohne auch nur das Geringste zu finden. Es gab einige wenige Kleidungsstücke – das meiste waren nur Fetzen, die genauso aussahen wie das, was Thora und die anderen trugen – ein paar bunte Tücher wie die, die die Wände zierten, und ein paar rostige Werkzeuge.

In einer Schublade fand sie einige weitere Kleidungsstücke, deren bloße Existenz den Karl Lagerfelds dieser Welt zu einem Schlaganfall verholfen hätte, und ganz hinten in einer der Schubladen einen kleinen Stapel angekohlter Illustrierter. Sie streckte die Hand danach aus, berührte sie aber dann doch nicht, denn sie sahen aus, als könnten sie beim geringsten Anlass auseinanderfallen. Für Thora stellte das, was in ihren Augen nicht einmal mehr Altpapier war, vermutlich ihren größten Schatz dar.

Der Gedanke grub sich wie eine dünne Nadel in ihr Herz. Es war noch nicht lange her, da hatte sie Thora die Pest an den Hals gewünscht, und nach der misslungenen Grillparty auf dem Ölberg hätte sie eigentlich jeden Grund, es immer noch zu tun. Und doch empfand sie plötzlich nichts als Mitleid mit ihr, ihren Freunden und sogar ihrem mörderischen Bruder.

Und vor allem mit sich selbst.

Es klopfte. Beka konnte gerade noch den Impuls unterdrücken, *Herein!* zu rufen, schob stattdessen die Schublade so leise zu, wie sie es konnte, und ging zur Tür.

Gerade mitten im dritten Klopfen machte sie auf und sah auf Rachels Explodierter-Igel-Frisur hinab. Hinter ihr standen zwei Jungen, jeder mit einem halb vollen Eimer in der Hand. Rachel trat einen Schritt zur Seite, und die beiden Jungs stürmten wortlos an ihr vorbei und hätten Beka wahrscheinlich glatt über den Haufen gerannt, wäre sie ihnen nicht aus dem Weg gegangen. Sie wirkten irgendwie … zornig, fand Beka.

Wahrscheinlich war es eher ihr schlechtes Gewissen, denn sie erkannte zumindest eines der Gesichter wieder. Der Bursche war dabei gewesen, als sie sie in die Färse gesteckt hatten. Wahrscheinlich waren sie *alle* dabei gewesen.

»Das Wasser, das du haben wolltest«, sagte Rachel. »Ich hoffe, es reicht. Und das da.«

Sie hielt Beka ein paar schmuddelige Lumpen hin, die sie normalerweise nicht einmal mit der sprichwörtlichen Kneifzange angefasst hätte. »Hat die gnädige Frau sonst noch Wünsche?«

Warum war sie so feindselig? Nahm sie es ihr vielleicht übel, dass sie noch am Leben war? »Ein Stück Seife wäre nicht schlecht«, sagte sie kühl.

Wie hingezaubert erschien ein verschrumpelter Rest brauner Kernseife auf Rachels Handfläche.

Beka starrte es an. Sie wollte sich nicht einmal *vorstellen*, wo dieses Stück angeblicher Seife schon überall gewesen war. »Ist das … dein Ernst?«

»Nein, aber meine Seife«, konterte Rachel. »Wenn es dir nicht gut genug ist, nehme ich sie auch gerne wieder mit.«

Schon weil sie spürte, dass sie wohl ganz genau darauf wartete, nahm ihr Beka (mit spitzen Fingern) das Stück Seife aus der Hand und zwang das freundlichste Lächeln auf ihr Gesicht, das sie zustande brachte. »Wenn du nichts Besseres hast, dann muss es eben gehen«, sagte sie und kam sich ein bisschen dumm vor, sich auf diesen kindischen Zank einzulassen. Was sie nicht daran hinderte, mit einem noch charmanteren Lächeln hinzuzufügen: »Ein bisschen Feuerholz wäre nicht schlecht, um das Wasser warm zu machen. Und eine Badewanne, wenn ihr zufällig irgendwo eine rumstehen habt.«

Rachels Augen wurden schmal. »Soll ich dir auch noch den Rücken schrubben?«

»Das würdest du tun?«, erkundigte sich Beka.

»Ich kann auch die Jungs fragen, ob sie es tun, wenn du willst.«

»Das war ein Scherz«, unterbrach sie Beka. »Aber du könntest mir wirklich einen Gefallen tun und vor der Tür warten, bis ich fertig bin. Es gibt kein Schloss an der Tür.«

»So etwas haben wir bisher auch nicht gebraucht.« Rachel trat beiseite, um den beiden Jungen Platz zu machen, die ihre Last abgestellt hatten und zurückkamen. »Und du brauchst keine Wache. Niemand kommt hier herauf, wenn du es nicht willst. Wir sind doch nicht lebensmüde.«

»Was soll denn das …?«, begann Beka verwirrt und sprach dann nicht weiter, denn Rachel hatte sich bereits auf dem Absatz umgedreht und stürmte hinter den beiden Jungen her, die es tatsächlich sehr eilig zu haben scheinen.

Beka sah ihnen nach, bis das Poltern ihrer Schritte auf der Treppe verklungen war, dann schüttelte sie den Kopf, trat zurück und schloss mit einem gemurmelten *Kinder* die Tür.

Rasch zog sie sich aus, griff naserümpfend nach dem schmuddeligen Lappen und der nicht minder schmutzigen Seife und ging tapfer ans Werk. Es kostete sie deutlich mehr Überwindung, sich mit eiskaltem Wasser und einem dreckigen Lappen zu säubern, als sie erwartet hätte. Irgendwann war sie fertig, rubbelt sich mit dem zweiten Fetzen trocken und schlüpfte schließlich wieder in ihren Sack. Schaudernd und vor Kälte mit den Zähnen klappernd trat sie ans Fenster.

Draußen begann es inzwischen zu dämmern. Wie in diesem Teil der Welt üblich, ging es sehr schnell. Das Licht schwand so rasch, als hätte jemand einen riesengroßen Dimmer an die Sonne angeschlossen und drehe sie nun langsam herunter, und sie hatte das unheimliche Gefühl, dass mit der Dunkelheit noch etwas anderes kam; etwas das unsichtbar, aber sehr wohl da war. Und ihnen nicht wohlgesonnen.

Eine Bewegung am erlöschenden Himmel ließ sie aufsehen. Es war schon zu dunkel, um es zu erkennen; ein träges Flattern, das sich ihren Blicken eifersüchtig entzog und doch so etwas wie einen schlechten Geschmack auf ihrer Seele hinterließ.

Es verschwand mit dem letzten Licht. Beka blieb noch lange Minuten am Fenster stehen und sah auf das schwarze Schattenmuster hinab, in das sich die Stadt gehüllt hatte. Alles war schwarz in schwarz, in mehr Abstufungen, als sie bisher überhaupt für möglich gehalten hatte, und in jedem einzelnen dieser eine Million Schatten lauerte ein unsichtbarer Schrecken nur darauf, über jeden herzufallen, der leichtsinnig genug war, sich in die Reichweite seiner Fänge zu begeben.

Und was nun, wenn die ganze Welt so aussah?

Darüber wollte sie nicht nachdenken. Wenigstens heute noch nicht.

Etwas glitt über den Himmel, auch jetzt wieder zu schnell und zu undeutlich, um es erkennen zu können, aber es war groß, finster, und es hatte Flügel. Vielleicht ja ein Drache. Das empfand sie als nicht annähernd so absurd, wie es sein sollte. Schließlich war sie in einer Welt gestrandet, in der es leibhaftige Engel gab. Warum dann also nicht auch Drachen?

Sie blieb so lange am Fenster stehen, bis auch das allerletzte Licht erlosch, dann tastete sie sich zu Thoras Bett zurück und glitt unter die Decke. Aufgewühlt und verstört, wie sie war, würde sie ganz gewiss keinen Schlaf finden, also bereitete sie sich auf eine endlose Nacht vor, in der sie Stunden auf den Sonnenaufgang warten würde, die ihr voraussichtlich wie Wochen vorkamen, und schlief ein, noch während sie diesen Gedanken dachte.

7

Wider Erwarten hatte sie doch den allergrößten Teil der Nacht verschlafen, und zu ihrer eigenen Verwunderung erinnerte sie sich nicht einmal daran, schlecht geträumt zu haben, und fühlte sich sogar einigermaßen ausgeruht. Sie wurde auch nicht von Kälte und einem randalierenden Mob mit Mistgabeln und Fackeln geweckt, sondern von Thora, die mit einem Tablett hereinkam und es mit einem Scheppern auf dem Schemel neben ihrem Bett ablud, das im ganzen Haus zu hören sein musste. Hinter ihr lugte ein verdreckter Strubbelkopf durch die Tür, unter dem ein Paar misstrauischer Augen darauf warteten, hereingebeten zu werden.

Beka stemmte sich schläfrig auf einen Ellbogen und maß Thora mit einem vorwurfsvollen und Rachel mit einem *Hau-bloß ab*-Blick, auf den jede auf ihre Weise reagierte: Thora mit einem breiten Grinsen, und ihre Möchtegern-Assassinin, indem sie hereinkam und sich feixend hinter dem größeren Mädchen aufbaute. Beka nuschelte etwas, das sie selbst nicht verstand, aber hoffentlich hinlänglich verärgert klang, und schlug grummelnd die Decke zurück. Thora sah ihr wortlos dabei zu und deutete schließlich ebenso stumm auf das zerbeulte Tablett.

Der Lärm, mit dem sie das Frühstück gebracht hatte, war dann auch schon das Spektakulärste daran. Es gab einen Becher mit lauwarmem Wasser und die schon fast obligate Schale Tapetenkleister, die sie eine ganze Weile misstrauisch beäugte, ehe sie auch nur nach dem Löffel griff und lustlos in der grauen Pampe herumzustochern begann, ohne sich zum Essen aufraffen zu können. »Was ist das eigentlich?«, fragte sie. Immerhin war es das dritte Mal in Folge, dass sie dasselbe bekam.

»Manna«, sagte Thora, und Rachel fügte hinzu: »Was denn sonst?«

»Ja, natürlich, Manna«, maulte Beka. »Was denn sonst?«

Natürlich wusste sie, dass man unter *Manna* eine Art Himmelsbrot verstand, aber abgesehen davon, dass sie es sich zuvor niemals als etwas Reales vorgestellt hatte, hätte sie irgendwie etwas … anderes erwartet. Sie maß die beiden Mädchen mit einem feindseligen Blick, den beide gleichermaßen ignorierten, und begann widerwillig zu essen. Es schmeckte tatsächlich so schlecht, wie sie es erwartet hatte. Trotzdem schluckte sie tapfer, und was sie schon einmal erlebt hatte, wiederholte sich: Sie würgte nur ein paar Mundvoll der klebrigen Pampe herunter, und schon diese reichten, um ihren Hunger völlig zu stillen. Vielleicht war das mit dem *Himmelsbrot* ja ernster gemeint gewesen, als sie geglaubt hatte.

Sie wollte eine entsprechende Frage stellen, doch Thora griff bereits nach dem Tablett, drückte es Rachel in die Hand und forderte sie mit einer unwilligen Geste auf zu gehen. Rachel zog eine beleidigte Schnute, aber sie gehorchte, und Thora folgte ihr, wenn auch nur bis zur Tür, durch die sie einen misstrauischen Blick in den Flur warf, bevor sie sie schloss und sich mit dem Rücken dagegenlehnte.

»Konntest du ein bisschen schlafen?«, fragte sie.

»Wie ein Stein«, antwortete Beka. »Danke.«

Sie stand auf. »Wollen wir?«

»Was?«

»Du wolltest mir ein anderes Zimmer geben«, erinnerte Beka. »Ich will dich nicht länger belästigen.«

»Gefällt es dir hier nicht?«

»Ganz im Gegenteil«, versicherte sie rasch. »Es ist wunderschön hier. Aber ich will dich nicht vertreiben. Du hast genug für mich getan.« Sie zum Beispiel in Brand gesetzt. Lebendig.

»Ich glaube, ich bin dir noch ein bisschen was schuldig«, beharrte Thora. »Und außerdem hat Zadkiel mir aufgetragen, mich um dich zu kümmern.«

»Zadkiel?«

»Er ist unser Seraphim«, antwortete Thora. »Wir alle tun, was er sagt.«

»Und wenn nicht, gibt es Ärger?«, erkundigte sich Beka.

Thora sah sie so verständnislos an, dass sie auf jede weitere Frage verzichtete. Hier kam offensichtlich niemand auf die Idee, dem Engel einen Wunsch abzuschlagen. Dabei hatte Beka nicht vergessen, was der Messerengel angedroht hatte. Ganz kurz erwog sie, Thora zu sagen, wie nahe daran ihr Bruder und sie gewesen waren, durch Zadkiels Hand zu sterben, entschied sich aber dann dagegen. Vermutlich wusste sie es sowieso.

»Und du kannst dich revanchieren, wenn du willst«, sagte Thora.

»Und wie?«

»Erzähl mir von meiner Schwester.«

»Aber das kann ich nicht«, beteuerte Beka. »Ich würde es auch so tun, wenn ich es könnte, aber ich weiß nichts. Ich habe sie nur ein einziges Mal gesehen.« Vor sieben Jahren. Oder ein paar Tagen. Falls Zeit noch immer das bedeutete, was sie gewohnt war. Oder überhaupt noch existierte.

»Wie du meinst«, sagte Thora traurig.

»Thora, ich …« Beka zögerte und setzte dann neu an. Sie wollte Thora nicht wehtun, aber das Mädchen quälte sich nur selbst.

»Hast du schon einmal daran gedacht, dass sie vielleicht nicht mehr lebt?«, fragte sie so sanft wie möglich.

»Nein.« Thora schüttelte so heftig den Kopf, dass ihr Haar

flog. »Ich weiß ganz genau, dass sie lebt. Sie ist meine Schwester.«

»Ich weiß, aber …«

»Nein, das weißt du eben nicht«, fiel ihr Thora ins Wort. »Nicht diese Art von Schwestern. Wir sind Zwillinge. Wir kannten uns schon, bevor wir überhaupt geboren wurden, und daran hat sich auch danach nichts geändert. Wir sind irgendwie … eins. Ich habe immer gespürt, wie es ihr geht, und sie umgekehrt auch. Als …« Sie zögerte einen winzigen Moment. Wurde ihr Blick vorwurfsvoll? »Als sie im Flugzeug gestürzt ist und sich den Kiefer gebrochen hat, da habe ich ihren Schmerz so deutlich gespürt, als wäre es mein eigener. Ich wüsste, wenn sie tot wäre! Schon als ich das erste Mal vor Zadkiel stand, habe ich gespürt, dass sie noch lebt.«

Beka sah sie einen Moment nachdenklich an. Was Thora über eineiige Zwillinge erzählte, das hatte sie schon öfter gehört, aber nicht wirklich geglaubt. Und eigentlich tat sie es auch jetzt nicht. Beinahe hätte sie es auch ausgesprochen, doch dann sagte sie sich, wie sinnlos das wäre, und deutete stattdessen zur Tür. »Können wir?«

»Zeigst du mir alles? Wie ihr lebt. Eure Stadt, und wie alles hier funktioniert. Und natürlich die Boutique, in der es so wundervolle Kleider gibt.« Sie deutete an sich herab.

Thora konnte sich wahrscheinlich nicht vorstellen, was saubere und einigermaßen modische Kleidung für Beka bedeutete, und vermutlich hatte sie auch das Wort Ironie noch nie gehört, aber sie verstand, was sie meinte. »Wir besorgen dir etwas anderes zum Anziehen. Und auch alles andere, was du brauchst. Aber zuerst stelle ich dich den anderen vor.«

»Ich verspreche dir auch, nicht auf den neuesten Designerklamotten von Prada zu bestehen«, sagte Beka. »Deine Kreditkarte wird nicht schmelzen.«

Thora zwang sich zwar zu einem verunglückten Lächeln, aber ihr irritierter Blick machte Beka auch klar, dass sie ebenso gut in einer fremden Sprache hätte reden können – und der Gedanke brachte sie zu einer Frage, die schon die ganze Zeit über an ihrem Bewusstsein gekratzt hatte, in der Hektik der zurückliegenden Tage aber einfach untergegangen war, weil es nun wirklich Wichtigeres gegeben hatte.

»Wieso verstehen mich eigentlich alle?«

Zumindest *das* verstand Thora nicht, und Beka brauchte ein paar Sekunden, um sich zu sortieren und es noch einmal zu versuchen. »Wir haben im selben Flugzeug gesessen und kommen aus demselben Land. Aber das gilt doch bestimmt nicht für alle hier, oder? Wie viele seid ihr? Hundert?«

»Viel mehr«, sagte Thora. »Warum?«

»Weil ich sie alle verstehe«, sagte Beka. Wenigstens die, die ihr begegnet waren. »Und sie mich. Müssten sie nicht Hebräisch oder etwas in der Art sprechen?«

»Und Chinesisch und Englisch und ungefähr hundert andere Sprachen«, bestätigte Thora und schüttelte zugleich den Kopf. »Aber die gibt es nicht mehr. So wenig wie alle anderen.«

»Was soll das heißen, diese Sprachen gibt es nicht mehr?«, echote Beka verdutzt.

»Der Fluch Babels«, erwiderte Thora in einem Ton, als hätte sie eine wirklich außergewöhnlich dumme Frage gestellt. »Er ist gebrochen.«

»Der Fluch Babels«, brabbelte Beka. Sie war so perplex, dass sie erneut einen Moment brauchte, bis sie überhaupt begriff, wovon das Mädchen sprach, und als sie es tat, riss sie ungläubig die Augen auf. »Soll das heißen …?«

Thora stieß sich mit einem kleinen Ruck von der Tür ab, zog sie in derselben Bewegung auf und bedeutete ihr mit einer Kopfbewegung, ihr zu folgen. »Zadkiel hat gesagt, dass du tausend Fragen haben wirst. Stell sie ruhig. Ich weiß wahrscheinlich nicht alles, aber was ich kann, das erkläre ich dir.«

Da hatte sich Zadkiel kräftig geirrt, dachte Beka. Sie hatte nicht tausend Fragen, sondern eine Million. Mindestens. »Willst du sagen, wir … ich … sprechen alle dieselbe Sprache?«

Thora war bereits auf den Flur hinausgetreten und machte eine leicht unwillige Geste, ihr zu folgen, und Beka gehorchte. Sie schüttelte den Kopf. »Es hat immer nur die *Eine Sprache* gegeben. Wir haben sie nur nicht verstanden.«

Das klang ziemlich hirnrissig, fand Beka. Und eindeutig auswendig gelernt. »Das heißt, ich kann jetzt Chinesisch, Koreanisch und Patois?«, fragte sie.

»Nein, Dummerchen«, antwortete Thora. Gut, das *Dummerchen* sprach sie nicht wirklich aus, aber es stand so deutlich in ihren Augen geschrieben, als hätte sie es getan. »Alle diese Sprachen hat es niemals gegeben, verstehst du? Es war nur der Fluch Babels, und den gibt es nicht mehr, seit die Stadt wiederauferstanden ist.«

»Ja, natürlich«, seufzte Beka. »Was auch sonst?«

Thora setzte zu einer Antwort an, beließ es aber dann bei einem irritierten Blick und deutete auf eine der anderen Türen. »Das Zimmer ist leer. Es ist nicht so groß wie meins, aber du kannst es haben … also wenn du mit der Nachbarschaft klarkommst, heißt das.«

»Mit dir?«

»Und Yoram.« Thora machte eine Kopfbewegung auf die Tür am anderen Ende des Flures, trat dann aber an die, auf die sie zuerst gedeutet hatte und zog sie auf. Ein Schwall moderig riechender Feuchtigkeit schlug ihnen entgegen, und Thoras Behauptung, das Zimmer wäre leer, erwies sich als ziemlich kühn. Es war so mit Kartons, Kisten und allem möglichen anderen … Krempel vollgestopft, dass man sich kaum darin bewegen konnte. Auch hier waren schwere Gitter vor den Fenstern angebracht worden.

»Ich sage ein paar von den Jungs Bescheid, damit sie das Zimmer ausräumen. Später besorgen wir dir ein Bett und was du sonst noch so brauchst«, fuhr Thora fort. »Wenn du es willst, heißt das.«

»Shopping?« Beka nickte. »Das klingt gut.«

»Aber du kannst natürlich auch in einem anderen Haus wohnen«, beeilte sich Thora hinzuzufügen. »Wenn wir von etwas genug haben, dann Platz. Du kannst bleiben, wo immer du willst.«

Sie hatte überhaupt nicht vor, *irgendwo zu bleiben*, jedenfalls nicht hier. Beka schwieg.

»Dann komm«, sagte Thora.

Beka nickte flüchtig und deutete dann auf das grob gefertigte, aber sehr massive Gitter vor dem Fenster. »Vor wem müsst ihr euch hier schützen?«

»Zum Beispiel vor den Dämonen.« Thora ging wieder hinaus und wartete, bis Beka ihr gefolgt war. »Obwohl es auch noch andere gibt, die es auf uns abgesehen haben.«

»Und was hat es mit den Dämonen auf sich?«

»Dämonen sind eben Dämonen. Aber keine Angst.« Thora griff an ihr vorbei und zog die Tür zu. »Sie sind noch nie in ein Haus gekommen. Aber sicher ist sicher.« Sie deutete auf die Treppe. Als sie an Yorams Tür vorbeikamen, glaubte Beka aufgeregte Stimmen zu hören, doch Thora eilte bereits so schnell die Stufen hinab, dass sie keine Gelegenheit zum Lauschen bekam.

*

Stimmengewirr schlug ihnen entgegen, und Beka war kein bisschen erstaunt, unten an der Treppe Rachel zu sehen. Sie sprach mit zwei älteren Jungen, die sich aber mitten im Wort unterbrachen und schon beinahe flüchteten, als sie ihrer ansichtig wurden, während sich Rachels dunkle Augen einmal mehr mit Zorn füllten. Beka fragte sich, was sie dem Mädchen eigentlich getan hatte.

»Hol Avi und Mike«, sagte Thora. »Ich möchte Beka … Rivkah … alles zeigen, und sie müssen uns begleiten.«

Beka wartete, bis das Mädchen (widerwillig) gegangen war, dann wandte sie sich leicht verärgert an Thora. »Rivkah?«

»Zadkiel«, erwiderte Thora. »Er hat gesagt, das wäre dein Name.«

Anscheinend hätte sie dem vermeintlichen Engel doch nicht alles erzählen sollen. »Ist er nicht.«

Thora hob nur die Schultern. »Wenn Zadkiel sagt, dass das dein Name ist, dann ist es dein Name.«

»Weil Zadkiel immer recht hat?«, fragte sie bissig.

»Er ist ein Seraphim«, antwortete Thora, was für sie anscheinend Erklärung genug war, und ging weiter. Beka musste ihr auch jetzt wieder folgen, ob sie wollte oder nicht. Allmählich fiel es ihr wirklich schwer, sich zu beherrschen.

*

Das Erdgeschoss des Hauses unterschied sich wohltuend von den beiden oberen Stockwerken. Auch hier gab es Brandspuren an den Wänden, und die meisten Türen fehlten oder waren so verkohlt, dass sie eigentlich nur noch symbolische Bedeutung hatten. Irgendwo greinte ein Säugling, und zugleich hörte sie erneut ein anhaltendes, mehrstimmiges Kinderlachen. Als sie an einer offenen Tür vorbeikamen sah sie eine Gruppe halbwüchsiger Mädchen, die im Kreis auf einer Decke saßen und irgendein Spiel spielten, das ihr unbekannt war, und in einem anderen Zimmer fochten zwei Jungen mit Stöcken gegeneinander. Sie taten es lachend, aber auch mit ganz erstaunlichen Geschick, soweit sie das beurteilen konnte.

Schließlich betraten sie einen überraschend großen Raum, der sich erst auf den zweiten Blick als aus drei kleineren Zimmern bestehend herausstellte, deren Zwischenwände niedergerissen waren. Bekas erster Blick galt der Decke, die zumindest nicht sichtbar durchhing. Sie war trotzdem beunruhigt. Das Wort *Statik* schien hier noch niemand gehört zu haben.

Thora machte eine allgemeine Geste in die Runde. »Hier treffen wir uns, wenn es etwas zu besprechen gibt. Oder auch nur so.«

»Aha«, sagte Beka, indem sie sich rasch umsah. Mehr als einen flüchtigen Blick brauchte es auch nicht. Die Einrichtung bestand aus einem wirren Konglomerat der unterschiedlichsten Stühle, Tische und einiger weniger offener Regale, die so gut wie leer waren. Fast alles war aus Metall und auf die eine oder andere Weise beschädigt.

»Im Moment scheint es aber nicht viel zu besprechen zu geben«, sagte sie. Das Zimmer war leer.

»Ja, das ist … komisch«, räumte Thora ein. Sie wirkte ein bisschen überrascht. »Normalerweise sind immer ein paar hier. Vielleicht hat Yoram sie … auf Patrouille geschickt.«

Um nach Spionen zu suchen?, hätte Beka um ein Haar gefragt. Stattdessen erkundigte sie sich lediglich: »Wozu?«

Statt zu antworten, ging Thora zur gegenüberliegenden Wand, an der eine nicht besonders geschickt gezeichnete Skizze hing, mit Kohle auf die Rückseite einer alten Tapetenrolle gekritzelt. Am Tag zuvor hätte sie nicht gewusst, was sie darstellte, aber spätestens nach ihrem Blick vom Olivenberg erkannte sie den Grundriss der Jerusalemer Altstadt.

»Unsere Stadt«, erklärte Thora überflüssigerweise. Sie deutete auf einen schmierigen Fleck unweit des großen Rechtecks, das wohl den Tempelberg darstellen sollte und wo fünfhundert schmutzige Kinderfinger ihre Spuren hinterlassen hatten. »Die Stadt ist groß. Vielleicht nicht so groß wie die, aus der du kommst, aber groß genug. Wir müssen immer auf der Hut sein.«

»Natürlich«, pflichtete ihr Beka bei, verhielt kurz und fragte dann: »Vor wem?«

Thora sah sie an, als hätte sie schon wieder in einer fremden Zunge geredet. »Zum Beispiel vor den Dämonen. Aber nicht nur. Wir haben eine Menge Feinde. Benjamin ist für den Schutz des Tempels zuständig, und wir nehmen unsere Aufgabe ernst.

Wie Beka am eigenen Leib gespürt hatte. Genau wie Luke.

»Benjamin?«, wiederholte Beka fragend.

Thora nickte heftig. Ihre Hand strich mit gespreizten Fingern über die Karte und deckte die ganze Stadt ab, ohne sie wirklich zu berühren. »Das hier ist unser Gebiet. Wir sind dafür verantwortlich. Im Norden …«, ihre Hand wedelte nach oben und dann nach rechts, »… liegt das Ödland und dahinter das Gebiet von Ephraim, Olmos Sippe. Du hast ihn kennengelernt.«

»Ich erinnere mich«, sagte Beka säuerlich.

»Es gibt noch zehn weitere Stämme, die über den Rest des Landes wachen«, fuhr Thora ungerührt fort. »In zwei Wochen ist Chanukka, dann kommen alle Stammesältesten hierher, um das Fest mit uns zu feiern. Und du wirst die anderen kennenlernen.«

Beka fragte sich, ob sie wohl alle so nett wie Olmos und seine Begleiter waren und konnte sich vor lauter Begeisterung kaum noch halten.

»Stamm Benjamin ist vielleicht der kleinste der Stämme Israels«, fuhr Thora unüberhörbar stolz fort, »aber auch der wichtigste. Wir sind sehr stolz darauf, dass uns der Schutz des Tempels obliegt. Sie versuchen immer wieder, uns auszukundschaften, und zweimal haben sie uns sogar schon angegriffen. Aber wir haben sie zurückgeschlagen.«

»Und wo sind dann alle?«, fragte sie, bevor ihr noch etwas herausrutschen konnte, was Thora ihr wirklich übel nehmen würde.

»Die meisten auf Patrouille«, wiederholte Thora, »oder auf der Suche.«

»Wonach?«

»Nach allem, was sie eben so finden«, antwortete Thora. »Dinge, die wir brauchen können. Viel ist nicht mehr übrig nach der langen Zeit, aber ich kenne noch ein paar Stellen.« Sie blinzelte ihr fast verschwörerisch zu. »Zum Beispiel eine, wo wir bestimmt ein hübsches Kleid für dich finden.«

Beka lächelte zwar pflichtschuldig, sah aber weiter auf die Karte, auf der ihr mehr und mehr Details nun doch bekannt vorkamen; schon weil sie selbstverständlich vor Antritt ihrer Reise den obligaten Reiseführer-Marathon hinter sich gebracht hatte. Das Haus schien sich mitten in der Altstadt zu befinden, in einer Gegend, die früher sicher von Touristen überrannt worden war, kaum den sprichwörtlichen Steinwurf vom Tempelberg und der berühmten Klagemauer entfernt. Auf der Karte sah alles fast winzig aus, und sie wusste, dass das im Prinzip auch stimmte. Das historische Jerusalem war nicht viel größer als ein paar neben- und übereinandergelegte Fußballfelder. Am Tag zuvor, als sie von einer Kinderarmee zu ihrer eigenen Hinrichtung geschleift worden war, war es ihr wie ein unendliches Labyrinth vorgekommen.

»Sobald ich dich den anderen vorgestellt habe, zeige ich dir alles, was du wissen willst«, sagte Thora, der ihr nachdenklicher Blick nicht entgangen war.

8

Beka hatte darauf jetzt so wenig Lust wie vor zehn Minuten, aber es wurde dann doch nicht so schlimm wie befürchtet – ganz einfach, weil praktisch niemand mehr da war. Die beiden Jungen, die sie beim Stockfechten beobachtet hatte waren ebenso verschwunden wie die spielenden Mädchen, und als sie weitergingen sah Beka gerade noch einen blonden Schopf durch die Tür nach draußen verschwinden. Thora machte ein verwirrtes Gesicht, kehrte dann noch einmal um und öffnete eine weitere Tür. Dahinter lag ein winziges Zimmer, in dem ein junges Mädchen auf einer zerschlissenen Ledercouch saß und ein Baby säugte. Beka riss die Augen auf. Die Kleine war allerhöchstens zehn.

Thora ging hin, wechselte ein paar halblaute Worte mit dem Mädchen und strich dem Säugling zärtlich mit den Fingerspitzen über die Wange, bevor sie zurückkam und die Tür so leise hinter sich zuzog, als hätte sie Angst, die kitschige Szene durch ein unbedachtes Geräusch zu zerstören.

»Dieses Kind …«, murmelte Beka verdattert.

»Nico?« Thora legte fragend den Kopf auf die Seite.

»Das Mädchen«, antwortete Beka. »Sie … ist das ihr Kind?«

Thora nickte, und Beka fügte fassungslos hinzu: »Sie ist doch höchstens zehn!«

»Mirjam ist älter, als sie aussieht«, erwiderte Thora. »Sie ist fast elf. Und ja, Nico ist ihr Sohn.«

»Und der … Vater?«

»Ich nehme an, dass sie weiß, wer er ist«, antwortete Thora mit einem Grienen, das ihr eine Menge von der Sympathie nahm, die Beka mittlerweile für sie empfand.

»Aber sie ist doch selbst noch ein Kind!«, protestierte Beka.

»Wenn sie zu jung wäre, um ein Kind zu gebären, dann hätte die Natur es wohl auch nicht zugelassen«, antwortete Thora, eine Spur ernster. Sie hob die Hand, als Beka etwas erwidern wollte. »Wir sind nur noch so wenige, Rivkah, und wir haben so viele Feinde. Jedes einzelne Leben zählt. Wir müssen mehr werden, das ist unsere wichtigste Aufgabe.«

»Dann gibt es hier noch mehr Kinder?«

»Viele«, antwortete Thora, »aber immer noch nicht genug.«

Beka wollte auffahren, doch bevor sie etwas sagen konnte, kehrte Rachel zurück, begleitet von zwei hochgewachsenen Jungen. Das Gesicht des Größeren kam Beka bekannt vor, den zweiten hatte sie noch nie gesehen. Beide wichen ihrem Blick aus, und sie hatte nicht unbedingt den Eindruck, dass sie sonderlich erfreut über dieses Treffen waren. So wenig wie Rachel, die Beka ganz unverhohlen feindselig anfunkelte.

»Das sind Avi und Mike.« Thora deutete nacheinander auf die beiden Jungen, und jetzt wusste Beka auch wieder, woher sie den größeren kannte. Es war der Bursche, der am ersten Abend vor der Tür gestürzt war. Sie raffte sich zu einem Lächeln auf, und Avi erwiderte es widerwillig, während Mike so tat, als hätte er es gar nicht mitbekommen.

*

»Gehen wir.« Thora machte eine Handbewegung zur Tür und schüttelte praktisch sofort den Kopf, als nicht nur die beiden Jungen sofort wieder ins Freie hinaustraten, sondern Rachel sich ihnen ebenfalls anschließen wollte. »Du nicht.«

»Aber ich …«

»Yoram braucht dich oben«, fuhr Thora in noch strengerem Ton fort. »Er hat schon zweimal nach dir gefragt.«

Rachel musste so deutlich spüren wie sie, dass das nicht stimmte, und sie machte auch ein trotziges Gesicht und schien zu überlegen, sich offen zu widersetzen. Doch dann nuschelte sie nur etwas Unverständliches und flitzte die Treppe hinauf, und Thora scheuchte sie nun regelrecht aus dem Haus und beeilte sich, etliche Schritte zwischen sich und das Haus zu bringen, bevor sie wieder langsamer wurde. Die beiden Jungen folgten ihnen in respektvollem (oder ängstlichem?) Abstand. Beka entging keineswegs, wie aufmerksam ihre Blicke die umliegenden Gebäude absuchten und auch immer wieder den Himmel.

»Rachel wird nicht glücklich sein, dass du sie auf den Arm genommen hast«, sagte sie, nachdem sie eine kleine Weile schweigend nebeneinander hergegangen waren. Thora blickte fragend, und Beka präzisierte ihre Worte: »Ihr nicht die Wahrheit gesagt hast.«

»Wenn ich es zulasse, dann klebt sie den ganzen Tag an mir.« Thoras Blick huschte kurz, aber sehr aufmerksam über den Himmel.

»Und außerdem ist es gefährlich hier draußen«, vermutete Beka.

»Hier ist es überall gefährlich«, antwortete Thora leichthin. »Aber Rachel ist noch so jung. Sie muss noch viel lernen.«

Zum Beispiel Kinderkriegen?, hätte Beka um ein Haar gefragt.

»Sie ist noch ein Kind.«

Und was war sie? Beka hütete sich, die Frage laut auszusprechen, aber irgendwie musste sie Thora trotzdem gehört haben, denn ein Schatten von Unmut huschte über ihr Gesicht und verschwand wieder, bevor er endgültig Gestalt annehmen konnte. »Du darfst auf gar keinen Fall allein nach draußen gehen«, sagte sie, plötzlich sehr ernst. »Nicht, bevor ich dir alles gezeigt habe und du dich wirklich hier auskennst.«

So lange würde sie nicht bleiben, dachte Beka. Sie nickte.

Thora setzte dazu an, noch etwas zu sagen, sah aber dann stattdessen in den Himmel hinauf und legte konzentriert die Stirn in Falten. Abgesehen von dem Stirnrunzeln tat Beka dasselbe, und tatsächlich: Dort oben war etwas, eine Anzahl dunkler Punkte, zu hoch und zu klein, um sie genauer zu erkennen. Waren das … Vögel? Wenn, dann mussten sie gigantisch sein.

»Was ist das?«, fragte sie.

Statt zu antworten, riss Thora ihren Blick vom Himmel los und deutete in eine Richtung, die Beka vollkommen willkürlich vorkam. »Wir müssen dorthin.«

Beka fragte sich vergeblich, was *dorthin* eigentlich vom Rest dieser verheerten Stadt unterschied. Sie sah nur verkohlte Ruinen, die zu einer einzigen undurchdringlichen Masse zusammengestürzt zu sein schienen. Thora steuerte jedoch so zielsicher eine halb zusammengeschmolzene Straße an, dass sie ihr notgedrungen folgen musste; obwohl sie sich auf Anhieb eine Million Orte vorstellen konnte, an denen sie lieber wäre. Aber sie wollte vor dem jüngeren Mädchen auch nicht als Feigling dastehen.

Eine Weile gingen sie nebeneinander her, dann sagte Thora: »Es wird Zeit, dass du so aussiehst wie eine von uns.«

»Nichts dagegen«, antwortete Beka. »Solange ich mir nicht auch einen Zauberwürfel auf die Stirn tackern muss.«

»Ein Zauberwürfel? Was soll das sein?«

Beka tippte sich mit der Hand auf die Stirn, und Thora sah sie ein ganz kleines bisschen verärgert an, nickte aber schließlich. »Das Tefillin. Es hat keine Zauberkräfte, aber es stimmt schon, dass es uns beschützt.«

»Wovor?«

Thora ignorierte die Frage. »Es zeigt, dass wir zu Zadkiel gehören. Und es gibt uns Kraft, natürlich.«

»Natürlich«, beeilte sich Beka zu versichern. Also doch ein Gangzeichen, wenn auch ein wirklich schräges. Aber es war ja auch eine schräge Gang, wenn sie bedachte, wer sie anführte.

Ihr Ziel war vor der Katastrophe eine der winzigen Altstadtstraßen gewesen, wie sie wohl typisch für diesen Teil Jerusalems gewesen waren. Die oberen Stockwerke sämtlicher Gebäude waren eingestürzt und bildeten einen zermalmten Baldachin über ihren Köpfen, durch den Licht in staubigen, schrägen Säulen sickerte. Die Straße selbst war größtenteils von Trümmern und Glasscherben geräumt, und zumindest im unteren Teil war sie sogar noch als das zu erkennen, was sie einmal ausgemacht hatte: eine ehemals fröhliche Aneinanderreihung bunter Läden, die von dem üblichen Touristentand bis hin zu überteuerten Designerklamotten so ziemlich alles angeboten hatten, was niemand brauchte.

Auch hier waren die Spuren der Feuerwalze nicht zu übersehen, die durch die Straße getobt war. Farbe und Putz waren bis auf das nackte Mauerwerk weggebrannt, und die eine oder andere Wand sah nicht so aus, als sollte man sich guten Gewissens dagegenlehnen. Immerhin konnte man noch erkennen, was das alles hier einmal gewesen war; was für den Rest der Stadt nicht überall galt.

Thora drehte sich zu den beiden Jungen um. »Ihr wartet hier.«

»Aber …«, begann Avi und klappte den Mund dann wieder zu, als Thora ihn mit einem Blick maß, der gute Chancen gehabt hätte, die Mauer hinter ihm in Brand zu setzen, hätte er ihn verfehlt. Mike und er trollten sich.

»Gibt es etwas, das sie nicht sehen dürfen?«, erkundigte sich Beka.

»Ja. Dich. Beim Umziehen.« Thora eilte weiter und verschwand nach ein paar Schritten in einem ausgebrannten Laden, wobei sie sich nicht die Mühe machte, die ehemalige Tür zu benutzen, sondern durch das zerstörte Fenster hineinging. Glasscherben knirschten unter ihren Schritten. Beka folgte ihr sehr viel vorsichtiger und gab ihren Augen ein paar Sekunden, um sich in das trübe Zwielicht zu gewöhnen, das hier drinnen herrschte.

Sie erschrak bis ins Mark, als die ersten Schemen auftauchten, denn sie meinte einen verbrannten Menschen zu sehen, der in grotesker Haltung mit der Wand dahinter verschmolzen war. Auf den zweiten Blick stellte er sich dann als zerstörte Schaufensterpuppe heraus, doch deren Anblick war kaum weniger grässlich, denn ihre Erinnerung stürzte sich selbstverständlich gierig auf die Gelegenheit, ihr wieder den verbrannten und mit Stacheldraht gefesselten Leichnam zu zeigen, den sie und Luke gefunden hatten.

Thora rumorte irgendwo in den Schatten im hinteren Teil des Raumes herum, der wohl einmal ein kleines Modegeschäft gewesen sein musste, wie die Reste der verbrannten Einrichtung erahnen ließen. Beka ging hin und half ihr, eine verzogene Eisentür aufzuziehen, deren Angeln so erbärmlich quietschten, dass Staub und Ascheflocken von der Decke rieselten. Der Raum dahinter war noch kleiner und fensterlos, sodass noch einmal etliche Sekunden vergingen, bis sie ihre Umgebung als das ehemalige Lager erkannte.

Es war zugleich wie ein Schritt zurück in eine andere Welt, die sie schon für immer verloren geglaubt hatte.

*

Die fensterlosen Wände und die Metalltür hatten so etwas wie eine Zeitkapsel geschaffen, indem sie den Raum vor dem Schlimmsten bewahrt hatten. Überall lag Staub, und in der Decke klaffte ein fingerbreiter Riss, durch den man bis ins darüber liegende, zusammengebrochene Stockwerk sehen konnte. Aber es gab kaum wirkliche Schäden. Die Wände waren komplett mit Metallregalen vollgestellt, in denen sich zahllose Kartons, Kisten und Schachteln und durchsichtige Cellophantüten mit Kleidungsstücken stapelten: Hosen, Unterwäsche und T-Shirts, Jacken und Blusen und Kleider in Hülle und Fülle und dazu Schuhe und Handtaschen und zahllose andere Dinge, deren Existenz sie schon beinahe vergessen gehabt hatte.

»Bediene dich.« Thora machte eine großspurige Geste in die Runde, mit der sie ihr um ein Haar die Hand ins Gesicht geschlagen hätte. »Du kannst dir aussuchen, was du willst.«

Beka sah sie zweifelnd an. Kam es ihr nur so vor, oder klang das Mädchen ein ganz kleines bisschen schadenfroh?

Sie wandte sich ab und begann das durchaus großzügige Angebot zu sichten. Staub wirbelte hoch. Sie musste immer wieder husten, und ihre Augen begannen zu tränen, was es auch nicht unbedingt einfacher machte. Und am Ende war das, was infrage kam, dann doch nicht so viel. Sehr wenig war in ihrer Größe, und noch weniger entsprach ihrem Geschmack, oder es kam aus praktischen Gründen nicht in die engere Wahl. In einer Umgebung wie dieser erschienen ihr weiße Jeans und ein gleichfarbiges Shirt nicht besonders praktisch.

Schließlich aber hatte sie eine akzeptable Garnitur gefunden. Thora drehte sich unerwartet diskret um, während Beka aus ihrem tragbaren Jutesack und zuerst (endlich wieder!) in Unterwäsche und anschließend in robuste Jeans und einen vielleicht nicht unbedingt modischen, aber sehr warmen Pullover in gedeckten Farben schlüpfte. Dazu wählte sie warme Socken, stabile Sportschuhe und eine gefütterte Jacke und freute sich schon darauf, in der nächsten Nacht einmal nicht vom Klappern ihrer eigenen Zähne in den Schlaf gesungen zu werden.

»Ist alles in Ordnung?« Thora drehte sich wieder um und maß sie mit einem langen Blick, in dem ein Ausdruck lag, den Beka nicht deuten konnte.

»Bestens. Ich glaube, der ehemalige Besitzer dieses Geschäfts hatte einen florierenden Handel mit gefälschten Markenklamotten. Aber mit einer Abmahnung müssen wir wohl kaum rechnen, oder?«

Thora sah sie nur verwirrt an, und Beka machte eine wegwerfende Geste. »Vergiss es. Aber sag mal: Wenn es das alles hier gibt, wieso lauft ihr dann in … äh … solchen Sachen herum?«

Thora sah stirnrunzelnd an sich herab, betrachtete *solche Sachen,* die sie selbst trug, eine geraume Weile nachdenklich und hob dann die Schultern. »Wir mögen es eben so«, sagte sie, während sie bereits in die Knie ging und das Sackkleid und Bekas Autoreifen-Sandalen aufhob; offensichtlich um sie mitzunehmen. »Siehst du sonst noch etwas, was dich interessiert?«

Offensichtlich wollte sie nicht über dieses Thema reden. Aber Beka meinte auch so etwas wie eine Aufforderung in den Worten des Mädchens zu hören, folgte ihrem Blick und entdeckte etwas Weißes, das ganz allein und wie drapiert auf einem Regalboden lag. Gehorsam ging sie hin und begriff beinahe auf Anhieb, was Thora ihr hier zeigen wollte.

Auf dem Regal lag ein einzelnes schlichtweißes Sommerkleid. Der Schnitt passte nicht ganz, und die Größe schon gar nicht, aber mit ein bisschen Fantasie hätte es durchaus eine Kopie der Kleider sein können, die die beiden Terrorengel an Bord des Flugzeugs getragen hatten. Es war wirklich nicht schwer zu erraten, warum Thora sie hergebracht hatte. Beka tat trotzdem so, als wäre es ihr gar nicht aufgefallen.

»Nicht mein Geschmack«, sagte sie bewusst uninteressiert. »Und ein weißes Kleid hätte hier auch keine große Zukunft, glaube ich.«

»Aber du …« Thora schluckte den Rest ihrer Worte herunter. Ihre Lippen wurden zu einer blutleeren weißen Narbe, und in ihren Augen blitzte eine Mischung aus Enttäuschung und kindlichem Zorn auf. Aber sie beherrschte sich.

»Dann gehen wir«, sagte sie lediglich, während sie sich bereits mit einem Ruck umdrehte. Dann blieb sie aber unter der Tür noch einmal stehen. Beka hatte nur einen einzelnen Schritt gemacht und dann wieder angehalten, weil ihr Blick an einem Pappkarton hängen geblieben war, der ganz unten in einem Regal stand und frei von Staub und herabgefallenem Putz war. Neugierig ließ sie sich davor in die Hocke sinken und nahm den Deckel ab.

Die Kiste enthielt nichts Spektakuläreres als einen Stapel Zeitungen und Illustrierte, Mode- und Reisemagazine, zwei schmuddelige Pornoheftchen – sie warf Thora einen schrägen Blick zu, auf den das Mädchen mit einem breiten Grinsen reagierte – und einen dicken Versandhauskatalog, alles mindestens sieben Jahre alt und längst aus der Mode. Sie verstand immer weniger, warum hier alle in Sack und Asche herumliefen, wenn sie doch sehen konnten, was es für schöne Kleider gab.

Beka wollte sich schon aufrichten, als ihr doch noch etwas auffiel: Unter dem Stapel zerlesener Broschüren lugte der Zipfel einer durchsichtigen Plastiktüte hervor. Aus einem Gefühl heraus grub sie sie vorsichtig unter dem Zeitungsstapel aus und war nicht wenig überrascht, darin einen kurzläufigen sechsschüssigen Trommelrevolver samt etlicher loser Patronen zu erblicken, offensichtlich größeren Kalibers.

»Das solltest du lieber liegen lassen«, sagte Thora.

Beka hatte nicht vorgehabt, den Revolver mitzunehmen. Sie hatte Waffen noch nie gemocht, und alles, was sie hier bislang erlebt hatte, bestätigte sie nur darin, dass Waffen niemals zu weniger, sondern immer zu mehr Gewalt führten. Rasch vergrub sie die Tüte sorgsam wieder und sah dabei noch einmal die Zeitschriften an, und ihr fiel doch noch etwas auf, und das war wirklich verwirrend. »Wieso ist das alles in Deutsch?«

»Ist es nicht«, behauptete Thora. Sie klang immer noch ein wenig verstimmt. »Es gibt nur noch die *Eine Sprache,* schon vergessen?«

»Das ist keine fremde Sprache, sondern eine Schrift«, belehrte sie Beka. Sie verschloss die Kiste wieder und stand auf. Sollten in all diesen Zeitschriften und Katalogen nicht verschlungene hebräische Schriftzeichen stehen?

»Aber ist Schrift denn nicht auch eine Form von Sprache?«, fragte Thora, wandte sich aber bereits zum Gehen, bevor Beka nachhaken konnte. Es klang jedenfalls wie etwas, was sie einfach nachplapperte, nicht wie etwas, das sie wirklich verstand. Beka folgte ihr schweigend nach draußen und half ihr, die verkantete Tür wieder an Ort und Stelle zu wuchten.

Als sie sich umdrehte und gehen wollte, huschte etwas Dunkles und Struppiges davon und verschwand in den Schatten, und Beka fuhr zusammen.

»Keine Angst, das war nur eine Ratte«, sagte Thora. »Die Biester sind eklig, aber nicht gefährlich, solange man ihnen nicht zu nahe kommt.«

»Ratten?« Beka unterdrückte ein Schaudern. Ihr Blick tastete nervös die Schatten ab, in denen die Ratte verschwunden war, und sie glaubte ihrerseits den Blick winziger, tückischer Augen zu spüren, die sie aus dem Unsichtbaren heraus beobachteten und sich vielleicht fragten, ob sie sich als Beute eignete. »Erstaunlich. Uns haben sie immer erzählt, dass nur die Kakerlaken übrig bleiben.«

Thora sah sie schon wieder verständnislos an, doch jetzt war es Beka, die schnell weiterging und den Laden verließ. Die beiden Jungen warteten im Zwielicht der Straße auf sie, und auch ihre Reaktion war irritierend. Avi grinste nur breit, und auch Mike blinzelte ein paarmal und schien etwas sagen zu wollen, ließ es dann aber bleiben, als Avi ihm sacht dem Ellbogen in die Seite stieß. Vielleicht hatten sie ja noch nie eine normal angezogene junge Frau gesehen.

»Gehen wir«, sagte Thora. »Mit ein bisschen Glück kommen wir noch rechtzeitig zum Mittagessen zurück.«

Nicht, dass der Tapetenkleister am Ende noch kalt wird, dachte Beka säuerlich, während sie sich Thora und den beiden Jungen anschloss, die nun ein deutlich schärferes Tempo anschlugen. Beka hatte nichts dagegen, denn sie fühlte sich hier draußen mit jedem Moment unwohler, spätestens seit ihrer Begegnung mit der Ratte … obwohl sie, abgesehen von den großen Vögeln am Himmel, eigentlich das einzige Lebendige gewesen war, das sie hier gesehen hatte.

»Gibt es hier noch andere Tiere?«, fragte sie.

»Nicht viele«, antwortete Thora, während sie ihr Tempo zugleich noch einmal anzog. »Ab und zu verirrt sich ein streunender Hund oder eine Katze in die Stadt, aber die meisten fallen den Zeloten zum Opfer.«

Dieses Wort hatte sie schon einmal benutzt. »Zeloten?«

»Ich glaube, sie leben irgendwo draußen im Ödland. Aber keine Sorge, sie kommen nicht über die Mauer.«

»Aha«, sagte Beka. Wie beruhigend! »Und was sind … Zeloten?«

»Brutale Plünderer, die Olmos und seine Krieger seit Jahren auf Trab halten«, antwortete Thora. »Wenn sie einen von uns alleine erwischen, machen sie ihn platt. Also lauf so schnell du kannst, wenn du einen Zeloten siehst!«

»Und wie erkenne ich sie?«

Thora grinste schief. »An ihrem brutalen Aussehen und Auftreten zum Beispiel. Oder daran, dass sie dir den Schädel einschlagen, bevor du auch nur einen Mucks machen kannst.«

Das klang nicht beruhigend, fand Beka. Und dass Thora das erste Mal von Olmos *Kriegern* gesprochen hatte und nicht mehr von seinen Männern, gab ihr Anlass zu ganz anderen Befürchtungen.

*

Kurz darauf erreichten sie das Haus, das nicht mehr verlassen war, sondern vor Leben nur so wimmelte. Sie hatte Thoras Behauptung insgeheim angezweifelt, sie wären viel mehr als hundert, aber nun glaubte sie ihr. Schon die Straße vor dem Haus war ungewohnt belebt, und aus verschiedenen Richtungen strömten weitere Kinder und Halbwüchsige herbei. Die meisten versuchten unauffällig einen möglichst großen Bogen um sie zu schlagen oder wichen hastig aus, wenn es ihnen nicht gelang.

Beka versuchte in den Gesichtern zu lesen, die ihren Weg kreuzten, aber sie kam zu keinem eindeutigen Ergebnis. Die meisten sahen sie mit einer Mischung aus Scheu und unterschwelligem Zorn an, aber sie las eine Menge anderer Emotionen in all diesen schmutzigen Gesichtern. Etliche wirkten erstaunt oder auch verächtlich oder ängstlich und noch vieles mehr, aber wonach sie vergeblich suchte, war auch nur eine Spur von schlechtem Gewissen oder Mitleid.

Der große Raum, der vorhin noch so vollkommen leer gewesen war, kam ihr jetzt fast beengt vor. Es waren gleich Dutzende von Jungen und Mädchen anwesend, und ganz wie Thora es am Morgen gesagt hatte, erblickte sie auch etliche Kleinkinder und Säuglinge unter ihnen.

Der Raum summte von gemurmelten Gesprächen und Lachen, die wie auf ein unhörbares Kommando hin verstummten, als sie eintraten und von allen Anwesenden angestarrt wurden. Für die Dauer eines einzelnen Atemzuges wurde es fast schon unheimlich still – abgesehen vom unwilligen Quengeln eines Babys –, dann sah Beka aus den Augenwinkeln, wie Thora eine fast unmerkliche Handbewegung machte. Die allgemeine Geräuschkulisse hob wieder an, als wäre sie niemals unterbrochen worden. Sie fügte ihrer Liste noch einen weiteren Punkt hinzu, nämlich den, mehr über Thora in Erfahrung zu bringen. Das Mädchen war ganz eindeutig mehr als nur Yorams angenommene Schwester.

»Da hinten ist noch ein Tisch frei«, sagte Thora und ging auch gleich los, und Beka folgte ihr nicht nur, sondern tat auch so, als wäre ihr nicht aufgefallen, dass die eigentlichen Besitzer der bezeichneten Plätze hastig aufsprangen und gingen, nur einen Sekundenbruchteil nachdem sie Thoras Blick begegnet waren.

*

Sie hatten kaum Platz genommen, da gesellte sich Rachel wieder zu ihnen. Zwei weitere Mädchen, die kaum älter sein konnten als sie, brachten ein Sammelsurium der unterschiedlichsten Schüsseln und Trinkgefäße mit schalem Wasser und der üblichen

Pampe. Rachel begann sofort und mit sichtlichem Appetit zu essen, und nach kurzem Zögern tat Thora dasselbe. Beka griff ebenfalls nach einem Löffel und machte das, was sie immer tat, wenn dieses angebliche *Manna* vorgesetzt wurde: Sie stocherte lustlos darin herum. Ihr Magen begann schon wieder zu rumoren, aber noch nicht so laut, dass sie es nicht ignorieren konnte. Noch.

»Schmeckt es dir nicht?«, erkundigte sich Rachel und schmatzte mit vollem Mund.

»Doch«, log Beka. Nicht wirklich überzeugend, wie sie in Thoras Miene lesen konnte. »Es ist nur … ein bisschen ungewohnt, das ist alles. Da, wo ich herkomme, gab es so etwas nicht.«

»Pech für euch«, schmatzte Rachel. Ihr Blick tastete über Bekas Pullover, und sie meinte etwas Hämisches darin zu erkennen.

Beka zwang sich zu einem zustimmenden Lächeln und kostete, wohl wissend, was da auf sie zukam.

»Du bist nicht die Erste«, sagte Thora, ohne von ihrem Festmahl aufzusehen.

»Nicht die Erste *was*?«

»Die zuerst Probleme mit dem Manna hat«, antwortete Thora. »Aber man gewöhnt sich daran, und irgendwann schmeckt es gar nicht einmal so schlecht.«

Das bezweifelte Beka. »Und ihr esst nie etwas anderes?« Sie war sich nicht sicher, ob sie die Antwort wirklich hören wollte.

»Es gibt nichts anderes«, erklärte Rachel, und Thora registrierte Bekas ungläubigen Blick und machte eine deutende Geste zum Fenster.

»Wir können hier nichts anbauen, und es gibt kein Wild innerhalb der Stadt, das wir jagen könnten.«

»Und selbst wenn, könnten wir es nicht essen«, fügte Rachel hinzu.

»Warum?« Beka sah auf und musste wohl eine unbedachte Bewegung gemacht haben, denn die Nähte ihres Pullovers gaben ein warnendes Krachen von sich. Vielleicht war die Zeit doch nicht ganz so spurlos an den gefakten Markenklamotten vorbeigegangen, wie sie geglaubt hatte. Aber schlimmstenfalls wusste sie ja, wo sie Ersatz fand.

»Weil das Fleisch schlecht ist«, antwortete Thora. »Und die Pflanzen wären es auch, wenn wir welche hätten. Yoram sagt, das liegt an der Strahlung, die alles vergiftet.«

»Aber das hat noch niemand ausprobiert«, vermutete Beka. Der zweite Löffel schmeckte noch grässlicher als der erste.

»Doch«, sagte Thora. »Gleich am Anfang. Vier oder fünf der größeren Jungen.«

»Zwei leben noch«, fügte Rachel ungefragt hinzu.

Das mochte stimmen oder auch nicht. Außerdem hatte sie bisher noch nichts gesehen, das ihr essbar erschien; es sei denn, man stand auf Steine und Glasscherben. »Und woher kommt dieses … Manna?«, fragte sie, obwohl sie die Antwort zu kennen glaubte.

»Zadkiel«, sagte Thora dann auch erwartungsgemäß. »Er bringt es uns.«

»Genau wie das Wasser«, sagte Rachel und trank einen winzigen Schluck aus ihren Becher. Sie verzog das Gesicht, als wäre es köstlicher Wein. »Manna ist immer genug für alle da. Aber Wasser nicht.«

»Hier regnet es ununterbrochen«, erinnerte Beka.

»Und der Regen ist genauso gefährlich wie Fleisch oder Früchte oder alles andere«, sagte Thora in plötzlich sehr ernstem Ton. »Wenn du ihn trinkst, wirst du krank und stirbst, glaub mir. Am Anfang gab es schwarzen Regen, der vielen, die nicht auf Zadkiels Warnung hören wollten, die Haut von den Gesichtern geätzt und sie von innen heraus verbrannt hat. Irgendwann hat der Regen dann aufgehört schwarz zu sein, aber er ist immer noch giftig. Probier es lieber nicht aus.«

»Oder probier es, und du wirst schon sehen, was du davon hast.«

Thora brachte Rachel mit einem ärgerlichen Blick zum Verstummen und fuhr nach kurzem Zögern vor: »Zadkiel hat es nie so direkt gesagt, aber Yoram glaubt, dass das Manna uns gesund hält.«

»Und das Wasser, das der Seraphim uns bringt«, fügte Rachel hinzu, Thoras neuerlichen und jetzt eindeutig zornigen Blick ignorierend.

Beka drehte sich ganz zu dem Mädchen um, und diesmal protestierten ihre Jeans hörbar gegen die leichtsinnige Bewegung. Dann vergaß sie das warnende Geräusch, als ihr endgültig klar wurde, was Rachel gerade gesagt hatte. Und was es bedeutete.

»Das Wasser kommt auch von Zadkiel?«

Thora nickte.

»Und er bringt immer nur gerade so viel, wie ihr wirklich braucht?«

Diesmal reagierte keines der beiden Mädchen auf die Frage, aber das mussten sie auch nicht. »Das heißt, mit dem Wasser, mit dem ich mich gestern gewaschen habe, habe ich …«

»… unseren ganzen Vorrat aufgebraucht«, beendete Rachel den Satz für sie. »Niemand hat gestern Abend etwas zu trinken bekommen. Und heute Morgen auch nicht. Außer dir.«

Beka starrte betroffen erst sie, dann Thora und schließlich wieder Rachel an. »Das wusste ich nicht. Warum habt ihr nichts gesagt?«

Sie bekam auch darauf keine Antwort, und das war auch nicht wirklich nötig. »Weil Zadkiel euch befohlen hat, mir jeden Wunsch zu erfüllen«, vermutete sie. Kein Wunder, dass sie alle so zornig ansahen. Wasser war hier wahrscheinlich kostbarer als Gold.

»Zadkiel muss uns nichts *befehlen*«, sagte eine zornige Stimme hinter ihr.

Beka fuhr so erschrocken herum, dass ihre Kleider noch lauter ächzten. Yoram war hinter ihr aufgetaucht, einen beginnenden Gewittersturm auf dem Gesicht und kerzengerade aufgerichtet und mit gestrafften Schultern. Wahrscheinlich hoffte er, so beeindruckender auszusehen, was möglicherweise auch geklappt hätte, hätte er ungefähr zwanzig Kilo mehr gewogen. »Er ist unser Seraphim. Wir tun, was er uns sagt.«

»Warum?«, wollte Beka wissen.

Jetzt blitzte die blanke Wut in Yorams Augen auf, aber Thora kam ihm zuvor. »Weil ohne ihn keiner von uns noch am Leben wäre. Er hat uns alle hergebracht, und er beschützt uns und hält uns am Leben.«

»Und bevor du fragst«, fügte Yoram in noch schärferem Ton hinzu, »wir sind weder seine Sklaven noch seine Gefangenen. Es steht jedem von uns frei zu gehen. Auch dir.«

Die beiden letzten Worte, das sah Beka ihr an, schien Thora ihm ernsthaft übel zu nehmen. Sie schluckte alles herunter, was ihr auf der Zunge lag und setzte zu einer sichtlich scharfen Erwiderung an, doch Beka spürte auch, wie still es wieder in dem großen Raum geworden war und dass sich aller Aufmerksamkeit erneut auf sie und den beginnenden Streit richtete. Darauf hatte sie keine Lust. Früher oder später, das war ihr klar, würde es wohl zu einer Kraftprobe zwischen ihr und dem Führer des Stammes Benjamin kommen müssen. Aber noch nicht. Sie war viel zu müde und viel zu verwirrt.

Sie stand mit einem so plötzlichen Ruck auf, dass ihr Stuhl zurückflog und um ein Haar umgefallen wäre, und der scheppernde Laut brachte auch noch das letzte Geräusch im Raum zum Verstummen. Selbst der Säugling hörte auf zu weinen. Darunter war noch ein anderes Geräusch zu hören, das an reißenden Stoff erinnerte, aber das ignorierte sie. »Das mit dem Wasser tut mir wirklich leid«, sagte sie mit lauter und ganz bewusst fast ein bisschen demütig klingender Stimme. »Ich wusste es nicht, bitte glaubt mir. Ich entschuldige mich, und es wird auch ganz bestimmt nicht noch einmal vorkommen.«

*

Natürlich bekam sie keine Antwort, aber mehr konnte sie nicht tun, also blieb sie noch eine oder zwei Sekunden stehen, ließ ihren Blick in die Runde schweifen und zog dann ihren Stuhl wieder heran, um sich zu setzen. Rachel starrte sie mit offenem Mund an, und auch Thora wirkte gleichermaßen verblüfft wie ungläubig. War es hier nicht üblich, sich zu entschuldigen?

Nur Yoram wirkte eher noch zorniger. »Und jetzt kommst du dir wohl ganz besonders schlau vor, wie?«, giftete er. »Aber das ändert gar nichts.«

»Lass sie in Ruhe, Yoram«, sagte Thora. »Du weißt, was Zadkiel gesagt hat.«

»Und?«, fragte Yoram patzig.

»Was hat er denn gesagt?«, fragte Beka. Sie bekam natürlich keine Antwort.

Yoram hatte auch schon eine neue Zielscheibe für seine Wut gefunden. Sein Zeigefinger spießte wie ein knorriger Dorn in Thoras Richtung. »Ist es wahr, dass du ihr alles gezeigt hast? Du verrätst einer Wildfremden alle unsere Geheimnisse und unsere Verteidigung?«

Welche Geheimnisse?, dachte Beka. Eine ausgebrannte Boutique und einen Stapel alter Illustrierten?

»Warum fragst du, wenn du die Antwort schon kennst?«, fragte Thora spitz. Auch in ihren Augen blitzte es kampflustig. »Außerdem vertraue ich ihr.«

»Ich nicht.«

»Warum klärst du das nicht mit Zadkiel?«, fragte Thora. »Er scheint ihr zu vertrauen.«

Yoram presste die Kiefer so fest aufeinander, dass Beka das Knirschen seiner Zähne zu hören meinte. Sie konnte regelrecht sehen, wie kurz er davorstand zu explodieren. Aber dann fuhr er mit einem Ruck herum, versetzte dem Stuhl neben sich einen Tritt, der ihn davonfliegen und noch in der Luft in Stücke brechen ließ, und stürmte wütend aus dem Raum.

Einen Moment lang herrschte atemlose Stille, dann hoben das

allgemeine Stimmengemurmel und das gedämpfte Klappern und Schmatzen wieder an. Auch Thora entspannte sich ein bisschen.

»Danke, dass du mich verteidigt hast«, sagte Beka, obwohl ihr eigentlich etwas ganz anderes auf der Zunge lag. Sie war es gewohnt, ihre Kämpfe allein auszutragen, und brauchte keine ungebetene Hilfe. Aber das Mädchen hatte es gut gemeint.

Thora schnaubte. »Yoram ist ein Idiot«, sagte sie nicht zum ersten Mal. »Und er spielt sich gerne auf. Ignoriere ihn einfach. Es lohnt sich sowieso nicht mehr, sich mit ihm anzulegen.«

»Wieso?«, fragte Beka.

»Weil Chanukka bevorsteht«, sagte Thora, als wäre das Erklärung genug.

»Und was heißt das?«

Statt zu antworten, griff Thora wieder nach ihrer Schüssel und aß weiter, und einen winzigen Moment lang begann sich ein unbehagliches Schweigen zwischen ihnen breitzumachen, in das hinein Rachel schließlich sagte: »Die Sachen, die du da hast, sind sehr hübsch.«

Beka grummelte eine Antwort, die keine war, und Rachel fuhr mit einem Lächeln fort, das ihr eher wie das Gegenteil vorkam: »Hat Thora dir gesagt, wo du sie findest?«

»Ich dachte mir, es ist einfacher, wenn sie es selbst merkt«, sagte Thora, ohne von ihrer Schale aufzublicken.

»Wenn ich was selber merke?«, fragte Beka alarmiert.

»Es sind Kleider aus der Alten Welt«, sagte Rachel.

»Na, das will ich doch hoffen!«

Rachel setzte zu einer weiteren Entgegnung an, griff aber dann nur über den Tisch und zupfte an Bekas Ärmel. Sie riss nicht etwa daran, sondern tat es fast sanft.

Trotzdem ging er ab.

Sie spürte nicht einmal einen wirklichen Widerstand. Die Naht gab nach, als wäre sie hundert Jahre alt, und der Ärmel rutschte bis weit über ihre Finger nach unten, bevor Rachel ihn losließ und freundlicherweise darauf verzichtete, ihn ganz von ihrem Arm zu zerren. Beka glotzte.

»Ich hätte es dir vorher sagen sollen, ich weiß«, sagte Thora. »Aber du hättest mir wahrscheinlich nicht geglaubt. So war es einfacher.«

»*Was* hättest du mir *vorher* sagen sollen?«, murmelte Beka. Sie starrte den losen Ärmel an. Der vermeintlich schwere Stoff schien sich unter ihren Blicken aufzulösen wie Raureif in der Morgensonne.

»Dass die Alte Welt unwiederbringlich verloren ist.« Thora klang nicht triumphierend wie Rachel, sondern fast ein bisschen traurig. »Und auch alles, was noch aus ihr stammt. Manches ist noch da, aber es zerfällt, sobald du es in die Gegenwart holst. Manchmal dauert es eine Weile, manchmal geht es schnell.«

Beka setzte zu einer Antwort an, obwohl sie gar nicht wirklich wusste, was sie sagen sollte, und sah dann nach unten, als sie unbewusst den Fuß bewegte und ein lautstarkes Krachen erscholl. Ihre linke Schuhsohle hatte sich gelöst und lag neben ihrem Fuß.

Rachel schob ihr feixend die Autoreifen-Sandalen über den Tisch zu, und Thora seufzte sehr tief. »Ich glaube, ich muss dir noch eine Menge erklären.«

9

Thora versuchte in den nächsten zwei Wochen, Beka in die Geheimnisse ihrer Welt einzuweisen. Vielleicht waren es auch nur zehn Tage oder weniger. Sie hatte sich zwar fest vorgenommen, genau auf das Verstreichen der Zeit zu achten, um wenigstens in dieser Hinsicht nicht völlig die Orientierung zu verlieren. Aber es war schon sehr erstaunlich, wie schnell ganz genau das passierte, wenn sich die Tage einfach aneinanderreihten, ohne dass es einen Unterschied gab. Bereits nach der ersten Woche war sie nicht mehr sicher, ob nun sechs, sieben oder acht Tage verstrichen waren, und irgendwann hörte sie selbst auf, darüber nachzudenken, und tröstete sich damit, zumindest das Verstreichen der Monate nachvollziehen zu können. Auch wenn der Himmel über der Stadt in der Nacht ebenso trüb blieb wie am Tage, sodass kein einziger Stern sichtbar war, konnte sie doch den Mond erkennen, wenn auch nur als blasses Gespenst seiner selbst.

Darüber hinaus verging die Zeit wie im Fluge und zugleich scheinbar überhaupt nicht. Thora war die meiste Zeit bei ihr und beantwortete nicht nur alle ihre Fragen, soweit sie es konnte (bei den allermeisten konnte sie es nicht), sondern stellte ihr auch die anderen vor und zeigte ihr alles, was es hier zu sehen gab. Allzu viel war es nicht, es sei denn, man hatte ein Faible für Ruinen, und die allermeisten Namen wollte sie sich gar nicht merken. Sie hatte nicht vor, lange genug hierzubleiben, um Freundschaften zu schließen.

Zadkiel ließ sich nicht noch einmal sehen, und auch Yoram ging ihr meistens aus dem Weg, worüber Beka nicht böse war. Die wenigen Male, die sie miteinander redeten, endete es auf die eine oder andere Weise im Streit, woraus sie in den seltensten Fällen als Siegerin hervorging. Beka hätte es zwar gekonnt, sah jedoch keinen Sinn darin. Ihre Entschlossenheit, so schnell wie möglich von hier zu verschwinden, wuchs mit jedem Tag.

So hatte auch dieser Morgen mit einem heftigen Disput mit Yoram begonnen, was schon fast so etwas wie ein Zeremoniell zwischen ihnen war. Sie waren sich zufällig beim Manna-Frühstück über den Weg gelaufen und sich praktisch sofort an die Kehlen gegangen, und es war Beka wirklich schwergefallen, das nicht auch wortwörtlich zu tun und Yoram endgültig zu zeigen, wo sein Platz war. Schon in seinem Interesse hatte sie es nicht auf die Spitze getrieben, sondern war schließlich aus dem Haus gestürmt und hatte ihn wütend zurückgelassen.

Ganz wie üblich hielten zwei mit langen Speeren bewaffnete Jungen davor Wache und suchten aufmerksam immer wieder die Straßen und auch den Himmel über sich ab, auf dem sich aber nicht das Geringste zeigte. Beka nickte ihnen trotzdem anerkennend zu. Dabei wusste sie sehr wohl, dass diese Wachen im Grunde überflüssig waren. Olmos *Krieger* sorgten außerhalb der Stadt zuverlässig dafür, dass sich niemand der Mauer näherte, und die Dämonen zeigten sich niemals tagsüber. Aber die beiden Jungen – Beka erkannte Avi in einem von ihnen und schenkte ihm ein zweites Lächeln, das er scheu erwiderte – nahmen ihre Aufgabe sehr ernst.

Und das war irgendwie beruhigend.

*

Schritte näherten sich, und als sie über die Schulter hinter sich sah, erblickte sie Thora, die aus dem Haus kam. »Schnappst du frische Luft?«, fragte sie.

»Du hast es erfasst«, antwortete Beka ruppig. »Drinnen stinkt es mir zu sehr nach aufgeblasenem Ego.«

Sie bezweifelte, dass Thora wusste, was das bedeutete. Trotzdem schien sie zu verstehen, was sie meinte, denn auf ihrem Gesicht erschien ein verunglücktes Lächeln. »Du hattest wieder Streit mit Yoram.«

»Nein. Er mit mir.«

Thora schüttelte den Kopf. »Du musst ein bisschen Geduld mit ihm haben.«

»Mit Yoram?«, vergewisserte sich Beka. »Dem – wie hast du ihn gleich noch einmal genannt? – Idioten?«

»Das habe ich«, räumte Thora ein. »Und ich bleibe auch dabei. Aber er ist zurzeit auch ziemlich nervös. Ganz so schlimm ist er normalerweise nicht. Natürlich gibt er es nicht zu, aber ich glaube, er hat ein bisschen Angst. Es ist jetzt nicht mehr lang hin bis Chanukka.«

»Ja, das hast du schon ein paarmal gesagt«, antwortete Beka. »Ich nehme an, dass ihr dann irgendein Fest feiert?«

»Unser größtes«, antwortete Thora. »Gut, ehrlich gesagt auch unser einziges. Aber wir freuen uns alle schon sehr darauf.«

»Alle außer Yoram, vermute ich«, sagte Beka. »Was passiert bei diesem Chanukka? Opfert ihr eine Jungfrau auf dem Scheiterhaufen?«

Die Worte hätten ihr eigentlich schon leidtun sollen, als sie ihr herausgerutscht waren, aber das taten sie nicht, und eigentlich waren sie ihr auch nicht wirklich herausgerutscht. Nach allem, was sie erlitten hatte, stand ihr die eine oder andere kleine Bosheit wohl zu.

Thora schien es ihr auch nicht übel zu nehmen. Sie grinste nur schief. »Wärst du denn in Gefahr?«, erkundigte sie sich.

Beka sah sie nur böse an, doch Thora machte eine wegwerfende Handbewegung und fuhr fort: »Nach Chanukka gehen die ältesten Jungen und Mädchen fort und werden ein Teil von Stamm Ephraim. Dieses Jahr sind es Yoram und neun andere.«

»Dacht ich's mir doch, dass das alles hier nur eine Art Kindergarten ist.«

Thora ignorierte auch diese Spitze und forderte sie mit einer Handbewegung auf, sie zu begleiten, als sie losschlenderte.

»Ephraim ist kein Platz für Kinder«, sagte sie ernst. »Es ist viel zu gefährlich dort. Wir bleiben hier, weil Zadkiel über uns wacht und uns beschützt, bis wir alt genug sind und unsere Ausbildung abgeschlossen ist. Danach gehen wir zu Ephraim. In ein paar Jahren gehe ich auch dorthin.« Sie schwieg und maß Beka mit einem neuen Blick, als sähe sie sie zum ersten Mal. »Eigentlich müsstest du auch dort sein ... vielleicht nimmt Olmos dich ja mit. Wundern würde es mich nicht. Wir alle hier sind eher erstaunt, dass Zadkiel dich und deinen Freund überhaupt hierher gebracht hat.«

»Zadkiel hat uns nicht hergebracht.«

»Zadkiel hat alle hergebracht«, widersprach Thora lächelnd und in einem Ton, der sie davon abhielt, erneut zu protestieren. »Ich weiß, du tust dich immer noch schwer damit, das zu glauben, aber Zadkiel wacht wirklich über uns. Jeder Einzelne hier verdankt ihm sein Leben. So wie jeder Einzelne in den anderen Stämmen den anderen Seraphim.«

»Das heißt, es gibt noch mehr?«

»Selbstverständlich gibt es die«, antwortete Thora in belehrend-amüsiertem Ton. »Jeder einzelne Stamm hat seinen Seraphim. Aber es gibt noch viel mehr.«

»Und wie viele von ihnen hast du schon kennengelernt?«

»Kennengelernt?« Thora sah sie so verblüfft an, als hätte sie dieses Wort noch nie gehört. »Keinen natürlich. Warum sollten sie mit uns sprechen?«

»Ja, natürlich«, sagte Beka. »Entschuldige die dumme Frage.«

»Du musst wirklich noch eine Menge lernen«, antwortete Thora lachend. »Aber wer weiß, vielleicht entscheidet Olmos ja tatsächlich, dich gleich mitzunehmen … obwohl es nicht viel Sinn machen würde, ehrlich gesagt.«

»Warum?«, fragte Beka.

Nicht, dass sie nicht erleichtert war. Yoram nicht mehr wiederzusehen kam ihr wie eine Erlösung vor, und auf Olmos und seine Krieger hatte sie nun wirklich keine Lust.

»Weil deine Ausbildung noch nicht einmal angefangen hat, geschweige denn abgeschlossen ist«, antwortete Thora.

Beka verzog nur flüchtig das Gesicht. Sie wollte nicht über dieses Thema sprechen, denn sie wusste, was Thora meinte, und darauf hatte sie noch weniger Lust.

Thora hatte es ihr gezeigt, mehr als einmal. Die beiden Jungen, die sie am ersten Tag beim Stockfechten beobachtet hatte, waren längst nicht die Einzigen gewesen. Ganz im Gegenteil lernten alle hier, sich *ihrer Haut zu wehren,* wie Thora es ausgedrückt hatte. Beka hätte es *kämpfen* genannt, mit und ohne Waffen und auf jede nur vorstellbare Art, und eine ganze Menge, die sie sich beim besten Willen nicht hätte vorstellen können. Abgesehen von denen, die noch zu jung dazu waren (also jeder unter vier), auf der Suche nach Überresten einer untergegangenen Welt waren oder Ausschau nach einem Feind hielten, der wahrscheinlich niemals kam, gab es keine Ausnahmen. Das hier war ein Trainingslager.

»Ich fürchte, es könnte eine Weile dauern, bis ich den siebzehnten Dan in Mikado erreicht habe«, sagte sie und erntete natürlich auch diesmal wieder nur einen verständnislosen Blick. Aber vielleicht konnte sie die Gelegenheit ja nutzen, unauffällig auf ein Thema zu kommen, über das sie schon seit dem ersten Tag hier sprechen wollte, es aber aus verschiedenen Gründen nicht getan hatte; weil entweder niemand etwas darüber wusste oder weil alle ihren Fragen ausgewichen waren.

»Olmos und seine Leute«, begann sie vorsichtig.

»Stamm Ephraim.«

»Ephraim, richtig. Sie beschützen die Stadt im Norden?«

»Auch das«, antwortete Thora. »Sie …«

»Dann wissen sie also, wie es im Rest der Welt aussieht«, fiel ihr Beka ins Wort.

»Wahrscheinlich«, antwortete Thora, wenn auch erst nach einem spürbaren Zögern und mit einem seltsamen Blick. Sie fuhr fast sofort und mit einem Kopfschütteln fort: »Ich weiß, was du sagen willst. Aber da wird dir keiner helfen können.«

»Wobei?«

Thora blieb stehen. »Glaubst du etwa, ich weiß nicht, was du wissen willst? Und ich weiß auch, warum. Aber das wirst du bei Olmos nicht finden.«

»Ich weiß wirklich nicht, was …«

»Du hast wirklich jeden darauf angesprochen, Rivkah«, sagte Thora mit einem sanften Nachdruck, den sie einem so jungen Mädchen gar nicht zugetraut hätte. »Du willst wissen, was mit dem Rest der Welt passiert ist. Deine Heimat, deine Familie und allen anderen Ländern. Ob es überall so aussieht oder nur hier oder ob wir vielleicht die einzigen Überlebenden überhaupt sind. Glaubst du denn, wir alle wollten nicht dasselbe wissen? Jeder fragt sich, was aus seiner Heimat und seiner Familie und seinen Freunden geworden ist … und aus dem Rest der Welt.«

»Und ihr habt nie versucht, es herauszufinden?«

»Natürlich haben wir das«, antwortete Thora fast schon ein bisschen beleidigt. »Aber es gibt kein Fernsehen mehr, kein Radio und keinen Funk oder irgendetwas anderes. Und auch keine Flugzeuge und Automobile!«

»Und damit gebt ihr euch einfach so zufrieden?«

»Nein. Aber meinst du nicht auch, dass nach all den Jahren längst jemand hergekommen wäre, wenn es die Welt da draußen noch geben würde?« Sie schüttelte so heftig den Kopf, dass Beka vorsichtshalber einen Schritt zurückwich, um nicht ihre Haare ins Gesicht zu bekommen. »Es gibt nur noch uns, genau wie es prophezeit wurde. Die Entrückung ist gekommen, und die große Trübsal ist angebrochen. Und wenn sie vorbei ist, dann wird der Jüngste Tag heraufdämmern. Wir müssen bereit sein und uns vorbereiten.«

»Wer hat das gesagt?«, fragte Beka. »Zadkiel?«

Sie war nicht überrascht, keine Antwort zu bekommen. »Glaubst du wirklich, keiner hier hätte es versucht?«, fuhr Thora stattdessen fort. »Fast ein Dutzend Jungen sind gleich am Anfang gegangen, um die Küste oder auch die Berge zu erreichen und zu sehen, ob es die Welt dahinter noch gibt.« Sie schüttelte noch einmal und sogar noch heftiger den Kopf. »Keiner von ihnen ist zurückgekommen. Nicht ein einziger.«

»Und was sagt Zadkiel?« Wenn er wirklich ein Engel im biblischen Sinne war, sollte er dann nicht die Antworten auf alle Fragen kennen?

Thora beantwortete auch diese Frage nicht. »Ich weiß, was du wirklich wissen willst. Es gibt keinen Ort mehr, wohin du gehen kannst. Für dich ist das alles erst ein paar Tage her, und weil dir die Alte Welt noch so nah ist, ist das für dich alles besonders schmerzhaft. Aber diese Zeit ist vorbei und für immer verloren. Das hier ist alles, was es noch gibt. Je schneller du dich damit abfindest, desto leichter ist es für dich.«

War das wirklich eine erst Dreizehnjährige, die das sagte?, dachte Beka. Sie suchte nach einem verräterischen Hinweis in Thoras Augen, dass das Mädchen vielleicht doch mehr wusste und ihr etwas verschwieg, und sei es in bester Absicht. Aber da war nichts.

Oder vielleicht doch, denn nachdem eine weitere Weile voll unbehaglichem Schweigen verstrichen war, sagte Thora leise: »Ich kann es dir beweisen.«

»Wie?«

»Es gibt einen Ort, an dem du den Beweis finden kannst«, erwiderte Thora. »Ich kann es dir nicht erklären. Aber ich kann es dir zeigen.«

»Worauf warten wir dann noch?«

»Es ist nicht ganz ungefährlich«, antwortete Thora. »Außerdem ist es verboten.«

Wenn Beka bisher eines begriffen hatte, dann dass hier rein *gar nichts* ungefährlich war. »Ist es weit?«, fragte sie lediglich. Den zweiten Teil von Thoras Antwort ignorierte sie kurzerhand.

»Nicht sehr.« Sie konnte Thora ansehen, dass sie bereits bedauerte, überhaupt etwas gesagt zu haben. »Aber wenn Yoram es herausfindet, dann wird er nicht erfreut sein.«

»Ja, ich zittere schon vor Angst.«

»Und Zadkiel hat es verboten.«

Statt zu antworten, wiederholte Beka ihre auffordernde Geste, und Thora wand sich noch einen Moment, bevor sie sich zu einem widerstrebenden Nicken zwang und noch einen verstohlenen Blick in die Runde warf, als hätte sie Angst, belauscht zu werden. Sie gingen los, weder besonders schnell noch in eine bestimmte Richtung, wie es Beka vorkam. Aber Stimmen und Leben blieben allmählich hinter ihnen zurück, auch wenn sie ein- oder zweimal das Gefühl hatte, irgendetwas zu spüren, das aber jedes Mal verschwunden war, wenn sie sich umsah.

*

Schon nach wenigen Minuten erreichten sie wieder den großen Platz vor der Klagemauer und dem Tempelberg, und erneut überkam sie Unbehagen, als sie daran dachte, wie Luke und sie das erste Mal auf diesen Platz hinausgetreten waren. Aber wenn sie schon einmal dabei war, konnte sie es ebenso gut auch gleich aussprechen. »Luke und ich haben einen Toten gefunden, als wir aus dem Labyrinth gekommen sind.«

Thora wich ihrem Blick aus. »Von einem Labyrinth weiß ich nichts.«

»Aber von einem Toten«, vermutete Beka. Als Thora nicht darauf reagierte, fügte sie hinzu: »Er ist verbrannt worden. Luke meinte, lebendig. Und jemand hat ihn mit Stacheldraht gefesselt.«

»Das muss einer der Zeloten gewesen sein, die Olmos und seine Krieger in der Woche davor geschnappt haben«, behauptete Thora. »Sie versuchen immer wieder in die Stadt einzudringen.«

Und dann haben sie ihn gefoltert, verbrannt und hierher in die Stadt gebracht, um ihn am Eingang des Labyrinths abzulegen? Ja, das klang glaubhaft. Beka konnte mit Mühe ein abfälliges Schnauben zurückhalten. »Warum habt ihr ihn dorthin gebracht?«, fragte sie geradeheraus.

Sie konnte Thora ansehen, dass sie ernsthaft daran dachte, weiter alles zu leugnen und so zu tun, als wüsste sie gar nicht, wovon sie sprach. Schließlich rettete sie sich in ein verlegenes Achselzucken und antwortete halblaut und noch immer ohne sie anzusehen: »Wir bringen alle Toten dorthin.«

Auch Lukas, den sie brutal weggeschleift hatten? Vermutlich. Beka wartete auf den Schmerz, der eigentlich dazugehören sollte, aber er kam nicht. Es war wohl doch nur ein Strohfeuer gewesen. »Und was passiert dort mit ihnen?«

»Das weiß niemand«, antwortete Thora, etwas lauter und jetzt in sachlichem Ton. »Die meisten glauben, dass die Dämonen sie holen, aber niemand weiß es genau. Sie verschwinden, und …« Sie unterbrach sich mitten im Wort, blieb stehen und ließ ihren Blick aufmerksam über die Trümmerlandschaft hinter sich streifen. Beka blickte fragend.

»Nichts«, antwortete Thora. »Ich dachte, ich hätte etwas gehört.« Sie ging weiter und nahm auch den unterbrochenen Faden wieder auf. »Niemand weiß wirklich, was dort unten ist. Du kennst dich dort wahrscheinlich besser aus als wir alle zusammen. Zadkiel will nicht, dass wir dorthinunter gehen. Einmal haben es zwei Jungen trotzdem getan.«

»Und sind nie zurückgekommen«, vermutete Beka.

Thora antwortete nicht, was auch nicht nötig war. Bekas Blick glitt über die Schatten am anderen Ende des Platzes, und für einen Sekundenbruchteil meinte sie noch einmal den unheimlichen Umriss zu sehen, der sie unten im Labyrinth verfolgt hatte, und die Krallenspuren in den Wänden. Fröstelnd drängte sie die Erinnerung zurück. Oder versuchte es wenigstens.

Ein kurzes Stück folgten sie der Route, die sie am ersten Morgen auf dem Weg zum Ölberg genommen hatten, wandten sich dann jedoch in eine andere Richtung. Die Straßen wurden noch einmal schmaler. Was sie schon einmal angenommen hatte, wurde nun zur Gewissheit. Das Feuer hatte in vielen der winzigen Gässchen und Straßen der Altstadt ganz besonders heftig gewütet. Beka fragte sich, was Thora hier eigentlich zu finden hoffte. Anders als in der Straße, in der sie ihre Shoppingtour gemacht hatten, schien hier nichts übrig geblieben zu sein, was nicht aus Stein oder Metall bestand.

Dann und wann meinte sie ein Geräusch wie von einer davonhuschenden Ratte zu hören und einmal und sehr weit entfernt das ängstliche Bellen eines Hundes. Während sie leise, fast verstohlen weitergingen, schaute sich Thora immer wieder um. Mindestens einmal hatte Beka das Gefühl, etwas in der Richtung zu erblicken, in die Thora gerade sah. Da das Mädchen nichts sagte, sparte sich Beka jedoch jede entsprechende Frage und folgte ihr schweigend.

*

Sie näherten sich der historischen Stadtmauer. Auch sie hatte die Katastrophe nicht völlig unbeschadet überstanden und war übel verbrannt, aus der Balance geschlagen und zum Teil einwärts gedrückt oder auch eingestürzt. Anders als der Rest der Stadt schien sie immerhin notdürftig repariert worden zu sein, sodass sie ihrem ursprünglichen Zweck noch immer diente; auch wenn Beka sich fragte, vor wem diese Mauern die Stadt eigentlich schützen sollten, wenn es dort draußen angeblich gar nichts mehr gab.

Thora näherte sich einem großen Tor, wich aber dann nach links aus und steuerte ein wuchtiges, von zwei nebeneinanderliegenden quadratischen Türmen beherrschtes Gebäude an, das selbst auf der Innenseite etwas Trutziges hatte, wie eine Festung innerhalb einer Festung. Beka kramte in ihrem Gedächtnis und erkannte es wieder, auch wenn ein entscheidendes Detail fehlte. Das nachträglich angebaute Minarett war verschwunden. Sie fragte sich, ob das etwas zu bedeuten hatte, denn jetzt, einmal darauf aufmerksam geworden, begriff sie, dass sie bislang weder ein Minarett noch einen Kirchturm oder gar eine Moschee, eine Kirche oder eine Synagoge gesehen hatte. Religion schien in dieser neuen Welt keine sonderliche Rolle zu spielen. Sie hätte eigentlich das genaue Gegenteil erwartet.

Vielleicht hatte ja auch etwas ganz gezielt Jagd auf deren Symbole gemacht.

Thora winkte einer Gestalt zu, die hinter den Zinnen zehn Meter über ihren Köpfen patrouillierte und ihren Gruß nachträglich erwiderte. Beka hatte den Wächter nicht einmal bemerkt. »Was wollen wir hier?«, erkundigte sie sich.

»Das ist die Davids-Zitadelle«, sagte Thora anstelle einer Antwort. Ihre Stimme klang so stolz, als hätte sie diese Festung ganz allein und mit eigenen Händen errichtet oder doch zumindest wiedergefunden und ausgegraben. »König David hat sie gebaut, noch bevor er und seine Anhänger diese Stadt gegründet haben.«

Der Autor des Reiseführers, in dem Beka von dieser Zitadelle gelesen hatte, war anderer Meinung gewesen. Keineswegs hatte König David diese Festung gebaut und schon gar nicht die Stadt gegründet. Aber Thora klang so unüberhörbar stolz, dass sie es nicht über sich brachte, sie auf diesen Fehler aufmerksam zu machen. Beka sah sie nur weiter fragend an, und Thora wedelte auffordernd mit der Hand und duckte sich durch eine Tür, die auch vor zweitausend Jahren schon zu niedrig gewesen sein musste, um bequem hindurchzugehen. Dahinter verschmolz eine aus grob behauenen Felsquadern zusammengefügte Treppe mit blassem Zwielicht von oben zu etwas, das hinaufzugehen sie nicht nur all ihre Willenskraft kostete, sondern auch wirklich gefährlich war.

*

Beka atmete vor Anstrengung schwerer, als sie endlich oben angekommen war und hinter Thora auf eine gepflasterte Dachplattform hinaustrat. Zur Rechten erhob sich die Zinnenkrone der alten Stadtmauer, die die äußere Begrenzung der Zitadelle bildete, auf der anderen Seite gab es kein Geländer, sondern nur den Zehn-Meter-Sturz in einem mit Trümmern und verbranntem Stein vollgestopften Innenhof.

Immerhin sah sie jetzt, was aus dem achthundert Jahre alten Minarett geworden war, das die Ästhetik dieses Gebäudes für ebenso lange Zeit gestört hatte. Es war in Kniehöhe und so sauber abgeschnitten worden, als hätte ein übel gelaunter Jedi-Ritter sein neues Laserschwert daran ausprobiert. Inzwischen war es kälter geworden, und sie meinte erneut einen seltsamen Laut zu hören, wie das Wehklagen der Schöpfung selbst. Oder auch die Schreie großer Raubvögel, die unsichtbar auf der Suche nach Beute am Himmel kreisten.

Wie kam sie eigentlich ausgerechnet auf diesen Vergleich?

Es gelang ihr nicht, Thoras Blick einzufangen, denn das Mädchen drehte sich bereits um und trat an die zerbröckelnde Brustwehr heran. Beka folgte ihr. Die Stadt lag unerwartet tief unter ihnen, als befände sich das Bodenniveau dort ein gutes Stück weiter unten. Eine Mischung aus Brandgeruch und süßlichem Moder wehte zu ihnen herauf.

»Also?«, fragte sie schließlich. »Was genau wollen wir hier?«

Thora hob den Arm und deutete zuerst nach oben, dann in südwestliche Richtung über die Stadt. Beka sah zuerst in die Wolken hinauf, die nicht wirklich Wolken waren, sondern … etwas anderes … und dann in die Ferne, wo etwas sehr Großes und Verschwommenes waberte, wo sie eigentlich den Horizont gewähnt hätte. Berge. Das musste das Hebron-Gebirge sein, in dem ihr Vater gearbeitet hatte.

Der Gedanke sollte sie eigentlich kaltlassen, nach allem, was ihr Vater ihr angetan und was sie umgekehrt über ihn gedacht und auch gesagt hatte. Aber sie spürte ganz im Gegenteil einen tiefen, schmerzhaften Stich.

»Hast du nicht gesagt, es gebe einen Ort, an dem ich alle Antworten finde?«, erinnerte sie ihre Begleiterin vorsichtig.

Thora deutete ein Schulterzucken an und wich ihrem Blick weiter aus. Es sah aus, als suchte sie etwas. Schließlich nickte sie, hob erneut den Arm und deutete in die entgegengesetzte Richtung. Inmitten der Patchwork-Decke aus Verfall und Zerstörung wäre Beka ohne Thoras Geste das Flugzeug vermutlich nicht einmal aufgefallen, das sie ihr offensichtlich hatte zeigen wollen. Vor vielen Jahren war es vermutlich einmal weiß gewesen, hatte sich aber längst schwarz und braun, grau und rostfarben getarnt. Einmal darauf aufmerksam geworden, sah sie nun auch die Schneise der Verwüstung, die das abstürzende Flugzeug in die Stadt gepflügt hatte.

»Was ist das?«

»Erkennst du es nicht?«

Das hatte sie längst. Es war die Maschine, in der sie hergekommen waren.

»Ich war erst nicht ganz sicher«, sagte Thora leise. »Für mich ist es lange her, und ich war noch ein Kind und hatte von all diesen Dingen keine Ahnung. Aber ich erinnere mich noch daran, dass die Cockpittür offen gestanden hat. Alle Instrumente waren an, sogar als wir schon abgestürzt sind. Ich glaube, sie haben alles aufgezeichnet. Funk, Internet, Radio … alles eben.«

»Und jetzt willst du, dass ich mit dir dorthin gehe«, vermutete Beka.

Thora antwortete gar nicht darauf, und das war auch nicht nötig. Selbst wenn sie die Wahrheit sagte und die Instrumente im Cockpit gegen jede Logik nicht in dem Moment aufgehört hatten, alles aufzuzeichnen, in dem die Welt Feuer fing, waren sie doch nach all den Jahren ganz bestimmt nicht mehr funktionstüchtig, ganz abgesehen davon, dass sie ohnehin keine Ahnung hätte, wie man sie bediente.

Und trotzdem … Ein einziges Foto auf einem Handy, dessen Akku nach all der Zeit noch einen Rest Spannung hatte, ein einziges Polaroid-Foto, wie sie in den letzten Jahren wieder in Mode gekommen waren, einige wenige hingekritzelte Worte auf der Rückseite eines Briefumschlages, der Anfang eines niemals vollendeten Abschiedsbriefes … Irgendein Beweis, dass das alles nicht doch nur ein böser Traum war … Es wäre möglich. So gut wie ausgeschlossen, aber möglich.

»Ist es weit dorthin?«, hörte sie sich zu ihrer eigenen Überraschung fragen.

»Eine Stunde, hin und zurück«, antwortete Thora.

»Aber es ist gefährlich«, vermutete Beka.

»Würdest du mir glauben, wenn ich sage, dass es das nicht ist?«

»Ja«, antwortete Beka, und Thora sah sie eine halbe Sekunde lang fast überrascht an und nickte schließlich.

»Gut. Dann ist es nicht gefährlich.«

Beka dachte vorsichtshalber nicht allzu genau über diese Antwort nach, sondern fragte stattdessen: »Und worauf warten wir dann noch?«

Diesmal sah Thora sie sogar noch länger und auf eine Art nachdenklich an, die sie weder deuten konnte noch wollte. »Wir dürfen uns nur innerhalb der Stadtmauern frei bewegen. Yoram wird sehr zornig, wenn er davon erfährt.«

»Dann sagen wir es ihm besser nicht«, sagte Beka, aber dann musste sie an die Gestalt denken, die Thora gerade zugewunken hatte. Offensichtlich tat niemand in dieser Stadt auch nur einen einzigen Schritt, ohne dass Yoram davon erfuhr. Und Zadkiel im Zweifelsfall auch.

»Und ich bin mir auch nicht mehr wirklich sicher, dass es eine gute Idee ist, dorthin zu gehen«, fuhr Thora fort. »Nicht, dass du das am Ende noch als Aufforderung ansiehst, dich endgültig aus dem Staub zu machen.«

»Das könnte passieren«, sagte Beka leichthin, und genau wie sie es sagte, meinte sie es auch. »Du kennst mich inzwischen doch gut genug, um zu wissen, dass ich nicht ewig bei euch bleiben werde.«

»Dann versprich mir wenigstens, dass du mit mir zurückkommst, und den Ausflug nicht auf eigene Faust fortsetzt.«

»Willst du wirklich, dass ich dich belüge?«, fragte Beka ernsthaft.

»Nein«, antwortete Thora leise. »Aber ich will nicht, dass du gehst. Und es wäre auch verfrüht. Es könnte sein, dass sich etwas ergibt, was deine Sichtweise auf die Menschen, die in diesem Land leben, völlig verändert.«

Das war jetzt so kryptisch, dass Beka überhaupt nichts damit anfangen konnte. »Da musst du schon ein bisschen genauer werden, wenn du mich wirklich hier halten willst.«

»Das kann ich nicht. Zumindest nicht jetzt.«

»Dann kann ich dir auch nichts versprechen.«

Thora gab darauf keine Antwort, sondern sah sie nur ein paar weitere Augenblicke lang wortlos an, bevor sie sich immer noch schweigend umdrehte und wieder im Treppenaufgang verschwand.

Die zweitausend Jahre alten Stufen im grauem Zwielicht hinunterzusteigen erwies sich als beinahe noch anstrengender als hinauf. Der Stein schien sich im grauen Dämmerlicht aufzulösen, sodass sie sich vorsichtig an der rauen Wand entlangtastete und um ein Haar trotzdem gestürzt wäre, als ihre linke Hand plötzlich ins Leere griff. Thora stützte sie rasch, obwohl sie ihr Gleichgewicht schon wiedergefunden hatte.

»Sei vorsichtig«, fügte sie überflüssigerweise auch noch hinzu. »Da vorne wird es noch ein bisschen enger. Und niedriger.«

Beka merkte es sich in genau dem Moment, in dem sie mit dem Kopf gegen ein Hindernis stieß, das von der Decke hing. Es blieb unsichtbar, fühlte sich aber eindeutig nach Stein an.

Es ging eine weitere Treppe nach unten und durch eine Anzahl stockfinsterer Räume voller Steintrümmer und Schutt, in denen sie sich hoffnungslos verirrt oder auch übel verletzt hätte, hätte Thora sie nicht geführt. Wie Thora sich in der völligen Finsternis hier unten zurechtfand, blieb ihr rätselhaft. Schließlich tauchte ein Flecken staubgrauer Helligkeit vor ihnen auf, und dann ging es wieder nach oben, jetzt jedoch nicht über eine Treppe, sondern eine Schutt- und Trümmerhalde, die gerade eben noch übersteigbar war.

Thora bedeutete ihr mit einer wortlosen Geste zurückzubleiben, kroch auf allen vieren voraus und rumorte eine Weile lautstark herum. Es staubte, und ein Hauch eisiger Luft wehte ihnen in die Gesichter, als sie ihren Weg fortsetzten. Nur einen Augenblick später krochen sie auf der anderen Seite der Stadtmauer hintereinander ins Freie.

*

Bekas Augen brauchten einige Sekunden, um sich wieder an das trübrote Licht zu gewöhnen, das hier den Tag ersetzte. Thora nutzte die Zeit, um den Ausgang zu tarnen. Als Beka nach ein paar Sekunden zu ihr zurücksah, erkannte sie nichts als einen unerträglichen Wust aus Schutt und ineinander verkeilten Trümmern. Über ihnen ragte die Stadtmauer auf, die ihr plötzlich sehr viel höher und gewaltiger vorkam als noch vor ein paar Minuten auf der anderen Seite.

Thora lief ein paar Schritte weit, bevor sie sich wieder in die Hocke sinken ließ und ein rostiges Blech zur Seite schob, unter dem eine schmale Vertiefung sichtbar wurde, in der gleich mehrere große Klingen lagen. Thora wählte für sich eine halblange Machete mit breiter Klinge, Beka reichte sie ein schlankes

Schwert mit verziertem Messinggriff, der die Form eines stilisierten Drachenkopfes hatte und in den bunte Glassteine eingelassen waren; eine billige Deko-Waffe, wie man sie in Fantasyshops und auf einschlägigen Internetseiten fand. Oder gefunden hatte, um genau zu sein.

»Was soll ich damit?«, fragte Beka.

»Draußen ist es gefährlich.« Thora schob die Machete unter ihren Gürteln und hielt ihr das Drachenschwert mit dem Griff voraus hin. »Niemand darf die Altstadt ohne eine Waffe verlassen.«

»Merkwürdig«, überlegte Beka laut. »Ich dachte, es darf überhaupt niemand hier raus.«

»Wenn Yoram einen Erkundungstrupp losschickt, dann schon. Und jetzt such dir endlich eine Waffe aus.«

»Das werde ich nicht«, antwortete Beka entschieden. Sie hasste Waffen. »Außerdem würde ich mir wahrscheinlich selbst in den Fuß stechen oder so was.«

»Wie du willst.« Thora schob das Schwert auf der anderen Seite unter den geflochtenen Strick, der ihr als Gürtel diente. »Dann komm! Wir haben mindestens eine Stunde Fußmarsch vor uns. Wahrscheinlich mehr.«

»Hast du nicht behauptet, es wäre nicht weit?«, fragte Beka. Thora sah sie nur an, und Beka fügte hinzu: »War das gelogen?«

Statt zu antworten, drehte sich Thora auf dem Absatz um und ging in scharfem Tempo los.

10

Spätestens auf halber Strecke hatte sie dann doch bedauert, Thoras Spielzeugschwert nicht an sich genommen zu haben, allein wegen der Ratten. Sie war nicht einmal sicher, ob es überhaupt Ratten waren, denn sie bekamen kein einziges der ekelhaften Tiere zu Gesicht. Aber etwas war da, etwas Unsichtbares und Zahlreiches und Kleines, das ihnen in den Schatten folgte und sie aus gierigen Augen anstarrte. Hätte ihr Stolz es zugelassen, dann hätte sie Thora nun doch um die Waffe gebeten und sei es nur, um das Gefühl zu haben, sich notfalls ihrer Haut erwehren zu können.

Aus der versprochenen Stunde waren deutlich mehr als zwei geworden, ehe sie das Flugzeug erreichten; beziehungsweise die Schneise vollkommener Zerstörung, die es in die Stadt gepflügt hatte. Die Spur aus Trümmern und zu Staub zermahlenem Stein wies ihnen den Weg. Das abstürzende Flugzeug hatte auf einer Strecke von sicher einem halben Kilometer alles zermalmt, was nicht Stahl oder meterdicker Beton gewesen war, gute anderthalb Meter tief und so schnurgerade, als hätte jemand nachträglich eine Straße durch das Häusermeer gezogen.

Erstaunlicherweise war der Airbus weder explodiert noch in Stücke gebrochen. Das zweite Erstaunliche war, dass er ausgerechnet hier niedergegangen war. Jerusalem lag nicht weit entfernt von Tel Aviv, sodass es durchaus sein konnte, dass er es auch nach Ausfall sämtlicher Elektronik bis hierhin geschafft hatte. Aber so nah an Yorams Stammesgebiet, das erschien ihr schon als erstaunlicher Zufall.

Nicht, dass sie sich zurzeit wirklich Gedanken darum machen konnte. Dazu war sie viel zu aufgewühlt. Das Flugzeug in dem verheerten Zustand zu sehen, in dem sie noch vor Kurzem gesessen hatte, verschlug ihr im wahrsten Sinne des Wortes den Atem. Eine der großen Tragflächen war abgerissen und in eine Million Trümmer zerborsten, die die Absturzstelle wie weißes Riesenkonfetti umgaben. Die andere war nicht abgerissen, sondern gleich mehrfach geknickt und erinnerte an die gebrochene Schwinge eines großen Vogels. Das vordere Ende des Rumpfes war gestaucht und deutlich nach oben geknickt. Es sah aus, als wäre ein riesiger Schwan vom Himmel gefallen.

Beka wollte auf das abgerissene Heck zugehen, doch Thora schüttelte rasch den Kopf und begann stattdessen über die geknickte Tragfläche nach oben zu balancieren. Sämtliche Fenster waren schwarz und von Brand- und Rußspuren eingerahmt, und dasselbe galt für den offen stehenden Notausgang, den Thora jetzt ansteuerte. Zumindest von hier aus betrachtet sah es so aus, als ob das Flugzeug komplett ausgebrannt wäre.

Oben angelangt hielt Thora nicht nur an, um auf sie zu warten, sondern zog auch eines der Spielzeugschwerter unter dem Gürtel hervor, was Bekas ungutes Gefühl noch zusätzlich verstärkte. Aber offenbar brauchte sie die Waffe nicht, um sich irgendeines Angreifers zu erwehren, sondern um sich durch den grauen Vorhang aus Spinnweben und Staub zu hacken, der die Tür versperrte. Beka hasste Spinnen. Sie wollte sich das Ungetüm lieber nicht vorstellen, das ein solches Netz wob. Ein leises Ekelgefühl machte sich in ihr breit, als sie sich hinter Thora durch die Öffnung bückte und klebrige Spinnfäden über ihr Gesicht strichen.

*

Im ersten Moment war sie beinahe blind, aber ihre Augen gewöhnten sich rasch an das wenige Licht, das seinen Weg durch das abgerissene Heck und die verdreckten Scheiben fand. Sie hatte sich geirrt. Trotz der geborstenen Fenster und der Rußspuren war das Flugzeug nicht ausgebrannt, wohl aber hoffnungslos zerstört. Abgerissene Kabel und Sauerstoffmasken hingen von der Decke. Nahezu alle Gepäckfächer waren aufgesprungen und leer, und überall lagen Trümmer, verbogenes Metall und zersplittertes Plastik. Etliche Sitze waren aus ihren Verankerungen gerissen und hatten sich kreuz und quer verkeilt, und manche fehlten auch ganz. Und in fast allen saßen Leichen.

Es dauerte einen Moment, bis Beka sie wirklich als solche erkannte, denn die Toten waren in graue Kokons eingesponnen, die Netze eingebildeter gefräßiger Riesenspinnen. Erst beim zweiten Hinsehen erwiesen sie sich als Staub, was ihnen aber nicht wirklich viel von ihrer abschreckenden Wirkung nahm. Manche Leichen wirkten mumifiziert – vielleicht war sie ja doch im Nest einer mutierten Atomspinne gelandet, dachte sie nervös – und einige wenige schienen verbrannt zu sein, wenn auch möglicherweise erst nach ihrem Tod.

»Das ist schrecklich«, sagte sie mit belegter Stimme. »Lass uns wieder gehen.«

»Nicht ganz so schnell.«

Thora fegte mit einem Schwerthieb einen weiteren Staubvorhang aus dem Weg und deutete aus derselben Bewegung nach vorne. Zugleich machte sie einen Schritt, unter dem zerbrochenes Glas knirschte und Staub hochwirbelte.

Beka schloss sich ihr an, ohne ein weiteres Wort herauszubringen. Es fiel ihr immer schwerer, zu atmen und das Zittern ihrer Hände in den Griff zu bekommen. Es konnte kein Zweifel mehr daran bestehen, dass es sich bei diesem Wrack tatsächlich um den Airbus handelte, in dem Lukas und sie erst vor wenigen Tagen gesessen hatten. Oder auch vor ein paar Jahren, je nachdem.

»Das waren unsere Plätze.« Thora blieb stehen und deutete mit der Schwertspitze auf eine halb aus der Verankerung gerissene Sitzreihe. »Hier saßen mein Vater und ich. Meine Mutter und Jezabel-Ann waren in der Reihe direkt hinter uns.« Das Dekoschwert beschrieb einen kurzen Kreisausschnitt, und Bekas Herz zog sich schmerzhaft zusammen, als sie den mumifizierten Leichnam sah, der vorschriftsmäßig angeschnallt auf dem Fensterplatz saß.

»Ist das …?«

»Meine Mutter, ja«, sagte Thora. »Mein Vater liegt ein Stück weiter vorn, und die Hälfte der Stewardess hat es bis ins Cockpit geschafft. Wo der Rest von ihr geblieben ist, weiß ich nicht.«

»Das tut mir sehr leid.«

Obwohl Beka nicht einmal hinsah, konnte sie hören, wie heftig Thora den Kopf schüttelte. »Das muss es nicht«, sagte das Mädchen. »Am Anfang hat es wehgetan. Ich glaube, es hat mir geholfen, dass ich damals noch so jung gewesen bin.«

»Und wann genau war das, damals?«

»Vor sieben Jahren.« Thora zögerte kurz. »Glaube ich. Das ist schwer zu sagen. Es gibt keine Jahreszeiten mehr, weißt du? Yoram meint, das liege an den Bomben, die das Wetter durcheinandergebracht haben.«

»Wenn das so ist, woher weißt du dann, dass es sieben Jahre sind?«

»Weil Zadkiel es uns gesagt hat«, antwortete Thora.

»Na ja, wenn das so ist, warum frage ich dann überhaupt?«

»Du magst Zadkiel nicht«, vermutete Thora.

»Du denn?«

»Er beschützt uns«, antwortete Thora, was genau genommen keine Antwort war. »Ohne ihn wären wir nicht mehr am Leben. Ich jedenfalls nicht.«

»Und das hat er euch gesagt?«

»Er ist ein Engel!«, antwortete Thora, fast schon ein bisschen empört.

»Jedenfalls behauptet er das.«

»Du glaubst ihm nicht?« Thora klang immer noch ein wenig zornig. Aber schon nicht mehr ganz so sehr wie noch vor ein paar Sekunden.

»Du doch auch nicht«, behauptete Beka. »Jedenfalls nicht völlig. Oder warum sind wir sonst hier?«

Thora zog es vor, gar nichts darauf zu erwidern, sondern stocherte mit der Schwertspitze in einem Sitz auf der anderen Gangseite, der halb aus dem Boden gerissen war. Der Plastikbezug war zu Fäden aus schwarzem Teer verschmolzen, aber trotzdem meinte sie einen Fleck aus klebrig eingetrockneter Cola darauf zu erkennen.

»Bis vor ein paar Tagen dachte ich, ich hätte mir das alles nur eingebildet«, sagte Thora. »Aber dann sind dein Freund und du aufgetaucht.«

»Dass du dir *was* nur eingebildet hast?«, fragte Beka.

Thora stocherte weiter mit dem Schwert im Unrat vor dem zerstörten Sitz, und Beka erkannte, dass es nicht einfach nur Unrat war, sondern morscher schwarzer Jeansstoff, der sich unter der Berührung aufzulösen begann. Daneben lagen die Überreste bequemer flacher Pumps, die sie eigens für diesen Flug angeschafft hatte, und bei den vergammelten Fetzen, die darunter zum Vorschein kamen, musste es sich wohl um das handeln, was sieben Jahre Witterung und Zeit von ihrer Unterwäsche übrig gelassen hatten.

»Die Sachen, die dein Freund angehabt hat, liegen da drüben«, sagte Thora und machte eine deutende Kopfbewegung, »und das hier hatte ich an.« Sie ging ein paar Schritte weiter. Der schwere Vorhang zwischen der ersten und der Touristenklasse war verschwunden, aber Beka erkannte die imaginäre Grenze wieder. Die Schwertspitze stocherte einen zerschlissenen Fetzen auf, der einmal zu einem weißen Sommerkleid gehört hatte. »Vielleicht gehörte das meiner Schwester. Wir hatten die gleichen Kleider an, weißt du?«

»Deine Schwester …?«

»Sie ist gestürzt«, sagte Thora. »Das musst du doch mitbekommen haben. Das haben alle im Flugzeug.«

Beka zuckte zusammen. Worauf wollte Thora hinaus?

»Wir waren zu wild«, sprudelte Thora hervor. »Kinder eben. Sie ist gestolpert und ziemlich schwer gefallen. Ich weiß nicht wirklich, wie schlimm, aber damals kam es mir schlimm vor. Und ich weiß auch nicht …«

»… ob sie überhaupt noch lebt?«, fragte Beka vorsichtig.

»Sie ist am Leben«, sagte Thora mit Nachdruck.

»Ich weiß, dass du das glaubst. Du hast mir ja von eurem besonderen Verhältnis erzählt, und ich glaube dir auch, aber trotzdem … woher willst du das so genau wissen?«

»Weil sie nicht hier ist!«, antwortete Thora triumphierend, und Beka begriff, dass sie auf ganz genau diese Frage gewartet hatte. »Alle anderen sind hier! Meine Eltern! Der Arzt! Die Stewardess und die anderen Passagiere, an die ich mich erinnere! Die ganzen Toten sind hier, verstehst du?«

Beka nickte, obwohl sie nicht ganz sicher war, was Thora mit ihrer Frage bezweckte.

»Ich dachte, ich wäre auch tot«, fuhr das Mädchen mit plötzlich ganz leiser, bebender Stimme fort. Sein Blick glitt ins Leere davon. »Ich dachte es wirklich, weißt du? Ich war ein Kind, und alles war Chaos, und ich hatte Angst und Schmerzen und … und plötzlich war ich nicht mehr im Flugzeug und stand einem Engel gegenüber. Natürlich habe ich gedacht, ich bin tot. Dann hat Zadkiel mir alles erklärt.«

»Und was genau hat er dir erklärt?«, fragte Beka. War da ein Schatten, der über Thoras Gesicht huschte, als hätte sich etwas sehr Großes vor das abgerissene Heck geschoben und das trübe Sonnenlicht ausgesperrt?

»Dass wir die Auserwählten sind«, antwortete Thora. »Alle anderen sind tot, aber wir haben überlebt. Die Engel haben uns erwählt.«

»Euch erwählt«, vergewisserte sich Beka. »Wen? Wozu?«

»Es ist ganz genau so, wie es geschrieben steht. Es war die Entrückung. Sie haben die wirklich reinen Herzens geholt, damit sie an ihrer Seite in die letzte Schlacht ziehen.«

Das klang ein bisschen auswendig gelernt, fand Beka.

»Ich dachte, ich wäre die Einzige, die es aus diesem Flugzeug geschafft hat!«, fuhr Thora aufgeregt fort. »Ich war noch ziemlich klein, als ich den geheimen Weg durch die Stadtmauern gefunden habe. Wieder und immer wieder bin ich zurückgegangen und habe alles abgesucht, weil ich gedacht habe, meine Schwester hätte es vielleicht irgendwie überlebt und wäre rausgekommen, oder ein wildes Tier hätte sie geholt. Und dann, viel, viel später, habe ich dich gesehen und deinen Freund und mich daran erinnert, dass ihr auch im Flugzeug gewesen seid.«

»Das stimmt«, antwortete Beka. Worauf wollte Thora hinaus?

»Aber ich habe auch eure Leichen nicht gefunden, verstehst du denn nicht? Ich habe es erst viel später begriffen.«

»Was?«

»Dass es da eine geheime Verbindung zwischen uns geben muss. Zwischen dir, diesem Luke, meiner Schwester und mir.«

Beka war immer weniger sicher, ob Thora nicht einfach nur wirres Zeug redete, weil sie trotz allem doch noch ein Kind war und sich verzweifelt an eine Hoffnung klammerte, die keine war. Sie antwortete, so sanft sie konnte.

»Ich weiß nicht, was mit deiner Schwester passiert ist oder dir. Ich weiß ja nicht einmal, was mit mir passiert ist.« Oder mit Lukas. Sie zuckte mit den Schultern. »Und eine geheime Verbindung zwischen uns? Ich weiß nicht.«

»Du brauchst einfach nur ein bisschen mehr Zeit, um die Zusammenhänge zu begreifen«, beharrte Thora. »Mir ging es am Anfang ganz genauso. Ich hatte fast alles vergessen, und es hat eine ganze Weile gedauert, bis ich mich wieder erinnert habe, und auch dann nur Stück für Stück. Sicherlich weiß ich noch nicht alles. Aber mit deiner Hilfe kann vielleicht alles wieder gut werden!«

Beka schüttelte den Kopf. »Wir sollten jetzt zurückgehen. Vielleicht fällt mir ja später noch etwas ein, was dir weiterhilft.«

»Diese geheime Verbindung zwischen uns«, beharrte Thora. »Vielleicht ist sie ja ein Zeichen. Ein Zeichen dafür, dass die Zeit der Trennung vorbei ist. Dass meine Schwester und ich wieder zusammenfinden und auf Dauer zusammenleben können. Und …«

»Nein«, fiel ihr Beka ins Wort, nicht einmal wirklich laut, aber im bestimmten Tonfall eines Erwachsenen, der einem Kind gegenüber allmählich die Geduld zu verlieren beginnt. »Das ist Blödsinn, und das weißt du. Ich wünsche dir von Herzen, dass du wieder mit deiner Schwester zusammenkommst. Aber ich kann dir dabei nicht helfen. Und Luke schon gar nicht. Den hat dein bescheuerter *Bruder* ja mit seiner Schleuder erschossen.«

»Ja, und vielleicht hat er damit alles kaputt gemacht«, sagte Thora aufgebracht. »Und jetzt willst noch nicht einmal du mir helfen! Obwohl du doch nur ein bisschen nachdenken musst …«

»Mit ein bisschen nachdenken ist das nicht getan. Und jetzt entscheide dich. Entweder wir gehen zurück, oder ich erkunde hier die Gegend ein bisschen auf eigene Faust.«

»Und wenn du dabei merken solltest, dass du hier nicht so einfach wegkommst«, fragte Thora, »findest du dann den Weg zu uns zurück?«

Der wie durch ein Wunder stehen gebliebene Teil innerhalb der Stadtmauern war nun wirklich nicht zu übersehen, aber darum ging es nicht. »Tu das nicht, Thora«, sagte sie. »Du würdest es später bereuen, glaub mir.«

»Soll das eine Drohung sein?«, fragte Thora lauernd.

»So war das nicht gemeint«, sagte Beka. »Und ich glaube, das weißt du auch.«

»Ach ja?«, fragte Thora, und für eine einzelne Sekunde nahm etwas fast Boshaftes den Platz von kindlichem Trotz in ihren Augen ein. Aber wirklich nur für eine Sekunde, dann gelang es ihr plötzlich nicht mehr, Bekas Blick standzuhalten. »Es tut mir leid«, fuhr sie mit veränderter Stimme fort. »Ich wollte wirklich nicht …«

»Ich weiß«, unterbrach sie Beka. »Ich bin dir nicht böse. Und ich werde jetzt mit dir zurückkommen, wenn du das willst.«

»Sicher.« Thora schob die alberne Spielzeugklinge so hastig unter den Strick um ihre Hüfte, dass sie sich um ein Haar daran verletzt hätte, und drehte sich auch gleich herum, um zum Ausgang zurückzueilen. Beka schloss sich ihr an, doch gerade als sie die Maschine verlassen wollte, blieb Thora noch einmal stehen und hob warnend die Hand. Die andere landete mit einem hörbaren Klatschen auf dem Schwertgriff an ihrer Seite.

»Was hast du?«, fragte Beka.

»Nichts«, behauptete Thora, nicht nur mit einer guten Sekunde Verzögerung, sondern auch sehr wenig Überzeugung. Ihre Augen suchten den Himmel ab und tasteten dann über die Trümmerlandschaft unter dem Flugzeug. Beka versuchte dasselbe zu tun, aber ihr Blick verlor sich schon nach einem kurzen Stück zwischen halb pulverisierten Ruinen und verbrannter Erde. Bewegte sich da etwas in den Schatten, das nicht dorthin gehörte?

»Tho …«, begann sie und sprach nicht einmal dieses Wort ganz zu Ende, als Thora eine warnende Bewegung machte, mit der sie sie zugleich auch wieder ein gutes Stück weit in die Kabine zurückschob. Zugleich zog sie auch wieder ihre Waffe, diesmal die vielleicht nicht so ansehnliche, aber viel gefährlichere Machete.

*

Beka wich rasch einige weitere Schritte zurück, bis sie zumindest hoffte, nicht auf den ersten Blick gesehen zu werden, wenn jemand aus der Helligkeit hereinkam. Thora zog sich auf der anderen Seite ein paar Schritte vom Eingang zurück und duckte sich hinter eine halb aus dem Boden gerissene Sitzbank. Beka bemühte sich, mit ihrer Umgebung zu verschmelzen, und hielt die Luft an.

Jemand – etwas – näherte sich der Tür, kam gebückt und staubig herein und hob etwas Schartiges, das wie scharf geschliffenes Metall blitzte. Dann ging alles so schnell, dass die Dinge praktisch gleichzeitig zu passieren schienen: Thora tauchte wie ein Gespenst hinter ihrer Deckung auf, die Machete mit beiden Händen hoch über den Kopf erhoben.

Der bewaffnete Eindringling fuhr herum und versuchte seine eigene Klinge zwischen sich und Thoras herabsausende Waffe zu bringen, und Beka erkannte ihren und auch Thoras furchtbaren Irrtum im buchstäblich allerletzten Moment. Vielleicht sogar zu spät, denn Thora flankte bereits endgültig über die Sitze und legte nicht nur all ihre Kraft, sondern auch noch den Schwung ihres Sprunges in den Machetenhieb. Die beiden Klingen prallten Funken schlagend aufeinander.

Das Schwert der Angreiferin zerbrach und flog in mehrere Stücke zersplittert davon, während sie selbst nach hinten fiel und von Thora unter sich begraben wurde. Die Machete bewegte sich weiter und stoppte dann im buchstäblich allerletzten Moment, nicht einmal einen Fingerbreit von Rachels Kehle entfernt.

*

Eine geschlagene Sekunde lang geschah gar nichts. Sowohl Beka als auch die beiden anderen Mädchen erstarrten einfach mitten in der Bewegung. Beka war nicht einmal sicher, ob Thora den unterbrochenen Hieb nicht einfach zu Ende führen würde, sobald die Zeit wieder zu ihrem normalen Ablauf zurückfand.

Zu Rachels Glück tat sie es nicht, sondern stand ebenso abrupt wieder auf, wie sie Rachel niedergeworfen hatte, und streckte dem auf den Rücken gefallenen Mädchen die freie Hand entgegen. Rachel griff zwar ganz automatisch danach, führte die Bewegung dann aber nicht zu Ende, sondern stemmte sich auf einen Ellbogen hoch und griff mit der anderen Hand nach ihrer Kehle. Auf ihren Fingerspitzen schimmerte es rot, als sie die Hand wieder zurückzog.

»Du hast mich geschnitten«, sagte sie anklagend. »Ich blute!«

Thora zog nicht nur ebenfalls die Hand zurück, sondern rammte auch die Machete wieder unter den Strickgürtel. »Sei froh, dass du noch bluten kannst!«, sagte sie aufgebracht. »Hast du den Verstand verloren, dich an mich anzuschleichen? Ich hätte dich umbringen können! Was tust du überhaupt hier?«

»Das könnte ich dich auch fragen, oder?«, giftete Rachel, während sie aus eigener Kraft aufstand. »Du weißt, dass wir nicht hier sein dürfen! Yoram kriegt einen Anfall, wenn er davon erfährt!«

»Weiß er es denn nicht schon längst?«, fragte Beka lauernd.

»Das weiß ich doch nicht«, versetzte Rachel pampig. »Ich hab nur mitbekommen, dass er sehr wütend war, weil ihr einfach verschwunden seid!«

»Und da bist du uns nachgeschlichen, um uns zu warnen, nehme ich an?«, fragte Thora.

»Selbstverständlich.« Rachel deutete anklagend auf Beka. »Ich hab dir von Anfang an gesagt, dass sie keinen guten Einfluss auf dich hat. Hat sie dich zu diesem kleinen Ausflug überredet?«

»Die Frage ist doch wohl eher, wie du an der Torwache vorbeigekommen bist «, erwiderte Thora.

»Genau wie ihr«, versetzte Rachel, und Thora sah sie sogar noch einmal nachdenklicher an und schüttelte schließlich den Kopf.

»Aber ich habe dir den geheimen Gang hinter der Mauer hindurch ganz bestimmt nicht gezeigt«, sagte Thora.

»Sie hat uns verfolgt«, bestätigte Beka. Also hatte sie sich doch nicht getäuscht. Jemand hatte sie beobachtet.

»Darüber unterhalten wir uns noch«, sagte Thora finster. »Und darüber auch.« Sie machte eine Kopfbewegung in die Richtung, in die Rachels zerbrochene Waffe geflogen war. »Ist das aus dem Waffenversteck an der Mauer?«

»Und wenn?«

»Wird der Nächste, der dorthin kommt und vielleicht eine Waffe braucht, um sich zu verteidigen, möglicherweise ins Leere greifen«, antwortete Thora.

Rachel stülpte kampflustig die Unterlippe vor. »Habe ich den Säbel etwa zerbrochen?«, fragte sie pampig.

In Thoras Augen blitzte es zornig auf, aber sie beherrschte sich, zog lediglich das Spielzeugschwert und reichte es Rachel mit dem albernen Griff voran. »Darüber unterhalten wir uns noch, das verspreche ich dir. Aber jetzt müssen wir weg hier. Hat dich jemand gesehen?«

»Niemand.« Rachel nahm das Schwert entgegen und grinste breit. »Nicht mal du.«

»Doch«, antwortete Thora. »Darüber reden wir auch noch. Später. Zusammen mit Yoram. Und jetzt los, bevor sie uns am Ende doch noch finden.« Sie wedelte zum Ausgang. »Ich gehe voran. Wir nehmen Rivkah in die Mitte. Zadkiel tötet uns, wenn ihr etwas zustößt.«

»Jetzt übertreib mal nicht.« Rachel ergriff das Spielzeugschwert mit beiden Händen und fuchtelte so lange übertrieben damit herum, bis Thora sie mit einem Blick bedachte, der das billige Schwert in ihrer Hand eigentlich zum Schmelzen hätte bringen müssen.

»Los jetzt. Und bleibt immer dicht hintereinander.« Ohne eine Antwort abzuwarten und mit halb ausgebreiteten Armen schlitterte sie ein gutes Stück über die gebrochene Tragfläche nach unten, bevor sie die erste Bruchstelle erreichte und zu einer Mischung aus weit ausgreifenden Schritten und fast komischen Hüpfern wechselte. Schließlich landete sie mit einem beherzten Sprung auf dem Boden. Beka folgte ihr deutlich weniger elegant und tröstete sich damit, dass Thora vermutlich schon ein Dutzend Mal hier gewesen war und sich einfach besser auskannte. Trotzdem wurmte es sie, auf die Hilfe eines kleinen Mädchens angewiesen zu sein.

Für ein kurzes Stück führte Thora sie in die Richtung zurück, aus der sie gekommen waren, bevor sie wieder stehen blieb und mahnend die linke Hand hob; die andere hatte sie inzwischen fest um den Griff der Machete geschlossen. »Wartet«, sagte sie. »Da ist doch …«

Sie sprach nicht weiter, sondern befahl Rachel mit einer fast schon herrischen Geste an ihre Seite. »Und du bist auch ganz sicher, dass dir niemand gefolgt ist?«

»Natürlich nicht«, antwortete Rachel beleidigt. »Der Zelot ist noch nicht geboren worden, den ich nicht abschüttle …« Sie brach ab, machte ein betroffenes Gesicht und murmelte: »Oh!«

»Also haben sie dich doch gesehen«, sagte Thora.

»Nein!« Rachel widersprach vielleicht eine Spur zu heftig.

»Aber du sie«, vermutete Thora.

»Aber ich habe sie abgehängt«, beharrte Rachel. »Ich bin doch nicht blöd und führe sie direkt zu euch.«

»Wen?«, fragte Beka alarmiert und bekam selbstredend keine Antwort. Thora lauschte konzentriert und machte dann eine Kopfbewegung nach links. »Wir gehen besser dort lang.«

»Das ist fast doppelt so weit!«, protestierte Rachel.

»Und wir haben doppelt so viel Deckung«, versetzte Thora ungerührt. »Los jetzt!«

Sie schritt sogar noch schneller aus und rannte fast, und sie sah sich auch immer nervöser in alle Richtungen um. Wenn sie es darauf angelegt hatte, Beka Angst zu machen, dann hatte sie Erfolg.

»Da lang, schnell!« Thora deutete auf ein halb eingestürztes Gebäude nur einen Steinwurf vor dem aufwärts geknickten Bug des Airbus.

Beka war fast sicher, hinter den leeren Fensterhöhlen Bewegung auszumachen, doch sie verschwand, bevor sie sie genauer erkennen konnte. Dafür fiel ihr etwas anderes auf: Sie hatte geglaubt, dass Thora ebenfalls zu dem Haus hinsah, aber in Wahrheit blickte sie in den Himmel darüber hinauf. Beka schaute ebenfalls hin und konnte spüren, wie sich das Blut in ihren Adern in Eiswasser verwandelte.

Auf den ersten Blick und über die große Entfernung hinweg hätte man sie für einen Schwarm riesiger Vögel halten können. Beka wusste es besser: Es waren gigantische Räuber der Lüfte, Jäger mit Krallen und Zähnen und einem doppelten Flügelpaar aus schwarzen Messerklingen; drei, vier, ein halbes Dutzend, das so schnell heranraste, dass man dabei zusehen konnte, wie sie größer wurden.

Eine Schleppe aus unsichtbarer Finsternis folgte ihnen nach.

»*Lauft!*«

Diesmal schrie Thora wirklich, und sie jagte so schnell los, dass Beka und Rachel Mühe hatten, mit ihr Schritt zu halten, und sie erst einholten, als sie ihr Ziel schon fast erreicht hatten. Thora stürmte in einem engen Bogen um einen Schuttberg herum und dann eine breite Treppe hinunter, die sich so plötzlich vor ihnen auftat, dass Beka die erste Stufe verpasste und nur wie durch ein kleines Wunder nicht stürzte. Die Treppe war mit Schutt und Trümmern übersät und endete gute fünf oder sechs Meter unter dem Straßenniveau vor einem rostigen, aber äußerst massiven Scherengitter.

Beka rüttelte vergeblich daran, bevor Thora irgendetwas tat, das sie nicht genau erkennen konnte, aber ein erbärmliches Quietschen zur Folge hatte, mit dem das Mädchen das Gitter weit genug aufschob, um Rachel und sie derb hindurchzustoßen und unmittelbar hinter ihnen selbst durch die Lücke zu schlüpfen. Noch während Beka mit heftig rudernden Armen darum kämpfte, auf den Beinen zu bleiben, rammte sie das Scherengittern wieder zu. Aus derselben Bewegung heraus packte sie sie am Handgelenk und zerrte sie so grob hinter sich her, dass sie beinahe schon wieder die Balance verloren hätte.

Sie durchquerten eine geflieste Halle, deren Decke von einem Wald rechteckiger Betonsäulen getragen wurde. Dazwischen hockten gedrungene Schatten aus Rost und gesprungenem Glas und rissig gewordenem Lack, wie bizarre Ungeheuer aus einer längst untergegangenen Zeit. Schon nach wenigen Schritten blieb auch das letzte bisschen Dämmerung hinter ihnen zurück. Thora zerrte sie zwar mit traumwandlerischer Sicherheit durch die absolute Schwärze, in der das ausgebrannte Parkdeck versunken war, aber ihre allmählich außer Rand und Band geratende Fantasie füllte die Dunkelheit ringsum mit den grässlichsten Schreckensbildern und machte jedes Geräusch zu einem Schnauben oder Bellen und dem Klappern von Scherenklauen.

Hinter ihnen traf etwas wie ein gewaltiger Hammerschlag das Gitter, und sie meinte das Geräusch von zerreißendem Metall zu hören. Ihre Hüfte prallte hart genug gegen ein unsichtbares Hindernis, dass ihr die Tränen in die Augen schossen. Hinter ihnen gellte ein Schrei, nicht der eines Menschen, auch nicht der eines großen Vogels, sondern von etwas *viel* Schlimmerem. Sie konnte hören, wie Thora hart gegen irgendetwas prallte, trotzdem aber sogar noch schneller wurde und sich in scheinbar willkürlichem Zickzack hin und her bewegte; vielleicht um weiteren unsichtbaren Hindernissen auszuweichen, deren Lage sie genau kannte.

Auf Höhe des Gitters krachte es noch einmal und lauter, und sie war jetzt sicher, das Geräusch von zerreißendem Metall zu hören. Thora rumorte eine Weile in der Dunkelheit – vermutlich nur wenige Augenblicke, die ihr aber wie eine schiere Ewigkeit vorkamen – dann klickte es. Funken sprühten, die nach zwei oder drei Sekunden zur prasselnden Flamme einer Fackel wurden, die Thora hoch über den Kopf hielt. Uralte Spinnweben und Staub explodierten knisternd im Feuer, und es roch ein bisschen nach Petroleum.

Und nach Tod.

11

Thora wedelte erschrocken mit ihrer Fackel, was den Raum in ein Chaos aus einander jagenden Schatten und rotem Licht tauchte. Sie befanden sich in einer winzigen rechteckigen Kammer mit gefliesten Wänden, in denen die Reste komplizierter Geräte und Anzeigetafeln vor sich hin rosteten. In Staubwolken und Spinnweben glommen winzige Funken auf. Die meisten erloschen sofort wieder, aber nicht alle, was zusammen mit der flackernden Fackel für eine Art höllischer indirekter Beleuchtung sorgte.

Thora eilte an Rachel und ihr vorbei und legte einen schweren Eisenriegel vor, der offensichtlich nachträglich angeschweißt und massiv genug war, um dem Ansturm eines wütenden Kaffernbüffels standzuhalten. Sie schien trotzdem nicht überzeugt zu sein, dass er ausreichte, denn sie fuhr unverzüglich auf dem Absatz herum und stürmte zu einer Tür auf der anderen Seite. Dahinter erwartete sie eine steile Treppe aus rostigen Metallgittern, unter der sich das Fackellicht in absoluter Schwärze verlor.

Mit hektischen Bewegungen verrammelte Thora auch die zweite Tür hinter sich und rannte dann in halsbrecherischem Tempo die dröhnenden Metallstufen hinab. Beka folgte ihr so schnell sie es wagte, aber ihr Vorsprung war trotzdem auf mindestens ein Dutzend Schritte angewachsen, als Rachel und sie endlich auch das untere Ende der Treppe erreichten. Thora dachte gar nicht daran, auf sie zu warten, sondern lief allenfalls ein wenig langsamer. Die Fackel flackerte in einem Windzug, der nicht allein von ihrer Bewegung stammte und einen intensiven Geruch nach Fäulnis und nasser Erde mit sich brachte. Das rote Licht tanzte über uralten Stein und Schimmel.

»Ist das … die Kanalisation?«, fragte sie schwer atmend.

Thora nickte. »Hier unten sollten wir sicher sein. Sie machen normalerweise einen großen Bogen um die Kanalisation.«

»Warum laufen wir dann weg?«

»Weil sie normalerweise gar nicht hier sein sollten«, sagte Thora. »Glaubst du, sonst hätte ich dich hier rausgebracht?« Dabei bedachte sie Rachel mit einem Blick, wie er vorwurfsvoller kaum sein konnte und unter dem das Mädchen regelrecht zusammenzuschrumpfen schien.

Beka gönnte es Rachel, was aber immer noch keine Antwort auf die Frage war, wer *sie* überhaupt waren. Beka war nicht einmal sicher, ob sie es überhaupt wissen wollte.

Sie setzte trotzdem zu einer entsprechenden Frage an, doch sie kam nicht dazu, sie zu stellen. Hinter ihnen erklang ein Geräusch wie von reißendem Metall, und nur einen Sekundenbruchteil später hörte sie einen unheimlichen *gierigen* Laut, der sie bis ins Mark erschreckte. Es folgte ein lang anhaltendes Poltern, das sich als massive Eisentür herausstellte, die von mörderischen Klauenhänden wie Papier aus dem Rahmen gerissen und die Treppe herabgeschleudert wurde. Thora begann zu rennen. Sie musste Rachel nicht eigens dazu auffordern, dasselbe zu tun.

Der Schrei erklang zum zweiten Mal, und nun konnte sie beinahe körperlich spüren, wie etwas heranraste. So dicht hinter Thora, dass ihr die Fackel Wimpern und Brauen versengte, stürmte sie durch den Gang und eine weitere und diesmal gemauerte Treppe hinab. Rachel war so nah an ihr dran, dass sie ihr immer wieder schmerzhaft in die Hacken trat, dicht gefolgt von stampfenden Schritten und einer verheerenden Präsenz, die ihnen nichts antun musste, um sie zu verderben; es reichte vollkommen, wenn sie sie einholte.

»Hier entlang!«, keuchte Thora. »Nach links!«

Es gab ohnehin nur diese Richtung, in der der Gang einen rechtwinkligen Knick beschrieb. Dahinter wurde er höher und zugleich so breit, dass das Licht die andere Seite nicht mehr erreichte. Ein zäher Strom aus schlierigem Wasser wälzte sich vor ihnen dahin, dessen Geruch die Frage nach der wahren Natur dieses Ortes endgültig beantwortete. Beka registrierte entsetzt, wie Thora, ohne auch nur langsamer zu werden, hineinsprang und sich noch in der Bewegung nach rechts wandte. Die stinkende Brühe spritzte bis über ihren Kopf und reichte ihr fast bis zu den Knien, als sie weiterwatete. Der Gestank ließ sie würgen.

Aber hinter ihr raste noch immer … etwas … heran, stapften Schritte und war ein Geräusch wie von gigantischen stählernen Klingen, die an Mauerwerk und Wänden entlangscharrten. Sie gab weder Angst noch Ekel genug Zeit, um sie zu lähmen, sondern stieß sich kraftvoll genug ab, um Thoras Vorsprung einzuholen und neben ihr im Kanal zu landen; vielleicht etwas zu schwungvoll, denn sie verlor auf dem schlüpfrigen Untergrund prompt den Halt und fiel erst auf das eine und dann auf das andere Knie. Sie wäre der Länge nach in die stinkende Brühe gestürzt, hätte Thora nicht blitzschnell nach ihr gegriffen und sie aufgefangen.

Es war trotzdem so unbeschreiblich ekelhaft, dass sie all ihre Willenskraft brauchte, um sich nicht zu übergeben. Neben ihr schlug Rachel wie eine Bombe in der Drecksbrühe ein und machte alles nur noch schlimmer.

Thora zerrte sie bereits rücksichtslos in die Höhe und weiter. Etwas blitzte im Licht der Fackel, die erstaunlicherweise immer noch brannte. Beka hatte einen bizarren Eindruck wie von einem riesigen silbernen Spinnennetz, das aus dem Wasser wuchs und den Kanal komplett blockierte. Dann hatten sie das Hindernis erreicht, und Thora schubste sie so derb durch das vermeintliche Netz, dass sie über einen der straff gespannten Fäden stolperte und nun doch der Länge nach hinfiel und untertauchte.

Irgendwie gelang es ihr, Mund und Augen zusammenzupressen und wenigstens nichts von der widerlichen Brühe zu schlucken. Dennoch geriet sie in Panik und schlug und trat um sich, bis Thora sie im Nacken ergriff und in die Höhe zerrte. Vollkommen außer sich riss sich Beka los und schlug so hart nach ihr, dass ihr die Fackel aus der Hand geprellt wurde und im Wasser erlosch.

Die nachfolgende Dunkelheit schien noch einmal massiver zu sein. Es war nicht einfach nur die Abwesenheit von Licht, sondern eine erstickend schwarze Woge, die sich wie eine Faust um sie schloss und ihr nicht nur das Atmen erschwerte, sondern auch das Denken. Sie begann zu schreien, und Thora versetzte ihr eine schallende Ohrfeige, die bunte Lichtsplitter vor ihren Augen lodern ließ.

»Reiß dich zusammen!«, herrschte sie sie an. »Wenn du hier unten in Panik gerätst, bist du tot. Hast du das verstanden?«

Beka zwang sich zu einem Nicken, erinnerte sich daran, dass Thora die Bewegung ja nicht sah, und würgte irgendetwas hervor, das als Antwort durchgehen mochte. Neben ihr erklangen ein qualvolles Husten und Platschen und dann Rachels halb erstickte Stimme: »Mir … geht es auch … gut … danke.«

Beka ignorierte sie. Thora ebenfalls. »Dann komm«, drängte sie. »Weiter! Lange hält das Netz sie nicht auf.«

»Wen zum Teufel meinst …?«

Thora packte sie so grob am Arm, dass sie sich ganz instinktiv losriss, wieder einen halben Schritt zurückstolperte und mit dem Rücken in das Netz fiel, das unter ihrem Anprall vibrierte und ein Summen wie eine riesige verstimmte Klaviersaite hören ließ.

Eine halbe Sekunde lang. Dann prallte etwas mit so ungeheurer Wucht von der anderen Seite dagegen, dass sie regelrecht nach vorne katapultiert wurde und nicht nur zum zweiten Mal im aufspritzenden Abwasser versank, sondern Rachel auch gleich mit sich von den Füßen und unter Wasser riss.

Beka schlug hart genug auf dem Stein auf, der sich unter dem trügerisch weichen Schlick auf dem Boden verbarg, um den allergrößten Teil ihrer kostbaren Atemluft in einem lautlosen Schrei zu vergeuden. Diesmal was sie sehr dankbar für die Hand, die sich in ihre Schulter krallte und sie aus der Drecksbrühe zog. Lärm marterte ihre Ohren, ein Kreischen zum Großteil außerhalb des hörbaren Bereichs, das trotzdem jedes einzelne Molekül in ihrem Körper in qualvolle Schwingung versetzte. Sie hustete mühsam und hätte eigentlich blind sein müssen. Doch irgendwo flackerte Licht, auch wenn es kaum mehr als ein rotes Glimmen war, oder auch bloßer Schmerz, den sie als Licht wahrzunehmen meinte.

Thora zerrte sie weiter. Plötzlich waren da auch noch andere Geräusche, Stimmen, ein lauter werdendes Platschen und Rauschen und nasse Schritte und Schreie und reines Getöse. Auch das Licht war wohl doch nicht nur Einbildung gewesen, denn vor ihnen glommen nun plötzlich gleich mehrere rote Funken auf, von denen sich zwei in lange Feuerschweife verwandelten, die sich rasend schnell auf sie zubewegten.

Einer prallte gegen die Decke und zerbrach. Der andere verwandelte sich in einen brennenden Pfeil, der eine perfekte Parabel über die beiden Mädchen und sie beschrieb, bevor er ins Wasser fiel und ebenfalls erlosch; allerdings erst nachdem er das Netz passiert und mit seinem flackernden Schein für einen Moment aus der ewigen Dunkelheit gerissen hatte.

Es ging zu schnell, um wirklich Einzelheiten erkennen zu können. Thora schrie mit schriller Stimme eine Warnung, warf sich zur Seite und versetzte Beka zugleich einen Stoß, der sie in die entgegengesetzte Richtung taumeln und diesmal rücklings ins Wasser fallen und untertauchen ließ.

Etwas rasend Schnelles zog eine lodernde Spur genau dort durch die Luft, wo sie ohne Thoras Stoß gewesen wäre. Keuchend vor Atemnot und Ekel arbeitete sie sich wieder hoch, wich mit nichts als reinem Glück einem weiteren Geschoss aus und stürmte geduckt in die Richtung, in der sie Thora und Rachel vermutete. Neben ihr zog sich ein gemauerter Sims an der Wand entlang, dessen Höhe vermutlich den früheren Wasserstand des Kanals markierte.

Dann hatte sie die beiden anderen erreicht. Thora und sie zogen sich nicht nur hastig hinauf, sondern brachten auch noch das Kunststück fertig, zugleich auch noch Rachel aus dem Wasser zu zerren. Ein ganzer Schwarm weiterer brennender Geschosse flog über Beka hinweg, die alle entweder ganz außergewöhnlich schlecht oder ganz besonders gut gezielt waren, denn nicht eines davon kam ihr auch nur nahe.

Dafür wurde der Schrei lauter, ein Kreischen zum allergrößten Teil im Ultraschallbereich und so laut, dass es in den Ohren schmerzte und den gesamten Tunnel zum Erbeben brachte.

Geduckt pflügte sie weiter durch das schlammige Wasser und drehte im Laufen den Kopf, um hinter sich zu blicken. Noch während sie es tat, wuchs in ihr die Überzeugung, dass sie es besser lassen sollte.

Sie hatte recht.

Etliche Pfeile brannten weiter, obwohl sie im Wasser trieben oder sich in die Wände gebohrt hatten. Einige hatten auch ihr eigentliches Ziel erreicht, das wie eine zu groß geratene vierflügelige Motte in einem silbernen Spinnennetz zappelte. Trotz seiner enormen Kraft gelang es ihm nicht, es zu zerreißen, denn das Spinnennetz war kein Spinnennetz, sondern ein Geflecht aus bis zum Zerreißen gespannten Drähten, und die Motte keine Motte, sondern ein riesiges geflügeltes Geschöpf mit Klauen und Schwingen wie aus geschmiedeten Sensenklingen.

*

Weitere Pfeile rasten heran. Die meisten gingen immer noch fehl oder prallten Funken sprühend ab, einige wenige jedoch bohrten sich in Flügel und Leib des Geschöpfes, an dem bereits gierige Flammen leckten. Hinter dem tobenden Koloss bewegten sich weitere missgestaltete Schatten, zwei, drei, vielleicht noch mehr, die es aber nicht wagten, näher zu kommen, denn der Pfeilhagel wurde immer dichter; und auch immer zielsicherer, je näher die Angreifer kamen.

Oder auch nicht, denn Beka hatte diesen Gedanken kaum gedacht, da klatschte ein brennender Pfeil nicht einmal eine Handbreit neben ihr ins Wasser, und ein zweiter verfehlte sie so knapp, dass sie die Hitze des Flammenschweifs im Gesicht spüren konnte.

Sie verschwendete keine Zeit damit, nach den heimtückischen Schützen Ausschau zu halten, sondern watete geduckt weiter und griff nach Thoras ausgestreckter Hand. Ein weiterer Pfeil schepperte Funken sprühend an der Wand entlang und platschte ins Wasser. Beka zog sich hastig auf den kaum doppelt handbreiten Sims hoch und hatte es noch nicht ganz getan, als Thora sie so grob vor sich herstieß, dass sie fast schon wieder das Gleichgewicht verloren hätte – zu ihrem Entsetzen direkt auf das gute Dutzend zerlumpter Angreifer zu, das ihnen entgegenstürmte. Einige von ihnen schwenkten Fackeln, in deren zuckendem Licht sie wie eine Bande zerlumpter Mutanten aussahen, die direkt aus einer besonders schlechten *Mad Max*-Kopie hätten stammen können: Sie waren abgerissen, verdreckt und zu einem Gutteil missgestaltet oder sogar verkrüppelt.

Und ihr Charakter schien durchaus zu ihrem äußeren Erscheinungsbild zu passen, denn den ersten Pfeilen, von denen Beka sich vielleicht noch einreden konnte, sie wären nur ein dummes Versehen gewesen, folgten immer mehr Geschosse, die nun eindeutig auf sie und die anderen beiden Mädchen gezielt waren.

Wie durch ein kleines Wunder gelang es ihnen allen dreien,

der nächsten Salve auszuweichen, dann war Thora plötzlich verschwunden. Noch während sich Beka verblüfft fragte, wo sie wohl geblieben war, zischte ein weiterer brennender Pfeil heran, durchbohrte ihren linken Arm und blieb zitternd darin stecken. Es tat überhaupt nicht weh, aber die Flammen machten sich sofort gierig über den Stoff her, um sie in eine lebendige Fackel zu verwandeln.

Thoras Hand griff wie aus dem Nichts heraus nach ihr und zerrte sie nicht nur in die Dunkelheit, in der sie selbst vor einer Sekunde verschwunden war. Ihre andere Hand griff nach dem Pfeil, riss ihn aus Bekas Arm und löschte in derselben Bewegung auch gleich die Flämmchen, die an ihrem Ärmel nagten. Es tat immer noch nicht weh.

Und das konnte es auch nicht, begriff Beka, während sie verblüfft auf ihren zerrissenen Ärmel starrte. Der Pfeil hatte den Stoff durchschlagen und sich darin verfangen, ihre Haut aber nicht einmal angekratzt.

Thora wedelte mit dem brennenden Pfeil, und Beka registrierte beiläufig, dass er anscheinend aus Metall gemacht war, und irgendwie … *falsch* … aussah. Sie kam nicht dazu, dem nachzugehen, denn Thora zerrte sie bereits weiter, wobei sie den brennenden Pfeil kurzerhand zur Fackel umfunktionierte. Sie befanden sich in einem sehr viel schmaleren, schräg nach oben führenden Gang, durch den eisiges Wasser hoch genug gluckerte, um ihre Knöchel zu umspülen.

Thora stieß sie rücksichtslos weiter, bis sie eine weitere Biegung erreichten. Ein weiterer Pfeil prallte klappernd gegen die Wand und fiel verbogen ins Wasser, wo er ungerührt weiterbrannte. Der rote Schein von Thoras Pfeilfackel verschwand gerade lange genug, um die Panik fast wieder zu wecken, dann griff ihre Hand von oben herab und zog Beka durch ein Loch, das offensichtlich schon vor langer Zeit gewaltsam in die Decke gebrochen worden war. Etwas Scharfes riss auch noch ihren anderen Ärmel auf – womit sie sich endgültig an die hier gültige

Kleiderordnung anpasste – und zog eine brennende Spur über ihren Bizeps.

*

Thora zerrte sie endgültig auf die Beine – was ihr nicht nur keinerlei Mühe zu bereiten schien, sondern auch Bekas Stolz den endgültigen Todesstoß versetzte – und gab ihr mit wildem Gefuchtel ihrer improvisierten Fackel zu verstehen, dass sie sich gefälligst beeilen sollte. Unter ihnen wurde zorniges Stimmengewirr laut, und sie meinte ein rötliches Flackern zu sehen. Wer immer sie verfolgte, war hartnäckig.

»Was sind das für Kerle?«, fragte sie schwer atmend.

Thora lief bereits weiter. Beka folgte ihr dichtauf und sah jetzt auch, was ihr an dem improvisierten Pfeil so seltsam vorgekommen war. Es war kein Pfeil, sondern ein Stück gedrehtes Moniereisen, das an einem Ende eingekerbt und am anderen auf grobe Art angespitzt worden war, nicht etwa ein Aluminiumpfeil aus einem Sportartikelgeschäft, wie sie ganz instinktiv angenommen hatte.

»Zeloten«, antwortete Thora mit einiger Verspätung.

»Die Typen, die einem den Schädel einschlagen, bevor man auch nur einen Mucks machen kann?«, erinnerte sich Beka.

Thora nickte knapp, und Rachel ergänzte: »Sie gehen auf jeden los, der es wagt, ihr Gebiet zu betreten.«

»Und wo genau ist ihr Gebiet?«

Thora bückte sich unter einem halbrunden gemauerten Türsturz hindurch und nahm eine dahinterliegende Treppe in Angriff. Rachel folgte ihr, bevor sie antwortete. »Überall, wenn es nach ihnen geht. Sie sind völlig wahnsinnig und vollkommen unberechenbar. Manche behaupten sogar, sie würden Menschenfleisch essen.«

»Das ist Quatsch«, korrigierte sie Thora, während sie wieder schneller ausschritt. »Aber sie sind in jedem Fall gefährlich. Vor allem für eine so kleine Gruppe, wie wir es sind.«

Beka beeilte sich, zu den beiden anderen aufzuholen. »Sie haben uns geholfen«, brachte sie in Erinnerung.

Rachel lachte bellend.

»Sie haben den Dämon angegriffen«, verbesserte sie Thora. »Das ist ein Unterschied. Sie können uns nicht leiden, aber die Dämonen mögen sie noch weniger.«

»Niemand mag Dämonen«, pflichtete ihr Rachel bei.

Thora seufzte ganz leise, schüttelte den Kopf und ging noch einmal schneller. Die Treppe endete in einem Raum, mit dem schönsten Anblick, den sie sich nur vorstellen konnte: dem eines grauen, verregneten Himmels voller tief hängender Wolken am Ende eines gefühlt kilometerlangen Stollens, der mit Trümmern und Schutt nur so vollgestopft war.

Nebeneinander stürmten sie los.

Und beinahe hätten sie es sogar geschafft.

*

Die erste Gestalt tauchte vor ihnen auf, als sie noch knappe zehn oder vielleicht zwölf Schritte vom Ausgang entfernt waren, ein gedrungener, struppiger Schatten, der irgendeine Waffe schwang. Beka und die beiden Mädchen wichen gleichzeitig und in unterschiedliche Richtungen aus, und etwas zischte mit einem hässlichen Geräusch kaum eine Handbreit neben ihr durch die Luft und krachte auf den Boden.

Beka schlug einen blitzschnellen Haken, und vor ihnen tauchte ein weiterer, verkrüppelter Schatten auf. Er vertrat Thora nicht nur den Weg, sondern schwang auch ein monströses Schwert. Hätte sie auch nur noch den geringsten Zweifel daran gehabt, dass es wirklich Thora-Marie vom El-Al Flug LY358 war, sie wären spätestens jetzt verflogen, denn das Mädchen schlug einen so rasend schnellen Haken, dass der Zelote vom Schwung seiner eigenen Bewegung nach vorne und aus dem Gleichgewicht gerissen wurde. Dann setzte Thora mit einem eleganten

Sprung über ihn hinweg und krönte ihre Kür, indem sie sich mit dem Fuß im Nacken des Zeloten abstieß, sodass sie sich selbst nicht nur ein gehöriges Stück weiter in Richtung Ausgang katapultierte, sondern den Angreifer auch mit solcher Wucht auf den Boden rammte, dass er so schnell wohl nicht wieder aufstehen würde.

Nur um ganz sicherzugehen, stieß sich Beka ebenfalls von seinem Rücken ab und raffte nicht nur alle Kraft zusammen, um noch schneller zu laufen, sondern griff auch nach Rachels Handgelenk und zerrte sie einfach hinter sich her. Kurz vor dem Ende des Tunnels holten sie Thora ein; gerade rechtzeitig, um gleich ein halbes Dutzend weiterer Zeloten zu erblicken, die sich wie Geister zwischen all dem Schutt und all den Trümmern ringsum erhoben und aus drei unterschiedlichen Richtungen auf sie losstürmten.

Beka verstand gerade so viel von solchen Situationen, wie sie aus dem einen oder anderen Actionfilm aufgeschnappt hatte. Aber selbst ihr war klar, dass die Zeloten sie in eine ganz bestimmte Richtung zu treiben versuchten, in der vermutlich eine noch viel unangenehmere Überraschung auf sie wartete. Thora musste das hundertmal besser wissen – aber welche Wahl hatten sie schon? Auch hinter ihnen stürmten Verfolger heran.

*

Sie waren dem Ausgang nahe genug, um mehr als Schatten und bloße Schemen zu erkennen. Der Stollen mündete in etwas, das Beka auf den ersten Blick für einen von Trümmern und eingestürzten Gebäuden gesäumten runden Platz hielt, bevor ihr klar wurde, dass es sich um einen gewaltigen Krater handelte, den eine Riesenfaust viele Meter tief in den Boden gerammt zu haben schien. Wie sie hier weiterkommen sollten, war auf den ersten Blick völlig unklar: Ein gigantischen Netz aus kreuz und quer gespannten silbernen Drähten versperrte ihnen den Weg.

Als sie näher kamen, fiel ihnen eine Lücke in dem Netz auf, durch die sich ein Mensch hätte zwängen können; sofern er nicht allzu groß war. Dumm nur, dass direkt vor dem stählernen Spinnennetz gleich drei Zeloten standen, die sie mit Knüppeln und rostigen Messern in den Händen erwarteten.

Zum ersten Mal sah Beka die Zeloten wirklich, und sie hätte gerne darauf verzichtet. Sie glaubte so wenig wie Thora, dass sie Menschenfresser waren – auch wenn sie nun wirklich nicht vertrauenswürdig aussahen.

Aber wenigstens waren es Menschen.

Oder etwas Ähnliches.

Kaum einer von ihnen war größer als Beka, und wenn ihr Yoram und seine Sippe schon heruntergekommen und erbärmlich erschienen waren, so musste sie für diese Jammergestalten wohl ein neues Wort erfinden. Sie waren in zerschlissene Lumpen gehüllt, und ausnahmslos alle trugen die Spuren schwerer Krankheiten oder schrecklicher Verletzungen oder auch beides. Sie waren allesamt bewaffnet, auch wenn es nur einen einzigen gab, der ein antikes Schwert an der Seite und einen modernen Compoundbogen in den Händen trug. Alle anderen waren mit Knüppeln und rostigen Eisenstangen bewaffnet; und einer sogar nur mit einem zerbrochenen Ziegelstein, den er in der linken Hand trug. Eine rechte hatte er nicht. Wo sie sein sollte, sah Beka nur einen entzündeten Stumpf, dessen üblen Geruch sie selbst aus fünf Schritten Entfernung wahrnehmen konnte.

Thora hob ihre Machete, und gleich zwei Zeloten sprangen von rechts und links auf sie los. Beka war nicht wirklich überrascht, dass sie dem ungestümen Keulenhieb des ersten mit einer eleganten Bewegung auswich und zugleich die Eisenstange des zweiten mit einem eigenen Schwerthieb parierte. Neben ihr schrie Rachel vor Zorn und Furcht, riss sich los und war mit zwei weit ausgreifenden Sprüngen neben Thora. Mit einem Geschick, das Beka ihr niemals zugetraut hätte, sprang sie den dritten Zeloten an und schwang ihre Drachenklinge.

Und natürlich geschah genau das, was Beka befürchtet hatte: Das Spielzeugschwert zerbrach zwar nicht in Stücke, als der Zelot den Hieb mit seinem Bogen parierte, wurde ihr aber aus den Händen geprellt und flog davon. Die eisenharte Kunststoffwaffe traf sie mit genügend Wucht, um sie zurück und in die Arme eines weiteren Zeloten stolpern zu lassen. Unverzüglich versuchte sie sich loszureißen, aber die zerlumpte Gestalt war viel zu stark für sie. Es wäre vorbei gewesen, hätte Thora nicht in diesem Moment auch den zweiten Zeloten niedergeschlagen und wäre ihr beigesprungen.

Ihre Machete blitzte bösartig im schwachen Licht. Beka sah, dass sie die Klinge kurz vor dem Auftreffen drehte, sodass sie den Nacken des Zeloten mit der stumpfen Seite traf. Der Hieb war trotzdem hart genug, um ihn auf der Stelle reglos zu Boden zu schicken. Immerhin enthauptete er die zerlumpte Gestalt nicht, womit Beka entsetzt gerechnet hatte.

»Los jetzt!«, schrie Thora. »Weg hier!«

Gleichzeitig packte sie Rachel im Nacken, riss sie grob auf die Füße und versetzte ihr noch in derselben Bewegung einen Stoß, der sie an Beka vorbei und in Richtung Ausgang stolpern ließ.

Nicht einmal ein halbes Dutzend Schritte weit, bevor Rachel sich wieder losriss und so plötzlich herumfuhr, dass sie beinahe über ihre eigenen Füße gestolpert wäre und nur mit einem hastigen Seitwärtsschritt ihr Gleichgewicht wiederfand. »*Mein Schwert!*«, schrie sie. »Ich habe mein Schwert verloren!«

ӿ

Thora versuchte sie festzuhalten, griff ins Leere und hätte um ein Haar selbst das Gleichgewicht verloren. Rachel schlug einen blitzschnellen Haken, mit dem sie auch Bekas eher unbeholfenem Versuch entging, ihrer wieder habhaft zu werden, und jagte mit weit ausgreifenden Sätzen zu der Stelle zurück, an der ihr Schwert irgendwo im Schutt verschwunden war. Bekas Herz machte einen harten Satz in ihrer Brust, als sich das Mädchen bückte und für einen einzelnen, nichts anderes als entsetzlichen Moment ebenfalls verschwunden blieb. Doch dann richtete sich Rachel wieder auf und schwenkte triumphierend das alberne Spielzeugschwert.

»Dafür bringe ich sie um«, sagte Thora gepresst. »Ich schwöre, wenn wir das hier überleben, bringe ich sie eigenhändig um.«

Und wenn nicht sie, dann würde Beka diese Kleinigkeit gerne für sie übernehmen, ganz bestimmt. Sie setzte dazu an, es auch laut auszusprechen, und hinter Rachel erschien wie aus dem Nichts ein weiterer Zelot. Er griff mit der rechten Hand nach dem Arm, in dem sie das Schwert hielt, und schlang ihr den anderen von hinten um den Hals. Rachels überraschter Schrei wurde zu einem halb erstickten Keuchen, und Thora wirbelte vollends herum und jagte zu ihr zurück.

Diesmal stieß ihre Machete gerade nach vorne, verfehlte Rachels Gesicht knapp genug, um eine haardünne rote Linie auf ihrer Wange zu hinterlassen, und grub sich mit einem hörbaren Knirschen in den Knorpel unter dem Kinn des Zeloten. Der Bursche erbrach eine Ladung schaumiges Blut und Schleim in Rachels Nacken und kippte nach hinten, und Thora war mit einem gewaltigen Satz vollends bei ihr, zerrte sie ein zweites Mal grob in die Höhe und versetzte ihr eine schallende Ohrfeige, die ihren Kopf in den Nacken schleuderte und ihre Unterlippe aufplatzen ließ.

»Darüber unterhalten wir uns noch, verlass dich drauf!«, zischte sie. »Wenn die Zeloten dich nicht umbringen, dann tut Yoram es! Oder ich!«

Sie versetzte Rachel einen neuerlichen Stoß, der sie ungeschickt losstolpern ließ. Diesmal hielt sie ihren Arm mit eiserner Kraft fest. Rachels Spielzeugschwert klirrte ein weiteres Mal zu Boden und verschwand zwischen Stein- und Betontrümmern, als Thora ihm im Vorbeistürmen noch einen zusätzlichen Tritt versetzte. Etwas flog aus der Dunkelheit heran und verfehlte sie um Haaresbreite. Thora fluchte lauthals, versuchte sogar noch einmal schneller zu laufen und schlug einen blitzartigen Haken, der sie direkt in die Arme einer weiteren riesenhaften Gestalt stolpern ließ, die buchstäblich wie aus dem Boden gewachsen vor ihr auftauchte.

Sie fiel. Rachel geriet durch den plötzlichen Ruck ebenfalls aus dem Tritt und kugelte mit einem schrillen Quieken davon, und auch Beka kam nur noch einen einzigen Schritt weit, bevor auch sie gepackt und zu Boden gerungen wurde. Mit mehr Glück als echtem Geschick gelang es ihr nicht nur, das stinkende Bündel von sich herunterzustoßen, sondern sogar noch einmal auf die Beine zu kommen, doch dann wurde sie endgültig gepackt und von gleich zwei Zeloten mit eiserner Kraft festgehalten. Ein dritter schlug sie so hart mit dem Handrücken ins Gesicht, dass ihre Knie weich wurden.

Blut lief über ihr Kinn. Bis es ihr endlich gelungen war, die Tränen wegzublinzeln, war auch Thora von zwei brutal aussehenden Kerlen gepackt und auf die Knie gezwungen worden. Der Zelot mit dem Bogen, den sie für den Anführer hielt, kam mit wiegenden Schritten näher und sagte etwas, das Beka nicht verstand, von den anderen aber mit rauem Gelächter kommentiert wurde. So zärtlich wie eine Mutter ihr Baby legte er den Bogen auf den Boden, richtete sich wieder auf und zog ein schartiges Messer aus dem Gürtel.

»Komm bloß nicht auf die Idee …«, begann Thora, und der Zelot grub die linke Hand in ihr Haar, riss ihren Kopf in den Nacken und schnitt ihr mit der anderen Hand die Kehle durch.

Beka war sich nicht sicher, ob sie schrie oder ob sie in diesem Moment überhaupt etwas dachte oder empfand, außer einer Mischung aus Unglauben und Entsetzen, das sie wie ein Hammerschlag traf. Thora brach in die Knie und schlug die Hände vor den Hals, als die beiden Kerle ihre Arme losließen. Blutiger Schaum und ein grässliches, blubberndes Röcheln kamen über ihre Lippen, als sie vergeblich zu atmen versuchte. Der Zelot sagte ein einziges, gehässig artikuliertes Wort, das Beka nicht verstand, wischte die blutige Messerklinge an ihren Haaren ab und versetzte ihr einen Stoß, der sie auf den Rücken warf. Thora begann am ganzen Leib zu zucken, dann mit den Beinen zu strampeln und schließlich mit den Händen auf den Boden zu schlagen, immer schneller und härter – und lag dann still, so plötzlich, als hätte jemand einen unsichtbaren Hebel umgelegt und ihr Herz damit einfach abgeschaltet.

Erst danach drehte sich der Zelot endgültig um und kam auf sie zu. Sein Gesicht verzog sich zu einem bösen Grinsen, während er das Messer hob und die andere Hand nach ihrem Kopf ausstreckte. Ihr Haar war zu kurz, um die Finger hineinzukrallen. Also schloss er die Hand so fest um ihren Unterkiefer, dass sie ihre Zähne knirschen hören konnte, und zwang ihren Kopf in den Nacken. Mit der anderen Hand stieß er ihr das Messer in den Hals. Es tat schrecklich weh, und etwas Warmes und Klebriges lief an ihrem Hals hinab.

Jemand kreischte, und Beka hörte zum dritten Mal ein Geräusch wie von einer gigantischen Gitarrensaite, nur dass sie diesmal nicht gezupft, sondern *zerrissen* wurde. Messer und Hand prallten mit einem Gefühl zurück, als würde ihre Kehle endgültig in Stücke gerissen, und alles wurde rot und blutig. Etwas Schweres fiel mit einem feuchten Klatschen in ihren Schoß, und als sich die blutigen Schleier vor ihren Augen auflösten, blickte sie ins Gesicht des Zeloten, der vor einem Moment noch vor ihr gestanden und das Messer in ihren Hals gerammt hatte.

Aber nur in sein Gesicht.

Der Zelot war nach hinten und zur Seite gekippt; wenigstens zum größten Teil, denn jemand hatte ihn enthauptet, und sein missgestalteter Kopf war in Bekas Schoß gelandet und schien sie aus weit aufgerissenen Augen vorwurfsvoll anzublicken.

Dann schlug das Grauen endgültig zu, und sie prallte entsetzt zurück. Der Kopf des Zeloten fiel zu Boden und rollte davon. Sie wollte schreien, aber das ging nicht, denn ihre Kehle füllte sich immer schneller mit ihrem eigenen Blut, an dem sie zu ertrinken drohte. Zuerst dachte sie, der schwarze Dämon hätte sich doch irgendwie aus dem Netz befreit und die Flammen gelöscht und ihre Spur wieder aufgenommen, denn auch dieser Schatten war riesig, schwarz und hatte vier gigantische, wütend peitschende Flügel. Aber er war eindeutig noch größer, und er musste wohl auch ungleich stärker sein, denn es schien ihm nicht die geringste Mühe bereitet zu haben, das Netz vor dem Ausgang in Stücke zu reißen und hereinzustürmen.

Zwei Zeloten waren mutig (oder dumm) genug, nichts aus dem Schicksal ihres Kameraden zu lernen und sich ihm in den Weg zu stellen. Aus der Dunkelheit hinter ihr kam ein einzelner brennender Pfeil geflogen, aber nichts davon machte den tobenden Engel auch nur langsamer. Einem der Angreifer schlug er mit einer fast nachlässigen Bewegung den Kopf von den Schultern. Der andere geriet in den Weg einer gewaltigen flatternden Schwinge, die so scharf wie eine Sense zu sein schien, denn sie schnitt ihn glatt in zwei Teile. Der Pfeil prallte Funken sprühend von einem anderen Flügel ab, den er blitzschnell vor das Gesicht hob, und das Zwielicht spuckte drei, vier, fünf weitere bewaffnete Gestalten aus, die sich todesmutig auf den geflügelten Angreifer warfen.

Es dauerte nur ein paar Sekunden, aber es war das Entsetzlichste, was sie jemals gesehen hatte. Die Zeloten kämpften tapfer, das musste sie ihnen lassen, aber sie hatten keine Chance. Zadkiel wütete wie ein Berserker unter ihnen. Seine Flügel waren wie Schwertklingen, die Gliedmaßen abtrennten, Knochen zertrümmerten und Schädel einschlugen. Schreie und Blut erfüllten die Luft wie roter Nebel und der Klang der Hölle. Einer der Zeloten warf im letzten Moment doch seine Waffe weg und suchte sein Heil in der Flucht, und Zadkiel ließ ihm ein halbes Dutzend Schritte Vorsprung, bevor er die Flügel ausbreitete und ihn mit einer schwarzen Feder durchbohrte. Den letzten schließlich riss er mit bloßen Händen in Stücke, aber auch damit war es noch nicht vorbei.

Weitere brennende Pfeile kamen aus der Dunkelheit geflogen. Etliche prallten in einem Funkenschauer von Zadkiels Gefieder ab, aber mindestens einer hätte sie auch getroffen, hätte der Engel ihn nicht im letzten Moment aus der Luft geschlagen. Praktisch aus derselben Bewegung heraus stürmte er auch schon in die Richtung los, aus der die Pfeile gekommen waren. Ein weiteres loderndes Geschoss zerbrach an seiner Gestalt, dann verschwand er in der Dunkelheit, und die Schreie begannen.

Beka wollte sich hochstemmen, aber das konnte sie nicht. Sie wollte schreien und konnte es genauso wenig, und sie konnte auch nicht mehr atmen. Anstelle von rettendem Sauerstoff füllte nur noch warmes, nach Eisen und Salz schmeckendes Blut ihre Kehle. Es gelang ihr nicht, es auszuspucken, denn ihre Muskeln hatten längst den Dienst quittiert, so wie alles andere auch.

Alles, was sie noch von ihrem Körper spürte, war ein Nest aus unerträglich loderndem Schmerz tief in ihrer Kehle, das glühende Tentakeln in jeden einzelnen Nerv ihres Körpers schickte. Ihre Umgebung verschwamm vor ihren Augen. Jemand schrie etwas, das sich nach ihrem Namen anhörte, vielleicht auch nach etwas vollkommen anderem, und Rachels Gesicht tauchte in den roten Schlieren über ihr auf, trieb auseinander und setzte sich neu und düster zu dem eines schwarzen Engels zusammen. Seine bloße Nähe brachte die Angst zum Erliegen, und als er sich vorbeugte und ihren Hals berührte, verging zuerst auch der Schmerz, eine Sekunde später konnte sie wieder atmen.

Dafür begann sich eine große Schwäche und Schwere in ihr breitzumachen. Alles verschwamm und wurde warm. Sie spürte noch, wie Zadkiel sie auf die Arme hob und durch das zerrissene Netz ins Freie trug, aber dass er die Schwingen ausbreitete und sich mit einer kraftvollen Bewegung in den trübroten Himmel hinaufschwang, schon nicht mehr.

12

Sie verlor diesmal nicht wirklich das Bewusstsein, auch wenn ihr das erst im Nachhinein wirklich klar wurde, denn es hatte etwas Unwirkliches, wie in einem Traum. Die Entfernung, für die sie vorhin Stunden gebraucht hatten, legten Zadkiels gewaltige Schwingen in wenigen Minuten zurück, in denen die Stadt unter ihnen zu einer verbrannten Modelleisenbahnlandschaft zusammengeschrumpft und selbst der immer trübe Himmel aufgerissen war, um ein paar rot gefärbte Sonnenstrahlen passieren zu lassen.

Der Wind war hier oben noch einmal eisiger als unten am Boden. Doch obwohl sie die Kälte in all ihrer Grausamkeit fühlte, berührte sie sie zugleich nicht wirklich, so wenig wie der Schmerz in ihrer Kehle, der immer noch da war, sie aber auch nicht wirklich zu betreffen schien. Alle Farben kamen ihr viel intensiver vor, und auch die Erkenntnis zu fliegen – nicht in einem Flugzeug zu sitzen, sondern im eigentlichen Sinne des Wortes zu *fliegen!* – versetzte sie nicht in Panik, sondern beunruhigte sie allenfalls ein wenig.

Lag es daran, dass sie sich in den Armen eines Engels und damit so geborgen wusste, wie es nur ging? Aber vielleicht setzte ja Zadkiel auch wieder seine ganz speziellen Fähigkeiten ein, um sie zu beruhigen.

So oder so erinnerte sie sich nicht genau daran, wie sie zurückgekommen war. Irgendwann waren sie wieder in der Nähe des Hauses, in dem Benjamin seinen Stammsitz hatte, woraufhin ihnen eine ganze Anzahl Jungen und Mädchen entgegenkamen; unter ihnen auch Yoram. Beka war immer noch viel zu benommen – und möglicherweise auch noch von Zadkiel beeinflusst –, um wirklich zu begreifen, was geschehen *war.*

Stimmen umschwirrten sie wie das Geräusch eines zornigen Hornissenschwarms, und sie meinte Thoras Namen zu hören. Vor allem Yoram versuchte sie ein paarmal am Arm zu packen, wie um die Antworten auf Fragen aus ihr herauszuschütteln, die er ihr noch gar nicht gestellt hatte. Zadkiel wehrte ihn das erste Mal noch beinahe sanft ab, das zweite Mal schon etwas nachdrücklicher und das dritte Mal so heftig, dass er zurückstolperte. Vor ihnen bildete sich eine erschrockene Gasse, und Zadkiel legte ihr die Hand auf die Schulter und bugsierte sie mehr oder weniger unsanft zum Haus, wo noch mehr Mitglieder der Sippe auf sie warteten.

»Wo ist meine Schwester?«, beharrte Yoram. Seine Hand wies anklagend auf Beka. »Sie ist zusammen mit dir weggegangen! Was ist passiert? Was hast du mit ihr gemacht?«

Beka wollte antworten, doch Zadkiel kam ihr zuvor, indem er sich demonstrativ vor sie stellte und die Schultern straffte, sodass er sogar noch einmal größer wirkte. »Ich rate dir, dich zu mäßigen«, sagte er mit seiner sehr sanften Stimme, in der trotzdem plötzlich etwas Drohendes war. »Du sollst alles erfahren, was du wissen musst, aber zuerst werdet ihr euch um Rivkah kümmern. Sorgt für sie, und gebt ihr zu essen! Und bringt ihr Kleider, die nicht nur Fetzen sind.«

»Ich will jetzt wissen, wo Thora ist!« Yoram versuchte sich an Zadkiel vorbeizudrängen, und diesmal versetzte der Engel ihm einen Stoß, der ihn hart gegen die Wand schleuderte und Putz und kleine Staubwolken auf ihn herabrieseln ließ. Ein entsetztes Raunen machte sich breit, und obwohl sie sein Gesicht nicht erkennen konnte, spürte Beka den Zorn des Engels.

Yoram rappelte sich trotzdem sofort wieder auf. »Ich will …«

»Das mit deiner Schwester tut mir leid, wirklich!«, sagte sie rasch, als sie spürte, wie Zadkiels Zorn ihn dazu bringen wollte, mehr zu tun, als den Jungen zurechtzuweisen. »Es war meine Schuld, und …«

»Das mit meiner Schwerster?«, fiel ihr Yoram ins Wort. »Was soll das heißen? Was ist mit meiner Schwester?« Jetzt schrie er: *»Was hast du mit Thora gemacht?«*

»Schweig!«, donnerte Zadkiel. Seine Stimme war wie der Schall einer Jericho-Posaune, unter der sich die ganze Welt angstvoll zu ducken schien, obwohl er sie nicht einmal wirklich hob. »Bringt sie weg! Und kümmert euch um sie. Das Mädchen steht unter meinem persönlichen Schutz. Alles, was ihr ihr antut, ist genauso, als tätet ihr es mir an.«

Yoram stieß sich trotzig von der Wand ab und plusterte sich zu einer noch wütenderen Antwort auf, als stünde er einem seiner Waisenkinder gegenüber und nicht einem leibhaftigen Engel. Dann starrte er stattdessen Beka an, als sähe er sie zum ersten Mal, und danach Zadkiel und schließlich noch einmal sie. Seine Augen wurden noch größer, und Beka fiel erst jetzt auf, dass die Hände des Engels rot von halb eingetrocknetem Blut waren. Zorn umgab den Engel wie eine unsichtbare Wolke aus knisternder elektrischer Spannung.

»Was habt ihr mit …«, begann Yoram, und Zadkiel tat … *irgendetwas,* woraufhin die Welt für einen Moment ins Stolpern zu geraten schien.

»Warum hast du ihr nicht geholfen?«, fragte Beka bitter. »Du hättest sie retten können.«

»Du dummes leichtsinniges Kind!«, antwortete Zadkiel. »Was habt ihr euch dabei gedacht, dorthin zu gehen?«

Irgendetwas sagte ihr, dass ihre Chancen gar nicht schlecht standen, nun selbst zur Zielscheibe seines Welten verheerenden Zorns zu werden. Ihr Herz pochte. Trotzdem deutete sie nur auf ihr blutbesudeltes Kleid. »Du hättest ihr helfen können!«

»Sie war tot, du dummes Kind«, antwortete Zadkiel. »Und du wärst es jetzt auch, wenn ich auch nur einen Moment später gekommen wäre! Glaubst du denn, ich hätte nichts Besseres zu tun, als dir ständig das Leben zu retten?«

»Du hättest Thora retten können!«, sagte Beka vorwurfsvoll.

»Nein, das hätte ich nicht.«

»Mich hast du auch gerettet«, sagte Beka. »Ich war tot, als du mich aus der Färse geholt hast.«

»Du warst *fast* tot«, antwortete Zadkiel. »Sie *war* es. Nicht einmal ich kann den Tod besiegen!« Und selbst wenn er es könnte, hätte er es wahrscheinlich nicht getan, begriff Beka. Sie hatte nicht vergessen, was er über Thora und ihren Bruder gesagt hatte. Natürlich hütete sie sich, diesen Gedanken laut auszusprechen, doch in Zadkiels Augen blitzte es so zornig auf, als hätte er ihn erfasst.

»Tu das nicht noch einmal, Rivkah. Ich werde vielleicht kein drittes Mal rechtzeitig da sein, um dich zu retten. Und es werden noch mehr Unschuldige sterben.«

Womit er sie praktisch für Thoras Tod verantwortlich machte. Beka fragte sich, ob er damit nicht vielleicht sogar recht hatte.

Zadkiel machte erneut irgendetwas, das sie nicht einmal im Ansatz verstand, und die Welt hörte auf zu hoppeln und fand wieder in ihren normalen Ablauf zurück.

»... mit Thora gemacht?«, führte Yoram seinen Satz zu Ende, als wäre gar keine Zeit vergangen. »Ist sie tot? Hat sie sie umgebracht?«

Zadkiel sah eine Sekunde lang nachdenklich auf ihn herab, und schließlich schüttelte er fast sanft den Kopf. »Es ist nicht ihre Schuld, Yoram. Rivkah weiß nichts von den Gefahren und Regeln dieser Welt. Deine Schwester hingegen schon. Ich habe euch gebeten, ihr alles zu zeigen, was sie wissen muss.«

»Du hast nicht ...«, begehrte Yoram auf, und Zadkiel unterbrach ihn mit einem traurigen Kopfschütteln: »Es ist das zweite Mal, dass du versagst, Yoram. Ich bin enttäuscht.« Er bedachte Yoram mit einem zusätzlichen, strafenden Blick und winkte wahllos einen der anderen Jungen herbei. »Bring sie in ihr Zimmer. Und sorg dafür, dass sie alles bekommt, was sie braucht.«

»Das Einzige, was ich wirklich brauche, ist die Wahrheit«, sagte Beka so herausfordernd, wie sie es vermochte. »Was ist dort draußen passiert? Was sind das für …«

Zadkiel sah auf sie herab, und sie konnte nicht weitersprechen … aber eigentlich stimmte das nicht. Sie *konnte* es durchaus. Sie *wollte* es nicht. Sie fühlte sich schlecht, einen solchen Ton ihm gegenüber anzuschlagen, und wartete darauf, die angemessene Strafe für diese Dreistigkeit zu empfangen. Der Engel beließ es jedoch bei einem angedeuteten Stirnrunzeln und einem väterlich-strafenden Blick.

»Bring sie nach oben«, sagte er noch einmal, an denselben Jungen gewandt.

Diesmal kam Beka der auffordernden Geste des armen Burschen zuvor, indem sie auf dem Absatz herumfuhr und so schnell ins Haus und nach oben stürmte, dass der Junge gar nicht erst versuchte, sie einzuholen. Kurz darauf hörte sie Schritte draußen auf dem Flur. Niemand kam herein, was auch nicht nötig war, um sie begreifen zu lassen, dass Zadkiel – oder vielleicht auch Yoram – eine Wache vor ihrer Tür postiert hatte.

Jetzt war sie ganz offiziell eine Gefangene.

Von unten drangen die an- und abschwellenden Stimmen eines Streits herauf, ohne dass sie Einzelheiten verstand, und schließlich ertönte ein lautstarkes Krachen, und ein Schatten glitt draußen am Fenster vorbei. Ganz kurz hatte sie das irritierende Gefühl, dass etwas ihre Seele streifte, ein eisiger Hauch, der nicht aus der Hölle kam, sondern von einem viel finsteren Ort.

Sie trat ans Fenster und suchte den Himmel ab und meinte auch jetzt wieder Bewegung wahrzunehmen, wo keine war, als wäre etwas in der Welt erschienen, das nie wieder gehen würde, mit menschlichen Sinnen aber nicht ganz zu erfassen war, zugleich aber auch nicht ganz zu übersehen.

Schließlich gab sie den Versuch auf, etwas erkennen zu wollen, das nicht erkannt werden wollte, und ging zur Tür. Sie war nicht überrascht, vor ihr gleich zwei Jungen zu erblicken. Sie fühlten sich zwar sichtbar unwohl in ihrer Haut und wichen ihrem Blick aus, waren aber auch ebenso sichtbar entschlossen, sie nicht passieren zu lassen. Beka hätte es wohl doch gekonnt ... aber wozu?

Sie schloss die Tür weder, ging zum Bett und verbrachte die nächsten Stunden damit, die Decke über ihrem Gesicht anzustarren.

Zeit verging. Sie wusste nicht wie viel, und sie wusste auch nicht, was sie in den nächsten Minuten und Stunden gedacht hatte. Sie erinnerte sich im Nachhinein, noch mindestens zweimal aufgeregte Stimmen und Lärm draußen vor der Tür gehört zu haben, ohne dass jemand hereingekommen war. Irgendwann musste sie wohl eingeschlafen sein, ohne es zu merken, denn von einem Blinzeln auf das nächste füllte wieder graues Zwielicht das Zimmer, und es war empfindlich kalt geworden. Außerdem war sie nicht mehr allein.

Sie spürte, dass jemand neben ihrem Bett saß, noch bevor sie die Augen ganz aufschlug und den Kopf drehte. Es war nicht Yoram, wie sie erwartet hatte, sondern Rachel. Das Mädchen hockte wie das sprichwörtliche Häufchen Elend auf dem Schemel neben ihrem Bett. Es wirkte noch schmutziger als sonst, was aber vielleicht an den kreuz und quer verlaufenden Spuren aus eingetrockneten Tränen auf seinem Gesicht lag.

»Bist du schon lange hier?«, fragte Beka, als sie das Mädchen lange genug angestarrt hatte, um zu begreifen, dass es nicht von sich aus sprechen würde.

»Nicht lange«, antwortete Rachel. »Ich hatte Angst, dass es dir nicht gut geht.«

Augenblicklich meldete sich Bekas schlechtes Gewissen wieder, denn eigentlich hätte sie auch Sorge um Rachel haben sollen, aber die Wahrheit war, dass sie das Mädchen schlichtweg vergessen hatte.

»Aber hat Zadkiel dir denn nicht …?«, begann sie und sprach nicht weiter, als sie endlich begriff, warum Rachel noch schmutziger und erschöpfter aussah als sonst. »Er hat dich nicht geholt«, setzte sie neu an.

Rachel schüttelte den Kopf.

»Du bist allein zurückgekommen?«, vergewisserte sich Beka ungläubig. »Er hat dich einfach dort draußen gelassen, bei diesen … Ungeheuern?«

Rachel nickte stumm, und jäher Zorn verjagte auch noch die letzte Spur von Müdigkeit. In Rachels Augen zeigte sich eine Spur von Verwirrung, als hätte sie eine ziemlich dumme Frage gestellt. Anscheinend gehörte es nicht zu Zadkiels Angewohnheiten, sich übermäßig um seinen *Stamm* zu kümmern.

»Hast du schon mit … mit Yoram gesprochen?«, fragte Rachel nervös.

Das hatte sie, aber sie verstand auch, was Rachel meinte und schüttelte den Kopf. »Ich weiß nicht, was Zadkiel ihm erzählt hat, aber von mir …«

*

Die Tür flog auf, und Yoram stürmte herein, mit hochrotem Kopf und so schwer atmend, dass er zweimal ansetzen musste, um überhaupt etwas zu sagen. Sein Zeigefinger deutete anklagend auf Rachel, aber er fuhr Beka an: »Habe ich nicht gesagt, dass du mit niemandem reden sollst?«

»Nein«, antwortete Beka, während sie sich betont langsam ganz aufsetzte.

Yoram ignorierte das. »Hast du noch nicht genug Schaden angerichtet?«, fragte er bitter. »Reicht es dir noch nicht, dass meine Schwester tot ist, oder suchst du schon die Nächste, die du in den Tod schicken kannst?«

»Es war nicht ...«, begann Rachel, und Yorams Kopf schnappte mit einer Bewegung herum, die an einen Raubvogel erinnerte, und das Mädchen brach erschrocken ab. »Wir unterhalten uns später, Rachel«, zischte er. »Verlass dich drauf!«

»Lass sie in Ruhe, Yoram«, sagte Beka. »Sie kann am allerwenigsten dafür. Wenn du jemandem die Schuld geben willst, dann mir.«

»Oh, das werde ich, keine Sorge«, versprach Yoram grimmig. »Das werde ich.«

»Aber sie kann wirklich nichts ...«, mischte sich nun auch Rachel ein, nur um von Yoram mit einem eisigen Blick zum Schweigen gebracht zu werden, mit dem er sie zugleich auch aus dem Zimmer scheuchte. Er sprach erst weiter, als das Mädchen hinausgegangen war.

»Also ist es wahr?«, fragte er mit sehr leiser und sehr bitterer Stimme. »Sie ist tot?«

Die einzige Antwort, zu der Beka sich aufraffen konnte, war ein angedeutetes Nicken. Jedes bisschen weiterer Kraft brauchte sie, um auch nur seinem Blick standzuhalten. Sie hätte sagen können, dass es nicht ihre Schuld war, dass Thora ihr nicht verraten hatte, wohin sie sie brachte und was sie dort erwartete, und dass sie niemals damit einverstanden gewesen wäre, hätte sie es gewusst. All das wäre die Wahrheit gewesen. Aber sie schwieg, denn Wahrheit oder nicht, es wäre ihr wie eine Ausrede vorgekommen.

»Sie ist also wirklich tot«, sagte Yoram noch einmal. »Sie haben sie umgebracht.«

Das war es, was er sagte, aber in Bekas Ohren klang es eindeutig wie *Du hast sie umgebracht*. Sie sah ihn nur weiter an.

»Hat sie sich wenigstens tapfer gewehrt?«, fragte Yoram.

Das hatte sie, und das sogar weit mehr, als man jedem Mädchen ihres Alters hätte zutrauen können. »Sie hat ihnen einen höllischen Kampf geliefert. Ohne sie wären Rachel und ich wahrscheinlich auch tot.«

Natürlich wusste Yoram, dass sie übertrieb, aber für einen Moment sah sie nichts als Dankbarkeit in seinen Augen, und für einen noch kürzeren Moment lächelte er sogar. Aber nur für weniger als eine Sekunde, dann kehrten Kummer und Zorn nicht nur zurück, sondern nahmen auch eine neue und schlimme Qualität an.

»Es ist deine Schuld«, beharrte er.

»Aber ich habe doch nur …«

»Keine Angst«, fiel ihr Yoram ins Wort. »Zadkiel hat mir sehr deutlich klargemacht, was uns allen passiert, wenn Euch auch nur ein Haar gekrümmt wird, ehrenwerte Rivkah. Aber das ändert nichts daran, dass es deine Schuld ist.«

»Ich heiße Beka«, antwortete Beka. »Meinetwegen auch Rebecca, wenn du unbedingt willst, aber nicht …«

»Rivkah«, unterbrach sie Yoram und schüttelte zugleich den Kopf. »Zadkiel hat gesagt, dass wir Euch ab sofort so nennen sollen, Ehrenwerte. Und was Euer Beschützer sagt, das ist Gesetz.«

»Hör mit diesem dämlichen *Euch* auf«, verlangte Beka. »Was soll denn der Unsinn?«

»Ihr braucht gewiss keine Angst zu haben, Ehrenwerte«, fuhr Yoram fort, als hätte sie gar nichts gesagt. »Niemand wird Euch etwas tun. Und wenn Ihr irgendetwas wünscht, dann müsst Ihr es nur sagen. Aber das alles ändert nichts daran, dass es deine Schuld ist.«

Das Schlimme war, dass er in einem gewissen Sinne sogar recht hatte, dachte Beka bitter. Trotzdem protestierte sie: »Ich wusste doch nicht einmal, wohin wir gehen! Und von diesen Zeloten habe ich zum ersten Mal gehört, als sie auf uns geschossen haben!«

Das stimmte nicht ganz, aber es machte nichts, denn Yoram hatte ihr auch gar nicht zugehört. »Sie hat schon seit zwei Jahren nicht mehr von ihrer eingebildeten Schwester gesprochen«, fuhr er unbeirrt fort. Seine Stimme wurde leiser, und es war auch kein Zorn oder Schmerz mehr darin zu hören, sondern nur noch eine sachliche Kälte, die Beka noch mehr traf.

»Sie hatte sich ihre Schwester nicht eingebildet«, antwortete sie. »Ich habe sie gekannt.«

»Sie hatte endlich angefangen, sie zu vergessen«, sagte Yoram leise. »Vielleicht noch nicht ganz, aber sie hatte damit angefangen, und in ein paar Jahren *hätte* sie sie vergessen. Du hast sie wieder daran erinnert, und alles hat von vorn angefangen. Sie ist nur deinetwegen wieder zu diesem verdammten Flugzeug hinausgegangen. Sie wäre noch am Leben, wenn du nicht gekommen wärst!«

So einfach war das für ihn, dachte Beka, und auf eine grausame Weise vielleicht sogar wahr. Sie streckte die Hand aus, wie um sie ihm beruhigend auf die Schulter zu legen, aber sie führte die Bewegung nicht zu Ende, als er zusammenzuckte und sich zugleich ein bisschen verkrampfte; so wie sie es vielleicht getan hätte, dachte sie schaudernd, wenn sie Angst hätte, geschlagen zu werden.

»Es tut mir leid«, sagte sie. »Ich wusste von alledem nichts, das musst du mir glauben. Wenn ich es gewusst hätte …«

»… hättest du dich geweigert, mit ihr zu gehen?«, unterbrach sie Yoram.

Beka ersparte ihm (und sich selbst) die Peinlichkeit zu antworten, und Yoram machte ein grimmiges Gesicht und fuhr auf dem Absatz herum, um aus dem Zimmer zu stürmen. Gerade als er die Tür hinter sich zuziehen wollte, rief Beka ihn noch einmal zurück. »Yoram.«

Sie rechnete nicht damit, aber er blieb tatsächlich mitten im Schritt stehen und sah widerwillig über die Schulter zu ihr zurück. »Ehrenwerte?«

Beka schluckte die scharfe Antwort herunter, die ihr auf der Zunge lag. »Zadkiel hat euch wirklich aufgetragen zu tun, was ich sage?«

»Mehr oder weniger.«

»Das heißt, ich kann euch Befehle erteilen?«

Darauf antwortete Yoram gar nicht, aber das hatte sie auch nicht erwartet. »Dann lautet mein erster Befehl, dass du mit diesem blöden *Ehrenwerte*-Unsinn aufhörst«, sagte sie.

»Ganz wie Ihr befehlt, Ehrenwerte«, sagte Yoram.

Ganz kurz wollte sich Ärger in ihr regen, aber sie schluckte ihn herunter und sagte sich, dass es ihm schon irgendwann zu blöd werden und er mit diesem Unsinn aufhören würde. »Wenn es irgendetwas gibt, das ich für dich tun kann …«

»Das ist nicht notwendig, Ehrenwerte«, sagte Yoram böse. »Es reicht völlig, dass Ihr uns mit Eurer Gegenwart ehrt.«

»Yoram«, seufzte sie.

»Ich muss jetzt noch einmal weg«, fuhr Yoram mit leiser und jetzt fast ausdrucksloser Stimme fort. »Es wird ein paar Stunden dauern. Wenn ich zurück bin, werde ich Euch alle Eure Fragen beantworten.«

Beka seufzte. Sie dachte ernsthaft daran, die Grenzen ihrer angeblichen Macht auszutesten und ihm zu befehlen, hierzubleiben und ihr Rede und Antwort zu stehen. Aber das wäre nicht nur kindisch, sondern hätte alles nur noch schlimmer gemacht. Sie schluckte alles hinunter, was ihr auf der Zunge lag, und wartete, bis Yoram es selbstredend nicht unterlassen hatte, ihr noch einen eisigen Blick zuzuwerfen, dann auf dem Absatz herumfuhr und hinausstürmte.

Sie zögerte, bevor sie ihm dann doch folgte. Auf dem Gang lungerten zwei Jungen, herum, die sich unübersehbar sehr weit weg wünschten, als sie die Tür hinter sich schloss und sie nacheinander und mit einem jeweils sehr langen Blick maß.

»Und?«, fragte sie schließlich.

»Du solltest nicht …«, begann einer der Jungen und sprach dann nicht weiter.

»Du darfst das Zimmer nicht verlassen«, sagte der andere.

»Hat Yoram das gesagt?«, fragte sie, bekam ein schüchternes

Nicken zur Antwort und zwang sich zu einem freundlichen Lächeln. »Und was gedenkt ihr zu tun, um mich daran zu hindern?«

Das war eindeutig noch kindischer als alles, was sie Yoram an den Kopf geworfen hatte, aber es tat zugleich auch sonderbar gut. Sie versuchte erst gar nicht, der Verlockung zu widerstehen, auch noch hinzuzufügen: »Was Zadkiel wohl dazu sagt, wenn ich ihm erzähle, dass ihr mich mit Gewalt daran gehindert habt, mein Zimmer zu verlassen, und mir dabei auch noch wehgetan habt?«

»Aber das haben wir doch ...«, begann einer der Jungen und brach dann ab, als Beka ihm das zuckersüßeste Lächeln schenkte, das sie nur zustande brachte.

»Ich weiß«, sagte sie. »Aber das hindert mich doch nicht daran, es trotzdem zu behaupten, oder?«

Das reichte. Die beiden Jungen suchten so fluchtartig das Weite, dass sie auf der Treppe fast das Gleichgewicht verloren hätten. Beka gestattete sich den Luxus eines schadenfrohen Lächelns und überlege ernsthaft, ihnen zu folgen und die alberne Kraftprobe zwischen Yoram und ihr endgültig zu entscheiden.

Natürlich tat sie es nicht. Es war wirklich nicht der richtige Zeitpunkt dafür, und es lohnte sich auch nicht mehr. In zwei Tagen war Yoram verschwunden, und ein anderer übernahm die Leitung des Stammes. Stattdessen ging sie zum anderen Ende des Flurs und hob ganz instinktiv die Hand, um anzuklopfen, als sie vor Thoras Zimmer angelangt war. Ein bitteres Lächeln huschte über ihr Gesicht, und statt anzuklopfen, drückte sie die Klinke so leise wie möglich herunter und trat lautlos ein, als hätte sie Angst, den Geist dieses Raumes zu entweihen, wenn sie zu viel Lärm machte.

*

Thoras ehemaliges Zimmer war nicht leer. Rachel stand in sonderbar verkrampfter Haltung vor dem Bett, dessen zerschlissene Wäsche Thora wie jeden Morgen sorgfältig glatt gestrichen hatte. Rachel musste gehört haben, dass sie hereingekommen war, aber sie rührte sich nicht. Als Beka näher kam, hörte sie ein leises, krampfhaftes Schluchzen.

Sehr behutsam hob sie den Arm und legte Rachel die Hand auf die Schulter. Im selben Moment brach es endgültig aus Rachel heraus, und sie fuhr auf der Stelle herum, warf sich gegen Bekas Brust und begann mit ihren kleinen Fäusten auf sie einzuschlagen. Sie war erstaunlich stark, und es tat sogar ein bisschen weh, aber Beka ließ sie dennoch gewähren und wartete ab, bis Rachels Kräfte erlahmten und sie in ihren Armen zusammensackte, sodass sie sie sogar festhalten musste.

»Es … es tut mir so leid«, schluchzte Rachel. »Ich … ich wollte das nicht, das … das musst du mir glauben, und … und …«

»Ich weiß«, murmelte Beka, während sie ihr sanft mit der Hand über das strubbelige Haar strich. »Es war nicht deine Schuld. Du musst dir nichts vorwerfen.«

Das stimmte nicht. Sie konnte es drehen und wenden, wie sie wollte: Wenn Rachel nicht noch einmal zurückgegangen wäre, um das alberne Spielzeugschwert zu holen, dann wäre Thora mit einiger Wahrscheinlichkeit noch am Leben.

Aber es war seltsam – sie brachte es nicht übers Herz, diese grausame Wahrheit auszusprechen. Es war gerade erst einmal einige wenige Jahre her, dass sie selbst noch ein Kind gewesen war, und dennoch brachte sie Rachel in dieser Situation fast mütterliche Gefühle entgegen. Egal was sie auch getan hatte, sie konnte ihr keinen Vorwurf machen, sondern empfand nur das intensive Bedürfnis, ihr Trost zu spenden. Dabei schöpfte sie umgekehrt ebenso Trost aus der Nähe des Mädchens. Minutenlang standen sie einfach da und klammerten sich aneinander fest, um nicht endgültig in einem Abgrund aus Schmerz und dumpfer Verzweiflung zu versinken.

Schließlich schluchzte Rachel noch einmal abschließend, löste sich aus ihrer Umarmung und machte einen Schritt nach hinten, um sich mit dem Handrücken über das Gesicht zu fahren und dann ganz und gar unfein die Nase hochzuziehen. »Vielen Dank, dass du Yoram nichts verraten hast.«

»Da gab es nichts zu verraten«, antwortete Beka. Ganz davon abgesehen, dass es rein gar nichts geändert hätte und Yoram ihr vermutlich nur vorwerfen würde, auch auf Rachel einen schlechten Einfluss zu haben.

Womit er vermutlich sogar recht hatte.

»Ich habe sie direkt zu euch geführt«, beharrte Rachel.

»Die Zeloten?«

»Die Dämonen«, antwortete Rachel. »Ich habe es nicht zugegeben, weil … weil ich Angst hatte, dass Thora noch zorniger auf mich wird, aber sie haben mich entdeckt, noch bevor ich ganz aus der Stadt heraus war. Ich dachte, ich hätte sie abgeschüttelt, aber in Wahrheit habe ich sie direkt zu euch geführt.«

»Die Zeloten haben Thora getötet, nicht die Dämonen«, erinnerte Beka, aber Rachel schüttelte nur noch einmal und sogar noch heftiger den Kopf.

»Aber ich habe sie direkt zu euch geführt«, wiederholte sie. »Ohne meine Dummheit wären wir gar nicht erst dorthinunter gegangen.«

Beka fragte sich, warum sich das Mädchen eigentlich so große Mühe gab, sich selbst zu zerfleischen, aber sie versuchte auch nicht noch einmal zu widersprechen. Es wäre sinnlos. Stattdessen bedachte sie Rachel noch einmal mit einem traurigen Lächeln und ging dann zum Fenster.

Es dämmerte jetzt immer rascher, und zugleich sanken die Temperaturen so rasant, dass sie vermutlich ihren eigenen Atem vor dem Gesicht erkannt hätte, wäre es nicht bereits zu dunkel dazu gewesen. Aber das eisige Frösteln, das ihr über den Rücken lief, hatte nichts mit den äußeren Temperaturen zu tun. Ihr selbst erging es genau wie Rachel: Ganz egal wie sie es auch betrachtete und was die Logik auch sagte. Es war ihre Schuld. Und sei es nur, dass Thora nicht dorthinaus gegangen wäre, wäre sie nicht hier.

Die Tür flog auf, und Yoram kam herein. Einer der beiden Wachtposten hatte wohl gepetzt. »Also doch«, sagte er. »Ich wollte es nicht glauben, aber es ist tatsächlich wahr!«

»Was wolltest du nicht glauben?«, fragte Rachel, während sie zugleich eine Bewegung machte, wie um sich schützend zwischen Yoram und Beka aufzubauen. Das war ziemlich dumm. Aber auch irgendwie rührend.

Zu ihrem Glück schien Yoram sie jedoch nicht einmal zur Kenntnis zu nehmen. Seine Augen sprühten vor Zorn, während er bis zur Mitte des Zimmers stapfte und gleichzeitig eine ausholende Geste mit beiden Armen machte. »Also doch! Ging es dir nicht schnell genug?«

»Was?«

»Du konntest es gar nicht mehr abwarten, in Thoras Zimmer zu ziehen, wie? Warum hast du nichts gesagt? Ich sage den Jungs Bescheid, damit sie dich auch durch alle anderen Zimmer begleiten und du dir aussuchen kannst, was immer dir gefällt. Außer meinem Zimmer natürlich.«

Auf diesen Gedanken war sie noch gar nicht gekommen. Genau wie Rachel war sie hier, um Abschied zu nehmen, und ganz ohne Zweifel wusste Yoram das auch und hatte diese Worte absichtlich gewählt, um ihr wehzutun.

Es gelang ihm.

»Vielen Dank für das Angebot«, sagte sie. »Aber ich glaube, ich warte einfach noch die beiden Tage, bis du weg bis, und sehe mich dann in Ruhe um. Das ist bequemer.«

Aus dem zornigen Funkeln in Yorams Augen wurde etwas anderes, die wilde Entschlossenheit eines bis zum äußersten gereizten Raubtiers. Er spannte sich an und ballte die Hände zu Fäusten, und für eine oder zwei Sekunden war sich Beka fast sicher, dass er sich augenblicklich auf sie stürzen würde, ganz egal was Zadkiel ihm anschließend antat. Aber dann verzog er nur verächtlich die Lippen und machte wieder einen Schritt zurück.

»Fühl dich bloß nicht zu sicher. Das ist noch nicht vorbei.« Damit fuhr er auf dem Absatz herum, stürmte hinaus und warf die Tür mit solcher Gewalt hinter sich zu, dass Staub und Putz von der Decke rieselten.

»Er wird dir noch Ärger machen«, prophezeite Rachel.

»In anderthalb Tagen?«, fragte Beka. »Kaum.«

»Unterschätz ihn besser nicht«, unkte Rachel. »Er ist ziemlich nachtragend.«

»Ich passe schon auf mich auf«, versicherte Beka.

Es wurde jetzt schnell dunkel. In spätestens zwei oder drei Minuten würde sie Mühe haben, auch nur den Weg zurück in ihr Zimmer am anderen Ende des Flurs zu finden. Ganz kurz überlegte sie sogar, Yorams Anregung aufzugreifen und gleich jetzt hierzubleiben, entschied sich aber dann doch dagegen. Sie würde es tun, wenn auch nicht heute und nicht morgen. Nicht, solange Yoram noch hier war. Der Flur draußen war leer, aber Rachel folgte ihr nicht nur auf den Korridor hinaus, sondern auch bis zu ihrem Zimmer.

»Kann ich … heute Nacht bei dir bleiben?«, fragte sie scheu. »Ich will heute nicht allein sein.«

Natürlich konnte sie. Das Letzte, was auch Beka in dieser Nacht wollte, war allein zu bleiben. Sie hätte es niemals zugegeben, auch nicht sich selbst gegenüber. Aber als Rachel und sie wenig später eng aneinandergekuschelt einschliefen, da weinten sie sich gegenseitig in den Schlaf.

13

Zweimal gab es am nächsten Tag Aufregung; einmal Geschrei und anhaltendes Gepolter, das zweite Mal das genaue Gegenteil, Lachen, fröhliche Stimmen und sogar so etwas wie Applaus. Aus den wenigen Stunden, von denen Yoram gestern gesprochen hatte, waren erst viele und dann der Rest des Tages geworden, denn er kam erst zurück, als die verregnete Dauerdämmerung vom echten Grau des heraufziehenden Zwielichts abgelöst wurde. Trotzdem hätte sie seine Rückkehr beinahe verpasst.

Sie hatte ihr Zimmer den ganzen Tag über nicht verlassen, obwohl man sie weder eingeschlossen noch es ihr verboten hatte. Auf eine Wiederholung der hässlichen Szene von gestern konnte sie verzichten. Außerdem wollte sie Rachel nicht in noch größere Schwierigkeiten bringen.

Darüber hinaus brauchte sie einfach ein bisschen Zeit für sich, um zur Ruhe zu kommen.

Nicht, dass es funktionierte. Sie verbrachte den Tag mit nichts anderem als all die anderen zuvor, nämlich mit endlosem Grübeln und ruhelosem Auf-und-ab-Tigern in ihrem Gefängnis ohne Gitterstäbe und Schloss.

Am Morgen hatten zwei Mädchen, deren Namen sie weder kannte noch kennen wollte, das obligate Frühstück gebracht – ein Glas abgestandenes Wasser und eine Schale Manna. Das Wasser hatte sie getrunken und das Manna trotzig zurückgehen lassen. Ihr Trotz reichte sogar noch so weit, sie auch das Mittagessen (Manna) zurückgeben zu lassen. Doch als der Tag weiter fortschritt, wurde nicht nur der Hunger allmählich übermächtig, sondern auch die Langeweile. Sie hatte sich fest vorgenommen, die Stunden, die Yoram noch hier war, einfach auszusitzen und ihr Zimmer erst wieder zu verlassen, wenn er dasselbe mit dem Stamm Benjamin getan hatte. Aber mit jeder verstrichenen Stunde war sie weniger sicher, ob sie so lange durchhalten würde.

Wie jeder hier hatte sie keine Uhr – und selbst wenn, hätte sie vermutlich nicht funktioniert. Trotzdem war sie sich sicher, dass es schon wieder auf den Abend zuging. Etwas hatte sich verändert. Obwohl sie ihr Zimmer nicht für eine Sekunde verlassen hatte, entging ihr die veränderte Stimmung nicht, die von dem Haus und jedem Einzelnen in seinen Mauern Besitz ergriffen hatte. Anfangs vermutete sie noch eine Gefahr, aber das Gefühl war anders, sodass sie es eher auf das morgen anstehende Fest schob.

Allerdings fragte sie sich, wie eine Feier in einer Stadt aussehen mochte, in der es genau ein einziges Getränk, eine einzige Speise und als Zerstreuung nichts als die unterschiedlichsten Arten gab, sich gegenseitig die Köpfe einzuschlagen.

Noch während sie mit sich rang, entweder doch nach unten zu gehen und es auf eine weitere Konfrontation mit Yoram ankommen zu lassen oder einfach die Zähne zusammenzubeißen und das Risiko einzugehen, sich bis morgen Abend zu Tode zu langweilen, ging die Tür auf. Rachel kam herein, mit einem scheppernden Tablett und in Begleitung eines der älteren Jungen. Avi. Absurderweise ärgerte sie sich über sich selbst, sich an seinen Namen zu erinnern. Es kam ihr ein bisschen wie Verrat an sich selbst vor, denn es war wie der erste Schritt dahin, das Versprechen zu brechen, nicht lange genug hierzubleiben, um sich Gesichter oder gar Namen wie selbstverständlich einzuprägen.

Rachel trug das Tablett mit den mitgebrachten Köstlichkeiten zum Tisch, bei deren bloßem Anblick Beka schon das Wasser im Mund zusammenlief (abgestandenes Wasser und Manna). Sie machte eine auffordernde Kopfbewegung. »Du musst was essen. Das ist das Letzte, was es heute gibt.«

Bekas Magen ließ ein zustimmendes Knurren hören. Sie schüttelte trotzdem den Kopf. »Ich habe keinen Hunger.«

»Und das ist erstens gelogen und zweitens vollkommen egal«, sagte Rachel ungerührt.

»Du musst bei Kräften bleiben«, pflichtete ihr Avi bei.

»Ah ja, ist das so?«, fragte Beka spröde. Sie maß Avi mit einem eisigen Blick, den er ungerührt erwiderte, wobei sie sich fragte, ob er vielleicht mitgekommen war, um sie nötigenfalls mit dem angemessenen Nachdruck aufzumuntern. Es wäre spannend herauszufinden, ob sie mit ihm fertig werden würde.

Wahrscheinlich nicht, gestand sie sich ein. Avi war eine halbe Handspanne kleiner als sie, drei oder vier Jahre jünger und mindestens zehn Kilo leichter. Aber er war zäh. Niemand, der länger als einen Monat hier überlebte, war das nicht.

»Du ärgerst Yoram nicht, wenn du in den Hungerstreik trittst«, sagte Rachel. »Im Gegenteil. Du tust ihm nur einen Gefallen, wenn du schlappmachst.«

Bekas Magen stimmte auch diesem Argument hörbar zu, und so blieb auch ihrem Verstand nichts anderes übrig, als das Gleiche zu tun. Widerwillig ging sie an Rachel vorbei, griff nach Schale und Löffel und wettete mit sich selbst, ob sie sich schon ein bisschen besser an den *himmlischen* Geschmack gewöhnt hatte. Sie verlor.

»Wir müssen mit dir sprechen«, sagte Avi, nachdem er abgewartet hatte, bis sie zu Ende gegessen und (vergeblich) versucht hatte, den schlechten Geschmack mit einem Schluck Wasser herunterzuspülen. »Morgen. Das Fest.«

»Chanukka, ich weiß«, sagte Beka. »Aber mir ist nicht nach feiern. Meine Freundin ist gerade gestorben.«

»Sie war auch meine Freundin«, sagte Avi. »Wir haben sie alle gemocht. Und Yoram …« Er suchte sichtlich nach Worten.

»Sogar ein bisschen mehr als das?«, schlug Beka vor. Avi nickte, ohne sie direkt anzusehen. Vielleicht war es ihm peinlich, über *so etwas* zu reden. Kinder!

»Er sagt, ihr Tod sei deine Schuld«, erklärte er. »Keiner glaubt das wirklich, aber er bleibt dabei. Und er wird es morgen auch Olmos und den anderen sagen.«

»Welchen anderen?«

»Morgen kommen die Anführer aller Stämme hierher«, sagte Avi. »Yoram wird mit ihnen gehen und acht oder neun andere auch.«

»Gehörst du auch dazu?«, erkundigte sich Beka. Sie hätte das bedauert, denn obwohl sie noch keine zehn Sätze miteinander gewechselt hatten, mochte sie den Jungen.

»Ich bin erst in zwei Jahren an der Reihe«, sagte Avi.

»Und er wird wahrscheinlich Yorams Nachfolger«, fügte Rachel unüberhörbar stolz hinzu. Avi wirkte peinlich berührt, als hätte er eigentlich nicht gewollt, dass sie das erfuhr.

»Das freut mich für dich«, sagte Beka. »Aber was habe ich …?«

»Du darfst nicht noch einmal weglaufen«, sagte Rachel. »Gestern Nacht war Zadkiel erneut hier. Er hat gesagt, dass du es wieder versuchen wirst. Aber wir dürfen es nicht zulassen. Er sagt, dass etwas Schlimmes geschieht, wenn wir dulden, dass du die Stadt verlässt.«

Beka machte ein beeindrucktes Gesicht. »Ja, das klingt furchtbar. Lasst mich raten: Aber er hat nicht gesagt, was genau?«

»Nein«, antwortete Rachel, der der Sarkasmus in ihrer Stimme wohl entgangen war; falls sie ihn überhaupt begriff. »Aber er wird uns bestrafen, wenn wir nicht auf dich aufpassen. Du bist wichtig für ihn.«

»Wie schmeichelhaft«, antwortete Beka. »Dann muss ich mich ja wohl benehmen, oder?«

Rachel nickte knapp, und Avi wirkte irritiert. »Du hast doch nicht wirklich vor, von hier zu verschwinden?«

Natürlich hatte sie das. Aber das musste sie ihm ja nicht auf die Nase binden. »Ich habe nicht vor, euch in Schwierigkeiten zu bringen«, sagte sie.

»Und wieso glaube ich dir nicht?«, fragte Rachel.

Ein mehrstimmiger Ausruf drang von der Straße zu ihnen herauf und enthob sie zumindest der Verlegenheit, antworten zu müssen. Nebeneinander eilten sie zum Fenster und versuchten hinauszusehen, aber der Winkel war zu steil, um irgendetwas zu erkennen, und das Gitter vor dem Fenster verhinderte, dass sie sich weit genug hinausbeugen konnten. Die Geräusche waren jedoch eindeutig beunruhigend.

Anscheinend nicht nur für sie, denn Avis Miene verfinsterte sich schlagartig, und er fuhr auf dem Absatz herum und stürmte aus dem Zimmer. Rachel und Beka folgten ihm dichtauf, und Beka war nicht einmal wirklich überrascht, dieselben beiden Jungen wie gestern draußen auf dem Korridor zu erblicken, die tatsächlich so etwas wie einen schüchternen Versuch unternahmen, ihr den Weg zu vertreten. Beka reckte kampflustig das Kinn vor, gab sogar noch etwas mehr Gas und überließ ihnen die Wahl, sie passieren oder sich einfach über den Haufen rennen zu lassen. Sie entschieden sich richtig.

Unten angekommen musste Beka schon deutlich mehr als sanfte Gewalt anwenden und Ellbogen und Knie zu Hilfe nehmen, um sich zum Ausgang durchzukämpfen. Draußen wurde es nicht wirklich besser, denn es kam ihr so vor, als hätte sich die gesamte Sippe unter dem Netz vor dem Ausgang versammelt. Ein ganzer Chor aufgeregter Stimmen und Rufe wehte ihr entgegen. Beka konnte nicht verstehen, worum es ging, aber der allgemeine Tenor war der von Schrecken oder auch blankem Entsetzen.

Beka verdoppelte ihre Anstrengungen noch einmal – und prallte dann mitten in der Bewegung zurück, als sich der Rest der Menge vor Rachel und ihr teilte und sie Yoram und ein knappes Dutzend weiterer Jungen sah, die sich dem Haus und der wartenden Menge in scharfem Tempo näherten. Etliche waren mit den langen Spießen bewaffnet, die sie schon kannte, und suchten abwechselnd die Straße in beiden Richtungen und den Himmel über sich ab. Ein paar andere schleiften hastig zusammenimprovisierte Tragegestelle aus Holz und morschem Stoff hinter sich her, auf denen verkrümmte Körper lagen.

*

Sie sahen aus wie eine Armee, die aus der Schlacht kam, und genau das, dachte Beka entsetzt, waren sie auch. Bei nahezu jedem gewahrte sie frisch angelegte, blutige Verbände oder auch gar nicht versorgte Wunden, und mindestens ein Junge zog das Bein hinter sich her und musste von einem Kameraden gestützt werden, um überhaupt irgendwie mitzukommen. Beka fragte sich mit klopfendem Herzen, welche Schrecken sie erwarten mochten, wenn sie nahe genug waren, um die Verletzten (oder Toten?) auf den Tragen zu erkennen.

Es war zu gleichen Teilen nicht so schlimm wie auch sehr viel schlimmer, als sie erwartete. Viel schlimmer, weil es keine Verletzten waren, die Yorams Krieger brachten, sondern ausnahmslos Tote, und nicht so schlimm, da es nicht seine Krieger waren, sondern Zeloten. Die Körper waren schrecklich zugerichtet, blutüberströmt, mit verdrehten und zerschlagenen Gliedmaßen und nicht ein einziger, der nicht mehrere tiefe Wunden aufwies.

Yoram bedeutete seinen Begleitern, die fünf Tragegestelle wie grausige Trophäen auf der Straße nebeneinander aufzureihen und nahm selbst mit vor der Brust verschränkten Armen und trotzig vorgestülpter Unterlippe dahinter Aufstellung. Beka konnte im ersten Moment nicht einmal sagen, was sie schlimmer fand: den Anblick der übel zugerichteten Leichen oder den bösen Triumph in Yorams Augen.

»Was ist passiert?« Sie wollte Yoram weiter entgegengehen, doch gleich zwei seiner *Krieger* kreuzten ihre langen Spieße und hinderten sie daran. Von dem angeblichen Respekt, den doch alle hier vor ihr haben sollten, war nichts mehr zu spüren.

»Das, was allen passiert, die sich mit uns anlegen.« Yoram sprach sehr viel lauter, als nötig wäre, und die Worte galten auch nicht nur ihr, sondern dem gesamten Stamm. »Sie haben Thora ermordet. Dafür haben wir fünf von ihnen erschlagen. Ich hoffe, dass sie sich das merken. Wenn nicht, machen wir das nächste Mal zehn draus!«

»Wie bitte?«, ächzte sie fassungslos.

»Seht sie euch an!« Yoram wandte sich mit noch mehr erhobener Stimme direkt an die Menge, die beständig anwuchs. Die Neuigkeit verbreitete sich offensichtlich rasend schnell. »Das passiert jedem, der sich mit meinem Stamm anlegt! Sie bleiben bis morgen früh hier liegen, und wenn die Sonne aufgeht, hängen wir sie von außen an die Stadtmauer, damit ihre Freunde sehen können, was jedem passiert, der die Hand gegen den Stamm Benjamin erhebt!«

Zustimmendes Gemurmel wurde laut, aber auch eine Menge Schrecken und Entsetzen, und Beka konnte Yoram nur vollkommen entgeistert anstarren. Hatte er zu viele schlechte Filme gesehen oder einfach nur den Verstand verloren? Sie wollte etwas sagen, brachte aber keinen Ton heraus und ging mit zitternden Knien weiter, als Yoram den beiden Jungen mit einer knappen Geste befahl, sie passieren zu lassen.

So entsetzlich der Anblick der verheerten Gesichter und zerschlagenen Gliedmaßen auch sein mochte, kämpfte sie ihren Schrecken doch nieder und zwang sich, dass knappe halbe Dutzend Tote genauer anzusehen. Es war das erste Mal, dass sie einen Zeloten im hellen Tageslicht betrachtete und nicht während sie um ihr Leben rannte, darum kämpfte oder wenigstens Todesangst litt.

Das graue Licht nahm den Gestalten nichts von ihrem Schrecken. Selbst wenn es ihr gelungen wäre, die zahllosen Verletzungen zu ignorieren, die Yoram und seine *Krieger* ihnen zugefügt hatten, wäre das Ergebnis kaum weniger schlimm gewesen. Unter den fünf Toten war nicht einer, der nicht auf die eine oder andere Weise verkrüppelt oder verbrannt oder verwachsen war. Fast alle wiesen großflächige Brandnarben auf Gesichtern, Händen und Unterarmen auf, und die Gliedmaßen waren auf schreckliche Weise verkrüppelt und verbogen; als wären sie mit brutaler Gewalt gebrochen worden und vollkommen falsch wieder zusammengewachsen.

Dennoch war eines unübersehbar: Die Zeloten waren keine Ungeheuer, sondern Menschen, denen etwas Unvorstellbares angetan worden war. In ihrer Kehle war plötzlich ein bitterer, harter Kloß.

»Das haben sie nicht verdient«, sagte sie leise.

Offenbar nicht leise genug, denn Yoram starrte sie nur noch finsterer an. »Wie bitte?«

»Ich habe gesagt, dass sie das nicht verdient haben.« Beka musste sich gleich ein paarmal räuspern, um weitersprechen zu können. Der Anblick schnürte ihr immer heftiger die Kehle zu. »Das waren Menschen, Yoram.«

»Es sind *Zeloten*«, antwortete er betont. »Sie sind unsere Feinde.«

Beka sparte sich die Frage, *warum* – sondern schüttelte nur noch einmal den Kopf und versuchte zumindest seinem Blick standzuhalten, was ihr unerwartet schwerfiel. »Ja, vielleicht. Aber das ist unwürdig. Wenn du für dich und deinen Stamm in Anspruch nehmen willst, dass ihr besser seid als sie, dann benehmt euch auch so.«

Yoram schürzte nur noch verächtlich die Lippen, aber Beka meinte auch zu spüren, wie sich etwas in der allgemeinen Stimmung ringsum zu ändern begann. Vielleicht war der eine oder andere ja doch eher ihrer Meinung.

Yoram auf jeden Fall nicht. »Weil sie aus einer Zeit stammen, die es nicht mehr gibt. So wenig wie die Regeln, nach denen sie funktioniert hat.« Er schnitt ihr mit einer herrischen Geste das Wort ab, als sie widersprechen wollte, und als wäre es eine sorgsam choreografierte Szene, rollte ein entfernter Donnerschlag über den Himmel.

»Spar dir deinen Atem, Liebes. Du kannst das alles morgen mit Zadkiel diskutieren, wenn du willst, aber bis dahin tust du, was ich dir sage.«

Er wartete ihre Reaktion gar nicht erst ab, sondern fuhr mit wieder lauterer Stimme fort: »Sie bleiben hier liegen, bis die Sonne morgen aufgeht. Wer sie auch nur anrührt, der kriegt es mit mir zu tun.« Er deutete auf Beka. »Bringt sie ins Haus! Und sorgt dafür, dass sie diesmal auch dort bleibt.«

Niemand wagte es, sie auch nur anzurühren. Über die Stadtmauer rollte ein zweiter, deutlich lauterer Donnerschlag heran, und noch bevor sie die Tür ganz erreicht hatte, begann es wie aus Eimern zu schütten.

14

Beka hatte es nicht ausprobiert, aber die beiden kräftigen Burschen, die Yoram vor ihrer Tür postiert hatte, sahen ganz so aus, als würden sie sie nötigenfalls mit Gewalt daran hindern, das Zimmer zu verlassen. Sie war abwechselnd so weit gewesen, sie zu ignorieren, sich darüber zu amüsieren, wie ernst Yoram sie trotz aller gegenteiliger Behauptungen doch nahm, oder einfach die Tür aufzumachen und es darauf ankommen zu lassen, und das alles gleich mehrmals und in wechselnder Reihenfolge und Intensität. Schließlich tat sie gar nichts; schon weil sie spürte, dass sie nichts tun konnte, was nicht gleich in einer Katastrophe endete.

Yoram war nervös, und er hatte ganz offensichtlich vor irgendetwas große Angst. Es war sicherlich besser, ausnahmsweise einmal auf ihre Vernunft zu hören und abzuwarten, bis der morgige Tag vorbei und Yoram nicht mehr hier war.

Andererseits drängte es sie geradezu, diesen ungastlichen Ort hier so schnell wie möglich zu verlassen und ihr Glück andernorts zu versuchen.

Sie starrte unentschlossen nach draußen. Es begann schon wieder zu dämmern, und der Regen hielt unvermindert heftig an. Über dem schmalen Ausschnitt des Himmels, den sie von ihrem Fenster aus sehen konnte, züngelten haarfeine verästelte Blitze. Noch waren es nicht sehr viele und sie waren auch noch sehr weit entfernt, wie die langen Sekunden bewiesen, bevor der dazugehörige Donner erklang. Aber nicht mehr lange, und dort draußen brach die Hölle los. Das war nicht unbedingt der ideale Tag, um den Schutz ihrer Unterkunft zu verlassen, und schon gar nicht, um jemanden zu verfolgen, der verrückt genug war, in dieses Wetterchaos hinaus zu flüchten.

Sie wusste nur noch nicht, ob *sie* verrückt genug dazu war.

Die Tür ging auf, und Rachel kam herein. Zusammen mit dem Rest der zivilisierten Welt musste wohl auch die gute, alte Tugend des Anklopfens verloren gegangen sein. Bevor sie die Tür wieder hinter sich zuschob und sich mit dem Rücken dagegenlehnte, erhaschte Beka einen Blick auf den Flur hinaus und sah, dass sie auch jetzt wieder in Avis Begleitung gekommen war. Er vertrieb sich aber offensichtlich die Zeit lieber damit, sich mit ihren beiden Kerkermeistern zu streiten.

»Yoram schickt mich«, begann sie schließlich.

»Ach?«, fragte Beka. »Lass mich raten: Du sollst fragen, ob ich vielleicht so nett wäre, aufs Dach hochzusteigen und mich dann in die Tiefe zu stürzen?«

»Warum sollte er dich um etwas so Dummes bitten?«, erkundigte sich Rachel todernst. »Würdest du es denn tun?«

»Wenn Yoram unten steht und ich ganz sicher wäre, ihn zu treffen …«

Rachel gestattete sich nun doch ein flüchtiges Lächeln, das aber auch fast sofort wieder verschwand. »Wir sollten wirklich los. Ein Sturm kommt.«

»Stell dir vor, das ist mir auch aufgefallen.« Beka musste sich beherrschen, um ihren Frust nicht an dem Mädchen auszulassen. »Und da, wo ich herkomme, gab es so etwas auch.«

»Solche nicht«, behauptete Rachel überzeugt, »glaub mir. Wenn das so weitergeht, müssen wir noch das Fest verschieben.«

»Wegen ein bisschen Wind?«

»Nein«, antwortete Rachel ungewohnt ernst. »Wegen eines

Sturms, wie du ihn noch nicht gesehen hast. Heute wird es richtig übel.«

»Ach ja?« Seltsam – sie war eigentlich der Meinung gewesen, dass es hier jeden Tag *richtig übel* wurde. Sie trat trotzdem noch einmal ans Fenster und blickte hinaus, obwohl der Wind – selbstverständlich – gedreht hatte und ihr einen eisigen Sprühnebel fast waagerecht ins Gesicht wehte.

Sie musste ein paarmal heftig blinzeln, bevor sie auch nur verschwommen sehen konnte. Über den Himmel zuckten immer mehr und immer gleißendere Blitze, die ein unheimliches Muster zu bilden begannen, wenn man nur lange genug hinsah. Ganz kurz meinte sie darin noch etwas zu erkennen, wie ein verborgenes Muster, das aber verschwunden war, als sie genauer hinzusehen versuchte. Und da war eine Anzahl dunkler Gestalten, die sich dem Haus näherten, verfolgt von schräg heranwehenden Regenschleiern, die wie Millionen mikroskopischer Silbernadeln auf die Straße prasselten.

Beka versuchte den Regen wegzublinzeln, machte es damit aber nur schlimmer. Alles verschwamm vor ihren Augen, und die immer dichter werdenden Schatten verwandelten sich in hundertfingrige Knochenhände, die nach den Gestalten dort unten griffen. Natürlich was das Unsinn, das wusste sie nur zu gut, und sie ärgerte sich ein bisschen über sich selbst, ihrer eigenen Fantasie so auf den Leim zu gehen. Aber es half auch nicht wirklich. Etwas war dort draußen. Etwas, das ihr Angst machte.

»Willst du noch lange da rumstehen und dich nassregnen lassen?«, fragte Rachel.

»Da draußen ist etwas«, sagte Beka.

Noch vor wenigen Wochen hätte sie über eine Bemerkung wie diese schallend gelacht oder sich allerhöchstens gefragt, was für ein Zeug sie gestern Abend eigentlich geraucht hatte (und wo sie noch mehr davon herbekam). Aber das war in einem anderen Leben gewesen und nicht in einer Welt, in der es leibhaftige Engel gab und verrohte Wilde, vor denen selbst ein Zombie die

Flucht ergriffen hätte, und unerklärliche Dinge, die etwas Gespenstisches hatten. Was immer es jetzt war, dass dort draußen war … es machte ihr Angst.

»Ja, und hier drinnen bald auch, nämlich Regen und Kälte und jede Menge Wind«, sagte Rachel. »Glaub mir, es kann ganz schön heftig werden. Wir müssen in den Keller.«

»Um möglichst schnell zu ertrinken, wenn er vollläuft?«

Rachel blieb ernst. »Wir gehen immer in den Keller, wenn ein wirklich schlimmer Sturm kommt. Wenn du schon einmal einen erlebt hättest, wüsstest du, warum wir das tun.«

*

Etwas wie ein weicher, aber ungemein kraftvoller Schlag traf das Haus, untermalt vom Heulen eines noch weit entfernten Riesenwolfs. Ein Gedanke, über den sie vor einer Woche allerhöchstens verächtlich gelächelt hätte. Jetzt machte er ihr Angst.

Rachel stieß sich mit einem kleinen Ruck von der Tür ab und zog sie in derselben Bewegung auf. Draußen spaltete ein einzelner, gleißend heller Blitz den Nachthimmel über der Stadt in zwei ungleiche Hälften. Das Licht war zu grell, selbst für einen Blitz, und es machte etwas mit Rachels Schatten und verwandelte ihn in etwas viel zu Großes mit unmöglich vielen, absurd verzerrten Gliedmaßen und Flügeln und Krallen und anderen … Dingen, für die es nicht einmal Worte gab, um sie zu beschreiben.

Das Licht erlosch, und der Schatten flatterte davon wie ein rauchiger Vogel und hinterließ ein Gefühl auf ihrer Seele, von dem sie nicht sagen konnte, ob es Erleichterung oder Schmerz war. Vielleicht beides. Plötzlich hatte sie es sehr eilig, Rachel aus dem Zimmer und die Treppe hinab zu folgen.

Sie waren allein. Avi und die beiden anderen Jungen waren verschwunden, und Stimmengemurmel und Lärm wehten ihnen zwar von unten entgegen, das Haus wirkte zugleich aber auch wie ausgestorben. Das Heulen des näher kommenden Sturms schien mit jeder Stufe nur noch lauter zu werden. Im Erdgeschoss angekommen, hatte er eine Lautstärke erreicht, die jede Verständigung unmöglich machte. Staub und verbrannter Putz rieselten von den Wänden und der Decke, und das ganze Haus schien zu beben. Es war unheimlich, wie schnell der Sturm herankam und wie mühelos er die Mauern und Verteidigungsanlagen überrannt hatte, die jedem Versuch des Menschen, dasselbe zu tun, jahrtausendelang stoisch getrotzt hatten.

Rachel eilte geduckt zu einer schmalen Tür ganz am anderen Ende des Flurs, die Beka in den zurückliegenden beiden Wochen nicht einmal aufgefallen war. Sie war so schwer, dass ihre Kraft allein kaum ausreichte, um sie zu öffnen, und Beka ihr helfen musste. Flackerndes rotes Licht und beißender Qualm schlugen ihnen entgegen.

Rachel rammte die Tür von innen mit der Schulter zu und zerrte Beka einfach mit sich eine auf der einen Seite offene Treppe hinab. Beka fand sich nach einem Dutzend Stufen in einem sehr großen Gewölbekeller wieder, in dem sich zahlreiche Kinder und Halbwüchsige drängten; längst nicht der ganze Stamm, aber trotzdem jeder, den sie kannte, und eine Menge Gesichter, die sie noch nie gesehen hatte. Etliche Fackeln brannten, und der Qualm machte jeden Atemzug zur Qual und trieb ihr die Tränen in die Augen. Trotzdem hielt sie sofort nach Yoram Ausschau. Sie versuchte sich in seine Richtung vorzuarbeiten, als sie ihn über den Köpfen der anderen gewahrte; wobei ihr der Umstand zugutekam, die Größte und mit Abstand Älteste hier unten zu sein, Yoram eingeschlossen.

Der Junge hatte sie seinerseits entdeckt und kam ihr entgegen oder versuchte es wenigstens, soweit es in dem hoffnungslos überfüllten Kellergewölbe möglich war. Die Zeit, die er dazu brauchte, gab Beka Gelegenheit, ihn genauer zu betrachten. Was sie auf seinem Gesicht las, das irritierte sie. Sie hatte Zorn erwartet oder doch wenigstens dieselbe Mischung aus Überheblichkeit und Verachtung wie vorhin. Doch wenn es auf seinem Gesicht außer Erschöpfung überhaupt etwas anderes zu sehen gab, dann war es beinahe so etwas wie ein schlechtes Gewissen.

Aber vielleicht sah sie auch nur das, was sie unbedingt sehen wollte.

Wieder erbebte das Haus wie unter dem Hieb einer gewaltigen weichen Faust, und darunter meinte sie ein machtvolles Pochen zu hören, langsam und schwer wie die Schritte eines Titanen, der sich dem sturmumtosten Gebäude näherte. Es gelang ihr, das unheimliche Bild abzuschütteln. So gerade noch.

Yoram hatte sich endlich zu ihnen vorgekämpft, und Beka erkannte ihren Irrtum. Er hatte nicht sie entdeckt, und der Ausdruck von schlechtem Gewissen auf seinem Gesicht galt auch nicht ihr, sondern Rachel. »Wo bist du gewesen? Ich habe mir Sorgen um dich gemacht!«

Hatte Rachel nicht gerade behauptet, er hätte sie extra nach oben geschickt, um *sie* zu suchen? Beka versuchte dem Mädchen einen entsprechend fragenden Blick zuzuwerfen, dem Rachel aber auswich.

*

Die Tür am oberen Ende der Treppe flog auf, und eine weitere Handvoll Jungen und Mädchen stolperte herein, allesamt triefend nass und sichtbar erschöpft. Etwas an der Art, wie Yoram zu ihnen hinaufsah, verwirrte Beka. Er wirkte angespannt.

»Wo ist Hasan?« Rachel stocherte mit dem Zeigefinger nach Yoram und packte ihn gleich darauf unsanft am Arm, als er nicht reagierte. »Und Antonio? Sie sind mit dir losgegangen, aber ich sehe sie nirgends! Wo sind sie?«

»Sie kommen nicht«, antwortete Yoram und riss sich los. So überfüllt, wie der Keller war, stieß er einem Jungen hinter sich versehentlich den Ellbogen vor die Brust, der daraufhin wohl nur deshalb nicht zu Boden ging, weil der Platz dafür nicht reichte.

»Du meinst, sie haben sich einen Unterschlupf gesucht, in dem sie den Sturm abwarten, oder?«, fragte Rachel. »Das meinst du doch, oder?«

Yoram antwortete nicht darauf, sondern sah auf eine Art auf sie herab, als überlegte er ganz ernsthaft, als Nächstes *sie* zu Boden zu stoßen und auch noch ein bisschen auf ihr herumzutrampeln. Bevor er sich entscheiden konnte, erscholl über ihnen jedoch ein gewaltiges Heulen, und die Tür flog auf und gleich darauf mit solcher Gewalt wieder zu, dass das Geräusch von reißendem Holz zu hören war. Die Fackel flackerte heftig, und für eine einzelne, aber auch durch und durch entsetzliche Sekunde war Beka sicher, dass sie einfach ausgehen und sie in völliger Dunkelheit stranden würde.

Das Licht kehrte zwar zurück, aber an eine Verständigung war trotzdem nicht einmal mehr zu denken. Das Heulen des Sturms war jetzt so laut, als stünden sie unter freiem Himmel, und der Donner rollte fast ununterbrochen. Ein paar der kleineren Kinder begannen zu schreien, und am anderen Ende des Kellers wimmerte ein Säugling. Nur einen Herzschlag später stimmten gleich drei weitere Babys in den misstönenden Chor ein. Die Donnerschläge rollten in immer rascherer Folge. Immerhin begriff sie jetzt, warum es hier üblich war, sich bei Sturm im Keller zu verkriechen.

»Hasan!«, insistierte Rachel. »Wo ist er? Was soll das heißen, er kommt nicht zurück?«

Yoram tat so, als hätte er ihre Frage nicht verstanden, deutete mit der Hand auf sein Ohr und dann über sie und Beka hinweg zum anderen Ende des Kellers und ging auch gleich los, bevor Rachel ihre Frage wiederholen konnte. Beka nahm wortlos zur Kenntnis, dass er sich mit deutlich mehr Gewalt als nötig seinen Weg durch die Menge bahnte. Trotzdem gelang es ihm nicht, Rachel ganz abzuschütteln, bevor sie ihr Ziel erreichten.

*

Der Keller war nicht besonders groß, hatte aber immerhin gleich drei Türen. Yoram verschwand hinter der mittleren, hantierte eine Weile lautstark in der Dunkelheit dahinter herum und kam mit einer brennenden Petroleumlampe in der Rechten zurück. Wortlos winkte er ihr zu, ihm zu folgen, schüttelte zugleich aber auch den Kopf und streckte abwehrend die andere Hand aus, als Rachel sich ihnen ebenfalls anschließen wollte.

»Aber du wolltest …«, begann Rachel, und Yoram machte eine zweite und noch heftigere Geste, die genauso gut auch in einer Ohrfeige hätte enden können.

»Später!«, raunzte er. »Ich habe etwas mit Rivkah zu besprechen. Warte hier!«

Und damit ließ er sie einfach stehen. Beka trat hinter ihm in einen weiteren fensterlosen Kellerraum, der offensichtlich als Lager diente und hoffnungslos vollgestopft war. Unter normalen Umständen hätte sie sich hier drinnen sofort beengt gefühlt, jetzt atmete sie ganz im Gegenteil erleichtert auf. Die Luft war alles andere als frisch, aber nicht ganz so verpestet wie nebenan. Als Yoram die Tür hinter ihr schließen wollte, schüttelte sie rasch den Kopf.

»Lass wenigstens die Kinder rein«, sagte sie. »Bevor sie nebenan ganz durchdrehen.«

Wenn man es genau nahm, waren nebenan *nur* Kinder, aber Yoram verstand, was sie meinte. »Gleich. Aber vorher müssen wir reden. Allein.«

»Worüber?«

»Morgen ist Chanukka«, antwortete er.

»Wirklich?«, fragte Beka. »Gut, dass du es mir sagst. Ich hätte es nie gemerkt.« Schließlich sprach ja der ganze Stamm seit einer Woche kaum noch von etwas anderem.

Yoram blieb ernst. »Ich werde danach nicht mehr hier sein.« Sein Blick irrte immer wieder über ihre Schulter und zur Tür hin. Er wirkte nervös. »Zadkiel hat es mir gesagt. Du wirst noch mindestens ein Jahr hierbleiben, bis du dich richtig eingewöhnt und alles gelernt hast. Avi wird meine Stelle einnehmen. Er ist ein guter Junge, und er wird ein guter Anführer, aber er ist auch noch sehr jung. Du musst ihm helfen.«

»Ich?« Beka riss die Augen auf. »Wie kommst du auf die Idee, ausgerechnet ich …«

»Weil ich weiß, dass du ehrlich bist«, unterbrach sie Yoram. »Du magst mich nicht, und ich bin nicht ganz sicher, ob es mir bei dir nicht genauso geht. Aber du würdest es nie an den anderen auslassen, habe ich recht?«

Beka zog es vor, gar nichts zu antworten. Das schien Yoram zu genügen. Er sah noch einmal rasch zur Tür.

Beka hatte das Gefühl, dass er auf etwas wartete. Oder etwas befürchtete.

»Ich rede nicht lange drum herum«, fuhr Yoram fort. »Rachel hat mir erzählt, was dort draußen wirklich passiert ist. Es tut mir leid.«

»Das muss es nicht …«

»Aber sie hat mir auch erzählt, warum du wirklich dorthinaus gegangen bist«, fuhr er so ungerührt fort, als hätte sie gar nichts gesagt. »Du hast Thora gedroht, du wolltest dich draußen alleine ein bisschen umsehen. Zumindest hat sie das gehört, als sie gerade ankam.«

»Ach ja?«, fragte Beka kühl. Vielleicht würde sie Rachel ja doch den Hals umdrehen. Oder sie wenigstens ein bisschen würgen.

»Du darfst das nicht tun«, sagte er.

»Was?«

»Du bist nicht die Erste, die glaubt, dass da noch irgendetwas anderes sein muss«, antwortete Yoram, was eigentlich keine Antwort war. »Ich weiß, wie schwer es ist, sich eingestehen zu müssen, dass deine Welt nicht mehr existiert und dass jeder, den du gekannt hast, tot ist.« Er machte eine harsche Geste, als sie etwas sagen wollte. »Du willst weg. Natürlich willst du weg. Jeder hier wollte das schon einmal, mindestens. Aber es geht nicht. Es gibt nichts mehr, wohin du noch gehen könntest, glaub mir.«

»Dasselbe hat Thora auch behauptet«, antwortete Beka. »Aber ich würde mich doch gerne selbst davon überzeugen.«

»Zadkiel will, dass du hierbleibst«, sagte Yoram. Sie spürte, wie schwer es ihm fiel.

»Wie spannend.«

»Du verstehst nicht«, antwortete Yoram ernst, fast schon ein bisschen verzweifelt. »Er hat befohlen, dass du hierbleibst. Wenn du trotzdem wegläufst oder dir gar etwas zustößt, dann macht er Avi dafür verantwortlich. Und die anderen vielleicht auch.«

»Ja, das habe ich auch schon gehört«, sagte Beka, »stell dir vor. Irgendwie hätte ich mir einen Engel doch ein bisschen … anständiger vorgestellt.«

»Gib ihnen wenigstens eine Chance«, bat Yoram. Eigentlich flehte er schon fast, und Beka fragte sich, was Zadkiel ihm und den anderen wohl angedroht hatte. »Du bist erst ein paar Tage hier. Warte wenigstens, bis du alles weißt und dir eine eigene Meinung gebildet hast.«

»Eine eigene Meinung.« Beka machte ein nachdenkliches Gesicht. »Komisch. Ich hätte schwören können, dass mir genau meine eigene Meinung den ganzen Ärger eingebracht hat.«

»Du bist jetzt zornig«, sagte Yoram. »Und du hast Angst. Ich kann das verstehen, und du hast auch jedes Recht, wütend zu sein. Auch auf mich. Aber lass nicht die anderen darunter leiden, wenn wir Probleme haben.«

»Ich bin nicht wütend auf dich«, antwortete Beka, was fast zu ihrer eigenen Verwunderung sogar die Wahrheit war. »Warum sollte ich?«

»Ich war unfair zu dir. Ich muss mich bei dir entschuldigen.«

»Entschuldigen? Wofür?« Ihr wären auf Anhieb mindestens ein Dutzend Gründe eingefallen, aber sie war gespannt auf seine Erklärung.

»Was ich gestern gesagt habe, war nicht in Ordnung. Es war nicht deine Schuld. Früher oder später musste es passieren, weißt du?«

»Nein«, antwortete Beka. »Woher?«

»Sie hatte immer wieder von ihrer Schwester gesprochen«, antwortete Yoram, »und von der engen Beziehung, die sie mit ihr hat – so, als wäre sie gar nicht tot. Ich hätte wissen müssen, dass sie etwas Dummes tut, wenn sie die Gelegenheit dazu bekommt. Aber ich war zu sehr mit mir selbst beschäftigt. Dabei hätte ich nur zuhören müssen. Aber das habe ich nicht getan, und jetzt ist sie tot.«

Verlegenes Schweigen begann sich zwischen ihnen breitzumachen, und Beka empfand ein so plötzliches Mitgefühl, dass sie den Jungen um ein Haar in den Arm genommen hätte, um ihn zu trösten. Sie widerstand dem Impuls, aber sie fragte sich selbst, warum eigentlich.

*

Das Tosen des Sturms nahm eine andere Qualität an, ohne dass sie den Unterschied benennen hätte können. Eine Spannung baute sich auf, und sie war nicht die Einzige, die das spürte. Yoram legte den Kopf in den Nacken und sah nachdenklich zur Decke hoch. Das gefiel Beka nicht.

»Stimmt etwas nicht?«, fragte sie beunruhigt.

Yoram schüttelte vielleicht ein bisschen zu rasch den Kopf. »Nein. Oder doch.« Er versuchte zu lächeln, aber es wurde nur eine Grimasse daraus. »Es könnte sein, dass uns der Sturm bei den Vorbereitungen zum Chanukka-Fest einen Strich durch die Rechnung macht. Es wäre schon richtig blöd, wenn wir das Fest verschieben müssten.«

Beka runzelte die Stirn. »Und mehr ist nicht?«

»Nein. Das reicht ja auch schon. Das Fest ist wichtig für uns …« Als er Bekas fragendem Blick begegnete, fügte er hinzu: »Sonst ist alles in Ordnung.«

»Wieso glaube ich dir das nicht?«, fragte Beka.

»Du hast recht«, sagte Yoram, statt das Stichwort aufzunehmen. »Wir sollten die Kinder hereinbringen. Die Luft ist hier besser.«

»Aber …«

Yoram trat an ihr vorbei und rief ein paar Namen, die Beka natürlich nichts sagten. Kurz darauf kamen vier Mädchen herein, die jeweils einen Säugling auf den Amen trugen. Einen schreienden Säugling. Eine von ihnen kannte sie.

»Mirjam. Nico.« Beka wollte die Hand nach dem Baby ausstrecken.

Yoram zog eine Grimasse und machte eine ruppige Kopfbewegung hinter sich. »Geht nach nebenan und bringt die Kinder zum Schweigen«, sagte er grob. »Und macht sie sauber. Sie stinken.«

Beka gefiel sein Ton noch sehr viel weniger als zuvor. Da er jedoch in beiden Punkten recht hatte, ermunterte sie die Mädchen nur mit einem Lächeln, zu gehorchen. Während sie Hand an ihren Nachwuchs anlegten, beruhigte sich das Weinen der Babys immerhin so weit, dass sie sich nicht mehr anschreien mussten.

Yoram seufzte. »Sie sind zwar herzallerliebst, aber manchmal können sie einem schon auf die Nerven gehen, die kleinen Scheißerchen.«

»So, wie sie gerochen haben, kommen sie mir gar nicht mehr so *klein* vor«, sagte Beka.

Yoram reagierte zwar mit einem pflichtschuldigen Grinsen, aber sie spürte auch noch etwas dahinter, das ihm zu schaffen machte und das er nur noch mühsam zurückhielt. Erneut musste sie sich beherrschen, um nicht etwas zu tun, was sie bereuen mochte. Und vielleicht hätte sie es trotzdem getan, wäre da nicht Rachel wieder neben ihnen aufgetaucht, um sich sofort und mit kampflustig funkelnden Augen an Yoram zu wenden.

»Hattest du Zeit genug, dir eine Ausrede einfallen zu lassen?«, begann sie nicht nur, sondern vertrat ihm zugleich auch herausfordernd den Weg und stemmte mit streitlustig funkelnden Augen die Fäuste in die Hüften.

Erstaunlicherweise reagierte Yoram auch dieses Mal wieder nur mit einem Stirnrunzeln, als genösse das Mädchen aus irgendeinem Grund Narrenfreiheit bei ihm. Dann legte er ihm die Hand auf die Schulter und schob es aus dem Weg.

Rachel war anscheinend wild entschlossen, es auf die Spitze zu treiben. Sie schubste seine Hand grob weg und stellte sich auf die Zehenspitzen, um ihn noch herausfordernder anzufunkeln.

»Was hast du mit Hasan gemacht«, fragte sie noch einmal, »und den anderen? Ich will jetzt wissen, was passiert ist! Wo sind sie?«

Der Sturm hob zu einem so gewaltigen Heulen an, dass er gar nicht antworten konnte. Beka befürchtete, dass Yoram stattdessen handgreiflich werden würde – doch dann legte er mit einem Ruck den Kopf auf die Seite und schloss halb die Augen, wie um konzentriert zu lauschen.

Wenn er etwas hörte, dann musste er deutlich schärfere Ohren haben als sie, denn Beka vernahm nach wie vor nur das Getöse des Sturms. Wahrscheinlich war da auch gar nicht mehr, aber Yoram nutzte die Gelegenheit, eine weitere Sekunde angespannt zu lauschen und Rachel dann mit einer alarmiert-unwilligen Handbewegung zum Verstummen zu bringen. Gleichzeitig machte er eine Bewegung mit der anderen Hand, woraufhin sich zwei der größeren Jungen nahe der Treppe umdrehten und die Stufen hinaufeilten.

Als sie noch keine zwei Stufen von der Tür entfernt waren, erlosch der Sturm.

Er wurde nicht etwa leiser oder verlor an Kraft und verebbte allmählich, sondern hörte von einem Sekundenbruchteil auf den anderen einfach auf, und das so plötzlich, dass jedermann im Keller automatisch den Atem anhielt. Die beiden Jungen hielten erschrocken mitten im Schritt inne. Im nächsten Augenblick flog die Tür mit solcher Gewalt auf und gegen die Wand, dass sie mit einem peitschenden Knall in Stücke zersprang.

Die Fackeln flackerten und erloschen zur Hälfte. Das verbleibende Licht machte den Anblick noch schlimmer.

*

Unter der aufgebrochenen Tür erschien ein Ungeheuer. Es war eine knappe Handspanne kleiner als ein ausgewachsener Mann, aber ungemein breitschultrig. Was unter den verdreckten Fetzen, die es als Kleidung trug, von seinem Körper sichtbar war, das war schrecklich verwachsen und missgestaltet, und das Gesicht ein einziger Albtraum aus Narben und grässlichen Wucherungen. Sein Schädel war auf der einen Seite kahl, das Haar auf der anderen Seite dafür umso länger und zu fettigen Dreadlocks verklebt, und es hielt zwei unterschiedlich lange, aber beide gleich scharfe und schartige Messer in den Händen.

Mit einem davon stocherte er nach dem Jungen vor sich, den die auffliegende Tür um Haaresbreite verfehlt hatte. Das Messer bohrte sich mit solcher Gewalt in dessen Leib, dass es in einem Geysir aus Blut aus seinem Rücken wieder hervorbrach.

Der Junge prallte zurück und gegen den Burschen hinter sich und riss ihn dabei mit sich in die Tiefe (womit er ihm gleichzeitig auch das Leben rettete). Da tauchten auch schon ein zweiter und dritter Zelot hinter dem ersten Angreifer auf, beide mit großen Bögen bewaffnet, von denen sie auch augenblicklich Gebrauch zu machen begannen.

Noch während in dem überfüllten Keller Panik ausbrach, zischte der erste Pfeil herab, kommentiert von einem gellenden Schmerzensschrei und einem Ausbruch noch größerer Panik, die sie nur deshalb nicht von den Füßen riss, weil hier unten einfach kein Platz war, um zu stürzen.

Yoram schrie etwas, das im allgemeinen Crescendo ebenso unterging wie die Worte, die Rachels Lippen formten.

Der Zelot begann breitbeinig und stampfend die Treppe herabzukommen. Ein zweiter Pfeil zischte über seine Schulter hinweg und durchbohrte die Kehle eines vielleicht zehnjährigen Jungen gleich neben ihr.

Yoram versuchte irgendetwas von seinem Gürtel zu lösen. Er wurde von den Füßen gerissen, als die panische Menge wie eine Woge aus Fleisch und Knochen vor den Zeloten zurückschwappte und sich an der gegenüberliegenden Wand brach; zusammen mit dem einen oder anderen Knochen.

In die entsetzten Schreckens- mischten sich immer mehr Schmerzensschreie. Eine weitere Fackel fiel zu Boden und erlosch. Der Gestank von versengtem Haar und brennendem Stoff erschwerte das Atmen noch mehr. Als wäre das alles noch nicht unangenehm genug, begannen Bekas Augen so heftig zu tränen, dass sie nur noch verschwommen sah.

Sie erkannte trotzdem mehr, als sie wollte. Der Zelot mit den Messern kam brüllend die Stufen herabgestürzt, während seine beiden Kumpane bereits neue Pfeile auflegten und wohl nur deshalb noch nicht geschossen hatten, weil sie sich auf der schmalen Treppe gegenseitig behinderten. Zugleich züngelte die rostige Klinge des ersten schon wieder nach einem Opfer. Sie hätten wohl auch getroffen, hätte der Junge auf den schmalen Stufen nicht den Halt verloren und wäre rücklings in die panische Menge gestürzt. Unbeeindruckt raste der Zelot weiter. Ein verbogener Aluminiumpfeil wackelte an Beka vorbei, bohrte sich mit einem nassen Klatschen in Rachels Seite und schleuderte sie zu Boden.

Beka fiel so hart neben ihr auf die Knie, dass ihr der Schmerz zusätzlich die Tränen in die Augen trieb. Etwas jagte mit einem bösartigen Zischen dicht über ihren gekrümmten Rücken hinweg und zerbrach klappernd an der Wand.

Ein Teil von ihr begriff die Gefahr sehr wohl, in der sie schwebte, denn aus irgendeinem Grund, den sie nicht einmal zu verstehen versuchte, schienen sich die Zeloten auf Rachel und sie einzuschießen. Dennoch warf sie sich schützend über das Mädchen, ohne auf das Kreischen ihres Verstandes zu hören. Ihr Herz machte einen weiteren harten Sprung in ihrer Brust, als sie sah, wie schnell sich Rachels Kleid und der Boden unter ihr rot färbten. Das Blut sprudelte schneller aus ihr hervor, als der dünne Stoff es aufsaugen konnte. Nicht schon wieder, dachte sie entsetzt. Nicht auch noch Rachel! So grausam konnte das Schicksal nicht sein! Nicht auch noch sie!

Yoram rappelte sich neben ihr hoch, löste etwas von seinem Gürtel, das wie ein kurzer Lederstreifen aussah. Er machte eine wedelnde Armbewegung, und ein Zelot ließ seinen Bogen fallen und kippte wie ein nasser Sack seitlich von der Treppe, während die beiden anderen einfach weiterstürmten. Hinter der aufgebrochenen Tür bewegten sich weitere missgestaltete Schemen. Beka achtete nicht darauf, sondern drehte Rachel um und auf den Rücken und riss mit einer einzigen Bewegung ihr Kleid auf.

Um ein Haar hätte sie vor Erleichterung aufgeschrien. Der Pfeil hatte Rachels Bizeps glatt durchschlagen und ihren Arm an den Körper genagelt, dann aber nicht mehr genügend Wucht gehabt, um tief einzudringen und sie wirklich schwer zu verletzen. Aber die Wunden bluteten heftig und taten vermutlich höllisch weh. Immerhin hatte das Mädchen das Glück gehabt, durch den Schock das Bewusstsein zu verlieren. Beka nutzte die Gelegenheit, den Pfeil mit einem Ruck aus ihrem Arm zu reißen.

Bewusstlos oder nicht, Rachel schrie vor Pein und bäumte sich mit solcher Gewalt auf, dass Beka all ihre Kraft brauchte, um sie niederzuhalten. Die Wunden bluteten sogar noch heftiger, sodass ihre Hände aussahen, als steckten sie in leuchtend roten Handschuhen, sobald es ihr endlich gelungen war, Rachels Arm mit einem Streifen ihres eigenen Kleides zu verbinden.

Sie hatte nicht lange dazu gebraucht, doch in der kurzen Zeit war eine regelrechte Schlacht am Fuß der Treppe ausgebrochen. Nur ein Zelot war noch am Leben und blutete bereits aus einem Dutzend Wunden, und er hatte auch keine Waffe mehr, wehrte sich aber immer noch tapfer. Der Keller war einfach zu überfüllt, als dass sie genau erkennen konnte, wie viele Opfer seine Fäuste und Waffen schon gefordert hatten, aber es waren viele.

Und es würden nicht die letzten bleiben, denn sie hatte sich nicht getäuscht, was die vermeintlichen Schatten anging: Durch die Tür drängten weitere zerlumpte Schreckensgestalten, die schartige Messer, Keulen und selbst gebastelte Spieße schwangen. Yoram macht erneut eine blitzartige, ausholende Bewegung, und der Zelot torkelte zurück und schlug beide Hände vor das Gesicht, das plötzlich blutüberströmt war.

Noch während er zusammenbrach und sich die Menge wie eine zornige Springflut über ihm schloss, legte Yoram einen neuen Stein auf seine Schleuder und ließ ihn mit derselben, schon fast übernatürlichen Zielsicherheit nach vorne schnellen. Ein weiterer Zelot ließ seinen Bogen fallen und wäre ihm in die Tiefe gefolgt, hätten ihn seine Kameraden nicht festgehalten. So schnell, dass der Blick seiner Bewegung nicht mehr wirklich folgen konnte, schickte Yoram einen dritten Stein hinterher und wurde mit einem zornigen Brüllen von jenseits der Tür belohnt. Noch während er einen weiteren Stein aus der Tasche kramte, begann er sich bereits mit dem anderen Arm einen Weg zur Treppe zu bahnen.

Beka verlagerte ihre Aufmerksamkeit auf Rachel, die stöhnend die Augen aufschlug und nach ihrem bandagierten Arm greifen wollte. Beka hielt sie davon ab, indem sie sie so behutsam in die Höhe zog, wie sie nur konnte. Rachel jammerte trotzdem lauthals los und sackte auf halbem Wege schon wieder in die Knie, sodass Beka rasch nach ihrem unversehrten Arm griff und ihn sich um die Schultern legte.

Rachel beklagte sich nur noch lauter, worauf Beka aber keine Rücksicht nahm. Während es hinter ihr immer lauter und hektischer wurde, bahnte sie sich mehr oder weniger rücksichtslos einen Weg zurück in den Nachbarraum, in dem sie die Kinder und ihre unwesentlich älteren Mütter zurückgelassen hatten.

Behutsam ließ sie das verletzte Mädchen an der Wand entlang zu Boden sinken.

»Kann ich dich hierlassen?«

Rachel wimmerte irgendetwas, das Beka einfach mal als Zustimmung deutete. Sie wandte sich sofort wieder von ihr ab und begann sich zur Treppe zurückzukämpfen.

Sie war sich sicher, allerhöchstens eine Minute gebraucht zu haben. Yoram hatte die Tür in der Zwischenzeit nicht nur beinahe erreicht, sondern auch von irgendwoher einen rostigen Säbel bekommen, den er sich nun unter den Gürtel schob, bevor er einen weiteren Stein in die Schatten hinter der Tür schoss. Zwei weitere Jungen folgten ihm dichtauf, ebenfalls bewaffnet und mit grimmigen Gesichtern. Aber Beka musste auch an die muskelbepackten Albtraumgestalten denken, die sie gerade dort oben gesehen hatte, und die Ungeheuer aus der Kanalisation. Zorn und Verzweiflung mochten Yoram und seinen Möchtegernkriegern zusätzliche Kraft verleihen.

Aber diese Monster würden sie *schlachten*.

Sie verzichtete darauf, Yoram eine Warnung zurückzurufen, auf die er sowieso verzichten konnte, sondern kämpfte sich ihrerseits bis zur Treppe durch. Dabei vermied sie es ganz bewusst, die drei toten Zeloten genauer anzusehen; beziehungsweise das, was die rachsüchtige Menge von ihnen übrig gelassen hatte. Zumindest einmal musste sie es doch, spätestens als sie sich nach der Waffe des einen bückte. In ihrem Magen regte sich leise Übelkeit, die auch nicht wieder verging, als sie immer zwei Stufen auf einmal nehmend die Treppe hinauf- und hinter Yoram hereilte.

Sie hatte Schlimmes erwartet und fand Schlimmeres, wenn auch auf völlig andere Art, als sie es sich vorgestellt hatte.

15

Yoram und seine beiden Kinderkrieger waren nicht mehr zu sehen. Doch gleich hinter der Tür lagen zwei schrecklich zugerichtete Zeloten, und eine breite hellrote Schleifspur führte zum Ausgang hin. Dahinter tobte noch immer ein stroboskopisches Lichtgewitter aus Weiß und Orange und gleißend hellem Blau. Jetzt hörte sie auch wieder das ununterbrochene Grollen des Donners, auch wenn es sich mittlerweile eher wie eine ständige Folge krachender Explosionen anhörte. Irgendwo meinte sie Schatten zu erkennen und hatte doch keine Ahnung, wer oder was da vor ihr war.

Die Waffe in ihrer Hand, die sich beim zweiten Hinsehen als rostiges Schlachterbeil herausstellte, fühlte sich falsch an. Allein die Vorstellung, es zu benutzen, war absurd. Sie war keine fleischgewordene Schwertprinzessin aus einem japanischen Fantasy-Manga, sondern eine ganz normale junge Frau, die sich in ihrem ganzen Leben noch nie geprügelt hatte und auch jetzt nicht damit anfangen wollte. Und schon gar nicht mit einem Schlachterbeil! Sie würde sich allerhöchstens selbst ein paar Zehen abtrennen, wenn sie versuchte, jemanden mit diesem Ding zu beeindrucken.

Sie stürmte trotzdem weiter, rannte geduckt in den Regen hinaus und konnte ein erschrockenes Japsen nicht ganz unterdrücken, als ihr die nassen Schleier wie eine eiskalte Hand ins

Gesicht klatschten. Donner und immer schneller aufeinanderfolgende Blitze machten sie sowohl blind als auch taub, und ihre Vernunft erinnerte sie daran, dass es vielleicht nicht besonders klug war, sich blindlings in den nächsten Stacheldrahtverhau zu stürzen.

Und das war nicht die einzige Gefahr hier. Etwas Spitzes und sehr Scharfes durchbohrte die Luft kaum einen halben Meter vor ihrem Gesicht.

Der Schrecken schlug erst mit einer weiteren Sekunde Verspätung zu, dafür aber umso heftiger. Beka verhielt keuchend, ihre Knie zitterten. Sie erwartete, dass der unbekannte Angreifer über sie herfallen würde. Als nichts dergleichen geschah, wischte sie sich mit dem Handrücken hastig den Regen aus dem Gesicht und hielt aus heftig blinzelnden Augen nach Yoram und seinen Begleitern Ausschau. Zuerst nahm sie kaum etwas wahr, dann eindeutig zu viel und schließlich bewegte sie sich auf gut Glück in die Richtung, in der das Chaos am größten zu sein schien … und mitten hinein in einen Kampf auf Leben und Tod.

*

Von irgendwoher hatte Yoram noch einmal Verstärkung bekommen, sodass sie nun zu siebt oder acht waren, die einen einzelnen Zeloten eingekreist hatten und ein mörderisches Spiel spielten, indem sie ihn immer wieder zwischen sich hin und her stießen und dabei mit Fäusten, Fußtritten, Knüppeln oder auch Messern traktierten. Der Zelot war einen Kopf größer als selbst Yoram und wahrscheinlich stärker als drei von ihnen zusammen. Aber die Übermacht war einfach zu groß. Der Bursche blutete bereits aus zahlreichen tiefen Wunden und war wohl nur deshalb noch nicht zusammengebrochen, weil seine Folterer ihn immer wieder brutal daran hinderten.

Der Anblick erfüllte Beka mit einer Mischung aus Entsetzen und Mitleid; und vor allem Zorn.

»Hört sofort auf!«, schrie sie. »Seid ihr verrückt geworden?«

Niemand reagierte. Lediglich Yoram löste sich aus dem johlenden Kreis und vertrat ihr den Weg, als sie dazwischengehen wollte. »Was soll das?«, blaffte er.

»Das frage ich dich!«, erwiderte Beka kein bisschen weniger heftig oder laut. Das letzte Wort ging trotzdem beinahe in einem keuchenden Schmerzensschrei des Zeloten unter, als ihm einer der Jungen das stumpfe Ende eines Speers in den Leib rammte. »Das ist unmenschlich!«

»Und sie sind ja auch keine Menschen!«, antwortete Yoram böse. Beka wollte sich losreißen, und er griff noch einmal und jetzt mit beiden Händen zu, um sie zurückzuhalten, und erneut stellte sie fest, wie unerwartet stark er war. Und wie wenig Hemmungen er hatte, diese Stärke auch einzusetzen

»Sie sind trotzdem Menschen!«, protestierte sie.

»Nein!«, antwortete Yoram. »Das sind Zeloten! Und selbst wenn – was glaubst du, was sie mit dir machen, wenn sie dich in die Finger kriegen?«

Sie musste nichts *glauben*. Sie hatte es *gesehen*. Für die Dauer einer einzelnen, aber durch und durch entsetzlichen Erinnerung sah sie noch einmal den Ausdruck fassungslosen Schreckens in Thoras Augen, und genauso lange war sie beinahe so weit, Yoram zuzustimmen. Aber nur beinahe.

Sie schüttelte umso heftiger den Kopf. »Ja, vielleicht. Aber was unterscheidet uns eigentlich von ihnen, wenn wir uns wie sie benehmen?«

Yoram sah sie auf eine seltsam nachdenkliche Art an, und sie fragte sich, ob es vielleicht daran lag, dass sie zum ersten Mal *uns* gesagt hatte, aber dann schürzte er nur verächtlich die Lippen. »Ja, das klingt wirklich gut. Merk dir diese Worte, wenn du das nächste Mal auf eine Bande Zeloten triffst. Bringt es zu Ende, Jungs. Es sind garantiert noch mehr in der Nähe!«

Die letzten Worte galten den Jungen, die seinen Befehl auf der Stelle befolgten und ihre Waffen nun beherzter zum Einsatz brachten, um den Zeloten zu töten. Zu Tode verängstigt und aus mehr als einem Dutzend schrecklicher Wunden blutend, war das vermutlich sogar eine Erlösung für ihn.

Der Zelot schien das anders zu sehen. Er nahm ganz bewusst einen Keulenhieb hin, der ihm den Schädel zertrümmert hätte, hätte er dort getroffen, nach seiner blitzschnellen Ausweichbewegung jedoch dasselbe mit seiner Schulter tat, worauf er zwar gepeinigt aufschrie, aber trotzdem blitzartig zupackte und dem völlig perplexen Jungen seine Waffe aus der Hand riss.

Seine linke Schulter war ein blutiger Trümmerhaufen voller weißer Knochensplitter, und sein Gesicht eine einzige Grimasse der Qual. Trotzdem holte er zu einem gewaltigen Hieb aus, der den Jungen zweifellos auf der Stelle getötet hätte, wäre Yoram nicht im allerletzten Moment dazwischengesprungen und hätte ihn mit der Schulter aus dem Weg gerammt.

So ungestüm, wie Yoram heranjagt war, gingen sie beide zu Boden; mit dem Unterschied, dass sich sofort ein halbes Dutzend Jungen auf den Zeloten stürzte, um ihm den Garaus zu machen. Die beiden Übrigen sprangen hastig hinzu und halfen Yoram auf die Füße. Irgendwie brachte er das Kunststück fertig, die helfenden Hände wegzustoßen und sich zugleich nicht nur trotzdem aufhelfen zu lassen, sondern sich auch noch die geprellte Schulter zu reiben.

Beka streckte ganz automatisch ebenfalls die Hand nach ihm aus. Sie prallte zurück, als er sie mit einem so zornigen Blick bedachte, als gäbe er ihr nicht nur ganz allein die Schuld an allem, was hier passiert war, sondern gedenke sie auch im nächsten Moment dafür zu bestraften. Statt jedoch irgendetwas zu tun, maß er sie nur noch einmal mit einem abschließenden zornigen Blick und eilte dann zu den anderen Jungen und dem gestürzten Zeloten hin. Nachdem er sich neben ihm auf ein Knie niedergelassen hatte, benutzte er sein Messer, um sich davon zu überzeugen, dass er auch wirklich tot war, und wischte die rot glänzende Klinge dann an dessen Kleidung ab.

»Weiter jetzt«, befahl er, bereits wieder im Aufstehen begriffen. »Und haltet die Augen auf. Vielleicht sind noch mehr in der Nähe.«

*

Daran bestand kaum noch ein Zweifel; spätestens nicht mehr, als ein weiterer aus dickem Draht improvisierter Pfeil aus der Dunkelheit geflogen kam und einen der Jungen um weniger als eine Handspanne verfehlte. Noch während der Kinderkrieger mit einem entsetzten Keuchen zurückprallte, riss Yoram seine Schleuder in die Höhe und jagte ein Geschoss in die Nacht zurück. In dem düsteren Zwielicht konnte er sicherlich nicht mehr sehen als Beka. Trotzdem antwortete ein gellender Schmerzensschrei, fast unmittelbar gefolgt von einem dumpfen Aufprall, und noch bevor das Geräusch verklang, fuhr Yoram auch schon herum und packte sie so hart am Arm, dass sie nun eindeutig vor Schmerz aufschrie.

»Avi! Marc! Bringt sie zurück ins Haus! Die anderen zu mir!«

Beka hatte noch gar nicht gemerkt, dass Yorams designierter Nachfolger bei ihnen war. Bevor sie das richtig begriffen hatte, packte Avi sie bereits derb am Handgelenk und zerrte sie so brutal hinter sich her, dass sie fast das Gleichgewicht verloren hätte.

Zugleich rettete er ihr damit das Leben, denn genau dort, wo sie gerade gestanden hatte, zischten plötzlich zwei weitere Drahtpfeile durch die Luft. Einer prallte krachend von der Mauer ab und schlitterte davon, der andere grub sich mit einem hässlichen Knirschen in den Oberschenkel des zweiten Jungen, den Yoram zu ihrer Eskorte ernannt hatte.

Und dann brach die Hölle los.

*

Avi gab ihr nicht einmal Zeit, um zu erschrecken, sondern riss sie zu Boden und warf sich schützend mit seinem eigenen Körper über sie. Ringsum regneten Pfeile zu Boden, und ein gellender Schrei bewies, dass mindestens einer auch sein Ziel getroffen hatte. Funken stoben. Sie hörte ein Klirren wie von aufeinanderprallenden Schwertern, trappelnde Schritte und ein angestrengtes Grunzen und Keuchen und noch ein Dutzend anderer Laute wie vor einem erbitterten Handgemenge. Avis Hände fuhren über ihr Gesicht und ihren Hals. Allmählich waren seine Versuche, sie am Boden zu halten und gleichzeitig zu beschützen, nicht mehr rührend, sondern mindestens genauso lästig.

Beka stieß ihn unsanfter von sich herab, als sie selbst beabsichtigt hatte, rollte herum und auf die Knie und konnte so gerade noch dem Impuls widerstehen, sofort aufzuspringen und auf diese Weise ein noch größeres Ziel zu bieten. Stattdessen kroch sie hastig auf Händen und Knien los, überließ es ganz ihrem Instinkt, die Richtung zu bestimmen, und stemmte sich im Schutz einer hüfthohen Mauer hoch, nachdem sie schmerzhaft mit der Schulter dagegengeprallt war.

Avi robbte auf Händen und Knien zu dem getroffenen Jungen hin, wälzte ihn auf den Rücken und tat das Dümmste, was er nur tun konnte, indem er mit beiden Händen zugriff und den Pfeil aus seinem Bein riss. Der Junge bäumte sich mit einem gepeinigten Kreischen auf, das das Heulen der Sturmböen und die allgemeinen Kampfgeräusche mühelos übertönte und verlor das Bewusstsein. Avi brach in der nächsten Sekunde über ihm zusammen, von gleich zwei Pfeilen im Rücken getroffen und einem dritten im Hals, sodass er eine hellrote Blutfontäne über den bewusstlosen Jungen spie.

Alles geschah unglaublich schnell, und durch den ununterbrochen krachenden Donner und die zuckenden Blitze in ein Daumenkino aus apokalyptischen Einzelbildern und Geräuschfetzen zerhackt. Beka sah kämpfende Gestalten und hörte Schreie und das Klirren von Waffen, und überall waren Schatten und reine, hektische Bewegung. Yoram und seine Kinderkrieger kämpften gegen eine nicht zu bestimmende, aber hoffnungslos überlegene Anzahl schattenhaft zerlumpter Gestalten, und sie taten es auf verlorenem Posten.

Es war nicht wirklich die Art von Kampf, wie sie ihn sich vorgestellt hätte. Die Jungen mochten das Fechten mit Stöcken und Schwertern und den Kampf mit Keulen und Speeren und Knüppeln geübt haben. Dummerweise hielten sich ihre Gegner nicht an die Regeln, nach denen sie trainiert hatten. Es gab keine ritterlichen Duelle oder eine epische Schlacht, wie sie sie aus Monumentalfilmen oder Historienschinken kannte, sondern nur ein wüstes Handgemenge, in dem geschlagen, gestoßen, getreten und geschnitten und gebissen und gekratzt wurde … und in dem Yoram und seine Krieger hoffnungslos unterlegen waren. Sie wurden überrannt, anders konnte man es nicht nennen. Yorams Schleuder forderte in genau diesem Moment ein weiteres Opfer, doch der Rest seiner Kinderkrieger hatte keine Chance gegen die viel stärkeren und kampferprobten Zeloten. Zwei von ihnen lagen bereits am Boden und rührten sich nicht mehr, und auch unter den anderen war nicht einer, der nicht schon aus mindestens einer ernsthaften Wunde blutete.

Bald würden es mehr sein. Beka nahm sich da selbst nicht aus, denn sie sah voller Entsetzen, wie gleich drei weitere Zeloten aus der Nacht hinter ihr auftauchten. Sie trampelten Avi und seinen verletzten Kameraden einfach nieder, bevor sie, ohne innezuhalten, Kurs auf sie nahmen und geifernd heranstürmten, -hoppelten oder -schlurften. Furcht und ununterbrochen zuckende Blitze machten ihren Anblick noch einmal entsetzlicher – als ob das noch nötig gewesen wäre! – und verwandelten sie endgültig in eine Horde geifernder Dämonen, die direkt aus dem zehnten Kreis von Dantes Hölle heraufgestiegen zu sein schienen.

Beka hatte ihr Beil verloren. Ihre Hand patschte blindlings über den Boden, fand etwas Schartiges und Schweres und schloss sich darum, während sie sich hinter ihrer ohnehin nutzlos gewordenen Deckung aufrichtete und zugleich nach einem Fluchtweg Ausschau hielt, den es nicht gab.

Sie waren eingekreist. Die Hälfte von Yorams Kriegern lag bereits tot oder bewusstlos am Boden, und der Rest tat es wohl nur deshalb noch nicht, weil die Zeloten nun dasselbe grausame Spiel mit ihnen spielten, wie sie selbst es zuvor mit ihrem unglückseligen Kameraden getan hatten. Yoram riss den Arm in die Höhe, um seine Schleuder erneut einzusetzen. Aber die Angreifer waren bereits zu nahe. Ein kleinwüchsiger, dafür um so breitschultrigerer Zelot sprang ihn an, entrang ihm die Waffe und versetzte ihm zugleich einen Stoß mit der anderen Hand, der ihn rücklings zu Boden schleuderte. Dann blieb Beka keine Zeit mehr, sich um ihn und die anderen Jungen zu sorgen, denn die drei Zeloten waren heran, und sie musste sich ihrer eigenen Haut erwehren.

Ungeschickt stocherte sie mit ihrer Waffe nach dem ersten. Erst jetzt registrierte sie, dass sie einen denkbar schlechten Tausch gemacht hatte, denn es handelte sich um ein scharfkantiges Stück Blech, an dem sie wohl genauso sich selbst verletzen würde wie jeden, den sie damit zu schlagen versuchte.

Sie kam nicht dazu. Einer der Zeloten machte eine blitzartige Bewegung, die sie nicht einmal wirklich sah, und ihre improvisierte Waffe wirbelte davon. Ihr Arm war plötzlich taub. Entsetzt prallte sie zurück, stieß mit den Nieren so hart gegen die Wand, hinter der sie gerade noch Deckung gesucht hatte, dass ihr vor Schmerz übel wurde, schaffte es aber trotzdem irgendwie, eine schmutzige Hand wegzuschlagen, die nach ihrem Gesicht grabschen wollte. Aber sie machte sich nichts vor. Das meckernde Lachen, das diesem Hieb folgte, wäre nicht nötig gewesen, um ihr klarzumachen, dass diese Ungeheuer nur mit ihr spielten.

Auf eine seltsam distanzierte Art wurde ihr klar, dass sie nun sterben würde, zusammen mit Yoram und jedem einzelnen Jungen in seiner Begleitung. Von den Zeloten hatte sie keine Gnade zu erwarten. Sie hatte nicht vergessen, was sie Thora angetan hatten.

*

Seltsamerweise hatte sie kaum Angst, sondern empfand eher eine absurde Mischung aus Fatalismus und grimmiger Entschlossenheit, ihr Leben so teuer wie möglich zu verkaufen; auch wenn der Gedanke allein schon fast lächerlich war. Jeder einzelne der drei Angreifer war dreimal so stark wie sie, mindestens doppelt so schwer und einen Kopf größer. Sie bedauerte ihren Entschluss augenblicklich, sich das Gesicht des Kerls direkt vor ihr genauer anzusehen, denn es schien nur aus Schmutz und Gestalt gewordener Grausamkeit und wulstigen Brandnarben zu bestehen.

Als er sie angrinste, sah sie, dass seine Zähne nur noch aus braungelben Stümpfen bestanden, und sein Atem stank, als würde er innerlich verfaulen. In den Augen der Kreatur war etwas, bei dessen Anblick sich ihre Seele krümmte wie ein getretener Wurm. Sie war sich plötzlich nicht mehr sicher, ob sie wirklich noch einem Menschen gegenüberstand.

Wieder grabschte eine Hand mit drei normalen und zwei verkrüppelten Fingern nach ihrem Gesicht. Beka wich ihr nicht nur hastig aus, sondern ballte auch fast ohne ihr eigenes Zutun die Faust und hämmerte sie mit aller Kraft in die dazugehörige vernarbte Visage. Der Zelot versuchte nicht einmal, dem Schlag auszuweichen, ganz zu schweigen davon, ihn abzuwehren. Und wozu auch? Die Einzige, der sie wehtat, war sie selbst, und auch das Blut, das auf den vernarbten Zügen zurückblieb, stammte von ihren eigenen aufgeplatzten Knöcheln.

Dann schlug er ihr so hart in den Leib, dass ihr die Luft wegblieb und sie auf die Knie fiel und sich krümmte. Ihr wurde schwarz vor Augen, und sie fiel wohl nur deshalb nicht ganz nach vorne, weil sich eine verkrüppelte Hand in ihre Schulter krallte und so fest zugriff, dass sie ihre Knochen ächzen hören konnte. Schmerz explodierte in ihrer Schulter, und ihr wurde so übel, dass sie sich vor die Füße des Zeloten übergab. Seinem wütenden Aufschrei nach zu urteilen vielleicht auch darauf, aber das spielte nun wirklich keine Rolle mehr.

Ein weiterer Schlag ließ ihre Rippen knacken und schleuderte sie zurück und in die Arme eines zweiten Zeloten, der sie unverzüglich direkt auf eine wartend hochgerissene Klinge zuschubste, die sie mit einem Gefühl hysterischer Überraschung als ihr eigens Schlachterbeil wiedererkannte, das sie fallen gelassen hatte. Einen gewissen Sinn für schwarzen Humor konnte man dem Schicksal wirklich nicht absprechen.

Eine halbe Sekunde, bevor sie in die hochgerissene Klinge stolpern konnte, erscholl ein sonderbar zischelnder Ruf, und sie wurde im buchstäblich allerletzten Moment zurückgerissen; knapp genug, um sich eine höllisch brennende blutige Schramme am Hals einzuhandeln, aber eindeutig gerettet von jemandem, der doch eigentlich zu ihren Feinden gehören musste.

Beka konnte ihrer Verwunderung darüber nicht nachgehen. Sie nutzte die Explosion aus rohem Schmerz und Angst, um den Burschen vor sich zu packen und hart genug gegen einen seiner Kumpel zu schleudern, um sie beide zu Boden zu schicken. Ohne zu zögern, spurtete sie in die entgegengesetzte Richtung los und kam genau zwei Schritte weit, bevor sie erneut gepackt und so hart gegen eine Wand geworfen wurde, dass ihr die Sinne schwanden.

Sie kam wieder zu sich, als sich eine Hand um ihren Hals schloss und sie so brutal in die Höhe riss, dass sie vor Schmerz aufgeschrien hätte, hätte ihr dieselbe Hand nicht auch die Luft abgeschnürt. Blut lief über ihr Gesicht und in ihre Augen, und die Bewusstlosigkeit wartete nur darauf, sie wieder anzuspringen.

Trotzdem schlug sie blindlings um sich, traf auch irgendetwas und stolperte einfach los, kam diesmal sogar ein halbes Dutzend Schritte weit und schlug schwer auf dem Boden auf, als jemand mit einem Knüppel nach ihren Beinen hieb. Ein Fuß traf sie so hart in die Seite, dass ihre Rippen knackten, und etwas sehr Scharfes aus Metall zog eine Funken sprühende kreischende Linie über den Boden, raste auf ihre Kehle zu und wich erst zur

Seite, als sich der fauchende Ruf wiederholte. Alles drehte sich um sie, und sie wünschte sich nichts mehr, als zu sterben oder wenigstens das Bewusstsein zu verlieren. Dabei wusste sie, dass das Schicksal nicht so gnädig sein würde.

Sie wurde gepackt und erneut derb auf die Füße gezerrt und verzichtete diesmal darauf, sich zu wehren, um nicht schon wieder geschlagen zu werden. Starke Hände drehten ihr die Arme auf den Rücken und zwangen sie zugleich wieder auf die Knie.

Hinter ihr stieß einer der Jungen einen gurgelnden Schrei aus, der mit erschreckender Endgültigkeit abbrach, und sie sah nun doch über die Schulter zurück und erkannte, dass nur noch Yoram selbst und einer seiner Jungen auf den Beinen waren, und auch das nur, weil die Zeloten ihres grausamen Spiels wohl noch nicht überdrüssig waren. Ganz im Gegenteil wurde sie ebenfalls wieder auf die Beine gezerrt und in den johlenden Kreis gestoßen. Etwas Spitzes grub sich in ihren Rücken und wurde zurückgezogen, gerade bevor es sie wirklich verletzen konnte; aber es tat trotzdem höllisch weh.

Die zischelnde Stimme erklang erneut, und sie meinte einen weiteren und deutlich schlankeren Schatten zu erkennen, der sich für sie einsetzte. Alles verschwamm vor ihren Augen, und ihre Furcht nahm beständig zu und begann ihre Gedanken zusätzlich zu verwirren.

Ein weiterer Stoß traf sie in den Rücken. Er ließ sie auf etwas boshaft Vorgestrecktes und scharfkantig Verrostetes auf der anderen Seite des johlenden Kreises zustolpern, das auch diesmal im letzten Moment wieder zurückgezogen wurde.

Der Junge neben ihr hatte weniger Glück. Ein rostiges Messer bohrte sich in seine Seite und schlitzte ihn von der Hüfte bis unter die Achsel auf. Noch während er in einem Nebel aus spritzendem Blut und gellenden Schreien zusammenbrach, kam ein weiterer Dolch aus der Dunkelheit geflogen und grub sich bis zum Heft in seinen Nacken, woraufhin er wie vom Blitz getroffen zusammenbrach. Von der johlenden Menge wurde das mit einem eher enttäuschten Murren zur Kenntnis genommen. Beka nahm an, dass es ihnen viel zu schnell gegangen war.

Sie wurde erneut zurück und dann zur Seite gestoßen, sodass sie hart genug auf Hände und Knie fiel, um für Sekunden nur rote Schmerzblitze zu sehen, und noch bevor sich ihr Blick wieder klärte, wurde sie schon wieder hochgerissen und mit einem harten Schlag in die Seite für ihre Schwäche bestraft. Warum brachten sie es nicht endlich zu Ende?

Wie es aussah, war jedoch zuerst Yoram an der Reihe. Vielleicht wollten sich die Zeloten das Beste ja für den Schluss aufheben.

Zwei besonders kräftige Kerle holten Schwung und schleuderten Yoram mit einer Gewalt nach vorne, der er rein gar nichts entgegenzusetzen hatte, sodass er mit wild rudernden Armen auf einen Speer zustolperte, den ein anderer gleichzeitig in seine Richtung rammte. Gerade als Beka sicher war, Zeuge von etwas zu werden, was ihr selbst unmittelbar bevorstand, kam eine Axt aus der Dunkelheit geflogen. Sie kappte den Speer samt einer der Hände, die ihn hielten, säuberlich in der Mitte. Statt sich selbst aufzuspießen prallte Yoram nur gegen den kreischenden Zeloten und fiel zusammen mit ihm zu Boden.

Plötzlich war alles voller rennender und kämpfender Gestalten, als wäre die Welt endgültig in einem Strudel aus schierem Wahnsinn versunken, in dem jeder gegen jeden kämpfte und es vollkommen egal war, wer wem und warum Gewalt antat; Hauptsache, es war Gewalt.

*

Die bizarr flackernde Nacht hatte eine weitere Anzahl Gestalten ausgespuckt, die kaum weniger wild und furchterregend aussahen als die Zeloten: ausnahmslos große, zerlumpte Männer mit Bärten und ungepflegten langen Haaren, in Fetzen gehüllt und auf dieselbe barbarische Art bewaffnet wie ihre Gegner. Sie suchte nach Yoram. Doch das wirre rot-gelb-blaue Licht und die aufzuckenden Fetzen von Dunkelheit dazwischen waren einfach zu viel für ihre überforderten Sinne, sodass sie kaum mehr als ein einziges kreischendes Chaos erkannte.

Die Blitze zuckten immer nur noch schneller und schneller und hektischer und aus mehr Richtungen zugleich, als es überhaupt geben konnte, und verliehen jeder der kämpfenden Gestalten ein Dutzend unterschiedlicher Schatten. Die Dunkelheit dazwischen wurde jedes Mal noch eine Winzigkeit intensiver und mutierte zum Versteck für noch weit unvorstellbarere, tödliche Dinge, die dort sein konnten oder auch nicht.

Endlose Sekunden lang wogte der Kampf verbissen hin und her, bis der erste Zelot unter einem wuchtigen Keulenhieb fiel, was dem Schicksal als Stichwort zu dienen schien, das Schlachtenglück endgültig zu wenden. Nur einen Augenblick später erwischte es einen zweiten und fast gleichzeitig einen dritten Zeloten, woraufhin sich der Rest zur Flucht wandte, verfolgt von den meisten ihrer neu aufgetauchten Verbündeten. Lediglich zwei ganz besonders hochgewachsene und ganz besonders muskulöse Männer blieben zurück und nahmen mit erhobenen Waffen hinter ihr Aufstellung, wie um sie zu beschützen; ein dritter tauchte lautlos aus dem Nichts auf und eilte zu Yoram hin, um ihm aufzuhelfen.

Es war nicht nötig. Einer der neu aufgetauchten Krieger grub Yoram unter dem sterbenden Zeloten aus. Beka ertappte sich bei einem Gefühl heftiger Erleichterung, ihn zumindest noch lebendig zu sehen, auch wenn er aus einem halben Dutzend Wunden blutete und seine Augen trüb waren.

»Wir müssen hier weg«, sagte der Krieger. Anders als Yoram und sein Stamm trug er kein Tefillin auf der Stirn, dafür aber zwei schwarz glänzende Schläfenlocken, die unecht aussahen. Stamm Ephraim, eindeutig. »Es könnten noch mehr von ihnen in der Nähe sein.«

Ganz kurz hatte sie das unheimliche Gefühl, einen gewaltigen

Schatten zu sehen, der vom Himmel stürzte und einen der flüchtenden Zeloten packte und in die Höhe riss.

»Loss jetzt«, polterte der Krieger. Er packte sein Schwert fester und gab ihr mit der anderen einen Schubs, sodass sie gar keine andere Wahl hatte, als sich den Arm des Jungen um die Schulter zu legen und loszulaufen.

Es wurde allerdings eher ein Humpeln und Stolpern als Laufen, und sie kamen auch nur einige wenige Schritte weit, denn Yorams Gewicht zerrte mit jedem Atemzug heftiger an ihr. Sie konnten kaum weiter als hundert Meter von der Sicherheit des Hauses entfernt sein, aber es hätten genauso gut auch hundert Kilometer sein können. Sie würden es nicht schaffen.

Etwas bewegte sich weit oben am Himmel, aber sie war einfach zu müde, um auch nur den Kopf zu heben. Irgendwie kratzte sie noch einmal genug Kraft für ein halbes Dutzend weiterer taumelnder Schritte zusammen, doch dann fiel sie auf beide Knie, und Yorams Arm glitt von ihrer Schulter.

Bevor er stürzen und sich vielleicht noch mehr verletzen konnte, erschien eine weitere hoch aufgeschossene Gestalt wie aus dem Nichts neben ihnen, fing ihn auf und warf ihn sich scheinbar mühelos über die Schulter. Die andere Hand streckte er in ihre Richtung, um ihr aufzuhelfen.

Beka schüttelte nur den Kopf und stemmte sich aus eigener Kraft in die Höhe, mit zusammengebissenen Zähnen und sich für ihren eigenen Stolz verfluchend. Zumindest in diesem Moment hätte sie liebend gerne mit Yoram getauscht, der endgültig das Bewusstsein verloren zu haben schien und wie der sprichwörtliche nasse Sack über der Schulter ihres Retters hing.

Irgendwo in der Nacht hinter ihr erklang ein Schrei, schrill und jäh wieder abrechend und ganz eindeutig nicht von Schmerz oder Angst getrieben, sondern ein Todesschrei. Der Laut motivierte sie zusätzlich, sich hochzustemmen und sich dem Mann anzuschließen, der sich bereits umdrehte und mit weit ausholenden Schritten losstürmte. Er war gute anderthalb Köpfe größer als Yoram und trug eine Art kruder Rüstung, die aus allen möglichen Leder- und Metallteilen zusammengestoppelt war, und Beka erkannte ihn erst mit ein paar Sekunden Verspätung und im Grunde nur an seinen gefärbten Schläfenlocken.

Es war Olmos, der aus der Nähe betrachtet noch größer und vor allem grobschlächtiger wirkte als das letzte Mal, als sie ihn oben auf dem Olivenberg gesehen hatte. Wieder glitt etwas über den Himmel, und sie hörte einen weiteren Schrei, nicht den eines Menschen, sondern von etwas Uraltem und so Gewaltigem und Bösem, dass ein Teil ihrer Seele zu Eis zu erstarren schien.

16

Sie hätte eine Menge darum gegeben, genau wie Yoram einfach das Bewusstsein zu verlieren und erst wieder zu sich zu kommen, wenn das Schlimmste ausgestanden war – vorzugsweise in einem gemütlichen Krankenhausbett und mit der Erinnerung an einen wirklich verrückten Albtraum, der etwas mit Flugzeugabstürzen, Atombomben und Engeln zu tun hatte. Aber so rücksichtsvoll war das Schicksal nicht. Einer von Olmos Kriegern hatte sie schließlich gepackt und im Laufschritt ins Haus getragen. Sie hatte jeden einzelnen dieser Schritte schmerzhaft bis in die letzten Nervenenden gespürt, und er hatte sie auch kaum weniger unsanft abgeladen, um sofort wieder nach draußen zu stürmen.

Seitdem waren Stunden vergangen – wenigstens kam es ihr so vor – in denen der Sturm mit ungebrochener Kraft weiter an den Mauern des Hauses gerüttelt und die Schlacht verbissen weitergetobt hatte; wenn es denn eine solche war, denn nicht einmal dessen war sie sich ganz sicher. Dann und wann hielt der Sturm ganz kurz den Atem an, und in diesen wenigen Augenblicken meinte sie Schreie zu hören, das Klirren aufeinanderprallender Waffen und den dumpferen und viel schwerer zu ertragenden Laut, mit dem Metall oder kaum weniger hartes Holz auf Fleisch und Knochen traf und sie zerbrach.

Eines der älteren Mädchen hatte sich ihrer Wunden angenommen und sie zwar alles andere als sanft, aber trotzdem erstaunlich geschickt verarztet. Sie hatte sich selbst noch einige Minuten gegeben, um wieder zu Atem zu kommen, bevor sie sich auf die Suche nach Yoram machte. Es war seltsam, denn ganz egal, wie sie es betrachtete, hatte sie jeden Grund, ihm die Pest an den Hals zu wünschen. Stattdessen empfand sie vor allem eine tiefe, nagende Sorge, die sie nicht wirklich verstand. Dennoch machte sie sich auf die Suche nach ihm, kaum dass sie sich kräftig genug fühlte, auch nur einen Fuß vor den anderen zu setzen.

Aber vielleicht war das ja auch nur der Teil von ihr, der darauf beharrte, Yoram ganz persönlich den Hals umzudrehen.

Sie fand ihn weder im Erdgeschoss noch im Keller, in den sie sich zwar nicht hinabquälte, aber so lange nach unten rief, bis sie eine Antwort bekam. Als sie die Treppe nach oben in Angriff nehmen wollte, vertrat ihr einer von Olmos Kriegern den Weg und schüttelte grimmig den Kopf.

»Lass mich durch«, verlange Beka. »Ich will nach oben. Ich muss mit Yoram sprechen.«

Der Mann starrte sie nur an. Er war selbst verletzt und trug den linken Arm in einer unbeholfen improvisierten Schlinge. Ein langer, noch nicht einmal ganz verschorfter Schnitt spaltete sein Gesicht, und so, wie er sie ansah, war sie nicht einmal sicher, ob er sie überhaupt verstand; *Eine Sprache* hin oder her.

Trotzdem versuchte sie es in energischem Ton noch einmal: »Lass mich vorbei, verdammt! Ich muss mit Yoram sprechen. Es ist wichtig!«

Der Mann bemühte sich nur, sie noch finsterer anzustarren, und hinter ihr sagte eine Stimme, deren bloßer Klang sofort ihr schlechtes Gewissen weckte: »Spar dir die Mühe. Olmos hat verboten, dass irgendjemand mit ihm redet.«

Beka fuhr so abrupt auf dem Absatz herum, dass Rachel ganz instinktiv zurückprallte und den Kopf einzog, als hätte sie Angst, geschlagen zu werden. Beka machte ihrerseits einen halben

Schritt zurück und versuchte ein besänftigendes Lächeln auf ihr Gesicht zu zwingen, auch wenn sie bezweifelte, dass es ihr gelang. Rachel bot einen bemitleidenswerten Anblick. Sie war kreidebleich, und ihr Blick flackerte und war von etwas erfüllt, das sie erschrecken ließ. Auch ihr Arm war verbunden und hing in einer Schlinge, und unter dem zerschlissenen Kleid waren weitere Verbände zu erkennen.

»Wie fühlst du dich?«, fragte Beka und kam sich dumm dabei vor. Sie sah es schließlich mit eigenen Augen.

»Gut«, log Rachel. »Das ist nur ein Kratzer, keine Angst.« Sie machte sogar eine wegwerfende Geste mit dem unverletzten Arm, um ihre Behauptung zu beweisen, die sie aber wohl auch augenblicklich bereute, zumindest dem schmerzlichen Zucken ihrer Mundwinkel nach zu urteilen. Beka sparte sich jeden Kommentar.

»Was soll das heißen, Olmos will nicht, dass er mit jemandem redet?«, fragte sie.

»Er ist sehr wütend«, antwortete Rachel.

»Auf Yoram?«, wunderte sich Beka.

»Das weiß ich nicht.« Rachel schüttelte zwar bekräftigend den Kopf, maß sie aber mit einem Blick, als wüsste sie es sehr wohl und scheue sich nur, dieses Wissen laut auszusprechen. Was zum Teufel ging hier vor?

»Ist er schlimm verletzt?«, fragte sie, und ihr schlechtes Gewissen regte sich noch stärker.

»Weiß ich nicht.« Rachel war sogar eine noch schlechtere Lügnerin, als Beka angenommen hatte. »Aber er hat schon Heftigeres überlebt, keine Angst. Was ist mit Avi? Er ist mit euch rausgelaufen, aber ich finde ihn nirgendwo. Hast du ihn gesehen?«

Das hatte sie, und sie hatte ihn sterben sehen. Aber sie brachte es nicht übers Herz, das laut auszusprechen, und wahrscheinlich war das auch gar nicht mehr nötig. Rachels Augen wurden plötzlich noch dunkler, und tief an ihrem Grund erschien etwas

Neues und Erschreckendes. »Was ist mit ihm?«, fragte sie noch einmal. »Du weißt doch was! Was ist ihm passiert?«

»Es tut mir leid«, begann Beka, »aber Avi ist …«

*

Der Mann, der ihr gerade noch den Weg nach oben verwehrt hatte, stürmte warnungslos vor und stieß sie so derb aus dem Weg und gegen Rachel, dass sie beide gestürzt wären, hätte er sie zugleich nicht auch gegen die Wand gestoßen. Der Krieger stürmte an ihnen vorbei und weiter und zog sein Schwert. Seine breiten Schultern versperrten ihr die Sicht, sodass sie nicht erkennen konnte, was ihn so alarmierte, aber es brauchte auch nicht viel Fantasie, um es zu erraten. Funken stoben, und das helle Klirren von Metall ging in ein schmerzliches Grunzen über. Der Mann stolperte zurück, aus einer weiteren frischen Wunde blutend. Aber auch auf seiner Waffe glänzte hellrotes Blut, und als er zur Seite und schwer gegen die Wand taumelte sah sie eine gedungene Gestalt unter dem Eingang zusammenbrechen.

»Zeloten!«, keuchte Rachel entsetzt.

Alles ging viel zu schnell und zu chaotisch, als dass sie wirklich begriff, was geschah. Von draußen stürmten bereits zwei weitere Zeloten herein, die den verletzten Krieger mit Speer und Keule attackierten, und in der Dunkelheit hinter ihnen bewegten sich weitere missgestaltete Schatten. Ein Aluminiumpfeil mit neonfarbenen Plastikfedern zischte herein und bohrte sich kaum eine Handbreit neben Rachels Gesicht in die Wand. Der Krieger ergriff sein Schwert mit beiden Händen und warf sich den neu aufgetauchten Angreifern tapfer entgegen.

Rachel war verrückt genug, ein Messer zu ziehen und dasselbe tun zu wollen, und Beka packte sie blitzartig und hatte ihre liebe Mühe, plötzlich nicht selbst getroffen zu werden, als sich das Mädchen loszureißen versuchte und wild mit seiner Waffe herumfuchtelte.

Beka entrang ihr das Messer und warf es nicht nur weg, sondern zog Rachel rückwärts mit sich die Treppe hinauf. Der Krieger bot den hereindrängenden Zeloten zumindest im Moment noch Paroli, und aus den angrenzenden Zimmern stürmten gleich mehrere der größeren Jungen, um ihm beizustehen. Wenn es ihnen zusammen nicht gelang, die Zeloten abzuwehren, dann machten Rachel und sie bestimmt auch keinen Unterschied mehr.

Das Mädchen wehrte sich verbissen und trat ihr gleich mehrfach gegen das Schienbein, aber Beka zerrte es einfach weiter mit sich, bis sie den ersten Treppenabsatz erreichten. Unter ihnen war inzwischen eine regelrechte Schlacht ausgebrochen. Der Krieger hatte einen der neu aufgetauchten Angreifer niedergeschlagen, doch von draußen drängten noch mehr Zeloten herein, die ihn möglicherweise nur deshalb noch nicht überrannt hatten, weil der Platz dafür nicht ausreichte. Seine Bewegungen wurden langsamer und schwerfälliger, und er wurde Schritt für Schritt zurückgedrängt.

»Lass mich los!«, verlangte Rachel aufgebracht. »Ich will …«

»… dich umbringen lassen?«, fiel ihr Beka ins Wort und ließ sie nicht nur los, sondern schubste sie auch grob gegen die Wand. »Nur zu.«

Rachel funkelte sie an und wollte sich mit Gewalt an ihr vorbeidrängen, doch da wurde der Krieger unter ihnen endgültig überrannt, und noch mehr Zeloten drängten herein. Die Verteidiger wehrten sich tapfer, aber was sie schon einmal beobachtet hatte, wiederholte sich: Yorams Jungen wurden nur deshalb nicht einfach überrannt, weil der Platz für die Zeloten schlichtweg nicht ausreichte, um ihre Übermacht auszuspielen. Ganz im Gegenteil wurde sie dem vorderen Zeloten zum Verhängnis, denn von draußen drängten immer noch mehr und mehr Angreifer herein, die ihn einfach weiter nach vorne und in die wartenden Speere der Verteidiger schoben.

Der Zelot kreischte vor Angst, stemmte beide Füße gegen den

Boden und suchte mit wild rudernden Armen in der leeren Luft nach Halt und wurde nicht nur von gleich zwei Speeren aufgespießt; eine der bösartigen Metallspitzen durchbohrte ihn zur Gänze und grub sich auch noch ein gutes Stück in die Schulter des weiblichen Zeloten hinter ihm. Beinahe zeitgleich zischte ein weiterer Pfeil über die Köpfe der Zeloten hinweg und traf einen der Verteidiger.

Es war wenig mehr als ein Streifschuss und die Wunde kaum ein besserer Kratzer. Aber Schrecken und Schmerz ließen den Jungen seinen Speer loslassen, woraufhin die grausige Barrikade aus sterbenden Zeloten ins Wanken geriet und stürzte. Die überlebenden Zeloten trampelten kreischend über ihre Kameraden hinweg und droschen mit Schwertern und Knüppeln auf die Verteidiger ein, und unter ihnen brach endgültig ein erbarmungsloses Handgemenge los, in dem Freund und Feind schon nach der ersten Sekunde kaum mehr auseinanderzuhalten waren.

Beka versuchte es auch erst gar nicht, sondern packte Rachel am Arm und zerrte sie mit sich weiter die Treppe hinauf.

Wenigstens bis zum ersten Absatz, wo ihnen zwei weitere Krieger entgegenkamen, begleitet von einem halben Dutzend bewaffneter Jungen, die mit grimmigen Mienen vergeblich versuchten, ihre Furcht zu überspielen.

Beka presste sich mit angehaltenem Atem mit dem Rücken gegen die Wand, um sie vorbeizulassen, und Rachel nutzte die Gelegenheit, um sich erneut loszureißen und hinter den Jungen herzustürzen.

Genau drei Stufen weit, dann erklang eine schneidende Stimme: »Rachel! Zurück!«

In der Stimme war etwas, das keinen Wiederspruch duldete. Rachel blieb so abrupt stehen, dass sie auf der schmalen Stufe um ein Haar vom Schwung ihrer eigenen Bewegung nach vorne gerissen worden wäre und sich hastig am Treppengeländer festhalten musste. Beka sah über die Schulter zurück und riss erstaunt die Augen auf, als sie Yoram erkannte, der gerade die Treppe herabgehumpelt kam. Sie konnte ihm ansehen, wie viel Mühe ihm selbst die kleinste Bewegung machte.

Auf dem Treppenabsatz angekommen, musste er sich gegen die Wand sinken lassen, um nicht zu stürzen. Trotzdem sagte er beinahe noch schärfer: »Komm zurück, verdammt! Willst du, dass sie dich umbringen?«

Rachel funkelte jetzt ihn genauso herausfordernd-zornig an, wie sie es gerade bei Beka getan hatte. Ein weiterer Blick in die Tiefe schien sie allerdings davon zu überzeugen, dass er recht hatte. Beka tat dasselbe und bedauerte es fast sofort. Es herrschte blutiges Chaos. Durch den aufgebrochenen Eingang drängten immer mehr Zeloten. Noch hielten die Verteidiger irgendwie stand, aber für jeden Zeloten, den sie erschlugen, schienen draußen mindestens drei weitere darauf zu warten, seinen Platz einzunehmen.

»Nach oben!«, befahl Yoram mit heftigem Armwedeln. »Wenn sie durchbrechen, kann ich euch hier nicht verteidigen.«

Yoram sah nicht so aus, als könnte er *irgendjemanden* verteidigen, dachte Beka. Aber vielleicht konnte *sie* dort oben ja mehr für *ihn* tun.

Bevor sie antworten konnte, flammte draußen ein so grellweißer Blitz auf, dass alle Farben erloschen und das Licht einfach durch die Wände zu dringen schien. Der dazugehörige Donner krachte, noch bevor das grellweiße Flackern erlosch und tanzende Nachbilder auf ihren Netzhäuten hinterließ. Das Gewitter tobte jetzt direkt über dem Haus, und der dazugehörige Sturm schien nicht zu der Art zu gehören, in deren Zentrum vollkommene Stille herrschte.

*

Etwas traf das Haus wie ein Faustschlag der Götter. Staub und Holzsplitter regneten von der Decke, und ein tiefer, grollender Laut erklang, viel mehr zu spüren, als wirklich zu hören. Eine Sekunde lang rechnete sie ernsthaft damit, das Haus einfach unter sich zusammenbrechen zu sehen. Selbst die Zeit schien für einen Moment den Atem anzuhalten oder doch zumindest der Kampf unter ihnen, als hätte sich der furchtbare Anblick für alle Zeiten in ihre Netzhäute gebrannt.

Ein gewaltiges Klirren brach den Bann. Der Kampf tobte mit erbarmungsloser Wucht weiter, und plötzlich tauchten auch hinter den Verteidigern gedrungene Gestalten mit Waffen in den Händen und kreischendem Wahnsinn in den Gesichtern auf.

»Sie sind durchgebrochen«, keuchte Yoram. »Weg hier! Schnell!«

Aber wohin denn?, dachte Beka benommen. Es gab nichts, wohin sie fliehen konnten. Selbst wenn die Fenster oben nicht vergittert gewesen wären, saßen sie in der Falle. Wenn das Haus fiel, war es aus. Draußen wartete nichts als der Tod auf sie.

Sie streckte trotzdem die Hand nach Rachel aus, hakte sich bei ihr ein und riss sie einfach mit sich. Sie hatten zwei Stufen geschafft, als unter ihnen ein kollektiver Aufschrei ertönte. Zugleich nahm das Getöse der Schlacht noch einmal zu. Ein weiterer und womöglich noch grellerer Blitz ließ das gesamte Haus aufleuchten und machte sie für eine oder zwei Sekunden blind. Die Luft knisterte vor elektrischer Spannung.

Als sie wieder sehen konnte, gerann das lodernde Weiß am oberen Ende der Treppe zu einem verkrüppelten Schatten, der sich schwer auf eine Keule mit den Abmessungen eines kleinen Baumes stützte. Wäre Yoram auch nur zwei Stufen näher gewesen, hätte er keine Chance gehabt. So prallte er im allerletzten Moment zurück und entging dem Keulenhieb buchstäblich um Haaresbreite, verlor durch die abrupte Bewegung aber das Gleichgewicht und fiel nach hinten und schwer gegen die Wand.

Kaum eine Armeslänge über ihm rammte die Keule ein Loch in die Wand, und ein gewaltiger Fuß stampfte nach seinem Leib und verfehlte ihn ebenfalls um Haaresbreite, zermalmte aber die Stufe unter ihm. Die gesamte morsche Treppenkonstruktion neigte sich ächzend ein kleines Stück zur Seite, sodass auch der zweite und diesmal besser gezielte Keulenhieb sein Ziel verfehlte und lediglich Putz und Steinsplitter aus der Wand sprengte, die sich wie glühende Nadeln in Yorams und seinen Hals bohrten.

Der Junge schrie vor Schrecken und Schmerz gellend auf und reagierte so falsch, wie er nur konnte, indem er mit beiden Händen nach oben griff und sich an der monströsen Keule festklammerte. Der Zelot grunzte vor Wut, versetzte Yoram einen herzhaften Tritt in die Seite und riss seine Keule weiter in die Höhe. Yoram ließ immer noch nicht los, sodass er mit nach oben und auf die Füße gezerrt wurde. Seine strampelnden Füße trafen den riesenhaften Zeloten dabei eher versehentlich am Schienbein. Er hielt seine riesenhafte Keule jetzt (vollkommen mühelos) mit nur einer Hand und boxte dem zappelnden Jungen die andere in den Leib.

Yoram ließ seinen absurden Halt endlich los, fiel so hart auf beide Knie, dass Beka das trockene Knacken seiner Kniescheiben zu hören meinte, und dann nach hinten, als der Zelot das Knie hochriss und es ihm ins Gesicht rammte, dass das Blut nur so spritzte. Noch während er rücklings die Treppe herunterzuschlittern begann, riss der missgestaltete Angreifer seine gewaltige Keule in die Höhe.

Ein silbernes Funkeln raste über Bekas Schulter hinweg und grub sich mit solcher Gewalt in Yorams Stirn, dass er von den Füßen und nach hinten gerissen wurde und einen kompletten halben Salto schlug. Kaum dass er auf den splitternden Stufen aufgeschlagen war, erschienen eine zweite und praktisch gleichzeitig auch noch eine dritte zerlumpte Gestalt in den Schatten über ihm.

Beka zog Yoram so weit wie möglich zur Seite, während die morschen Bodendielen unter heranstampfenden Schritten zu beben begannen. Es stank nach Blut und Tod, das helle Klingeln von Metall und das Keuchen und Schreien der Kämpfenden und Sterbenden marterten ihr Gehör, und Rachel nutzte zu allem Überfluss auch noch das Chaos, um nach unten zu stürmen.

Sie kam nicht einmal ganze drei Schritte weit, dann wurde sie von einer Gestalt mit wehendem grauem Haar und wippenden Schläfenlocken über den Haufen gerannt, der sich noch zwei weitere waffenschwingende Krieger angeschlossen hatten. Zu dritt machten sie nicht nur kurzen Prozess mit den Zeloten, sie stürmten auch praktisch ohne langsamer zu werden weiter. Nur einen Moment später hörte sie erneut Schreie und Kampflärm. Als Rachel sich wieder aufrappelte und kehrtmachte, um hinter den Kriegern herzustürmen, versuchte Beka nicht noch einmal, sie zurückzuhalten. Sollte sie sich doch den Schädel einschlagen lassen, wenn sie so großen Spaß daran hatte!

Stattdessen beeilte sie sich, Yoram auf die Seite zu drehen und seinen Kopf in den Nacken zu beugen, als er die Augen aufschlug und zu würgen begann. Irgendwie gelang es ihm, sich nicht zu übergeben. Dafür begann er am ganzen Leib zu zittern. Auf manchen der gerade erst angelegten Verbände erschienen schon wieder hässliche rote Flecken. Immerhin waren seine Augen nicht mehr trüb. Dabei war Beka ziemlich sicher, dass er sich nicht unbedingt darüber freute, wieder zu sich zu kommen.

»Bleib einfach liegen«, sagte sie. »Alles wird gut.«

Sie kam sich ziemlich albern bei dieser Behauptung vor. Yoram drehte auch mühsam den Kopf und zwang etwas auf sein Gesicht, das er vermutlich für ein Grinsen hielt. »Schön, dass du dich um mich sorgst«, sagte er hustend.

»Tu ich nicht«, behauptete Beka, und über ihnen gellte ein spitzer Schrei, wie um ihre Behauptung von gerade endgültig ad absurdum zu führen. Trotzdem fuhr sie mit einem zusätzlichen bekräftigenden Kopfschütteln fort: »Ich will nur sicher sein, dass dir nichts zustößt. Nicht, bevor ich dir persönlich den Hals umgedreht habe.«

Yoram versuchte zu lachen, was aber nur zu einem weiteren Hustenanfall führte. Beka wollte eine weitere Frage stellen, stand aber stattdessen nur wortlos auf und folgte Rachel die Treppe hinauf. Es kostete sie eine Menge Überwindung, über die erschlagenen Zeloten hinwegzusteigen. In der nächsten Etage angekommen stieß sie auf zwei weitere Tote; einen Zeloten, der so schrecklich verwachsen war, dass sich ihr Verstand fast weigerte, ihn als menschliches Wesen zu erkennen, und einen der drei Männer, die gerade an ihr vorbeigestürmt waren.

Von den beiden anderen und Rachel war nichts zu sehen, aber die Tür zu Yorams Zimmer stand halb auf. Auch dahinter waren die Geräusche eines erbitterten Kampfes zu hören. Außerdem führte eine breite Blutspur dorthin. Die Tür stand nicht nur halb auf, sie war auch halb aus den Angeln gerissen und geborsten, und das Zimmer dahinter glich einem Schlachtfeld. Gleich nach der Tür lagen zwei weitere tote Zeloten, und ein dritter klammerte sich an die Fensterbrüstung, um sich hereinzuziehen.

Das Gitter war aus der Wand gerissen worden, und Olmos und sein überlebender Krieger versuchten gerade mit vereinten Kräften einen weiteren Angreifer abzuwehren, der sich durch das zweite aufgebrochene Fenster hereinzwängen wollte. Rachel hockte in einer Ecke auf den Knien und hielt sich den verbundenen Arm, und von unten wehten Geschrei und Getöse zu ihnen herauf und noch immer das Krachen ununterbrochen rollenden Donners.

Yoram stieß den zweiten Zeloten das Schwert in den Leib, der lautlos nach hinten und in die Tiefe kippte, und Beka drehte sich zum anderen Fenster um. Hatten Yoram und sein Begleiter nicht gemerkt, dass auch von dort Gefahr drohte?

Dann erkannte sie ihren Irrtum, und ein neuerlicher, noch

eisigerer Schrecken durchfuhr sie. Es gab keine zweiten Angreifer. Lediglich seine Hände krallten sich noch in den zersplitterten Fensterrahmen. Als sie von morbider Neugier getrieben näher trat, sah sie etwas, das ihr schier das Blut in den Adern gerinnen ließ: Der Winkel war noch immer zu steil, das heftig flackernde Licht zu grell, um wirklich Einzelheiten zu erkennen. Aber das musste sie auch nicht, um zu sehen, dass der Platz vor dem Haus nahezu schwarz vor Zeloten war. Es mussten Dutzende sein, wenn nicht Hunderte, eine einzige, geifernde, waffenschwingende Masse, die brüllend gegen das Haus anrannte und einfach hereinkommen musste, ganz egal, was die Verteidiger auch versuchten.

*

Olmos winkte ihr zu, schrie etwas, das Beka in ihrer Aufregung nicht verstand, und streckte dann blitzartig die Hand nach ihr aus, um sie zur Seite zu reißen. Ein neonfarben gefiederter Pfeil jagte so dicht an ihrem Gesicht vorbei, dass sie den Luftzug spüren konnte, und grub sich mit einem knirschenden Laut in die Decke. Olmos versetzte ihr einen zweiten und sogar noch heftigeren Stoß, der sie quer durchs Zimmer und gegen die Wand neben der Tür stolpern ließ.

»Pass verdammt noch mal auf!«, fuhr er sie an. »Ich habe dich nicht gerettet, damit du dich jetzt erschießen lässt!«

Beka war viel zu perplex und verängstigt, um irgendetwas zu sagen; oder auch nur wirklich zu begreifen, was er gerade gesagt hatte. Sie starrte den Pfeil an, der über ihr in der Decke steckte und sie um ein Haar getötet hätte. Etwas war damit, mit ihm oder dem, der ihn abgeschossen hatte, aber sie kam nicht darauf, denn gerade als sich die Erinnerung wirklich regen wollte, war Olmos mit einem einzigen, großen Schritt bei ihr und riss sie – wortwörtlich – in die Wirklichkeit zurück. »Hast du das verstanden?«

Beka war nicht ganz sicher. »Nein«, sagte sie vorsichtshalber.

»Du bleibst in meiner Nähe«, befahl Olmos, gepresst und auf eine Art, die keinen Zweifel daran aufkommen ließ, dass er sich beherrschen musste, um nicht etwas sehr viel Unfreundlicheres zu sagen. »Ganz egal, was passiert!«

»Auch wenn dir etwas zustößt?«

Sie hatte das nicht sagen wollen, aber sie konnte auch nicht anders. In Olmos' Augen blitzte es genauso wütend auf, wie sie es erwartete. Er beherrschte sich jedoch und verzichtete ganz auf eine Antwort, indem er sich in befehlendem Ton an seinen Begleiter wandte und zugleich auf Rachel deutete. »Du bleibst hier und passt auf, dass wir nicht noch mehr böse Überraschungen erleben. Wenn du Verstärkung brauchst, dann schickst du das Mädchen.«

»Aber …«, begann Rachel, und Olmos fuhr auf dem Absatz herum und stürmte aus dem Zimmer, Beka einfach hinter sich herreißend. Wenn Rachel noch etwas sagte, dann hörte sie es nicht mehr, denn draußen angekommen, wurden Geschrei und der Kampflärm von unten schlagartig lauter. So schnell, dass sie gerade noch mithalten konnte, ohne zu stürzen, zerrte Olmos sie hinter sich her und die Treppe hinab und ließ sie erst los, als sie wieder neben Yoram angekommen waren.

Der Junge hatte sich inzwischen halb aufgesetzt und saß mit dem Rücken gegen die Wand gelehnt da, aber das war auch schon die einzig gute Nachricht. Er war so weiß wie die sprichwörtliche Wand, und seine Verbände bewiesen, dass die meisten seiner Wunden wieder aufgebrochen waren und bluteten.

Olmos' Mitgefühl hielt sich jedoch in engen Grenzen. Er stieß Beka grob neben sich gegen die Wand. »Kümmere dich um ihn!«, raunzte er. »Bring ihn nach unten!«

Beka sah hilflos auf den benommen wirkenden Jungen hinab. Wofür zum Teufel hielt er sie? »Aber ich weiß doch gar nicht …«

Olmos machte noch einmal kehrt, zerrte Yoram grob in die Höhe und gestikulierte so unwirsch mit der freien Hand, dass Beka hastig nach seinem Arm griff und ihn sich um die Schulter legte, wie sie es vorhin schon einmal getan hatte. Sein Gewicht drohte sie von den Beinen zu reißen, als sie Olmos auch die nächste Treppe hinab nach unten folgte. Yoram biss tapfer die Zähne zusammen und versuchte ihr sogar zu helfen, machte es dadurch aber eher schlimmer, und es gelang ihm auch nicht, ein gepeinigtes Stöhnen zu unterdrücken.

Irgendwie schafften sie es, unbeschadet unten anzukommen. Vor dem Eingang wurde noch immer gekämpft, ein verbissenes Handgemenge, in dem Olmos und zwei oder drei Männer die Hauptlast trugen, um nicht zu sagen, der einzige Grund waren, aus dem die Zeloten die Verteidiger nicht längst überrannt und alles hier drinnen niedergemetzelt hatten.

Aber auch das würde nicht mehr lange so bleiben, dachte sie. Olmos versetzte zwar gerade einem vorwitzigen Zeloten einen Fausthieb ins Gesicht, der ihn benommen zurück- und wieder nach draußen torkeln ließ. Doch sofort nahm ein weiterer Angreifer seinen Platz ein, als wäre die Zahl der Zeloten einfach unerschöpflich.

Und wenn das, was sie gerade oben zu sehen geglaubt hatte, auch nur annähernd der Wahrheit entsprach, dann stimmte das wohl auch.

Die Schuld der Verteidiger war es nicht. Keiner von Olmos Männern war ohne Verletzung davongekommen. Er selbst blutete aus mindestens zwei ernsthaften und einem halben Dutzend nicht ganz so tiefer Schnitte – was nicht hieß, dass nicht jeder einzelne ausgereicht hätte, um Beka komplett außer Gefecht zu setzen.

Sie selbst war bisher wie durch ein kleines Wunder mit ein paar harmlosen Schrammen davongekommen, aber damit war sie wohl die große Ausnahme. Aus dem hinteren Teil des Hauses drangen Schreie und die unverkennbaren Geräusche eines erbitterten Kampfes, an dessen Ausgang es keinen Zweifel mehr geben konnte.

Beka stolperte los. An einem halben Dutzend verrammelter Türen vorbei schleifte sie Yoram in den großen Versammlungsraum. Das Zimmer, das ihr bisher so groß vorgekommen war, erschien ihr mit einem Male winzig, so viele verängstigte Kinder drängten sich hier. Zwei Krieger von Olmos' Stamm waren gerade damit beschäftigt, die Fenster mit Tischplatten zu verbarrikadieren und die abgebrochenen Beine als Knüppel an die größeren Jungen zu verteilen; wobei *größer* in diesem Fall sieben oder acht Jahre alt bedeutete, alle älteren waren wohl draußen, um bei der Verteidigung zu helfen und vermutlich dabei zu sterben.

Beka hütete sich, den Gedanken allzu konsequent zu verfolgen. Stattdessen hielt sie nach einem halbwegs bequemen Platz Ausschau, an dem sie Yoram abladen konnte. Angesichts der hier herrschenden Enge nahm sie schließlich mit dem Boden gleich neben der Tür vorlieb, sodass er sich wenigstens an die Wand lehnen konnte. Kaum hatte sie es getan und ihn losgelassen, presste er auch schon wieder die Hände gegen den Boden und versuchte sich hochzustemmen.

Beka schubste ihn mit sanfter Gewalt zurück. »Lass das!«, sagte sie streng.

»Eine Waffe«, presste Yoram zwischen zusammengebissenen Zähnen hervor. »Ich brauche eine Waffe. Hilf mir!«

»Mach dich nicht lächerlich.«

Yoram versuchte sich schon wieder hochzustemmen, und diesmal schubste sie ihn deutlich unsanfter zurück, sodass seine Zähne aufeinanderschlugen und er mit einem schmerzerfüllten Zischen die Luft ausstieß. Etwas traf die Tischplatte vor dem Fenster mit genügend Wucht, um das Holz zu spalten, und von draußen wehte ein vielstimmiger triumphierender Chor herein. Vielleicht hatte Yoram ja noch nicht einmal ganz unrecht damit, sich eine Waffe zu wünschen.

Allmählich begann sich eine ganz andere Art dumpfer Verzweiflung in ihr breitzumachen. Sie hatten verloren, endgültig. Aber änderte das wirklich etwas für sie?

Die Welt, wie sie sie kannte, existierte nicht mehr. Sie war vor sieben Jahren untergegangen, und was noch davon übrig war, war zu einer verbrannten Wüste voller Ungeheuer geworden. Natürlich hatte sie Angst zu sterben, mehr und schlimmere, als sie je zuvor in ihrem ganzen Leben gespürt hatte. Aber da war auch eine ganz leise, hartnäckige Stimme, die sie fragte, ob der Tod nicht die einfachere Alternative dazu war, in einer Welt weiterzuleben, in der sie niemanden kannte und nichts auf sie wartete; außer Flucht und Schmerz und Tod und Angst und eine Million unterschiedlicher Gefahren.

Und dennoch war das nicht die Beka, die sie kannte, in der diese Art endgültiger Resignation hochstieg, und so weckte sie vor allem ihren Trotz.

Ein weiterer und sogar noch einmal heftigerer Schlag traf das Fenster, und eine schmale Hand mit nur drei Fingern grabschte durch den Riss, der prompt daraufhin entstand, und tastete blindlings umher. Die Zeloten mochten vieles sein, aber eines waren sie gewiss nicht: besonders helle. Olmos' Krieger erteilte den Zeloten draußen auch gleich eine schmerzhafte diesbezügliche Lektion, indem er die tastende Hand mit seinem Messer durchbohrte. Sein Kamerad wartete, bis der Zelot den Arm mit einem gellenden Schmerzensschrei zurückgezogen hatte, und stocherte dann mit seinem Speer nach draußen. Ein noch lauteres Kreischen antwortete, und die improvisierte Barrikade erbebte unter einem Trommelfeuer wütender Schläge.

Anscheinend waren die Zeloten aber auch nicht die Einzigen, die die Weisheit nicht unbedingt mit Löffeln gefressen hatten, dachte Beka. Wenn Olmos Männer die Angreifer so richtig wütend machen wollten, dann hatten sie ihr Ziel erreicht. Etliche der kleineren Kinder begannen vor Angst zu weinen, und Yoram versuchte noch einmal in die Höhe zu kommen. Diesmal hinderte Beka ihn nicht daran. Aber sie ignorierte auch seine ausgestreckte Hand, mit der er ihr signalisierte, ihm hochzuhelfen.

*

Draußen … geschah etwas. Die Schreie wurden lauter und klangen aufgebrachter und wütender. Noch mehr Fäuste hämmerten gegen die dicken Holzplatten vor den Fenstern; an einer Stelle auch eine rostige Speerspitze, die abbrach, als ihr Besitzer sie zu hastig zurückzuziehen versuchte. Der Krieger stocherte erneut mit seinem Speer nach draußen, traf aber diesmal nichts. Dafür dröhnte die improvisierte Barrikade auf der anderen Seite unter einer Reihe noch härterer Schläge und barst an einer Stelle. Noch ein letzter, halbwegs ernst gemeinter Ansturm, dachte sie, und sie würde nachgeben.

Er kam nicht.

Stattdessen geschah etwas anderes, von dem sie zunächst nicht einmal sagen konnte, was es war, außer dass es gewaltig war. Vielleicht für eine halbe Sekunde wurde es draußen vollkommen still, dann setzten Lärm und Schreie jäh wieder ein, und etwas wie der Ruf eines großen Vogels erklang und ging im Lärm eines erbitterten Kampfes unter, der auf der anderen Seite des Fensters losbrach.

Vielleicht war es auch kein Kampf, sondern etwas komplett anderes: Sie hörte Schreie, Schritte und hastiges Rennen und Flüchten und wieder Schreie und Laute wie von Sensenklingen, die die Luft teilten. Es dauerte nicht einmal eine Minute, ein Chaos aus entsetztem Gebrüll und verzweifeltem Weglaufen und Flehen und grässlichen Sensen-Lauten, wie ein winziger Ausschnitt komprimierter Zeit, der das Haus traf und wanken ließ. Etwas Gewaltiges und vollkommen Unaufhaltsames ballte sich wie eine unsichtbare Faust, die zum Schlag erhoben wurde … und verschwand.

Es ging so schnell, dass nicht nur Beka ganz instinktiv den

Atem anhielt und nicht einmal mehr sicher war, ob ihr Herz noch schlug. Für eine Sekunde, die ihr wie eine Ewigkeit vorkam, wurde es vollkommen still. Das Weinen der Kinder, die grässlichen Kampfgeräusche und das Ächzen des Hauses, das Geräusch ihrer eigenen Atemzüge und das schwere Schlagen ihres Herzens – alles verstummte, als hätte die Zeit selbst den Atem angehalten, wie ein verängstigtes Tier, das sich unter den Flügelschlägen eines großen Raubvogels duckte.

Dann war es vorbei. Die Zeit bewegte sich weiter. Geräusche und Angst und das panische Weinen der Kinder kehrten zurück. Aber etwas fehlte. Durch die Risse in den geborstenen Tischplatten sickerte Dunkelheit wie eine schwarze Flüssigkeit herein, die sich augenblicklich daranmachte, jegliches Leben zu ersticken. Der Kampf schien vorbei zu sein, zumindest hier in diesem Teil des Hauses.

Aber nicht vor dem Haus. Von dort aus wehte immer noch Kampflärm zu ihnen heran.

Yoram stieß sich mit zusammengebissenen Zähnen von der Wand ab und humpelte los. Er hatte nicht genügend Kraft, aufrecht zu gehen, sondern schrammte mit der Schulter schwer an der Wand entlang und musste sich zu jedem einzelnen Schritt zwingen.

Beka konnte beim besten Willen nicht sagen, ob sie nun über seine Sturheit entsetzt sein oder ihn für seine Zähigkeit bewundern sollte; vielleicht ein bisschen von beidem. Sie folgte ihm hastig und hielt sich bereit, jederzeit zuzugreifen, sollten ihn die Kräfte verlassen und er stürzen. Zugleich war die Stimme in ihren Gedanken wieder da, die aber jetzt eindeutig hysterisch klang und sie fragte, ob sie eigentlich endgültig den Verstand verloren habe, ihm zurück ins Zentrum der Schlacht zu folgen, die noch immer vor dem Eingang tobte.

Der Kampf hatte sogar noch einmal an Heftigkeit zugenommen, obwohl nur noch Olmos selbst und einer seiner Krieger auf den Beinen standen – was für sich genommen schon ein kleines Wunder war, so wie sie aussahen. Etliche Männer, und zu ihrem Entsetzen auch eine große Anzahl von Yorams Kinderpflegern, lagen blutend und stöhnend am Boden, und mehr als einer rührte sich gar nicht mehr und würde es wohl auch nie wieder. Der Bereich vor dem Eingang war in frischem hellem Rot lackiert, in dem ihre Schritte widerlich schmatzende Laute verursachten, und ein kleiner Junge kam ihnen wimmernd entgegen, dem drei Finger der rechten Hand fehlten.

Wie es aussah, waren sie gerade zur rechten Zeit gekommen, um den letzten Akt des Dramas zu erleben. Olmos verbliebener Mitstreiter brach gerade mit einem keuchenden Schrei in die Knie, von einem Pfeil mit neonfarbigen Plastikfedern getroffen, der sich tief in seinen linken Oberschenkel grub. Diesmal sah Beka genau, wer ihn abgeschossen hatte: ein knappes Dutzend Schritte vor dem Haus stand ein auffallend schlanker, kleinwüchsiger Zelot, auf dessen Rücken ein ganzer Köcher mit bunt gefiederten Sportpfeilen hing. Etwas an ihm war anders als an den anderen Zeloten, aber es gelang ihr nicht, den Unterschied zu greifen.

Um ein Haar hätte sie der Versuch das Leben gekostet, denn sie stand einfach wie gelähmt da und glotzte, während der Zelot einen weiteren Pfeil aus dem Köcher nahm und auf die Sehne legte. Spätestens jetzt sollte sie reagieren. Aber sie stand einfach nur weiter da, wie zur sprichwörtlichen Salzsäule erstarrt, und blickte den schlanken Zeloten an, der zwischen all den missgestalteten, muskulösen Schatten draußen sonderbar fehl am Platze wirkte und an dem bei aller Fremdartigkeit zugleich auch etwas schon fast unheimlich Vertrautes war.

Dann begriff sie es: Sie hatten diesen Zeloten schon einmal gesehen. Es war derselbe, dessen zischelnde Stimme Yoram und ihr vorhin draußen das Leben gerettet hatte, indem sie die anderen daran hinderte, sie augenblicklich umzubringen. Aber vielleicht war es auch nur eine Gnadenfrist gewesen, die genau jetzt endete.

Der Zelot zog die Sehne zurück. Irgendjemand schrie ihren Namen. Der Zelot ließ den Pfeil los, und Olmos ergriff die halb aus den Angeln gerissene Tür und warf sie mit einer gewaltigen Kraftanstrengung zu. Ein Zelot, der gerade hereinstürmen wollte, wurde getroffen und zurückgeschleudert. Holzsplitter flogen, ein Schmerzensschrei wurde laut, und die Pfeilspitze durchschlug die Tür noch um eine gute Handbreit, bevor sie zitternd stecken blieb.

Praktisch im selben Sekundenbruchteil erbebte das Türblatt unter einem zweiten und so harten Anprall, dass es fast komplett riss und eigentlich auf der Stelle hätte auseinanderbrechen müssen. Das geschah jedoch nicht.

Stattdessen begannen die Schreie.

Aus dem hysterischen Johlen der außer Rand und Band geratenen Meute wurde etwas viel Gefährlicheres. Es war wie eine getreuliche Wiederholung des schrecklichen Geschehens von gerade, nur lauter, näher und auf eine grausige Weise persönlich; als gälte der gesamte schreckliche Angriff einzig und allein ihr.

Und ganz egal, wie absurd die Vorstellung auch sein mochte – für einen Moment *wusste* sie einfach, dass es genauso war.

Der Augenblick verging so schnell, wie er gekommen war, und die Realität kehrte mit erschreckender Wucht zurück. Schreie und die Geräusche einer ebenso verzweifelten wie aussichtslosen Flucht nahmen nun noch einmal zu, das Klirren von Waffen und die Todesschreie der Sterbenden. Etwas traf die schief in den Angeln hängende Tür mit solcher Urgewalt, dass sie sich buchstäblich in ihre Einzelteile auflöste und ins Haus hereinexplodierte.

Ein sterbender Zelot taumelte herein. Er fiel auf die Knie und kippte dann nach vorne, sein Rücken eine einzige klaffende Wunde, wie von einer gigantischen Schwertklinge aufgeschlitzt. Hinter ihm tobte etwas anderes heran, eine Woge aus Dunkelheit und zu reiner Vernichtung verdichtetem Zorn, als hätte die

Hölle selbst ihre Pforten aufgestoßen, um ihren schlimmsten nur vorstellbaren Schrecken auf die Welt loszulassen.

Aber das war es nicht. Es war das genaue Gegenteil, und auch das begriff sie einen halben Wimpernschlag, bevor er nahe genug war, um ihn wirklich zu erkennen.

Ein Engel kam, und sein Zorn eilte ihm voraus.

17

Zadkiel musste Kopf und Schultern weit nach vorne beugen und die gewaltigen Schwingen eng an den Körper legen, um überhaupt durch den Türrahmen zu passen, obwohl sie ihn weder als *so* riesenhaft noch die Türe hier drinnen als außergewöhnlich niedrig oder schmal in Erinnerung hatte. Zorn umgab ihn wie eine Wolke knisternder elektrischer Spannung, unter deren bloßer Nähe sich ihre Seele krümmte wie ein getretener Wurm. Blut tropfte von seinen schwarzen Klingenfedern, und in seinen Augen loderte etwas, dessen bloße Existenz töten konnte. Anstelle von Schreien und Kampflärm folgte ihm eine Schleppe aus verheerender Stille, vor der selbst das Getöse des Sturmes zurückzuschrecken schien. Seine Flügel gruben tiefe Furchen in die Wände zu beiden Seiten, sodass Beka hastig den Kopf einzog, als er an ihr vorbei- und die Treppe nach oben hinaufstürmte, die unter seinem Gewicht ein bedrohliches Krachen und Ächzen hören ließ.

Erst als er auf halber Höhe angekommen war, gelang es ihr, den Blick von der monströsen geflügelten Gestalt loszureißen und neben Yoram in die Hocke zu sinken. Den Jungen hatten inzwischen endgültig die Kräfte verlassen, wenn nicht das Bewusstsein. Er hocke mit angezogenen Knien und nach vorne gesunkenem Kopf da und rührte sich nicht. Aber seine Brust hob und senkte sich, und er lebte, und das war beinahe schon mehr, als sie vor einer Minute noch zu hoffen gewagt hätte.

Sie streckte die Hand nach ihm aus, wagte es aber dann doch nicht, ihn zu berühren, und wandte sich stattdessen zur Tür. Verständlicherweise hatte sie es bisher noch nicht einmal bemerkt, aber das Gewitter hatte sogar noch einmal an Kraft gewonnen und tobte jetzt unmittelbar über dem Haus. Regen klatschte ihr wie eine eisige nasse Hand ins Gesicht und der Boden zitterte unter dem Krachen der Donnerschläge. Die Blitze flackerten ununterbrochen und löschten nicht nur alle Farben aus, sondern schienen die reglosen Körper auf der Straße auch zu unheimlichem zuckendem Leben zu erwecken.

Vollkommen unmöglich zu sagen, wie viele, aber Beka erinnerte sich nur zu gut an die kleine Armee Zeloten, die sie vom Fenster aus gesehen hatte. Sie glaubte nicht, dass auch nur einer von ihnen davongekommen war. Niemand entkam dem Zorn eines Engels. Der strömende Regen hätte den Geruch längst aus der Luft waschen sollen, aber es stank so durchdringend nach Tod, dass es ihr die Kehle zuschnürte und ihre Füße ganz ohne ihr Zutun einen Schritt zurück ins Haus taten, gegen den sie sich auch nicht sträubte. Hier draußen lebte vielleicht nichts mehr, aber die Gefahr war längst nicht vorbei. Etwas war hier. Etwas, das schlimmer als tödlich war. Sie war sich nicht sicher, ob sie das Haus überhaupt noch verlassen konnte. Vielleicht konnte das niemand mehr. Vielleicht gab es nur noch das *hier drinnen*, und draußen wartete die Hölle.

Und wenn es genau umgekehrt war?, flüsterte die Stimme in ihrem Kopf. Was, wenn …?

Beka atmete tief durch und versuchte sich auf irgendetwas zu konzentrieren, nur nicht auf das, was die Stimme in ihrem Kopf ihr einzureden versuchte. Ihr Blick suchte vergeblich Yoram und blieb dann an Olmos hängen. Der Anführer des Stammes Ephraim kümmerte sich um seine verletzten Männer, wobei selbst Beka sah, dass die einzige Hilfe, die vielen noch zuteilwerden konnte, ein paar tröstende Worte waren. Auch die, die nicht todgeweiht waren, bluteten aus ebenso hässlichen wie tiefen Wunden.

Aber das galt genau genommen für jeden hier, abgesehen von ihr selbst. Auch Beka hatte ein paar Schrammen und Kratzer davongetragen, die sie zum Großteil bisher noch nicht einmal bemerkt hatte. Darüber hinaus aber schien sie die Einzige ohne wirklich ernsthafte Verletzung zu sein. Ein allgemeines Stöhnen und Wehklagen und Weinen erfüllte das Haus. Bekas Herz zog sich zu einem stacheligen Ball aus Eis zusammen, als sie sah, dass alleine hier mindestens drei von Yorams Kinderkriegern ihren Widerstand mit dem Leben bezahlt hatten; und noch mehr mit schlimmen Wunden, von denen sich weder ihre Körper noch ihre Seelen jemals wieder ganz erholen würden.

Der Anblick ging ihr näher, als er es sollte, nach allem, was sie bisher hier erlebt (und erlitten) hatte. Aber es gab wohl Dinge, an die man sich nie gewöhnte. Sie wollte es auch nicht.

Ihre Hände waren längst rot und glitschig vor Blut, von dem nur sehr wenig von ihr stammte und das wie Säure auf ihrer Haut zu brennen schien, und sie dachte noch einmal dasselbe wie vor ein paar Augenblicken schon einmal, nur dass sie sich diesmal fragte, ob sich *ihre* Seele jemals von all dem Schrecklichen erholen würde.

Eine Zeit lang kümmerte sie sich halbherzig – und immer noch auf der Suche nach Yoram – um die Verletzten, obwohl es sie schon fast ihre gesamte Kraft kostete, sie auch nur anzusehen, geschweige denn zu berühren. Plötzlich traf sie ein derber Stoß in die Seite, und eine zornige Stimme zischte unmittelbar neben ihrem Ohr: »Was glaubst du eigentlich, was du da tust?«

Beka sah hoch, blinzelte eine Sekunde lang verdutzt in ein Gesicht, das so schmutzig war, dass sie im ersten Augenblick nicht einmal sein Geschlecht bestimmen konnte und fuhr dann erschrocken zusammen, als sie wieder nach unten sah. Sie hatte einfach nur zu helfen versucht und nicht einmal einen Gedanken daran verschwendet, wem sie da half. Es spielte auch keine Rolle.

Für sie. Für den Besitzer des schmutzigen Gesichts unter ihr offensichtlich schon, denn er fuhr in nun eindeutig drohendem Ton fort: »Warum nimmst du dir nicht gleich ein Messer und rammst es mir in den Leib? Das spart dir eine Menge Mühe und Zeit.«

Beka begriff nicht, was damit gemeint war. »Aber das ist doch nur …«

»Ein Zelot«, unterbrach sie eine andere und rauere Stimme. Zugleich legte sich eine vor Blut klebrige Hand auf ihre Schulter und zerrte sie so grob in die Höhe, dass es wehtat. »Wir helfen ganz bestimmt keinen Zeloten.«

Beka schüttelte Olmos' Hand nicht nur mit einer zornigen Bewegung ab, sondern gab ihm auch im Stillen recht. Vielleicht war der Zelot, um den sie sich gerade gekümmert hatte, genau der, der ihm noch vor einer Minute die Kehle durchzuschneiden versucht hatte. Oder ihr. Aber das war nur die halbe Wahrheit, und es hinderte sie auch nicht daran, ihn noch herausfordernder anzufunkeln und zu antworten: »Warum nicht? Ist ihr Blut etwa nicht rot?«

Sie war nicht einmal sicher, ob es das war, und Olmos verzog auch nur abfällig die Lippen, schob sie noch ein Stück weiter zurück und ließ sich mit knackenden Kniegelenken neben dem schwer verletzten Zeloten in die Hocke sinken. Dann wiederholte sich das Knacken noch einmal und wurde zu einem splitternden Krachen, als er ihm mit einer einzigen Bewegung das Genick brach.

Beka wartete darauf, dass sich der zugehörige Schrecken oder doch zumindest eine gerechte Empörung einstellte. Doch nichts davon geschah. War sie schon so abgestumpft, nach der kurzen Zeit, die sie hier war?

Ein Stöhnen machte sie auf jemanden aufmerksam, der sich

ein Stück weit in Richtung Versammlungsraum geschleppt hatte. Yoram.

Beka war mit einem einzigen Schritt neben ihm und ließ sich in die Hocke sinken. Yoram hockte immer noch benommen da, mit offenen Augen und leerem Blick und ohne zu blinzeln, so als bekäme er überhaupt nichts mit.

Sie streckte die Hand nach ihm aus, doch bevor sie ihn berühren konnte, drangen Schreie und ein anhaltendes Poltern und Krachen von oben zu ihr herab. Ein abschließender gellender Schrei erscholl, gefolgt von einem Ausrufezeichen in Form eines dumpfen Aufpralls, und schließlich hörte sie das splitternde Geräusch, mit dem eine Tür aus den Angeln gerissen und an der Wand zerschmettert wurde.

Augenblicke später erschien eine riesige geflügelte Gestalt am oberen Ende der Treppe. Die Luft in ihrer Umgebung flimmerte vor tosendem Zorn.

Und dann erklang auch schon Zadkiels Stimme: »Bringt sie hoch! Beide.«

Auch sie hatte sich verändert und klang jetzt irgendwie ... *größer*, als sie sie in Erinnerung hatte. Ein tiefes, vibrierendes Grollen, so voller Furcht einflößender Gewalt, dass sich die Schöpfung selbst angstvoll zu ducken schien. Etwas Böses und durch und durch Fremdartiges schwang darin mit, das es ihr sogar unmöglich machte, nach oben und ins Antlitz des schwarzen Engels zu sehen.

*

Olmos schob sie mit alles anderer als sanfter Gewalt zur Seite, lud sich Yoram trotz seines verletzten Arms erneut über die Schulter und bedeutete ihr mit einer ruppigen Geste vorauszugehen. Beka konnte sich nicht nur auf Anhieb ungefähr eine Million Orte vorstellen, an denen sie im Moment lieber wäre als dort oben, aber sie konnte zugleich auch nicht anders, als zu gehorchen und hinter ihm die Treppe hinaufzugehen.

Zadkiel wandte sich wieder um und ging mit halb ausgebreiteten Flügeln voraus, sodass die schwarzen Eisenfedern Staub und Steinsplitter und Funken aus den Wänden frästen. Als er durch eine aufgebrochene Tür am Ende des Korridors trat, zertrümmerte er auch noch den Türrahmen, sodass noch mehr Staub aufwirbelte und zum Husten reizte. Trotzdem sah sie, dass auch hier das Fenstergitter mit brutaler Gewalt aus der Wand gerissen worden war.

Etliche reglose Gestalten lagen am Boden (und zu ihrem Entsetzen auch ein paar abgerissene Gliedmaßen). Es stank so sehr nach Blut und Tod, dass es ihr die Kehle zuschnürte. Auf eine herrisch-befehlende Geste des Engels hin lud Olmos Yoram so unsanft auf dem Boden ab, dass sein Kopf mit einem hörbaren Knall auf dem Boden aufschlug. Instinktiv eilte Beka zu ihm und führte auch diese Bewegung nicht zu Ende, als Zadkiel eine unwillige Geste machte; kaum mehr als ein kurzes Flattern mit den Fingern, unter dem sie trotzdem zurückprallte, als hätte er sie geschlagen.

»Danke«, sagte Olmos. »Wenn Ihr nicht gekommen wärt …«

Schweig!

Zadkiel sagte das nicht wirklich laut, aber es war das, was er meinte, ein lautloser Ausdruck verheerender Wut, die er nur noch mühsam zurückhielt und die nichts in seiner Nähe überleben würde, sollte er ihr freien Lauf lassen. Laut und mit einer Stimme, die wie drahthaarige Spinnenbeine an ihrer Seele kratzte, fragte er: »Was ist hier passiert?«

Olmos wollte antworten, doch Beka kam ihm zuvor. »Als ob das ein Rolle spielen würde!«, fuhr sie den Engel an. Da war sie wieder, die hysterische Stimme in ihrem Kopf, die sie erneut fragte, ob sie eigentlich komplett den Verstand verloren hatte und nur eine besondere komplizierte Methode ausprobieren wollte, Selbstmord zu begehen. Olmos wurde auch prompt noch blasser und starrte sie aus aufgerissenen Augen an, und im Blick des Engels war mit einem Mal etwas Lauerndes, das sie zusätzlich warnte. Trotzdem fuhr sie in beinahe noch herausforderndem Ton und mit einer fordernden Geste auf Yoram fort: »Hilf ihm! Siehst du nicht, dass er stirbt?«

Olmos ächzte und dann sogar noch einmal und noch ungläubiger, als Zadkiel sie zwar aus seinen schwarz gewordenen Augen auf eine Art anstarrte, als erwartete er ernsthaft, sie im nächsten Moment unter seinem bloßen Blick in Flammen aufgehen zu sehen, dann jedoch eine schwarze Schwinge ausstreckte und Yoram damit berührte. Eine, zwei, schließlich zehn quälend lange Sekunden vergingen, in denen gar nichts geschah, dann sog Yoram mit explosiver Wucht die Luft zwischen den Zähnen ein und bäumte sich mit solcher Gewalt auf, dass sie fast damit rechnete, das Krachen seines brechenden Rückgrats zu hören. Er schrie, ein Laut wie eine rostige Messerklinge, die sich in ihre Brust grub, sank dann so abrupt zurück wie eine Marionette, deren Fäden gekappt wurden, und sein Schrei wurde zu einem schrecklich rasselnden Atmen.

»Was ist hier passiert?«, fragte Zadkiel noch einmal.

»Sie … sie haben Thora umgebracht«, stammelte Yoram. Dann gewann seine Stimme an Festigkeit. »Diese verdammten Ungeheuer! Sie haben Thora ermordet!«

»Thora?«, wiederholte Olmos überrascht. »Wer hat das getan? Wann?«

Yoram wiederholte nur noch einmal: »Sie haben sie umgebracht.«

Zadkiel machte schon wieder eine kleine, befehlende Handbewegung, woraufhin Beka sich zu ihrem eigenen Erstaunen dabei zuhörte, wie sie Olmos die ganze Geschichte erzählte; beginnend mit ihrer Expedition zum Flugzeugwrack hinaus bis zu Thoras Tod. Olmos hörte mit versteinerter Miene, aber wachsendem Schrecken in den Augen zu und senkte schließlich mit einem traurigen Seufzen den Kopf.

»Dann war es ihre eigene Schuld«, sagte er bitter. »Sie hätte wissen müssen, was geschieht.«

Gar nichts wäre passiert, wenn Rachel nicht gewesen wäre, dachte Beka. Sie waren ja praktisch schon in Sicherheit gewesen, als sie noch einmal kehrtgemacht hatten, um Rachel zu holen – wegen eines dämlichen Spielzeugschwerts.

Um ein Haar hätte sie die Worte laut ausgesprochen, und sei es nur aus dem vollkommen irrationalen Bedürfnis heraus, Thora zu verteidigen. Aber etwas warnte sie, es zu tun – obwohl Zadkiels Blick so bohrend wurde, als wüsste er ganz genau, was in ihr vorging.

»Aber wieso sind sie dann hier?«, fragte Olmos schließlich. »Sie haben es noch nie gewagt, hier anzugreifen. Sie hätten doch wissen müssen, was passiert.«

Beka meinte sich zu erinnern, dass Thora etwas anderes erzählt hatte, doch Zadkiel fuhr schon mit leiser, fast lauernder Stimme an Olmos gewandt fort: »Hätten sie das? Es wäre deine Aufgabe gewesen, es zu verhindern.«

»Aber wie hätte ich denn ...?«, begann Olmos, und Zadkiel schnitt ihm das Wort ab, indem er sich mit einem Ruck wieder an Yoram wandte: »Was hast du getan?«

»Sie haben Thora umgebracht«, antwortete Yoram, als wäre das allein Antwort und Grund genug. Für ihn war es das wohl auch. »Einfach so. Sie hat ihnen nichts getan.«

»Und deshalb bist du zu ihnen gegangen, um dich für ihren Tod zu rächen?«, vermutete Olmos. Er klang kein bisschen wütend, sondern allenfalls traurig; auf eine resignierende und vollkommen wertfreie Art.

»Sie haben sie einfach umgebracht«, beharrte Yoram. »Völlig grundlos. Sie hat ihnen nichts getan.«

»Und deshalb ziehst du los und brichst deinen eigenen privaten Krieg vom Zaun?«, fragte Zadkiel. Er wandte sich an Olmos. »Wie viele Männer hast du verloren?«

»Alle außer Elan«, antwortete Olmos, schwieg eine knappe Sekunde und präzisierte dann: »Fünf.«

»Und hier?« Zadkiel bekam keine Antwort und schien auch

nicht damit gerechnet zu haben, denn er lauschte einen Moment in sich hinein und beantwortete seine eigene Frage dann mit einem Nicken. »Neun. Drei weitere werden sterben, noch bevor die Nacht vorüber ist, und weitere in den nächsten Tagen. Und noch mehr sind so schwer verletzt worden, dass sie ohne Wert für den Stamm Ephraim in der bevorstehenden Schlacht sind. Und das alles, nur weil du *Rache* wolltest?«

»Ich glaube, Thora war für ihn mehr als …«, begann Beka und konnte dann nicht weitersprechen, als Zadkiels Blick sie streifte. Einem Engel zu widersprechen stand ihr nicht zu, so wenig wie irgendeinem.

»Ich hätte mehr von dir erwartet«, sagte Zadkiel. Er versuchte enttäuscht zu klingen, was ihm aber nicht wirklich gelang; als wäre eine so unbedeutende Kreatur wie Yoram eine solche Emotion gar nicht wert.

»Was wir hier tun, ist wichtig, du dummes Kind. Wichtiger als deine Gefühle.« Zadkiels Blick suchte den Olmos. »Du weißt, was zu tun ist.«

»Er ist doch noch ein halbes Kind«, gab Olmos zu bedenken. »Er konnte nicht …«

Es ging so schnell, dass Beka die Bewegung nicht einmal sah. Die strenge Schönheit des Engelsgesichtes entgleiste zu einer Grimasse rasenden Zorns, und Zadkiel wurde zu einem Schatten, der verschwand und auf unheimliche Weise an seinen Platz zurückzukehren schien, noch bevor er ihn überhaupt verlassen hatte. Olmos stieß einen spitzen Schrei aus, stolperte zurück und gegen die Wand, an der entlang er zu Boden sackte, während er zugleich beide Hände gegen die Schläfen schlug. Blut sickerte zwischen seinen Fingern hervor.

*

»Aber was hat er denn …?«, begann Beka, und dieses Mal ließ es Zadkiels Blick nicht dabei bewenden, sie zum Schweigen zu bringen. Die pure Wucht seiner Aufmerksamkeit ließ sie zurück- und genau wie Olmos gegen die Wand stolpern. Irgendwie gelang es ihr, auf den Beinen zu bleiben, auch wenn sie spürte, wie nahe daran Zadkiel gewesen war, seinen ganzen himmlischen Zorn auf sie zu entladen, was nur in ihrer augenblicklichen und vollkommenen Zerstörung enden konnte.

Sie konnte nicht mehr atmen, und alles verschwamm vor ihren Augen. Sie war nicht sicher, ob sie das Bewusstsein etliche Minuten oder nur einige wenige Augenblicke verloren hatte. Als die Zeit weiterlief, hatte sich Yoram zu einer Fötushaltung zusammengekrümmt und die Arme schützend vor das Gesicht gerissen. Olmos keuchte vor Schmerz. Seine Schläfen bluteten, und es vergingen noch einmal etliche Sekunden, bis Beka begriff, was passiert war: Olmos *Pejes* fehlten. Zadkiel hatte sie ihm ausgerissen.

»Widersprich mir nie wieder«, sagte der Engel, »sonst müsste ich mich vielleicht fragen, ob du wirklich der Richtige bist, um über die Sicherheit dieser Stadt zu wachen. Du weißt, was du zu tun hast. Gleich morgen, bei Sonnenaufgang. Ich werde ebenfalls dort sein.«

»Ganz wie … Ihr befehlt, Herr«, antwortete Olmos gepresst. Er versuchte aufzustehen und brauchte drei Anläufe, bis es ihm gelang, und selbst dann war er so schwach, dass er sich zitternd gegen die Wand lehnen musste.

»Dann enttäusche mich nicht noch einmal.« Zadkiel deutete auf Beka. »Nimm das Mädchen in deine Obhut. Wenn ihr etwas zustößt, ziehe ich dich persönlich zur Verantwortung.«

Er erklärte nicht genau, was er damit meinte. Es war auch nicht notwendig.

Der Blick seiner schrecklichen Augen glitt noch einmal über Olmos und dann etwas länger (und sehr viel intensiver) über Bekas Gesicht, bevor er sich umdrehte und an das aufgebrochene Fenster trat. Beka konnte auch jetzt nicht wirklich erkennen, was er tat – weder breitete er die Flügel aus und flatterte davon, noch sprang er etwa aus dem Fenster oder tat etwas ähnlich Albernes – aber er tat ... *irgendetwas eben* ... und war im nächsten Moment verschwunden.

*

Beka war mit zwei großen Schritten neben Yoram und versuchte ihn auf die Beine zu ziehen, aber sie kam nicht dazu, denn Olmos ergriff sie mit einer blutigen Hand im Nacken und riss sie nicht nur grob in die Höhe, sondern stieß sie auch so hart gegen die Wand, dass ihr die Luft aus den Lungen gepresst wurde.

»Rühr ihn nicht an!«, sagte er, nur noch um Haaresbreite davon entfernt, sie anzuschreien. »Hast du noch nicht genug Schaden angerichtet?«

»Aber ich habe doch gar nichts ...«, begann Beka verdattert.

Olmos schnitt ihr mit einer zornigen Bewegung das Wort ab, von der sie bis zuletzt nicht sicher war, dass sie nicht mit einem Schlag ins Gesicht endete. »Ja, und ganz genau das wirst du auch weiter tun!«, polterte er. »Nämlich ganz genau nichts! Verschwinde! Auf der Stelle!«

Beka war viel zu perplex, um auch nur zu fragen, wovon er da eigentlich sprach. Olmos gab ihr auch keine Gelegenheit, es nachzuholen, sondern packte sie so hart am Oberarm, dass ihr die Tränen in die Augen schossen. Grob bugsierte er sie aus der Tür und in die Arme seines Kriegers, der draußen wartete. Beka hatte ihn bisher nicht einmal bemerkt, so wenig wie das halbe Dutzend weiterer Gestalten, das sich in dem dunklen Flur drängte. Von unten wehte noch immer das Stöhnen und Wehklagen der Verletzten herauf. Es stank auch hier oben so durchdringend nach Blut und Sterben, dass es ihr die Kehle zuschnürte.

»Passt auf sie auf!«, befahl Olmos. »Sie wird uns begleiten, und bis dahin verlässt sie weder das Haus noch das Zimmer! Du haftest mir mit deinem Leben dafür!«

Der Mann packte sie beinahe noch brutaler als Olmos. Er

stieß sie vor sich her und die Treppe hinauf; vermutlich weil sämtliche Türen auf dieser Etage eingeschlagen waren und sie im Vorübergehen auch dahinter reglose Körper erkennen konnte. Zadkiel musste wie ein Berserker unter den Angreifern gewütet haben. Aber er hätte auch keine Minute später kommen dürfen.

Selbst im oberen Stockwerk gab es nur eine einzige unbeschädigte Tür, nämlich die zu Thoras ehemaligem Zimmer. Der Mann stieß sie unsanft hindurch und zog die Tür mit einem Knall hinter ihr zu.

Es gab weder einen Riegel noch eine andere Möglichkeit, die Tür von außen zu verschließen. Trotzdem rührte sie sich um keinen Millimeter, als sie herumfuhr und an der Klinke rüttelte. Frustriert hämmerte sie so lange mit den Fäusten gegen die Tür, bis sie zu schmerzen begannen, und sie brüllte ihren Zorn heraus, das eine so ergebnislos wie das andere. Schließlich versetzte sie der Tür noch einen abschließenden wuchtigen Tritt, mit dem sie sich zwar nur selbst wehtat, aber auch genügend Dampf abließ, um endlich einzusehen, dass sie sich reichlich kindisch benahm.

Und selbst wenn es anders gewesen wäre, bezweifelte sie, dass man sie auf der anderen Seite der Tür hören würde, von der nächstunteren Etage ganz zu schweigen. Der Sturm tobte nach wie vor wie eine Meute losgelassener Sturmwölfe um das Haus.

Das tat er auch für die nächsten anderthalb oder zwei Stunden noch, in denen sie am Fenster stand und hinaussah. Manchmal meinte sie Bewegung unten zu erkennen, zum allergrößten Teil eingebildet. Ein paarmal war sie ganz sicher gewesen, etwas Großes und Monströses zu sehen, das zwischen den Leichen der erschlagenen Zeloten umherschnüffelte und sich dem direkten Erkennen auf unheimliche Weise immer wieder entzog, zugleich aber auch etwas so Feindseliges und Lauerndes verströmte, dass sie selbst in der vermeintlich sicheren Höhe hier oben angstvoll zurückprallte.

Irgendwann hatte sich der Gewittersturm in seiner Wut selbst aufgezehrt. Die Blitze loderten weniger grell, die Abstände dazwischen wurden größer, und auch der Donner rollte weniger heftig und entfernte sich allmählich. Selbst der Regen ließ nach, auch wenn er nicht ganz aufhörte. Irgendwann fand sie sich vor dem Fenster wieder, vor dem irgendjemand provisorisch wieder ein Gitter angebracht hatte – so wie Benjamins Stamm auch sonst in den letzten Stunden bemüht gewesen war, die Spuren der fürchterlichen Kämpfe so schnell wie möglich wieder zu beseitigen.

Sie hätte nicht sagen können, wie lange sie hier schon stand oder was sie in dieser Zeit gedacht hatte; wenn überhaupt etwas. Der monströse Schatten war verschwunden, und es begann schon beinahe wieder zu dämmern. Irgendwie musste ihr wohl der Großteil der Nacht verloren gegangen sein.

Ein gedämpftes Scharren drang in ihre Gedanken und wurde zu einem unbeholfenen Räuspern. Als sie sich umdrehte, erkannte sie Rachel, die hinter ihr stand. Sie hatte nicht einmal gemerkt, dass sie hereingekommen war, und absurderweise erweckte ihr Anblick augenblicklich wieder Bekas schlechtes Gewissen. Sie sollte nicht hier sein und kam sich wie ein Eindringling vor.

»Es … es tut mir wirklich leid«, begann sie unbeholfen.

Sie wollte noch mehr sagen, wusste nicht was und ging stattdessen zu Rachel hin, um sie in den Arm zu nehmen. Das Mädchen wich der Berührung nicht nur hastig aus, sondern auch mit zwei schnellen Schritten vor ihr zurück, bis es mit dem Rücken gegen die Tür stieß.

»Es ist alles meine Schuld.« Ihre Stimme zitterte, und Beka konnte hören, wie verzweifelt sie gegen die Tränen ankämpfen musste. »Avi und Marc und all die anderen. Sie sind alle tot, genau wie Olmos' Krieger, und … und noch mehr werden … werden noch sterben, und … und all die Verletzten und … und …«

Ihre Stimme versagte endgültig, und jetzt, als der Damm einmal gebrochen war, konnte sie auch die Tränen nicht mehr zurückhalten. Sie begann hemmungslos zu schluchzen, und sie wehrte sich auch nicht mehr, als Beka ein zweites Mal versuchte, sie in die Arme zu schließen, um sie zu trösten.

Eine ganze Weile standen sie einfach nur so da. Rachel weinte sich ihren Kummer von der Seele und versuchte mehr als einmal, etwas zu sagen, brachte aber immer nur ein ersticktes Schluchzen heraus. Beka geduldete sich, bis ihre Tränen endlich versiegten und sie sich aus ihrer Umarmung löste. Rachels Atem ging schnell und rasselnd, und ihr Gesicht wirkte aufgedunsen vom Weinen. Die Tränen hatten es zusätzlich in eine verschmierte Horrorclownsmaske verwandelt.

Ein kaum angedeutetes Lächeln stahl sich auf Bekas Gesicht. Rachel konnte es nicht wissen, aber sie hatte aus der kurzen Umarmung mindestens so viel Trost gezogen wie das Mädchen selbst.

»Es ist alles meine Schuld«, schniefte Rachel noch einmal. »Er hätte mich töten sollen.«

Beka war sich nicht ganz sicher, ob sie verstand, was Rachel überhaupt meinte. Es war auch gleichgültig. Ein Kind sollte nicht so leichtfertig über den Tod reden, fand sie. Schon gar nicht über seinen eigenen.

»Das ist doch Unsinn«, sagte sie sanft. »Gar nichts ist deine Schuld. Du kannst nichts dafür, dass die Zeloten uns angegriffen haben. Thora hat mir erzählt, dass es nicht das erste Mal war.«

»Aber es *ist* meine Schuld, dass Thora tot ist«, beharrte Rachel. »Wenn ich euch nicht nachgekommen wäre, dann wäre sie noch am Leben, und Yoram hätte die Zeloten nicht angegriffen, und sie hätten nicht zurückgeschlagen, und das alles hier wäre gar nicht passiert. Alle wären noch am Leben.«

Beka wollte ihrer vermeintlich kindlichen Logik ganz automatisch widersprechen, bis ihr bewusst wurde, dass Rachel recht hatte; so grausam es auch war. Sie schwieg.

»Ich muss es ihm sagen«, fuhr Rachel fort, während sie lautstark die Nase hochzog und sich zugleich mit dem Handrücken über die Augen fuhr. Das Ergebnis war … interessant, denn zusammen mit ihrer Igelfrisur erinnerte ihr Gesicht nun an das Negativ eines Comic-Waschbären.

»Was?«, fragte Beka. »Und wen?«

»Zadkiel«, antwortete Rachel. »Wenn er zurückkommt, gehe ich zu ihm. Er hat gesagt, er kommt wieder, wenn es hell wird. Dann gehe ich zu ihm und sage ihm, wie es wirklich war. Ist mir egal, was dann mit mir passiert. Ich will nicht, dass Yoram für etwas bestraft wird, was ich getan habe.«

»So schlimm wird es schon nicht werden«, sagte Beka mit einem Lächeln, das nicht einmal sie selbst überzeugte. Rachel zog noch lauter die Nase hoch und starrte sie an, als zweifelte sie an ihrem Verstand, und Beka fügte auch noch hinzu: »Ich meine: Immerhin hat er Yoram geheilt.«

»Es macht ja auch keinen Spaß, einen Toten zu bestrafen.«

»So schlimm wird es schon nicht«, sagte Beka noch einmal, wie etwas, das sie nur oft genug wiederholen musste, um es am Ende selbst zu glauben. Aber ihre eigenen Worte brachten sie auch auf eine andere Frage, die schon seit einer ganzen Weile Gehör verlangte. »Warum hat er dir nicht geholfen oder Olmos oder den anderen Verletzten?«

Jetzt zweifelte Rachel an ihrem Verstand, das war so deutlich in ihren Augen zu lesen, dass sie ihr genauso gut auch gleich einen Vogel hätte zeigen können. »Wenn ich dir deine Geschichte bis jetzt nicht geglaubt hätte, jetzt würde ich es«, sagte sie verächtlich. »Du hast wirklich keine Ahnung, wie? Hat Thora dir denn gar nichts erzählt?«

»Worüber?«

»Die Engel helfen uns nicht«, antwortete Rachel. »*Wir* sind da, um *ihnen* zu helfen, nicht sie uns. Ihre Aufgabe ist viel zu wichtig. Sie können ihre Zeit nicht damit verschwenden, sich um jedes Wehwehchen zu kümmern.«

Beka war nicht nach dieser Art von Gespräch. Nicht jetzt. »Dann müssen wir Yoram …«, begann sie, und Rachel unterbrach sie schon wieder, indem sie mit flacher, beinahe tonloser Stimme sagte: »Er wird ihn töten.«

Beka blinzelte. »Wie?«

»Zadkiel.« Rachel machte eine Handbewegung nach oben, zum Himmel, der sich hinter der fleckigen Zimmerdecke verbarg. »Du hast sie gehört. Nach Sonnenaufgang kommt er zurück, und dann stirbt Yoram. Zadkiel duldet keine Fehler.«

»Aber das ist doch … Unsinn«, sagte Beka stockend. »Warum sollte er das tun?«

»Weil er ein Engel ist. Engel verzeihen nicht. Aber sie sind gerecht.« Rachel zögerte und sagte dann mit veränderter, fester Stimme und lauter: »Deshalb gehe ich zu ihm und erzähle ihm, wie es wirklich war.«

Aber wenn die monströse Geschichte, die sie gerade erzählt hatte, wirklich die Wahrheit war: »Dann wird er dich töten.«

»Ja, vielleicht«, bestätigte Rachel. »Aber wenn ich es nicht tue, dann tötet er Yoram. Ich will nicht, dass er für etwas stirbt, was ich getan habe.«

»Das ist sehr tapfer von dir«, erwiderte Beka und meinte es auch so. »Aber ich glaube nicht, dass Yoram das wollte.«

»Er will aber auch nicht sterben«, antwortete Rachel. »Nicht für etwas, das er nicht getan hat.«

»Und vermutlich auch nicht für etwas, *das* er getan hat«, antwortete Beka und schüttelte zugleich den Kopf. Sie machte eine ebenso strenge wie fast schon mütterlich wirkende Geste, als Rachel widersprechen wollte. »Und das solltest du auch nicht wollen. Niemand sollte das. Wir haben nur das eine Leben.«

»Auf dieser Welt«, fügte Rachel mit fast feierlichem Ernst hinzu.

»Auf dieser Welt? Hat dir das Zadkiel erzählt?«

Sie wollte gar keine Antwort, sondern ging zum Fenster – es hatte immer noch nicht zu dämmern begonnen, aber das

Schwarz des sternenlosen Himmels war schon nicht mehr ganz so tief wie bisher – und deutete dann auf die Tür hinter dem Mädchen. »Bring mich zu Yoram. Ich rede mit ihm. Vielleicht fällt uns ja zusammen irgendetwas ein, wie wir Zadkiel beruhigen können.«

»Du verstehst es nicht, wie?« Rachel kämpfte immer noch gegen die Tränen. »Avi sollte sein Nachfolger hier werden, und Yoram selbst hatte gute Chancen, eines Tages Olmos' Nachfolge als Anführer von Ephraim anzutreten. Viele sind tot, und noch mehr werden ihren Platz an der Seite ihrer Kameraden nicht einnehmen können, wenn die letzte Schlacht bevorsteht.«

»Woher hast du das?«, fragte Beka. »Aus einer Kinderbibel für Dummies?« Sie bekam genau die Antwort, mit der sie rechnete – einen verständnislosen Blick –, und wiederholte ihre Bewegung zur Tür. »Bring mich zu ihm!«

»Olmos gestattet nicht, dass jemand mit ihm redet.« Rachel rührte sich nicht von der Stelle. »Sie lassen keinen zu ihm. Auch mich nicht. Und ich glaube kaum, dass er mit dir sprechen will.«

Nein, vermutlich nicht. »Und jetzt erwartest du, dass ich die Hände in den Schoß lege und Däumchen drehend darauf warte, wer von euch bei eurem weiteren lustigen Ich-will-aber-zuerst-abgemurkst-werden-Wettbewerb gewinnt?« Beka schüttelte zornig den Kopf. »Bring mich zu Yoram! Ist mir egal, wie, aber ich will mit ihm reden.«

»Das geht nicht«, beharrte Rachel. »Niemand darf zu ihm. Zadkiel hat es verboten.«

»Und keiner hier würde es wagen, etwas zu tun, was Zadkiel verboten hat«, schnaubte Beka. »Oder hat er etwas zu verbergen, euer strahlender Engel?«

Rachel starrte sie nicht anders als entsetzt an, doch statt auf diesen Frevel zu antworten, zuckte sie mit den Achseln – was sie vermutlich auf der Stelle bereute, dem schmerzlichen Zucken ihrer Mundwinkel nach zu urteilen – und starrte sekundenlang ohne zu blinzeln einen Punkt in der Mitte ihrer Stirn an; ein uralter Trick, um so zu tun, als hielte man dem Blick seines Gegenübers stand. Beka wäre vermutlich sogar darauf hereingefallen, hätte sie ihn nicht gekannt und auch selbst schon ein paarmal angewandt. Für ein Mädchen ihres Alters, fand sie, war Rachel ziemlich clever. Sie wollte auf etwas Bestimmtes hinaus, doch Beka tat ihr nicht den Gefallen, danach zu fragen.

»Du willst ihn also einfach so im Stich lassen«, sagte Rachel schließlich.

»Und du willst mich zwingen, mich zwischen euch zu entscheiden?« Beka schüttelte so entschieden den Kopf, dass Rachel den Mund zu einer Antwort auf- und sofort wieder zuklappte, ohne auch nur einen Ton gesagt zu haben. Beka hatte nun wirklich keine Lust, sich auf ein albernes Psychospielchen mit einem kleinen Mädchen einzulassen; ganz egal wie clever es war. »Hör auf, Rachel! Wenn du mir etwas zu sagen hast, dann tu das, oder verschwinde! Ich werde dir bestimmt nicht helfen, Selbstmord zu begehen.«

»Das habe ich auch nicht vor.« Rachel begann mit den Füßen zu scharren und hob abermals die Schultern, diesmal aber so vorsichtig, dass es bei kaum mehr als einer Andeutung blieb. »Aber ich schaue auch nicht einfach zu, wie Yoram meinetwegen ermordet wird.«

Beka nahm mit einem Gefühl sachter Überraschung zur Kenntnis, dass sie *ermordet* sagte, nicht getötet. Wenn sie bedachte, dass sie damit indirekt über den Engel sprach, ein sehr bedeutsamer Unterschied. »Und?«

»Willst du immer noch hier weg?«, fragte Rachel.

»Wie kommst du jetzt ausgerechnet darauf?«

»Weil ich dir sagen kann, wie du aus der Stadt gelangst«, plapperte Rachel. »Na gut, nicht ich persönlich … Aber ich kenne jemanden, der weiß, wie du hier rauskommst, ohne dass die Zeloten dich erwischen. Ich bringe euch zusammen. Aber ich verlange etwas dafür.«

Endlich kam sie zur Sache. Ganz plötzlich wurde Beka klar,

dass alles, was Rachel zuvor gesagt hatte, nichts anderes als eine geschickte Vorbereitung für diesen einen Moment gewesen war. »Und was?«

Sie hatte das Gefühl, die Antwort zu kennen und nicht zu mögen, und wurde nicht enttäuscht.

»Yoram.« Rachel hielt jetzt Bekas Blick gar nicht mehr stand, nicht einmal mehr zum Schein. »Er ist es auch, der den Weg nach draußen kennt …« Sie straffte sich. »Ich will, dass du mir hilfst, ihn zu befreien. Es ist gefährlich. Wenn es schiefgeht, sind wir wahrscheinlich alle drei tot. Aber es gibt einen Weg.«

Als ob sie wirklich erwartet hätte, dass hier auch nur *irgendetwas* ungefährlich wäre oder auch nur einfach. »Und wie?«, fragte sie.

Rachel sagte es ihr.

18

Der Gang war so schmal, dass sie kaum auszuatmen wagte, aus Angst, er könnte sich wie eine Würgeschlange jedes Mal ein bisschen enger um sie zusammenziehen, wenn sie es tat. Das wenige Licht, das irgendwo in einem oder zwei Parsec Entfernung vor ihnen glomm – oder doch wenigstens ein paar Lichtjahren –, war schmutzig rot und ohne den mindesten Glanz, als käme es direkt aus der Hölle. Die Luft roch nach heißem Metall und verbrannter Erde, und in ihren Ohren war ein ständiges, an- und abschwellendes Rauschen. Vielleicht war es das Geräusch ihres eigenen Blutes. Vielleicht aber auch das der Menschenmenge über ihren Köpfen, unter deren Gewicht dieser fürchterliche Stollen im nächsten Moment zusammenbrechen und sie unter Tonnen von Schutt begraben würde, um sie qualvoll ersticken zu lassen.

Nein. Sie verbesserte sich in Gedanken: nicht ersticken. Sie würde verschüttet werden und nicht mehr der Lage sein, auch nur einen Finger zu rühren, und hier unten in vollkommener Dunkelheit gefangen liegen, bis sie qualvoll verdurstete. Vielleicht tropfte ja auch gerade genug Wasser von der Decke, um sie lange genug am Leben zu erhalten, bis sie verhungerte; was durchaus Tage dauern konnte oder auch Wochen. Beka fragte sich, ob sie die ganze Zeit bewusst erleben oder vorher den Verstand verlieren würde. Falls das nicht sowieso schon passiert war.

Zumindest was die ewige Dunkelheit anging, musste sie sich wohl keine allzu großen Sorgen machen. Vor ihnen flackerte immer wieder ein dunkelroter Schein, der ganz sacht im Takt ihres Herzschlags zu pulsieren schien, und auch der Schwefelgeruch wurde intensiver. Es war unmöglich, hier unten Entfernungen zu schätzen. Ihr Orientierungssinn hatte sich spätestens in dem Moment verabschiedet, in dem sie Rachel durch die geheime Tür im Keller gefolgt war und ein Stoßgebet zum Himmel geschickt hatte, dass das Mädchen wirklich wusste, was es tat. Dennoch war sie sicher, die Stadt längst verlassen zu haben. Wenn nicht das Land oder gar den Kontinent.

Beka konzentrierte sich ganz darauf, nicht den Anschluss an die schattenhafte Gestalt zu verlieren, in die sich Rachel verwandelt hatte. Immerhin schien der Gang jetzt deutlich breiter und höher zu werden, sodass sie zuerst in die Hocke gehen und eine Weile hinter Rachel herwatscheln konnte, bis er nach einem Klick in einen richtigen begehbaren Tunnel mündete.

Beka atmete auf und trat hinter dem zierlichen Mädchen in ein halb verschüttetes Tunnelsegment mit ehemals weiß gefliesten Wänden hinaus. Das Licht sickerte durch einen breiten Riss in der Decke. Ganz weit entfernt waren Geräusche zu hören, die sie ebenso wenig einordnen konnte wie alles andere. Sie hatten allerdings etwas mit alldem hier gemein: Sie waren beunruhigend.

»Es ist jetzt nicht mehr weit«, behauptete Rachel. »Bleib trotzdem immer dicht hinter mir. Wenn du dich hier unten verirrst, findest du nie wieder raus.«

Obwohl sie jetzt viel näher war als noch vor wenigen Augenblicken, erkannte Beka Rachel nach wie vor nur an ihrem zwergenhaften Wuchs. Alles andere blieb ein grauer Schemen mit sich in beständiger Auflösung befindlichen Umrissen, der sich nur von seiner Umgebung unterschied, wenn er sich bewegte. In Rachels Stimme war ein Unterton von Arroganz, der sie ärgerte; und das nicht nur, weil sie dieser kleinen Göre nicht zustand.

»Was ist das eigentlich alles hier?«, fragte sie schärfer als beabsichtigt.

»Die Tunnel, durch die wir gekommen sind, und diese gammligen alten Becken hier?« Rachel eilte geduckt weiter. »Weiß nicht. Yoram sagt, es wäre die alte Wasserversorgung der Stadt von vor über tausend Jahren oder so, noch aus der Zeit der Römer … wer immer das auch war.«

Dann waren es wohl eher zwei Jahr*tausende*, dachte Beka und bedauerte bereits, die Frage überhaupt gestellt zu haben. »Davon habe ich gehört«, plapperte sie, eigentlich nur um überhaupt etwas zu sagen und sich nicht dem stellen zu müssen, was sich im Schutz der Stille heranschleichen wollte. Bilder eines anderen unterirdischen Labyrinths erschienen vor ihrem geistigen Auge, schlurfende Schritte und das Gefühl, aus unsichtbaren gierigen Augen angestarrt zu werden. »Angeblich hat das alte Jerusalem eines der fortschrittlichsten Kanalisationssysteme seiner Zeit gehabt. Es soll sogar unter dem Tempelberg Kanäle geben, die heute noch Frischwasser führen.«

Rachel warf ihr einen schrägen Blick über die Schulter hinweg zu, auch wenn sie im Grunde nur das Weiß ihrer Augen aufblitzen sah. »Aber dann hättest du dieses wunderbare Frischwasser finden müssen, wo du mit deinem Freund doch angeblich dort unten gewesen bist.« Sie machte ein verächtliches Geräusch. »Wenn es wirklich Frischwasser wäre und nicht die Brühe, die auf uns herabregnet, könnten wir es übrigens dringend brauchen, ganz nebenbei bemerkt.«

»Du glaubst mir nicht«, stellte Beka fest. Warum war sie eigentlich überrascht?

»Überhaupt niemand glaubt dir diese Geschichte«, antwortete Rachel. »Da unten leben die Dämonen, Liebes. Nicht einmal Zadkiel geht dort hinunter.«

*

Etwas quietschte, ein Laut, der an uralte rostige oder hoffnungslos verzogene Angeln erinnerte. Wahrscheinlich war es auch etwas in dieser Art, denn das Zwielicht hellte sich um gleich mehrere Nuancen auf, als sich Rachel mit der Schulter gegen etwas stemmte, das ein protestierendes eisernes Quietschen hören ließ. Der Spalt reichte für sie, um hindurchzuschlüpfen. Beka musste nicht nur ausatmen und sich mit enormer Anstrengung durch den Türspalt quetschen, sondern ließ auch ein paar Stofffetzen und ein bisschen Haut daran zurück.

Auf der anderen Seite war es heller. Trotzdem sah sie zunächst nicht wirklich viel, was aber weniger an der Helligkeit lag als an der umfassenden Zerstörung, der der gesamte Raum anheimgefallen war. Er musste einmal rund gewesen sein, war aber jetzt deformiert und zusammengedrückt wie eine leere Papprolle, die jemand in der Hand zusammengequetscht hatte. Geborstene Computermonitore und brandgeschwärzte rechteckige Augenhöhlen voller zerrissener Drähte starrten aus den Wänden auf sie herab. Zur Rechten gab es eine weitere, hoffnungslos zusammengequetschte Tür, unter der eine schwarze Flüssigkeit hindurchgelaufen und zur Konsistenz von Teer erstarrt war.

»Das waren hier aber nicht die Römer«, stellte Beka fest.

»Ist doch egal.« Rachel winkte ab. »Römer, Chinesen, Amerikaner … ist doch alles dasselbe.«

So hatte es Beka noch gar nicht gesehen. Aber irgendwie hatte Rachel recht … aus ihrem Blickwinkel betrachtet.

Eine schmale Metalltreppe führte zu einer Klappe in der Decke hinauf, wenigstens die unteren beiden Drittel. Alles darüber war verschwunden und durch eine schlampig zusammengezimmerte Leiter mit unregelmäßigem Sprossenabstand ersetzt worden. Beka nahm an, dass an ihrem oberen Ende einmal eine stabile Luke aus Metall gewesen war, rund und so massiv wie das Turmluk eines Unterseebootes. Jetzt führte die Leiter nur mehr zu einer hölzernen Klappe hinauf, durch deren Ritzen graues Licht und verbrannter Staub sickerten.

Die Geräusche und der scharfe Geruch von ausgeglühtem Eisen und verbranntem Stein kamen von dort oben. Sie war sich mittlerweile ganz sicher, ein sachtes Zittern zu spüren, das durch den Boden unter ihren Füßen lief; als arbeiteten irgendwo tief unter der Erde gewaltige Maschinen.

Rachel huschte die Leiter mit einer Leichtigkeit hinauf, die sich Beka nicht einmal bei hellem Tageslicht und im Vollbesitz ihrer Kräfte zugetraut hätte. Sie verzichtete darauf, ihr zu helfen – schon weil die Leiter nicht einmal so aussah, als könnte sie auch nur Rachels Gewicht tragen, geschweige denn ihrer beider. Die Klappe leistete ohnehin nur symbolischen Widerstand, denn sie flog mit einem Knall auf, als Rachel die Hand dagegenstemmte. Das Mädchen glitt hindurch und blieb gerade lange genug verschwunden, um ernsthafte Zweifel in Beka zu wecken, ob sie es sich vielleicht nicht doch noch anders überlegt und schlichtweg auf Nimmerwiedersehen verschwunden war; wofür sie durchaus Verständnis gehabt hätte. Sie hätte selbst nicht übel Lust, dasselbe zu tun.

Bevor der Gedanke zu verlockend werden konnte, erschien Rachels Gesicht wieder in der Öffnung. Sie gab ihr mit hektischem Winken zu verstehen, dass sie ihr folgen solle. Beka gehorchte, gestattete sich aber nicht, allzu gründlich über die Stabilität der offenbar hastig zusammengeschusterten Leiter nachzudenken. Sie ignorierte Rachels hilfreich ausgestreckte Hand und kletterte aus eigener Kraft nach oben. Rachel verzog geringschätzig die Lippen, machte ihr aber Platz und bedeutete ihr zugleich auch mit einer erschrockenen Geste, unten zu bleiben, als sie sich auf Hände und Knie hochstemmte und weiter aufrichten wollte.

Vermutlich wäre es ihr ohnehin nicht gelungen, denn statt des trüben postnuklearen Himmels wölbte sich eine rostrote zernarbte Fläche aus gebogenem Eisen über ihnen. Der Geruch von verbranntem Metall war hier so intensiv, dass er ihr schier den Atem nahm, und als sie sich nach kurzem Zögern und sehr vorsichtig schließlich doch aufrichtete, schrammte sie mit der Schulter an einer zweiten Masse aus sprödem Metall entlang, die eine dünne Spur aus Schmerz auf ihrer Haut hinterließ.

Vielleicht war es auch die Erinnerung, die so wehtat, denn über ihnen erhob sich die rote Färse.

Natürlich hatte sie gewusst, wohin sie gingen. Schließlich hatte ihr Rachel den haarsträubenden Unsinn haarklein erklärt, den sie für ihren *Plan* hielt, und sie war der festen Überzeugung, der Situation gewachsen zu sein. Aber das war sie nicht. Ganz und gar nicht. Es war gerade einmal knapp zwei Wochen her, da hatte man Beka selbst in dieses barbarische Folterinstrument gesteckt, um sie bei lebendigem Leibe zu verbrennen, und natürlich legte sie diese Erinnerung nicht einfach wie ein getragenes Kleidungsstück ab und ging zur Tagesordnung über.

Alles war wieder da: Die Erinnerung, die Schmerzen und die Angst und vor allem jene grenzenlose Empörung, dass das Schicksal sie die größte Katastrophe aller Zeiten hatte überstehen lassen, nur damit sie jetzt von einer Bande durchgeknallter Kids zu Tode gefoltert werden konnte. Ihre Hände begannen so heftig zu zittern, dass sie sie zu Fäusten ballte. Nicht einmal das half wirklich. Ihr Herz schlug so hart, dass sie keine Luft mehr bekam, und sie spürte wieder die entsetzliche Hitze und roch den Gestank ihres eigenen, brennenden Fleisches und hörte ihre verzweifelten Schreie.

Alles drehte sich um sie, und ihre Knie wurden weich, sodass Rachel sie stützen musste. Sie griff zusätzlich mit der anderen Hand zu, um sich an der großen Feuerschale festzuhalten, an der sie sich gerade beinahe noch verletzt hätte. Es vergingen noch einmal etliche lange Sekunden, bis sie sich auch nur wieder weit genug in der Gewalt hatte, um die Angst niederzukämpfen und wenigstens so weit in die Gegenwart zurückzukehren, um zu begreifen, dass Rachel etwas zu ihr sagte. Ihrem Tonfall nach zu urteilen nicht zum ersten Mal.

»Ja?«, murmelte sie.

»Weg hier«, antwortete Rachel. »Wir müssen uns verstecken. Es sei denn, du willst Zadkiel erklären, was wir hier tun.«

Sie deutete hinter sich und eilte auch schon geduckt los, ohne auf ihre Reaktion zu warten.

Beka folgte ihr ein Dutzend Schritte weit, bis sie ein dorniges Gestrüpp erreichten, das vielleicht einem zweiten, ganz bestimmt aber keinem dritten Blick standhalten würde. Dennoch ging es als Versteck durch, solange man nicht zu genau hinsah. Wenigstens mit menschlichen Augen.

Wie scharf waren eigentlich die eines Engels?

Sie hatte den Gedanken kaum zu Ende gedacht, da passierte auch schon das, was sie insgeheim befürchtet hatte: Zadkiel tauchte in ihrem Blickfeld auf. Er kam nicht nur scheinbar genau auf ihr Versteck zu. Für eine einzelne, aber schreckliche Sekunde meinte sie auch zu spüren, wie sich der Blick seiner dunklen Engelsaugen direkt in die ihren bohrte. Ihr Herz übersprang einen Schlag und hämmerte dann so schnell weiter, dass es wehtat, und ihr Mund war plötzlich so trocken, dass sie um ein Haar gehustet hätte.

Rachel duckte sich nicht nur ein Stück weg, sie legte ihr auch die Hand auf die Schulter. Es funktionierte: Während sie sich zu ruhigen und gleichmäßigen Atemzügen zwang, beruhigte sich ihr hämmernder Puls, und sie konnte wieder denken, ohne dass es sich anfühlte, als würde ein glühender Stacheldraht durch ihr Gehirn gezogen. Auch Zadkiels Blick ließ ihren endlich los und wanderte weiter. Konnte es sein, dass der Engel ihre Furcht spürte, so wie ein Raubtier die Angst seiner Beute wittert?

Von Zadkiels Anwesenheit einmal abgesehen hatte die Szene etwas von einem – wirklich schlimmen – Déjà-vu. Dabei verlief diesmal alles im kleineren Rahmen. Statt Hunderter war nur eine Handvoll Zuschauer gekommen. Die Abordnung von Stamm Ephraim war auf gerade einmal drei Köpfe zusammengeschrumpft: Zwei reichlich mitgenommen aussehende Krieger, von denen zumindest einer alle Mühe hatte, sich überhaupt noch auf den Beinen zu halten. Und Olmos selbst, dessen zerschrammte *Mad Max*-Rüstung noch um zwei weitere modische Accessoires erweitert worden war: eine schmuddelige Schlinge für seinen linken Arm und einen weißen Kopfverband, auf dem schon wieder zwei frische hellrote Flecken prangten. Außerdem fielen Beka die *Pejes* auf, die nun wieder seine Schläfen zierten.

Von der ausgelassenen Volksfest-Stimmung, die bei ihrem fast vollzogenen Feuertod geherrscht hatte, war hier nicht viel zu spüren. Niemand sprach. Die meisten schlurften mit hängenden Schultern und gesenktem Blick hinter Yoram und den beiden Jungen her, die ihn flankierten, und es gab erst recht niemanden, der es auch nur wagte, in Zadkiels Richtung zu sehen. Und noch etwas war heute anders: Diesmal spielte nicht sie die Hauptrolle bei der kleinen Grillparty, zu der Zadkiel geladen hatte, sondern Yoram. Immerhin hatten sie darauf verzichtet, ihn mit Stacheldraht zu fesseln. Bis jetzt.

»Und du bist sicher, dass es funktioniert?«, fragte Beka.

»Natürlich nicht«, antwortete Rachel. »Wenn du eine bessere Idee hast, bin ich ganz Ohr.« Sie machte eine unwillige Geste, an deren Ende sie mit dem Zeigefinger in Richtung der näher kommenden Prozession deutete. »Wenn Zadkiel wüsste, dass wir hier sind, wären wir schon tot – oder zu handlichen Paketen verschnürt, um Yoram in der Färse Gesellschaft zu leisten. Er ist vielleicht ein Engel, aber er weiß nicht alles.«

Beka konnte nur hoffen, dass sie damit recht hatte. Und sie war ganz und gar nicht so davon überzeugt, wie Rachel es zu sein schien. Nach allem, was sie bisher mit dem vermeintlichen Engel erlebt hatte, traute sie ihm durchaus zu, nur ein weiteres grausames Spiel mit ihnen zu spielen.

*

Die grässliche Prozession kam langsam näher. Obwohl sie sein Gesicht nicht sehen konnte, wurde doch immer deutlicher, dass mit Yoram etwas nicht stimmte. Er war der Einzige, der nicht niedergeschlagen dahinschlurfte, sondern mit energischen Schritten und hoch aufgerichtet ging. Er benahm sich auch darüber hinaus nicht so, wie sie es von jemandem in seiner Situation erwartet hätte. Bevor er nahe genug kam, um Einzelheiten erkennen zu können, verschwand die Spitze der Prozession hinter der gewaltigen Eisenkuh.

Beka musste nicht hinsehen, um zu spüren, wie Rachel sich anspannte.

Gleich drei schwer mit Holz und Reisig beladene Jungen kamen in ihr Blickfeld. Sie näherten sich rasch der großen Feuerschale unter der Färse, um sie mit dem mitgebrachten Brennmaterial zu beschichten. Nach nicht einmal einer Minute züngelten bereits die ersten Flammen aus dem trockenen Reisig. Es musste wohl auch noch Brandbeschleuniger geben, denn im nächsten Augenblick explodierten die Flammen nicht nur zu schierer Weißglut, sondern begannen fettigen schwarzen und braunen Rauch zu produzieren, dessen bloßer Anblick zum Husten reizte. Selbst über die Entfernung hinweg meinte Beka die Hitze zu spüren. Aber vielleicht narrten sie ja auch nur wieder ihre Erinnerungen.

Rachel winkte, und Beka bog sehr vorsichtig die mit spitzen Dornen gespickten Zweige zur Seite, um unter dem Bauch der roten Färse hindurchzusehen. Viel war bei all dem Qualm und lodernden Feuerschein nicht zu erkennen, gerade einmal eine größere Anzahl Füße, die sich hektisch hin und her bewegten. Plötzlich ertönte eine Stimme, sehr laut und durchdringend, die etwas sagte, was sie nicht verstand, den Platz auf der anderen Seite aber vollkommen beherrschte. Schließlich kam doch für einen Moment Hektik auf, und sie meinte einen Schrei zu hören, der von einem dumpf-scharrenden Laut wie dem Zufallen eines Kanaldeckels abgeschnitten wurde.

Unverzüglich wollte sie sich erheben. Doch Rachel wiederholte nur ihre abwehrende Geste und deutete erneut auf die rote Färse. Worauf wartete sie? Das Feuer brannte erst seit einigen wenigen Minuten. Aber es war keine Einbildung gewesen – Beka konnte die Hitze selbst über die Entfernung hinweg spüren, und sie hatte am eigenen Leib erfahren, was für ein guter Wärmeleiter Eisen war. Yoram musste die Hitze jetzt schon schmerzhaft fühlen; von Panik und schierer Todesangst gar nicht zu reden.

Rachel wartete jedoch stoisch weiter, sicherlich eine Minute, wenn nicht länger. Gerade als Beka so weit war, sich auf eigene Faust aufmachen zu wollen, kamen die drei Jungen zurück, um noch mehr Feuerholz und Reisig zu bringen. Sie schichteten es zum Großteil neben der eisernen Feuerschale auf. Einer der Jungen warf ein kleines Säckchen ins Feuer, das mit einem hellen Zischen barst und noch mehr fettigen braunen Rauch produzierte.

Rachel atmete erleichtert auf. »Ich wusste, dass ich mich auf Ralf verlassen kann.«

Sie richtete sich auf und begann vor Ungeduld von einem Fuß auf den anderen zu treten, während sie darauf wartete, dass die drei Jungen wieder gingen. Kaum war das geschehen, huschte sie auch schon geduckt los, lief zum vorderen Ende der Färse und stellte sich auf die Zehenspitzen, um an irgendetwas herumzuhantieren, das Beka nicht genau erkennen konnte. Aber als sie neben sie trat, um ihr zu helfen, schüttelte sie auch hastig den Kopf.

»Halt die Augen auf! Sag mir Bescheid, wenn Zadkiel kommt!«

*

Flackerndes Licht und Qualm waren mittlerweile so dicht geworden, dass sie praktisch gar nichts mehr sah. Beka presste die Augen trotzdem zu schmalen Schlitzen zusammen und versuchte den brodelnden Vorhang zu durchdringen. Sie fragte sich allerdings auch, was sie eigentlich tun sollte, wenn der Engel tatsächlich auftauchte. Vermutlich nichts. Oder rennen, so schnell sie ihre Beine trugen. Was im Ergebnis ohnehin auf dasselbe hinauslief. Sie war nicht sicher, ob sie schneller rennen konnte als der Engel, sehr wohl aber, dass er schneller *flog* als sie.

Rachel zerrte keuchend vor Anstrengung an einem rostigen Hebel herum, den Beka selbst jetzt kaum sah, wo sie wusste, dass er da war. Erneut wollte sie die Hand ausstrecken, um ihr zu helfen, doch da gab der Hebel bereits mit einem peitschenden Knall nach, der noch auf der anderen Seite der Stadtmauer zu hören sein musste. Eine schmale Klappe öffnete sich in der Flanke der eisernen Statue, und ein Schwall verbrannter und nach Tod und Agonie riechender Luft schlug ihnen entgegen.

»Yoram?«, rief Rachel. »Hörst du mich? Wir sind hier!«

Sie bekam keine Antwort und versuchte es auch nicht noch einmal, sondern zog sich kurz entschlossen durch die Klappe und war im nächsten Moment verschwunden. Bekas Herz klopfte immer schneller, während sie einen Schritt nach hinten zurückwich und sich zugleich halb in die Hocke beugte, um zwischen der Feuerschale und der Unterseite der eisernen Kuh hindurchzuspähen. Hitze und flackernde Helligkeit trieben ihr die Tränen in die Augen. Sie drohte in Panik zu geraten, als sie Zadkiels Füße in dem Wald aus Beinen auf der anderen Seite nicht fand. Dann sah sie ihn doch, ein kleines Stück abseits und weggedreht, als hätte er sich der wartenden Menge zugewandt, um sich ihr mitzuteilen. Sie konnte nicht verstehen, was er sagte, aber das wollte sie auch gar nicht. Sie wollte die Stimme dieses Ungeheuers nie wieder im Leben hören.

»Hilf mir, verdammt!«

Rachels Füße und Unterschenkel tauchten wieder in der Klappe auf. Beka trat nicht nur hinzu, um ihre Knöchel zu ergreifen und nach Kräften zu ziehen, sondern sog auch erschrocken die Luft zwischen den Zähnen ein, als sie dabei die Färse berührte und spürte, wie heiß das Metall bereits war, obwohl die Flammen erst seit ein paar Minuten brannten. So schnell sie konnte, half sie Rachel, rücklings aus der Skulptur herauszukriechen, und griff danach sogar noch beherzter zu, um Yoram ins Freie zu zerren. Er war zwar nicht gefesselt, schien aber das Bewusstsein verloren zu haben, denn er lag vollkommen schlaff auf dem Rücken und machte nicht die geringsten Anstalten, ihnen zu helfen.

Irgendetwas geschah auf der anderen Seite der Statue. Es war nichts Gutes, das spürte sie. Beka verschwendete nicht einmal die Zeit für einen einzigen Blick, sondern verdoppelte ihre Anstrengungen, und Yoram glitt mit einem so plötzlichen Ruck aus der Klappe, dass sie beide zurücktaumelten und das Gleichgewicht verloren und er auf sie fiel, als sie nebeneinander auf den Rücken stürzten. Seine Kleider waren *heiß*, und er roch nach schmorendem Haar und versengter Haut.

Beka wälzte seinen reglosen Körper hastig von sich herunter und sich selbst auf Hände und Knie hoch. Ihr erster Blick galt seinem Gesicht. Sie wusste nicht, ob sie erleichtert oder entsetzt sein sollte. Er lebte, und wie es aussah, war er sogar bei Bewusstsein. Doch sein Blick war auf eine schreckliche Weise leer. Auf seinen Lippen lag ein leicht schwachsinnig wirkendes Lächeln, und die rechte Hälfte seines Gesichts war rot, das Haar auf derselben Seite versengt und schwelte. Und zugleich geschah auch noch etwas anderes, das womöglich noch sehr viel gefährlicher war, obgleich sie das Gefühl nicht einmal wirklich in Worte fassen konnte: Etwas richtete seine Aufmerksamkeit auf sie, sich seines Zieles noch nicht ganz bewusst, aber tastend und mit jedem Suchen eine Winzigkeit näher kommend.

Etwas Uraltes und Gewaltiges. Ihnen blieb nicht mehr viel Zeit. Vielleicht gar keine mehr.

»Wir müssen weg! Schnell!« Sie versuchte aufzuspringen und Yoram zugleich mit sich in die Höhe zu ziehen. Es gelang ihr nicht; schon weil er nicht nur keinen Finger rührte, um ihr zu helfen, sondern ganz im Gegenteil albern zu kichern begann und sie nach Kräften behinderte. »Hilf mir!«

Das tat Rachel auch, allerdings erst nachdem sie noch einmal an die Färse herangetreten war und die Klappe geschlossen hatte. Dem schmerzlichen Zischen nach zu urteilen, das dabei über ihre Lippen kam, musste das Metall mittlerweile noch heißer sein. Sie gestattete sich jedoch nicht einmal einen Klagelaut, sondern ergriff Yorams Arm und legte ihn sich um die Schulter. Nachdem Beka dasselbe getan hatte, gelang es ihnen immerhin, ihn zu dem getarnten Einstieg zurückzuschleifen, durch den sie aus der Unterwelt heraufgekommen waren. Beka hoffte, dass die Zeit noch reichte.

Was immer nach ihr gesucht hatte, hatte sie gefunden. Es kam. Etwas Großes, mit Flügeln und Klauen.

*

Rachel überließ ihr Yorams Gewicht ganz allein. Beka hatte alle Mühe, nicht unter seiner Last zusammenzubrechen, zumal er nicht nur albern zu kichern begann, sondern auch den anderen Arm und schließlich sogar das Kinn auf ihre Schulter aufstützte und irgendetwas brabbelte, das sie nicht verstand.

Rachel ließ sich in die Hocke sinken und riss die knarzende Klappe auf. Hastig kletterte sie so weit nach unten, bis nur noch Kopf und Schultern aus dem Boden ragten, und streckte die Arme aus. Da war etwas wie ein fernes Gewitter, das die Luft mit knisternder elektrischer Spannung füllte, eine düstere Präsenz, die sich immer mehr und immer schneller auf sie fokussierte. War da das Geräusch von Schritten hinter ihr und das gewaltiger Flügel mit eisernen Federn?

Obwohl Yoram sein Bestes tat, um sie weiter zu behindern, gelang es Beka irgendwie, ihn in den Schacht und halbwegs sicher auch auf die Leiter und in Rachels Arme zu bugsieren. Seine Handgelenke umklammernd ließ sie sich auf die Knie fallen und versuchte Rachel möglichst viel von seinem Gewicht abzunehmen; solange die Leiter hielt, funktionierte es sogar.

Leider erwies sich die improvisierte Leiter als ganz genauso instabil, wie sie befürchtet hatte. Rachel und der immer noch wie blöde kichernde Yoram hatten vielleicht die zweite oder dritte Sprosse erreicht, als ein helles Splittern erscholl. Rachel und Yoram verschwanden abrupt wie weggezaubert in der Tiefe. Eine Sekunde später erscholl eine Mischung aus einem spitzen Schrei und einem dumpfen Aufprall. Und ein hysterisches Kichern, das mehr unter die Haut ging als ein Schmerzensschrei.

Ohne die Zeit für einen Blick über die Schulter zu verschwenden, schwang sich Beka in die Tiefe, tastete mit dem Fuß nach der zerbrochenen Leiter und mit der freien Hand nach der Klappe, um sie über sich zuzuziehen; mit dem Ergebnis, dass sowohl die Reste der Leiter als auch die hastig zusammengeschusterte Klappe in Stücke brachen und zusammen mit ihr abstürzten.

Etwas Weiches, das mit einem keuchenden Pfiff auf ihren Aufprall reagierte, bewahrte sie vermutlich vor nachhaltigen Verletzungen. Dafür wurde sie mit zerbrochenem Holz und Erdbrocken nur so bombardiert, und ein unteramlanger Splitter bohrte sich kaum eine Handbreit vor ihrem Gesicht wie eine Schwertklinge in den Boden.

Dann legte sich ein Schatten über sie. Als sie sich mit zusammengebissenen Zähnen herumwälzte und aufblickte, sah sie in das Gesicht eines zornigen Engels.

»Komm zurück!«, sagte Zadkiel.

Nein. *Sagte* traf es nicht. Nicht einmal *befahl* hätte es wirklich getroffen. Es war etwas, wogegen es keinen Widerspruch gab, nicht einmal die bloße *Möglichkeit,* nicht das zu tun, was die Stimme von ihr verlangte.

Obwohl sie den Drei-Meter-Sturz vielleicht doch nicht ganz so spurlos weggesteckt hatte und ihr jeder Knochen im Leib wehtat, stemmte sie sich mit zusammengebissenen Zähnen in die Höhe und hätte wohl auch nach dem Rest der Leiter gelangt, hätte sich da nicht Yoram unter ihr gerührt und seinerseits nach ihrem Arm gegriffen.

»Rivkah«, nuschelte er. »Wohin willst du denn so schnell?«

Wenigstens nahm sie an, dass er das sagte. Er sprach schleppend und so undeutlich, als wäre er schwer betrunken. Dass er nach wie vor nicht nur ausgelassen kicherte, sondern sie auch ungelenk zu betatschen versuchte, machte es nicht unbedingt leichter, ihn zu verstehen.

Beka versuchte sich aus seinem Griff zu befreien und aufzustehen, um zu tun, was Zadkiel von ihr verlangte. Doch Yoram griff nun auch noch mit der anderen Hand zu und zerrte sie einfach mit sich. »Wir haben uns doch noch nicht einmal richtig kennengelernt. Da kannst du doch nicht schon wieder gehen!«

»Ich sagte: Komm zurück!«, wiederholte Zadkiel, wartete ihre Reaktion auf diesen neuerlichen Befehl aber gar nicht erst ab, sondern drehte sich umständlich um und begann rücklings die zerbrochene Leiter herabzusteigen. Oder versuchte es wenigstens.

Wäre die Situation auch nur ein bisschen weniger bedrohlich gewesen, hätte sie wahrscheinlich über den Anblick gelacht, denn er war einfach nur grotesk: Zadkiel glitt an den Resten der zerbrochenen Leiter in die Tiefe wie ein Feuerwehrmann an seiner Stange – und kam mit einem so harten Ruck zum Halten, dass sie zu hören meinte, wie seine Zähne aufeinanderschlugen. Die Öffnung war schlichtweg zu klein für seine hünenhafte Gestalt. Er steckte fest wie ein Korken in einem viel zu engen Flaschenhals.

Vermutlich nicht für lange, dachte sie. Schließlich war er ein Engel, der die halbe Stadt mit bloßen Händen in Stücke reißen konnte, wenn er seinen ganzen Zorn entfesselte. Aber noch war es nicht so weit, und einmal aus dem Bann seiner Augen entlassen, kehrte auch ihr freier Wille zurück – oder doch zumindest ihre Empörung, dass es kaum mehr als eines Wortes bedurft hätte, um sie gefügig zu machen.

Aber darüber konnte sie sich auch später noch angemessen aufregen. Zunächst beließ sie es dabei, ihren Widerstand gegen Yoram aufzugeben und ihn stattdessen ihrerseits mit sich zu ziehen. Yoram plapperte fröhlich weiter dummes Zeug, während sich Zadkiel über ihnen mit einem zornigen Knurren gegen die Umklammerung des Schachtes stemmte, in die er sich selbst hineinmanövriert hatte. Beka glaubte nicht, dass sie noch lange standhalten würde.

Aber das musste sie auch nicht, denn Yoram und sie hatten inzwischen rückwärtsgehend die Tür erreicht. Rachel zog sie endgültig hindurch und überraschte sie ein weiteres Mal, in dem sie die verzogene Tür mit erstaunlicher Kraft wieder an Ort und Stelle stemmte.

»Da lang!«

Rachel deutete scheinbar völlig wahllos nach links und huschte zugleich in die entgegengesetzte Richtung los, kam aber schon nach einem einzigen Augenblick zurück und schleppte eine dicke Metallstange herbei, die beinahe so viel wiegen musste wie sie selbst. Mit einem Geschick, das die Frage überflüssig machte, ob sie das zum ersten Mal tat, verkeilte sie sie unter der Tür. Sie sparte es sich, ihre Aufforderung zu wiederholen, sondern versetzte Beka einen Stoß in den Rücken, der sie haltlos weitertaumeln und Yoram gleich mit sich ziehen ließ. Hinter ihnen ertönte ein Laut, den sie nicht wirklich deuten konnte, der aber wie ein zorniges Knurren klang, und dann splitterte Metall; ein Gefühl, als duckte sich die Schöpfung selbst angstvoll vor etwas, das herankam.

»Nach links! Schnell!«

Rachel trieb sie weiter durch einen halb verschütteten Gang eine steile Treppe hinab und schließlich in einen bedrohlich zusammengedrückten und wieder weiß gekachelten Tunnel, an dessen Ende ein staubiger grauer Lichtschein schwamm. Hinter ihnen erscholl erneut ein knirschendes Poltern, und sie hatte das Gefühl, von einer Woge aus loderndem Zorn getroffen zu werden, die wie eine unsichtbare Springflut durch den Tunnel raste und alles in ihrem Weg verbrannte.

Zadkiel kam.

*

»Da lang! Nach unten! Springt!«

In Rachels Stimme war eindeutig mehr Panik zu hören, als ihr wohl selbst bewusst war. Doch genau diese Panik sorgte auch dafür, dass sie noch schneller vorwärtsstürmte, alle Bilder von jäh aufklaffenden Abgründen, gefährlichen Stolperfallen und tödlichen Metallspitzen und -klingen ignorierend, mit denen ihre durchgeknallte Fantasie sie für ihren Mut belohnte. Ihr eigener Schwung half ihr, nicht zwei Meter tiefer unsanft auf der Nase zu landen, als statt der erwarteten Treppenstufe plötzlich nichts mehr unter ihren Füßen war, noch bevor sie den Sinn von Rachels Warnung erfasst hatte.

Yoram hatte deutlich weniger Glück und landete so schwer neben ihr auf einem Knie, dass er ein gepeinigtes Quieken nicht mehr ganz unterdrücken konnte. Er stemmte sich zwar trotzdem (mit ihrer Hilfe) sofort wieder hoch, humpelte aber sichtbar … was ihn aber nicht daran hinderte, weiterhin zu kichern und unverständlichen Wortbrei vor sich herzubrabbeln.

Hinter und über ihnen krachte es, und sie hörte das Kreischen von zerreißendem Metall. Zorn und pure, reine Wut explodierte hinter ihnen und versengte die Wände und die Luft, und etwas hinderte sie am Atmen; dieselbe Kraft, die sich nun auch daranmachte, ihr Herz am Schlagen zu hindern. Geräusche rasten hinter ihnen heran, Schritte, womöglich auch das Schlagen gewaltiger eiserner Flügel. Aber vielleicht war das auch schon längst kein Unterschied mehr.

Das graue Licht (woher kam es überhaupt?) gerann zu einer Barriere aus rostigen Gitterstäben mit einem kaum anderthalb

Meter hohen Durchlass aus demselben Material. Beka und in ihrem Schlepptau auch Yoram stürmten geduckt hindurch, wodurch Yoram in seinem stolpernden Galopp endgültig aus dem Tritt kam und nicht nur der Länge nach neben ihr hinfiel, sondern sie auch noch mit sich von den Füßen riss. Ganz instinktiv rollte sie sich über die Schulter ab und prallte schwer und gerade im richtigen Augenblick zu Boden, um zu sehen, wie Rachel durch das Gitter schlüpfte und die schmale Tür mit solcher Gewalt hinter sich zuwarf, dass sie in einer ganzen Wolke aus Rostpartikeln verschwand, die aus dem uralten Gitterstäben explodierten.

Nicht einmal eine Sekunde später raste der Verfolger heran, ein gigantischer geflügelter Schatten, eindeutig größer als der Gang, den er ausfüllte. Sie war nicht einmal sicher, ob es wirklich Zadkiel war oder etwas *wie* er. Und sie bekam auch keine Gelegenheit für einen zweiten Blick, denn Rachel zerrte sie schon wieder hoch und mit sich. Yoram kämpfte sich aus eigener Kraft auf die Füße und stolperte los, und hinter ihnen erscholl eine Mischung aus einem zornigen Schrei und wütendem Zischen.

Vor ihnen knickte der Gang in scharfem Winkel ab, und bevor sie die Biegung erreichten, sah Beka noch einmal über die Schulter zurück. Der Anblick war so erstaunlich, dass sie um ein Haar verblüfft stehen geblieben wäre: Es *war* Zadkiel, daran bestand gar kein Zweifel, und zugleich auch wieder nicht.

Seine Flügel waren verschwunden, andererseits aber auch nicht: ein Paar monströser schwarzer Schwingen von geradezu absurder Spannweite und auf einer Ebene der Existenz, die nicht mehr wirklich sichtbar war, jedoch auch nicht gänzlich unsichtbar. Und gleichzeitig war da noch etwas, das sich dem Erkennen auf unheimliche Weise entzog, vielleicht die Idee dessen war, was Zadkiel wirklich gewesen wäre, hätten menschliche Augen ihn voll erfassen können.

Erstaunlicherweise machte er keine Anstalten, sie weiterzuverfolgen, obwohl es an der Tür nicht einmal ein Schloss gab, sondern nur einen einfachen Riegel; ganz davon abgesehen, dass sie keine Sekunde lang daran zweifelte, dass er die daumendicken Eisenstäbe mühelos zerbrechen konnte. Seltsamerweise verzichtete er darauf und stand einfach nur da und starrte sie aus brennenden Augen an, in denen das Versprechen auf unsagbares Leid geschrieben stand, wenn sie auch nur noch einen einzigen weiteren Schritt machte. Wer war sie, sich dem Willen eines Engels des Herrn zu widersetzen?

Rachel nahm ihr die Entscheidung ab, indem sie ihr einen weiteren Stoß in den Rücken versetzte, der sie gerade so weit motivierte, dass sie um die nächste Biegung stolperte ... und was sie schon einmal erlebt hatte, wiederholte sich: Kaum war sie seinem Blick entkommen, gab die unbekannte Macht auch ihren Willen wieder frei. Offensichtlich waren selbst seiner Engelsmagie Grenzen gesetzt.

Erschöpft sank sie mit der Schulter gegen die Wand.

Rachel gönnte ihr keine Pause. »Weiter!«, befahl sie. »Er folgt uns nicht. Aber die anderen haben da weniger Hemmungen.«

Beka versuchte nicht einmal zu verstehen, was sie damit meinte. Aber sie fragte sich, ob Rachel das eigentlich mit Absicht machte, um sie zu ärgern. Vermutlich.

Statt sich darüber aufzuregen, griff sie lieber mit der einen Hand nach Yorams Arm und begann ihn hinter sich herzuziehen. Die andere brauchte sie, um sich seine zweite Hand vom Leibe zu halten, mit der er sie an Stellen zu betatschen versuchte, an denen sie es ganz und gar nicht gern hatte. Er kicherte nicht nur immer ausgelassener, sondern hatte offensichtlich auch immer mehr Mühe, geraden Kurs zu halten und nicht über seine eigenen Füße zu stolpern.

»Was habt ihr eigentlich mit ihm gemacht?«, fragte sie, nachdem es ihr endlich gelungen war, ihn wenigstens so weit zu bändigen, um sich einen Arm um die Schulter legen zu können.

Rachel versuchte auf der anderen Seite dasselbe, hatte aber ihre liebe Not, Yorams Hand von Stellen wegzuhalten, an die sie nicht gehörte. Bekas Mitleid hielt sich in Grenzen.

»Ambrosia«, antwortete Rachel. »Es hilft gegen die Schmerzen. Aber wir beeilen uns besser. Ich weiß nicht, wie viel sie ihm gegeben haben. Es könnte sein, dass er einschläft.«

Es dauerte eine Weile, bevor Beka wirklich begriff, aber dann stahl sich ein flüchtiges Grinsen auf ihre Lippen. »Du meinst, er ist bekifft.«

Rachel sah sie verständnislos an.

»Stoned«, sagte Beka. »Breit. High.«

Rachel sah sie nur noch verständnisloser an und Yoram brabbelte etwas, das er vermutlich nicht einmal selbst verstand, und wäre nun doch über seine eigenen Füße gestolpert, hätten Beka und sie ihn nicht gestützt.

*

Eine Zeit lang bewegten sie sich durch das allmählich nachlassende graue Licht, und Bekas Sorge wuchs mit jedem stolpernden Schritt, zu denen sich Yoram zwang. Wenn er das Bewusstsein verlor und sie ihn tragen mussten, dann war es aus.

»Wohin bringst du uns eigentlich?«, fragte sie, nachdem sie eine Weile durch einen ausgetrockneten Abwasserkanal gestolpert waren.

Rachel tat etwas für sie vollkommen Überraschendes: Sie schwieg.

Von irgendwoher kam noch immer blasses Licht, das gerade ausreichte, um vor ihrem inneren Auge all die absurden Schrecken aufmarschieren zu lassen, mit denen sie sich in letzter Zeit selbst malträtierte. Manchmal meinte sie unheimliche Geräusche zu hören, ein fernes Schleichen und Wispern und etwas wie Worte, wenn auch in einer Sprache, die nicht für menschliche Zungen gedacht war; vielleicht auch das Scharren harter Klauen auf Stein. Sie wollte diese Vorstellung abschütteln, machte es dadurch aber eher noch schlimmer.

Aber seit wann nahm das Schicksal Rücksicht darauf, was sie wollte?

19

Obwohl das graue Licht nicht ganz erlosch, wurde es nach und nach doch immer blasser, sodass sie sich bald wie durch einen trockenen grauen Nebel zu bewegen schienen, der nicht nur ihre Augen narrte, sondern alle ihre Sinne. Alles änderte sich, und das nicht zum Guten: die Echos und Geräusche, der kalte Luftzug auf ihrer Haut, der wie die Berührung unsichtbarer Hände wirkte, und die merkwürdigen Gerüche, die sie nicht wirklich einordnen konnte. Tief unter dem Adrenalin und der wachsenden Verzweiflung und Verwirrung wuchs allmählich noch eine andere, archaischere Furcht heran, der etwas absurd Vertrautes anhaftete.

Zwei Sekunden oder auch zwei Stunden später – Zeit hatte hier unten keine Bedeutung – begriff sie es: Sie war schon einmal hier gewesen. Vielleicht nicht direkt in diesem Gang. Und doch in einem Stollen *wie* diesem: Wände, Boden und Decken bestanden aus tonnenschweren Felsquadern, die aussahen, als wären sie von Titanen an Ort und Stelle gewuchtet worden, um sie mit uralten Hieroglyphen und Schriftzeichen zu übersäen, Symbole einer Sprache, die schon alt gewesen war, bevor der erste Mensch auch nur einen Fuß auf die Oberfläche dieser Welt gesetzt hatte. Und auch das Gefühl, zur *Beute* geworden zu sein, kannte sie. Sie waren wieder in dem unterirdischen Labyrinth, in dem Lukas und sie damals aufgewacht waren.

Beinahe hätte sie über das Wort gelacht: *damals*. Das klang nach einer langen Zeit, Monate, wenn nicht Jahre oder noch mehr. Dabei waren es kaum mehr als zehn Tage, auch wenn ihr Zeitgefühl irgendwo zwischen all den grässlichen Ereignissen der letzten Tage zerrieben worden war. Aber es spielte auch keine Rolle, denn zwischen diesem *Damals* und dem *Jetzt* lagen Welten.

»Wo sind wir?«, murmelte sie, ohne wirklich mit einer Antwort zu rechnen. »Wieder unter dem Tempelberg?«

»Sag du es mir«, antwortete Rachel. »Angeblich warst du doch schon mal hier.«

»Jetzt nicht, Rachel«, seufzte sie. »Ich gönne dir deinen Spaß, ehrlich, aber jetzt passt es nun wirklich nicht.«

Rachel schien das anders zu sehen. Sie blieb stehen. Ihre Lippen wurden schmal vor Zorn. »Du willst wirklich behaupten, du wärst schon einmal hier unten gewesen?« Sie machte ein verächtliches Geräusch. »Ist mir ja normalerweise gleichgültig, was du tust oder behauptest, um dich an Yoram oder einen der anderen Jungs ranzuschmeißen, ganz ehrlich. Aber das ist lächerlich. Niemand geht hier runter. Das ist Dämonengebiet. Nur falls es dir nicht aufgefallen ist: Nicht einmal Zadkiel traut sich, uns zu folgen.«

Da war etwas dran, musste Beka widerwillig zugeben. Und sie müsste sich schon verdammt irren, wenn das, was sie in Zadkiels Augen gelesen hatte (abgesehen von maßlosem Zorn, der niemand anders als ihr galt), nichts anderes als Angst gewesen war. Aber was konnte es geben, was ein Engel fürchtete?

Wollte sie die Antwort auf diese Frage wirklich wissen?

Nein, eher nicht.

»Wenn das wirklich stimmt«, sagte sie. »Warum sind *wir* dann hier?«

»Na, *weil* Zadkiel uns nicht hierher folgt«, antwortete Rachel auf jene altkluge Art, zu der nur Kinder imstande sind, aber auch nicht alle. »Und es ist ja auch nicht so, als hätten wir großartig die Wahl, oder?« Sie forderte sie mit einer Geste auf das graue Nebellicht auf weiterzugehen. »Ist auch nicht mehr weit.«

Beka fragte vorsichtshalber nicht, woher sie das wissen wollte, wenn doch angeblich nie jemand hierherunter kam, sondern setzte ihren Weg fort. Sie musste nicht fragen, um zu wissen, dass sie in mindestens einem Punkt derselben Meinung waren: Sie beide wollten so schnell wie mögen hier raus.

Und Yoram?

Sie hatte bisher nicht großartig darüber nachgedacht, sondern dankbar zur Kenntnis genommen, dass er folgsam neben ihnen hertrottete. Was immer sie ihm eingeflößt hatten, hatte ihn zwar nicht vollkommen ausgeknockt, machte ihn aber handzahm. Solange sie seinen Arm nicht gewaltsam abstreifte, würde er wohl gehorsam hinter ihnen herdackeln.

Das Licht nahm weiter ab, erlosch für einige wenige (aber äußerst unangenehme) Momente ganz und kehrte, den Bruchteil einer Sekunde bevor sie sich vollends in Schreckensvisionen hineinsteigern konnte, ins Rote und Orangefarbene verschoben wieder zurück. Es roch unangenehm nach Schwefel, fand sie. Vielleicht war auch nur etwas in ihr der Meinung, dass es dazugehörte.

Und nach einer Weile meinte sie auch wieder Geräusche zu hören, die unwillkommene Erinnerungen in ihr weckten: Schlurfende Schritte und ein schweres Atmen, das von Darth Vaders finsterem Bruder stammen konnte, und immer wieder ein Scharren und Kratzen, wie von eisenharten Krallen, die Furchen in Stein gruben. Yoram wurde ein paarmal wach genug, um irgendetwas zu brabbeln und sein Gewicht dann nur umso schwerer auf ihre Schulter zu laden. Sie war nicht ganz sicher, ob er das nicht mit Absicht tat.

*

Je tiefer sie in das unterirdische Labyrinth eindrangen, desto intensiver wurde das Gefühl, schon einmal hier gewesen zu sein. Sie war es nicht. Das hier waren ganz eindeutig nicht die Gänge, durch die Lukas und sie geirrt waren. Dennoch hatte sie das unheimliche Gefühl, jeden Fußbreit Boden hier zu kennen; wie eine Heimkehr an einen Ort, an dem sie nie zuvor gewesen war. Sie gehörte hierher. Und zugleich erfüllte sie ihre Umgebung mit einer Angst, als stünde sie vor der Pforte der Hölle. Natürlich war ihr klar, dass es weder real sein konnte noch real sein durfte, und dennoch hörte sie deutlich das Klirren von Ketten und das anhaltende Wehklagen und Jammern gepeinigter Seelen.

Dann war da plötzlich noch etwas, das Rachel wohl einen halben Atemzug vor ihr registrierte. Sie blieb so abrupt stehen, dass Yorams Arm von Bekas Schulter glitt und er aus dem Tritt geriet und gestürzt wäre, hätte sie nicht hastig mit beiden Händen zugegriffen und ihn festgehalten. Mit dem Ergebnis allerdings, dass auch sie schmerzhaft auf ein Knie knallte und Yoram sich als wohl doch nicht ganz so weggetreten outete, denn seine Hände nutzten die Gelegenheit, um schon wieder auf Wanderschaft zu gehen. Beka schlug ihm so hart auf die Finger, dass es ihr selbst wehtat, was Yoram aber nur mit einem völlig übertriebenen Kichern kommentierte; und damit, den anderen Arm viel zu eng um ihre Schulter zu legen.

»Wenn du deine Finger behalten willst, dann nimm sie da weg«, sagte sie freundlich.

Yoram gluckste sogar noch dümmlicher, zog die Hand aber zurück, und Beka stand wieder auf und zerrte ihn grob mit sich in die Höhe. »Und wenn ich dir noch einen guten Rat …«

»Still!«, unterbrach sie Rachel aufgeregt. »Hörst du nichts?«

Das hatte sie sogar die ganze Zeit über getan. Aber ihr Gespür für Wichtigkeit musste wohl ebenfalls gelitten haben, denn sie war viel zu sehr damit beschäftigt, sich über Yoram zu empören, um auf die näher kommenden Schritte und Stimmen zu achten.

»Zurück!«, zischte Rachel. »Schnell! Und keinen Laut!«

Vielleicht war es schon zu spät. Der verwirrenden Akustik dieser chthonischen Welt geschuldet gingen sie noch ein paar Schritte in die falsche Richtung und wären um ein Haar auf eine Gangkreuzung hinausgetreten, über die in der nächsten Sekunde gleich drei bewaffnete Jungen marschierten.

*

Beka erstarrte vor Schrecken mitten im Schritt und hielt nicht nur Yoram mit eiserner Kraft fest, sondern stellte sogar das Atmen ein, und das Wunder geschah: Obwohl nicht einmal eine Armeslänge von ihr entfernt, bemerkten die drei Yoram und sie nicht einmal, sondern marschierten einfach an ihnen vorbei. Das Schicksal schien ausnahmsweise einmal auf ihrer Seite zu sein.

Das Schicksal. Yoram nicht.

Er machte nicht etwa ein versehentliches Geräusch, sondern krähte mit schrill betrunkener Stimme: »Reingelegt! Jetzt habt ihr uns doch nicht gefunden! Ätsch!«

Beka stockte vor Schrecken der Atem, und Rachel quietschte, als wäre ihr ein Rhinozeros auf die Zehen getreten, während die drei Jungen wie ein Mann herumfuhren und sie aus aufgerissenen Augen anstarrten.

»Jetzt seid ihr dran«, fuhr Yoram aufgeräumt fort. »Lauft los! Wir zählen langsam bis zehn, und dann suchen wir euch!«

Einer der drei Jungen schien etwas sagen zu wollen und klappte den Mund dann ohne einen Laut wieder zu, während der Junge neben ihm betreten den Blick senkte. Lediglich der dritte hielt Bekas Blick mit Müh und Not stand. »Ihr müsst mit uns kommen«, sagte er, rang sichtlich mit sich und fügte hinzu: »Bitte.«

»Und wenn wir das nicht wollen?«, fragte Beka.

»Wir können euch nicht gehen lassen«, antwortete der Junge. »Zadkiel würde uns bestrafen.«

»Ihr könntet sagen, dass ihr uns nicht gefunden habt«, schlug Rachel vor.

»Haben sie ja auch nicht«, gluckste Yoram. »Aber wir finden sie, wenn sie nicht bald – *au!*«

Beka fragte sich, ob das letzte Wort wohl mit der Kopfnuss zusammenhing, die sie ihm verpasst hatte, behielt den Sprecher ihrer drei Verfolger aber fest im Auge. Sie kannte ihn, auch wenn ihr sein Name gerade nicht präsent war. »Und wenn wir nicht mitkommen?«

Der Bursche machte ein betrübtes Gesicht und legte die Hand auf den Griff des unterarmlangen Messers, das aus seinem Gürtel ragte.

»Du musst das nicht tun, Carl«, sagte Rachel noch einmal. »Sag einfach, du hast uns nicht gefunden.«

»Das wäre gelogen«, antwortete Carl, »und du weißt, dass man Zadkiel nicht belügen kann.«

»Und du würdest es auch nicht tun, wenn du es könntest«, schnaubte Rachel. »Du wolltest doch schon lange seine Position, habe ich recht?«

»Du kannst mich gerne beschimpfen, wenn es dir Spaß macht«, antwortete Carl. »Aber nicht jetzt. Wir haben Glück, dass wir noch leben, und ihr auch. Verschwinden wir von hier!« Er wartete Rachels Antwort auch gar nicht ab, sondern streckte die Hand nach ihr aus, und Rachel wartete, bis er ihr nahe genug war, und biss ihm dann so kräftig in den Daumen, dass das Blut spritzte.

*

Carl heulte vor Schmerz und Wut und schlug mit der anderen Hand nach ihr. Beka fegte seinen Arm nicht nur zur Seite, sodass er das Mädchen verfehlte, sondern trat ihm auch wuchtig vors Schienbein. Carl ächzte und fiel gehorsam auf ein Knie, und Beka stieß ihm mit der flachen Hand so wuchtig vor die Brust, dass er nach hinten und gegen einen der anderen Jungen fiel und ihn ebenfalls von den Füßen riss.

Der dritte Junge machte eine zaghafte Bewegung, wie um nach ihr zu greifen, zeigte dabei aber so wenig Begeisterung, dass Beka spontan beschloss, ihn einfach zu ignorieren.

Stattdessen packte sie Yoram mit der einen und Rachel mit der anderen Hand und raste los. Carl versuchte im Liegen nach ihr zu greifen und verlegte sich dann stattdessen darauf, würgend und japsend nach Luft zu schnappen, als sie sich versehentlich von seiner Leibesmitte abstieß.

Sie machte sich nichts vor. Rachels Beißattacke hatte die drei Jungen überrascht, aber das war auch alles. Jeder einzelne der drei war kräftig genug, Rachel und sie ganz allein zu überwältigen – von Yoram gar nicht zu reden. Und zumindest Carl würde nach dem, was sie sich gerade geleistet hatten, wohl keine großen Hemmungen haben, wirklich grob zu werden.

Hinter ihnen wurden Schritte und Getöse laut und kurz darauf auch Carls zorniges Gebrüll, aber da war auch … noch etwas, das Witterung aufgenommen hatte und rasend schnell näher kam, etwas Uraltes und Verdorbenes, das mit Klauen aus reinem Feuer in ihrer Seele grub und jeden vergessenen Schmerz und jedes finstere Geheimnis zu purer körperlicher Agonie explodieren ließ. Es stahl ihre Kraft, verzehrte jedes bisschen Energie und jede Spur von Menschlichkeit, die es irgendwo tief in ihr fand, und das unerbittlich und immer nur noch schneller werdend, je näher es kam.

Vor ihnen hellte sich das Rot auf, die blasse Andeutung von Tageslicht, die von oben kam. Sie spürte zugleich aber auch, dass es nicht reichte, ganz egal wie schnell sie auch lief. Hinter ihnen raste die Verheerung heran, so unaufhaltsam wie eine Naturgewalt und ebenso schnell. Carls Gebrüll klang inzwischen nicht mehr wütend, sondern eindeutig panisch.

»Nachlaufen!«, jubilierte Yoram. »Toll! Wir gewinnen!«

Und wer weiß – vielleicht taten sie das ja tatsächlich. Mit

einem Mal tauchte ein winziger Hoffnungsschimmer in Form einer Treppe mit nachgerade monströsen Stufen vor ihnen auf. Sie schien nicht nur von, sondern vor allem für Riesen gemacht zu sein. Falls es überhaupt eine Treppe war: Keine Stufe war so hoch oder breit wie die andere, und schon die niedrigste reichte ihr bis zur Mitte der Oberschenkel. Trotzdem flog sie regelrecht hinauf, riss Yoram und in seinem Gefolge auch Rachel einfach mit sich und fand sogar noch die Zeit, einen Blick über die Schulter zurückzuwerfen.

Was sie sah, ließ sie nicht nur augenblicklich bedauern, es getan zu haben. Es brachte sie auch dazu, noch einmal Tempo zuzulegen: Ihr Vorsprung zu Carl und seinen beiden Kumpels war auf kaum eine Armlänge zusammengeschmolzen, und hinter den drei Jungen tobte … noch etwas heran. Sie konnte nicht erkennen, was, aber vielleicht lag das gar nicht daran, dass es unsichtbar gewesen wäre oder auch einfach nur gut getarnt. Irgendwie spürte sie, dass sie es sehr wohl sah, ihr Verstand das Bild aber einfach ausblendete, weil er an dem bloßen Anblick zerbrochen wäre. Da war etwas, das sich bewegte und heranraste, etwas aus Zähnen und Krallen und schlitzendem Metall und spießenden Hörnern und Klauen, etwas, das *fraß*.

Sie raste weiter, tauchte unter einem düsterroten Wolkenhimmel aus dem Untergrund auf und registrierte beiläufig, dass sie länger als gedacht unter der Erde gewesen sein mussten. Die Sonne hatte den Zenit bereits überschritten und begann ihren Abstieg zum Horizont. Es regnete, ein warmes, verbrannt riechendes Nieseln, das den Boden mit einer klebrigen Schlammschicht überzog und alle Farben aus dem Himmel wusch.

Den Schwung ihrer eigenen Bewegung nutzend, zog sie Yoram mit einer kraftvollen Bewegung zu sich herauf. Dann streckte sie beide Hände nach Rachel aus, die prompt nach ihren Handgelenken griff und sich mit solcher Gewalt daran festklammerte, dass Beka nach vorne und in den Morast fiel.

Rachel nahm das Angebot dankbar an und zog sich nicht nur

weiter an ihr nach oben, sondern stieg auch kurzerhand über sie hinweg.

Keuchend und einen Mund voll Schlamm ausspuckend stemmte sie sich halb in die Höhe und drehte sich gerade noch rechtzeitig weg, um nicht gleich wieder in die Tiefe gerissen zu werden, als einer der Jungen nach oben griff, um sich an irgendetwas festzuklammern. Dicht hinter ihm kletterten Carl und der dritte Junge die unmöglich hohen Stufen herauf, und in der Dunkelheit unter ihnen bewegte sich noch etwas.

Dann war der dritte Junge plötzlich verschwunden, und ein reißender Laut und ein abgehackter Schrei erschollen. Für einen unendlich kurzen Moment begegnete sie dem Blick eines Paares lodernder Höllenaugen. Carl kreischte in schierer Todesangst und versuchte, noch schneller zu klettern. Beka warf sich zum zweiten Mal nach vorne und streckte die Arme aus, und Carl kreischte sogar noch lauter und zog sich so ungestüm an ihr in die Höhe, dass sie das Gefühl hatte, ihre Arme würden ihr aus den Schultern gedreht.

Sie wäre nicht überrascht gewesen, hätte er sie kurzerhand hinter sich in die Tiefe geworfen.

Der Junge verzichtete jedoch darauf. Stattdessen zerrte er sie grob auf die Füße und streckte den anderen Arm nach seinem Kameraden aus, führte die Bewegung aber nicht zu Ende, als unter ihnen ein zorniges Brüllen erscholl; ein Laut wie der Schrei eines wütenden Dinosauriers, dem das Geräusch stampfender Klauen auf Stein folgte. Etwas griff zu ihnen herauf.

Bevor es sie packen konnte, war Beka endgültig auf den Beinen und herum. Rachel schrie etwas, das sie nicht verstand, sie aber wieder hinlänglich auf sie aufmerksam machte, um in ihre und Yorams Richtung loszustürmen, und wieder erscholl dieser schrille, in den Zähnen schmerzende Schrei.

Etwas bewegte sich in ihren Augenwinkeln – immer nur in den Augenwinkeln, ganz egal wohin sie auch sah – und die Welt duckte sich unter dem Herannahen eines verheerenden Schattens. Rachel stand kaum ein Dutzend Schritte entfernt da und versuchte irgendwie, mit wenig Erfolg Yoram zu bändigen. Hinter ihnen erhob sich die deformierte Ruine eines ehemals beeindruckenden Gebäudes, das jetzt kaum mehr als ein verkohltes Skelett war. Auf eigentümliche Art hob es sich von den anderen zerstörten Häusern ringsum ab, ohne dass sie den Unterschied wirklich in Worte fassen konnte. Vielleicht lag es daran, dass dieses Gebäude zumindest im Ansatz noch so etwas wie Türen und Fenster hatte.

Möglich, dass sie dort Schutz fanden. Beka stürmte mit Yoram im Schlepptau los, eine schmale Tür fest im Blick, die in ein viel größeres zweiflügeliges Tor eingelassen war. Sein Anblick wollte sie an etwas erinnern, ohne dass es ihm gelang; und es spielte im Moment auch keine Rolle.

Carl brüllte empört und spurtete Seite an Seite mit dem zweiten Jungen los, und das so schnell, dass er sie bald eingeholt haben musste. Während Beka einen Haken schlug, der Yoram fast in die falsche Richtung hätte wegtaumeln lassen, versuchte Carl nach ihr zu grabschen. Der Junge verfehlte sie so knapp, dass seine Fingernägel vier lange, heftig brennende Kratzer auf ihrem Arm hinterließen. Beka stieß Yoram voran und beschleunigte auch ihre eigenen Schritte. Sie erreichte die Tür kurz hinter Rachel, die Yoram mit Müh und Not nach innen riss, und sah noch einmal über die Schulter zurück.

Gerade rechtzeitig, um den monströsen Schatten zu sehen, der sich hinter den beiden Jungen aus dem Boden stemmte und lautlos und schnell zu vollkommen absurder Größe emporwuchs, nach Carl griff und ihn verfehlte und stattdessen den anderen Jungen traf. Blut spritzte, und der Junge flog in die eine und sein abgerissener Arm in die andere Richtung. Trotzdem rappelte er sich augenblicklich wieder hoch und torkelte davon. Vielleicht war der Schock so groß, dass er den Schmerz nicht spürte, und der Blutverlust noch nicht groß genug, um ihn entscheidend zu schwächen.

Carl raste Haken schlagend los, und der Schattentitan schien für einen einzelnen Moment unschlüssig, wandte sich dann aber seiner schon waidwunden Beute zu und stürzte sich Flügel schlagend auf sie.

*

Es war das erste Mal, dass sie einen Dämon wirklich sah, nicht als lebenden Schatten im Halbdunkel einer unterirdischen Welt oder als höllischen Beutegreifer, der vom Himmel herabstieß und sein Opfer schneller schlug, als der Blick ihn erfassen konnte. Dennoch fiel es ihr schwer, ihn wirklich zu erkennen. Er war riesig, mindestens so groß wie Zadkiel, wenn nicht größer, und hatte vier Flügel wie er. Damit hörte die Ähnlichkeit aber auch schon auf. Er schien nicht wirklich einen Körper zu haben, sondern aus zahllosen Fetzen und Realitätstrümmern zu bestehen, die sich in ihrer Gesamtheit zur Gestalt einer gigantischen Killermotte zusammenfügten. Mit einem einzigen, gewalttätigen Schritt war er über dem Jungen und riss ihn schneller in Stücke, als Beka der Bewegung folgen konnte. Mit der restlichen Energie seiner sensenden Hiebe flatterte er herum und hinter dem flüchtenden Carl her.

Der Junge brüllte sogar noch lauter und versuchte schneller zu rennen, verstrickte sich irgendwie in seine eigenen Gliedmaßen und fiel schwer auf den schlammigen Boden. Das heranrasende Ungeheuer verfehlte ihn um Haaresbreite und stürzte ebenfalls, wobei es mit ausgebreiteten Schwingen einen gewaltigen doppelten Schlammgeysir hinter sich herzog. Ein zorniges Kreischen erscholl, unter dem die Fensterscheiben beiderseits der Straße geborsten wären – hätte es noch welche gegeben –, und Beka war sich ziemlich sicher, sich nicht nur einzubilden, dass die Krallen des Ungetüms Funken aus dem Stein der Straße schlugen.

»Die Tür!«, schrie Rachel hinter ihr. »Rivkah! Mach die Tür zu!«

Natürlich hatte sie recht. Das Schicksal hatte ihnen noch eine – vermutlich die unwiderruflich letzte – Chance geschenkt, und solange der Dämon mit Carl beschäftigt war, entkamen sie ihm vielleicht doch.

Statt die Tür zuzuschlagen, durch die sie schon halb hindurch war, fuhr sie auf dem Absatz herum und schrie: »*Carl! Hierher!*«

*

Fast am anderen Ende der Straße beendete das geflügelte Ungeheuer endlich seine Schlitterpartie und stemmte sich mit einem wütenden Kreischen in die Höhe, wobei sein Gesicht ganz ins Licht der rot verschleierten Sonne geriet.

Oder auch nicht, denn es hatte keins.

Spätestens da hörte nicht nur die Ähnlichkeit mit Zadkiel auf, sondern mit allem, was sie kannte. Wo das Gesicht des Ungeheuers sein sollte, war nur ein brodelndes Chaos aus reiner, substanzloser Bewegung, in dem zwei rote Augenschlünde loderten. Schlamm spritzte bis zu den verkohlten Dächern hinauf, als der Dämon mit einem harten Ruck die Flügel spreizte, um sich von dem klebrigen Morast zu befreien. Als sein Blick nach ihr suchte und sie schließlich fand, war es wie die Berührung einer unsichtbaren, glühend heißen Hand.

»Rivkah!«, schrie Rachel mit überschnappender Stimme. »Bist du irre? Komm sofort rein!«

Stattdessen stürzte Beka los, war mit einem halben Dutzend weit ausgreifender Schritte wieder bei Carl und zerrte ihn auf die Füße. In seiner Panik versuchte er nach ihr zu schlagen, sodass sie seinen Arm packen und auf den Rücken drehen musste, um ihn zu bändigen. Alles in allem brauchte sie nur wenige Augenblicke dazu und vielleicht trotzdem zu lange, denn selbst diese kurze Zeitspanne hatte dem Dämon gereicht, sich endgültig umzudrehen und loszustürmen.

Am Ende entkamen sie buchstäblich um Haaresbreite. Beka

stieß Carl so vehement vor sich durch die Tür, dass er auf der anderen Seite nur einen ungeschickten Stolperschritt machte und auf die Knie fiel, während sie sich mit einem verzweifelten Satz hinterherwarf. Etwas Dunkles und Glühendheißes strich kaum einen Fingerbreit über ihren gekrümmten Nacken hinweg und schlug mit solcher Gewalt gegen die Mauer, dass das gesamte Haus bebte. Rachel kreischte etwas, das sie nicht verstand. Sie kämpfte mit wild rudernden Armen um ihr Gleichgewicht und hätte diesen Kampf wohl auch gewonnen, wäre sie nicht über Carl gestolpert, der direkt hinter der Tür lag.

Noch während sie fiel, verdunkelte ein gewaltiger Schatten die Tür hinter ihr. Sie schlug so hart auf, dass sie ihr eigenes Blut schmeckte und ihre Handflächen und Knie taub wurden. Trotzdem wälzte sie sich hastig auf den Rücken und war auf das Schlimmste vorbereitet, als sie zur Tür sah.

*

Der Dämon stand direkt auf der anderen Seite der Tür, ein Titan, der sich hätte bücken müssen, um hereinzukommen. Selbst aus unmittelbarer Nähe konnte sie immer noch nichts erkennen, das auch nur entfernte Ähnlichkeit mit einem Gesicht gehabt hätte, sehr wohl aber die beiden auswärts gekrümmten Hörner, die aus dem brodelnden Schädel wuchsen.

Immerhin sah sie weder Quastenschwanz noch Klumpfuß. Aber was nicht war, konnte ja noch werden, denn die gesamte bizarre Kreatur befand sich noch immer in ununterbrochener wabernder Bewegung; als könnte sie sich einfach nicht entscheiden, welche Gestalt sie am Ende annehmen sollte.

Das war nicht einmal das Erstaunlichste. Die Tür stand weit auf und würde sich auch nie wieder ganz schließen, denn der Krallenhieb des Dämons hatte die komplette Mauer und den Rahmen gespalten. Doch das Ungeheuer machte keine Anstalten, hereinzukommen. Anders als Zadkiel schien es nicht in der

Lage zu sein, seine Flügel einfach verschwinden zu lassen oder wenigstens auf dem Rücken zusammenzufalten. Nicht, dass es ihn aufhalten konnte. Beka hatte mit eigenen Augen gesehen, wie unvorstellbar stark diese Kreaturen waren. Sie zweifelte keine Sekunde lang daran, dass der Dämon die komplette Wand einreißen konnte, wenn er wollte.

Augenscheinlich wollte er nicht. Er stand einfach nur da und sah zu ihnen herein, und Gesicht oder nicht, sie konnte seine Verwirrung spüren. Der Blick seiner unheimlichen Lavaaugen schien sich direkt in die ihren zu bohren. Sie spürte den unstillbaren Hass auf alles Lebende und Fühlende, der dahinter brodelte. Aber da war kein Erkennen. So seltsam ihr der Gedanke auch selbst vorkam … konnte es sein, dass der Dämon sie *einfach nicht sah?*

20

Die Zeit schien den Atem anzuhalten, während sie darauf wartete, dass der Dämon sich entschied und herankam, um es zu Ende zu bringen. Tatsächlich trat das Ungeheuer einen Schritt zurück und zur Seite, als bräuchte es Platz, um zum entscheidenden Schlag auszuholen und das lästige Hindernis zu beseitigen.

Stattdessen wandte es sich mit einem plötzlichen Ruck um und ging, weit nach vorne gebeugt und den Kopf mit kleinen, raubvogelartigen Rucken ständig von rechts nach links und wieder zurück bewegend; ein geflügelter Bluthund, der Witterung aufzunehmen versuchte. Beka sah entgeistert zu, wie die unmögliche Kreatur zu der Stelle zurückschlurfte, an der sie aus dem unterirdischen Labyrinth heraufgestiegen waren. Sie sah sich noch einmal suchend in alle Richtungen um und machte dann Anstalten, wieder in ihr unterirdisches Reich zurückzukehren. Dabei begann sie ihren geflügelten Leib auf unmögliche Weise in sich selbst zusammenzufalten und zu verbiegen, machte dann aber doch wieder kehrt und richtete sich mit einem federnden Ruck zu seiner ganzen Größe von gut über zwei Metern auf.

Kopf und Schultern peitschten mit einer Schnelligkeit und so zielsicher herum, dass Beka einfach wusste, am Ende doch noch entdeckt worden zu sein. Bevor der zu dieser Vorstellung gehörende Schrecken ihr Bewusstsein endgültig erreichen konnte, kam ein geflügelter Pfeil aus dem Gewirr aus Ruinen und verbrannten Mauerresten hinter ihm geflogen. Er prallte Funken sprühend von seinen halb ausgebreiteten Flügeln ab, entlockte ihm aber trotzdem einen trällernden Wutschrei, mit dem er herumwirbelte und angriffslustig die Flügel spreizte.

Ein zweiter, dritter und vierter Pfeil zischten heran und prallten ebenfalls von seinen Fetzenschwingen ab, die er wie einen schützenden Mantel um sich schloss. Noch bevor sie ganz zu Boden geregnet waren, tauchte ein halbes Dutzend zerlumpter Gestalten überall rings um ihn herum aus den Schatten auf, die ihn unverzüglich mit Speeren und langen, mit Widerhaken versehenen Spießen attackierten.

Einer der Spieße zerbrach, als er auf die eisenharten Flügel traf, und die meisten anderen glitten wirkungslos ab. Doch mindestens einer traf sein Ziel und bohrte sich tief ins schwere Fleisch des Dämons. Die Kreatur heulte gequält auf und spreizte mit einem gewaltigen Ruck ihre Flügel, mit denen sie etliche ihrer Angreifer zu Boden schleuderte und einen von Kopf bis Fuß spaltete. Was weiter geschah konnte Beka nicht mehr sehen, denn anders als sie hatte Rachel ihre Erstarrung endlich überwunden und war mit einem Satz an ihr vorbei und an der Tür, um sie zuzuwerfen.

Wie zu erwarten, war sie hoffnungslos verzogen und schloss nicht mehr, sondern verkantete sich auf halber Strecke. Sie versperrte Beka dennoch den Blick auf den ungleichen Kampf; und erst recht, nachdem sich Rachel trotzig mit der Schulter dagegengeworfen und sie mit einem Wutschrei zugerammt hatte.

Was das morsche Holz nicht aussperren konnte, waren die Schreie und die anderen, noch weitaus fürchterlicheren Geräusche des ungleichen Kampfes. Es war seltsam – dort draußen kämpfte ein Dämon gegen Zeloten, und sie hätte nicht sagen können, welche der beiden Parteien schärfer darauf aus war, ihr den Hals umzudrehen. Aber sie suchte vergeblich nach irgendetwas in sich, das über Entsetzen und Mitleid hinausging. Es starben Menschen, und es spielte keine Rolle, ob sie ihre Feinde waren oder nicht.

»Bist du irre?«, fauchte Rachel erneut. Sie rieb sich Grimassen schneidend die Schulter. »Warum rennst du nicht gleich raus und winkst ihm?«

Statt zu antworten, schob Beka sie mit sanfter Gewalt zur Seite und versuchte durch den schmalen verbliebenen Spalt nach draußen zu sehen. Der Winkel stimmte nicht; sie gewann einen vagen Eindruck wie von miteinander ringenden Schatten und höre die Geräusche eines erbitterten Kampfes, begleitet von einem zornig-trällernden Zischeln wie von einem wütenden Rieseninsekt.

Rachel wollte sie von der Tür wegziehen, aber Beka schüttelte ihre Hand ab und lauschte nur um so konzentrierter. Da war noch etwas; vielleicht nicht unbedingt zu hören, aber zu spüren. Es kam sehr schnell näher.

Rachel versetzte ihr einen kleinen Schubser. »Wir müssen hier weg«, drängte sie. »Sobald er mit den Zeloten fertig ist, kommt er zurück, und dann sind wir dran.«

Wahrscheinlich hatte sie damit sogar recht, dachte Beka, rührte sich aber nicht, sondern zog die Tür einen schmalen Spalt weiter auf; oder versuchte es wenigstens. So wie Rachel sie zugerammt hatte, hätte sie schon Gewalt anwenden müssen, um sie wieder zu öffnen. Ganz abgesehen von dem Lärm, den das verursachen würde, war sie nicht sicher, ob ihre Kraft dafür reichte. Was war das überhaupt für eine seltsame Tür?

Beka wich wieder zwei Schritte zurück und betrachtete zuerst die Tür, dann das viel größere zweiflügelige Tor aufmerksam, in das sie eingebettet war; wie eine Schlupftür in einem mittelalterlichen Festungstor. Und auch der große Raum, indem sie sich jetzt das erste Mal wirklich aufmerksam umsah, schien zu diesem Eindruck zu passen ... aber eine Festung mitten in der Stadt? Sie wusste von Jerusalem wenig mehr, als dass es seit Jahrtausenden als Zankapfel der drei großen Weltreligionen herhalten musste. Aber eine Festung mitten in der Stadt erschien ihr unwahrscheinlich.

Vielleicht war es ja auch das genaue Gegenteil. Das Innere des Gebäudes war groß und abgesehen von den allgegenwärtigen Trümmern und Schutt so gut wie leer. Durch eine Anzahl großer Fenster, deren buntes Glas erstaunlicherweise unversehrt geblieben war, fiel Licht in schrägen Streifen herein und enthüllte einen weitläufigen Raum, der einmal beeindruckend gewesen sein musste: Die hohe Decke wurde von einer Anzahl aufwendig krenelierter Säulen getragen, und unter all dem Schutt auf dem Boden war ein kunstvolles Mosaik zu erkennen, wenn auch nicht, was es darstellte. Ein mehr als mannshoher Kronleuchter war von der Decke gestürzt und in einer Million Splitter zerborsten. Auf der anderen Seite erhob sich etwas, das an eine Kanzel erinnerte, auch wenn sie nicht sagen konnte, welcher Glaube dort oben verkündet worden war. Das hier konnte ebenso gut eine Kirche, eine Synagoge oder eine Moschee gewesen sein. So richtig klar war ihr der Unterschied ohnehin nie gewesen.

Etwas polterte. Nur ein kleines Stück neben dem Altar waberte grauer Staub hoch, dann tauchte Carl aus einer brodelnden Wolke auf und wedelte demonstrativ mit den Händen vor dem Gesicht herum. Hatte er auch gerade schon gehumpelt? »Da hinten geht es nicht weiter«, sagte er nicht nur vollkommen überflüssigerweise, sondern rang sich auch ein hoffnungslos unechtes Husten ab. »Alles verschüttet. Da ist kein Durchkommen.«

Beka fragte vorsichtshalber nicht, was er dort hinten getan hatte, sondern maß ihn nur mit einem kurzen stirnrunzelnden Blick und setzte ihre Bestandsaufnahme dann fort. Viel gab es ohnehin nicht mehr zu sehen. Abgesehen von dem abgestürzten Lüster und der potenziellen Kanzel schien es keine Einrichtung gegeben zu haben; und wenn, dann hatte sie sich in Staub und verbrannte Holzsplitter aufgelöst, was eher in Richtung Moschee als Kirche oder Synagoge zu weisen schien.

Carl wedelte weiter mit der Hand vor dem Gesicht herum, um mittlerweile gar nicht mehr vorhandenen Staub zu verscheuchen. Beka entging dabei nicht, wie aufmerksam sein Blick unter halb geschlossenen Lidern hervor durch den gesamten Raum tastete, während sie umgekehrt auch ihn aufs Neue musterte.

Mehr als einen einzigen Blick brauchte sie nicht, um genau zu dem Ergebnis zu kommen, das sie schon vermutet hatte: Carl war vielleicht ein oder zwei Jahre jünger als Yoram, aber mindestens ebenso kräftig, und er machte nicht den Eindruck, als hätte er große Hemmungen, diese Kraft auch einzusetzen. »Schließen wir einen Waffenstillstand, solange wir hier festsitzen?«, schlug sie vor.

Carl sah sie an, als wäre ihm nicht ganz klar, was sie überhaupt meinte. Schließlich rang er sich zu einem widerwilligen Nicken durch. Beka gemahnte sich innerlich nur zu noch größerer Achtsamkeit. Der Junge würde sie bei der ersten Gelegenheit hintergehen, die sich ihm bot.

Statt diesen und vielleicht noch unerfreulichere Gedanken weiterzuverfolgen, versuchte sie noch einmal durch den Türspalt nach draußen zu spähen, konnte nicht mehr erkennen als zuvor und trat neben eines der fast deckenhohen Fenster. Nachdem sie den Staub weggewischt hatte, konnte sie immerhin erkennen, dass draußen ... etwas geschah, wenn auch nicht, was.

Allerdings gehörte auch nicht besonders viel Fantasie dazu, es sich vorzustellen.

Irgendwie war dieser Gedanke beinahe noch unerfreulicher, sodass sie auch ihn nicht zu Ende dachte; zumal Rachel ein ärgerliches Fauchen hören ließ. Beka fuhr auf dem Absatz herum, darauf gefasst, Carl doch irgendetwas Dummes tun zu sehen. Aber sie tat ihm unrecht. Es war Yoram, der wieder weit genug zu sich gefunden hatte, um zur Abwechslung nun Rachel an allen möglichen unpassenden Stellen zu betatschen.

Beka sah Rachels ebenso tapferen wie vergeblichen Versuchen, ihn sich vom Leibe zu halten, einige Augenblicke lang zu, dann ging sie rasch hin und schob Yoram nicht nur auf Armeslänge von Rachel weg, sondern schlug ihm nun schon zum zweiten Mal so hart auf die Finger, dass es ihr selbst wehtat.

»He!«, protestierte Yoram, kicherte zugleich aber auch schon wieder albern. »Dass das nicht zu einer dummen Angewohnheit wird.«

Carl runzelte die Stirn.

»Beherrsch dich«, sagte Beka streng. »Die Kleine ist noch keine zwölf!«

»Zwölf?« Yoram schüttelte nicht nur grunzend den Kopf, sondern begann auch noch zu sabbern. »Nö, das is' mir zu viel. Ihr zwei seid okay, aber zwölf sind eindeutig zu viel, sogar für mich.«

»Du meinst, *gerade* für dich«, vermutete Beka, aber natürlich war diese geschliffene Spitze nichts als Perlen vor die Säue. Yoram war so breit, dass er vermutlich nicht einmal mehr hörte, was sie sagte.

»Obwohl da noch irgendwas mit zweiundfünfzig war«, brabbelte er.

»Zweiundvierzig«, verbesserte ihn Beka geduldig. »Die Antwort ist zweiundvierzig. Auf alles.«

Noch mehr Perlen vor die Säue.

Yoram kicherte dümmlich und versuchte jetzt nach ihr zu greifen, führte die Bewegung aber vorsichtshalber doch nicht zu Ende, als sie ihn mit einem grimmigen Blick maß und zusätzlich die Hand hob.

»Zweiundsiebzig«, brabbelte er. »Genau. Zweiundsiebzig Jungfrauen waren es. Jetzt erinnere ich mich.«

Beka verdrehte mit einem lautlosen Seufzen die Augen, setzte zu einer noch gedrechselteren Gehässigkeit an, die er ebenso wenig verstehen würde, ließ es dann bleiben, als Yoram so abrupt nach vorne kippte, als hätte jemand einen unsichtbaren Schalter hinter seiner Stirn umgelegt. Es gelang ihr mit Müh und Not, ihn aufzufangen, und mit Rachels Hilfe sogar, ihn zu Boden sinken zu lassen, ohne ihn allzu sehr zu beschädigen. Carl stand mit versteinertem Gesicht dabei und sah ihnen zu, ohne einen Finger zu rühren.

»Was ist mit ihm?«, wandte sie sich an Rachel, selbst ein bisschen überrascht, wie besorgt sie klang. Und auch war.

»Das ist nur das Ambrosia«, sagte Rachel. »Keine Angst. Er wacht wieder auf, wenn die Wirkung abklingt.« In ihrer Stimme war jetzt ein hörbarer Unterton von Schadenfreude. »Er wird mächtige Kopfschmerzen haben.«

»Mir bricht das Herz«, sagte Carl.

»Ja, das glaube ich sofort«, giftete Rachel. »Und vielen Dank auch für deine Hilfe. Ich weiß gar nicht, was wir ohne dich gemacht hätten.«

»Itzak und Ben sind tot«, antwortete Carl. »Und das ist eure Schuld.«

»Ach ja?« Rachel machte ein nachdenkliches Gesicht. »Und ich dachte, der Dämon hätte sie umgebracht.«

»Wir wären nicht dort runtergegangen, wenn ihr nicht abgehauen wärt«, maulte Carl.

»Niemand hat euch gezwungen, uns zu verfolgen!«, schnaubte Rachel.

»Doch«, antwortete Carl. »Zadkiel.«

Rachel presste die Lippen zu einem blutleeren Strich zusammen und tat ihr Möglichstes, um ihn mit Blicken zu tranchieren. Sie verzichtete aber auf jeden weiteren Kommentar und bemühte sich stattdessen, Yoram in eine halbwegs bequeme Position zu bugsieren. Carl sah ihr noch einige Sekunden lang demonstrativ missbilligend zu, dann schürzte er verächtlich die Lippen, verschränkte trotzig die Arme vor der Brust und ging zur Tür.

Beka widerstand dem Impuls, ihm nachzugehen. Sie behielt ihn aber weiter aufmerksam im Auge, sollte er doch auf dumme Ideen kommen. Auch wenn sie keine Ahnung hatte, was sie in diesem Fall tun sollte. Carl war gut und gerne doppelt so stark wie sie.

»Wo wolltet ihr überhaupt hin?«, fragte er, nachdem er eine

Weile an der Tür gestanden und hinausgesehen hatte und ohne sich zu ihnen umzudrehen. »Ich meine: Selbst wenn ihr uns und den Dämonen entwischt wärt, dann hätten euch die Zeloten geschnappt. Niemand kommt aus der Stadt.«

»Wenn das wahr ist, warum habt ihr uns dann überhaupt verfolgt?«, fragte Beka. »Weil Zadkiel es von euch verlangt hat? Derselbe Zadkiel, der sich nicht getraut hat, uns selbst zu folgen?«

Carl sagte nichts dazu, aber er warf ihr einen Blick über die Schulter zu, der jeden Kommentar überflüssig machte. Sie erkannte einen Fanatiker, wenn sie ihn sah. Ihre Vernunft riet ihr, ihn zwar aufmerksam im Auge zu behalten, darüber hinaus aber besser nicht mit ihm zu reden.

Statt also noch mehr Zeit mit fruchtlosem Gezänk zu vergeuden, wandte sie sich mit gesenkter Stimme und ärgerlich gerunzelter Stirn an Rachel. »Was hat er damit gemeint, niemand kommt aus der Stadt?«

»Hör nicht auf diesen Dummkopf«, antwortete Rachel. »Er plappert einfach alles nach, was Zadkiel oder Olmos sagen. So wie die meisten.«

»Ja, wahrscheinlich«, sagte Beka. »Und? Hat er recht?«

»Warum bist du eigentlich mitgekommen, wenn du das glaubst?«, erwiderte Rachel feindselig.

»Tu ich nicht«, sagte Beka kopfschüttelnd. Ihr schlechtes Gewissen meldete sich. Immerhin hatte Rachel ihr eigenes Leben riskiert, um Yoram und ihr zu helfen, und selbst wenn sie diesen Tag überstanden, würde ihr Leben nie wieder dasselbe sein. »Ich frage nur, ob er recht hat.«

Rachel schien es inzwischen wohl für unter ihrer Würde zu halten, noch einmal auf dieselbe Frage zu antworten. Aber sie hatten wohl doch nicht ganz so leise gesprochen wie gehofft, denn Carl tat es, wenn auch jetzt wieder ohne sich zu ihnen umzudrehen. »Dann frag doch mal, wie viele schon zurückgekommen sind und erzählt haben, wie es draußen aussieht.«

»Nur weil noch keiner zurückgekommen ist, heißt das doch nicht, dass es keiner geschafft hat«, schnaubte Rachel. »Ich würde auch nicht zurückkommen, wenn es mir irgendwo anders besser ginge.«

»Aber sicher«, sagte Carl abfällig, »und …«

Ein gellender Schrei wehte von draußen herein und unterbrach ihn mitten im Wort. Beka fuhr hoch und sah gerade noch, wie Carl mit beiden Händen zugriff und seine ganze nicht geringe Körperkraft einsetzte, um die verzogene Tür mit einem Ruck wieder aufzureißen. Er wäre beinahe gestürzt, als sich das scheinbar so massive Holz als doch nicht ganz so massiv erwies und unter seinen Händen in Stücke brach.

Schreie und rot eingetrübtes Sonnenlicht drangen von draußen herein. Carl kämpfte mit rudernden Armen um sein Gleichgewicht und gewann diesen Kampf vielleicht nur, weil Beka ihn zurückzuhalten versuchte und stattdessen ungeschickt gegen ihn prallte. Die Tür brach unter seinem Griff endgültig in Stücke, und die Schreie und das Kampfgetöse wurden noch lauter. Beka meinte einen riesigen geflügelten Schatten toben und Blut spritzen zu sehen. Sie war aber viel zu sehr damit beschäftigt, erneut hinter Carl herzustürzen und ihn zurückzuhalten, bevor er sie alle verriet und sie für seine Dummheit möglicherweise mit dem Leben bezahlten.

Gerade als er aus der Tür stürzen wollte, bekam sie ihn zu fassen. Aber sie hatte ihn richtig eingeschätzt. Er war sogar noch stärker, als sie geglaubt hatte, denn er war mit einem einzigen weit ausgreifenden Schritt im Freien, schüttete sie mit einer unwilligen Bewegung ab und riss beide Arme in die Höhe, während er bereits weiterstürmte.

»Hierher!«, brüllte er. »Sie sind hier!«

Beka knallte so schwer auf den Rücken, dass sie ihre eigenen Rippen knacken hörte und ihr die Luft aus den Lungen gepresst wurde. Carl schrie noch etwas, das im Rauschen ihres eigenen Bluts in den Ohren unterging. Wahrscheinlich verlor sie nur deshalb nicht das Bewusstsein, weil sie wusste, dass sie nicht wieder erwachen würde; wenigstens nicht in einem Zustand, der ihr gefiel, oder auch nur in Freiheit.

Hastig stemmte sie sich auf Hände und Knie hoch, kroch durch die Tür zurück und versuchte sie zuzuwerfen, erreichte damit aber lediglich, dass auch noch der verbliebene Rest in Stücke brach und auf sie herabregnete.

»Hierher!«, schrie Carl irgendwo hinter ihr. »Zadkiel! Sie sind hier!«

Offenbar hatte sie ihn vollkommen richtig eingeschätzt und nur nicht die logischen Konsequenzen daraus gezogen. Sie hätte dem Kerl den Hals umdrehen sollen, solange sie noch die Gelegenheit dazu gehabt hatte. Aber sie würde es ganz bestimmt nachholen.

Oder auch nicht. Irgendwie brachte sie das Kunststück fertig, sich nicht von der zufallenden Tür den Schädel einschlagen zu lassen, und verschwendete zwei oder drei weitere Sekunden damit, eine Tür schließen zu wollen, die es eigentlich gar nicht mehr gab. Carl hielt in der Zwischenzeit im Laufschritt auf eine ganze Gruppe bewaffneter Jungen zu, und einen geflügelten Giganten, der mit halb ausgebreiteten Schwingen dastand und ihm mit schräg gehaltenem Kopf entgegensah. Er hielt etwas in der Rechten, das Beka nicht genau erkennen konnte. Es hätte ein Schwert sein können, aber auch etwas vollkommen anderes.

»Dieser verdammte Mistkerl!«, fauchte Rachel. »Ich hab ihn noch nie leiden können!«

Carl hatte Zadkiel und die anderen erreicht und deutete inzwischen mit beiden Armen in ihre Richtung. Sie waren zu weit entfernt, um zu verstehen, was er sagte. Zadkiel starrte konzentriert zu ihr herüber, und zwei der Jungen hatten sich auch schon in ihre Richtung in Bewegung gesetzt. Der Engel selbst rührte sich noch immer nicht, aber Beka korrigierte die geschätzte Zahl seiner Begleiter auf mindestens ein halbes Dutzend nach oben, wenn nicht mehr. Vollkommen illusorisch, ihnen davonlaufen zu wollen, selbst wenn Zadkiel keine Flügel gehabt hätte und Yoram nicht hinter ihr liegen und seinen Rausch ausschlafen würde.

*

Bekas Gedanken überschlugen sich. Noch schienen die beiden Jungen sie nicht gesehen zu haben. Aber das würde sich in sehr wenigen Augenblicken ändern; und selbst wenn nicht, würde Carl schon dafür sorgen. An ein Wegrennen war genauso wenig zu denken wie an ein Verstecken; selbst wenn sie allein gewesen wäre.

Statt weiter dazustehen und darauf zu warten, dass sie entdeckt wurde, war sie mit ein paar schnellen Schritten wieder bei Rachel und deutete auf den bewusstlosen Jungen. »Weck ihn auf! Ich suche einen Ausgang!«

Rachel setzte zu einer Antwort an, die sie nicht hören wollte, und Beka war mit einem weiteren halben Dutzend Schritte bei der halb verschütteten Tür hinter der Kanzel, die Carl vorher schon kontrolliert hatte. Er hatte zwar behauptet, der Weg dahinter wäre unpassierbar, aber das musste nicht stimmen.

Sie ging, ertappte sich dabei, genauso übertrieben mit der Hand vor dem Gesicht herumzuwedeln, wie Carl es gerade getan hatte, und bückte sich unter einer halbrunden Tür hindurch, die bis auf jede Menge Staub und einige hässliche Brandflecken vollkommen unversehrt geblieben war.

Dahinter sah es anders aus. Selbst in dem wenigen Licht, das seinen Weg hier hereinfand, konnte sie erkennen, dass der Korridor nur noch wenige Schritte maß. Dahinter waren Decke und Wände eingebrochen und zu einer kompakten Masse zusammengequetscht, als wäre das gesamte Haus unter eine Zehntausend-Tonnen-Presse geraten. Zur Härte von Glas zusammengeschmolzener Staub zerbrach knisternd unter ihren Schritten. Trotz des kaum noch vorhandenen Lichts konnte sie erkennen, dass Farben und Putz hier bis auf das nackte Mauerwerk heruntergebrannt waren. Selbst die Stromleitungen waren verschwunden, weil Kupferkabel verdampft waren und die Plastikummantelung einfach zu Staub verbrannt war. Aber wieso war der Raum nebenan dann praktisch unversehrt geblieben, obwohl dazwischen nur eine dünne Ziegelsteinmauer lag?

Ein weiteres Rätsel, das sich nicht lösen ließe. Rasch kehrte sie in den großen Raum zurück, vermied es ganz bewusst, in Richtung Tür zu sehen, und eilte zu Rachel, die vergebens versuchte, Yoram irgendwie wach zu bekommen. »Das hat keinen Sinn«, sagte sie. »Wir müssen ihn tragen.«

»Tragen.« Rachel versetzte Yoram noch einen frustrierten Stoß, der seinen Kopf haltlos hin und her rollen ließ, und warf einen fragenden Blick in die Richtung, aus der Beka gerade gekommen war. Sie antwortete nur mit einem angedeuteten, traurigen Kopfschütteln. »Dann haben wir ein Problem.«

Zu widersprechen wäre sinnlos gewesen. Beka machte sich trotzdem daran, jeden Winkel und jeden Schatten mit ihrem Blick abzutasten, obwohl sie längst wusste, dass es keinen zweiten Ausgang gab. Aber sie würde auch ganz bestimmt nicht einfach dasitzen und darauf warten, dass Zadkiel und seine Kinderarmee hereinkamen und zu Ende brachten, was sie auf dem Olivenberg angefangen hatten. Falls sich der schwarze Engel nicht etwas noch Lustigeres für Yoram einfallen ließ. Und für sie.

Da die Auswahl begrenzt war, hob sie schließlich einen kinderfaustgroßen Stein auf, mit dem sie nach dem Ersten werfen würde, der dumm genug war, durch die Tür zu treten; ganz egal ob er Flügel hatte oder nicht. Insgeheim wünschte sie sich, es wäre Carl.

Er war es nicht. Aber auch die beiden nun im Sichtfeld aufgetauchten Jungen kamen nicht herein, obwohl sie kaum ein halbes Dutzend Schritte vor der Tür stehen geblieben waren und sich aufmerksam in alle Richtungen umsahen. Sie benahmen sich seltsam, fand Beka. Selbst ohne Carls freundliche Mithilfe hätte ihnen die weit offen stehende Tür längst auffallen müssen; und so frei, wie Beka dahinterstand, war sie eigentlich auch kaum zu übersehen.

Sie warf den Stein ein paarmal von der rechten in die linke Hand und wieder zurück und hätte sich dabei eigentlich albern vorkommen müssen. Aber das war ihr egal. Sie würde Zadkiel nicht den Gefallen tun, vor Angst kreischend unterzugehen. Ganz im Gegenteil.

Sinnvoll oder nicht, sie hatte in all dem Schutt auf dem Boden ein angesengtes Stück Holz entdeckt, das einen ganz passablen Knüppel abgab. Sie hob es auf und trat nun ganz bewusst so vor die Tür, dass die beiden Burschen sie einfach sehen *mussten*. Aber wenn, dann ließen sie es sich jedenfalls nicht anmerken.

Hinter ihr sog Rachel die Luft zwischen den Zähnen ein. »Du kannst es wohl nicht lassen, oder?«, keuchte sie. »Warum bittest du sie nicht gleich ganz freundlich rein?«

Als ob das einen Unterschied machte. Beka ergriff ihre improvisierte Keule fester und konnte auch der Versuchung nicht widerstehen, mit der anderen Hand eine auffordernde Geste zu machen, hereinzukommen … und obwohl sie nun direkt in ihre Richtung sahen, hatte Beka das verrückte Gefühl, dass sie sie nicht bemerkten. Was ging hier vor?

Da sie keine Antwort bekommen hatte, trat Rachel an ihre Seite und versuchte sie wegzuziehen. »Bist du jetzt völlig durchgeknallt?«, zischte sie. »Willst du, dass sie uns mit Gewalt …?«

Anscheinend bemerkte sie es auch, denn statt weiterzusprechen, sah sie die beiden Jungen aus aufgerissenen Augen an, die ihren Blick zwar erwiderten, in Wahrheit aber genauso durch sie hindurchsahen, wie sie es gerade bei Beka getan hatten. Einer von ihnen machte einen Schritt, blieb wieder stehen und blickte sich verwirrt in alle Richtungen um.

»Was bedeutet denn …?«, begann Rachel.

Beka brachte sie nicht nur mit einer energischen Handbewegung zum Schweigen, auch der Junge draußen legte mit einem Ruck den Kopf auf die Seite und lauschte konzentriert.

Beka wartete, bis er sich wieder entspannte, dann ließ sie den Stein fallen, der mit einem hellen Klacken auf dem Mosaikboden aufschlug. Diesmal fuhr der Junge mit einem Ruck ganz zu ihnen herum, und auch sein Kamerad hob den Kopf und sah ihr direkt in die Augen. Oder eben auch nicht.

Sie hörten sie, begriff Beka, aber sie sahen sie nicht, so unmöglich es auch schien.

*

Zadkiel kam, begleitet von Carl und zwei weiteren Jungen, die ihre Waffen gezogen hatten und die Umgebung aufmerksam sondierten; was Beka einigermaßen lächerlich vorkam. Als ob diese Bande halb verhungerter Kinder mit rostigen Messern und mit Nägeln gespickten Baseballschlägern irgendeiner Gefahr Herr werden könnte, gegen die ein leibhaftiger Engel nichts auszurichten vermochte.

Rachel riss die Augen auf. Obwohl sie nicht einmal den Versuch machte, etwas zu sagen, bedeutete ihr Beka erschrocken, still zu sein.

»Aber sie waren hier!«, beteuerte Carl gerade. Dem Unterton von wachsender Verzweiflung in seiner Stimme nach zu urteilen nicht zum ersten Mal. »Ganz genau hier! Sie waren in einem Haus ohne Ausgang.«

»Sie sind dir entkommen«, stellte Zadkiel fest.

»Aber sie waren hier!«, beharrte Carl. Jetzt war es eindeutig Angst, die sie in seiner Stimme hörte. »Ich habe sie nicht eine Sekunde aus den Augen gelassen!« Die beiden Jungen hinter ihm wichen unauffällig ein paar Schritte von ihm zurück, und Zadkiel sagte noch einmal: »Sie sind dir entkommen. Du hattest eine ganz einfache Aufgabe, aber du hast versagt.«

»Aber sie waren doch …«, begann Carl, und Zadkiels Flügel machten eine blitzartige, schattenhafte Bewegung, und die beiden Jungen prallten entsetzt um gleich mehrere Schritte zurück, einer schrie gellend auf, und ein anderer Junge wandte sich mit einem Ruck ab, um sich würgend zu übergeben. Nur Carl blieb noch einen Moment reglos stehen, bevor sein kopfloser Körper stocksteif nach hinten kippte.

21

Zadkiel und seine Kinderarmee waren noch eine geraume Weile geblieben, in der sie die umliegenden Ruinen und die Straße in beiden Richtungen gleich mehrmals und so gründlich absuchten, dass sie buchstäblich jeden Stein umdrehten. Beka hatte die ganze Zeit über nur wenige Schritte hinter der Tür gestanden und hinausgesehen. Sie konnte es einfach nicht fassen: Mindestens ein Dutzend Mal hatte einer der Jungen zu ihr hereingesehen, ein- oder zweimal sogar Zadkiel selbst. Und doch blieb es dabei: Niemand schien sie zu bemerken. Je länger sie Mimik und Körpersprache der anderen betrachtete, desto sicherer war sie, dass sie das Haus gar nicht als mögliches Versteck in Betracht zogen; so, als würde es für sie überhaupt nicht existieren.

Schließlich zogen sie ab, wobei sie zu Bekas Erleichterung auch Carls Leichnam mitnahmen. Yoram, Rachel und sie blieben trotzdem weiter gefangen. Yoram wachte zwar irgendwann auf, aber nur, um eine Weile sinnloses Zeug zu brabbeln und dann in eine vollkommen andere, aber ebenso tiefe Art von Schlaf zu fallen. An ein Weiterziehen vor Sonnenuntergang war trotzdem nicht einmal zu denken.

Und danach auch nicht, denn in dieser Nacht tobte ausnahmsweise wieder einmal ein Gewitter; und zwar eines von der wirklich unangenehmen Art, bei der der ganze Himmel in Flammen zu stehen schien und sich wohl selbst der Papst fragte, ob er vielleicht noch einen deutlich älteren und mehr nördlich verorteten Gott in sein Abendgebet einschließen sollte.

*

Die Nacht brach mit der für diese Breiten üblichen Schnelligkeit herein. Nach einem ersten, fast schon zaghaften Grollen in der Ferne explodierten Blitz und Donner regelrecht über dem Haus. Stroboskopisches Licht flackerte von draußen herein und erweckte ihren eigenen Schatten zu gespenstisch zuckendem Leben. Die Blitze zuckten so schnell hintereinander vom Himmel, dass die einzelnen Donnerschläge zu einem einzigen, ununterbrochenen Krachen verschmolzen.

Der Wind schwoll zur Stärke eines kleinen Orkans an und trieb den Regen in chromfarbenen Schwaden vor sich her. Aber dieselbe, jeder Logik spottende Macht, die sie vor Zadkiels Blicken geschützt hatte, beschützte sie nun auch vor dem Regen, wenn auch auf eine Art, die sie nicht verstand. Da war keine unsichtbare Wand, an der der Regen abgeprallt wäre, keine göttliche Macht, die die eisigen Schwaden ablenkte oder auf andere Weise von ihr fernhielt. Der Regen peitschte eisig wie eine Million Messerklingen zu ihr herein und durchnässte sie bis auf die Haut. Zugleich berührte er sie auch gar nicht und seine Eiseskälte ließ sie ebenso mit den Zähnen klappern, wie sie sie nicht einmal spürte.

Sie dachte lange genug über dieses neuerliche Rätsel nach, um zu begreifen, dass es ihrer geistigen Gesundheit womöglich nicht besonders zuträglich war, sich zu lange mit dieser Frage zu beschäftigen. Schließlich trat sie von der Tür zurück. Vollkommen ohne Überraschung stellte sie fest, dass der Sturm Staub und Ruß in klebrig-schwarzen Morast verwandelt hatte, abgesehen von dort, wo sie selbst gestanden und den Boden mit ihrem Körper abgeschirmt hatte.

Sie war wenig überrascht, als sie die Hände hob und feststellte, dass ihr Gesicht und ihr Kleid vollkommen trocken geblieben waren, genau wie ihre Haare. Statt einen weiteren Gedanken daran zu verschwenden, ging sie dorthin zurück, wo sich Rachel neben Yoram zusammengerollt hatte, um über ihn zu wachen.

Ein kaum angedeutetes, aber sehr warmes Lächeln huschte über ihre Lippen, als sie sah, dass sich das Mädchen im Schlaf zusammengerollt und eng an Yorams Seite gekuschelt hatte. Statt sich direkt neben sie zu setzen, ließ sie sich in ein paar Schritten Abstand im Schneidersitz nieder, nachdem sie eine halbwegs trockene Stelle auf dem Boden erspäht hatte – nicht aus Scheu, sondern um sie beide im Blick zu haben und sich an dem anrührenden Bild zu erfreuen, das etwas ungemein Tröstliches hatte, zugleich aber auch so fürchterlich wehtat, zeigte es ihr doch alles, was die Welt verloren hatte und nie wieder zurückbekommen würde. Das Lächeln blieb auf ihrem Gesicht. Aber es war nun bitter, und was über ihre Wangen und in ihre Mundwinkel lief, das schmeckte salzig. Ihre Hand wollte sich selbstständig machen und über ihr Gesicht fahren, aber das ließ sie nicht zu, hätte es doch bedeutet zuzugeben, dass sie weinte.

Obwohl sie jetzt seit nahezu vierundzwanzig Stunden ununterbrochen zusammen waren, fiel ihr erst jetzt etwas auf: Rachel war so schmutzig wie sie alle, aber auf eine irgendwie … andere Art. Erst jetzt erkannte sie, woran das lag: Das Mädchen hatte Gesicht, Unterarme und Hände sorgsam mit braunen und dunkelgrünen Camouflage-Streifen verziert, und zumindest da, wo es möglich war, auch seine Kleidung.

Hätte sie nicht gewusst, dass es so etwas hier gar nicht gab, hätte sie vermutet, dass Rachel zu viele schlechte Action-Filme gesehen hatte und sich für eine Art postapokalyptische Ninja oder jugendliche Assassinin hielt. Der Anblick war irgendwie rührend, aber er stimmte sie auch noch trauriger. Trotz allem schien das alles hier für Rachel eine Art großes Abenteuer zu sein, bei dem durchaus ihr Leben auf dem Spiel stand, was sie aber mit derselben kindlichen Unbedarftheit in Kauf nahm, die zahllose Teenies jährlich dazu brachte, ihrem Leben ein Ende setzen zu wollen, weil der süße Typ aus der Parallelklasse nicht mit ihnen gehen wollte.

Und Yoram? Trotz der immer noch zuckenden Blitze fiel es ihr schwer, sein Gesicht wirklich zu erkennen oder gar darin zu lesen. Sein Haar hatte sich auf der einen Seite gekräuselt und grau verfärbt, wo es nicht zu Asche zerfallen war, und das Gesicht darunter war rot wie ein Hummer, den man gerade frisch in kochendes Wasser geworfen hatte. Spätestens morgen früh würde es voller hässlich nässender Brandblasen sein. Beka wurde schmerzlich klar, dass sie trotz allem vielleicht zu spät gekommen waren. Falls Yoram seine Verletzungen überlebte, würde er sich für den Rest seines Lebens bei jedem Blick in den Spiegel an diesen Tag erinnern.

Etwas raschelte, ein kaum hörbarer Laut. Er hätte eigentlich im Getöse des Gewitters untergehen müssen, tat es aber nicht, sondern riss sie ganz im Gegenteil in die Wirklichkeit zurück. Sie sah alarmiert auf. Das zerrissene Flackern des Gewitters war sogar noch einmal hektischer geworden, sodass das hell erleuchtete Rechteck der Tür immer schneller und sprunghafter seine Form und Position auf dem Boden änderte.

Erst jetzt fiel ihr auf, dass das grelle Wetterleuchten der Blitze nicht nur durch die Tür hereindrang, sondern scheinbar aus allen Richtungen kam, von all den vielen Fenstern, die sie vorher noch gar nicht bemerkt hatte. Dann loderte ein besonders greller Blitz auf, begleitet vom gleichen, raschelnden Zischen, das sie schon einmal aufgeschreckt hatte.

Um ein Haar hätte sie gellend aufgeschrien. Der grellweiße Schein des nächsten Blitzes malte nicht nur ihren scharf wie mit einem Skalpell ausgeschnittenen Schattenriss auf den Boden, sondern auch den einer geflügelten Gestalt, die drohend und mit weit ausgebreiteten Schwingen und zum Zuschlagen erhobenen Armen hinter ihr stand.

Sie reagierte trotzdem mit einer Schnelligkeit, die sie sich noch vor wenigen Tagen niemals zugetraut hätte, indem sie sich blitzschnell zur Seite und nach vorne fallen ließ und über die Schulter abrollte. Etwas biss durch den dünnen Stoff ihres Kleides schmerzhaft in ihre Seite. Doch statt sich auch nur einen Schmerzenslaut zu gestatten, griff sie nach dem Hindernis und schloss die Finger darum, um wenigstens *irgendeine* Waffe zu haben. Am Ende ihrer Bewegung war sie wieder auf den Knien … und kam sich im nächsten Moment – mindestens – ziemlich dämlich vor.

Sie war allein. Hinter ihr befanden sich nur der immer noch schlafende Yoram und Rachel, die sich gerade unsicher auf die Arme stemmte und verschlafen zu ihr hochblinzelte. Da war kein Engel. Da war überhaupt niemand.

Ein weiterer Blitz flammte auf. Der Engel war wieder da, größer und ein Stück weiter links und irgendwie … verzerrt, und mit noch weiter gespreizten Flügeln und mindestens einer vielfingerigen Krallenhand, die gierig nach ihr greifen wollte … und von der nachfolgenden Dunkelheit ausgelöscht wurde; gerade als sie ihre Berührung zu spüren meinte.

Noch ein Blitz. Der Engel erschien, mit viel größeren, dafür aber sonderbar missgestaltet wirkenden Flügeln (und eindeutig mehr als zwei Armen, die er nach ihr ausstreckte). Aber es bedurfte sogar noch eines weiteren grellen Flackerns, bis sie endlich begriff; um sich prompt noch ein bisschen dümmer vorzukommen. Sie sah nicht hin, aber sie war sich sicher, Rachels schadenfrohes Grinsen körperlich zwischen den Schulterblättern zu spüren.

Mit einiger Verspätung ließ sie ihren improvisierten Knüppel fallen und trat an eines der großen Buntglasfenster heran. Der Engel flackerte vor und hinter ihr, versuchte mit Schattenhänden nach ihr zu greifen und ihr mit rauchigen Flügelschlägen den Weg zu versperren. Sie hörte, wie Rachel aufstand und näher kam, drehte sich aber immer noch nicht zu ihr um. Stattdessen zwang sie ein abfälliges Lächeln auf ihre Lippen, das ihrer eigenen Schreckhaftigkeit galt.

Es nutzte nichts. Jetzt, wo sie wusste, was der vermeintliche Killerengel wirklich war, sollte die Angst verschwinden. Trotzdem blieb ein seltsam banges Gefühl; vielleicht, weil der Anblick durch und durch gespenstisch war: Das Fenster war mehr als doppelt mannshoch und outete den Raum nun doch als christliche Kirche (wenigstens in diesem Moment. Irgendetwas sagte ihr, dass er alles sein konnte, was gerade nötig war) und war so hoffnungslos verdreckt, dass die zweifellos kunstvolle Bleiglas-Arbeit allenfalls noch zu erahnen war. Die aufzuckenden Blitze ließen sie immer wieder im Staubgrau des Fensters auftauchen und verschwinden, wobei sie sich je nach Einfallswinkel und Dauer des blauweißen Flackerns zu verändern und zu bewegen schienen, wie ein Wackelbild in einem hundert Jahre alten Kinderbuch.

Dass sie den Grund für diesen unheimlichen Effekt nun kannte, nutzte ihr rein gar nichts. Ihr Herz begann noch stärker zu klopfen, und ihr Mund war plötzlich trocken. Da *war* eine Gestalt, nur dann und wann zu erahnen, wenn der nächste Blitz auf der anderen Seite aufloderte und sie einen spektakulären Schatten warf.

Zögernd hob sie die Hand und fuhr mit den Fingerspitzen über das Glas. Es fühlte sich hart wie Sandpapier an, so grau wie tote Haut und von uralten Bleiwülsten wie von versteinerten Krampfadern durchzogen. Sie ertastete einen haarfeinen Riss, knibbelte mit dem Nagel einen handflächengroßen Flecken ab, der zu grauem Staub zerfiel, während er zu Boden glitt, und erreichte damit immerhin, sich einen Fingernagel ganz ab- und zwei andere schmerzhaft einzureißen.

Mit einem schmerzlichen Zischen fuhr sie herum und ballte die Hand zur Faust, und das genau rechtzeitig, um den schwarzen Schlagschatten zu sehen, zu dem der nächste Blitz ihren und den Umriss des vermeintlichen Engels hinter ihr verschmolz.

Ihr Herz hämmerte noch schneller, und plötzlich konnte sie nicht mehr richtig atmen; als schnürte die Umarmung der Schattenflügel auch ihrem realen Körper die Luft ab.

Es war erneut Rachel, die ihr half, nicht endgültig den Halt in der Realität zu verlieren. Sie trat neben sie und legte ihr in einer beruhigenden Geste die Hand auf die Schulter und deutete zugleich mit der anderen Hand auf das Fenster.

»Das da kenne ich«, sagte sie. »Also ohne den Engel, meine ich. Aber dasselbe Bild hängt in Yorams Zimmer an der Wand.«

Sie sagte das auf eine Art, als erwartete sie eine ganz bestimmte Reaktion auf diese Eröffnung und sah Beka auf eine dazu passende Weise an, aber sie konnte nur mit einem hilflosen Achselzucken darauf reagieren. Es war ihr ein Rätsel, wie Rachel in diesem Durcheinander aus Staubgrau und flackerndem Licht überhaupt etwas erkennen wollte; falls sie denn wirklich etwas sah, und sich nicht nur wichtigmachte, hieß das.

Als hätte sie ihre Gedanken gelesen, erschien ein deutlicher Ausdruck von Unmut auf Rachels Gesicht. »Das ist das Land des Herrn«, sagte sie in eindeutig vorwurfsvollem Ton. »Und eine Karte der zwölf Stämme Israels. Siehst du – dort genau in der Mitte sind wir, Stamm Benjamin. Gleich darüber ist das Gebiet von Ephraim und daneben Dan, Josef und Gad …«

Sie zählte noch mehr Namen auf – vermutlich alle zwölf, nahm Beka an. Aber sie hörte kaum noch richtig hin, und versuchte erst gar nicht, sie sich zu merken, denn während das Mädchen auf das große Fenster deutete, geschah etwas ganz Erstaunliches: Jedes Mal, wenn Rachel den Namen eines Stammes nannte, loderte draußen ein neuer Blitz auf, der das dazugehörige Gebiet auf der gläsernen Landkarte beleuchtete. Auf seine Art war das sogar noch unheimlicher als die riesige Engelsgestalt.

Kaum war Rachel am Ende ihrer Aufzählung angelangt, tobte das Unwetter nur um so chaotischer weiter. Der schwarze Schattenriss des Engels wurde zu einem höllischen Hampelmann mit peitschenden Armen und Beinen und einem mindestens doppelten Flügelpaar und einem immer hektischer deutenden ausgestreckten Zeigefinger am Ende eines monströsen Gadgeto-Arms mit zu vielen Gelenken und grässlichen Ziehharmonika-Gliedern. Etwas in ihr wartete darauf, auch noch mit dem Anblick eines albernen Horrorclown-Gesichts verhöhnt zu werden, das auf den Schultern des vermeintlichen Engels thronte, komplett mit blutunterlaufenen Augen und roter Nase und gelben Stephen-King-Haifischzähnen.

Sie begriff die Gefahr, in der sie schwebte und die zunehmend größer wurde. Ihr Verstand schlitterte immer schneller auf eine Sollbruchstelle zu, jenseits derer es womöglich kein Zurück mehr gab.

»Das ist … ein bisschen unheimlich«, sagte Rachel neben ihr nervös.

Beka hätte ihr nur zu gerne widersprochen, aber sie brachte nur ein vages Achselzucken zustande. »Worauf deutet er da?«, fragte sie mühsam.

»Deuten?« Rachel sah stirnrunzelnd zu ihr hoch, das schmutzige Gesicht vom immer nur noch schnelleren Stakkato der Blitze mal zu einer bleichen Totenkopfmaske gemacht, mal zu dem eines verängstigten Kindes und mal zu etwas, das sie gar nicht erkennen wollte. »Worauf? Wer?«

»Na der …« Engel? Etwas machte es ihr unmöglich, das Wort auszusprechen. Als sie ihren Blick von dem Vexierbild losriss, das Rachel anstelle eines Gesichts trug, war der vermeintliche Engel verschwunden, und er tauchte auch nicht noch einmal auf, ganz egal wie viel Mühe sich das Gewitter auch gab, ihn erneut aus der staubigen Fensterscheibe herauszuprügeln.

Beka versuchte sich zusammenzureißen. »Du hast recht«, presste sie hervor. »Es ist unheimlich. Sind die Gewitter hier immer so heftig?«

Eine rhetorische Frage, auf die sie nicht wirklich eine Antwort erwartete. Rachel sagte trotzdem etwas, das aber im Krachen eines gewaltigen doppelten Donnerschlags unterging, unter dem das gesamte Gebäude erbebte.

Und mit dem das Gewitter wie abgeschaltet endete.

*

Dem Ansturm der Stille war ein allerletztes, lautloses Lodern gefolgt, grell genug, um mühelos durch ihre geschlossenen Lider zu dringen und sie noch minutenlang rote und grüne neonfarbene Nachbilder sehen zu lassen. Danach war totale Finsternis eingekehrt, die auf ihre ganz eigene Art bedrückend und Furcht einflößend wirkte.

Sie ließ sich im Schneidersitz auf einer freien Stelle nieder, die sie sich diesmal mit dem Fuß ertastete, und zwang sich, möglichst ruhig und tief ein- und auszuatmen und die Angst aus ihrem Körper zu treiben.

Es funktionierte wieder. Die Furcht verschwand nicht ganz, zog sich aber widerwillig wie ein übellaunig knurrender Hund zurück und beschränkte sich darauf, dann und wann an ihrer Kette zu zerren. Nach einer weiteren, unmöglich einzuschätzenden Zeitspanne begann sich die vermeintlich vollkommene Schwärze aufzuhellen. Was von Bekas Sehnerven nicht völlig weggebrannt worden war, fing allmählich an, unförmige Schatten und mit matt versilberten Linien nachgezogene Konturen zu erkennen. Nicht lange danach hörte sie auch wieder mehr als nur das Rauschen ihres eigenen Herzschlags; auch wenn sie nicht sagen konnte, was.

Rachel sagte etwas, was sie weder verstand noch interessierte. Allmählich begann sie die vielen durchwachten Stunden zu spüren, die hinter ihr lagen. Ein Gefühl großer Müdigkeit senkte sich wie ein mit Blei gefütterter Mantel auf ihre Schultern, und sie musste immer angestrengter ein Gähnen unterdrücken. Niemand hätte es gesehen – und selbst wenn –, aber es hätte den Moment auf unangemessene Weise banal gemacht.

Stattdessen blinzelte sie ein paarmal, um die Müdigkeit zu bekämpfen. Irgendwann zwischen dem vorletzten und dem letzten Blinzeln musste etwas passiert sein, denn mit einem Mal erfüllte graues Zwielicht den Raum. Ihre Lider waren schwer und vom Schlaf verklebt und in ihrem Mund ein schlechter Geschmack. Angesichts dessen, was gestern geschehen war, kam es ihr nachgerade absurd vor, aber sie hatte nicht nur den Großteil der Nacht geschlafen, sondern fühlte sich auch ganz erstaunlich ausgeruht und frisch. Außerdem hatte sie Hunger und sehr großen Durst.

Trotzdem: Nachdem sie die letzten Schlieren von Müdigkeit weggeblinzelt hatte, galt ihr erster Blick dem großen Fenster. Sie wusste selbst nicht wirklich, was sie erwartet hatte. Doch in der kurzen Zeitspanne, die sie brauchte, um sich aufzusetzen und den Kopf zu drehen, verdreifachte sich ihre Pulsfrequenz; und sie nahm sogar noch einmal zu, als sich ihr Blick endgültig klärte und sie sich zwang, das Fenster genauer zu betrachten.

Sie rechnete halbwegs damit, weder den Engel noch die Karte des Gelobten Landes zu sehen und sich eingestehen zu müssen, wieder einmal einem bösen Streich ihrer übersteigerten Vorstellungskraft aufgesessen zu sein.

Aber beides war noch da und sogar deutlicher zu erkennen als während des Gewitters; wenn auch nahezu ohne Farbe und auf eine subtile Weise verändert, die sich ihr erst nach und nach offenbarte. Staub und von nuklearem Feuer eingebrannter Ruß hatten die meisten Farben ausgelöscht. Die Bleiwülste waren an vielen Stellen geschmolzen, sodass das Bild nun Lücken aufwies, die ihr in der vergangenen Nacht nicht aufgefallen waren. Dennoch war sie sich sicher, dass der Engel jetzt anders aussah. Statt der geteilten Insektenflügel, wie sie sie bei Zadkiel und dem Dämon gesehen hatte, trug er das ihr aus vielen alten Darstellungen vertraute große Schwanengefieder. Seine ausgestreckte Hand deutete noch immer auf einen Punkt über seiner rechten Flügelspitze, an dem sie nichts Außergewöhnliches erkennen konnte; was allerdings auch an der dicken Staubschicht liegen mochte.

Zögernd näherte sie sich ihm, stellte sich auf die Zehenspitzen und versuchte die Stelle sauber zu wischen, wenn auch mit demselben Ergebnis wie in der vergangenen Nacht. Ebenso gut hätte sie versuchen können, ein Stück Schmirgelpapier mit der Hand glatt zu streichen.

»Masada«, sagte eine Stimme hinter ihr.

Beka fuhr zusammen und herum, und Yoram sagte noch einmal und mit einer dazugehörigen Kopfbewegung: »Er deutet auf Masada. Aber frag nicht, warum.«

Das hatte Beka nicht vor. Stattdessen eilte sie zu ihm hin, ließ sich neben ihm in die Hocke sinken und konnte gerade noch ein weiteres erschrockenes Zusammenzucken unterdrücken, wenn auch aus einem vollkommen anderen Grund. Yoram war wach und sein Blick sogar einigermaßen klar, was sie eigentlich erleichtern sollte. Aber das tat es nicht.

Sein Gesicht und auch die Hand, auf der er gelegen hatte, waren nicht etwa rot oder mit nässenden Brandblasen übersät, was sie halbwegs erwartet hatte. Stattdessen glänzte seine Haut wie frisch eingeölt und hatte sich gelb verfärbt; Zeichen einer ganz besonders schweren Verbrennung, wie sie unglückseligerweise nur zu gut wusste. Feiner Schweiß bedeckte seine Stirn. Sie war ihm nahe genug, um festzustellen, wie schlecht er roch; nicht nur auf die hier übliche Weise nach Schmutz und Schweiß und viel zu vielen Stunden in ungewaschenen Kleidern, sondern zutiefst *krank*. Alles, was sie hatte sagen wollen, blieb ihr buchstäblich im Halse stecken und bildete einen harten Kloß, der ihr selbst das Atmen schwer machte.

»Wie geht es dir?«, fragte sie und kam sich unsagbar dumm vor.

»Weiß nicht. Frag mich später noch mal.«

Yoram hob die Hand ans Gesicht, wie um mit den Fingerspitzen darüberzutasten. Beka hinderte ihn daran, wobei sie streng darauf achtete, seine verbrannte Haut nicht zu berühren. Sie *waren* zu spät gekommen, begriff sie schaudernd.

Auch wenn man es auf den ersten Blick vielleicht noch nicht sah, Yoram war sehr schwer verletzt. In der Welt, in der sie selbst vor ganz kurzer Zeit noch gelebt hatte und aus der auch er stammte, hätte er sicher eine gute Chance gehabt, wieder vollkommen gesund zu werden; vorausgesetzt, man hätte ihn schnell genug in ein modern ausgestattetes Krankenhaus eingeliefert. Aber hier? Beka weigerte sich erfolgreich, es an sich herankommen zu lassen, obwohl sie tief in sich wusste, dass er sterben würde. Warum hatte sie nur immer noch das Gefühl, es wäre ihre Schuld?

»Du hast mir das Leben gerettet«, sagte Yoram, nachdem er sich losgemacht und seine gelbstichige Hand verwirrt betrachtet hatte.

»Bedank dich bei Rachel. Es war ihre Idee.«

Wo war sie überhaupt? Als Beka sie das letzte Mal gesehen hatte, hatte sie sich im Schlaf an seine Seite gekuschelt. Jetzt war sie verschwunden, und ein rascher Blick in die Runde zeigte sie auch nicht. Vielleicht war sie nach draußen gegangen, um einem menschlichen Bedürfnis nachzugeben. Beka hoffte, dass sie vorsichtig war.

»Ohne dich hätte sie es nie geschafft«, beharrte Yoram.

»Und ich hätte ohne sie nicht einmal gewusst, was sie mit dir vorhaben«, sagte Beka. »Zadkiel wollte dich umbringen.«

»Ich habe gegen seinen eindeutigen Befehl verstoßen«, antwortete Yoram. »Das war falsch. Ich war so … so verdammt wütend wegen dem, was sie Thora angetan haben. Ich wollte, dass jemand für ihren Tod bezahlt. Jetzt sind noch mehr Unschuldige gestorben. Und noch mehr wären tot, wenn Zadkiel nicht eingegriffen hätte. Du vielleicht auch. Vielleicht alle.«

Beka hatte das unbehagliche Gefühl, dass er damit recht haben könnte. Aber noch viel mehr ärgerte sie sich über alles andere, was er gesagt hatte. Zadkiel hatte nichts anderes befohlen, als ihn bei lebendigem Leib zu verbrennen. Und er *verteidigte* ihn auch noch?

Rachel kam zurück, schob die verzogene Tür hinter sich zu, soweit sie es vermochte, und stockte dann mitten im Schritt, als sie Yoram wach und Beka neben ihm sitzen sah. Rachels Gesicht lag im Schatten, sodass Beka den Ausdruck darauf nicht erkennen konnte, aber sie wirkte überrascht; und nicht auf angenehme Art. Was war hier los? Hatte sie irgendetwas zwischen den beiden verpasst, während sie geschlafen hatte?

»Die Luft ist rein«, sagte Rachel, während sie sich einen Ruck gab und weiterging. »Sie sind weg. Und es sind auch keine Zeloten zu sehen.«

»Zeloten?« Yoram wirkte verwirrt. Er erinnerte sich nicht wirklich, begriff Beka. Wahrscheinlich war es besser so.

»Ein paar von ihnen sind uns nach«, sagte Rachel leichthin. »Aber das hat sich … erledigt.«

»Erledigt?« Yoram versuchte sich aufzusetzen und sank mit einem schmerzerfüllten Zischen wieder zurück. Rachel wirkte genauso besorgt, wie Beka sich fühlte, beließ es aber nur bei einer neuerlichen wegwerfenden Geste und streckte ihm die Hand entgegen, um ihm beim Aufstehen behilflich zu sein.

Yoram stand tatsächlich auf, griff aber nach Bekas Arm und ließ sich von ihr auf die Beine helfen. Rachel bedachte sie mit einem Blick, in dem noch ein Gutteil der Explosionskraft der Bomben gespeichert war, die diese Stadt eingeebnet hatten.

»Dann sollten wir von hier verschwinden, bevor sie es sich anders überlegen und zurückkommen«, sagte sie, hauptsächlich um Rachel keinen Vorwand zu liefern, auch noch den Rest des gespeicherten atomaren Höllenfeuers auf sie loszulassen.

Yoram nickte, sah zuerst sie, dann Rachel und dann wieder sie gewichtig an und fragte dann: »Und wohin?«

»Wohin?«, wiederholte Beka verständnislos.

»Du hast gesagt, wir sollen verschwinden«, antwortete Yoram. »Nichts lieber als das … aber wohin?«

»Wohin?«, fragte Beka noch einmal, und dann – endlich – begriff sie. »Aber ich habe gedacht, dass du …?« Sie sprach diesen Satz nicht zu Ende, sondern wandte sich mit einem Ruck ganz zu Rachel um und funkelte sie aus schmaler werdenden Augen an.

»Wie war das noch mal? Yoram kennt den Weg aus der Stadt?«

»Tue ich das?«, fragte Yoram.

»Wenn nicht du, wer denn dann?«, antwortete Rachel patzig.

Das war etwas ganz anderes als das, was sie Beka hatte glauben machen wollen. Aber Beka hatte wahrlich keine Lust auf diese Art von lächerlichem Streit. Sie wandte sich wieder an Yoram. »Du weißt, wie wir hier rauskommen?«

»Aus der Stadt?« Yoram beantwortete seine eigene Frage mit einem Nicken, wartete gerade so lange, bis sich ein Ausdruck vorsichtiger Erleichterung auf ihrem Gesicht breitzumachen begann, und fügte dann hinzu: »Aber wozu?«

»Wozu?«

»Wozu«, bestätigte Yoram. »Wohin sollen wir denn gehen?«

»Aber ich dachte, dass …« Verstört brach sie ab, sah über die Schulter zurück und noch einmal zum Fenster hoch. Draußen musste es heller geworden sein, denn sie konnte sowohl die historische Landkarte als auch die Engelssilhouette besser erkennen. »Vielleicht dorthin?«

»Nach Masada?« Yoram riss die Augen auf, und Rachel tat dasselbe und ächzte zugleich so fassungslos, als hätte Beka ihr in aller Öffentlichkeit einen unsittlichen Antrag gemacht.

»Das ist … ein Berg«, fragte Beka. »Oder?«

»Mit einer uneinnehmbaren Festung«, bestätigte Yoram, »die von den Magog beherrscht wird.«

»Und die … mögen uns nicht besonders?«, vermutete sie.

Rachel sah ein wenig überrascht aus – vielleicht weil sie *uns* gesagt hatte? –, aber Yoram machte nur ein noch betrübteres Gesicht.

»Wenn wir den Magog in die Hände fallen, dann wirst du dir

wünschen, du wärst bei Zadkiel geblieben und hättest mir in der roten Färse Gesellschaft geleistet«, behauptete er. Das war vielleicht ein bisschen melodramatisch, machte es aber nicht leichter. Nicht einmal ansatzweise.

»Aber du weißt, wie wir aus der Stadt kommen, ohne dass Zadkiel oder Olmos uns erwischen?«, beharrte sie.

Yoram lächelte traurig. »Wahrscheinlich. Aber was dann? Ich weiß, du willst es nicht wahrhaben, aber es gibt kein *irgendwo* mehr, wohin wir gehen können.«

»Weil die ganze Welt verbrannt ist, ich weiß«, antwortete Beka und nahm an, dass sie sich nicht nur in ihren eigenen Ohren wie ein störrisches Kind anhörte, das seinen Willen nicht bekam. »Aber weißt du was? Das ist mir egal. Vielleicht plapperst du nur den Unsinn nach, den sie euch aufgetischt haben, vielleicht ist es auch wirklich so – aber wir finden es bestimmt nicht heraus, wenn wir hierbleiben und darauf warten, dass sie zurückkommen und uns doch noch erwischen. Ich schlage vor, du bringst uns aus der Stadt, und danach sehen wir weiter. So machen wir das dort, wo ich herkomme, weißt du?«

»Ihr rennt mit offenen Augen ins Verderben?«

»Wir lösen ein Problem nach dem anderen«, antwortete Beka unbeeindruckt.

»Das ist Selbstmord«, beharrte Yoram. »Selbst wenn uns die Zeloten nicht erwischen und wir sogar Zadkiel und den Magog entkommen, und sogar wenn nicht jedes einzelne Mitglied jedes einzelnen der anderen elf Stämme nach uns suchen würde, überleben wir dort draußen keinen Tag.«

»Wenn du das wirklich glaubst, warum bist du dann überhaupt mitgekommen?«

»Wenn man es genau nimmt, habt ihr mich mit*genommen*. Ich kann mich nicht daran erinnern, dass ihr mich gefragt hättet.« Yoram funkelte sie patzig an und fügte mit einem schiefen Grinsen hinzu: »Außerdem war es heiß in dem Ding.«

Beinahe hätte Beka erwidert, dass man ihm das ansah, konnte sich die Bemerkung aber gerade noch verkneifen und machte stattdessen eine Kopfbewegung zur Tür. »Zeigst du mir den Weg? Nur aus der Stadt, und vielleicht irgendwohin, wo meine restliche Lebenserwartung mehr als zehn Minuten beträgt. Danach trennen sich unsere Wege, wenn du willst. Du …« Sie verbesserte sich: »*Ihr* müsst mich nicht begleiten.«

»Und wo willst du dann hin?«, fragte Yoram.

Beka tat so, als würde sie über diese Frage nachdenken; was sie nicht tat. Die simple Wahrheit war, dass es keine Rolle spielte. Wenn Yoram die Wahrheit gesagt hatte und es nichts mehr gab, wohin sie gehen konnte, dann wollte sie auch nirgends mehr hin. Beka zweifelte nicht daran, dass sie bisher kaum einen Bruchteil der Welt kennengelernt hatte, in der sie aufgewacht war (wenn sie denn tatsächlich aufgewacht war und nicht in einem endlos langen Albtraum gefangen) – aber wenn das hier tatsächlich alles war, was von der Welt noch existierte, dann war es keine Welt, in der sie leben wollte. »Vielleicht in die Berge«, sagte sie schließlich.

»In die Berge?« Yoram sah zum Fenster hinaus und zu den stilisierten Bergen hinauf, die die antike Karte zeigte. Sie mussten früher deutlich größer gewesen sein als heute, wenn die Proportionen dieser Karte auch nur im Entferntesten stimmten, oder sie hatten den unbekannten Künstler ungemein beeindruckt. »Aber dort ist nichts.«

»Also gibt es auch keinen Grund, dort Atombomben abzuwerfen«, sagte sie. »Außerdem war mein Vater da, als es passiert ist.«

»In den Hebron-Bergen?«, wunderte sich Yoram.

»Das ist eine lange Geschichte«, sagte sie ausweichend, »und ziemlich kompliziert.«

»Und sie geht mich nichts an?«, vermutete Yoram.

Beka zog es vor, gar nicht darauf zu antworten – obwohl Yoram zwar vollkommen recht hatte, trotzdem aber so weit danebenlag, wie es nur ging. In Wahrheit meldete sich ihr schlechtes Gewissen, denn es war das erste Mal, dass sie überhaupt wieder an ihren Vater dachte, seit dieser Albtraum seinen Anfang genommen hatte.

Yoram gab sich jedenfalls mit dieser Antwort zufrieden. »Sie werden uns erwischen, sobald wir auch nur die Nase aus der Tür stecken.«

»Dann bleiben wir hier und warten darauf, dass ein Wunder geschieht?«, fragte sie. Und warum auch nicht? Schließlich war es ja auch eine Art Wunder, das sie hergebracht hatte. Oder doch etwas Ähnliches … wie nannte man eigentlich das Gegenteil eines Wunders?

22

Der Tag versprach heiß zu werden, obwohl er noch nicht einmal richtig angefangen hatte. Als Beka auf die Straße hinaustrat, stieg Dampf vom Boden auf. Er schwängerte die Luft mit Feuchtigkeit und einem sonderbar metallischen Geschmack, der sie darauf hinwies, dass hier noch ganz andere Gefahren lauerten als Engel und Dämonen. Worüber sie überhaupt nicht gesprochen hatten, war die Frage, was sie wohl zu essen und zu trinken finden würden, sollten sie es tatsächlich schaffen, die Stadtgrenzen hinter sich zu lassen – und ob es auch nur im Entferntesten genießbar sein würde.

Aber was hätte es auch für einen Sinn gemacht, diese Frage zu diskutieren? In ihrem jetzigen Umfeld wusste niemand eine Antwort darauf. Also musste sie es selbst herausfinden.

Eine Bewegung hoch oben am Himmel lenkte sie ab. Vielleicht eine Wolke. Vielleicht etwas anderes. Auch etwas, das sie herausfinden würde – ob sie wollte oder nicht.

Nach einer Weile folgte ihr Yoram, wobei er die Tür mit einem Knarren weiter aufzog, das in der ganzen Stadt zu hören sein musste.

Beka wandte mit einem Ruck den Kopf, um ihn zurechtzuweisen. Doch alles, was sie sagen wollte, blieb ihr buchstäblich im Halse stecken, als sie sein Gesicht im hellen Licht des Morgens sah. Er sah schrecklich aus. Unter der kränklichen Farbe, die die Hälfte seines Gesichts und sein linker Handrücken angenommen hatte, war noch etwas anderes, das ihn von innen heraus zerfraß. Wer sagte ihr eigentlich, dass die rote Färse nur mit Hitze tötete?

Erneut fiel ihr auf, wie schlecht er roch, selbst hier und in größerem Abstand, und jetzt sah sie auch, dass seine Hände zitterten. Yoram brauchte einen Arzt, und zwar dringend. Schade nur, dass es hier keinen gab.

Yoram lehnte sich gegen die Tür, als hätte er einen stundenlangen anstrengenden Marsch hinter sich statt weniger Schritte und verursachte dabei ein noch lauteres Knarzen, das nun wirklich weithin zu hören sein musste.

Beka verdrehte die Augen, fragte aber nur: »Und jetzt?«

Yoram sah eine ganze Weile in die eine, dann in die andere Richtung. War das Ratlosigkeit, die sie da auf seinem Gesicht entdeckte?

Schließlich deutete er nach links; sie war sich sicher, dass es vollkommen willkürlich war. Sie verzichtete auf jeden Kommentar und ging los. Rachel bildete den Abschluss, wobei sie Yoram in so geringem Abstand folgte, dass sie aufpassen musste, ihm nicht in die Hacken zu treten. Beka hatte natürlich längst begriffen, warum sich die Kleine so benahm, aber noch nicht entschieden, ob sie nun amüsiert oder vielleicht doch lieber ein wenig besorgt sein sollte.

Eine Zeit lang marschierten sie schweigend durch verheerte Straßen, die der nächtliche Gewitterregen in schlammigen Flussgrund verwandelt hatte. Yoram sah immer wieder nach rechts und links. Mehrfach blieb er auch stehen und suchte aus eng zusammengekniffenen Augen den Himmel ab. Beka tat es ihm gleich. Sie konnte nicht erkennen, was da oben war. Nur *dass* dort etwas war.

»Dämonen?«, fragte sie schließlich knapp.

»Nicht bei Tageslicht«, antwortete Yoram und ging weiter.

»Weil sie lichtscheues Gesindel sind?«

»Ganz recht«, sagte Rachel. »Licht tötet sie.«

»Und warum hat uns der Dämon, der hinter uns her wer, dann bis nach draußen verfolgt?«, fragte Beka.

»Das tun sie manchmal«, sagte Rachel, und Yoram ergänzte: »Aber sie halten es im hellen Licht nicht lange aus.«

»Das ist doch Unsinn«, sagte Beka, direkt an Rachel gewandt. »Erinnerst du dich nicht an die Dämonen, die uns und Thora am Wrack des Airbus überfallen haben.«

»Und ob ich mich an die erinnere!«, sagte Rachel finster. »Das war schließlich der schlimmste Tag in meinem Leben.«

»Die fühlten sich bei Licht ausgesprochen wohl. Und Thora meinte, dass sie normalerweise die Kanalisation scheuen. Dort ist es aber dunkel. Wie kann das sein?«

Rachel blieb mitten im Schritt stehen. »Wie kann das sein, dass du solche bekloppten Fragen stellst?«

»Dämonen sind nicht Dämonen«, erklärte Yoram, bevor Beka aufbegehren konnte. »Es gibt Unterschiede.«

Beka amtete tief durch. »Welche Unterschiede?«

Yoram zuckte mit den Achseln. »Ihr Verhalten ist manchmal berechenbar. Und manchmal gar nicht. Das ist nicht so einfach zu erklären.«

»Im Grunde ist es ganz einfach.« Rachel setzte sich wieder in Bewegung. »Du musst einfach sieben Jahre lang hier überleben. Dann kapierst du irgendwann, auf winzige Unterschiede zu achten.«

Beka runzelte die Stirn. »Weil die einen Dämonen das Licht fürchten, und andere die Finsternis?«

»Das hast du jetzt aber schön gesagt«, sagte Rachel patzig. »Vielleicht ist es aber auch ganz genau andersherum.«

Bevor Beka Rachel klarmachen konnte, was sie von dieser frechen Antwort hielt, bog Yoram am Ende eines tiefen Canyons aus Schutt und ausgeglühten Ruinen nach links und dann noch einmal in dieselbe Richtung ab. Nach der dritten Abzweigung ging Yoram nur noch ein paar Schritte weit, bevor er abrupt stehen blieb, kurz ein ratloses Gesicht machte und dann auf dem Absatz kehrtmachte, um umso entschlossener in die entgegengesetzte Richtung zu marschieren.

»Aber du weißt schon, wohin wir gehen?«, erkundigte sich Beka. Ihre Stimme hörte sich nervöser an, als sie wahrhaben wollte.

»Ich denke schon«, antwortete Yoram. »Ich bin hier aufgewachsen, weißt du?«

Nein, woher denn? Aber seine Antwort brachte sie auf eine Idee, die noch sehr vage war – aber ihnen möglicherweise weiterhelfen konnte. »Dann kennst du auch die Kirche, in der wir übernachtet haben?«

»Kirche? Warum?«

»Das weiß ich selbst noch nicht genau«, gestand sie. »Aber es wäre vielleicht nicht die dümmste Idee, wenn wir in der Nähe anderer Kirchen blieben oder meinetwegen auch Moscheen oder Synagogen oder von mir aus einem Voodoo Tempel. Kriegst du das hin?«

»Klar«, antwortete Yoram, wenn auch weit davon entfernt, überzeugt zu klingen. »Wenn du mir verrätst, warum, mache ich das sehr gerne.«

»Das tue ich«, versprach Beka. »Sobald ich es selbst weiß.«

Yoram wirkte nun endgültig verwirrt, nickte aber nur noch einmal und setzte sich in Bewegung. Rachel sah nur noch ein bisschen verstörter aus, und Beka fragte sich, worauf sie eigentlich hinauswollte. Sie wusste es nicht, auch wenn sie spürte, dass es wichtig war. Vielleicht erinnerte sie sich ja später daran.

Zumindest innerhalb der nächsten Stunde nicht und auch nicht innerhalb der darauffolgenden. Vielleicht verging auch mehr Zeit oder auch deutlich weniger. Die Sonne verbarg sich weiter hinter trübroten Wolken, die so niedrig hingen, dass man meinte, sie mit dem ausgestreckten Arm berühren zu können, und dann und wann regnete es, wenn auch nie lange genug, um sich unterstellen zu müssen. Aber es war ein sonderbarer Regen, der ihr nicht gefiel. Er war warm, und außer Nässe schien er noch etwas auf der Haut zurückzulassen, was ihr nicht geheuer war.

Irgendwann merkte sie wieder, wie durstig sie war, und ausgelöst durch dieses Gefühl spürte sie nun auch, wie lange es her war, dass sie das letzte Mal etwas gegessen hatte. Beides mochte durchaus zu einem Problem werden, aber noch war der Hunger allenfalls lästig, und selbst mit dem Durst kam sie noch eine Weile klar.

Aber wie lange noch? Ein- oder zweimal hatte sie sich schon dabei ertappt, die schmierigen Pfützen anzusehen, die der Regen zurückgelassen hatte. Natürlich würde sie niemals so tief sinken, so etwas über ihre Lippen kommen zu lassen.

Wenigstens heute noch nicht.

Oder zumindest nicht in den nächsten Stunden.

Oder wenigsten *der* nächsten Stunde.

*

Yoram blieb stehen, legte den Kopf in den Nacken und suchte aus zu schmalen Schlitzen zusammengepressten Augen den Himmel ab. Hatte sie Grund, besorgt zu sein?

Offensichtlich ja, denn Yoram fuhr plötzlich herum und rannte mit so gewaltigen Sätzen los, dass er schon ein halbes Dutzend Schritte entfernt war, bevor sie auch nur ihre Überraschung überwand und ihm folgte. Rachel flitzte in Windeseile an ihr vorbei und überraschte sie ein weiteres Mal mit ihrer quirligen Energie.

Über ihnen erscholl etwas wie der Schrei eines großen, zornigen Vogels. Sie wagte es nicht, nach oben zu sehen; wobei sie sich sogar beinahe erfolgreich einredete, es wäre nur aus Angst, auf dem mit Schutt und Trümmern übersäten Boden zu straucheln und zu stürzen.

Yoram rannte sogar noch einmal schneller, verschwand Haken schlagend in einer schmalen Seitenstraße. Sie steuerte ein windschiefes Etwas an, das einmal einen runden Turm und große Buntglasfenster gehabt haben musste, aber eigentlich eher an ein zu groß geratenes Stück Kohle erinnerte. Zerbrochenes Glas schimmerte wie kantiger Regen zwischen Betonbrocken und geschmolzenem Staub, und das zornige Raubvogelkrächzen erklang noch einmal – und lauter. Näher.

Yoram verschwand geduckt unter einem geborstenen Türsturz. Rachel folgte ihm so dichtauf, dass ihre Schatten zu einem einzigen zu verschmelzen schienen.

Gerade als Beka das Haus ebenfalls beinahe erreicht hatte, strich ein gewaltiger dreieckiger Schatten wie ein herabstoßender Stealth-Bomber über den Boden neben ihr. Mehr aufgeschreckt als wirklich reagierend prallte Beka zur Seite, verlor durch ihr eigenes Ungestüm das Gleichgewicht und fiel, wobei sie sich nur deshalb nicht verletzte, weil sie sich ganz instinktiv über die Schulter abrollte.

Ebenso automatisch streckte sie im Aufspringen die Hand aus, und etwas griff nach ihrem Arm und zerrte sie mit einem so brutalen Ruck ganz auf die Füße und durch die Tür, dass sie vor Schmerz und Empörung schrie. Etwas streifte ihre Seite, dann glühend heiß ihren Rücken und Nacken und dann mit versengender Kraft ihre Seele. Bevor es sie endgültig verbrennen konnte, wurde sie durch die Tür und in einen halbdunklen Raum gezerrt, wo sie endgültig die Balance verlor und der Länge nach auf den Besitzer der Hand fiel, die sie gerettet hatte.

Alles geschah so rasend schnell, dass sie die Übersicht über die richtige Reihenfolge der Ereignisse verlor. Rachel schrie. Ein gigantischer nachtfarbener Schatten glitt an der Tür vorbei und verdunkelte nicht nur den Himmel, sondern rückte sie auch in den Fokus einer boshaften Intelligenz.

Beka stürzte ungebremst auf Yoram und spürte, wie sie ihm mit ihrem Gewicht und der Wucht ihres Aufpralls die Luft aus den Lungen trieb. Yoram ächzte vor Schmerz und hätte wahrscheinlich geschrien, hätte er nur die Luft dazu gehabt, und ganz kurz waren sie sich so nahe wie noch nie zuvor. Er roch sogar noch schlechter, und sie konnte den Schmerz, den sie ihm zufügte, wie ihren eigenen spüren. Aber da war auch noch mehr, etwas, das sie zutiefst verstörte und doch zugleich nicht sein durfte – und schon gar nicht jetzt.

Fast so schnell, wie sie auf ihn gestürzt war, rollte sie sich von Yoram herunter und auf Hände und Knie hoch und registrierte etwas Verstörendes aus den Augenwinkeln. Der Gedanke entglitt ihr im selben Moment, in dem sie zur Tür sah …

… und Zadkiels Blick begegnete.

Er stand so dicht vor der Tür, dass sie nur den Arm auszustrecken bräuchte, um ihn zu berühren, und sah zu ihr herein.

Nein. Beka verbesserte sich in Gedanken, und eine unsichtbare Hand aus purem Eis griff in ihre Brust und begann ihr Herz zusammenzupressen. Er sah nicht einfach nur herein, er sah sie an, und mehr noch: In seinen Augen las sie ganz eindeutiges Erkennen.

*

Bekas Herz übersprang vor Entsetzen einen Sprung und hämmerte dann wie ein Maschinengewehr in ihrer Brust weiter, und der schwarze Engel faltete die Flügel auf dem Rücken bis zum Verschwinden zusammen, machte einen weiteren Schritt in ihre Richtung und blieb wieder stehen. Die Mischung aus bösem Triumph und Zorn verschwand aus seinen Augen und machte zuerst Verblüffung Platz, dann einer sonderbaren Leere. Ein paar Sekunden lang stand er einfach nur da und sah überallhin – auch in ihr Gesicht. Aber sein Blick schien zugleich auch direkt durch sie hindurchzugehen. Schließlich wandte er sich widerstrebend ab … und ging.

»Aber wie ist denn das …?«, begann Yoram.

Beka brachte ihn mit einer raschen Geste zum Schweigen; aber vielleicht schon zu spät. Zadkiel hatte sich zwei oder drei

Schritte weit entfernt, fuhr aber nun mitten im Schritt wieder herum und ging in eine halb geduckte, sprungbereite Haltung, die Hände halb erhoben und zum Zupacken bereit. Dann machte er einen Schritt nach vorne, kam wieder näher. Seine Flügel entfalteten sich ein Stück weit und schnappten mit einem reißenden Sensenklingen-Geräusch wieder zusammen, und Beka meinte ein wütendes Grollen zu hören, das tief aus seiner Kehle kam und kaum etwas Menschliches hatte. Und auch sein Gesicht und seine Körpersprache und seine Art, sich zu bewegen, waren … verstörend; und nicht wirklich menschlich, ja, nach zwei weiteren hämmernden Herzschlägen war sie einmal mehr unsicher, ob es sich tatsächlich um Zadkiel handelte. Vielleicht, dachte sie verstört, wäre *ein* Zadkiel treffender gewesen.

Der Gedanke entschlüpfte ihr, bevor sie ihn wirklich greifen konnte – wurde er ihr *entzogen?* –, und ließ nichts als Verwirrung zurück, die sich allmählich mit einer neuen Art von Furcht füllte.

Langsam, tapsend und noch immer mit sprungbereit halb ausgebreiteten Schwingen, die sie plötzlich mehr als alles andere an die Flügel eines monströsen Rieseninsekts erinnerten, kam die Kreatur näher, den Kopf unentwegt mit harten, vogelartigen Rucken hin- und herwerfend und mit Sinnen nach ihr tastend, die sich dem menschlichen Begreifen entzogen. Etwas kratzte an ihrer Seele, ein Gefühl wie Fingernägel auf Glas, und plötzlich konnte sie nicht mehr atmen. Neben ihr japsten auch Rachel und Yoram nach Luft.

Die Kreatur (es gelang ihr jetzt nicht einmal mehr in Gedanken, sie mit Zadkiel gleichzusetzen) kam näher und hatte die Tür jetzt fast erreicht, und die unsichtbare Hand schloss sich noch einmal fester um Bekas Kehle und schnürte ihr endgültig den Atem ab.

Dann passierte es erneut: Zorn und zielloser Zerstörungswille wichen aus Zadkiels Gesicht und wurden von frustrierter Verwirrung ersetzt. Endlose Sekunden lang stand das monströse

Geschöpf einfach da und starrte aus seinen schrecklichen Augen direkt durch sie hindurch auf einen Punkt im Unendlichen, der es hoffnungslos zu verstören schien. Dann und genauso plötzlich, wie es herumgefahren und näher gekommen war, drehte es sich abermals auf dem Absatz um. Seine Flügel schnappten mit einem Geräusch wie Stahlfedern auseinander und katapultierten es nicht nur senkrecht in die Höhe, sondern überschütteten Beka auch mit einem Miniaturtornado aus winzigen scharfkantigen Steinchen und Glas und schlammigem Wasser.

Im nächsten Moment war es verschwunden.

»Das war knapp«, ächzte Rachel.

Beka sah zu ihr zurück und registriere, dass sie nicht nur neben Yoram getreten war und sich eng an ihn schmiegte, sondern auch nach seiner Hand gegriffen hatte. Da war noch etwas, das mit dem Anblick zu tun hatte und wichtig war, aber vor der Wucht dieses speziellen Augenblicks verblasste, sodass sie sich den Gedanken für später aufhob, sich aber auch fest vornahm, ihn nicht zu vergessen.

»War das … Zadkiel?«

Es erging also nicht nur ihr so. Beka reagierte mit einer Mischung aus einem Schulterzucken und einer Geste, deren Bedeutung sich Rachel nach Gutdünken aussuchen konnte. Alles erschien ihr mit einem Male auf eine verstörende Weise … unwirklich, als rängen zwei ebenso uralte wie unbegreifliche Mächte darum, die Realität zu bestimmen.

Dann war es vorbei, so schnell, wie es gekommen war, und ihre eigenen Gedanken kamen ihr völlig überzogen vor.

Yoram zog seine Hand fast widerwillig zurück und machte einen halben Schritt zur Seite, was ihm einen ärgerlichen Blick Rachels einbrachte. Beka zögerte, raffte dann all ihren Mut zusammen, ging zur Tür und schob sie mit klopfendem Herzen so weit vor, bis sie nach oben sehen und den Himmel absuchen konnte. Die Wolken schienen näher gekommen zu sein, und ihre Farbe erinnerte an geronnenes Blut; aber das war wohl nur ihre Deutung. Dort oben war nichts. Weder mit noch ohne Flügel.

»Ist es weg?« Beka war sich nicht einmal sicher, ob Yoram oder Rachel diese Frage gestellt hatten, aber sie nahm sehr wohl das Wort *es* zur Kenntnis, nicht etwa *er*.

»Ich denke schon«, sagte sie zögerlich. Sie wollte auch fragen, was zum Teufel das für ein Ding gewesen war, konnte es aber nicht und fragte stattdessen: »Viel mehr würde mich interessieren, wie er uns gefunden hat.«

Dieses Mal war es Yoram, der nur mit einem Schulterzucken antwortete, aber Rachel sagte: »Zadkiel weiß alles.« Sie war eben trotz allem immer noch ein Kind.

»Wenn das so ist, wieso sind wir dann überhaupt hier?«, fragte sie, wollte aber auch gar keine Antwort hören, sondern trat wieder von der Tür zurück und betrachtete kurz und ebenso besorgt wie aufmerksam Yoram. Im Halbdunkel des zum größten Teil zusammengestürzten Kirchenschiffs sah sein Gesicht nicht ganz so krank und ausgezehrt aus wie draußen, aber das konnte auch täuschen.

Darüber hinaus gab es nicht allzu viel zu sehen. Der Raum musste ein gutes Stück größer gewesen sein als die Kirche, in der sie die Nacht verbracht hatten, war zu mindestens zwei Dritteln zusammengebrochen und danach bis auf das nackte Mauerwerk ausgebrannt. Sie war sich auch nicht mehr so sicher, ob es wirklich eine christliche Kirche gewesen war oder vielleicht doch eine Moschee oder eine Synagoge; und irgendetwas sagte ihr, dass das keinen Unterschied machte. Nicht zum ersten Mal hatte sie das Gefühl, der Antwort ganz nahe zu sein – allen Antworten, selbst denen auf Fragen, die sie noch gar nicht gestellt hatte – aber wie von der Lichtbrechung getarnte Fische entschlüpften sie ihr immer, wenn sie danach greifen wollte. Es war sehr frustrierend.

Außerdem meldete sich ihr Durst, der allmählich richtig quälend zu werden begann. Wie es Yoram erging, der offensichtlich hohes Fieber hatte, wollte sie sich nicht einmal vorstellen. Vielleicht half es ja sogar, sich mit ein paar eher handfesten Problemen zu beschäftigen.

»Wir können nicht hierbleiben«, sagte sie. »Und vor allem brauchen wir Wasser. Und etwas zu essen.« Ihre beiden letzten Sätze ergänzte sie um einen fragenden Blick zu Yoram, auf den er aber auch jetzt wieder nur mit einem Achselzucken reagierte.

»So etwas gibt es hier nicht«, sagte Rachel an seiner Stelle. »Wir bekommen Wasser und Manna von Zadkiel.«

»Na, dann gehe ich besser raus und rufe ihn zurück«, antwortete sie schnippisch. »Vielleicht bringt er uns ja einen Doggybag vorbei.«

Ihr Ausbruch tat ihr schon leid, bevor sie die Worte auch nur ganz ausgesprochen hatte. Sowohl Yoram als auch Rachel reagierten nur mit einem verständnislosen Blick, und Beka schluckte die Entschuldigung hinunter, die ihr auf der Zunge lag und die die beiden wohl ebenso wenig verstanden (und Rachel nicht verdient) hätten, und sah noch einmal nach oben. Die Wolken schienen sich noch weiter herabgesenkt zu haben. Irgendwo nahe dem Zenit schwamm ein verschwommener Fleck, der nur ein wenig heller als seine Umgebung war. Dort oben konnte sich eine ganze Armee schwarzer Engel verbergen, die nach ihnen Ausschau hielten. Aber welche Wahl hatten sie schon?

»Du kennst dich hier wirklich aus?«, vergewisserte sie sich nervös.

»Es ist eine Weile her, und die Gegend hat sich verändert«, antwortete Yoram leichthin. »Aber ja, ich … denke schon.«

Das klang nicht wirklich optimistisch, dachte Beka. Aber es war wohl auch das Beste, was sie hier und heute bekommen konnte. Sie war eindeutig bescheiden geworden, was ihre Erwartungen an das Schicksal anging.

Ohne ein weiteres Wort trat sie endgültig ins Freie und ertappte sich selbst dabei, mit angehaltenem Atem darauf zu warten, dass sich der Boden auftat, um sie zu verschlingen, oder ihr der Himmel auf den Kopf fiel.

Weder das eine noch das andere geschah, und nicht einmal der klitzkleinste schwarze Engel stürzte aus den Wolken herab, um sie in Stücke zu reißen.

Sie machte zwei weitere, zögerliche Schritte, bevor sie abermals anhielt und Yoram mit einer knappen Geste zu sich herauswinkte.

Er gehorchte, aber auch jetzt erst wieder nach einem spürbaren Zögern. Rachel eilte hinzu und stellte sich wie zufällig zwischen Beka und den Jungen.

»Kirche«, erinnerte sie Yoram knapp. »Oder Synagoge oder so was.«

Yoram sah sie irritiert an. »Was hast du plötzlich mit Kirchen?«

»Heiliger Boden«, erklärte Beka, rettete sich in ein schiefes Lächeln und fügte noch hinzu: »Vergiss es einfach. Geht voraus, edler Connor McLeod, und sucht uns heiligen Boden. Und denkt immer daran: Es kann nur einen geben.«

Yoram sagte nichts mehr dazu, wirkte nun aber endgültig verstört, und Rachel maß sie mit einem Blick, als zweifelte sie an ihrem Verstand. Beka machte auch keine Anstalten, ihre letzten Worte jemandem erklären zu wollen, der garantiert nicht wusste, wer Christopher Lambert gewesen war, geschweige denn ein Hollywood-Blockbuster.

Aber es sollte auch nicht mehr sehr lange dauern, bis ihr klar wurde, wie sehr sie mit dieser Bemerkung danebenlag.

23

Für einige Stunden kamen sie gut voran, zumindest ohne von Dämonen, postnuklearen Mutantenhorden oder rachsüchtigen Engeln belästigt zu werden. Aber was allen Schreckensgestalten und Special-Effects, für die Roland Emmerich wahrscheinlich seinen rechten Arm geopfert hätte, nicht gelang, das übernahm ihre eigene Fantasie nicht nur mit großer Freude, sondern auch mindestens genauso großer Begeisterung. Sie erfreute sie ausgiebig mit Begriffen wie schwarzer Regen, radioaktiver Fallout und Leukämie, Haarausfall und Säureregen, spontanen Blutungen und hundert anderen und noch grässlichen Dingen, von denen sie zum Teil nicht einmal gewusst hatte, dass sie sie kannte. Von dem kräftezehrenden Marsch durch ein Labyrinth aus Trümmern, gefährlichen Glasscherben und rostigem Metall und jäh aufklaffenden Fallgruben gar nicht zu reden.

Auch schien die tote Stadt nicht ganz so tot zu sein, wie Thora und Yoram immer behauptet hatten. Ein paarmal verschwanden Ratten raschelnd zwischen den Trümmern und starrten ihnen aus glühenden Augen nach (wenigstens hoffte sie, dass es nur Ratten waren). Und einmal hörten sie etwas in der Ferne, das sich zu sehr nach Wolfsgeheul anhörte, als dass sie sich selbst wirklich mit dem Argument beruhigen konnte, noch niemals davon gehört zu haben, dass es in Israel Wölfe gab.

Aber irgendwann endet auch die längste Glückssträhne.

Der zerfranste Klecks aus trübem Licht, der stur von sich behauptete, die Sonne zu sein, befand sich schon wieder auf halbem Weg hinunter zum Horizont. Es war spürbar kälter geworden. Der Regen hatte sie noch ein paarmal beglückt und sie nicht nur immer wieder aufs Neue bis auf die Haut durchnässt, sondern auch die schmierige Schicht auf ihren Gesichtern ebenso schnell erneuert, wie sie sie wegwischen konnten.

Trotzdem fiel es Beka immer schwerer, der Verlockung zu widerstehen und die Hände nicht zu einer Schale zu formen, um ihren Durst zu löschen. Noch beherrschte sie sich. Aber der Durst war längst quälend geworden, und es würde vielleicht nicht mehr lange dauern, und sie würde einfach ihren Augen vertrauen und das trinken, was wie köstliches kühles Regenwasser aussah; ganz egal, was ihr Verstand auch behauptet. Sie hatte nicht vergessen, was Thora über diejenigen erzählt hatte, die leichtsinnig genug gewesen waren, etwas anderes essen oder trinken zu wollen als das Manna und Wasser, das Zadkiel jeden Morgen herbeizauberte. Aber vielleicht stimmte das ja gar nicht, oder Thora hatte kräftig übertrieben, um sich interessant zu machen.

Sie zerbrach sich den Kopf über eine Formulierung, bei der Yoram nicht sofort eingeschnappt reagieren würde. Gerade als sie etwas gefunden zu haben glaubte, machte Yoram einen fast komisch anzusehenden Hüpfer, an dessen Ende er das Gleichgewicht verlor. Er fiel schwer in einen Haufen zerbrochener Ziegelsteine, was ihm aber möglicherweise das Leben rettete, denn kaum eine Armeslänge hinter und neben ihm hackte eine monströs große schwarze Sense Funken aus dem geschmolzenen Asphalt der Straße.

Yoram brüllte vor Schmerzen und Angst, warf sich aber trotzdem sofort herum und entging zum zweiten Mal und womöglich noch knapper einer zupackenden Raubvogelklaue von geradezu absurder Größe, die ihm nicht nur den Kopf ab-, sondern ihn glattweg in zwei Hälften gerissen hätte. Noch während sich der herabstoßende Killerengel mit einem schrillen Kreischen herum- und wieder in die Höhe warf, schnitt sein anderer Flügel wie ein aus tausend schneidenden Stahlfedern zusammengesetztes Schwert so dicht über ihr durch die Luft, dass sie nur deshalb nicht skalpiert wurde, weil sie noch immer ihre modische Stoppelhaarfrisur Marke US-Marines trug. Zugleich traf sie ein wuchtiger Schlag zwischen die Schulterblätter, der sie aus dem Gleichgewicht brachte.

Irgendwie schaffte sie es, nicht nur auf den Beinen zu bleiben, sondern mit einem hastigen Stolperschritt auch ihr Gleichgewicht wiederzufinden. Aber die Zeit, die sie dafür brauchte, reichte dem monströsen Angreifer auch, um sich in der Luft über ihr herumzuwerfen und sich begeistert in seine Rolle als improvisierter Sturzkampfbomber zu stürzen, um dieses Mal auf Rachel herabzustoßen, unmöglich schnell und so zielsicher, dass er sie einfach erwischen *musste*.

Er hätte es auch, wäre Yoram nicht gewesen. Der Junge blutete aus einer hässlichen Wunde an der Schläfe, warf sich aber trotzdem mit einem gewaltigen Hechtsprung auf Rachel und riss sie so hart zu Boden, dass ihr entgeistertes Quietschen mit einem keuchenden Schrei abbrach, der Beka beinahe körperlich wehtat. Schwarze Raubvogelklauen mit Fängen wie große Messer schnappten über ihnen in der Luft zusammen und fügten Yoram eine weitere, tiefe Wunde im Oberarm zu, was ihn aber nicht daran hinderte, sofort wieder aufzuspringen und Rachel mit sich auf die Beine zu zerren.

Der Killerengel stieß einen lang gezogenen Klagelaut aus und schraubte sich mit sirrenden Flügelschlägen wieder in die Höhe, um Schwung für einen neuen Angriff zu holen. Yoram raste Haken schlagend und die stolpernde Rachel einfach hinter sich herzerrend weiter, bog plötzlich im rechten Winkel ab und verschwand hinter einer halb eingestürzten Mauer. Die geflügelte Bestie folgte ihnen wie ein abgeschossener Pfeil, begriff die Gefahr zu spät und versuchte sich selbst nach oben zu reißen, schaffte es aber nicht ganz, sondern prallte von seinem eigenen Schwung vorwärtsgerissen gegen die zerbröckelte Mauerkrone.

Zu Betas Enttäuschung brach er sich daran jedoch nicht sämtliche Knochen, sondern pulverisierte Mauerwerk und Beton, bevor er sich in einer gewaltigen Staubwolke wieder in die Höhe schraubte.

Beka erreichte die Wand nur einen halben Atemzug später. Geduckt und mit schützend über den Kopf gerissenen Armen stürmte sie hinter Yoram und dem Mädchen her und schickte zugleich ein Stoßgebet zum Himmel, nicht von einem herabstürzenden Betonbrocken erschlagen zu werden.

Sie hatte Glück. Es trafen sie zwar gleich mehrere Brocken, wie ein Hagel wirklich harter Faustschläge, was sehr wehtat, sie aber nicht wirklich verletzte.

Jedenfalls nicht mehr, als sie ohnehin schon war.

Ihre Schulter brannte wie Feuer, und etwas lief warm und klebrig an ihrem Rücken herunter. Sie gestattete sich nicht, mehr als einen einzelnen Gedanken daran zu verschwenden, sondern schlitterte mit der Schulter an der Wand entlang und sah Rachel und Yoram als verschwommene Gespenster in den grauen Schlieren vor ihren Augen auftauchen.

Dann waren sie verschwunden. Beka hätte beinahe zu spät begriffen, was diese Beobachtung bedeutete, denn sie jagte ohne auch nur langsamer zu werden (und ein wenig motiviert durch den wütenden Raubvogelschrei in der Luft über ihr) hinter den beiden her und wäre um ein Haar gegen eine weitere Mauer geprallt, die wie aus dem Nichts vor ihr aufzutauchen schien. Aus den Augenwinkeln gewahrte sie den vertikalen asymmetrischen Riss, durch den Yoram und Rachel verschwunden waren, warf sich herum und schrammte zur Abwechslung mit der anderen Schulter an rauem Stein entlang, ehe sie hindurch war und erneut der Länge nach schwer hinschlug.

Diesmal war kein Yoram da, der dem Aufprall mit seinem Körper die Wucht nahm. Jedes einzelne Sauerstoffmolekül entwich pfeifend aus ihren Lungen, und der Sturz prügelte mit einer brutalen Schmerzexplosion jeden klaren Gedanken heraus.

Dennoch musste irgendetwas geblieben sein, vielleicht ein Urinstinkt, der sich ans Bewusstsein und damit ans Leben klammerte und sie zwang, sich auf den Rücken herumzuwerfen, und das gerade rechtzeitig, um den schwarzen Killerengel zu sehen, der nicht einmal daran dachte, seine schon sicher geglaubte Beute so einfach entkommen zu lassen, sondern mit einem brüllenden Wutschrei auf sie herabstieß.

Was sie in diesem Moment sah, das hatte nichts mehr mit einem Engel gemein. Es war ein gigantischer vierflügeliger Raubvogel, ein Monster mit einem unmöglich großen, weit aufgerissenen Maul voller schief und krumm gewachsener Dolchzähne, das mit ausgebreiteten Messerschwingen und Raubvogelklauen auf sie herabstieß wie eine riesige Eule, die eine Maus erspäht hatte. Unmöglich, sich zu bewegen, oder auch nur den Entschluss dazu zu fassen. Augen, die aus reinem Hass bestanden, nagelten sie einfach auf den Boden und lähmten jeden Gedanken, der nicht Angst oder Entsetzen war, und das Ungeheuer raste weiter heran …

… und war verschwunden.

Der winzige noch verbliebene Rest in ihr, der für logisches Denken zuständig war und noch funktionierte, wartete auf den knochenzerschmetternden Aufprall, mit dem das Ungetüm gegen die Wand klatschte und sich selbst vaporisierte, doch auch das geschah nicht. Das Ding … *verschwand* einfach wie weggezaubert. Oder als hätte es nie existiert. Und irgendwie war dieser Gedanke sogar noch unheimlicher als alles andere.

Irgendwann entschied ihr Herz, doch weiterzuschlagen, und machte sich sofort und mit solcher Begeisterung ans Werk, dass sie sich nicht sicher war, ob sie sich nur einbildete, ihre Zähne im Takt ihres hämmernden Pulsschlags aufeinanderschlagen zu spüren. Alles drehte sich um sie, und zwar plötzlich und mit so explosiver Wucht, dass sie sich gerade noch auf die Seite werfen und den Kopf heben konnte. Ihr war so übel, dass sie sich qualvoll und so oft hintereinander übergab, bis sie nur noch bittere Galle herauswürgen konnte. Ihr Magen zog sich zu einem einzigen, grässlichen Krampf zusammen, und sie musste gegen eine Ohnmacht ankämpfen und gewann diesen Kampf vielleicht nur, weil die Vorstellung, mit dem Gesicht in ihrem eigenen Erbrochenen zu landen, einfach zu ekelhaft gewesen wäre, um sie zu ertragen.

Aber sie brauchte lange dazu, endlose Minuten, die ihr wie Stunden vorkamen – und vielleicht waren sie es ja auf ihre ganz eigene Weise auch –, und das Erste, was sie wieder bewusst wahrnahm, war ein widerwärtig süßlicher Geruch, der ihr in die Nase stieg. Dass sie wusste, dass er von ihr selbst stammte, machte es eher noch ein bisschen schlimmer.

Zitternd stemmte sie sich auf den Ellbogen hoch, spürte, wie ihre Kräfte zu versagen drohten, und konnte sich gerade noch auf die andere Seite fallen lassen, bevor sie am Ende noch Bekanntschaft mit Körperflüssigkeiten machte, die nicht mehr dort waren, wo sie eigentlich sein sollten.

Sie investierte noch einige weitere Minuten darin, tief ein- und auszuatmen, auf dem Rücken zu liegen und darauf zu warten, dass ihre Innereien endlich ihre Bemühungen einstellten, sich entweder zu verflüssigen oder aus ihrem Körper herauszuspringen (oder auch beides). Gleichzeitig versuchte sie auch ein bisschen mehr von ihrer Umgebung zu erkennen; was allerdings von wenig Erfolg gekrönt war.

Die Decke, gegen die sie starrte, verbarg sich hinter grauen Schlieren, die vermutlich nur in ihren Augen existierten. Es roch schlecht, verbrannt und ein bisschen widerlich-süßlich. Ein Mädchen – Rachel – weinte, und sie hörte Yoram stöhnen, zugleich aber auch, wie angestrengt er es zu unterdrücken versuchte. Aber da war noch ein anderer Laut, der wie ein Messer durch den Nebel aus Schwäche und Schmerz schnitt und ihre Gedanken einzulullen versuchte: Das Plätschern von Wasser.

Schwäche und Angst waren für den Moment einfach vergessen. Beka sprang auf und wäre um ein Haar sofort wieder über Rachel gestolpert wäre, die sich kaum einen Meter hinter ihr auf dem Boden krümmte. Yoram lag gleich neben ihr und blutete mit still zusammengebissenen Zähnen vor sich hin. Trotz allem investierte sie noch ein paar Sekunden, um die beiden in Augenschein zu nehmen. Soweit sie es bei dem praktisch nicht vorhandenen Licht erkennen konnte, waren sie noch am Leben. Immerhin.

Das träge Plätschern hielt nicht nur immer noch an, sondern fachte ihren Durst zu reiner Qual an, sodass es ihr nicht sonderlich schwerfiel, ihr schlechtes Gewissen mit dem Argument zu beruhigen, dass sie Yoram und dem Mädchen kaum helfen konnte, wenn sie verdurstet war.

Irgendwo vor ihr war Licht oder wenigstens etwas, das mit ein bisschen gutem Willen dafür durchging: eine Anzahl senkrechter grauer Streifen, die die Dunkelheit wie Krallenspuren durchschnitten. Dahinter schien sich etwas zu bewegen, aber sie war sich nicht sicher, wie weit sie ihnen Sinnen noch trauen konnte. Es spielte auch keine Rolle, ob und was dort auf sie wartete. Wenn sie nicht hinging (oder wenn sie es tat und dort doch kein Wasser fand), war sie ohnehin tot.

Sie ging schneller, stieß in der nahezu völligen Dunkelheit ein paarmal schmerzhaft gegen unsichtbare Hindernisse, die nur darauf gewartet hatten, sie anzuspringen, erreichte die andere Seite und damit ein großes und mit Brettern vernageltes Fenster, durch dessen Ritzen Licht drang.

Und das nun zweifelsfrei zu identifizierende Geräusch von fließendem Wasser. In ihrem Hals war plötzlich ein walnussgroßer Klumpen aus Stacheldraht, der sie von innen heraus aufzuschlitzen versuchte, und nun gab es kein Halten mehr, und sie zwang ihre Finger durch die mit spitzen Holzsplitter-Zähnen gesäumten Ritzen und zerrte mit aller Kraft daran.

Um ein Haar wäre sie schon wieder gestürzt, denn sie hatte

mit Widerstand gerechnet, den es nicht gab. Das Holz war so morsch, dass es sich praktisch unter ihren Händen auflöste und sie haltlos zurückstolperte und eine geschlagene Sekunde lang das schreibblockgroße Stück Holz anstarrte, das sie glatt aus der Bohle herausgerissen hatte.

Dann ließ sie es fallen, stürmte los und fegte die restlichen Bretter mit zwei wuchtigen Handballenhieben aus dem Weg. Das Fenster dahinter hatte kein Glas mehr … jedenfalls nicht mehr viel.

Einige wenige Reste aber doch, wie sie schmerzhaft in Erfahrung brachte, als sie sich aus dem Fenster schwingen wollte und etwas tief in ihre Handfläche biss.

Mit einem Fluch sprang sie zurück, betrachtete eine Sekunde lang ihre blutende Hand und dann etwas länger und eindeutig vorwurfsvoll den hinterlistigen Angreifer, eine dreieckige Glasscherbe, die wie ein blutiger Zahn aus dem Fensterrahmen ragte. In der nächsten Sekunde lief ihr ein eisiger Schauer über den Rücken, und sie ertappte sich dabei, sich allen Ernstes bei der Glasscherbe zu entschuldigen, die ihr möglicherweise das Leben gerettet, sie aber zumindest vor einem üblen Sturz bewahrt hatte.

Das fließende Wasser, das sie gehört hatte, war da und bewegte sich rauschend durch einen gemauerten Kanal, der ein kleines Stück hinter dem Haus lag.

Aber auch gute zwei Meter tiefer, und der Boden unter dem Fenster war mit einem Gewirr aus Stein- und Betontrümmern übersät, aus dem zahllose rostige Metallspitzen ragten. Wäre sie, ohne abzubremsen, aus dem Fenster gesprungen, wüsste sie jetzt, wie sich das aktuelle Exemplar eines Schmetterlingssammlers fühlte.

Beka gestattete sich noch ein weiteres, abschließendes Frösteln, doch dann schob sich das Geräusch von fließendem Wasser wieder in den Vordergrund. Deutlich vorsichtiger als beim ersten Mal stützte sie sich auf dem Fensterrahmen ab, sah nach unten und gewahrte eine Stelle, an der sie halbwegs sicher hinabklettern konnte, was sie eiligst (wenn auch erst nach einem weiteren sichernden Blick in den Himmel) tat. Der Kanal war nur wenige Schritte entfernt und nicht einmal zur Hälfte gefüllt, aber das Wasser schoss mit solcher Geschwindigkeit dahin, dass sich überall kleine Strudel und weißgelbe Schaumkronen bildeten. Es stank nach Chemikalien und Kläranlage, und unter seiner Oberfläche schienen sich … *Dinge* zu bewegen, die sie lieber nicht erkennen wollte.

Ihr Durst explodierte regelrecht und wischte jeden klaren Gedanken beiseite, aber die Vorstellung, etwas von dieser stinkenden Brühe auch nur zu berühren, geschweige denn über ihre Lippen kommen zu lassen, erfüllte sie auch mit einem Ekel, der beinahe genauso stark war. Noch.

Zitternd ließ sie sich am Rand des Kanals auf die Knie herab, stützte sich mit der linken Hand ab und beugte sich vor und tauchte die andere vorsichtig in die schäumende Brühe, um wenigstens seinen Geruch aufzunehmen. Vielleicht sah es ja nur ekelhaft aus. Was konnte es schon schaden, einmal daran zu riechen; oder ganz vorsichtig mit der Zungenspitze seinen Geschmack zu testen?

Das Wasser – oder was auch immer da unter ihr dahinschoss – war warm und fühlte sich genau wie der Regen ein bisschen schleimig an, und als es den frischen Schnitt in ihrer Handfläche berührte, war es, als hätte sie in kochende Schwefelsäure gegriffen.

*

Beka fuhr mit einem schmerzerfüllten Zischen in die Höhe und herum, aber nicht schnell genug, um nicht den gigantischen dreckigen Schatten zu sehen, der sich auf der Wasseroberfläche spiegelte und mit ihrem eigenen verzerrten Spiegelbild zu verschmelzen versuchte.

Irgendwie gelang es ihr nicht nur, dem herabstoßenden Raubvogel-Engel mit einer zirkusreifen Drehung auszuweichen, sondern sich zugleich auch auf die Füße zu rollen und loszustürmen. Hinter ihr stürzte der Himmel mit einer Gewalt herab, die die Erde in ihren Grundfesten erschütterte. Hätte sie auch nur einen einzigen klaren Gedanken fassen können, hätte sie wohl ihre helle Freude daran gehabt zu sehen, wie das Zadkiel-Ding sich zigfach überschlagend einen Graben durch den Erdboden und die Trümmer pflügte und schließlich mit einem berstenden Schlag gegen die Mauer neben ihr krachte, der eine gewaltige Wolke aus Staub und Ziegelsteintrümmern und wirbelnden schwarzen Federn in die Luft schleuderte.

Aber sie konzentrierte sich lieber darauf, sich in eine menschliche Spinne zu verwandeln und die Schutthalde zum Fenster hinaufzujagen, praktisch ohne sie zu berühren.

Mit einem abschließenden Hechtsprung, zu dem sie eigentlich genauso wenig imstande war wie zu der vorangegangenen Kletterpartie, warf sie sich durch das Fenster, kam mit einer Rolle wieder auf die Füße, zu der sie im Grunde noch viel weniger imstande sein sollte, und krönte diese sportliche Höchstleistung, indem sie im Aufspringen mit der Stirn gegen ein Hindernis prallte, das auf dem Hinweg garantiert noch nicht da gewesen war.

Der Schlag musste ihr ganz kurz das Bewusstsein geraubt haben, denn als sie das bunte Lichtgewitter vor ihren Augen wegblinzelte, saß sie gegen etwas Hartes gelehnt da, das sich mit einem halben Dutzend Spitzen in ihren Rücken grub und starrte auf eine meterhohe Säule aus poliertem Marmor, die ungefähr so gut in diese Umgebung passte wie ein da Vinci in einem Altpapiercontainer. Sie war vollkommen sauber. Wahrscheinlich lag es an dem Kopfstoß, den sie gerade abbekommen hatte, aber für einen Moment schien es ihr, als bündelte sich das hereinfallende Licht zu einem Strahl, der die Säule in einen mattgoldenen Halo tauchte.

Sie blinzelte, und das Licht war verschwunden.

*

Alles war wieder Staub und Verfall und geborstener Stein, der sich in den Schatten zu bedrohlichen Formen ballte. Wie aus weiter Entfernung hörte sie Rachel schluchzen, während Yoram mit überraschend ruhiger Stimme auf sie einredete, und durch das aufgebrochene Fenster wehten die Schreie eines zornigen Riesenvogels herein. Aber auch Licht, in dem sie ihre Umgebung ein wenig deutlicher erkannte.

Ohne Überraschung stellte sie fest, dass sie sich wieder in einer verwüsteten Kirche befanden – heiliger Boden eben, haha! –, die aber im Vergleich zum Rest der Stadt halbwegs glimpflich davongekommen war. Ein Teil der Wand, durch die sie hereingekommen waren, war zu einem Wust aus Trümmern zusammengesunken und sämtliche Fenster ihres Glases beraubt und mit denselben Brettern vernagelt, wie sie sie gerade heruntergerissen hatte. Die Wände zeigten die Spuren schwerer Brände, denen auch der Beichtstuhl und ein Großteil der Bänke zum Opfer gefallen waren.

Aber sowohl die Kanzel als auch das große geschnitzte Kruzifix an der Wand dahinter waren unversehrt geblieben; und natürlich auch das verdammte Marmording, an dem sie sich fast den Schädel eingeschlagen hätte. Ohne den albernen Heiligenschein und den roten Blutschleier in ihren Augen erkannte sie es als das Taufbecken. Irgendwie wäre es schon ironisch gewesen, durch eine zu heftige Kopfnuss ausgerechnet auf ein Taufbecken ihr Leben zu verlieren.

Sie versuchte aufzustehen und sank mit einem kleinen Schrei wieder zurück, als sie ihre verletzte Hand belastete. Sie pochte vor Schmerz, und als sie sie vor die Augen hob, sah sie, dass sie zwar aufgehört hatte zu bluten, aber so krebsrot war, als hätte sie sie in Säure getaucht. Anscheinend war es doch nicht die dümmste Idee gewesen, nichts von dem Zeug zu trinken, das sich durch den Kanal fraß.

Sehr viel vorsichtiger als beim ersten Mal und nur mit einer Hand stemmte sie sich wieder in die Höhe und wollte sich in die

Richtung wenden, aus der noch immer Rachels Weinen zu hören war, und erstarrte mitten in der Bewegung, kaum dass sie begonnen hatte.

Das Taufbecken war voller Wasser.

Beka blinzelte. Es änderte sich nichts. Das Taufbecken blieb, und auch das Wasser, mit dem es bis zum Rand gefüllt war. Glasklares, sauberes Wasser.

Ihr war sogar selbst klar, dass sie den Begriff in letzter Zeit vielleicht ein bisschen zu sehr strapazierte: Aber das war unmöglich. Dieser Raum war seit vielen Jahren verlassen. Auf dem Boden lag eine zentimeterdicke Staubschicht, in der ihre Fußspuren ebenso deutlich zu sehen waren wie die ihrer fast verunglückten Judorolle. Und trotzdem war das Taufbecken so sauber, als wäre es gerade erst aufgestellt worden, und das Wasser darin kristallklar.

Beka blinzelte erneut, aber der Anblick blieb, unmöglich oder nicht, sodass sie mit klopfendem Herzen näher herantrat und ihrem eigenen Spiegelbild auf dem glatt wie eine Glasplatte daliegenden Wasser begegnete. Ihre Stirn begann bereits sichtbar anzuschwellen, und sie sah erst jetzt, dass ihr Kleid über der Schulter zerrissen und Blut an ihrem Hals hinabgelaufen und schon halb eingetrocknet war.

Aber eigentlich war es auch egal, ob es sich nun um ein Wunder oder auch das genaue Gegenteil handelte, es war Wasser, und sie hatte furchtbaren Durst.

Die Stimme ihrer Vernunft war noch laut genug, sie nicht sofort das Gesicht ins Wasser tauchen zu lassen, sondern auch jetzt wieder nur die Fingerspitzen.

Für eine halbe Sekunde, dann war ihr Reptilienhirn damit zufrieden, nicht sofort das Fleisch von den Knochen fallen zu sehen. Sie tauchte beide Hände ins Wasser und schöpfte zwei-, drei-, viermal von der eiskalten Labsal und trank; zuerst mit so großen, gierigen Schlucken, dass sie sich prompt verschluckte und husten musste, dann, nachdem sich der Stacheldrahtklumpen in ihrem Hals aufgelöst hatte, langsamer und voller Genuss und so lange, bis sie das Gefühl hatte, platzen zu müssen, wenn sie auch nur noch einen einzigen Schluck ihre Kehle herunterzwang. Ein Teil von ihr bestand trotzdem darauf weiterzutrinken, selbst wenn das bedeutete, alles wieder von sich geben zu müssen. Aber dann würde sie wenigstens das Gefühl genießen können, immer noch mehr und mehr köstliches kaltes Wasser durch ihre Kehle rinnen zu fühlen.

Aber noch hielt die dünne Tünche der Zivilisation, und statt weiterzutrinken, meldete sich ihr schlechtes Gewissen. Sie gestattete sich noch den kleinen Luxus, eine weitere Handvoll zu schöpfen und sich das Gesicht zu waschen, aber dann trat sie vom Becken zurück und rief: »Wasser! Kommt her! Ich habe Wasser gefunden!«

24

Im ersten Moment geschah gar nichts, sodass sie sich angestrengt räusperte, um noch einmal und lauter zu rufen. Doch dann tauchten die beiden auf, der eine so mitgenommen und blutüberströmt wie die andere, wobei Yoram Rachel trotz seines erbärmlichen Zustands stützte, indem er ihren Arm um seine Schulter gelegt und ihr Handgelenk ergriffen hatte.

Darüber hinaus hatte er noch genug Energie übrig, sie sehr zweifelnd anzusehen, dann aber auch erstaunt die Augen aufzureißen, als er ihr nasses Gesicht sah.

Beka eilte ihm entgegen, um ihm Rachel abzunehmen, aber Yoram schüttelte nur den Kopf und überließ Rachel den Vortritt.

Sehr edel, aber dumm. Rachel war so erschöpft wie sie alle und blutete aus mehreren hässlichen Wunden, von denen Beka aber keine lebensgefährlich vorkam, während Yorams Gesicht noch weiter angeschwollen war und sich allmählich zu etwas entwickelte, dessen Endstadium sie sich gar nicht vorstellen mochte.

Beka packte sie kurzerhand beide und bugsierte sie gegenüber an das Taufbecken, sodass sie gemeinsam trinken konnten. Kaum hatte sie es getan, da erstarrte sie schon wieder mitten in der Bewegung und blickte ihre Hände an.

Sie waren unversehrt. Beide.

Ihre Rechte war nicht mehr geschwollen, und auch das verbrühte Rot war verschwunden. Genau wie die hässliche Schnittwunde, wo sie in die Glasscherbe gegriffen hatte. Vielleicht war da noch eine haarfeine helle Linie, wie eine fast verblasste Narbe, aber nicht einmal dessen war sie sich sicher.

Yoram und das Mädchen tranken genauso lautstark und ausgiebig wie sie, und irgendwann sagte Rachel etwas, auf das sie aber nicht achtete. Sie war viel zu sehr damit beschäftigt, ihre Hand anzustarren. Selbst ihre Fingernägel waren so sauber wie seit dem ersten Tag nicht mehr, an dem sie hier angekommen war. Sie waren nicht frisch lackiert, aber wahrscheinlich hätte sie nicht einmal das noch wirklich überrascht.

»Das war ... wirklich Rettung in ... in letzter Minute«, japste Rachel. »Woher hast du das gewusst, dass ...?«

Sie brach mitten im Satz ab und mit einem neuerlichen, aber ganz anderen Japsen.

Beka riss ihren Blick endlich von ihrer auf so wundersame Weise geheilten Hand los und sah zu ihr hin. Rachel erwiderte ihren Blick nicht, sondern starrte ihrerseits Yoram an. Der Junge drehte ihr den Rücken zu, wie er so mit beiden Händen auf den Beckenrand gestützt dastand, sodass sie sein Gesicht nicht erkennen konnte. Der Ausdruck in Rachels Augen war vielleicht noch kein Entsetzen, kam ihm aber verdammt nahe.

»Yoram?«, fragte sie.

Yoram schöpfte noch zwei weitere Hände voll Wasser, die er sich geräuschvoll ins Gesicht schaufelte, und drehte sich erst dann zu ihr um, und jetzt wusste sie, was der ungläubige Ausdruck in Rachels Augen bedeutete.

Sie war nicht einmal wirklich überrascht.

Yorams Gesicht war unversehrt. Die schreckliche Gelbfärbung seiner Haut war auf die gleiche Weise verschwunden wie die zahllosen Linien und Falten, wo sich die dehydrierte Haut zusammenzuziehen begonnen hatte. Seine Augenbrauen und -wimpern blieben verschwunden, und auch sein Haar hatte sich nicht regeneriert. Aus einem kleinen Schnitt in seiner Halsbeuge sickerte noch immer Blut, was sie im allerersten Moment irritierte – bis ihr auffiel, dass diese Stelle auch trocken geblieben war.

»Was?«, fragte Yoram.

Statt zu antworten, schob sie Yoram zur Seite, tauchte die Linke ins Wasser und benetzte die verletzte Stelle damit. Sie sah ganz genau hin und gestattete sich nicht einmal das kleinste Blinzeln, und … irgendetwas … geschah. Aber es war ihr einfach nicht möglich zu sagen, was.

Yoram sah sie eine Sekunde verwirrt an, dann hob er die Hand und strich mit den Fingerspitzen über die Stelle, an der sich nun keine Verletzung mehr befand, und sah anschließend auf seine Hand hinab. Er hatte erwartet, Blut auf seinen Fingerspitzen zu sehen. Aber da war nichts.

»Aber wie … wie ist denn …«, stammelte Rachel, »wie ist denn das …?«

Beka antwortete auch darauf nicht, sondern ging zu ihr hin, streifte den Fetzen von ihrer Schulter, den sie für ein Kleid hielt, und schöpfte eine weitere Handvoll Wasser aus dem Becken, mit dem sie das halbe Dutzend mehr oder weniger langer und mehr oder weniger tiefer Schnittwunden von sich herunterwusch, die ihr der Killerengel zugefügt hatte.

Rachel ließ alles klaglos über sich ergehen, einfach zu perplex, um auch nur einen Ton herauszubekommen, und auch Yoram sah ihr stumm und mit immer größer werdenden Augen zu. Als sie fertig war, streifte er sein eigenes Hemd ab und wusch sich, so gut er es konnte. Mit dem blutigen Wasser liefen nicht nur die Wunden von ihm herunter, Beka konnte auch regelrecht sehen, wie Leben und Energie in ihn zurückkehrten.

Bei den wenigen Stellen an Schultern und Rücken, die er nicht erreichte, half ihm Beka; was ihr schon wieder einen radioaktiv verseuchten Blick von Rachel einbrachte.

»Jetzt du«, sagte er, nachdem Beka fertig war und er sein

Hemd wieder angezogen hatte. So zerfetzt, wie es inzwischen war, lohnte es sich eigentlich kaum noch.

Beka hob demonstrativ die unversehrten Hände und fuhr sich übers Gesicht. »Mir fehlt nichts«, behauptete sie. »Hast du vergessen, wer diesen Jungbrunnen entdeckt hat?«

»Dein Rücken«, sagte Yoram. »Sag mir nicht, dass du nichts spürst.«

Das tat sie tatsächlich nicht; wenigstens hatte sie keine Schmerzen. Aber nun, durch Yorams Worte einmal darauf aufmerksam geworden, spürte sie ein sonderbares Prickeln und Spannen, und sie erinnerte sich auch wieder an etwas Warmes und Klebriges, das zwischen ihren Schulterblättern heruntergelaufen war. Zögernd drehte sie sich um und streifte das Kleid über den Kopf. Rachel zog scharf die Luft zwischen den Zähnen ein.

»Wann hast du deine Flügel verloren?«, fragte Yoram.

»Der Witz hat ja sooo einen Bart«, sagte Beka. Sie hatte ein ungutes Gefühl.

»Es sieht wirklich so aus, als hättest du mal welche gehabt«, sagte Rachel.

»Und jemand hätte sie dir abgeschnitten«, fügte Yoram hinzu. »Du hast Glück, überhaupt noch am Leben zu sein. Halt still!«

Er trat neben sie und wollte die Hand ins Wasser tauchen, doch Rachel schob ihn unsanft zur Seite. Wenn man es genau nahm, schubste sie ihn weg. »Ich mache das!«

Yoram sah zwar ein bisschen verdutzt aus, trat aber gehorsam zur Seite und hinter sie, während Rachel seinen Platz einnahm und ihren Rücken gründlich abzuschrubben begann. Seltsam, sie hatte eigentlich das Gefühl gehabt, dass das Wasser jede Wunde durch seine bloße Berührung abwusch, nicht, dass man mit aller Kraft daran herumschubbern musste. Es tat nicht wirklich weh. Und selbst wenn es das getan hätte, hätte es das amüsierte Lächeln wohl nicht ganz von ihren Lippen vertrieben.

Mit Yoram war es da schon anders. Er stand hinter ihr, und sie konnte seine Blicke so deutlich wie die Berührung einer Hand spüren. Dabei konnte sie nicht einmal sagen, ob es nun unangenehm war oder nicht. Sie hätte sich nur gewünscht, einen etwas modischeren Slip zu tragen, keinen Fetzen, der wie aus einem alten Sack zusammengeschustert aussah und auch ganz genau das war.

Ein seltsamer Gedanke. Sie fragte sich, ob er ihr etwas sagen wollte, und wenn ja …

»Fertig!« Rachel ließ es sich nicht nehmen, ihr einen herzhaften Schlag zwischen die Schulterblätter zu versetzen; wie einem Pferd, das man striegelt und mit einem Klaps auf das Hinterteil entlässt.

*

Beka schluckte alles herunter, was ihr dazu auf der Zunge lag, drehte sich mit einem dankbaren Nicken um. Sie machte keinerlei Anstalten, sich irgendwo zu bedecken, sondern ließ Yoram ausreichend Zeit, sie in aller Ausführlichkeit zu begutachten, während sie sich gemächlich nach ihrem Kleid bückte und es sogar noch langsamer überstreife.

Yoram riss die Augen auf und bekam knallrote Ohren, und Rachel sah ganz so aus, als trafe sie gleich der Schlag. Beka fand das eine amüsant und das andere irgendwie süß.

»Verrätst du uns jetzt, wie du es gefunden hast?«, fragte Yoram. Seine Ohren glühten mittlerweile rot genug, um damit das gesamte Kirchenschiff auszuleuchten. Seltsamerweise schien er plötzlich Mühe zu haben, sie anzusehen, obwohl sie jetzt wieder angezogen war.

Rachel hatte weniger Hemmungen und versuchte mit aller Macht, sie in Grund und Boden zu starren.

»Ich bin davongelaufen«, gestand sie. »Als ich wieder hereingekommen bin …«

»Hereingekommen?« Yoram sah das aufgebrochene Fenster

an, als wäre es ihm bisher noch gar nicht aufgefallen. Als er keine Antwort bekam, ging er hin und beugte sich neugierig hinaus.

»Sei vorsichtig«, warnte Beka.

Yoram warf ihr einen fragenden Blick über die Schulter zu, und Beka ergänzte ihre Warnung um eine kreisende Handbewegung zum Himmel. Yoram zog sich erschrocken wieder ein kleines Stück zurück.

»Er ist immer noch da?«, fragte Rachel alarmiert.

Beka war zwar ein bisschen eingeschnappt, dass die beiden von ihrer verzweifelten Flucht vor dem Killerengel anscheinend gar nichts mitbekommen hatten, antwortete aber nur mit einem knappen Nicken.

»Dann haben wir ein Problem«, sagte Yoram düster. Er war einen Schritt vom Fenster zurückgewichen, sah aber weiter aufmerksam hinaus. In seinem Gesicht arbeitete es.

»Immerhin sind wir hier sicher«, sagte Rachel. »Und wir haben Wasser.«

Beka widersprach nicht, warf aber einen bezeichnenden Blick in das Becken. Es war mittlerweile nur noch knapp zur Hälfte gefüllt, und der verbliebene Rest war weit davon entfernt, glasklar oder auch nur sauber zu sein.

»Die Frage ist nur, wie lange noch«, erwiderte Yoram. »Und selbst wenn – wir können nicht ewig hierbleiben!

»Aber wenn wir hinausgehen, dann nimmt er unsere Spur wieder auf«, sagte Rachel. Sie klang ein bisschen weinerlich, fand Beka.

Yoram stimmte ihr mit einem niedergeschlagenen Nicken zu und beugte sich wieder vor, um den Himmel abzusuchen. Beka hatte den unheimlichen Eindruck, dass die blutfarbenen Wolken noch einmal tiefer gesunken waren und sich etwas darin bewegte; wie gewaltige Schattenfische in einem umgedrehten Ozean. Fische mit Flügeln und Krallen.

Das war lächerlich. Aber warum machte es ihr dann Angst?

»Ich verstehe nicht, wie er uns immer wieder findet.«

»Er ist Zadkiel«, sagte Rachel, als wäre das allein Antwort genug. Für sie war es das wahrscheinlich auch.

»Ja, und deshalb kann und weiß er auch alles, nicht wahr?«, sagte Beka verächtlich, obwohl sie sich insgeheim fragte, ob an Rachels vermeintlich naiver Antwort nicht doch mehr dran war, als sie wahrhaben wollte. Da war etwas, das Thora gesagt hatte und wichtig war, aber sie kam nicht darauf. Und war Zadkiel nicht auch immer gerade noch im letzten Moment aufgetaucht, um sie zu retten, auch wenn er eigentlich gar nicht wissen konnte, wo sie war?

Sie wandte sich wieder von der offenen Fensterhöhle ab. Was nun, wenn Zadkiel auf ganz besondere Weise mit Yoram verbunden war?

So verrückt das klang: Sie war fast sicher, dass da etwas dran war. Wie zur Antwort blitzte etwas auf und verschwand, den Bruchteil eines Augenblickes später, bevor sie es wirklich erkennen konnte. Links von ihr, hinter und über dem Altar, wo das überlebensgroße Kruzifix hing.

Als sie es ansah, konnte sie ein eisiges Frösteln nicht mehr unterdrücken. Ihr Verstand beharrte darauf, dass es nur eine Laune des Zufalls war, die sie in ihrem aufgewühlten Zustand überinterpretierte. Aber das änderte rein gar nichts daran, dass der Anblick durch und durch unheimlich war: Flammen und Ruß hatten den Umriss des Kruzifixes an der Wand nachgezeichnet und um einen verzerrten Schatten erweitert, wie den eines riesigen schwarzen Vogels, den man mit ausgebreiteten Flügeln an die Wand genagelt hatte. Dann und genauso schnell, wie es gekommen war, war das unheimliche Bild auch schon wieder verschwunden, und die geschnitzte Jesusfigur blinzelte ihr spöttisch zu. Das war beinahe noch absurder.

»Rivkah?«, fragte Rachel nervös.

Einmal abgesehen davon, dass sie sich fest vorgenommen hatte, auf diesen lächerlichen Namen nicht mehr zu reagieren, hätte sie es in diesem Moment auch gar nicht gekonnt. Der geschnitzte Jesus blinzelte erneut, und Bekas Herz machte einen schmerzhaften Sprung in ihrer Brust und drohte aus dem Takt zu geraten. Sie musste all ihre Kraft aufbieten, um einen Schritt um das Taufbecken herum auf den Altar und seinen monströsen geflügelten Wächter zu zu machen.

*

Die Heilandsfigur blinzelte zum dritten Mal, und Beka kämpfte die aufkommende Panik mit dem allerletzten bisschen Willenskraft nieder, das sie noch in sich fand. Sie zwang sich zu einem weiteren Schritt und atmete dann so erleichtert auf, dass es sich fast wie ein kleiner Schrei anhörte.

Mit ihren Nerven stand es ganz eindeutig nicht zum Besten, denn natürlich hatte ihr der geschnitzte Jesus nicht zugeblinzelt. Vielmehr hatte die Druckwelle der Atomexplosion einen Glassplitter genau in die Mitte seiner Stirn geprügelt, wo er nun im einfallenden Licht glitzerte wie das dritte Auge, an das diese Zen-Spinner glaubten. Das war …

Beka fuhr auf dem Absatz herum und starrte Rachel an. Konnte es sein? Das war – schon wieder einmal – *unmöglich*, und trotzdem …

»Was?«, fragte Rachel.

Es war noch nicht einmal die Idee einer Idee, und es war völlig verrückt – aber sie machte trotzdem einen großen Schritt auf Rachel zu, hob blitzschnell die Hand und riss das Tefillin von ihrer Stirn, noch ehe das Mädchen auch nur begriff, wie ihm geschah.

Eine Sekunde lang stand Rachel einfach wie erstarrt da und blickte aus weit aufgerissenen Augen zu ihr hoch, dann stieß sie einen spitzen Schrei aus, prallte zurück und schlug beide Hände vor das Gesicht. Zwischen ihren Fingern quoll zähes, dunkelrotes Blut hervor. Yoram wollte nach ihr greifen, doch sie schlug seine Hand weg, fuhr auf dem Absatz herum und stürmte immer noch lauthals kreischend davon. Yoram rief irgendetwas und rannte hinter ihr her, und Beka sah das abgerissene Tefillin in ihrer Hand eine Weile verwirrt an, bevor sie sich noch einmal halb umdrehte und zu der geschnitzten Jesusfigur über dem Altar hochsah.

»Wenn das jetzt nur ein schlechter Scherz war, dann haben wir Diskussionsbedarf, Rabbi Jeschua«, sagte sie.

Das dritte Auge des geschnitzten Erlösers blinzelte ihr spöttisch zu, und Beka investierte noch eine ausgedehnte Sekunde darin, sich dämlich vorzukommen, bevor sie sich abwandte und ihre Beute etwas genauer in Augenschein nahm. Sie hatte nicht wirklich damit gerechnet, dass das Ding leicht abging, nachdem Rachel es vermutlich den größten Teil ihres Lebens getragen und wahrscheinlich niemals abgenommen hatte. Aber die extreme Reaktion des Mädchens überraschte sie genauso wie die Menge an Blut, die an dem kleinen Würfel und den schwarzen Lederbändern klebte. Und auch an ihren Fingern.

Hastig tauchte sie die Hand mit dem Tefillin ins Wasser und schwenkte sie ein paarmal hin und her, bevor sie das barbarische Schmuckstück wieder ins Licht hob und genauer betrachtete. Jetzt und wahrscheinlich zum ersten Mal, seit Rachel es angelegt hatte, war der schwarze Würfel wirklich sauber und glänzte wie lackiertes Ebenholz. Aber er fühlte sich ganz anders an, als sie erwartet hätte, fast schon wie hartes Gummi, warm und beinahe … *lebendig*.

Der Gedanke hatte etwas Erschreckendes. Und es wurde vollends obskur, als sie das Tefillin umdrehte und einen Hohlraum mit einem zusammengerollten Pergament erwartete, auf dem ein Gebet, ein Bibelvers oder irgendein anderer Unsinn stand. Stattdessen sah sie etwas Winziges und Dunkles, das sich träge bewegte, wie der Hinterleib einer dicken Hummel, vielleicht einen halben Zentimeter lang und komplett mit einem winzigen, nadelspitzen Stachel, der nervös hin und her tastete, wie auf der Suche nach etwas, in das er sich bohren konnte. Der Anblick war nicht nur bizarr, er war auch so unbeschreiblich ekelhaft, dass sie an sich halten musste, um das Ding nicht fallen zu lassen und in den Boden zu stampfen.

Yoram kam zurück, die immer noch lauthals lamentierende Rachel im Schlepptau. Ihr Gesicht war blutüberströmt, und sie versuchte sich mit aller Kraft loszureißen, aber er zerrte sie einfach weiter und stieß sie schon fast grob gegen den Rand des Taufbeckens. Rasch tauchte er die freie Hand ins Wasser, um ihr das Gesicht abzuwaschen. Blut und Tränen und Rotz perlten von ihr ab wie Fettspritzer von einer Teflonpfanne, aber die Wunde in ihrer Stirn verschwand nicht so spurlos, wie Beka es erwartete. Sie blutete nicht mehr, und anscheinend waren auch die Schmerzen verschwunden, denn Rachel hörte schlagartig auf zu plärren und sah fast schon ein bisschen verdutzt aus. Aber eine winzige, verschorfte Stelle genau auf ihrer Stirn blieb, und irgendetwas sagte ihr auch, dass sie nie wieder ganz verschwinden würde.

Yoram wusch Rachels Gesicht nicht nur noch ein zweites und sogar drittes Mal, er ließ es sich auch nicht nehmen, die verschorfte Stelle noch einmal mit dem Daumen abzurubbeln, bis sie genug hatte und seine Hand zur Seite schlug. Dann fuhr er mit einer zornigen Bewegung zu Beka herum. Seine Augen blitzten.

»So«, polterte er los, »und jetzt wirst du mir verraten, warum zum Teufel du das getan hast, und …«

Was immer er noch hatte sagen wollen, ging in dem entsetzten Keuchen unter, mit dem er die Augen aufriss und das schreckliche … *Ding* anstarrte, das sie in der Hand hielt. Rachel japste.

»Was ist denn … *das*?«, brachte Yoram schließlich heraus.

»Hast du das da reingetan?«, wollte Rachel wissen.

Beka beschloss, sie in ihrem eigenen Interesse zu ignorieren, und beantwortete Yorams Frage. »Ich kann mich natürlich täuschen. Aber ich glaube, das ist die Antwort auf deine Frage, wieso er uns immer wieder findet.«

»Was soll das heißen?«, fragte Yoram.

»Ich würde sagen, das ist so eine Art himmlisches GPS«, antwortete sie. Mindestens ein Wort in diesem Satz kam ihr selbst ziemlich deplatziert vor, aber das war nicht der Grund für den Ausdruck ehrlicher Verwirrung in Yorams Augen. Das war seltsam, fand sie, denn wenn sie sein Alter bedachte, sollte er sich noch gut daran erinnern, was ein GPS-Signal war. Ganz offensichtlich tat er es nicht.

Er tat etwas anderes. Zwei oder drei Atemzüge lang starrte er den hin und her tastenden Stachel noch an, dann prallte er mit einem neuerlichen und noch entsetzteren Keuchen zurück – und riss sich ebenfalls das Tefillin von der Stirn.

*

Es musste wirklich sehr wehtun, denn er schrie genauso gellend auf wie Rachel zuvor. Blut schoss in einer pumpenden Fontäne aus seiner Stirn. Er ließ das Tefillin fallen, stützte sich mit beiden Händen auf den Beckenrand ab und tauchte das Gesicht ins Wasser. Rachel japste noch einmal und sogar noch lauter, starrte das blutige Tefillin mit seinem wild hin und her peitschenden Stachel – er war deutlich länger als der in ihrem eigenen – angeekelt an und hob dann den Fuß, um es zu zertreten. Beka konnte sie gerade noch im letzten Moment zurückreißen.

»He!«, protestierte Rachel.

»Ich kann dich verstehen«, sagte Beka, zog sie aber vorsichtshalber noch ein weiteres Stück zur Seite. »Ich verspreche dir, dass du sie beide zermatschen darfst, sogar ganz allein. Aber noch nicht. Vielleicht brauchen wir sie noch.«

»Wozu?«

Beka wartete, bis Yoram prustend aus dem Wasserbecken auftauchte und sich das Gesicht mit dem Ärmel abgewischt hatte, bevor sie die Frage beantwortete. »Zadkiel hat euch diese Dinger gegeben, oder?«

Yoram sah sie aus großen Augen an und nickte. Sein Gesicht glänzte nass, und auf seiner Stirn schimmerte ein runder roter Fleck wie eine entzündete Centmünze.

»Warum?«

»Warum was?« Rachels Blick streifte das zuckende Tefillin, und sie bewegte sich fahrig, als überlegte sie, es vielleicht doch noch zu zertreten.

»Warum hat er es euch gegeben?«, präzisierte Beka. »Nur als eine Art …« Sie suchte nach Worten. »… Stammeszeichen? Oder hat es noch einen anderen Zweck?«

»Es beschützt uns«, antwortete Rachel überzeugt. »Und es gibt uns Kraft und Zuversicht.«

»Ja, und sorgt vermutlich dafür, dass er jederzeit weiß, wo ihr seid«, fügte Beka hinzu. Und wahrscheinlich noch eine ganze Menge mehr.

»Das ist doch Unsinn«, widersprach Rachel schwächlich. »So etwas … kann es doch gar nicht geben.«

»Er hat uns die ganze Zeit über verfolgt«, gab Yoram zu bedenken, zwar ebenfalls in zweifelndem Ton, aber mit einem angedeuteten Nicken. »Und er hat anscheinend immer ganz genau gewusst, wo er uns finden kann.«

»Es ist trotzdem unmöglich«, beharrte Rachel stur.

»Und in der Nacht, in der Thora gestorben ist, da muss er uns sogar in der Kanalisation aufgespürt haben. Obwohl er eigentlich gar nicht wissen konnte, wo wir sind.«

Rachel widersprach nicht noch einmal, wirkte aber nur noch verstockter.

»Und warum zerstören wir sie dann nicht?«, fragte Yoram.

»Wir sind doch hier in Sicherheit, oder?« Auch wenn sie immer noch nicht ganz begriffen hatte, warum. Und vielleicht wollte sie es auch gar nicht. Sie war ziemlich sicher, dass ihr die Antwort nicht gefallen hätte.

»Ja, aber wenn du recht hast, weiß er immer noch, wo wir sind, und muss nur darauf warten, dass wir rauskommen.«

»Also, warum genau durfte ich es noch einmal nicht zertreten?«, nörgelte Rachel. »Ich meine, wir müssen diese … Dinger … doch einfach nur hier lassen und uns rausschleichen, und er kann auf uns warten, bis er schwarz ist.«

»Noch schwärzer?«, fragte Yoram.

Es war noch so eine Idee, die sie nicht ganz greifen konnte und von der sie nicht einmal sicher war, ob es sich wirklich um ihre eigene handelte. Trotzdem überlegte sie nur noch einen Moment, ging dann zum Fenster und bedeutete Yoram, ihr zu folgen. »Kennst du diesen Kanal?«, fragte sie.

Yoram starrte auf die vorüberrauschende Giftbrühe, als sähe er sie zum ersten Mal. Er musste nicht antworten.

»Ich meine: Weißt du, wohin er fließt?«

Diesmal nötigte sich Yoram wenigstens ein stummes Kopfschütteln ab.

Beka versuchte es anders. »Und wohin müssen wir? In dieselbe Richtung?«

Yoram sah wieder hinaus, und er tat es gerade lange genug, um seinem Kopfschütteln das entscheidende Quäntchen Überzeugung zu nehmen. »Nicht, wenn wir nicht wollen … warum?«

»Weil ich eine Idee habe.«

*

Beka trat einen Schritt vom Fenster zurück und sah nach unten, bis sie gefunden hatte, wonach sie suchte: ein gut doppelt handlanges Stück Holz, das aus den zerbrochenen Brettern vor den Fenstern stammte. Auf den zweiten Blick erkannte sie es als dasselbe, dem sie in ihrem Ungestüm beinahe einen üblen Sturz zu verdanken gehabt hatte. Noch immer schweigend hob sie es auf, wickelte Rachels Tefillin mit den Lederriemen fest darum und verknotete es, bevor sie zum Taufbecken zurückging, um auch Yorams Engels-GPS zu holen und damit genauso zu verfahren.

»Und jetzt?«, fragte Yoram verwirrt.

»Jetzt kommt der lustige Teil«, antwortete Beka, suchte noch einmal flüchtig den Himmel über sich ab und flankte aus dem Fenster, wobei sie ein stummes Stoßgebet zum Himmel schickte, sich auch wirklich noch an die genaue Lage jedes einzelnen Trümmerstücks dort unten zu erinnern.

Sie wurde erhört, oder ihr Gedächtnis war doch besser, als sie geglaubt hatte. Vielleicht hatte sie auch einfach nur Glück. Bevor Yorams überraschter Schrei ganz über ihr verklungen war, landete sie am Fuße der Schutthalde und damit weniger als eine halbe Handbreit neben einem rostigen Moniereisen, das spitz und lang genug aus dem Boden ragte, um sich bis zur Kniescheibe hinauf in ihr Bein zu rammen. Sie jagte geduckt los und erreichte nach kaum zwei Sekunden den Kanal. Von ihrem eigenen Schwung nach vorne gerissen, wäre sie beinahe kopfüber hineingefallen, warf sich verzweifelt herum und nutzte die überschüssige Bewegungsenergie, um das Brett in hohem Bogen in die Drecksbrühe zu schleudern.

Sie fiel so schwer auf die Seite, dass es sich anfühlte, als wäre der Ellenbogen zersplittert, beobachtete zu ihrem Entsetzen aber zugleich, wie das Brett wie ein Stein versank. Als wäre das allein noch nicht genug, meinte sie eine Bewegung irgendwo in den tief hängenden Wolken über sich zu erkennen. Yoram schrie eine Warnung, die nur aus einem unartikulierten Schrei bestand, und Beka sprang auf und raste wie von Furien gehetzt los. Über ihr zerriss ein wütendes Raubvogel-Kreischen den Himmel, und sie begriff, dass der Trick, sich ein paar zusätzliche virtuelle Beine zu wünschen und wie eine menschliche Spinne die Wand hochzuflitzen, anscheinend nur einmal funktionierte.

Sie rutschte auf dem lockeren Schutt aus und begann den Halt zu verlieren.

Starke Finger schlossen sich um ihr Handgelenk und zerrten sie mit einem so gewaltigen Ruck nach oben und durch das Fenster, dass sie gepeinigt aufschrie und diesmal zur Abwechslung auf den anderen Arm fiel, dass ihr die Tränen in die Augen schossen. Hinter ihr krachte etwas mit der Gewalt einer Abrissbirne gegen die Wand und ließ das gesamte Gebäude in seinen Grundfesten erbeben. Staub und Schutt und auch der eine oder andere unangenehm große Trümmerbrocken regneten von der Decke, und das Raubvogel-Kreischen wurde so laut, dass es in den Ohren wehtat. Der Anteil von Schmerz in diesem wütenden Gebrüll versöhnte sie allerdings auch ein wenig.

»Das war knapp«, kommentierte Rachel trocken. Und auch schon wieder ein kleines bisschen schadenfroh, fand sie. Es wurde Zeit, dass sie sich einmal eingehender mit dieser kleinen Kröte befasste.

Aber nicht jetzt.

Ihre Arme fühlten sich nicht so an, als könnte sie sie vor Ablauf einer Woche wieder bewegen, also stemmte sie sich irgendwie anders hoch und humpelte zum Fenster. Der Killerengel war verschwunden. Doch sie kam gerade rechtzeitig um zu sehen, wie ihr selbst gebasteltes Floß wie ein Korken durch die Wasseroberfläche brach und sofort von der reißenden Strömung gepackt und mitgerissen wurde. Sekunden später war es schon außer Sicht. Sie war sich sicher, mindestens eines der beiden Tefillin erkannt zu haben, die darauf herumhüpften. Ohne es zu merken, begann sie ihre schmerzenden Arme zu massieren. Es war keine gute Idee, und sie ließ es sofort wieder bleiben.

Yoram trat neben sie. »Und?«

»Du hast mir fast den Arm ausgerissen«, beschwerte sich Beka. Ihr Blick suchte nervös den Himmel ab.

»Und ich überlege mir, es vielleicht wirklich zu tun, wenn du mir nicht endlich sagst, was dieser Wahnsinn sollte«, antwortete er ernst.

»Warte.« Beka deutete auf den Kanal. Yorams Miene verdüsterte sich zwar noch weiter, aber er gehorchte. Einige Sekunden vergingen und reihten sich zu einer Minute, und gerade als sie ihm ansah, dass seine Geduld endgültig erschöpft war und er zu einer geharnischteren Gardinenpredigt ansetzte, schoss ein dreieckiger Schatten aus den Wolken herab und glitt mit weit ausgebreiteten Flügeln über den Kanal, bis er ihren Blicken ebenfalls entschwunden war.

»Ich glaube fast, es hat funktioniert«, murmelte sie; allerdings so leise, als hätte sie Angst, das Ungeheuer schon durch zu lautes Sprechen auf sich aufmerksam zu machen.

»Was? Dich selbst umzubringen?« Rachel schüttelte heftig den Kopf. »Nö.«

Beka ignorierte sie. »Ich glaube, er folgt den Tefillin. Mit ein bisschen Glück verliert er unsere Spur, und wir sind ihn los.«

Yoram nickte zwar – zögernd –, aber sein Gesichtsausdruck blieb skeptisch. Er deutete auf einen handbreiten Riss in der Wand über dem Fenster, der vor einer Minute noch nicht da gewesen war. »Er hat gesehen, dass du hier reingeklettert bist.«

»Und mit noch ein bisschen mehr Glück hat er nur mich gesehen«, beharrte sie.

»Ja, und mit noch ein bisschen mehr Glück fällt ihm der Himmel auf den Kopf und erledigt ihn ganz«, grummelte Yoram.

Beka konnte sich eines flüchtigen Lächelns nicht erwehren, aber diese Bemerkung verbarg auch etwas, das sie irritierte. »Warten wir ein paar Minuten«, schlug sie vor. »Wenn er nicht zurückkommt, wissen wir Bescheid.«

»Und wenn doch, bleiben wir hier und sind in Sicherheit, bis wir verhungern«, stichelte Rachel.

Irgendwie gelang es Beka, sie immer noch zu ignorieren. Yoram war nicht ganz so geduldig.

»Halt die Klappe, Rachel«, sagte er.

Rachel schenkte ihm zwar einen giftigen Blick, blieb aber ruhig, und Beka deutete noch einmal aus dem Fenster.

»Lass uns eine halbe Stunde warten, und dann verschwinden wir. Selbst wenn er danach zurückkommt, sind wir nicht mehr da.«

Aber das glaubte sie nicht. Ob es sich bei ihrem mörderischen Verfolger wirklich um Zadkiel handelte, wagte sie mittlerweile mehr als ernsthaft zu bezweifeln. Dieses Ding war zwar eine absolut tödliche Bestie, aber dennoch nicht mehr als ein Tier, das nur Hunger und die pure Lust am Töten kannte.

»Und dann?«, fragte Rachel. »Wir haben nur noch eine Stunde Tageslicht.«

»Bei Nacht hat er es noch schwerer, uns zu finden.«

»Bei Nacht sucht er uns auch nicht«, sagte Yoram überzeugt.

»Aber die Dämonen«, fügte Rachel mit hörbarem Vergnügen hinzu.

Beka warf ihr einen Blick zu, der mindestens so vernichtend war wie die, mit denen Rachel sie vorher bedacht hatte. Aber ihre Teflon-Beschichtung schien zu halten, er prallte einfach an ihr ab. Statt Atem mit einer entsprechenden Antwort zu vergeuden wandte sie sich wieder an Yoram, der ebenfalls die Augen verdrehte, sich aber jeden Kommentar sparte. »Weißt du, wo die nächste Kirche ist? Oder Moschee oder Synagoge?«

»Oder Heiliger Boden?«, griente Yoram, nickte aber. »Ja.«

»Und wie lange brauchen wir dorthin?«

»Du meinst, ob wir sie bei Tageslicht noch erreichen?« Yoram maß sie mit einem langen Blick. »Erklärst du mir, was es mit diesem dauernden *Heiligen Boden* auf sich hat, wenn ich es dir verrate?«

»Sobald wir da sind.«

»Wenn das so ist, sollten wir uns beeilen«, sagte Yoram. »Es ist nicht weit. Aber ich war seit sieben Jahren nicht mehr hier und weiß nicht, ob der Weg frei ist.« Er wartete, bis sie zu einer Antwort ansetzte und fügte dann noch hinzu: »Und ob's noch steht.«

Was das anging, konnte Beka ihn beruhigen. Tief in sich

wusste sie einfach, dass es so war. Wortlos drehte sie sich wieder zum Fenster, sah hinaus und suchte den Himmel ab. Yoram trat ebenso schweigend neben sie.

Beka konnte nicht sagen, wie viel Zeit verging – sicherlich nicht einmal annähernd die halbe Stunde, die sie ziemlich willkürlich vorgeschlagen hatte. Aber selbst wenn es in Wahrheit nur ein paar Minuten gewesen sein sollten, kamen sie ihr vor wie eine Ewigkeit, und schließlich sah sie ein, dass es vollkommen sinnlos war, noch länger hier am Fenster zu stehen und darauf zu warten, dass irgendetwas geschah, oder auch nicht. Das Zadkiel-Ding konnte in fünf Minuten zurückkommen, genauso gut aber auch in einer Stunde oder auch gar nicht.

Sie bedeutete Yoram mit einem Blick, dass es genug war, wollte sich zum Ausgang wenden und trat stattdessen noch einmal an das Taufbecken heran, um vielleicht doch noch ein paar Schluck Wasser in ihren bis zum Platzen gefüllten Magen zu zwingen; ganz egal, wie unappetitlich die Brühe inzwischen auch sein mochte. Wer wusste schon, wann sie wieder etwas bekam?

Die Entscheidung wurde ihr abgenommen.

Das Becken war leer. Es sah nicht so aus, als hätte es in den letzten sieben Jahren auch nur einen einzigen Tropfen Wasser gesehen. Der weiße Marmor war nicht mehr weiß, sondern unansehnlich und grau und an mehreren Stellen gesprungen. Staub und Unrat hatten sich darin gesammelt und bildeten eine übel riechende Schicht auf seinem Grund.

Hatte sie wirklich gerade *daraus* getrunken?

Noch so eine Frage, auf die sie gar keine Antwort wollte.

»Bist du so weit?«, rief Yoram, der schon am Ausgang war. Natürlich stand Rachel neben ihm. »Uns bleibt wirklich nicht mehr viel Tageslicht.«

Beka nickte schweigend, riss ihren Blick von dem versandeten Taufbecken los und beeilte sich, Rachel und ihm zu folgen. Aber während sie es tat, sah sie noch einmal über die Schulter zum Altar und dem großen Kruzifix darüber zurück, und Rabbi Jeschua blinzelte ihr spöttisch mit seinem dritten Auge zu.

25

Wäre es nicht im Grunde schon längst so gewesen, sie hätte wohl spätestens jetzt angefangen, an Wunder zu glauben. Die große Synagoge von Jerusalem war nahezu unbeschädigt – abgesehen von einigen kleineren Abstrichen. Ihre ehemals betongraue Fassade hatte sich mit einem Tarnmuster aus Schwarz und Braun und den unterschiedlichsten Grautönen aufgehübscht, die einstmals prachtvollen Glasfenster waren zu ausgestochenen schwarzen Augenhöhlen geworden, und die aufwendig gestaltete doppelflügelige Tür mit den goldenen Davidssternen war schlichtweg nicht mehr da. Ansonsten wies das beeindruckende Bauwerk keine schwerere Beschädigungen auf; was in einer Stadt, über der eine Atombombe explodiert war, durchaus als unversehrt durchgehen konnte.

Trotzdem war Beka fast froh, dass Yoram noch einmal angehalten hatte, um den Himmel über ihnen abzusuchen, bevor sie den weitläufigen Platz überquerten, auf dessen anderer Seite die Große Synagoge lag. So konnte sie den minimalistischen, rechtwinkligen Betonbau, der mit seiner brachialen Architektur früher alle Gebäude in weitem Umkreis erschlagen haben musste, genauer betrachten. Beka meinte in einem ihrer Reiseführer gelesen zu haben, dass seine Architektur vom großen Tempel von Jerusalem inspiriert worden war. Das mochte stimmen, aber ihr kam er eher wie ein futuristischer Atombunker vor.

Wie kam sie nur auf diese Assoziation?

»Da oben ist überhaupt nichts«, sagte Rachel. »Wenn er wüsste, wo wir sind, hätte er uns längst geschnappt. Anscheinend hatte Rivkah recht.«

Den letzten Satz auszusprechen fiel ihr hörbar schwer, was Beka immerhin weit genug versöhnte, es bei einem geknurrten »Beka« zu belassen, statt sie zusammenzufalten.

»Darum geht es nicht«, sagte Yoram. Sein Blick suchte weiter die Wolken ab. »Es bleibt noch eine ganze Weile hell.«

»Und?«, fragte Beka.

»Es gibt noch eine kleine orthodoxe Kirche, nur ein paar Straßen von hier entfernt. Bis Sonnenuntergang schaffen wir das locker.«

»Wenn sie noch steht«, nörgelte Rachel, »und der Weg nicht blockiert ist. Außerdem tun mir die Füße weh, und ich hab Hunger!«

Yoram zögerte; ihm schien der Anblick der Synagoge auch nicht zu behagen. Doch dann rang er sich ein knappes Nicken ab und ging so schnell auf den düsteren Monumentalbau los, dass Beka sich sputen musste, um nicht zurückzufallen, und Rachel mit ihren kürzeren Beinen sogar noch mehr.

Ihr Unbehagen steigerte sich, als sie sich dem Eingang näherten und sie eine sonderbare Beobachtung machte. Die untergehende Sonne war weiter nur ein verschwommener blasser Fleck über den Wolken, aber so, wie sich ihr Licht trotz allem durch die Wolken mogelte, müsste sie eigentlich in die Synagoge hineinsehen können. Aber da war nichts als absolute Dunkelheit; als gäbe es eine unsichtbare Mauer, die jedes einzelne Photon absorbierte.

Yoram wurde langsamer, je näher sie dem Eingang kamen. Schließlich blieb er wieder stehen. »Vielleicht gehen wir doch weiter. Jeden Kilometer, den wir heute noch schaffen, sind wir morgen schneller aus der Stadt hinaus.«

»Bis dahin bin ich verhungert«, sagte Rachel. »Vielleicht finden wir ja da drinnen etwas zu essen. Oder wenigstens ein bisschen Wasser.«

»Das ist eine Synagoge«, sagte Beka. »Da gibt es keine …« Sie sprach nicht weiter, als Rachel auch schon losmarschierte und in der Dunkelheit hinter dem Eingang verschwand, als hätte sie sich einfach in nichts aufgelöst.

Beka tauschte einen beunruhigten Blick mit Yoram und ging ebenfalls weiter. Diesmal bildete er den Abschluss; mit gehörigem Abstand.

Sie wusste nicht, was sie erwartete, aber ihr Herz klopfte schon wieder, als sie durch die Tür trat. Alles, was passierte, war genau gar nichts; abgesehen davon, dass die Dunkelheit verschwand, und vielleicht einem Gefühl wie zerreißende Spinnweben auf dem Gesicht, das aber genauso gut auch Einbildung sein konnte.

Das Innere der Synagoge hielt nicht, was ihr Äußeres versprochen hatte. Rachel war nicht von der Dunkelheit verschlungen worden, sondern stand nur ein paar Schritte entfernt in einem Wust aus verkohlten Trümmern, in dem Millionen bunter Glassplitter schimmerten, die Überreste der kostbaren Buntglasfenster, die die Druckwelle nach innen geschleudert und über den ganzen Raum verteilt hatte. Erstaunlicherweise wiesen die Wände im Inneren deutlich mehr Brandspuren auf als das Äußere des Gebäudes. Wände und Decke waren schwarz, die Einrichtung komplett zerstört, und auf halber Höhe ragte etwas wie verbrannte Walfischknochen aus den Wänden, die wohl einmal eine große Balustrade getragen haben mussten.

»Das ist unheimlich«, murmelte Yoram. Seine Stimme hatte einen seltsamen Klang. Oder, wenn man es genauer nahm, gar keinen Klang, als wäre etwas hier, das ihr alles Menschliche nahm, sodass sie nur noch zur Übermittlung reiner Information wurde. »Sieht aus, als hätte sich hier drinnen jemand kräftig ausgetobt. Hier ist ja alles zerstört!«

Jemand?, dachte Beka. Wieso benutzte er ausgerechnet dieses

Wort? Aus irgendeinem Grund machte es ihr Angst, aber Rachel kam ihr zuvor.

»Nicht ganz«, sagte sie, indem sie mit dem ausgestreckten Arm nach vorne wies.

Sie musste wirklich gute Augen haben, denn es vergingen etliche Sekunden, bis Beka es ebenfalls sah: ein mattes Funkeln nahezu am anderen Ende des riesenhaften Raumes. Wie das Zwinkern eines großen Auges, das ihr spöttisch zublinzelte.

Erschrocken wollte sie stehen bleiben, überwand sich dann aber und ging deutlich schneller los, als sie eigentlich wollte; schon um sich selbst zu beweisen, wie mutig sie war.

Sie ließ trotzdem Vorsicht walten, schon um sich nicht an einem der zahllosen Trümmerstücke zu verletzen und womöglich mit einer hübschen kleinen Blutvergiftung nachzuholen, was ihrem geflügelten Freund nicht gelungen war. Zugleich sah sie sich mit bangen Blicken um.

Seit sie hier angekommen war, hatte sie nun wirklich genug Ruinen für gleich mehrere Leben gesehen, aber das innerhalb der gewaltigen Mauern war irgendwie … anders. Die Zerstörung war allumfassend. Es sah aus, als hätte in der Synagoge eine Urgewalt getobt und alles kurz und klein geschlagen, bevor das Feuer gekommen war. Was immer hier passiert war: Es kam ihr wie nicht von dieser Welt vor.

Es war unheimlich, da hatte Yoram ganz recht.

Sie ging rasch auf das zu, was Rachel entdeckt hatte. Nach einigen weiteren Schritten erkannte sie es. Vor ihr erhob sich ein verkohltes Etwas, das vermutlich einmal ein Altar gewesen war – oder wie immer man das in einer Synagoge nannte. Auf der unebenen Oberfläche erhob sich ein etwas wackelig abgestellter siebenarmiger Leuchter ungewöhnlicher Größe.

Beka erinnerte sich vage daran, dass man ihn *Menora* nannte und dass er ein wichtiges religiöses Symbol war. Der Anblick eines solchen Leuchters sollte in einer Synagoge eigentlich nichts Besonderes sein, nicht einmal, wenn er einen guten Meter groß war und aus purem Silber bestand. Irgendwie wäre es ihr möglicherweise sogar noch gelungen, sich eine Erklärung dafür zurechtzubasteln, dass er nicht geschmolzen und sogar noch einigermaßen sauber war.

Mit den nur ein kleines Stück weit heruntergebrannten Kerzen, die in der Menora steckten, fiel ihr das schon schwerer.

So zögerlich, als rechnete sie ernsthaft damit, von der Menora gebissen zu werden oder eine islamistische Sprengfalle auszulösen, streckte sie die Hand nach einer der Kerzen aus, berührte den Docht und zerrieb ihn ohne Mühe zwischen Daumen und Zeigefinger zu schwarzer Asche.

»Was tust du?«

Beka fuhr ein bisschen zusammen, denn sie hatte nicht einmal gemerkt, dass Yoram neben sie getreten war, beherrschte sich aber und hielt ihm die Fingerspitzen hin. »Was sagt Ihnen das, Doktor Watson?«

Yoram blinzelte verwirrt. »Wie?«

»Vergiss es«, seufzte Beka. »Also, was sagt dir das?«

Yoram betrachtete ihre Hand interessiert. »Dass du schmutzige Finger hast?«, schlug er schließlich vor.

Beka verzog das Gesicht, ließ es sich aber nicht nehmen, sich die Hand am Kleid abzuwischen, bevor sie antwortete. »Die Kerzen haben vor nicht allzu langer Zeit noch gebrannt. Ein paar Tage. Allerhöchstens Wochen. Und der Leuchter ist sauber.«

»Aha«, sagte Yoram, wartete sichtbar darauf, dass sie weitersprach, und fragte schließlich: »Und was sagt uns das?«

»Dass jemand hier war und diesen Leuchter hier abgestellt und benutzt hat«, antwortete sie stolz. Um ihre Behauptung zu beweisen, hob sie die Menora ein Stück an, wozu sie beide Hände brauchte, so schwer, wie sie war. Es gab keinen Rand, wo sich der Leuchter über Monate oder gar Jahre in das verkohlte Holz gedrückt hätte.

»Und?«, fragte Yoram.

Allmählich ging ihr seine Begriffsstutzigkeit auf die Nerven –

falls er sie nicht nur spielte, um sie hochzunehmen. »Jemand war hier«, sagte sie ein bisschen ungeduldig. »Jemand, der vielleicht zurückkommt.«

»Und?«, fragte Yoram noch einmal.

Beka beherrschte sich. Noch.

»Habt ihr nicht erzählt, dass außer euch niemand mehr in der Stadt lebt?«, fragte sie.

»Niemand, von dem wir wissen.« Yoram nickte. »Aber das heißt nicht, dass es niemanden gibt. Die Zeloten zum Beispiel.«

Beka redete sich ohne großen Erfolg ein, dass er das nur sagte, um sie zu ärgern. »Ein Grund mehr, nicht hierzubleiben. Ich bin im Moment nicht scharf darauf, *irgend*jemandem zu begegnen, der das hier möglicherweise als Biwak benutzt. Lass uns zu dieser anderen Kirche gehen, von der du gesprochen hast.«

Yoram dachte einen Moment lang über diesen Vorschlag nach und schüttelte dann den Kopf. »Nein. Rachel hat recht, weißt du? Wir sind müde und erschöpft und hungrig. Du auch, selbst wenn du es nicht zugeben willst. Außerdem wissen wir wirklich nicht, ob der Weg noch passierbar ist. Ich möchte nicht vor einem Hindernis stehen, das wir nicht umgehen können, und zusehen, wie die Sonne untergeht.«

Und sie wollte nicht hierbleiben, aber sie wusste auch, wie sinnlos es wäre, Yoram zu widersprechen. Außerdem hatte er in mindestens einem Punkt recht: Sie war hundemüde und auch ziemlich hungrig.

»Morgen gehen wir weiter. Sobald es hell wird.« Yoram nickte ihr gönnerhaft zu. »Ich halte Wache, wenn es dich beruhigt.«

»Wegen der Dämonen?«

»Ja. Und denen, die dieses Ding hier vergessen haben.«

Bevor Beka dazu etwas sagen konnte, kam Rachel zurück. »Du hast recht«, krähte sie. »Hier gibt es kein Taufbecken und auch sonst kein Wasser. Und nichts zu essen.« So, wie sie das sagte, schien sie Beka ganz allein die Schuld daran zu geben. Dann wandte sie sich mit einem fast schon triumphierenden

Lächeln direkt an Yoram. »Aber ich habe etwas anderes gefunden. Da hinten ist eine Tür, die nicht verschüttet ist. Dahinter scheint es einen weiteren Raum zu geben.«

»In einem Haus von der Größe der Cheopspyramide?«, fragte Beka. »Sag bloß.«

Rachel ignorierte sie. »Vielleicht finden wir dahinter etwas. Muss ja kein Wasser sein.«

»Ein funktionierendes Smartphone würde mir schon genügen«, pflichtete ihr Beka bei. »Oder eine wirklich große Fliegenklatsche.«

Rachel sah sie zwar giftig an, fuhr aber unbeirrt an Yoram gewandt fort: »Irgendwas Nützliches wird sich schon finden. Mir würde schon eine Karte reichen, weißt du?«

Beka setzte zu einer noch bissigeren Entgegnung an, rief sich dann aber selbst zur Ordnung. Sie benahm sich unangemessen, vorsichtig ausgedrückt. Wieso ließ sie sich eigentlich von einem vorlauten Kind so aus der Fassung bringen?

Konnte es sein, dass Rachel hier nicht als Einzige eifersüchtig war?

Lächerlich!

»Dann sollten wir uns beeilen«, sagte Yoram, obwohl er alles andere als überzeugt klang. »Es wird bald dunkel, und dann ist es zu gefährlich. Zeig uns diese Tür.«

Beka setzte schon fast automatisch dazu an, noch einmal zu protestieren, doch Rachel eilte bereits davon, dicht gefolgt von Yoram, sodass sie sich ihnen wohl oder übel anschließen musste. Die Alternative wäre gewesen, allein an diesem unheimlichen Ort zu bleiben, und das wollte sie noch viel weniger.

Die Tür, von der Rachel gesprochen hatte, führte über eine fast barrierefreie Treppe in eine der Öffentlichkeit wahrscheinlich nicht zugängliche Etage, die eine Anzahl ausgebrannter Büroräume sowie gleich mehrere Räume voller sonderbarer Dinge enthielt, deren Sinn ihr verborgen blieb; wenn sie bedachte, wo sie waren, vermutlich allesamt sakraler Natur. Sie fanden gleich mehrere Smartphones, allesamt mit gesprungenen Displays und halb geschmolzenen Gehäusen, und noch eine ganze Anzahl anderen Krempel, mit dem sie nichts anfangen konnten. Wasser oder gar etwas zu essen entdeckten sie nicht.

Es gab noch eine Menge weiterer Türen, aber genau wie Yoram gesagt hatte, begann es bald zu dunkeln, sodass sie beschlossen, ihre Suche am nächsten Morgen fortzusetzen und gerade noch rechtzeitig nach unten zurückkehrten, um das letzte Tageslicht vor den Fenstern erlöschen zu sehen. Bekas Blick tastete ganz ohne ihr Zutun durch den gewaltigen Raum und suchte die Menora. Sie ertappte sich dabei, erleichtert aufzuatmen, als wäre irgendetwas in ihr felsenfest davon überzeugt gewesen, dass sie nicht mehr da war. Und war da nicht eine verstohlene Bewegung in den Schatten und ein Tappen und Schleichen gerade am Rande des Wahrnehmbaren?

Um noch eins draufzusetzen, sah Yoram einen Moment konzentriert in dieselbe Richtung und runzelte die Stirn, deutete aber dann nur ein Schulterzucken an und wies zum Ausgang. »Ich sehe noch einmal draußen nach dem Rechten. Sucht euch ein kuscheliges Plätzchen für die Nacht.«

Er ging, noch während sich Beka den Kopf nach einem Vorwand zerbrach, um ihn zurückzuhalten. Ihr gefiel die Vorstellung nicht, dass er allein dort draußen war, während es dunkel wurde. Und ihr gefiel auch die Vorstellung nicht, allein mit Rachel hier drinnen zu bleiben.

Dem Mädchen schien es ganz ähnlich zu ergehen, denn es maß sie nur mit einem schrägen Seitenblick und verschwand dann in den Schatten, wo es lautstark herumzukramen begann. Beka ließ es eine Weile gewähren, dann gab sie sich einen Ruck und ging zu ihr. Rachel war dabei, angekohlte Bretter und verschmortes Holz beiseitezuräumen. Zunächst kam es ihr ziemlich wahllos vor, aber auf den zweiten Blick musste sie dem Mädchen doch widerwillig Anerkennung zollen. Es bastelte sich eine Wagenburg, indem es einen kleinen Kreis aus zerborstenem

Mobiliar und verbranntem Holz schuf, in dem sie alle drei Platz fanden, ohne vom Eingang aus sofort gesehen zu werden.

Eine Weile sah sie ihr schweigend dabei zu, dann half sie ihr, wobei sie schon nach wenigen Minuten missmutig eingestehen musste, dass sich das Mädchen deutlich geschickter anstellte als sie. Sieben Jahre Survivaltraining in der Hölle waren ja möglicherweise doch für etwas gut.

»Yoram ist allein draußen«, sagte sie nach einer Weile. Rachel antwortete nicht. »Das gefällt mir nicht«, fuhr sie fort.

»Er kann schon auf sich aufpassen«, sagte Rachel, ohne sie anzusehen und indem sie ein Trümmerstück, das beinahe so groß war wie selbst, mit einem Getöse beiseitewarf, das vermutlich noch am anderen Ende der Stadt zu hören war.

»Das glaube ich gern. Aber du hast auch erzählt, dass nachts die Dämonen unterwegs sind.«

»Nachts«, antwortete Rachel und pfefferte ein weiteres Brett krachend auf die rasch in die Höhe wachsende Barriere rings um ihren zügig designten Schlafplatz. Beka hätte sich gewünscht, dass sie damit aufhörte, bevor der Lärm am Ende noch etwas weckte, das besser nicht geweckt wurde. »Nicht in der Dämmerung. Und Yoram ist schlau. Sie sind dumm.«

»Erzählst du mir von ihnen?«

»Von Yoram?«

»Von *ihnen*«, korrigierte sie sie betont. »Plural. Mehrzahl. Die Dämonen.«

»Was soll ich dir darüber erzählen?«, fragte Rachel. »Sie sind unsere Feinde. Und sie töten uns. Das ist alles, was ich wissen muss.«

»Alles, was du wissen musst, oder alles, was du weißt?« Beka bemühte sich um einen versöhnlichen Ton, aber Rachel sah das Brett in ihren Händen trotzdem an, als überlegte sie ernsthaft, es ihr über den Schädel zu ziehen. Schließlich ließ sie es fallen, zuckte mit den Achseln und wandte sich ganz zu ihr um. »Niemand weiß etwas über sie. Jedenfalls nicht viel. Sie leben in den

Katakomben … falls sie überhaupt leben. Manchmal kommen sie raus und töten ein paar von uns oder entführen sie.«

»Entführen?«

»Ich will gar nicht wissen, was sie ihnen antun«, antwortete Rachel. »Wenn der Tag der Abrechnung gekommen ist, dann werden sie für alles bezahlen. Zadkiel sagt, dass es nicht mehr lange dauert.«

»Ach? Sagt er das?«

»Du hast gesehen, wozu Zadkiel imstande ist, oder?«

Ja, dachte Beka. Nicht einmal dazu, drei entlaufene Jugendliche einzufangen. Aber das behielt sie lieber für sich. Stattdessen fragte sie: »Wenn er das kann, warum vernichtet er sie dann nicht einfach oder sorgt wenigstens dafür, dass sie euch in Ruhe lassen?«

»Weil er es nun einmal so entschieden hat!« In Rachels Augen blitzte es zornig auf. »Es steht uns nicht zu, seine Entscheidungen zu kritisieren.«

»Nein?«, fragte Beka. »Warum nicht?«

»Na weil … weil … weil Zadkiel eben Zadkiel ist«, stammelte Rachel. »Was soll diese Fragerei?«

»Und du hast dich nie gefragt, warum das so ist?«, beharrte Beka.

Rachel schien nur noch wütender zu werden, doch statt aufzufahren, maß sie Beka nur mit einem sogar noch zornigeren Blick. Aber sie wirkte auch ein bisschen bestürzt. Und nachdenklich. Beka ahnte, dass es ein Fehler wäre, jetzt weiteren Druck auszuüben, und wechselte das Thema. »Wegen Yoram …«, begann sie.

Rachels Augen wurden schmal, und sie sah ganz so aus, als bedauerte sie bereits, das Brett fallen gelassen zu haben. »Was ist mit ihm?«

»Nichts«, antwortete Beka. »Und genau das ist es. Ich will nichts von ihm.«

»Und er nichts von dir?«

»Das weiß ich nicht«, antwortete sie ehrlich. »Aber selbst wenn es so sein sollte, hätte er keine großen Chancen. Eigentlich gar keine.«

Rachel starrte sie weiter durchdringend und aus noch schmaler werdenden Augen an, und Beka fuhr fort: »Ich bin nicht hier, um Freundschaft zu schließen, Rachel, oder den Mann fürs Leben zu finden. Ich will einfach nur nach Hause, das ist alles. Ich habe einen festen Freund dort. Wir wollen heiraten, weißt du? Ich bin nur noch einmal hierher nach Israel gekommen, um mir den Segen meines Vaters zu holen.«

Die beiden letzten Behauptungen waren glatt gelogen, aber sie taten offensichtlich ihren Dienst. Sie hatte nicht damit gerechnet, dass Rachel ihr vor Freude um den Hals fiel, und das tat sie auch nicht, aber aus der Feindseligkeit in ihrem Blick wurde etwas anderes, das sie nicht richtig einordnen konnte. »Den Ort, wo du herkommst«, wiederholte sie gedehnt. »Den gibt es nicht mehr. Und deinen Freund auch nicht.«

»Davon würde ich mich gerne selbst überzeugen«, sagte Beka.

»Du willst wirklich zurück nach Deutschland? Es gehen nicht mehr so viele Flieger dahin.«

»Dann muss es eben zu Fuß gehen«, sagte Beka leichthin und machte zugleich eine entsprechende Geste, als Rachel antworten wollte. »Ehrlich, Rachel. Ich will nichts von Yoram. Er hat mich nicht unbedingt wie eine gute Freundin behandelt, falls du dich daran erinnerst. Ich glaube, dass er ein netter Kerl ist, wenn er wirklich will, aber mehr auch nicht, Sobald wir aus der Stadt heraus sind, bin ich weg, und ihr seht mich nie wieder. Wenn du es möchtest, dann sage ich ihm das auch.«

»Dann sagst du mir was?«, fragte Yoram hinter ihr.

Irgendwie gelang es ihr, sich nicht nur ganz ruhig umzudrehen, sondern auch seinem fragenden Blick standzuhalten. »Dass ich dir unrecht getan habe«, log sie, ohne rot zu werden.

»Womit?«

»Du bist gar nicht so ein großer Kotzbrocken, wie ich dachte.«

»Wie nett«, sagte Yoram säuerlich. »Ich sehe, ihr habt die Zeit genutzt und Freundschaft geschlossen?«

Sie sah Rachel nicht an, aber sie konnte spüren, wie ihr Blick wieder bohrend wurde, und mahnte sich selbst zur Vorsicht. Ihre nächste Antwort war wichtig. Prinzipiell war jeder jederzeit in dem Alter, in dem man dazu neigte, Blödsinn zu machen, aber Rachel befand sich eindeutig in einem Entwicklungsstadium, in dem man für so etwas ganz besonders empfänglich war.

»Ja«, sagte sie. »Aber bilde dir nicht zu viel drauf ein. Wie lange brauchen wir morgen, um aus der Stadt zu kommen?«

»Wenn wir es überleben? Ein paar Stunden.«

»Und genau nach diesen paar Stunden trennen sich unsere Wege«, antwortete Beka spröde, »und du siehst mich nie wieder.«

»Ein Problem weniger, das ich mitschleppen muss«, konterte Yoram.

Sie konnte nicht sagen, ob diese Antwort ein reiner Reflex war oder er es wirklich so meinte. »Dann legt euch mal schlafen. Wir brechen morgen sehr früh auf, und wir haben einen anstrengenden Weg vor uns.«

»Und du?«

»Ich halte Wache. Das habe ich dir doch versprochen.«

»Obwohl draußen alles in Ordnung ist?«

Genau genommen hatte er das nicht gesagt, aber er verzichtete darauf, sie auf diese unwesentliche Kleinigkeit hinzuweisen, und ging einfach weiter. Schon kurz darauf war er mit den Schatten verschmolzen, und dann konnte sie auch seine Schritte nicht mehr hören.

»Das verzeiht er dir nie«, sagte Rachel. Es klang, als hielte sich ihr Mitleid in engen Grenzen.

»Das war ja auch der Sinn der Sache«, antwortete Beka. »Wenn man sich schon trennen will, dann sollte man dafür sorgen, dass der andere froh ist, wenn man geht. Das macht es leichter, weißt du?«

»Nein«, antwortete Rachel. »Ist ja auch egal. Du musst jedenfalls nicht nur meinetwegen gehen. Da draußen ist es gefährlich.«

Und wofür hielt sie *das hier?* »Das Leben ist prinzipiell gefährlich«, antwortete Beka lächelnd. »Ich habe sogar gehört, dass es meistens tödlich endet, ganz egal, wie vorsichtig man auch ist.«

»Du bist komisch«, sagte Rachel, ohne eine Miene zu verziehen. »Aber überleg es dir trotzdem. Ich finde es zwar selbst merkwürdig: Aber es würde mir leidtun, wenn dir etwas passiert. Und jetzt sollten wir schlafen. Yoram hat recht. Morgen wird verdammt anstrengend.«

Und damit – und ohne ein weiteres Wort – rollte sie sich auf dem Boden zusammen, schob den angewinkeltem Arm als Kissenersatz unter den Kopf und schloss die Augen. Nur ein paar Atemzüge später war sie eingeschlafen; oder schauspielerte es zumindest so gut, dass Beka darauf verzichtete, sie noch einmal anzusprechen. Eine Zeit lang stand sie nur da, sah auf das schlafende Mädchen hinab und kam sich hilflos vor.

Schließlich rollte sie sich neben ihr auf dem Boden zusammen und versuchte dieselbe Haltung anzunehmen wie sie. Es war alles andere als bequem, und wie Rachel in dieser Haltung schlafen konnte, war ihr ein Rätsel – ganz davon abgesehen, dass sie noch nicht einmal annähernd lange genug in dieser postapokalyptischen Welt war, um einen mit verbranntem Holz- und Glasscherben übersäten Boden bequem genug zum Schlafen zu finden. Außerdem ging ihr einfach zu viel durch den Kopf.

Sie warf sich eine Weile unruhig hin und her, versuchte den Schlaf herbeizuzwingen und erreichte damit genau das, was bei einem solchen Versuch herauskam: Sie fühlte sich wacher als zuvor.

Schließlich gab sie es auf, stemmte sich behutsam auf die Ellbogen hoch und investierte eine gute Minute darin, die schlafende Rachel zu beobachten und sicherzugehen, dass sie auch wirklich schlief. Als sie davon überzeugt war, stand sie lautlos auf und tastete sich vorsichtig in die Richtung, in der Yoram verschwunden war.

26

Es war so absolut dunkel, dass Beka praktisch nichts sah und ein halbes Dutzend Mal irgendwo anstieß, was nicht nur jede Menge Lärm machte, sondern auch ziemlich wehtat. Und sosehr sie auch die Augen anstrengte, wäre sie doch beinahe über Yoram gestolpert, der unweit des Eingangs auf einer umgekippten Kirchenbank saß und in eine nur unwesentlich weniger vollkommene Dunkelheit jenseits der Tür hinaussah.

Ohne sich zu ihr umzudrehen, sagte er: »Das mit dem Anschleichen müssen wir aber noch einmal üben, wie?«

Beka setzte sich neben ihn auf die Bank und schenkte ihm einen bösen Blick, den er aber bei der herrschenden Dunkelheit kaum sehen konnte. Sollte er auch nicht.

Eine Weile saßen sie in vertrautem Schweigen nebeneinander, dann sagte Yoram: »Das war sehr nett, was du gerade getan hast.«

»Was?«, spielte Beka die Ahnungslose.

»Ich habe nicht nur den letzten Satz gehört«, sagte Yoram. »Auch das davor. Wie gesagt. Es war sehr nett.«

»Und es war ernst gemeint«, antwortete Beka. »Sobald wir aus der Stadt raus sind, trennen sich unsere Wege.« Und dann, und eindeutig zu ihrer eigenen Überraschung, hörte sie sich noch hinzufügen: »Es sei denn, du begleitest mich.«

Yoram schwieg einen Moment. »Und wohin?«, fragte er dann.

»Wohin wolltest du denn?«, antwortete sie.

Diesmal dauerte sein Schweigen lang genug an, um eine Antwort überflüssig zu machen. Außerdem war sie ziemlich sicher, dass er nirgendwohin gewollt hatte. Wie auch?

»Ich weiß, dass ihr alle glaubt, dass es überall so aussieht wie hier, Yoram. Vielleicht stimmt das sogar. Aber ich muss es mit eigenen Augen sehen. verstehst du? Für euch mag das alles hier seit Jahren normal sein. Für manche vielleicht schon ihr ganzes Leben. Aber für mich nicht. Ich bin vor ein paar Wochen in Frankfurt in ein Flugzeug gestiegen und in der Hölle wieder aufgewacht. Ich muss es mit eigenen Augen sehen, sonst würde ich mich den Rest meines Lebens fragen, ob es wirklich wahr ist.«

»Und du willst zu Fuß nach Frankfurt laufen?«

Er hatte tatsächlich alles gehört, begriff Beka. Es war ihr ein bisschen peinlich. Warum eigentlich? »Ich will *irgendwohin* gehen«, antwortete sie ernst. »Du hast es doch selbst gesagt: Keiner von euch hat die Stadt jemals verlassen. Woher willst du denn wissen, was hinter dem nächsten Berg ist?«

»Von Zadkiel«, antwortete er, hob aber auch zugleich die Hand, bevor sie auch nur den Entschluss fassen konnte, zu widersprechen. »Und Olmos und vielen anderen, die zu uns kommen. Dass wir nicht rausgehen, heißt nicht, dass niemand zu uns kommt.«

»Von Zadkiel?«, wiederholte sie, den Rest seiner Antwort geflissentlich ignorierend. »Nur von ihm? Ich meine: Ist er der einzige Engel hier, oder gibt es noch mehr?«

»Viele«, erwiderte Yoram. »Sie kommen nicht zu uns, aber manchmal sieht man sie zum Tempelberg fliegen. Einmal haben zwei von ihnen Zadkiel bis vor die Stadt begleitet. Sie waren wunderschön.«

»Und?«

»Nichts und«, sagte Yoram. »Von hier bis zu den Bergen lebt nichts mehr. Und auch nicht bis zur Küste.«

»Und in der anderen Richtung?«

»Ist nur noch Wüste«, sagte Yoram. »Niemand ist je von dort zurückgekommen.«

Das mit der Wüste war auch früher schon so gewesen, dachte Beka, und in einem der nordafrikanischen Küstenländer spurlos zu verschwinden, war auch zu ihrer Zeit noch nicht einmal mehr eine Randnotiz in der Zeitung wert gewesen, solange man kein Promi war. Und Israel war neben vielem anderen vor allem eins: klein; ein Land, das man, ohne sich anzustrengen, zu Fuß in jede Richtung in ein paar Tagen durchqueren konnte.

Zumindest wenn man dabei nicht von durchgeknallten Killerengeln oder noch durchgeknallteren Mutantenhorden gejagt wurde.

Und danach? Wenn sie es tatsächlich schaffen sollten, Israel zu verlassen? Was würde sie dann erwarten?

»Selbst wenn ich mitkomme«, sagte Yoram, und da war ihr sofort klar, dass er es tun würde, »und selbst wenn wir nicht auf eine von zehntausend ganz besonders unangenehme Arten unterwegs umkommen … was ist mit deinem Verlobten?«

»Den gibt es nicht«, gestand sie. »Ich habe ihn nur erfunden, um sie zu beruhigen.«

»Das ist zwar gut gemeint, aber ich bin nicht sicher, ob du ihr damit einen Gefallen tust«, sagte Yoram ernst. »Sie macht sich falsche Hoffnungen. Mir liegt nichts an ihr.«

»Aber ihr an dir, Yoram«, sagte Beka. »Sie hat es dir nicht erzählt, oder?«

»Was?«

»Dass es ihre Idee war, dich zu retten, ganz allein. Und auch ihr Plan. Erinnerst du dich, wie es in der Färse war?«

Yoram schüttelte den Kopf, und sie sprach weiter: »Sie hat dich da rausgeholt. Sie ist in den Ofen gekrochen und hat dich rausgezogen. Ganz allein.«

»Dabei hätte sie draufgehen können.«

»Und es war ihr völlig egal«, bestätigte Beka. »Und nicht nur das. Ich glaube nicht, dass sie wirklich damit gerechnet hat, den gestrigen Tag zu überleben. Sie liebt dich wirklich, weißt du?«

»Sie glaubt es«, antwortete Yoram. Sie konnte sein Gesicht nicht genau erkennen, aber er klang traurig. »Sie ist noch ein Kind. Das ist eine Schwärmerei, die vergeht.«

»Ich weiß. Aber solange sie anhält, ist es für sie das Wichtigste auf der Welt. Du musst sehr vorsichtig mit ihr sein.«

Wieder kehrte für endlose Sekunden Stille zwischen ihnen ein, in der sich freilich etwas sehr Unangenehmes verbarg. Dann seufzte er tief, und seine Stimme wurde sogar noch trauriger. »Das werde ich«, versprach er. »Aber ich will ihr auch nichts vormachen. Das wäre nicht fair. Weder dir noch ihr gegenüber, und ...«

Er unterbrach sich mitten im Wort, legte den Kopf schräg und schien zu lauschen. In der nächsten Sekunde sprang er auf und zerrte sie unsanft mit sich in die Höhe. Zugleich hielt er ihr mit der anderen Hand den Mund zu, sodass ihr die Luft wegblieb.

»Jemand kommt!«, zischte er. »Keinen Laut!«

Wie denn auch – sie konnte ja nicht einmal atmen! Yoram nahm jedoch auch darauf keine Rücksicht, sondern zerrte sie geduckt mit sich und brachte dabei das eigentlich unmögliche Kunststück fertig, kaum einen Laut zu verursachen, obwohl er durch ein Labyrinth aus verbranntem Holz und Trümmern stürmte. Erst über die Barriere und wieder in vermeintlicher Deckung, ließ er ihre Hand los und gestattete ihr auch wieder zu atmen.

Während Beka keuchend einen ersten tiefen Atemzug nahm, fiel er neben dem schlafenden Mädchen auf die Knie, schüttelte sie mit einem harten Ruckeln an der Schulter wach und presste ihr ebenfalls die Hand auf den Mund, zog sie aber auch gleich darauf schon wieder zurück und legte den Finger auf die Lippen.

»Jemand kommt! Still!«

Rachel reagierte mit einer Kaltblütigkeit, die Beka ihr nicht zugetraut hätte. In ihren Augen blitzte es zwar ganz kurz und zornig auf, als sie Beka neben ihm auf den Knien erblickte, aber dann verschwand der letzte Schleier von Schlaf aus ihrem Blick, und sie setzte sich rasch und vollkommen ruhig auf. »Wer?«, flüsterte sie.

Yoram deutete ein Schulterzucken an. »Es sind mehrere«, antwortete er kaum hörbar. »Sie kommen näher. Wir müssen weg.«

»Und wohin?«, fragte Beka, noch immer ein wenig atemlos und lauter, als ihr selbst lieb war.

Yoram machte eine Kopfbewegung nach links. »Rachels Tür! Nach oben!«

Da es keinen anderen Aufgang gab, war das nur logisch. Allerdings fragte sich Beka, wie er die Tür in vollkommener Dunkelheit finden wollte.

Das erwies sich jedoch als das kleinste Problem. Geduckt und auch jetzt wieder vollkommen lautlos huschte er zur anderen Seite des großen Raumes, wo er sich schlichtweg an der Wand entlangtastete, bis er die Tür fand. Rachel folgte ihm dichtauf, und Beka ihr; wenn auch nicht ganz so lautlos wie die beiden.

Vorsichtig, um kein verräterisches Geräusch zu verursachen, schob er die Tür auf und forderte sie mit einem ungeduldigen Wedeln mit der freien Hand auf, hindurchzugehen. Rachel, und dicht hinter ihr Beka, gehorchten, doch kurz bevor sie es tat, sah sie noch einmal zum Eingang zurück und erblickte etwas Rotes und Flackerndes, das durch die Dunkelheit stach wie ein böses Dämonenauge, das nach ihnen Ausschau hielt.

Natürlich wusste sie, dass es nichts Dämonischeres als eine simple Fackel war, aber am Ergebnis änderte das nichts. Beka hatte es plötzlich sehr eilig, durch die Tür zu huschen, und konnte es gar nicht mehr abwarten, dass Yoram ihr folgte und die Tür hinter ihnen schloss.

Die Dunkelheit traf sie wie ein Fausthieb, denn sie machte ihr schlagartig klar, wie groß der Unterschied zwischen *fast vollständiger* und *vollkommener* Dunkelheit war. Draußen hatte sie noch Schemen wahrgenommen, jetzt war sie schlagartig ihres wichtigsten Sinnes beraubt. Die Angst tat ein Übriges: Panik schnürte ihr die Kehle zu und brachte ihr Herz aus dem Takt, und sie spürte überhaupt erst, dass sie wie von Sinnen um sich geschlagen hatte, als Yoram sie packte und ihr kurzerhand den Arm auf den Rücken drehte. Und es wurde sogar noch übler, als er sie in völliger Schwärze die Treppe hinaufzustoßen begann.

Sie stolperte zwei- oder dreimal. Weil Yoram sie unbarmherzig weiterstieß, fiel sie nicht. Erst oben (und in noch vollkommenerer Dunkelheit) angekommen, lockerte er den Griff um ihr Handgelenk ein wenig, und Beka sank schwer auf beide Knie und riss sich los. Es gelang ihr sogar, aber nur, weil Yoram es zuließ.

»Bist du verrückt geworden?«, keuchte sie, während sie ihren schmerzenden Oberarm massierte. Es tat so weh, dass ihr die Tränen in die Augen schossen. Sie war sehr wütend. Glaubte er vielleicht, dass sie mit einem gebrochenen Arm schneller rennen konnte?

Yoram antwortete ihr nicht einmal, sondern sagte etwas zu Rachel, das sie nicht verstand. Sie hörte, wie sich das Mädchen vor ihnen mit der flachen Hand an der Wand entlangtastete, dann knarrte eine Tür, und mattgrauer Nebel durchbrach die Schwärze, wobei er die übrige Dunkelheit sogar noch einmal zu vertiefen schien. Es gab wohl eine Schwärze, die schwärzer war als schwarz.

»Kannst du aufstehen?«, fragte er. »Oder soll ich dir helfen?«

Beka glaubte ihm sogar, dass er das durchaus ernst meinte, bedachte ihn aber nur mit einem neuerlichen giftigen Blick, von dem sie diesmal bedauerte, dass er ihn nicht sehen konnte, und stemmte sich aus eigener Kraft in die Höhe.

»Damit du mir auch noch den anderen Arm auskugeln kannst?«, giftete sie.

Sie konnte Yorams Grimasse regelrecht hören, aber er war auch klug genug, gar nichts zu sagen, sondern legte ihr nur die Hand auf die Schulter und schob sie mit diesmal wirklich sanfter Gewalt auf das Licht zu, das Rachel herbeigezaubert hatte.

Es entpuppte sich als die Tür zu einem der Räume, die sie früher am Abend durchsucht hatten. Durch ein glasloses Fenster drang graues Nachtlicht herein, in dem sie unerwartet gut sehen konnte, nachdem sich ihre Augen gerade eine kleine Auszeit genommen hatten. Zeitunglesen wäre noch immer nicht möglich gewesen, aber sie erkannte zerstörte Büromöbel sowie den großen Schrank, in dem sie die geschmolzenen Smartphones gefunden hatte.

Yoram schloss die Tür, bedeutete Rachel mit einer knappen Kopfbewegung, Wache zu halten, und eilte zum Fenster, um vorsichtig hinauszuspähen. »Keine Chance«, sagte er enttäuscht. »Das sind mindestens zehn Meter.«

»Jemand kommt«, warnte Rachel.

Yoram murmelte einen Fluch, sah sich mit Bewegungen um, die offenbarten, wie nahe auch er der Panik war, und machte dann eine Geste auf die offen stehende Schranktür. »Rein da!«

Sie sollte sich *im Schrank verstecken?* Das war grotesk! Aber zugleich war in seiner Stimme auch etwas so Zwingendes, dass sie gar nicht anders konnte, als nicht in den Schrank zu huschen und die Tür bis auf einen schmalen Spalt hinter sich zu schließen, durch den sie beobachtete, wie sich Rachel unter einen halb zusammengebrochenen Schreibtisch rollte und Yoram mit erhobenen Fäusten so an der Wand neben der Tür Aufstellung nahm, dass sie ihn verbergen würde, wenn sie aufging.

Das war beinahe noch absurder. Aber welche Alternative hatten sie schon? Vielleicht hoffte Yoram ja auf ein Wunder, oder dass derjenige, der hereinkam, entweder blind oder dämlich war; und am besten beides.

Schritte näherten sich, Gepolter und aufgeregt durcheinanderschnatternde Stimmen, dann fiel flackerndes rotes Licht durch die Türritzen. Beka hielt instinktiv den Atem an, und ihr Herz klopfte so laut, dass man es eigentlich draußen hören musste. Die Schritte kamen näher, polterten an der Tür vorbei und entfernten sich wieder. Beka wollte gerade erleichtert aufatmen, als das flackernde Licht zurückkam und die Tür mit solcher Wucht aufgestoßen wurde, dass sie gegen die Wand krachte; beziehungsweise gegen Yoram, der dahinter stand und es irgendwie fertigbrachte, nicht den leisesten Schmerzlaut von sich zu geben. Vielleicht wurde er auch nur von ihrem hämmernden Puls übertönt.

Zwei Gestalten kamen herein, keine von ihnen größer, als Thora es gewesen war. Eine hielt eine Fackel in der Hand, die heftig zu flackern begann, als sie in den Luftzug des offenen Fensterlochs geriet. Beide waren in die hier angesagten Lumpen und Fetzen gehüllt, hatten ihr Outfit aber mit allerlei Leder- und Metallteilen aufgepeppt, um es in etwas wie eine krude Rüstung zu verwandeln, was ihnen eine vage Ähnlichkeit mit Olmos' Kriegern verlieh. Aber das waren sie nicht.

Es waren Zeloten. Der mit der Fackel zog das Bein hinter sich her, und zumindest im Licht der immer heftiger flackernden Flamme war sein Gesicht der reinste Albtraum aus Narben und ineinandergelaufenen Zügen. Der andere hatte einen Buckel, der so groß war, als hätte er noch einen zweiten Kopf auf den Schultern, und auch mit seinem linken Arm schien irgendetwas nicht zu stimmen.

Ihr blieb keine Zeit, genauer hinzusehen, denn der Bucklige ging zum Fenster, um hinauszusehen, der andere hob seine Fackel höher, um das Zimmer besser auszuleuchten, und was dann geschah, ging so unfassbar schnell, dass sie nicht einmal wirklich Zeit fand, zu erschrecken.

Yoram schob die Tür so leise zu, dass nicht einmal ein Klicken zu hören war. Doch die Fackel erwies sich als Verräter und flackerte in die andere Richtung, und der Zelot fuhr überrascht herum und griff nach einem rostigen Messer, dessen Griff aus seinem Gürtel ragte.

Da hatte sich Yoram bereits in einen Schatten verwandelt, huschte an ihm vorbei und packte seinen Kameraden mit beiden Händen, um ihn kurzerhand aus dem Fenster zu werfen.

Der Zelot war so überrascht, dass er nicht einmal schrie. Noch bevor das dumpfe Geräusch seines Aufpralls von unten heraufwehte, war Yoram auch schon herum und bei dem zweiten Zeloten, um ihm die versteiften Finger gegen die Kehle zu rammen. Der Zelot rang mit einem fast komisch klingenden Würgen nach Luft und ließ seine Fackel fallen, und Yoram fing sie auf und rammte sie ihrem ehemaligen Besitzer mit solcher Gewalt ins Gesicht, dass seine Zähne splitterten. Der Zelot heulte nun doch – wenn auch nicht sehr laut – auf. Seine Haare fingen Feuer, und noch während er instinktiv die Hände vor das Gesicht schlug, um die Flammen zu ersticken, packte Yoram ihn, schleifte ihn zum Fenster und warf ihn ebenfalls hinaus. Sein gepeinigter Schrei brach nach weniger als einer Sekunde ab.

Beka schob mit zitternden Händen die Schranktür auf, trat heraus und wäre um ein Haar gestürzt, weil ihre Knie wie Espenlaub zitterten. Auf der anderen Seite kroch Rachel aus ihrem untauglichen Versteck heraus und wirkte einfach nur fassungslos. Yoram hatte sich bereits umgedreht und huschte zur Tür, um das Ohr dagegenzupressen und zu lauschen.

Beka starrte ihn eine Sekunde lang erschüttert an, bevor sie zum Fenster ging und hinaussah. Die beiden Zeloten lagen deutlich mehr als zehn Meter unter ihr. Haare und inzwischen auch die Schultern des einen brannten noch immer, und Beka erkannte entsetzt, dass er offensichtlich noch lebte, denn er versuchte mit kleinen, ruckhaften Bewegungen wegzukriechen.

»Rivkah! Was tust du?«, zischte Yoram.

»Beka«, knurrte Beka, wandte sich aber gehorsam um und ging zu ihm. Yoram hatte das Ohr von der Tür genommen und sie einen Spaltbreit geöffnet, um hinauszuspähen. Stimmen und Fackelschein waren noch da, schienen sich aber ein gutes Stück entfernt zu haben. Er lauschte mit versteinertem Gesicht, um dann all seinen Mut zusammenzuraffen und sich millimeterweise vorzubeugen.

»Sie sind weg«, sagte er nach einer unendlich quälenden Sekunde. »Schnell jetzt!« Ohne eine Antwort abzuwarten, glitt er hindurch, deutete nach links zur Treppe und wedelte ungeduldig mit der Hand, als sie seiner Meinung nach wohl nicht schnell genug gehorchten.

Beka und Rachel huschten an ihm vorbei zur Treppe zurück, und auch wenn sie es kaum zu hoffen gewagt hatte, war das Glück ausnahmsweise einmal auf ihrer Seite. Stimmen und tanzender Feuerschein am anderen Ende des langen Korridors hielten an. Einmal meinte sie sogar ein raues Lachen zu hören, aber der schrille Alarmschrei, auf den sie wartete, kam nicht. Sie erreichten nicht nur unbehelligt das Ende der Treppe, der riesige Gebetsraum hinter der Tür war auch leer; oder zumindest dunkel.

Yoram schien der Sache jedoch nicht zu trauen. Beka konnte ihm ansehen, wie angestrengt er überlegte, dann reichte er die Fackel an Rachel weiter und machte zugleich eine Geste, deren Sinn Beka verborgen blieb.

Rachel offensichtlich nicht, denn sie hielt die Fackel am ausgestreckten Arm so weit vor sich, wie sie nur konnte, ließ Schultern und Kopf hängen und strich sich das lange Haar ins Gesicht, bevor sie mit seltsam schlurfenden Schritten losging. Wenn man nicht zu genau hinsah, dachte Beka, gab sie sogar einen ganz passablen Zeloten ab. Sie merkte sich die Formulierung für später, um Rachel damit zu ärgern.

Unverzüglich wollte sie ihr folgen, aber Yoram hielt sie mit einem erschrockenen Kopfschütteln zurück. Sie gingen erst weiter, als er sicher zu sein schien, dass sie nicht mehr ins Licht der Fackel gerieten, und bis sie an dem zerstörten Altar vorbei waren, blieb ihnen das Glück sogar hold.

Dann nicht mehr.

Die Gestalt schien unmittelbar vor Rachel aus dem Boden zu wachsen.

*

Es war der größte Zelot, den Beka bisher gesehen hatte, und er fiel keine Sekunde lang auf Rachels Mummenschanz herein, sondern holte sofort zu einem gewaltigen Fausthieb aus, der ihr wahrscheinlich den Schädel zertrümmert hätte, hätte er getroffen.

Was Rachel das Leben rettete, war einzig der Umstand, dass sie so klein war und sich ganz instinktiv noch weiter duckte. Eine Faust, die nicht viel kleiner war als ihr Kopf, zischte kaum einen Fingerbreit über sie hinweg. Das Mädchen bewies abermals eine erstaunliche Kaltblütigkeit, indem es keineswegs die Flucht ergriff, sondern dem monströsen Angreifer die Fackel ins Gesicht stieß, wie sie es gerade bei Yoram gesehen hatte.

Es hätte sogar geklappt, hätte der Zelot nicht einen monströsen Topfhelm getragen, der seinen Schädel zur Gänze bedeckte und nur zwei schmale Sehschlitze freiließ. Die Fackel prallte Funken sprühend und harmlos dagegen und wurde ihr vom Ungestüm ihrer eigenen Bewegung aus der Hand gerissen.

Unter dem Helm drang ein Geräusch hervor, als würden Kieselsteine in eine Schubkarre geschaufelt; wahrscheinlich das, was der Zelot für ein Lachen hielt. Zugleich schlossen sich seine gewaltigen Pranken um Rachels Hals, und er riss sie mühelos so weit in die Höhe, dass sich ihre Gesichter auf gleicher Höhe befanden. Beka zweifelte nicht daran, dass er ihr den Kopf abreißen konnte, ohne sich auch nur anzustrengen, aber er schien es wohl vorzuziehen, sie genüsslich zu erwürgen.

Rachel begann verzweifelt mit den Beinen zu strampeln und mit beiden Händen auf seine Arme einzuschlagen, was er nicht einmal zu spüren schien. Auch Beka warf sich vor und ballte beide Hände zu einer einzigen Faust, die sie dem Koloss mit aller

Gewalt in den Leib hämmerte, was er ebenso wenig zu bemerken schien. Ganz im Gegenteil erklang das Kieselstein-Lachen erneut, und an seiner Stelle schrie Beka vor Schmerz, hatte sie doch das Gefühl, gegen Beton geschlagen zu haben. Der Kerl musste eine Rüstung unter seiner Fetzenuniform tragen; oder er hatte Muskeln wie Eisen. Beka sank jedenfalls auf die Knie und krümmte sich vor Pein, und ein Laut wie ein heller Glockenschlag erklang.

Diesmal war es ein dumpfes Stöhnen, das unter seinem Helm hervordrang. Der Zelot brach krachend in die Knie, und das Glockengeräusch wiederholte sich, als Yoram die Menora ein zweites Mal auf seinen Helm niedersauen ließ, und dieses Mal mit solcher Gewalt, dass er ihm fast bis auf die Schultern herabgerammt wurde. Ein Schwall von erstaunlich hellem Zelotenblut sprudelte unter dem Helm hervor und schoss sogar aus den Augenschlitzen.

Zwei, drei, vier endlose Sekunden lang blieb er einfach auf den Knien hocken, als weigerte er sich schlichtweg einzugestehen, dass er tot war (oder er war einfach zu dumm, es zu kapieren), dann kippte der Koloss wie ein zusammenstürzender Berg zu Boden und schlug mit dem dazu passenden Getöse auf, unter dem die gesamte Kathedrale bebte. Beka konnte sich gerade noch erschrocken zur Seite rollen, bevor der stürzende Gigant sie erschlug.

Yoram ließ die jetzt nicht mehr ganz so ansehnliche Menora fallen und war mit zwei schnellen Schritten bei Rachel, fiel neben ihr auf die Knie und beugte sich über sie. »Alles in Ordnung?«, stieß er hervor.

Rachel rang qualvoll nach Luft, stemmte sich auf die Ellbogen hoch und schlang die Hände um den Hals, bevor sie antwortete, krächzend und kaum verständlich und unter ununterbrochenem Würgen und Husten und Japsen. »Das ist … eine wirklich … bescheuerte … Frage …«

»Es scheint ihr wieder gut zu gehen«, sagte Beka säuerlich,

während sie dabei zusah, wie Yoram Rachel behutsam auf die Füße zog. Und vergeblich darauf wartete, dass er ihr ebenfalls half. Oder wenigstens nach ihr sah.

Yoram ignorierte sie weiter und überzeugte sich davon, dass Rachel aus eigener Kraft stehen konnte, bevor er ihren Arm losließ und sich noch einmal bückte, um das Messer des toten Zeloten an sich zu nehmen. Ganz kurz sah er auf die Fackel hinab, die Rachel fallen gelassen hatte, entschied sich aber dann dagegen, sie aufzuheben und deutete mit dem Messer zum Ausgang. »Schnell, ehe noch mehr kommen!«

Sie stürmten los, und sie kamen sogar fast ein Dutzend Schritte weit.

Diesmal waren es gleich zwei Zeloten, die so präzise vor und hinter Yoram auftauchten, dass es unmöglich ein Zufall sein konnte. Sie waren nicht annähernd so groß wie der Koloss, der Rachel attackiert hatte, aber Furcht einflößend genug und bis an die Zähne bewaffnet. Der eine schwang einen mit rostigen Nägeln gespickten Baseballschläger nach seinem Kopf, der andere stürmte genau im richtigen Tempo und Abstand von hinten heran, um ihn aufzufangen, falls ihn die Keule traf – oder er frech genug sein sollte, zurückzuspringen. Die beiden waren ein eingespieltes Team, begriff Beka. Und sie waren gut.

Yoram war besser. Statt langsamer zu werden oder auszuweichen, rannte er sogar noch schneller, duckte sich unter dem wie zu einem perfekten *Strike* geschwungenen Baseballschläger weg und streckte die Hand mit dem erbeuteten Dolch aus. Ohne auch nur langsamer zu werden, prallte er gegen den Zeloten, wobei er ihm den Dolch bis ans Heft in den Leib rammte. Gleichzeitig trat er nach hinten und schräg nach oben aus, um dem zweiten Zeloten einen perfekten Kung-Fu-Tritt unter das Kinn zu schmettern, der seinen Kopf hart und weit genug in den Nacken schnellen ließ, um ihm das Genick zu brechen. Beide Angreifer brachen leblos zusammen.

»Ich hab dir gesagt, dass er gut ist, oder?«, fragte Rachel stolz.

Genau genommen hatte sie das nicht, aber Beka setzte trotzdem dazu an, ihr zuzustimmen, und stieß stattdessen einen warnenden Schrei aus, als sie einen weiteren Schatten gewahrte, der aus dem Nichts erschien und sich auf Yoram warf.

Es war nicht nötig. Yoram *war* gut. So schnell, dass sie die Bewegung kaum sah, wirbelte er herum und empfing den Zeloten mit einem diagonalen Hieb, mit dem er ihm das blutige Messer durchs Gesicht zog, schleuderte ihn mit einem zusätzlichen Fußtritt zurück und deutete in Richtung Ausgang.

»Lauft!«, brüllte er, jegliche Vorsicht endgültig vergessend. Sich weiter verstecken zu wollen, wäre ohnehin lächerlich.

Beka stürmte los, flankte mit nie erwarteter Sportlichkeit über Hindernisse hinweg und brach durch etliche andere einfach hindurch. Es gelang ihr nicht nur, mit Yoram Schritt zu halten, sondern ihn auch beinahe einzuholen, sodass sie fast nebeneinander durch den Ausgang und auf den großen Platz hinausstürmten.

Sie kamen noch ein halbes Dutzend Schritte weit, bevor Rachel hinter ihnen gellend aufschrie. Irgendwie schaffte es Yoram, sozusagen mitten in der Bewegung stehen zu bleiben und nicht nur die meisten Gesetze der Physik und Massenträgheit außer Kraft zu setzen, sondern zugleich auch auf dem Absatz herumzufahren, ohne das Gleichgewicht zu verlieren. Beka stürmte noch ein paar Schritte weiter, bevor es ihr gelang, mit wild rudernden Armen zum Stehen zu kommen und sich umzudrehen.

Sie konnte selbst spüren, wie ihr alles Blut aus dem Gesicht wich.

Hinter ihnen waren drei weitere Zeloten aus der Tür getreten. Sie machten keinerlei Anstalten, sie zu verfolgen, und schienen es auch sonst nicht wirklich eilig zu haben. Das mussten sie auch nicht, denn einer von ihnen hatte Rachel gepackt und bog ihr brutal den Kopf in den Nacken. Mit der anderen Hand drückte er ihr ein schartiges Messer so fest an die Kehle, dass ein Spinnwebmuster aus blutroten Tränen an ihrem Hals hinunterlief. Keiner von ihnen sagte auch nur ein Wort, aber auch das mussten sie nicht.

Beka hob langsam die Arme, und Yoram ließ das Messer fallen.

Nicht, dass es etwas nutzte.

Die Zeloten prügelten sie trotzdem bewusstlos.

27

Es stank. Das war das Erste, was sie bewusst wahrnahm, als sie sich aus einem Abgrund aus Vergessen und ziellos wütender Qual an die Oberfläche dessen emporkämpfte, von dem sie fürchtete, dass es die Realität war. Und dass sie rasende Kopfschmerzen hatte. Vielleicht auch in umgekehrter Reihenfolge. Kausalität schien keine Rolle mehr zu spielen, weder in der wirklichen Welt noch in ihren Gedanken, in denen alles durcheinanderging, vor allem in ihren Erinnerungen. Sie musste einen Unfall oder so etwas gehabt haben und sich eine Kopfverletzung zugezogen haben, womöglich schwer, denn sie erinnerte sich an einen vollkommen abstrusen Traum, in dem sie von einem leibhaftigen Engel gejagt worden war – keinem von der wirklich netten Sorte –, mit Jesus gesprochen hatte, um anschließend von einer Bande durchgeknallter Mutanten windelweich geprügelt zu werden.

Gut, da war eine leise, wenn auch beharrliche Stimme in ihren Gedanken, die darauf beharrte, dass es alles gewesen war, nur kein Traum. Sie brachte sie mit dem Argument zum Schweigen, dass sie schließlich eins über den Schädel bekommen hatte und ihren eigenen Erinnerungen als Allerletztes vertrauen konnte … auch wenn sie natürlich ganz genau wusste, dass das nicht stimmte. Mit dem allerletzten Rest von Vernunft, den sie noch irgendwo in sich fand, sagte sie sich, dass sie auf dem besten Weg war, diesen kümmerlichen Rest auch noch und womöglich für immer zu verlieren, wenn sie sich auf dieses Spielchen einließ.

Also versuchte sie sich auf das Einzige zu konzentrieren, von dem sie – halbwegs – sicher sein konnte, dass es echt war: den Gestank und die Schmerzen. Ach ja, und die Dunkelheit, denn sie konnte mal wieder nichts sehen. Außerdem spürte sie, dass sie mit angezogenen Knien und an Hand- und Fußgelenken gefesselt auf etwas Hartem saß und an etwas noch Härterem lehnte, das sich wie ein halbes Dutzend schwieliger Daumen in ihren Rücken bohrte. Der Boden unter ihr bewegte sich und schaukelte sacht hin und her, und da waren Schritte und ein schweres Kollern und Rollen, fernes Stimmengewirr und andere, unvertraute Geräusche. Es musste Tag sein, denn sie spürte das Sonnenlicht auf dem Gesicht, und außer dem wirklich penetranten Kamelgestank roch sie nun auch heißen Sand und sauren Schweiß. Sie mutmaßte, dass Letzteres von ihr stammte.

Vielleicht war es an der Zeit, dass sie sich die Sache einmal ansah.

Unglückseligerweise ging das nicht. Die Dunkelheit blieb.

Sogleich wollte ihre alte Freundin, die Panik, wieder bei ihr anklopfen, doch dann registrierte sie, dass es nicht unbedingt an ihren Augen lag. Sie konnte sie nicht öffnen, weil jemand sie ihr verbunden hatte. Das sollte beunruhigend sein, erfüllte sie aber eher mit Erleichterung. Immer noch besser als blind.

Sie gab sich noch ein paar Atemzüge, um sich zu sammeln, dann räusperte sie sich umständlich und fragte: »Ist jemand hier? Ich meine: Bin ich allein?« *Oder tot?*

Das war sie nicht, denn unverzüglich sagte Rachel: »Unglücklicherweise nicht. Du schnarchst, und wir hören dir seit zwei Stunden mit großem Vergnügen zu.«

»Das stimmt nicht«, erklang nun Yorams Stimme. »Es war höchstens eine.«

Ja, das waren zweifellos Yoram und Rachel, und es schien ihnen halbwegs gut zu gehen.

»Dann hättest du mir vielleicht besser den Mund verbinden sollen und nicht die Augen«, sagte sie. »Könnte jetzt vielleicht einer von euch so freundlich sein und mich losmachen? Oder mir wenigstens diesen verdammten Augenknebel abnehmen?«

»Würd ich ja gerne«, nörgelte Rachel. »Aber jemand hat mir die Hände zusammengebunden.«

»Die Zeloten?«, vermutete Beka.

»Wenn wir Glück haben.«

»Und wenn wir kein Glück haben?«

»Zadkiel?«, schlug Rachel vor.

Natürlich wusste sie, dass sie das nur sagte, um sie zu ärgern, aber es funktionierte trotzdem. Sie erschrak so sehr, dass sie nicht antworten konnte; auch wenn sie sehr wohl wusste, dass es nicht der schwarze Engel gewesen war. Zadkiel hatte Rachel nicht beinahe die Kehle durchgeschnitten, und es war auch nicht Zadkiel gewesen, der Rachel, Yoram und sie halb tot geprügelt hatte. Und wenn der Engel nicht gewollt hätte, dass sie etwas sah, dann hätte er ihr vermutlich die Augen herausgerissen, statt sie ihr nur zu verbinden.

Was sie zu der Frage brachte: »Warum haben sie uns die Augen verbunden?«

»Damit wir nichts sehen?«

»Rachel, du nervst«, seufzte sie.

»Da wären natürlich noch die Dämonen, nicht zu vergessen die …«

»Das reicht«, mischte sich Yoram ein. »Mir ist nicht nach Scherzen zumute. Wie fühlst du dich?«

»Gut«, antwortete Beka mit einer Stimme, die eher auf das Gegenteil hindeutete. Sie hatte schon geglaubt, er würde nie fragen. Ihre Antwort war auch glatt gelogen, aber das hätte sie in Rachels Gegenwart nie zugegeben, nicht einmal wenn sie mit dem Kopf unter dem linken Arm aufgewacht wäre.

Sie nutzte die Gelegenheit, um in sich hineinzulauschen und den Wahrheitsgehalt ihrer Behauptung zu überprüfen. Das Ergebnis war ... bescheiden. Ihr Rücken tat weh von den Daumen, die sich in ihr Fleisch bohrten und die sie jetzt als unterschiedlich dicke Eisenstäbe identifizierte. Ihre Hände und Füße schmerzten und waren gleichzeitig taub von den viel zu eng zusammengezogenen Lederriemen, mit denen sie gebunden waren. Außerdem hatte sie eine schmerzende Stelle am Hinterkopf, die von eingetrocknetem Blut spannte; ein kleines Andenken an etwas, das sich zumindest angefühlt hatte wie ein Hydrant, mit dem jemand auf sie einprügelte. Zugleich war sie im Nachhinein eindeutig dankbar für diesen letzten Schlag, denn er hatte der Quälerei wenigstens ein Ende bereitet. Ihre Erinnerungen waren inzwischen völlig zurückgekehrt, auch wenn sie gerne darauf verzichtet hätte.

»Du meinst also, sie hätten uns gefangen und mitgenommen«, sagte sie überflüssigerweise. Sie bekam auch keine Antwort. »Aber warum verbinden sie uns dann die Augen?«

»Damit wir nichts sehen?«, vermutete Rachel.

Beka atmete zischend ein, um ihr mit jetzt vielleicht nicht mehr ganz so freundlichen Worten zu sagen, was sie von dieser Antwort hielt, aber Yoram kam ihr zuvor.

»Rachel hat recht«, sagte er rasch. »Ich nehme an, wir sollen nicht sehen, wohin sie uns bringen. Niemand weiß, woher sie wirklich kommen.«

»Wenn es anders wäre, hätten wir sie längst ausgelöscht«, fügte Rachel ungefragt hinzu.

Natürlich, dachte Beka. Eine Bande raufustiger Kinder gegen bis an die Zähne bewaffnete Mutanten, von denen jeder einzelne so aussah, als könnte er es mit der gesamten World-Wrestling-Liga annehmen. Sie hütete sich, die Worte laut auszusprechen, schon um Rachel nicht zu einer weiteren patzigen Antwort zu provozieren. Außerdem musste sie wieder daran denken, wie Yoram unter den Zeloten gewütet hatte. Vielleicht war er ja nicht der Einzige, den sie unterschätzt hatte.

Yoram zog es ebenfalls vor, Rachels Bemerkung nicht gehört

zu haben. »Wir wissen, dass sie irgendwo aus dem Osten kommen. Und wir fahren nach Osten.«

»Und woher weißt du das?«, fragte Beka skeptisch. Konnte er etwa sehen und Rachel womöglich auch?

»Weil die Sonne vor einer guten halben Stunde aufgegangen ist. Ich sitze in Fahrtrichtung, und ich kann ihre Wärme auf dem Gesicht spüren.«

»Du glaubst also …«

Ein harter Ruck ging durch den Boden. Die Schritte und das Rollen schwerer Räder waren nicht mehr zu hören, dann ertönte ein helles Scheppern wie von schwerem Metall auf noch schwererem.

»Nicht reden!«, polterte eine Stimme, von der sie wenigstens hoffte, dass sie einem Menschen gehörte … oder etwas Ähnlichem.

»Ach ja?«, maulte Rachel. »Und wenn nicht?«

Sie bekam keine Antwort, aber kurz darauf quietschten rostige Scharniere, und schwere Schritte polterten auf dem Holzboden. Dann ertönte ein Klatschen, Rachel schrie, und das Klatschen wiederholte sich. Ein dumpfer Aufprall war zu hören, und aus Rachels Schrei wurde ein würgendes Stöhnen und Husten. »Nicht reden«, wiederholte die Stimme. »Still!«

Die Scharniere quietschten erneut, und der Wagen setzte sich schaukelnd wieder in Bewegung, begleitet von einem sonderbaren Blöken und Schnauben.

»Diese verdammten … Mistkerle …«, wimmerte Rachel. »Dafür werden sie …«

»Sei lieber still«, zischte Yoram. »Sonst kommt er zurück.«

Das schien sogar Rachel zu beeindrucken. Sie sprach nicht weiter, stöhnte aber noch eine ganze Weile und eigentlich nicht wirklich leiser weiter, was aber ohne Folgen blieb. Sie durften anscheinend nur nicht reden. Niemand schien etwas dagegen zu haben, wenn sie vor Schmerzen schrien.

Beka wartete, bis sich ihr hämmernder Pulsschlag zu beruhigen begann, schloss unter der Binde zusätzlich die Augen und versuchte sich zu entspannen. Das eine dauerte sehr lange, und das andere wollte ihr gar nicht gelingen. Ihre Gedanken überschlugen sich, drehten sich immer schneller im Kreis und verbissen sich in sich selbst, ohne dass sie hinterher auch nur sagen konnte, was sie gedacht hatte. Wahrscheinlich nichts. Und hinter diesem Chaos lauerte schon wieder die Panik.

Sie versuchte sich zu disziplinieren, scheiterte kläglich und konzentrierte sich dann mit aller Macht auf die wenigen Informationen, die ihr ihre verbliebenen Sinne lieferten, nur um sich abzulenken und nicht schon wieder in Panik zu geraten.

Es war wenig genug. Wenn sie die diversen Schmerzen abzog, blieb es im Prinzip bei dem, was sie schon wusste. Sie befanden sich in einem einfachen Wagen, der zumindest so stank, als hätte er einst einem ärmlichen Wanderzirkus gehört, und der über unebenen Boden rumpelte; manchmal über holpriges Kopfsteinpflaster, manchmal über blankes Erdreich oder auch durch Sand. Sie meinte das gleiche rumpelnde Rollen von mindestens zwei weiteren Wagen zu hören und die Schritte einer größeren Gruppe, die die kleine Karawane zu Fuß begleitete und wild durcheinanderschnatterte. Das Redeverbot schien für sie jedenfalls nicht zu gelten.

Manchmal roch es verbrannt, manchmal nach verrottender Vegetation oder faulendem Wasser, die meiste Zeit aber einfach nur nach heißem Sand und unangenehm ausdünstenden Tierleibern, und es war sehr warm.

So ging es weiter, Stunde um Stunde. Manchmal fuhren sie bergauf, dann wieder bergab. Mindestens einmal überwanden sie eine Steigung, die Wagen und Zugtier ganz offensichtlich an ihre Grenzen brachte, dem wütenden Gekeife und Peitschenknallen und protestierenden Blöken nach zu urteilen. Beka versuchte zu entscheiden, von welchem Tier diese Laute stammten, kam aber nicht darauf. Sie mochte Tiere, aber ihre bisherigen Erfahrungen mit allem, was größer als ein Hund oder eine Katze war, hatten sich auf Grillabende oder den Besuch in einem Steakhaus beschränkt.

Irgendwann änderte sich etwas. Der Wagen quälte sich eine weitere Steigung hinauf, rumpelte noch ein kleines Stück über unebenen Boden und kam dann mit einem plötzlichen Ruck zum Halten. Die Tür wurde geöffnet, und wieder polterten schwere Schritte herein, diesmal von mehreren Personen. Yoram japste erschrocken, dann stieß Rachel einen dünnen Schrei aus, und im nächsten Augenblick wurde auch Beka grob in die Höhe gerissen und so brutal aus dem Wagen gezerrt, dass sie aufgeschrien hätte, wäre der Griff nicht so brutal gewesen, dass sie kaum noch Luft bekam.

Draußen wurde sie von nicht minder derben Händen gepackt und ein kleines Stück über unebenen Boden und dann gegen etwas Hartes und Heißes gestoßen, an dem sie haltlos hinabglitt. Eine grobe Hand riss ihr die Augenbinde herunter.

*

Auf einen Schlag war sie auf eine vollkommen andere, gleißende Art blind, als das Licht in ihren nach der langen Dunkelheit empfindlich gewordenen Augen explodierte und dünne Nadeln aus reinem Schmerz tief in ihren Schädel versenkte. Sie musste die Zähne zusammenbeißen, um nicht schon wieder vor Schmerz aufzustöhnen. Neben ihr sog Yoram scharf die Luft ein, und auch Rachel wimmerte leise. Immerhin konnte sie es noch.

Beka presste die Lider so fest aufeinander, dass es schon fast wehtat, und zählte langsam bis zwanzig, bevor sie die Augen wieder öffnete und durch einen Schleier aus Tränen blinzelte, in dem Farben und Formen miteinander rangen und nur widerwillig zu verschwommenen Umrissen gerannen.

Sie schaute weiter zu Boden, bis sich ihre Augen beruhigten und sie wenigstens hoffte, wieder halbwegs klar sehen zu können, ehe sie zum ersten Mal vorsichtig aufblickte.

Viel hatte sich im Grunde nicht geändert. Sie saß schon wieder mit zusammengebundenen Gliedmaßen und angezogenen Knien da und lehnte mit dem Rücken an etwas Hartem, diesmal aus Stein. Rings um sie herum wimmelte es von zerlumpten (und teilweise grotesken) Gestalten, die mit allerlei Dingen beschäftigt waren, die sie nicht interessierten. Yoram, Rachel und sie hockten am Fuße einer gefühlt meilenhohen Sandsteinklippe, die sie in einer flachen Sensenform nach drei Richtungen hin abschirmte. Das war wohl auch der Grund, warum man ihnen die Augenbinden abgenommen hatte. Sie hatten nur auf leere Wüste und ein paar anscheinend willkürlich verstreute Felsbrocken freien Blick, manche größer als ein Haus. Am Horizont waren Berge allenfalls zu erahnen, aber bei dem rot gefärbten Licht und den tief hängenden Wolken nicht mit Sicherheit zu erkennen.

Ein Stück zur Linken standen mehrere Wagen, drei offene vierrädrige Karren und etwas, das an den Löwenkäfig eines Wanderzirkus aus dem vorvorletzten Jahrhundert erinnerte: das Bronzezeit-Kabrio, in dem sie hergekommen waren. Jetzt erklärte sich auch das sonderbare Blöken und der Gestank. Die Wagen wurden von abgemagerten Kamelen mit räudigem Fell gezogen. Zwei weitere Kamele standen nebeneinander in der Nähe und suchten zwischen den verbrannten Steinen nach etwas, woran sie sich laben konnten. Sie waren so hoch beladen mit Gepäck, dass sich Beka fragte, wie sie all dieses Gewicht in ihrem erbärmlichen Zustand eigentlich tragen konnten.

Die Sonne war wie fast immer hinter trübroten und schmutzig braunen Wolken verborgen, stand aber fast im Zenit. Sie waren einen halben Tag gefahren. Es war ihr deutlich länger vorgekommen.

Mit einiger Verspätung kam ihr immerhin die Idee, den Kopf an der harten Felswand hinter sich herumzurollen und nach Yoram und dem Mädchen zu sehen. Rachel hatte die Augen geschlossen, musste aber wach sein, denn sie kaute auf ihrer Unterlippe, während Yoram aufmerksam in ihre Richtung sah und sich sogar ein aufmunterndes Lächeln abrang; oder was er dafür hielt.

»Alles in Ordnung?«, fragte er.

Beka belog ihn abermals, indem sie mit einem angedeuteten Nicken antwortete. Sie warf einen mahnenden Blick zu dem muskulösen Zeloten hoch, der zwei oder drei Schritte entfernt dastand und sie misstrauisch beäugte. Er reagierte jedoch nicht auf Yorams Worte. Das Redeverbot schien wohl zusammen mit der Verdunkelung aufgehoben zu sein.

»Weißt du, wo wir sind?«, fragte sie.

»Irgendwo in der Wüste«, antwortete Yoram.

Hätte Rachel dieselbe Antwort gegeben, wäre sie sich sicher gewesen, dass sie sich nur wieder über sie lustig machte. Aber bei Yoram war es anders. Er klang mutlos, fand sie.

Als hätte er ihre Gedanken gelesen, fragte er: »Wenn wir die ganze Zeit nach Osten gefahren sind, dann müssten wir schon auf halbem Wege zum Meer sein.«

»Liegt das nicht in der anderen Richtung?«

»Das *Tote* Meer.«

»Und von dort kommen die Zeloten?«

Yoram hob die Schultern, soweit seine Fesseln es erlaubten. »Das weiß niemand so genau.«

Obwohl sie doch im Dienste eines leibhaftigen Engels standen, eines himmlischen Wesens, das Gott selbst verpflichtet war und eigentlich alles wissen sollte?

»Es würde wenigstens das da erklären«, antwortete Yoram mit einer Kopfbewegung auf die hochbeladenen Kamele.

»Du glaubst, es wären Plünderer«, vermutete Beka.

»Irgendwoher müssen sie ja alles haben, was sie so brauchen«, bestätigte Yoram.

Das klang einleuchtend, enthielt aber zugleich auch einen so großen Denkfehler, dass sie eigentlich sofort darauf kommen sollte. Tat sie aber nicht. »Auch ihr Manna?«

»Vielleicht essen sie ja was anderes«, mischte sich Rachel ein. Sie war also doch wach.

»Du meinst das vergiftete Essen, das man hier draußen findet?«, mutmaßte Beka, »Und das verseuchte Wasser?«

»Fangt nicht schon wieder an«, seufzte Yoram. »Außerdem weiß ich es nicht. War ja nur eine Vermutung.«

Beka wollte eine weitere Frage stellen, doch da näherten sich zwei weitere Zeloten, der eine ein verkrüppeltes Etwas, das sie lieber nicht anschauen wollte, der andere ein wahrer Riese, der beinahe normal aussah oder ausgesehen hätte, hätte nicht jemand vor kurzer Zeit versucht, sein Gesicht diagonal in zwei Hälften zu schneiden. Die Wunde war noch nicht einmal richtig verschorft und hatte ihn wohl auch ein Auge gekostet. In dem verbliebenen schimmerte die reine Mordlust, sodass Beka sich anspannte und fest damit rechnete, dass er gleich auf sie losgehen würde.

In zwei Schritten Abstand hielt er an und zog ein großes Messer aus dem Gürtel, das Beka unschwer als dasselbe erkannte, mit dem Yoram gestern Abend an ihm herumgeschnitzt hatte.

Statt sich jedoch zu revanchieren, wedelte er nur mit der Klinge zu seinem kleineren Begleiter, und der Verkrüppelte förderte einen schmuddeligen Lederbeutel zutage, aus dem er drei unansehnliche faustgroße Klumpen zog, die er vor ihnen in den Sand warf.

»Esst«, grummelte der Große.

Rachel und Yoram starrten ihn nur an, während sich Beka nach kurzem Zögern vorbeugte und den Brocken ungeschickt mit zusammengebundenen Händen aufhob, um daran zu schnuppern. Es roch nicht so streng, wie sie erwartet hatte. Aber das bedeutete nicht, dass es *gut* roch.

»Esst«, sagte der Große noch einmal, und hörbar ungeduldiger.

Auch Yoram und schließlich sogar Rachel hoben die Geschenke auf, Rachel mit so spitzen Fingern, als wäre es etwas unbeschreiblich Ekelhaftes. »Das ist doch bestimmt verseucht, wie alles hier. Ich will Manna!«

»Manna wirst du von unseren freundlichen Gastgebern nicht kriegen«, sagte Yoram. »Wenn wir nicht verdursten und verhungern wollen, müssen wir schon das nehmen, was vor Ort ist.«

Das klang nicht gerade vertrauenserweckend. Aber Yorams Argument brachte Beka auf einen anderen Gedanken. »Ihr habt mir doch erzählt, dass der Regen am Anfang schwarz war und ätzend.«

Yoram nickte. »Das ist schon lange her.«

»Also ist die Belastung zurückgegangen.« Beka blickte mit überschatteten und zusammengekniffenen Augen nach oben. »Und der Himmel sieht hier ganz anders aus als bei euch. Die Sonne kommt durch.«

»Ja«, bestätigte Yoram. »Die Gegend hier scheint es nicht ganz so schlimm erwischt zu haben.

»Und warum sehen die Zeloten dann so aus, wie sie aussehen?«, maulte Rachel.

Einauge knurrte.

»Weil sie anfangs die volle Dosis abgekriegt haben?«, mutmaßte Beka.

Der Einäugige wedelte noch einmal ungeduldiger mit seinem Messer, und Beka wischte alle weiteren Einwände beiseite und probierte vorsichtig den inzwischen schon etwas sandigen Klumpen. Für seinen Geschmack galt mehr oder weniger dasselbe wie für den Geruch.

»Fleisch«, sagte sie, nachdem sie zweimal gekaut und es dann mit ein bisschen Überwindung hinuntergeschluckt hatte.

»Fleisch?«, krächzte Rachel. Sie ließ den Brocken fallen, als wäre er plötzlich glühend heiß geworden. »Du meinst, ein Stück von … von einem *Tier?*

»Stimmt.« Beka biss noch einmal ab. So schlecht war der Geschmack eigentlich gar nicht, wenn man sich erst einmal daran gewöhnt hatte. Und sie glaubte auch nicht, dass seine Strahlenbelastung so hoch war, dass sie schon nach ein paar Bissen zu einem Zeloten mutierte. Wahrscheinlich war sie sogar eher gering nach all den Jahren und weitab von Jerusalem.

»Ihr esst … Tiere?«, keuchte Rachel.

»Sicher.« Beka biss noch einmal ab und fügte mit vollem Mund kauend hinzu: »Aber nur tote.«

Auch Yoram betrachtete seine Portion misstrauisch, roch daran und kostete schließlich. »So schlecht ist es gar nicht«, sagte er, nachdem er eine Zeit lang gekaut hatte; auch wenn Beka ihm anzusehen meinte, dass er sich erst an den Geschmack gewöhnen musste. »Ist lange her.«

»Was ist lange …?« Rachel japste. Ihre Augen quollen ein Stück weit aus den Höhlen. »Soll das heißen, dass du auch … *tote Tiere gegessen hast?*«

»Natürlich essen wir nur tote Tiere«, belehrte sie Beka. »Glaubst du etwa, wir essen sie lebendig?«

»So etwas tut niemand.« Yoram biss ein deutlich größeres Stück ab und kaute genüsslich. »Es sei denn, er ist Klingone.«

»Oder Xindi«, fügte Beka hinzu. »Ich bin nicht ganz sicher, aber ich glaube, die haben ihre Feinde auch lebendig verspeist. Aber das hatte eher rituelle Gründe.«

Yoram kaute eine Weile schweigend vor sich hin, bevor er fragte: »Was ist mit den Romulanern?«

»Dieses eingebildete Pack?« Beka schüttelte heftig den Kopf. »Da könntest du ja auch gleich die Vulkanier verdächtigen.«

»Das ist wohl wahr«, seufzte Yoram. »Trotzdem: Im Moment hätte ich nichts gegen einen romulanischen Warbird einzuwenden … nur wenn er auf unserer Seite stünde, natürlich.«

Rachel blickte misstrauisch von einem zum anderen. »Worüber redet ihr da?«

»Über etwas sehr, sehr Großes, das fliegt«, sagte Yoram.

»Und sich unsichtbar machen kann und bis an die Zähne bewaffnet ist«, ergänzte Beka. »Glaub mir, er könnte diese ganze Zelotenbagage wegpusten, ohne sich anzustrengen.«

»Und so etwas gab es da, wo ihr herkommt?«, staunte Rachel.

»Das ist doch noch gar nichts«, bestätigte Beka mit einem Zustimmung heischenden Blick zu Yoram. »Stell dir nur vor, was wir mit einem imperialen Sternenzerstörer anfangen könnten.«

»Oder erst dem Todesstern«, bestätige Yoram. »Sogar dem kleinen aus der ersten Trilogie.«

»Ihr nehmt mich auf den Arm«, sagte Rachel misstrauisch.

Yoram hielt ihrem Blick noch ein paar Sekunden ungerührt stand, aber dann machte er ein zerknirschtes Gesicht. »Du hast uns erwischt.«

»Es gibt gar keinen Todesstern«, bestätigte Beka.

Rachel funkelte beide noch eine Weile abwechselnd mit einer Mischung aus Misstrauen und Feindseligkeit an. Dann entdeckte sie ein neues Opfer für ihren Zorn, sah zu dem Zeloten mit dem zerschnittenen Gesicht hoch und versetzte dem Fleischbrocken einen Tritt. »Das esse ich nicht.«

Der Zelot hob nur die Schultern und schlurfte davon, aber Yoram angelte mit den zusammengebundenen Füßen nach dem Stück kalten Braten. »Wenn du es nicht willst …«

Rachel sah ihn zwar eindeutig empört an, wandte sich dann aber mit zornsprühendem Blick an Beka. »Das ist alles nur deine Schuld«, sagte sie vorwurfsvoll. »So etwas hat er vorher nie getan.«

»Qapla'!«, sagte Yoram grienend, rülpste hörbar und biss noch einmal herzhaft in sein Fleisch. Beka konnte sich gerade noch beherrschen, nicht vor Lachen laut herauszuplatzen.

Aber da war noch mehr. Yoram hatte sich … verändert. Es war nicht nur, dass sie ihn das erste Mal lachen sah. Er war … ja: mehr zu Yoram geworden, so verrückt es sich auch anhören mochte. Als hätte sie bisher nur einen Teil von ihm gekannt, von dessen Existenz er selbst nichts ahnte. Oder den er vergessen hatte.

Eine Zeit lang aßen sie schweigend weiter. Yoram vertilgte nicht nur seine Portion, sondern aß auch noch das zweite Stück, bis er sich plötzlich krümmte, als hätte er einen Schlag in den Magen bekommen. Er konnte sich gerade noch zur Seite werfen und vorbeugen, bevor er sich qualvoll und ausgiebig übergab.

»Und das ist auch deine Schuld«, behauptete Rachel. »Er hat dieses Stück tote Tier doch nur gegessen, um vor dir anzugeben.«

Es lag wohl eher daran, dass er seit sieben Jahren nichts als Manna bekommen hatte und sein Magen nicht mehr an feste Nahrung gewöhnt war, dachte Beka. Auch wenn sie sich zugleich widerwillig eingestehen musste, dass an Rachels Behauptung eine Spur Wahrheit war. Sie hätte sich eigentlich denken können, dass ganz genau das passierte, und Yoram warnen müssen.

»Wieder besser?«, fragte sie, als Yoram sich aufrichtete und mit dem Handrücken den Mund abwischte.

»Hab mich nie besser gefühlt«, behauptete er schwächlich.

»Ja, das sieht man dir an«, giftete Rachel. »Und man riecht es auch.«

»Ich bin ja selbst schuld«, sagte Yoram. »Das nächste Mal lasse ich es etwas langsamer angehen.«

»Du willst doch nicht etwa noch mehr von diesem toten Tier essen?«, ächzte Rachel.

»Wenn ich noch etwas bekomme.«

Beka hielt ihm den Rest ihrer Portion hin, und Yoram schien tatsächlich über das Angebot nachzudenken, machte dann jedoch eine ablehnende Geste. »Lieber nicht. Aber danke!«

»Das ist ja ekelhaft«, sagte Rachel. »Das hätte ich nicht von dir gedacht!«

»Etwas zu trinken wäre nicht schlecht«, sagte Yoram, ohne Rachels Einwurf zur Kenntnis zu nehmen. Er versuchte den Blick des Zeloten einzufangen, der sich nur ein paar Schritte entfernt hatte und sie weiter feindselig anstarrte. »Wasser!«, rief er. »Können wir Wasser bekommen?«

»Bitte«, fügte Beka noch hinzu.

*

Der Zelot schien ihre Bitte nicht gehört zu haben, aber dann kam er näher. Statt Yoram jedoch etwas zu trinken zu geben, packte er ihn grob an den gefesselten Händen und schleifte ihn ein Stück weit hinter sich her, bevor er ihn unsanft zu Boden stieß, neben ihm auf ein Knie sank und das Messer aus dem Gürtel zog. Beka hielt betroffen den Atem an, doch statt Yoram etwas anzutun, drehte der Einäugige das Messer in seiner gewaltigen Pranke um und schlug mit dem Griff mehrmals mit großer Wucht auf den Boden. Schon beim zweiten oder dritten Schlag zerbrach der vermeintlich massive Fels mit einem hellen Knacken. Der Zelot steckte das Messer wieder ein, räumte ein paar Steinscherben zur Seite und stieß Yoram mit dem Gesicht in das Loch, das darunter zum Vorschein gekommen war. Anfangs sträubte sich der Junge, doch dann stellte er seinen Widerstand ein, und als er sich nach einer Weile wieder aufrichtete, glänzte sein Gesicht nass.

Der Zelot ging, ohne sich weiter um ihn zu kümmern oder Beka und Rachel auch nur eines Blickes zu würdigen.

»Wasser«, keuchte Yoram. »Kommt her, hier gibt es Wasser.«

Obwohl Beka nicht verstand, was da gerade passiert war, machte sie sich daran, mit zusammengebundenen Hand- und Fußgelenken zu ihm hinzurollen und zu -robben; eine vielleicht etwas entwürdigende (und auch nicht ganz schmerzlose) Art der Fortbewegung, aber deutlich besser, als wie ein Kartoffelsack über den Felsboden geschleift zu werden.

Bei Yoram angekommen erkannte sie, dass unter dem geborstenen Fels ein schmales, aber heftig sprudelndes Rinnsal zum Vorschein gekommen war. Der Anblick machte sie schon wieder so durstig, dass sie keinerlei Hemmungen mehr hatte, das Gesicht in die Vertiefung zu senken und gierig zu trinken. Das Wasser war warm und schmeckte ein bisschen wie etwas, das aus dem falschen Ende eines Kamels gekommen war. Doch es war Wasser, und das war alles, was zählte.

Sie trank, bis sie nicht mehr konnte, und setzte sich dann

schwer atmend auf, um Rachel Platz zu machen, die trotz allem, was sie zuvor gesagt hatte, ebenfalls ihren Durst stillte. Schließlich richtete auch sie sich auf und lehnte sich erschöpft zwischen Yoram und Beka wieder gegen die Wand.

»Das ist ein Wunder«, stieß sie kurzatmig hervor. »Wasser aus dem Stein!«

»Genau wie Moses es getan hat«, stimmte ihr Yoram zu, sah zu dem einäugigen Zeloten hinüber und fügte in nachdenklichem Ton hinzu: »Aber irgendwie sieht er so gar nicht aus wie Moses.«

»Und woher willst du das wissen? Du warst nicht dabei, oder?« Beka deutete mit einer Kopfbewegung auf die unterirdische Quelle. »Außerdem hat Moses einen Stock benutzt, soweit ich weiß.«

»Einen Stab«, verbesserte er sie. »Keinen Stock.«

»Stock, Stab!«, erwiderte Beka. »Wo ist der Unterschied? Er wird wohl kaum aus Aluminium oder Karbon gewesen sein. Und mittlerweile ist auch dieses Wunder wissenschaftlich erklärt, so wie die meisten.«

»Weil du ja dabei warst?«, fragte Yoram spöttisch.

Beka schüttelte heftig den Kopf. »Es reicht ja wohl, was ich hier sehe«, behauptete sie und schlug mit den Hacken auf den Boden. »Das alles hier ist im Grunde nichts als Sand, deswegen heißt es ja auch Sandstein. Wasser sickert hinein und kann nicht durch die härteren Felsschichten darunter, und im Laufe oder Jahrtausende wird die Oberfläche so hart wie Beton. Aber das Wasser ist immer noch da, und wenn man sich ein bisschen mit Geologie auskennt, dann kann man es finden.«

Yoram blickte weiter zweifelnd, und Rachel unentwegt von einem zum anderen.

»Tut mir ja leid, wenn ich deine religiösen Gefühle verletzt haben sollte. Aber so ist die Wissenschaft nun mal. Moses war wahrscheinlich weniger von Gott geleitet als eher ein cleveres Kerlchen.«

»Wer war dieser Moses?«, fragte Rachel misstrauisch. »Auch einer von euren Klingonen?«

Beka lächelte zwar flüchtig, aber da war etwas an Rachels Frage, das tiefer ging; ein weiteres Puzzleteilchen des Bildes, das sich allmählich hinter ihrer Stirn zusammensetzte.

»Wie kommst du darauf, dass du meine Gefühle verletzen könntest?«, fragte Yoram.

»Weiß nicht.« Beka hob zusätzlich die Schultern. »Ehrlich gesagt kenne ich mich mit dem Judentum nicht so aus. Ich meine: Ist Moses bei euch auch eine wichtige Persönlichkeit?«

»Oder ein Romulaner?«, wollte Rachel wissen.

»Das reicht, Rachel«, sagte Yoram, ohne dass sein Blick den Bekas losließ. »Wie kommst du darauf, dass ich Jude bin?«

»Wegen deines Namens? Außerdem bist du hier doch aufgewachsen, oder?«

»Weil ich Yoram heiße.« Yoram machte ein nachdenkliches Gesicht. »Ich verstehe ... dann bist du also Araberin.«

»Wieso?«

»Es gibt da eine kleine Wüstenschlange, deren Name auf Arabisch Rivkah ausgesprochen wird. Bist du Araberin?«

»Nein«, antwortete Beka, »und ich heiße auch nicht Rivkah, sondern Rebecca!«

»Ein guter, alter jüdischer Name.« Yoram schüttelte den Kopf. »Ich bin kein Jude. Ich glaube, ich bin nicht einmal besonders gläubig.«

»Du *glaubst*«, wiederholte Beka, und dann rastete mit einem zumindest in ihren Gedanken deutlich hörbaren Klicken das letzte Puzzleteil ein. »Du bist dir nicht sicher, oder?« Ohne seine Antwort abzuwarten, wandte sie sich an Rachel. »Und du?«

»Was ist mit mir?«

»Bist du religiös?«, fragte Beka. »Glaubst du an Gott?«

»An wen?«

»An Gott«, wiederholte Beka. »Den Heiligen Geist. Die Jungfrau Maria und Jesus Christus und all das.«

Rachel sah sie nur weiter verständnislos an, und Beka begriff, dass sie genauso gut weiter von Klingonen und romulanischen Warbirds hätte sprechen können. Rachel verstand kein Wort. Konnte es wirklich sein, dass …?

»Du hast keine Ahnung, wovon ich rede, habe ich recht?« Sie sah mit einem so plötzlichen Ruck zu Yoram hoch, dass ihr malträtierter Hinterkopf es ihr mit einem pochenden Schmerz dankte. »Und du auch nicht.«

»Doch«, widersprach Yoram. »Natürlich.«

»Jetzt«, beharrte Beka. »Aber was war gestern? Und in den Jahren davor? Ihr bereitet euch auf das Jüngste Gericht vor! Ihr trainiert euer Leben lang für die Schlacht von Armageddon, und ihr steht im Dienst eines leibhaftigen *Engels*. Und dann habt ihr keine Ahnung von Gott oder Jesus?«

Yoram sagte gar nichts mehr, aber er wirkte plötzlich sehr nachdenklich und auch ein bisschen betroffen.

Und sie selbst? Beka verspürte ebenfalls eine gewisse Verwirrung, vorsichtig ausgedrückt. Gut, sie hatte – schon aus Trotz – niemals viel mit Religion am Hut gehabt. Und doch war sie mitten in der biblischsten aller biblischen Geschichten gestrandet, und sie hatte niemals auch nur mehr als einen flüchtigen Gedanken an all diese Fragen verschwendet. Das war von allen Erkenntnissen bisher vielleicht die erschreckendste.

Bevor sie jedoch eine weitere Frage stellen konnte, kamen die beiden Zeloten zurück. Yoram wandte sich mit einem breiten Grienen an den Einäugigen. »Das Wasser war köstlich. Jetzt fehlt nur noch ein bisschen Musik und angenehme Gesellschaft, und …«

Der Zelot versetzte ihm eine schallende Ohrfeige, die seinen Kopf gegen den harten Stein prallen ließ, riss ihn grob in die Höhe und rammte ihn mit dem Rücken gegen die Wand. So brutal, dass Yoram schon wieder vor Schmerz aufstöhnte, legte er ihm die Augenbinde erneut an, stieß ihn zu Boden und verfuhr anschließend genauso mit Rachel und ihr, dann wurden sie gepackt und rücksichtslos über den harten Felsboden geschleift. Schließlich landeten sie unsanft im Löwenkäfig, und die Tür flog mit einem hallenden Schlag wieder ins Schloss.

»Dieser verdammte Dreckskerl!«, keuchte Rachel. »Diese Hackfresse merke ich mir, und …«

»Nicht reden!«, polterte eine Stimme, die sie schon kannten. »Still!«

Rachel war klug genug, nichts mehr zu sagen, und auch Beka verwandte ihre Energie lieber darauf, sich in einer halbwegs erträglichen Haltung aufzurichten und wieder gegen die Gitterstäbe zu lehnen. Nur wenige Augenblicke später begannen die Kamele unwillig zu blöken, und der Wagen setzte sich schaukelnd in Bewegung.

Wieder vergingen Stunden, in denen sie einfach nur schweigend dasaßen und jeder seinen eigenen und vornehmlich düsteren Gedanken nachhing. Einmal kam die Karawane zum Halten, und Lärm und aufgeregtes Stimmengewirr drang an ihre Ohren. Doch als Beka schon glaubte, es käme zum Kampf, setzten sie ihren Weg fort.

Als sie das nächste Mal anhielten, war es Nacht. Diesmal wurde sie von den anderen getrennt und bekam zu essen und brackiges Wasser aus einem Lederschlauch, und die Zeloten lockerten sogar ihre Fesseln, bevor ihr Hände und Füße abfielen, aber sie wurde nicht ganz losgebunden. All das ging wortlos vonstatten. Ihre Entführer ignorierten hartnäckig alle Versuche, mit ihnen ins Gespräch zu kommen, und es fand sich auch niemand bereit, ihrer Bitte nach einer Decke nachzukommen.

Schließlich rollte sie sich im fragwürdigen Windschatten eines halb toten Gebüschs zusammen, so gut das in ihrem gefesselten Zustand ging. Zitternd vor Kälte schlief sie ein; allerdings nur, um mindestens ein halbes Dutzend Mal zähneklappernd aufzuwachen. So war es kein Wunder, dass sie wie gerädert mit dem ersten Grau der Dämmerung erwachte und fast schon froh war, als ihr die Augenbinde wieder angelegt und sie derb in den rollenden und widerwärtig stinkenden Löwenkäfig zurückgestoßen wurde.

28

Da das Redeverbot weiter galt und sie noch immer unsagbar müde war, wiegte sie das ruckelnde Schaukeln des Wagens schnell wieder in den Schlaf, zumal es nach Sonnenaufgang rasch wärmer wurde. Erst als sie das nächste Mal anhielten, wurde sie wieder wach, fühlte sich aber immer noch benommen. Nach einer mehr als knappen Pause ging es auch schon weiter, in einen brütend heißen Tag hinein.

Bei ihrer nächsten ausgiebigen Rast stand die Sonne am Zenit, und die Helligkeit drang unangenehm durch ihre Augenbinde. Das Unangenehmste aber war das harte Kratzen in ihrer ausgedörrten Kehle. Sie wurde erneut von den anderen getrennt – Beka fragte sich vergeblich, warum eigentlich – und bekam endlich wieder warmes Schlammwasser. Als kleine Zugabe folgte ein winziges Stück undefinierbaren Fleisches, von dem sie eigentlich gar nicht so genau wissen wollte, zu welchem Tier es einmal gehört hatte.

Dann ging es auch schon weiter, für ein kurzes Stück über geröllübersäten Boden, danach für etliche Stunden über etwas, das sich nach einer Straße anfühlte. Der Wagen krachte ein paarmal in ein Schlagloch, was seine Stabilität auf eine harte Probe stellte; ebenso wie die von Bekas Zähnen.

Irgendwann verlor das Sonnenlicht auf ihrem Gesicht an Kraft, und es wurde kühler, dann kalt. Bald konnte sie ihren eigenen Atem warm auf dem Gesicht fühlen. Gerade als sie sich mit dem Gedanken an eine weitere Nacht in der Tiefkühltruhe abzufinden begann, kam der Wagen mit einem harten Ruck und dem schon beinahe obligaten missmutigen Kamelblöken zum Stehen. Das nächste Nachtlager stand wohl an, und vielleicht fand sie ja wenigstens einen Felsen, in dessen Windschatten sie sich zusammenrollen konnte. Sie meinte Wasser fließen zu hören, und dazu gesellte sich ein feuchtkalter Hauch, der sie zusätzlich frösteln ließ. Diese Nacht versprach noch kälter zu werden. Vielleicht war das ja auch Plan der Zeloten, dachte sie, sie mit der Hitze des Tages und der Kälte der Nacht zu Tode zu foltern.

Oder auch nicht, denn als sie unsanft aus dem Wagen gezerrt und ihr die Augenbinde heruntergerissen wurde, begriff sie, dass sie ihr Ziel erreicht hatten. Nicht mehr sehr weit entfernt, aber ein gutes Stück tiefer und am anderen Ufer eines lichtfressenden schwarzen Abgrunds gelegen, glitzerten die Lichter einer Stadt.

Im ersten Moment ergriff eine wilde Hoffnung von ihr Besitz, dass sie endlich aufgewacht und wieder in der Wirklichkeit war, aber dann holte sie ebendiese auch schon wieder ein. Sie identifizierte all die Lichter als den Schein zahlloser Fackeln und offener Feuerstellen, als hätte jemand die Nacht mit einer wild gewordenen Nähmaschine perforiert, wobei hinter jedem Loch rote und gelbe Flammen loderten. Die Nähmaschine musste sehr groß sein, denn die Zahl der leuchtenden Nadelstiche ging in die Hunderte, wenn nicht Tausende.

»Scheint, dass wir da sind«, brummelte Yoram und bekam prompt einen derben Rippenstoß von Einauge, der wie ein missmutiger Riese hinter ihm aufragte. »Nicht reden!«

»Und auch nicht atmen?«, erkundigte sich Rachel.

Einauge schlug nach ihr, aber damit hatte sie gerechnet und duckte sich geschickt unter seiner gewaltigen Pranke weg. Offensichtlich nicht nur zu ihrer Überraschung verzichtete er darauf, es noch einmal zu versuchen. Er bedeutete einem der anderen

Zeloten, Yoram festzuhalten, bevor er sich vor ihm in die Hocke sinken ließ, wieder einmal sein Messer zog, diesmal aber, um Yorams Fußfesseln zu zerschneiden und praktisch aus derselben Bewegung heraus und ohne sich aus der Hocke zu erheben, auch die Rachels und Bekas.

Rachel fiel mit einem überraschten Laut auf die Knie und konnte so gerade noch verhindern, der Länge nach hinzuschlagen. Yoram hampelte eine Weile herum, und auch Beka hatte alle Mühe, auf den Beinen zu bleiben. Ihre Füße hatten ihr Körpergewicht jetzt seit zwei Tagen nicht mehr tragen müssen, und die Fesseln waren wirklich sehr eng angelegt gewesen. Das Blut kehrte nur langsam wieder dorthin zurück, wo es eigentlich hingehörte, und es tat es nur unter erheblichem Prickeln und Stechen. Zunächst fühlten sie sich tauber an als zuvor. Wie Yoram wackelte nun auch Beka eine ganze Weile albern herum. Sie hatte das Gefühl, dass sie mindestens eine Woche brauchen würde, bevor sie auch nur wieder einen Schritt tun konnte.

Ihre Bewacher ließen ihnen nicht einmal zwei Minuten, dann wurde Rachel grob auf die Füße gezerrt und sie alle drei derb weitergestoßen.

»Ich habe mir dein Gesicht gemerkt, Hackfresse«, murmelte Rachel. »Verlass dich drauf!«

Einauge versetzte ihr einen Stoß zwischen die Schulterblätter, der sie um ein Haar gleich wieder zu Boden geschleudert hätte. Rachel war ausnahmsweise klug genug, nichts mehr zu sagen, maß den Zeloten aber mit einem mordlüsternen Blick über die Schulter zurück. Yoram ergriff ihren Arm und legte ihn sich um die Schulter, obwohl er sich ganz offensichtlich selbst kaum auf den Füßen halten konnte.

Nebeneinander und immer gerade eine Winzigkeit schneller, als sie es sich eigentlich selbst zutraute, wurden sie weiter und auf einen von Felsen gesäumten Weg gescheucht, der sich in engen Kehren zu dem schwarzen Abgrund hinabwand, der sie von der Stadt trennte. Mit ihren immer noch halb tauben Füßen und zusammengebundenen Händen fiel es ihr nicht leicht, das Gleichgewicht zu halten. Aber irgendwie schafften sie es alle drei und standen schließlich am Ufer eines breiten Flusses. Er wälzte sich träge wie halb geschmolzener Teer dahin und reflektierte nicht einen einzigen Stern, als führte er kein Wasser, sondern etwas, das Licht fraß. Die Stadt am anderen Ufer sollte jetzt näher sein, kam ihr aber vor, als hätte sie sich gerade im Gegenteil um ein knappes Lichtjahr entfernt.

Sie hielten an. Einer ihrer Bewacher entzündete eine Fackel, die in der fast schwarzen Nacht unnatürlich hell zu brennen schien, die umgebende Dunkelheit aber nur noch dunkler machte. Hinter ihnen war der Anfang einer langen Kette von Zeloten zu erkennen, die schwer mit Säcken, Kisten und Fässern beladen waren; all dem, was bisher auf den Rücken der Kamele gewesen war.

Yoram suchte Einauges Blick und machte dann eine Kopfbewegung über den Fluss. »Was ist das?«

Beka – und Yoram selbst offensichtlich auch – rechnete halbwegs damit, dass die Antwort aus einer weiteren Grobheit bestehen würde.

Stattdessen zog Einauge nur eine Grimasse und bedeutete ihnen mit einem ungeduldigen Wedeln, weiterzugehen. »Ariha«, murmelte er nach einer Weile.

»Ariha?« Beka strengte ihr Gedächtnis an, kam aber zu keinem Ergebnis und warf Yoram einen fragenden Blick zu, den er jedoch nur mit einem Achselzucken beantwortete.

Sie näherten sich inzwischen dem noch unsichtbar bleibendem Wasser, und Beka fragte sich, ob sie vielleicht schwimmen sollten. Da bemerkte sie auch schon einen gedrungenen Schatten, der über das dunklere Schwarz des Flusses auf sie zuglitt. Erst als er sich weiter näherte, erkannte sie ein armdickes Tau, an dem die Fähre über den Fluss ans Ufer gezogen wurde.

»Dann schicken sie uns jetzt wohl über den Jordan«, sagte Yoram. Es klang nicht sehr amüsiert.

»Ich dachte, du kennst die Stadt nicht?«

»Aber den Fluss«, antwortete Yoram. »Ist der einzige im Land, der so groß ist.«

Einauge versetzte ihm einen Stoß, der ihn bis zu den Waden ins Wasser hineinstolpern ließ, sodass er dem näher kommenden Kahn unfreiwillig entgegenlief und einen hastigen Sprung auf den abgeflachten Bug hinaufmachen musste, um nicht unter Wasser gedrückt zu werden. Beka folgte ihm freiwillig. Nur Rachel war schlau genug zu warten, bis der Kahn knirschend auf das Ufer hinaufgerutscht und zur Ruhe gekommen war, sodass sie ihnen trockenen Fußes folgen konnte.

Fast ein Dutzend Zeloten erwartete sie. Zwei von ihnen scheuchten sie zum anderen Ende des überraschend großen Kahns, wo sie sie mit gezückten Waffen in Schach hielten, die anderen sprangen ans Ufer, um ihren Kameraden beim Beladen des Schiffes zu helfen.

Es dauerte eine geraume Weile, und als sie fertig waren, lag der Lastkahn deutlich tiefer im Wasser, zumal sie als Letztes auch noch ein gutes halbes Dutzend Kamele an Bord nahmen. Als die Zeloten nach dem Tau griffen, um die Fähre wieder ans andere Ufer zu hangeln, fing der gesamte Kahn bedrohlich zu ächzen an und überall schwappte Wasser herein.

Beka begann sich immer unwohler zu fühlen. Sie betete, dass der morsche Kahn der Belastung irgendwie gewachsen war und nicht auf halber Strecke in Stücke brach. Sie war eine gute Schwimmerin, aber das war es nicht. Es war so vollkommen dunkel, dass sie vermutlich schon nach wenigen Schwimmzügen hoffnungslos die Orientierung verlieren würde; falls sie in diesem Wasser überhaupt schwimmen könnte. Etwas stimmte damit nicht. Es war viel wärmer, als sie erwartet hätte, und verströmte einen unangenehmen, leicht chemischen Geruch. Und begann es da, wo sie Spritzwasser getroffen hatte, nicht bereits ganz sacht auf der Haut zu brennen?

Sie lauschte in sich hinein, kam aber zu keinem eindeutigen

Ergebnis und schob es schließlich auf ihre überreizten Nerven, die keine Gelegenheit ausließen, sie noch ein bisschen mehr fertigzumachen. Als ob die Wirklichkeit nicht schon belastend genug wäre.

Um sich abzulenken, sah sie noch einmal zu den quälend langsam näher kommenden Lichtern der Stadt hin und ließ ihren Blick schließlich über den Fluss tasten. Linker Hand war etwas, ein verschwommener Schatten, der sich immer wieder in der Nacht aufzulösen schien, um dann erneut an Substanz zu gewinnen.

»Ist das eine Brücke?«, fragte sie. »Warum benutzen sie sie dann nicht?«,

»Würd ich auch nicht«, sagte Rachel. »Man weiß nie, wann die Dinger unter einem zusammenbrechen.«

»Sie benutzen doch auch ein Boot«, gab Beka zu bedenken.

Statt zu antworten, trat Rachel gegen die Bordwand, und als Beka genauer hinsah verstand sie auch, was sie gemeint hatte. Das Schiff ähnelte in Größe und Bauart einem militärischen Landungsboot, war aber alles andere als kunstfertig aus Bretten und Bohlen der unterschiedlichsten Länge und Breite zusammengeschustert. Auf den zweiten Blick erkannte sie sogar, dass die einzelnen Teile mit Stricken zusammengebunden waren. Anscheinend vertrauten die Zeloten nicht einmal etwas so Simplem wie einem Nagel.

»Schöne neue Welt«, murmelte sie. Rachel sah sie verständnislos an, und Einauge mobilisierte seinen gesamten Wortschatz, indem er ein ungeduldiges »Nicht sprechen! Still!« knurrte.

Beka wandte sich gehorsam wieder den Lichtern der Stadt zu, die zwar langsam, aber doch schon erkennbar näher kamen. Davor waren die schwarzen Silhouetten lichtlos daliegender Gebäude zu erkennen. Bei der herrschenden Dunkelheit war es unmöglich zu sagen, ob sie zerstört waren oder nicht.

Beka tippte auf Ersteres.

Immerhin geschah ein kleines Wunder, und das Boot sank

nicht, und es brach auch nicht auf halbem Wege und an der tiefsten Stelle oder wenigstens inmitten einer heimtückischen Unterströmung in Stücke.

Diesmal war es das andere Ende, das krachend heruntergelassen wurde, nachdem die Zeloten den Kahn ein Stück weit das Ufer heraufgehangelt hatten. Rachel, Yoram und sie verließen es als Erste, begleitet von Einauge und einem kleinen Trupp seiner Männer (deren Anzahl Yoram vermutlich als Kompliment sah). Sie zogen ihre Waffen und bildeten ein stummes Spalier. In respektvollen Abstand.

Zu ihrer Erleichterung lag das Ufer auf dieser Seite praktisch auf demselben Niveau wie der Fluss, sodass sie sich nicht einen steilen Hügel hinaufquälen mussten. Und es war auch nicht mehr allzu weit bis zur Stadt, vielleicht einen halben Kilometer oder etwas mehr. Es gab sogar etwas, das mit ein bisschen gutem Willen als Straße durchging und auf dem sie sich bewegen konnten, ohne dass jeder Schritt zur Qual wurde.

Einer der Zeloten eilte voraus, als sie sich den ersten Häusern näherten. Ziemlich genau nach Ablauf der Frist, die er Bekas Einschätzung nach brauchte, um die ersten Häuser zu erreichen, erschien ein rechteckiges Licht am Fuße der schwarzen Schattenwand, der sie sich näherten, dann traten weitere Gestalten mit Fackeln ins Freie.

Ihre Eskorte war auf gute zwei Dutzend Köpfe angewachsen, als sie sich den ersten Häusern weit genug genähert hatten, um die ersten Einzelheiten zu erkennen. Viel war es nicht, aber doch genug, um sie nachdenklich zu stimmen. Zumindest hier am Stadtrand hielt sich die Zerstörung in Grenzen, soweit sie es beurteilen konnte. Nirgendwo brannte Licht – es gab wohl auch hier keinen Strom –, und die meist zwei- oder dreistöckigen Gebäude waren in alles andere als gutem Zustand. Die meisten Fenster waren eingeschlagen, und sie meinte auch Brandspuren zu erkennen, aber sie sah keine Ruinen, keine ausgebrannten Dachstühle und kein geschmolzenes Metall, das wie Wachs an den Wänden herabgelaufen und zu surrealistischen Formen erstarrt war.

Von der allumfassenden, totalen Zerstörung, die sie erwartet hatte, war nichts zu sehen. Diese Stadt schien von dem atomaren Feuersturm allenfalls gestreift worden zu sein, wenn überhaupt.

Trotz des deprimierenden Anblicks hatte der Gedanke etwas zutiefst Tröstliches, denn er bewies ihr, dass die weltenzerstörende Feuersbrunst vielleicht doch nicht ganz so weltenzerstörend gewesen war, wie Yoram und Thora behauptet hatten. Möglicherweise gab es für den Rest der Welt ja doch noch Hoffnung. Oder wenigstens für ihre Heimatstadt.

»Wohin bringt ihr uns?«, wandte sie sich an Einauge. Sie bekam natürlich keine Antwort. Immerhin verzichtete er darauf, sie wieder zu schlagen, und forderte sie nur unwillig auf, schneller zu gehen.

»Ich weiß gar nicht, warum du es so eilig hast«, meinte Rachel. »Wir kommen schon noch früh genug an. Ich würde mich an deiner Stelle allerdings nicht so sehr darauf freuen. Wer weiß, was sie mit uns vorhaben.«

Beka warf Einauge einen schon fast flehenden Blick zu und wünschte sich, er würde seine drei Worte aufsagen, doch er starrte nur aus seinem einzigen Auge zurück. Fast glaubte sie so etwas wie ein spöttisches Funkeln darin wahrzunehmen. Aber da musste sie sich wohl täuschen.

Rachel plapperte indes fröhlich weiter. »Und wer weiß, vielleicht sind sie ja ganz in Ordnung. Am Ende laden sie uns sogar zum Essen ein.« Sie machte ein nachdenkliches Gesicht. »Oder muss es heißen: *als* Essen?«

»Rachel«, seufzte Beka. Natürlich war ihr klar, dass das Mädchen nur drauflosplapperte, um seine Nervosität zu bekämpfen, aber das änderte nichts daran, dass es ihr allmählich auf die Nerven ging.

»Vielleicht sind sie ein bisschen wie ihr und essen Fleisch von toten Tieren«, fuhr Rachel in hoffnungslos schlecht geschauspielertem nachdenklichem Ton fort. »Oder tote Menschen … also jedenfalls hoffe ich, dass wir dann tot sind.«

Beka verkniff sich jede Antwort und schenkte ihr nur einen bösen Blick, aber Einauge ließ ein sonderbares Bellen hören. Hatte er etwa *gelacht?*

Weitere Zeloten gesellten sich zu ihnen, sodass die kleine Kolonne bald gar nicht mehr so klein war. Etliche von ihnen begleiteten sie nur ein kleines Stück, bevor sie von anderen ersetzt wurden. Schon bevor sie die ersten Straßen hinter sich hatten, schien sich ihre Ankunft herumgesprochen zu haben. Hinter manchen Fenstern tauchten neugierige Gesichter auf, missgebildete Gestalten erschienen unter Türen, und selbst auf den Dächern meinte sie Schatten wahrzunehmen. Beunruhigt fragte sie sich, wie viele Zeloten es hier eigentlich gab. Es mussten Hunderte sein!

»Sehr viel Besuch scheinen sie hier ja nicht zu bekommen«, sagte Yoram nervös.

»Vielleicht studieren sie ja auch nur die Speisekarte«, vermutete Beka.

Rachel warf ihr einen verunsicherten Blick zu. Einauge grunzte, was sich fast nach einem Lachen anhörte. Sein Sinn für Humor beschränkte sich allerdings darauf, Yoram einen derben Stoß zwischen die Schulterblätter zu versetzen, um sie alle zu noch größerem Tempo anzuspornen.

Sie überquerten einen großen Platz, auf dem eine ganze Ansammlung verrosteter Autowracks stand; keines davon ausgebrannt, wie Beka überrascht zur Kenntnis nahm. Dahinter tat sich ein ganzes Labyrinth schmaler Sträßchen und Gassen auf, die zum Großteil verlassen waren, aber bis auf die allgegenwärtigen Anzeichen von Alter und Vernachlässigung kaum Spuren von Zerstörung aufwiesen. Hier und da brannten Fackeln oder Kerzen hinter einem offenen Fenster, und immer wieder tauchten Neugierige auf, die sie begafften oder auch eine Weile neben ihnen herliefen, bevor Einauges Männer sie verscheuchten. Ein paarmal meinte Beka das Weinen eines Kindes zu hören und einmal auch einen Schrei, der von weit her heranwehte.

So ging es eine ganze Weile weiter. Die Stadt musste sehr viel größer sein, als sie bisher angenommen hatte.

Und sie war doch nicht ganz so unversehrt davongekommen, wie es auf den ersten Blick den Anschein gehabt hatte. Einmal kamen sie an einem ganzen Block vorbei, der bis auf die Grundmauern niedergebrannt war. Aber es schien wohl nur ein normales, wenn auch verheerendes Feuer gewesen zu sein, das hier gewütet hatte, keine nukleare Feuersbrunst samt Druckwelle, Erdbeben und allem, was dazugehörte.

So unerträglich der Anblick auch war, stimmte er sie doch zugleich auch vorsichtig optimistisch. Die Welt *war* nicht zur Gänze verbrannt, ganz egal, was alle Yorams und Zadkiels und Thoras auch behaupteten.

Schließlich erreichten sie eine zugemauerte Straße. Eigentlich war es mehr eine Gasse, schmal genug, dass drei nebeneinanderstehende Männer sie mit ausgebreiteten Armen hätten blockieren können. Das wäre allerdings nicht nötig gewesen, denn sie wurde komplett von einer gut fünf Meter hohen Mauer aus grauen Betonsteinen blockiert, die offensichtlich erst nach der Katastrophe gebaut worden war. Die Häuser zu beiden Seiten wiesen Brandspuren auf, die die Betonmauer unberührt gelassen hatten.

Auf den zweiten Blick bemerkte sie, dass sämtliche Fenster und Türen der Häuser zugemauert waren. Nur in der Betonsteinwand gab es eine einzelne, dafür aber umso massivere Metalltür, die noch zusätzlich durch ein darauf geschweißtes, großes X verstärkt war. Auf den dritten Blick gewahrte sie eine Anzahl Schatten oben auf den Dächern. Wachen, die die Umgebung aufmerksam im Auge behielten.

»Interessant«, meinte Beka, während sie ihren Blick aufmerksam zuerst in die eine und dann in die andere Richtung wandern ließ. Soweit sie es bei dem praktisch nicht vorhandenen

Licht erkennen konnte waren auch die angrenzenden Straßen zugemauert, und nun war sie sich sicher, bewaffnete Posten auf den Dächern zu identifizieren, die sie misstrauisch beäugten. »Eine Festung mitten in der Stadt.«

Yoram machte ein nachdenkliches Gesicht, und sie konnte ihm ansehen, dass er darüber nachdachte, laut auszusprechen, was ihm durch den Kopf ging, sich aber dann dagegen entschied. In diesem Moment ging Einauge aber auch schon an ihm vorbei und schlug dreimal die geballte Faust gegen die Eisentür, die daraufhin mit einem metallischen Klirren aufschwang. Weitere mit brennenden Fackeln ausgerüstete Zeloten erwarteten sie, die die Stelle ihrer bisherigen Eskorte einnahmen, denn die Männer machten augenblicklich kehrt und verließen sie. Nur Einauge selbst schloss sich ihnen an, als sie durch die Tür traten und damit zugleich auch in eine andere Welt.

Auch die Häuser auf dieser Seite wirkten heruntergekommen und verwahrlost, aber auf den Straßen lagen keine Trümmer oder Unrat, und hinter sehr vielen Fenstern brannte goldfarbenes Kerzenlicht. Alles wirkte irgendwie … *lebendiger*. Und zumindest bis zu einem gewissen Punkt schien das auch für ihre neuen Begleiter zu gelten, wenigstens die, die sie genauer erkennen konnte. Der Mann zu ihrer Linken war außergewöhnlich groß und noch außergewöhnlicher muskulös, wirkte aber auf den ersten Blick fast normal, abgesehen vielleicht von einem hässlichen Ausschlag auf den Handrücken. Dem anderen fehlten zwei Finger an der linken Hand, aber das war auch schon alles. Aus einem Grund, den sie selbst nicht benennen konnte, beunruhigte sie diese Beobachtung fast mehr, als hätte sie eine weitere Schreckensgestalt erblickt.

»Was ist das hier?«, wandte sie sich am Einauge. »Die Enklave für hübschere Zeloten?«

Yoram warf ihr einen mahnenden Blick zu, aber Einauge knurrte nur: »Nicht reden«, und stocherte mit seiner Fackel nach vorne.

Beka reckte den Hals, um über die breiten Schultern ihres Vordermannes hinwegzusehen. Die Straße zog sich noch ein gutes Dutzend Schritte weit dahin und mündete in einen rechteckigen Platz von überraschenden Ausmaßen, der von ebenfalls zugemauertes Straßen gesäumt war. In seiner Mitte erhob sich ein einzelner, eher kleiner Block aus dreistöckigen Gebäuden, die zumindest in der Nacht beinahe gepflegt aussahen.

Das Gebäude, das sie ansteuerten, war hell erleuchtet, und im Näherkommen sah sie, dass die Fenster sogar Glas hatten. Über dem Eingang verkündete eine (nicht eingeschaltete) Neonschrift *Hotel Rahab*. Yoram legte die Stirn in Falten und sah noch ein bisschen nachdenklicher aus.

»Sagt dir das was?«, fragte Beka.

»Dir nicht?«

»Würde ich dann fragen? Du weißt also, was das da ist?«

»Nein«, gestand Yoram. »Aber ich glaube, ich weiß jetzt, wo wir sind.«

»Und wo?« Yoram wollte antworten, aber Einauge räusperte sich drohend, und stattdessen sagte er: »Ja, ich weiß. Nicht reden.«

Sie würden es ohnehin gleich erfahren. Die Tür ging auf, und zwei weitere und sogar noch größere Zeloten kamen ihnen entgegen, auch sie ohne sichtbare Verkrüppelungen. Sie wären als ganz normale Menschen durchgegangen, hätten sie nicht schwarze, mit Dornen gespickte Lederrüstungen getragen, die jedem Fantasyfilm-Bösewicht zur Ehre gereicht hätten. Einauge gebot ihnen mit einer ruppigen Geste anzuhalten und ließ sich in die Hocke sinken, um ihre Füße wieder zusammenzubinden; diesmal aber mit deutlich längeren Stricken, sodass sie wenigstens kleinere Schritte machen konnten.

Sie mussten sich durch einen schweren Vorhang aus schon leicht fadenscheinig gewordenem rotem Samt zwängen, hinter dem sie ein weitläufiger, von einem Dutzend Öl- und Petroleumlampen in mildes Licht getauchter Salon erwartete: Goldbedruckte Seidentapeten und schwere rote Ledermöbel wetteiferten mit einer Messing- und Edelholz-Bar um den Preis für den schlechtesten Geschmack, hatten aber keine Chance gegen einen hoffnungslos überdimensionierten Kronleuchter, der so tief hing, dass sich ihr hünenhafter Führer bücken musste.

An den Wänden hingen goldgerahmte Aktgemälde, und auf der anderen Seite führte eine mit rotem Plüsch belegte Treppe nach oben, flankiert von zwei lebensgroßen Statuen, die die typischen römischen Amphorenträgerinnen zeigten, wie man sie in jedem zweiten griechischen Imbiss fand. Allerdings hatte es der unbekannte Künstler bei den Amphoren auf ihren Köpfen belassen, im Gegenzug dazu aber auf ihre Kleider verzichtet, damit ihre beeindruckenden weiblichen Attribute besser zur Geltung kamen.

»Woran erinnert dich das?«, fragte Beka.

Yoram grinste nur, aber Rachel fragte: »Woran denn?«

»An Rahabs Haus«, antwortete Yoram feixend.

Jetzt war sie so schlau wie zuvor, aber Einauge und die beiden Riesen scheuchten sie auch schon weiter zur Treppe und hinauf, wo sie in einen schmalen, ebenfalls von Petroleumlampen erhellten und beinahe noch schwülstiger eingerichteten Korridor traten. Er hatte kein Fenster. Etliche Türen zweigten nach beiden Seiten ab, und am Ende des Ganges hielt der nun wirklich mit Abstand größte Zelot Wache, den sie jemals gesehen hatte, ein Zwei-Meter-Riese mit gleich zwei Schwertern und tätowiertem Gesicht, der mit verschränkten Armen vor einer zweiflügeligen Tür stand.

Als sie näher kamen faltete er die Arme auseinander und gab nicht nur den Weg frei, sondern öffnete ihnen auch die Tür. Es wäre absolut nicht nötig gewesen, aber Einauge ließ es sich nicht nehmen, Yoram noch einen aufmunternden Stoß zwischen die Schulterblätter zu versetzen.

Beka trat hinter ihm ein, und ihre Erwartungen wurden nicht nur erfüllt, sondern übertroffen.

Das Auffälligste war die Decke, die aus einem einzigen, gewaltigen Spiegel bestand. Wände und Mobiliar entsprachen dem Salon unten, und es gab sogar eine weitere Statue, nur aus Messing und in einer eindeutig nicht jugendfreien Pose. Außerdem ein gewaltiges, herzförmiges Bett aus rotem Plüsch.

»Wozu um alles in der Welt braucht man einen Spiegel an der Decke?«, fragte Rachel.

Niemand beachtete sie. Yoram und sie standen nebeneinander und wie vom Donner gerührt da und starrten das schlanke schwarzhaarige Mädchen an, das vor dem vergitterten Fenster stand und ihnen das Profil zudrehte.

Es war etwas kleiner als Beka, hatte schulterlanges glattes Haar und war von sehr schlankem Wuchs. Es trug ein einfaches, aber hübsches Kleid, Sandalen und einen mit silbernen Pailletten besetzten Gürtel, an dem ein schlankes Chromschwert hing. Beka sah all das mit einem einzigen Blick, aber sie sah es zugleich auch nicht und speicherte es nur für später ab.

Sie starrte das Gesicht an.

Das vollkommen unmöglich war.

»Aber das … das kann …«, stammelte Rachel, und Yoram führte den Satz an ihrer Stelle zu Ende: »… doch gar nicht sein.«

»Thora?«, murmelte Beka.

Thora lächelte traurig und drehte sich ganz zu ihnen herum, und die Illusion zerplatzte.

Die Hälfte ihres Gesichts, die sie bisher gesehen hatten, war eindeutig Thora. Die andere war zu einer entstellten Grimasse geworden, schief und wie eine einstmals perfekte Wachsmaske, die in der Sonne weich geworden und ein Stück weit an ihrem Schädel herabgelaufen war, bevor sie wieder erstarrte. Das Auge war schief und schielte ein wenig nach oben und außen, und es tränte ununterbrochen. Der Wangenknochen darunter war in mehrere Stücke zerbrochen, die unter der vernarbten Haut schief und krumm wieder zusammengewachsen waren, und der Mund zu einem ewigen diabolischen Clownsgrinsen verzerrt.

Als sie sich bewegte, konnte man sehen, dass ihr Bein auf dieser Seite nicht richtig funktionierte.

»Thora?«, murmelte Yoram noch einmal.

»Nein«, antwortete Jezabel-Ann mit einem schrecklichen, schiefen Grinsen. »Aber du musst Yoram sein, habe ich recht? Willkommen in Jericho!«

29

»Aber wie … wie ist denn das …?«, stammelte Rachel. »Ich meine, Thora ist … ist doch …«

»Das ist nicht Thora.« Es kostete Beka große Überwindung, das Mädchen weiter anzusehen, dessen eine Gesichtshälfte eindeutig die Thoras war. Die andere war ein Monster, eine böse Karikatur all dessen, was die elfenhafte Schönheit dieses Gesichts ausmachte.

»Was soll das heißen, das ist nicht Thora?«, empörte sich Rachel. »Ich bin doch nicht blind! Was haben dir diese verdammten Zeloten angetan?«

»Das ist nicht Thora«, sagte Beka noch einmal. »Das ist ihre Schwester. Jezabel-Ann. Habe ich recht?«

»Hier nur noch Jezabel. Aber es stimmt.« Das Mädchen legte den Kopf schräg. »Kennen wir uns?«

»Ja.« Hinter Bekas Stirn raste es. »Aber das ist lange her. Damals hatte ich noch Haare. Und du warst so groß.« Sie hob die aneinandergebundenen Hände in Höhe des Bauchnabels.

Jezabel starrte sie an, und ein halbes Stirnrunzeln erschien auf dem Teil ihres Gesichts, das zu einer Bewegung imstande war. Sie wirkte verwirrt, dann nachdenklich und schließlich auf eine ungläubige Art überrascht. Beka konnte regelrecht sehen, wie ein bestimmter Gedanke hinter ihrer Stirn Gestalt annahm und sie ihn mit einer gewaltigen Anstrengung abschüttelte. Dann wandte sie sich ganz Yoram zu und maß ihn mit einem neuen Blick von Kopf bis Fuß.

Beka versuchte, in ihrem Gesicht zu lesen, aber das war unmöglich. »Du bist also Yoram.« Irgendwie brachte sie sogar ein halbwegs überzeugendes Lächeln zustande. »Meine Schwester hat mir eine Menge über dich erzählt, und sie hat nicht übertrieben.«

Yoram ächzte. »Sie hat … *was?*«, keuchte Rachel.

Jezabel amüsierte sich über Rachels fassungsloses Gesicht und wandte sich dann wieder an Yoram. »Gibst du mir dein Wort, nichts Dummes zu tun, wenn wir dich losmachen?«

Yoram starrte sie eine kleine Ewigkeit einfach nur an, und Beka begann sich bereits zu fragen, ob er ihre Worte überhaupt gehört hatte. Aber dann nickte er. Jezabel wandte sich mit einem fragenden Blick an Beka, die ebenfalls nickte, Rachel ignorierte sie. Stattdessen gab sie dem riesigen Zeloten einen Wink. Beka konnte dem Koloss ansehen, wie wenig ihm diese Idee behagte, aber er ging nur wortlos vor ihnen in die Hocke und befreite sie zuerst von ihren Fuß- und dann von den Handfesseln, indem er sie einfach zerriss, ohne sich sonderlich anzustrengen.

»Setzt euch«, sagte sie mit einer einladenden Geste auf eine kleine Sitzgruppe aus rotem Plüsch, Blattgold und bestickten Brokatkissen. »Seid ihr hungrig?«

Rachel schüttelte den Kopf. Yoram sagte gar nichts, und Beka nickte.

»Dann bringt uns etwas zu essen«, wandte sich Jezabel an Einauge und den Riesen. »Und heißen Tee … ihr mögt doch Tee?« Sie bekam keine Antwort, aber das schien ihr auch vollauf zu genügen, denn sie schickte die beiden Zeloten mit einem Kopfnicken hinaus und nahm selbst und dergestalt auf einem zierlichen Stuhl Platz, dass sie sie alle drei gleichzeitig im Auge behalten konnte. Und mit einer blitzartigen Bewegung die Tür erreichen, sollte es sich Yoram doch anders überlegen und *etwas Dummes* tun, wie Beka keineswegs entging.

»Jakob wartet draußen vor der Tür«, sagte Jezabel.

»Und kann in einer Sekunde hier sein?«, vermutete Beka.

Jezabel nickte. Damit war das Thema erledigt. »Ich nehme an, ihr habt eine Menge Fragen. Aber zuerst möchte ich euch etwas sagen. In Ordnung?«

Beka nickte. Die beiden anderen starrten sie einfach nur weiter an.

»Ich weiß, dass ihr Angst habt, weil ihr uns für eure Feinde haltet«, sagte Jezabel. »Aber das müsst ihr nicht. Wir sind nicht eure Feinde.«

»Nein, bestimmt nicht«, sagte Rachel. »Wie komme ich bloß darauf?«

»Mit euch meine ich euch drei, Kleine«, sagte Jezabel. »Yoram, Rivkah und dich. Wir haben keinen Streit mit euch. Warum auch?«

»Was … was hast du damit gemeint, Thora hätte dir von mir erzählt?«, fragte Yoram.

»Ganz genau das, was ich gesagt habe«, antwortete Jezabel amüsiert. »Sie hat oft über dich gesprochen. Manchmal ist sie mir damit schon fast auf die Nerven gegangen. Sie hatte wohl ein Auge auf dich geworfen, wie man so schön sagt.«

»Soll das heißen, sie war *hier*?«, ächzte Yoram. »Hier in Jericho, bei euch?«

»Wir bevorzugen eigentlich den alten Namen, Ariah. Und natürlich war sie nicht hier«, erwiderte Jezabel. »Sie …« Sie unterbrach sich und sah zum Fenster, hinter dem schon wieder ein Schrei ertönte, nur diesmal viel näher und lauter, ein gepeinigtes Heulen, das etwas in Beka berührte und zum Erschauern brachte. Jezabel stand auf, ging hin und schloss das Fenster, und jetzt fiel Beka eindeutig auf, dass sie das Bein nachzog. Ihr Knie war nicht zur Gänze steif, aber es bereitete ihr sichtbare Mühe, es zu beugen. »Ich war ein paarmal bei euch und habe mich mit ihr getroffen. Das war unser kleines Geheimnis.«

Sie nahm wieder Platz und sprach weiter, als hätte es die

Unterbrechung gar nicht gegeben. »Oh, aber wir haben uns trotzdem viel zu selten gesehen. Ich dachte, wir hätten noch viel mehr Zeit …« Sie schwieg, und Trauer erschien in ihrem unversehrten Auge. Die Hälfte des Mundes darunter, die zu einer Bewegung imstande war, verzog sich zu einem bitteren Lächeln. Dann hatte sie sich wieder in der Gewalt und fuhr fort: »Ich weiß, dass dich das wahrscheinlich überrascht. Sie hat es dir nicht gesagt, weil sie wusste, dass du Benjamin bald verlassen musst. Aber sie hat gehofft, dass du auf sie wartest, bis sie alt genug ist, dir zu folgen.«

»Das hätte ich«, sagte Yoram so impulsiv, dass es einfach nur wahr sein konnte.

»Ich glaube dir kein Wort«, sagte Rachel. »Du hast nicht mit Thora gesprochen! Sie hätte uns niemals verraten! Und du bist auch nicht ihre Schwester!«

Jezabel machte sich nicht einmal die Mühe, ihr zu antworten, aber für einen Moment suchte ihr Blick noch einmal den Bekas und hielt ihn eindeutig länger fest, als nötig gewesen wäre.

War es denn möglich?, dachte Beka. Ein Teil von ihr wollte die Worte des Mädchens als genauso absurd abtun, wie Rachel es ganz offensichtlich tat. Aber zugleich musste sie auch wieder daran denken, wie Thora ihr von ihrer Schwester und ihrer ganz besonderen Beziehung zueinander erzählt hatte; auf eine Art, die plötzlich alles in einem ganz anderen Licht erscheinen ließ. Thora hatte sich bei dem, was sie über ihre Schwester erzählt hatte, seltsam verhalten – gelinde gesagt. Konnte es sein, dass sie nichts weiter als ein Geheimnis hatte bewahren wollen, das genug Sprengkraft besaß, die festgefügte Weltsicht von Yoram und seinen Freunden auseinanderzureißen?

»An dem Tag, an dem sie Thora …« Rachel setzte neu an. »An dem Tag, als deine Freunde da draußen Thora abgeschlachtet haben, sind wir vor deinen netten Brüdern geflohen!«

Jezabels Blick verfinsterte sich. Endlose Sekunden lang starrte sie das Mädchen nur wortlos an, und Rachel wurde prompt nervös und begann unruhig auf der Sitzkante hin und her zu rutschen. Aber Beka glaubte auch zu spüren, dass die Schwärze hinter ihren Augen einen vollkommen anderen Grund hatte. Trotzdem sagte sie nach einer weiteren Weile: »Das war deinetwegen, Liebes.«

»Meinetwegen?!«, ächzte Rachel. Sie wirkte ein bisschen empört.

»Man hat mir berichtet, was passiert ist«, bestätigte Jezabel. »Du bist ihnen nachgeschlichen, weil du neugierig warst, nicht wahr?«

»Das ist nicht …«

Jezabel unterbrach sie mit erhobener Hand. »Das soll kein Vorwurf sein, Rachel. Meine Schwester hat mir auch von dir erzählt. Sie mochte dich, weißt du? Aber sie hat mir auch mitgeteilt, dass du ein bisschen neugierig bist, habe ich recht?«

»Gleich wirst du mir erzählen, dass es meine Schuld war!«, zischte Rachel.

Jezabel antwortete gar nicht darauf, was für Rachel aber Antwort genug zu sein schien, denn ihre Lippen wurden schmal, und der Rest ihres Gesichts erstarrte zu einer ausdruckslosen Maske. Ihre Fingernägel gruben sich in den abgenutzten Plüschbezug der Couch, auf der sie saß. Sie schwieg.

»Wie ist es passiert?«, fragte Yoram. »Warum haben sie sie umgebracht?«

»Weil sie nicht wussten, wer sie ist«, antwortete Jezabel traurig. »Sie hätte nicht dort sein sollen. Die Männer, die mich begleitet haben, wenn ich mit ihr verabredet war, kannten Thora. An diesem Tag waren wir nicht verabredet. Sie kannten sie nicht.«

Ihr halbierter Blick suchte den Bekas, und plötzlich war sie es, die sich fragte, ob es nicht in Wahrheit *ihre* Schuld gewesen war. Thora wäre ohne sie niemals auf die Idee gekommen, an diesem Tag zu dem Flugzeugwrack hinauszugehen. Vielleicht wäre Thora noch am Leben, hätte sie nicht darauf bestanden wie ein kleines Kind, das an der Supermarktkasse nach Süßigkeiten quengelt.

»Es hätte trotzdem nicht passieren dürfen«, fuhr Jezabel nach einer spürbaren Pause und in verändertem Ton fort, zugleich an Yoram wie auch an Beka gewandt. »Ich weiß nicht, was man euch erzählt hat, aber wir greifen niemanden grundlos an. Die Männer waren auf der Suche nach Dingen, die wir brauchen. Niemand sollte verletzt werden.«

Beka glaubte ihr, aber zugleich spürte sie auch, dass das nicht die ganze Wahrheit war. Sie schwieg jedoch und entschied, dass es das Beste war, Jezabel einfach reden zu lassen.

Rachel hatte da jedoch weniger Hemmungen. »Du vergisst wohl, dass wir dabei waren!«, giftete sie. »Sie haben sie abgeschlachtet wie … wie ein Stück Vieh! Wenn Zadkiel nicht gekommen wäre, dann hätten sie Rivkah und mich auch umgebracht!«

Wenn man es genau nahm, dachte Beka, dann hatten die Zeloten sie vor allem vor dem Dämon gerettet, bevor die Situation eskaliert war.

Jezabel nickte traurig. »Du hast recht, Rachel. Das hätte nicht passieren dürfen.« Sie stand auf, ging zum Fenster und öffnete einen der Flügel. Kühle Nachtluft strömte herein und das dumpfe Raunen anderer Geräusch, die ihr vorher noch gar nicht bewusst gewesen waren. Und schon nach wenigen Augenblicken auch wieder dieses schreckliche, nach unsagbaren Qualen klingende Heulen. »Zadkiel hat sie nicht alle getötet«, sagte Jezabel, ihnen weiter den Rücken zudrehend. »Einer der Anführer des Suchtrupps und zwei seiner Männer sind ihm entkommen.«

Es dauerte nur einen Moment, aber dann begriff Beka, und ein eisiger Schrecken durchfuhr sie, als sie an den schrecklichen Schrei dachte, den sie vorhin vernommen hatte. »Soll das heißen, sie …?«

»Sie haben meine Schwester umgebracht«, fiel ihr Jezabel ins Wort und drückte den Fensterflügel wieder zu.

»Aber du hast doch selbst gesagt, dass sie es nicht wussten!«, sagte Beka entsetzt.

»Sie war meine Schwester«, erwiderte Jezabel nur noch einmal, und wie zur Antwort hörte sie erneut Schreie, wenn auch gedämpft durch die erneut geschlossenen Fenster. »Sie hätten nicht zurückkommen sollen.«

Die Tür ging auf, und Einauge und der wandelnde Berg kamen zurück und brachten ein Tablett mit Tellern undefinierbaren Inhalts sowie einer zerbeulten Metallkanne, aus der es köstlich nach frisch aufgebrühtem Tee duftete. Jezabel wartete, bis sie ihre Last auf dem Tisch abgeladen hatten, bevor sie ebenfalls wieder Platz nahm und eine auffordernde Geste machte zuzugreifen. Beka und nach zwei Sekunden des Zögerns auch Yoram gehorchten, aber Rachel starrte die aufgefahrenen Köstlichkeiten nur misstrauisch an.

»Was ist das?«, fragte sie.

»Der letzte Besucher, der sich über das Essen beschwert hat«, antwortete Jezabel.

Rachel funkelte sie an, verschränkte demonstrativ die Arme vor der Brust und rutschte ein Stück weit zurück, aber ihr Blick ließ das Tablett keine Sekunde lang los.

Jezabel schenkte Tee in zu der Kanne passend zerbeulte Metalltassen, und allein der Geruch ließ Beka das Wasser im Mund zusammenlaufen. Dabei war sie nie eine große Teetrinkerin gewesen und hatte Kaffee oder schlichtes Wasser bevorzugt. Aber Tee – richtiger, frisch aufgebrühter Tee! – war auch ein Teil ihrer Welt, die sie für immer verloren geglaubt hatte. Sie griff zu, nahm einen winzigen Schluck und spürte nicht einmal, dass sie sich Finger- und Zungenspitze verbrühte.

»Woher habt ihr das alles?«, fragte sie.

Jezabel wusste sofort, was sie meinte. »Du willst wissen, warum die Kanne und die Tassen nicht schon längst zu Staub zerfallen sind und ich nicht nackt vor dir sitze?«, erkundigte sie sich. Ihre Hand streifte über das Kleid, das sie trug, und dann über die verchromte Schwertklinge an ihrer Seite. Beka erkannte sie nun unschwer als ein billiges Dekoteil aus einem Fantasyladen.

»Sie haben euch erzählt, dass Dinge aus der alten Welt keinen Bestand mehr haben.«

»Nein«, widersprach Beka. »Ich habe es *gesehen.*«

»Und es stimmt auch«, sagte Jezabel, legte eine winzige, genau bemessene dramatische Pause ein und fügte hinzu: »Solange Engel in der Nähe sind.«

Beka blickte zweifelnd auf die zerschrammte Tasse in ihren Händen hinab. Das klang ein bisschen verrückt, fand sie. So wie fast alles hier. »Du meinst, sie sorgen dafür, dass die Technik heute nicht mehr funktioniert und alles auseinanderfällt?«,

»Niemand weiß, ob sie es absichtlich tun oder es in ihrer Nähe einfach so ist«, antwortete Jezabel. »Wir haben hier auch kein funktionierendes Atomkraftwerk. Der Fernsehempfang lässt zu wünschen übrig, und das Handynetz ist die reinste Katastrophe … aber manches funktioniert noch.« Sie seufzte. »Aber du hast schon recht. Nichts funktioniert wirklich lange. Wir finden Dinge, nutzen sie eine Weile, und dann gehen sie kaputt oder zerfallen ganz. Es ist ein bisschen wie eine Krankheit, gegen die man wehrlos ist.«

Beka kostete vorsichtig von dem angebotenen Essen. Sie hatte keine Ahnung, was es war, aber es schmeckte köstlich. Yoram langte ebenfalls kräftig zu, und schließlich obsiegte wohl auch bei Rachel der schnöde Hunger, und sie griff nach ihrem Teller. Es knackte laut, und sie hielt nur eine große Porzellanscherbe in der Hand.

»Genau das habe ich gemeint«, sagte Jezabel mit einem flüchtigen Lächeln. Und ein bisschen schadenfroh.

Rachel schoss einen ärgerlichen Blick in ihre Richtung ab und griff noch einmal vorsichtiger und mit beiden Händen zu.

»Dann wird euch irgendwann der Nachschub ausgehen«, sagte Yoram mit vollem Mund.

»Irgendwann«, bestätigte Jezabel. »Aber nicht so bald. Es ist eine große Stadt, und es gibt noch eine Menge anderer großer Städte. Man findet immer wieder nützliche Dinge. Oder nützliche Leute.«

»Die Menora«, vermutete Yoram.

»Ja, die war hübsch«, antwortete Jezabel bedauernd. »Schade, dass du sie kaputt gemacht hast.«

»Das war ein Köder«, sagte Yoram. »Warum?«

»Wer mutig genug ist, dort draußen nach Beute zu suchen, hat es auch verdient zu überleben.«

Yoram blickte zweifelnd, und Jezabel fuhr in leicht belehrendem Ton fort: »Du hast nicht geglaubt, dass ihr die einzigen seid, oder?«

»Die einzigen was?«, fragte Rachel. Sie kaute mittlerweile ebenfalls und bemühte sich nicht wirklich mit Erfolg um ein angewidertes Gesicht.

»Überlebende«, sagte Jezabel. »Die meisten sind euren Engelsfreunden und den Dämonen zum Opfer gefallen, aber wir finden immer noch welche.«

In diesem Satz waren weit mehr Informationen verborgen als nur die, dass es noch mehr Überlebende gab, die in den Ruinen einer verbrannten Welt ihr Dasein fristeten, das war Beka klar. Aber da war noch eine andere Frage, die sie beschäftigte: »Und als wir die Menora genommen haben, da haben wir auch so eine Art Alarm ausgelöst«, vermutete sie. »Wie?«

»Nun lass mir doch meine kleinen Geheimnisse«, sagte Jezabel und wechselte auch gleich das Thema, indem sie Rachel den Teller wegnahm.

»He!«, beschwerte sich Rachel.

»Das ist genug für den Anfang«, bestimmte Jezabel. »Man hat mir berichtet, was Yoram gestern passiert ist. Sei also lieber vorsichtig.«

*

Rachel sah fast erschüttert zu Yoram hin, machte aber trotzdem ein beleidigtes Gesicht, und Beka stellte den zerbrochenen Teller demonstrativ außerhalb ihrer Reichweite auf den Tisch und stand auf.

Man hatte ihr berichtet? Wer und wann? Es schien, als hätte Jezabel noch das eine oder andere Geheimnis auf Lager – etwas, das sie mit ihrer Schwester gemeinsam hatte, die es fertiggebracht hatte, so zu tun, als wüsste sie nicht, wie es Jezabel ging und wo sie sich aufhielt.

Alles gelogen. Wenn auch wahrscheinlich aus gutem Grund.

»Das ist genug für heute«, sagte Jezabel, als spürte sie ganz genau, was in Beka vorging.

Sie hatte noch nicht ganz zu Ende gesprochen, da ging die Tür auf, und Einauge kam herein. Hinter ihm bewegte sich etwas von der Größe eines jungen Brontosaurus.

»Jakob bringt euch in eure Zimmer. Ihr bleibt heute Nacht hier. Es ist schon spät. Morgen suchen wir dann eine andere Unterkunft für euch.«

So spät kam es Beka noch gar nicht vor, vielleicht eine Stunde nach Sonnenuntergang oder zwei. Aber in einer Welt ohne elektrischen Strom und elektronische Unterhaltungsmedien tickten die Uhren offensichtlich etwas anders.

Oder hatte es damit zu tun, dass Jezabel dem einen oder anderem Thema ausweichen wollte?

»Aber warum hast du uns …?«, begann sie, und Jezabel unterbrach sie mit einer leicht unwilligen Handbewegung.

»Morgen«, sagte sie. »Versprochen.«

Beka gab auf, bevor Einauge – oder Jakob, wie er wohl wirklich hieß – noch einen Vorwand fand, Jezabels Worten handgreiflich Nachdruck zu verleihen.

Sie verließen das Zimmer, gingen aber nur wenige Schritte weit, bis Jakob eine weitere Tür öffnete und sie mit einer ruppigen Geste aufforderte hindurchzutreten. Beka wollte noch etwas zu Yoram sagen, aber der Einäugige schob sie bereits unsanft durch die Tür, die er sofort hinter ihr schloss. Sie wartete vergeblich auf das Geräusch eines Schlüssels oder Riegels, doch als sie automatisch nach der Klinke griff, rührte sie sich trotzdem nicht. Vielleicht stand Jakob ja draußen und hatte eine seinem Intelligenzquotienten angemessene Tätigkeit aufgenommen, indem er die Türklinke festhielt.

Statt weiter aussichtslose Fluchtstrategien auszuprobieren, wandte sie sich lieber um und betrachtete ihr Zimmer, so gut es bei dem wenigen Licht ging, das durch das Fenster hereinfiel. Hier gab es keine Öl- oder Petroleumlampen – vielleicht hatten ihre Gastgeber ja Angst, dass sie ihnen die Bude abfackelte –, sodass sie zunächst kaum etwas sah, bis sich ihre Augen wieder umgewöhnt hatten. Das Zimmer war eine kleinere Ausgabe des Boudoirs, in dem Jezabel-Ann residierte, bis hin zu der verspiegelten Decke. Alles roch nach Alter, Staub und ganz sacht modernd. Das Bett war ein gutes Stück kleiner, aber immer noch groß, und der einzige andere wirkliche Unterschied waren die massiven Gitterstäbe vor dem Fenster.

Beka ging hin, zögerte aber dann, es zu öffnen. Es war einigermaßen warm hier drinnen, und sie hatte so lange gefroren, dass ihr allein das schon wie ein Himmelsgeschenk vorkam. Außerdem gab es ohnehin nicht viel zu sehen. Das Fenster führte auf einen kleinen Garten hinaus, der von einem geschmückten Zaun umfriedet war, aus dem herauf ein einzelner Baum und eine Anzahl kleiner Büsche wie schwarze Krallen nach ihr griffen.

Dahinter erhob sich eine schwarze Wand aus mehrgeschossigen Häusern und zugemauerten Straßen, die neuen Mauern von Jericho. Anders als vorhin, als sie gekommen waren, brannte nur noch hinter sehr wenigen Fenstern Licht. Hier ging man anscheinend wirklich mit den Hühnern ins Bett. Sofern man sie nicht vorher aufaß.

Eine Weile betrachtete sie die schwarze Scherenschnitt-Silhouette der Häuser und sah dann in den Himmel hinauf. Er kam ihr heller vor als der über Jerusalem, so als wären sie ihm ein

Stück näher gekommen. Sie zerbrach sich einen Moment lang den Kopf über die Lage Jerichos. Irgendwo in der Nähe des Toten Meeres und am Rand der Wüste, wenn sie sich richtig erinnerte. Aber das galt ja mehr oder weniger für das ganze Land.

Beka trat vom Fenster zurück und an das große Bett heran. Da war ein winziger Teil in ihr, der ihr erklären wollte, was sich auf diesem mit abwaschbarem rotem Kunstleder bezogenen Bett schon alles abgespielt hatte, aber eigentlich war ihr das egal. Mit einer fast ehrfürchtigen Bewegung ließ sie sich auf das Bett sinken, verschränkte die Hände als Kissenersatz hinter dem Kopf und betrachtete die verschwommene Spiegelung ihrer eigenen Gestalt an der Decke.

Wie lange war es her, dass sie das letzte Mal in einem richtigen Bett gelegen hatte? Eine Ewigkeit!

Nicht mehr seit dem Tag, an dem sie von Frankfurt aus nach Tel Aviv geflogen war, um genau zu sein.

Allein wegen dieses Bettes hatte sich das Herkommen schon gelohnt. Sie würde mit Jezabel reden. Wenn sie ihr dieses Bett samt Zimmer überließ, dann hatte ihr Stamm aufrechter, tapferer Mutanten ein neues Mitglied.

Mit diesem albernen Gedanken schlief sie ein.

30

Sie hatte das Gefühl, dass nur ein paar Sekunden vergangen sein konnten. Aber es war hell im Zimmer, und die verspiegelte Decke reflektierte das Sonnenlicht dergestalt, dass ihr seitenverkehrter Zwilling auf dem Bett einen blassgoldenen Heiligenschein zu haben schien.

Das war beinahe noch alberner, half ihr aber, auch noch die letzte Benommenheit abzustreifen und sich aufzusetzen.

Es war Morgen, und dem Winkel des hereinfallenden Lichts nach zu urteilen nicht einmal früher. Sie war immer noch müde, allerdings auf eine sehr wohlige Art.

Sie blieb noch eine Weile auf der Bettkante sitzen und sah sich um. Das Zimmer bot auch bei Tageslicht betrachtet keinen sehr viel angenehmeren Anblick; außer dass es seine Schäbigkeit nun gar nicht mehr verbergen konnte. Sie dachte noch einmal an ihren letzten Gedanken vor dem Einschlafen und revidierte ihn. Möglicherweise würde sie Jezabel um das Bett bitten, aber ganz bestimmt nicht um dieses *Zimmer*.

Beka stand auf, ging zur Tür und war nicht überrascht, sie problemlos aufmachen zu können; aber schließlich stand Einauge ja auch nicht auf der anderen Seite und hielt die Türklinke fest. Er stand mit verschränkten Armen unter der offenen Tür zu Jezabels Zimmer und starrte sie finster an.

»Oh, hallo, guten Morgen, Nicht Sprechen«, begrüßte ihn

Beka. »Ist Jezabel da drin? Ich muss mit ihr reden … falls du nichts dagegen hast.«

Einauge starrte sie etliche Sekunden lang durchdringend an und machte eine abgehackte Kopfbewegung hinter sie.

»Unten?«, fragte sie.

Einauge dachte einen Moment über diese Frage nach; kratzte sich am Schädel, was sich wie Fingernägel auf einer Schiefertafel anhörte, und grunzte etwas, das sich mit sehr viel gutem Willen wie »Oben« anhörte.

Beka bedankte sich mit einem Lächeln und einem artigen Hofknicks und wandte sich in die angegebene Richtung.

Sie bedauerte fast, dass es Tag war, denn nun offenbarte sich das Hotel Rahab in seiner gesamten Schäbigkeit, was eindeutig nicht nur an den letzten sieben Jahren der Vernachlässigung lag. Es stank. Das Haus verfaulte.

Beka eilte noch eine weitere Treppe hinauf und auf eine Anzahl heller Streifen zu, die durch die Ritzen einer nachlässig zusammengeschusterten Brettertür schienen. Unerwartet warmes Sonnenlicht ließ sie blinzeln, als sie durch die Tür und auf das mit rissiger Teerpappe bedeckte Flachdach hinaustrat. Neben ihr ragte ein lebendiger Berg von der Größe der Cheopspyramide auf, der sie finsteren Blickes maß, sie aber passieren ließ.

Jezabel stand am anderen Ende des Daches und wandte ihr den Rücken zu, obwohl sie sie gehört haben musste. Sie hatte sich umgezogen und trug jetzt eng anliegendes schwarzes Leder, einen Helm und einen gleichfarbigen Mantel, der im Wind flatterte. Beka musste erneut an eine Figur aus einem sorgsam choreografierten Fantasyfilm denken. Keinen besonders guten.

»Ich habe Jakob gebeten, dich ausschlafen zu lassen«, sagte Jezabel, als sie ihre Schritte auf der knisternden Dachpappe hörte. »Du hast ausgesehen, als könntest du es brauchen.«

»Das konnte ich«, gestand Beka und sprach dann nicht weiter, als sich Jezabel nun doch zu ihr umdrehte und Beka ihr ins Gesicht sah; wenigstens in das halbe.

Die andere, entstellte Hälfte verbarg sich hinter dem sorgsam halbierten Visier des schwarzen Lederhelms, den sie aufgesetzt hatte. Sie sah ein bisschen aus wie das Phantom der Oper, nur in Schwarz.

»Vielen Dank«, fügte sie nach einer Weile hinzu, die eindeutig zu lange andauerte, um die Situation nicht peinlich werden zu lassen.

Jezabel antwortete jedoch nur mit einem Lächeln und winkte Einauge heran. »Wenn du irgendetwas brauchst, dann sag es Jakob. Er wird dir alle deine Wünsche erfüllen, soweit es geht.«

»Wo sind Rachel und Yoram?«, fragte sie.

Statt zu antworten, wandte sich Jezabel mit einem fragenden Blick an Einauge, und der Zelot machte eine Geste nach unten. »Sie wollten sich die Stadt ansehen. Ich habe ihnen ein paar Männer mitgegeben, die ihnen alles zeigen, was sie sehen wollen. Jedenfalls das, was sie sehen dürfen.«

Beka glotzte. Jezabel hatte Mühe, ein Grinsen zu unterdrücken, und auch in Jakobs verbliebenem Auge funkelte es amüsiert. Beka fragte sich ernsthaft, ob die beiden die Szene sorgsam eingeübt und nur auf ein Stichwort gewartet hatten.

»Aber du hast bestimmt eine Menge Fragen«, fuhr Jezabel fort. »Ich habe dir gestern Abend Antworten versprochen. Jetzt habe ich Zeit.

Beka wusste nicht einmal, wo sie anfangen sollte, und versuchte ihre Gedanken zu sortieren, doch Jezabel deutete ihr Zögern falsch, denn sie gab den beiden Zeloten einen Wink, sie allein zu lassen. Der Riese gehorchte wortlos und löste lediglich ein (kleineres) Erdbeben aus, während er die Treppe hinunterstampfte, aber Einauge zögerte. Jezabels Entscheidung behagte ihm nicht.

»Es ist gut, Jakob«, sagte Jezabel. »Ich bin sicher, dass sich Rivkah noch an ihr Wort von gestern erinnert und mich nicht vom Dach werfen wird. Das stimmt doch, oder?«

»Wenn du mich weiter Rivkah nennst, bin ich mir da nicht so

sicher«, antwortete Beka – vorsichtshalber aber erst, nachdem sich Einauge – widerwillig – umgedreht und entfernt hatte.

»Aber das ist doch dein Name.«

»Mein Name«, antwortete Beka betont, »ist Beka. Meinetwegen auch Rebecca, aber nicht Rivkah.«

»Ganz wie du willst«, antwortete Jezabel verwirrt. »Auch wenn ich es nicht ganz verstehe. Alle reden nur von Rivkah.«

»Aber das ist trotzdem nicht …«, begann Beka, riss die Augen und führte den Satz anders zu Ende. »Alle reden über mich?«

»Unentwegt«, bestätigte Jezabel. »Rivkah, das Mädchen, das vom Himmel gefallen und zweimal den Dämonen entkommen ist. Weißt du, dass das vor dir noch keinem gelungen ist?«

»Vom Himmel zu fallen?«

»Den Dämonen in ihrem eigenen Revier zu entkommen.«

»Zumindest beim ersten Mal hatte ich Hilfe«, antwortete Beka. Und wenn man es genau nahm, auch beim zweiten Mal, aber das ließ sie lieber unerwähnt. Sie wusste ja selbst nicht genau, was passiert war.

Jezabels Blick verdüsterte sich, und passend dazu wehte schon wieder dieses entfernte Heulen an ihr Ohr, das sie bereits gestern gehört hatte. »Glaubst du nicht, dass sie genug gelitten haben?«, fragte sie vorsichtig.

»Sie haben meine Schwester umgebracht«, antwortete Jezabel und wandte sich mit einem Ruck ab, um weiter ins Leere zu starren, wie sie es schon getan hatte, als Beka heraufgekommen war.

Beka wartete einen Moment lang darauf, dass sie weitersprach, und trat dann neben sie. »Das ist also euer … wie nennt ihr es? Hauptquartier?«, fragte sie, größtenteils um das Schweigen nicht noch länger andauern zu lassen.

»Wir bevorzugen das Wort Stadt«, antwortete Jezabel amüsiert. Die Dunkelheit war wieder aus ihrem Blick verschwunden.

»Stadt«, bestätigte Beka. »Eine ziemlich große Stadt. Wie viele seid ihr?«

»Sehr viele. Wir haben sie nie gezählt. Aber du siehst es ja selbst.« Jezabel lachte ganz leise und ohne wirklich amüsiert zu klingen. »Sie haben euch erzählt, wir wären eine mordlüsterne Räuberbande, die in Höhlen lebt und kleine Kinder frisst, stimmt's?«

»Von Höhlen war keine Rede.«

Jezabel lachte, und wieder standen sie eine Weile schweigend nebeneinander und sahen auf die Stadt hinab. Es war eine Stille ganz anderer und nicht annähernd so unangenehmer Art.

Ganz wie Jezabel es gesagt hatte, schien es wirklich viele Zeloten zu geben. Beka sah allein auf der Straße vor dem Haus mindestens ein Dutzend Gestalten, die mit Dingen beschäftigt waren, die sie nicht erkennen konnte, und ungleich mehr hinter offenen Fenstern und Türen. Auch auf den flachen Dächern gewahrte sie patrouillierende Wächter, und an jeder Ecke des großen Karrees erhob sich ein offensichtlich nachträglich errichteter Wachturm. Es mussten viele Hundert Zeloten sein, die allein in dieser Straßenfestung Zuflucht gesucht hatten, tausend oder mehr in der ganzen Stadt.

Noch etwas fiel ihr auf, jedenfalls soweit sie es über die große Entfernung erkennen konnte: Nahezu alle Zeloten, die sie zu Gesicht bekam, sahen ganz normal aus – abgesehen vielleicht von dem als Menschen verkleideten Mammut, das in diesem Moment unter ihnen aus dem Haus und in ihr Sichtfeld trat.

Ihr Blick blieb Jezabel nicht verborgen. Sie lächelte. »Ja, diese Wirkung hat Hänschen auf die meisten, die ihn das erste Mal sehen.«

»Hänschen?«, entfuhr es ihr verdutzt. Dann konnte sie einfach nicht anders, als mit einem breiten Feixen hinzuzufügen: »Wie heißt er mit Nachnamen? Klein?«

»So heißt er nun mal«, antwortete Jezabel. »Er hieß schon so, als er hergekommen ist. Keiner sucht sich seinen Namen selbst aus, oder? Du doch auch nicht. Aber du brauchst keine Angst vor ihm zu haben. Er tut keiner Fliege etwas zuleide.«

»Solange man ihm nicht krummkommt?«, vermutete Beka.

»So lange man ihm nicht krummkommt«, bestätigte Jezabel.

Gegen ihren Willen musste Beka nun doch lachen, sah aber auch über die Schulter zurück in die Richtung, in der Einauge verschwunden war.

»Oh ja, Jakob.« Jezabel nickte, als hätte sie ihre Gedanken gelesen. »Das ist eine … etwas andere Geschichte.«

»Lass mich raten«, sagte Beka. »Er ist im Grunde ein herzensguter Bursche – wie eigentlich jeder hier –, solange man ihm nicht krummkommt.«

»Nein«, antwortete Jezabel erst. »Solange *mir* niemand krummkommt.«

»Was ist er – dein Leibwächter?«

»Nein, schlimmer«, antwortete Jezabel, lächelnd, aber trotzdem zugleich sehr ernst. »Ich selbst erinnere mich kaum noch daran, aber als ich hergekommen bin, da war ich mehr tot als lebendig.« Sie deutete auf die verborgene Seite ihres Gesichts. »Ich war schwer verletzt. Ich meine: wirklich schwer verletzt. Alle anderen hatten mich schon aufgegeben und nur darauf gewartet, dass ich sterbe.«

»Alle außer Jakob?«

»Alle außer Jakob«, bestätigte Jezabel. »Er hat Tag und Nacht an meinem Bett gesessen und mich gepflegt, bis ich es am Ende dann doch geschafft habe.« Sie hob die Schultern. »Und irgendwie muss er mich in dieser Zeit wohl auch adoptiert haben.«

»Du meinst, er benimmt sich wie eine Mutter.«

»Wie eine Glucke«, verbesserte sie Jezabel, aber es war nichts Abwertendes oder gar Verächtliches in der Art, auf die sie es tat. »Aber eine Glucke mit Zähnen und einem großen Messer und dem Willen es einzusetzen, um mich zu beschützen.«

»Ich verstehe.« Beka versuchte in Jezabels Gesicht zu lesen, aber es gelang ihr nicht. Erinnerte sie sich, was damals im Flieger geschehen war, oder gar daran, dass Beka ausgerechnet mit dem Mann geflirtet hatte, der ihr das angetan hatte? Wenn, dann war sie ein Ausbund an Selbstbeherrschung.

»Und nachdem du wieder gesund warst, haben sie dich auch gleich zur Anführerin gemacht.«

»Anführerin?« Jezabel schüttelte heftig den Kopf. »Ich bin hier nicht die Anführerin.«

»Aber ich dachte …«

»Jakob ist der Anführer«, fuhr Jezabel fort. Beka konnte ihr ansehen, wie sehr sie die Situation genoss. »Oder wenigstens etwas in der Art. Einen richtigen Oberhäuptling gibt es hier nicht. Aber die Leute hören auf das, was er sagt. Also meistens.«

»Der … Anführer?«, wiederholte Beka verdutzt.

»Er ist ein sehr kluger Mann«, bestätigte Jezabel.

»Der es liebt, den Dummkopf zu spielen.«

»Zuzeiten«, gestand Jezabel lächelnd. »Ist manchmal ganz praktisch, wenn einen die Leute unterschätzen.

Die Leute? »Du weißt, dass Yoram ihn … verletzt hat?«, fragte sie stockend.

Jetzt erlosch Jezabels Lächeln endgültig. »Ja, und ich war sehr wütend, als ich es erfahren habe. Aber du musst dir keine Sorgen machen. Jakob nimmt es ihm nicht übel.«

»Dass er ihm das Auge ausgestochen hat?«

»Und mindestens drei seiner Männer getötet, wenn nicht mehr. Er hat schon mit Yoram gesprochen«, sagte Jezabel sehr ernst. »Jakob ist ein Krieger. Er kennt die Gefahr, wenn er in den Kampf zieht. Wenn er Yoram oder Rachel in dieser Synagoge getötet hätte, dann wäre das auch nicht persönlich gemeint gewesen.«

»Eine eigenartige Einstellung.« Von der Beka selbst noch nicht wusste, was sie davon hielt.

»Es ist eine eigenartige Welt.« Jezabel lachte plötzlich wieder, hakte sich bei Beka unter und zog sie mit sich. »Komm, ich zeige dir das Wichtigste, und dabei können wir auch reden.«

Beka war viel zu verblüfft, um auch nur zu antworten, geschweige denn sich zu widersetzen. Jezabel hätte es wahrscheinlich auch gar nicht zugelassen. Lachend zog sie sie hinter sich her zur Treppe und die Stufen hinunter, und das so schnell, dass sie einen Gutteil ihrer Konzentration darauf verwenden musste, nicht das Gleichgewicht zu verlieren und mit ihr Schritt zu halten. Jezabel plapperte die ganze Zeit und so schnell und aufgeregt drauflos, dass sie praktisch gar nichts verstand. Erst unten angekommen wurde sie wieder langsamer, und als sie den großen Salon durchquerten, ließ sie endlich ihre Hand los.

Beka trat hinter ihr aus dem Haus. Zunächst hätte man meinen können, sich in einer ganz normalen Stadt zu befinden; vielleicht einmal davon abgesehen, dass die meisten Passanten in ihrem Blickfeld sonderbar gekleidet waren. Es herrschte nicht nur Schwarz vor, wie sie zunächst vermutet hatte, sondern eine Vielfalt, die sie erstaunte, ein buntes Sammelsurium der unterschiedlichsten Dinge, als hätte sich jeder in das gehüllt, was gerade greifbar war; oder noch halbwegs intakt. So aufgeregt, wie ihr Jezabel das eine oder andere Detail zeigte, bewies das Beka nur eines: Unter ihrer martialischen Aufmachung blieb Jezabel ein dreizehnjähriges Mädchen. Ein dreizehnjähriges Mädchen vielleicht, das das Leben vor der Zeit hatte hart werden lassen, aber trotzdem ein Kind.

»Ich kann dir ein paar meiner Freunde vorstellen, wenn du willst«, sagte Jezabel schließlich und zog sie auch schon mit sich.

Voller Begeisterung stellte Jezabel ihr ein paar Zeloten vor, deren Namen Beka auf der Stelle wieder vergaß. Sie führte sie auch in die eine oder andere Wohnung, damit sie sich umsehen konnte. Sah man davon ab, dass es weder Strom noch fließendes Wasser gab, hätten es ganz normale Wohnungen sein können, bewohnt von ganz normalen Menschen – was sie wieder zu einer Frage brachte, die ihr schon auf den Nägeln brannte, seit sie den ersten Bewohner dieser sonderbaren Stadt gesehen hatte.

Jezabel hatte versprochen, ihr im Anschluss etwas ganz Besonderes zu zeigen, das sich wohl auf dem Dach befinden musste, denn sie hielten sich gerade in einem schmalen Treppenhaus auf, in dem sie nach oben stiegen. Jezabel plapperte immer noch wie ein Wasserfall ohne Punkt und Komma. Genau genommen hatte sie das die ganze Zeit über getan, ununterbrochen und so schnell, dass Beka wahrscheinlich nicht einmal dann alles verstanden hätte, wenn sie es gewollt hätte.

Beka wusste noch nicht, was sie von Jezabel und ihren Freunden halten sollte – außer dass in dieser ganzen postnuklearen Welt offenbar nichts so war, wie es auf den ersten Blick den Anschein hatte –, aber sie hatte ohnehin nicht vor, lange hierzubleiben, und schon gar nicht, irgendwelche Freundschaften zu schließen. Ein paar Tage, um sich zu erholen und frische Kräfte zu schöpfen, mehr nicht.

»… wirklich besser denn je«, sagte Jezabel gerade begeistert. Beka hatte keine Ahnung, worauf sich das bezog. »Noch ein paar Jahre, und wir haben gar keine Probleme mehr, was das angeht.«

»Aha«, machte Beka, vielleicht in doch nicht ganz so überzeugendem Ton. Denn Jezabel warf ihr einen kurzen, misstrauischen Blick über die Schulter zu, hüpfte dann aber fröhlich weiter auf eine schmale Tür am Ende der Treppe zu. »Komm, ich zeige es dir.« Was auch immer.

Beka trat hinter ihr auf ein flaches Dach hinaus und sah erst einmal gar nichts, denn die Sonne war höher geklettert und schien ihr nun direkt in die Augen. Ihr Licht kam ihr viel greller vor, und es war auch spürbar wärmer, als es in Jerusalem der Fall gewesen war. Ganz offensichtlich war die Wolkendecke hier nicht ganz so dicht wie über der Heiligen Stadt.

»Dort hinten, siehst du?«

Beka gab sich alle Mühe, etwas zu erkennen. Aber es wurde auch nicht viel besser, nachdem sie die Tränen weggeblinzelt und ihren Augen befohlen hatte, sich an das grelle Licht zu gewöhnen.

Nach einer weiteren Sekunde schien Jezabel das zu begreifen. Sie packte ihr Handgelenk und zog sie hinter sich her zur anderen Seite des Dachs, sodass sie die aufgehende Sonne nun im Rücken hatten, als sie mit einer weit ausholenden und unübersehbar stolzen Geste auf die Stadt hinabdeutete, die sich wie ein gemauerter Flickenteppich unter ihnen ausbreitete.

Von hier oben und im hellen Tageslicht betrachtet war zu erkennen, dass Jericho wohl doch nicht ganz so ungeschoren davongekommen war, wie sie bisher geglaubt hatte. Ganze Straßenzüge lagen in Trümmern, und sie gewahrte auch mindestens zwei Stellen, an denen verheerende Feuersbrünste gewütet hatten. Aber es waren eben nur normale Feuer gewesen, die außer Kontrolle geraten waren, nachdem es keine Feuerwehr, keinen Strom und überhaupt keine nennenswerte Infrastruktur mehr gegeben hatte. Feuer eben, der Albtraum aller Stadtbewohner, seit es solche gab, keine von Menschen entfesselte Sonne, die vom Himmel fiel.

»Also, was wolltest du mir zeigen?«, fragte sie. Es wäre gar nicht mehr nötig gewesen, denn sie sah auch so, was Jezabel gemeint hatte: Trotz aller Zerstörung war Jericho eine lebendige Stadt. Überall waren reges Treiben und emsige Bewegung zu erkennen, und an zahllosen Stellen kräuselte sich der Rauch von Menschen beherrschter Feuer in den Himmel, um sich mit den wenigen tief hängenden Wolken zu vereinen. Die ganze Stadt summte vor Aktivität.

Jezabel antwortete trotzdem: »Das hier. Das neue Ariah. Als ich hier angekommen bin, war es eine Totenstadt, mit nur einer Handvoll Bewohner, die in den Ruinen einer verbrannten Welt hausten und auf den Tod gewartet haben.«

Für eine Dreizehnjährige, dachte Beka, war das eine sonderbare Formulierung. War sie wirklich schon so abgeklärt, oder hatte sie sich diese Worte sorgsam für eine Gelegenheit wie diese zurechtgelegt?

Statt jedoch irgendetwas davon auszusprechen, fragte sie: »Und dann hast du ihnen gezeigt, wie es anders geht?«

Sie bedauerte ihre Worte schon, bevor sie auch nur ganz zu Ende gesprochen hatte, aber Jezabel nahm sie ihr nicht übel. Sie schüttelte heftig den Kopf. »Jakob«, antwortete sie. »Er und ein paar andere haben hier alles organisiert und angefangen, Ordnung in das ganze Durcheinander zu bringen. Und seitdem prosperiert Ariah.«

»Prosperiert?« Beka warf ihr einen schrägen Blick zu. Das war noch so eine außergewöhnliche und überhaupt nicht kindgerechte Formulierung.

»Die Stadt wächst«, erklärte Jezabel. »Am Anfang gab es ein paar Probleme. Jakob spricht nicht gerne darüber, aber ich weiß, dass wohl auch Kämpfe stattgefunden haben. Doch am Ende hat er sich durchgesetzt.«

Mit eiserner Hand, daran zweifelte Beka nicht, behielt diese Annahme aber vorsichtshalber für sich.

»Seither kommen immer mehr zu uns«, fuhr Jezabel fort. »Wir bauen die Stadt wieder auf. Die Menschen wissen, dass sie hier bei uns eine Chance auf eine Zukunft haben, und kommen aus dem ganzen Land zu uns.«

Um was zu tun?, hätte sie um ein Haar gefragt, konnte sich aber gerade noch beherrschen und blickte nur fragend.

»Noch ein paar Jahre, und wir sind eine richtige Stadt mit allem, was dazugehört. Wir sind jetzt schon so viele, dass sich diese verfluchten Engelsanbeter nicht einmal mehr in unsere Nähe trauen.«

Sie sagte das nicht einfach *nur so*, begriff Beka, sondern weil sie eine ganz bestimmte Reaktion von ihr erwartete. Sie tat ihr den Gefallen. »Ich dachte, sie wissen gar nichts von dieser Stadt?«

»Hat Yoram dir das erzählt?« Beka nickte, und Jezabel machte ein zufriedenes Gesicht. »Das ist gut.«

»Wieso?«

»Wenn er es glaubt, dann glauben es alle anderen auch. Aber ich bin nicht so naiv, im Ernst anzunehmen, dass die Engel nichts von uns wissen.«

»Tun sie das denn?«

Jezabel machte ein verächtliches Geräusch. »Wir sind hier

grade mal fünfzig oder sechzig Kilometer weg.« Sie deutete nach oben. »Und sie sind ihre eigenen Spionagesatelliten, schon vergessen? Sie müssten schon blind sein, um uns zu übersehen.«

»Warum sind sie dann nicht längst hier?«

Jezabel deutete ein Achselzucken an. »Vielleicht sind wir ihnen nicht wichtig genug«, sagte sie verächtlich. »Oder sie planen ihr eigenes Engels-Ding, bei dem sie uns brauchen. Und es ist ja auch nicht so, als hätten sie es nicht schon oft genug probiert.« Sie wartete Bekas gehorsam-fragenden Blick ab und fuhr in vage triumphierendem Tonfall fort: »Ephraim hat schon dreimal seine sogenannten Krieger hergeschickt.«

»Und?«

»Wir sind noch da, oder?«, antwortete Jezabel. »Wir haben sie zurückgeschickt. Was von ihnen übrig war, in Stücken.«

Beka fand das weder komisch, noch verzog sie auch nur eine Miene. Aber sie musste an etwas denken, was Thora ihr ganz am Anfang im Zusammenhang mit den Zeloten erzählt hatte, nämlich dass auch sie umgekehrt Jerusalem schon mehrmals angegriffen hatten, um sich eine blutige Nase zu holen.

»Also hat sich nichts geändert«, sagte sie bitter.

Jetzt war es an Jezabel, fragend zu blicken.

»Nach dem Weltuntergang«, sagte Beka. »Die Überlebenden kriechen aus ihren Löchern, lecken ihre Wunden und gehen zur Tagesordnung über, indem sie gleich den nächsten Krieg planen.«

»Wir haben nicht damit angefangen!«, verteidigte sich Jezabel.

Beka fragte sich, ob das umgekehrt auch galt … aber sie fragte sich auch noch etwas, nämlich warum sie sich diese Frage bisher noch kein einziges Mal gestellt hatte: Wer hatte überhaupt angefangen? Worum war es gegangen, und wer hatte gewonnen?

Beka beantwortete sich den letzten Teil ihrer Frage gleich selbst. Wenn die Welt überall so aussah wie hier, dann gab es keinen Sieger. Vielleicht den Teufel.

»Und jetzt wartet ihr genau auf was?«

»Dass sie es begreifen und uns in Ruhe lassen«, antwortete Jezabel scharf und im Tonfall empörter Verteidigung. »Oder dass der Tag des Jüngsten Gerichts kommt, von dem sie die ganze Zeit schwafeln, und sie sich gegenseitig fertigmachen.«

»Gegenseitig? Wer?«

»Dieses elende Engelspack und die Magog«, schnaubte Jezabel.

»Magog?« Schon Thora hatte die Magog mit einer Mischung aus Furcht und Abscheu erwähnt, aber sie war nicht mehr dazu gekommen, ihr zu erklären, was es mit ihnen eigentlich auf sich hatte. »Wer soll das sein?«

»Ihre Feinde«, antwortete Jezabel. »Sie sitzen in ihrer Bergfestung auf Masada und drehen den Engeln eine lange Nase, weil sie nicht an sie herankommen.«

Masada. Auch das hatte sie schon einmal gehört, das erste Mal von Luke, als sie über das noch unzerstörte Israel hinweggeflogen waren. Sie hatte das Gefühl, dass damit etwas ungemein Wichtiges verknüpft war, aber auch dieser Gedanke entschlüpfte ihr. Nicht zum ersten Mal. Es war zum Verrücktwerden! Als ob es da etwas gäbe, das nicht *wollte*, dass sie zu intensiv über manche Dinge nachdachte.

»Und wenn sie euch den Gefallen nicht tun?«, fragte sie stattdessen.

»Sollen sie kommen!«, antwortete Jezabel großspurig. »Wir haben ein paar hübsche Überraschungen für sie vorbereitet!«

Ihr Ton machte aber auch klar, dass das alles war, was Beka zu diesem Zeitpunkt darüber erfahren würde. Jezabels ohnehin erstaunliches Vertrauen war ganz offensichtlich nicht grenzenlos.

Bekas Meinung nach aber dennoch zu groß, zumindest was die Wehrhaftigkeit dieser Stadt anging. Sie hatte längst gesehen, dass überall auf den Dächern Männer patrouillierten, und auch die aufgestellten Ölfässer, Sandsackbarrikaden und angespitzten Eisenteile waren ihr nicht entgangen, die die Dachkanten in eine improvisierte Zinnenkrone verwandelten. Auch hatte Jakob offensichtlich sehr viel mehr Männer auf seiner Seite, als Olmos und seine hypothetischen Verbündeten glauben mochten. Trotzdem: Sie hatte Yoram kämpfen sehen, und er hatte seine Ausbildung als Krieger in Olmos' Diensten nicht einmal mehr antreten können. Ein paar aufgestapelte Ölfässer und zugemauerte Straßen würden sie nicht lange aufhalten.

»Aber sie werden nicht kommen.« Jezabel nickte bekräftigend. »Du hast schon recht, weißt du? Wenn sie es wirklich wollten, dann hätten sie uns schon längst erledigt.« Sie gab sich einen Ruck. »Anderes Thema. Was willst du wissen?«

»Alles?«, schlug Beka vor. »Aber eins ganz besonders.«

»Und was?«

»Du bist auch nicht eingeschnappt?«

»Das weiß ich, wenn ich deine Frage gehört habe«, sagte Jezabel grienend, schüttelte aber auch zugleich den Kopf. »Nein.«

»Die meisten, die ich hier bisher getroffen habe«, begann Beka zögernd, »und auch Jakob und die, die uns in der Synagoge überfallen haben … sie waren anders als die Zeloten, die ich kenne.«

»Du meinst, nicht verkrüppelt oder krank«, sagte Jezabel. »Keine Monster, wie ich eines bin. Sprich es ruhig aus.«

Das tat Beka zwar nicht, aber sie nickte. »Hier drinnen scheint es sie nicht zu geben. Lasst ihr nur Gesunde in eure Festung?«

Jezabel schien ihr das nicht übel zu nehmen. »Diese Festung ist für alle da, sollte Ariah einmal ernstlich angegriffen werden. Aber die meisten wollen gar nicht auf Dauer hier leben. Warum auch? Die Stadt ist groß genug. Jeder kann sich eine Heimat da suchen, wo es ihm gefällt.«

»Das war keine Antwort auf meine Frage«, beharrte Beka.

»Nein, war es nicht. Und eigentlich sollte ich sie dir ganz schön übel nehmen«, antwortete Jezabel. »Aber du hast recht.

Wir schicken nicht jeden los, um Beute zu machen. Nur die, die ohnehin dem Tod geweiht sind.«

»Dann sind es eine Menge … Todgeweihte«, sagte Beka zögernd.

»Die Welt ist voller Sterbender. Viel mehr als Lebende. Und sie tötet die Überlebenden weiter.«

»Was … soll das heißen?«, fragte sie stockend. Wollte sie die Antwort wirklich hören?

»Hier bei uns ist es nicht so schlimm«, antwortete Jezabel, mit einem Mal sehr ernst. »Aber weiter im Norden tötet dich schon die Luft, die du atmest, oder der Boden, über den du gehst. Jerusalem ist viel näher an Tel Aviv, das die Bombe direkt getroffen hat.«

»Du meinst, es ist verstrahlt?«, fragte Beka bang.

»Ja.« Jezabel nickte, machte zugleich aber auch eine beruhigende Geste. »Du hast das Manna gegessen?« Beka nickte, was das Mädchen sichtlich noch mehr beruhigte. »Dann passiert dir nichts. Das Zeug schützt euch vor der Strahlung. Frag mich nicht, wie, aber es funktioniert. Wenn nicht, wärt ihr alle längst tot, glaub mir.«

Das tat sie, aber Jezabels Worte ließen trotzdem einen eisigen Schauer über ihren Rücken laufen, denn sie bedeuteten im Umkehrschluss nichts anderes, als dass sie alle in den sicheren Tod gelaufen wären, hätten Jakob und seine Leute sie nicht entführt. Nicht alles, was der Engel behauptete, schien gelogen gewesen zu sein.

»Keine Angst, ihr wart bestimmt nicht lange genug dort, um bleibende Schäden davonzutragen.«

»Ja, und wenn doch, dann spart ihr es euch wenigstens, Lampen anzumachen, wenn wir im Dunkeln leuchten«, sagte sie säuerlich.

Jezabel sah sie nur verständnislos an, aber Beka rettete sich in eine wegwerfende Geste und ein schiefes Grinsen. »Dann schickt ihr also nur die Todgeweihten?«, hakte sie nach.

»Schicken ist das falsche Wort«, sagte Jezabel betont. »Alle gehen freiwillig, und auch nicht oft, und nicht für lange.« Ihr Blick verdüsterte sich. »Deshalb ist es auch passiert. Die Männer … wussten es nicht besser.«

Und trotzdem ließ sie diejenigen, die vermeintlich für den Tod ihrer Schwester verantwortlich waren, seit Tagen grausam zu Tode foltern? Beka beschloss, diese Frage doch besser nicht laut auszusprechen. Schließlich wusste sie gar nicht mehr, was sie sagen sollte, und sah sich ein wenig hilflos um, auf der Suche nach irgendetwas, das ihr beim Wechsel zu einem unverfänglichen Thema half.

Sie musste nicht lange suchen. »Was ist das da?«, fragte sie mit einer Geste auf etwas, das sie im Süden und ein Stück weit über der Stadt entdeckt hatte.

Jezabel sah nicht einmal hin. Sie wusste auch so, was Beka so Spannendes gesehen hatte. »Die Seilbahn. Ja, das war einmal der ganze Stolz der Stadt. Und sie ist es noch. Sie funktioniert noch, weißt du? Oder wieder, um genau zu sein.«

»Eine Seilbahn?« Beka war ehrlich überrascht.

»Sie führt zu Jakobs Palast hinauf«, bestätigte Jezabel. »Komm, ich zeige es dir.«

Dafür, dass Jakob angeblich ein bescheidenes Leben führte, lebte er in einem *Palast*? Auch wenn Beka gewisse Zweifel hatte, was die örtliche Auslegung dieses Begriffes anging, fand sie das doch einigermaßen bemerkenswert. Aber Jezabel eilte auch bereits über das Dach davon, sodass sie sich beeilen musste, um nicht den Anschluss zu verlieren.

Sie mussten ein ganzes Stück gehen. Die Dächer lagen auf unterschiedlicher Höhe. Sie waren durch roh zusammengezimmerte Holztreppen miteinander verbunden, und eine wenig vertrauenerweckende hölzerne Konstruktion überspannte auch eine der zugemauerten Straßen. Als sie sie überquerte, sah sie von oben, dass es an ihrem Ende eine weitere, ebenso hohe Mauer gab und der Raum dazwischen durch allerlei Hindernisse und raffinierte Fallen für jeden Eindringling zu einem Spießrutenlauf werden musste, den er kaum überleben würde.

Auf dem nächsten Dach gab es ebenfalls zahlreiche Hindernisse und Verteidigungseinrichtungen, allesamt grobschlächtig und nach dem allerneuesten Stand der Technik – vor tausend Jahren – sowie etliche rostige Stacheldraht- und Sandsackverhaue, die sie an MG-Nester aus dem Zweiten Weltkrieg erinnert hätten, wären hier Maschinengewehre aufgebaut.

Ihr Ziel war einer der großen Wachtürme, die die Eckpunkte der Straßenfestung bildeten, eine aus allen Materialien, die wohl gerade zur Hand gewesen waren, erbaute krude Konstruktion, die sich noch einmal gute zehn Meter über das Dachniveau erhob. Ihr Äußeres ließ Beka innen ganz instinktiv eine grob zusammengeschusterte Leiter oder etwas noch Abenteuerlicheres erwarten, sodass sie umso überraschter war, eine richtige und sogar einigermaßen stabile Treppe vorzufinden, die Jezabel, ohne langsamer zu werden, hinaufstürmte.

Es gab gleich zwei weitere, mit schmalen Schießscharten gepflasterte Etagen, eine gleichartige dritte und eine lediglich überdachte Plattform ganz oben, auf die Jezabel, immer noch ohne langsamer zu werden, hinausstürmte. Dann blieb sie so abrupt stehen, dass Beka zuerst um ein Haar in sie hineingerannt wäre und anschließend mit wild rudernden Armen um ihr Gleichgewicht kämpfen musste, um nicht rückwärts die Treppe hinabzustürzen.

Als sie sah, was Jezabel so überraschte, vergaß sie ihr kleines Missgeschick.

*

Die beiden unteren Etagen waren leer gewesen, und auch hier oben gab es niemanden, der Ausschau hielt, aber sie waren trotzdem nicht allein. Yoram stand am anderen Ende der drei Meter messenden Plattform. Das heißt, stand war eigentlich nicht das richtige Wort, denn er hatte ihnen den Rücken zugedreht, war auf ein Knie gesunken und hatte vor seinem gesenkten Haupt die Hände aneinandergelegt. Hätte Beka es nicht besser gewusst, sie hätte geschworen, dass er betete. Aber das war natürlich ganz und gar ausgeschlossen.

Jezabel überwand endlich ihr Erstaunen und ging weiter, womit sie Beka zugleich den Weg freigab.

»Yoram?«, fragte sie.

Yoram blieb noch einen Moment reglos auf dem Knie, und als Jezabel auf der einen und Beka auf der anderen Seite neben ihn traten, sah sie, dass sich seine Lippen lautlos bewegten. Erst als er sein vielleicht doch nicht ganz so vermeintliches Gebet zu Ende gebracht hatte, nahm er die Hände herunter und stand auf.

»Hast du … gebetet?«, fragte Jezabel überrascht.

Yoram nickte. »Ich hoffe, das ist hier nicht verboten.«

»Natürlich nicht«, antwortete Jezabel. »Hier kann sich jeder lächerlich machen, so lange er es will. Und ganz im Gegenteil – ich finde es gut.«

»Dass ich mich lächerlich mache?«

»Dass du auf andere Gedanken kommst«, antwortete Jezabel gelassen. »Das lässt doch hoffen.«

»Worauf?«, erkundigte sich Yoram misstrauisch.

»Auf alles.« Jezabel machte eine Kopfbewegung zu Beka. »Komm!«

Yoram wirkte verdutzt, dann ein ganz kleines bisschen eingeschnappt, und schließlich drehte er sich beleidigt auf dem Absatz um und ging.

Beka wartete, bis seine polternden Schritte auf der Treppe leiser wurden, bevor sie neben Jezabel trat und die Hände auf das reichlich wackelig aussehende Geländer legte. »Du findest es gut, dass er betet?«, erkundigte sie sich zweifelnd.

»Nein, aber es ist ein gutes Zeichen«, antwortete Jezabel.

»Wofür?« Musste sie ihr eigentlich jedes Wort aus der Nase ziehen?

»Dass er die Nachwirkungen des Tefillins allmählich überwindet. Es wird noch eine ganze Weile dauern, bis er wieder ganz er selbst ist, aber das wird schon.« Sie machte ein fragendes Gesicht. »Rachel hat mir erzählt, dass du ihnen die Tefillin abgerissen hast.«

Zugleich suchte ihr Blick einen Punkt irgendwo über Bekas Augen und in der Mitte der Stirn. »Ist das wahr?«

Bekas Hand wollte ganz ohne ihr Zutun nach ihrer Stirn und der Position des imaginären dritten Auges tasten, aber das konnte sie gerade noch verhindern. »Ja.«

»Aber dir haben sie keines verpasst.«

Beka schüttelte den Kopf, und Jezabel fuhr in gewichtigem Tonfall fort: »Dann hast du doppeltes Glück gehabt.«

Beka war sich gar nicht mehr so sicher, dass es einfach nur Glück gewesen war. Obwohl sie Zadkiel nur ein paarmal begegnet war, kannte sie ihn trotzdem gut genug, um zu wissen, dass der schwarze Engel nichts etwas so Unberechenbarem wie dem *Glück* überlassen würde. »Wieso?«, fragte sie.

»Weil die Dinger nicht nur dafür sorgen, dass Zadkiel immer weiß, wo ihr seid, sondern auch eure Gedanken vernebeln … oder ihre, um genau zu sein.«

Das wunderte Beka kein bisschen. Aber sie fragte sich umso mehr, warum Zadkiel darauf verzichtet hatte, auch ihr ein Tefillin anzulegen. Wahrscheinlich hätte sie sich nicht einmal sonderlich gewehrt, sondern gute Miene zum bösen Spiel gemacht, dieses vermeintliche Stammesabzeichen zu tragen.

»Dann sind diese Tefillin …?«

»Irgendwie ein Teil von ihnen«, führte Jezabel den Satz zu Ende. »Aber frag mich nicht, wie das funktioniert. Jakob hat versucht, es mir zu erklären, aber ich habe es nicht wirklich verstanden.«

Beka hatte das unbehagliche Gefühl, dass es ihr vermutlich nicht anders ergangen wäre, einmal ganz davon abgesehen, dass es durchaus Dinge gab, die sie gar nicht wissen *wollte.*

Zu ihrer Erleichterung wechselte Jezabel aber auch schon wieder das Thema, indem sie nach oben und in Richtung Süden deutete. »Die Seilbahn. Sie funktioniert wirklich noch. Wenn du willst, zeige ich sie dir.«

Eigentlich wollte Beka das nicht, wenigstens nicht aus unmittelbarer Nähe und schon gar nicht im Betrieb.

Jezabel fuhr jedoch unüberhörbar begeistert fort: »Früher war sie eine Touristenattraktion – jedenfalls hat Jakob das erzählt –, aber heute ist sie der einzige Weg zum Kloster hinauf.«

»Hast du nicht gesagt, es wäre ein Palast?«

»Das eine schließt das andere doch nicht aus, oder?«, fragte Jezabel grinsend. »Willst du ihn sehen? Jakob wollte sowieso mit dir sprechen, und das kann er genauso gut auch dort oben tun.«

Beka zögerte zuzustimmen. Sie war viel zu weit entfernt, um Einzelheiten zu erkennen, nicht einmal, wohin diese angebliche Seilbahn führte, die sie nur als verschwommenen Fleck vor dem Hintergrund der aschefarbenen Wolken ausmachen konnte. Sie sollte sich diesem … *Ding* anvertrauen, das in schwindelerregender Höhe über einer Stadt schwebte, die mit Müh und Not einen Atomschlag überstanden hatte? Und das, obwohl es hier weder elektrischen Strom noch irgendwelche funktionierenden Maschinen gab und wahrscheinlich auch nicht mehr sehr viele Servicetechniker?

Aber schließlich nickte sie, und Jezabel deutete aufgeräumt Richtung Treppe. »Dann komm!«

Beka schloss sich ihr gehorsam an, aber während sie es tat, sah sie noch einmal über die Schulter zu der Stelle zurück, an der Yoram gerade gekniet und gebetet hatte.

Gebetet. Das war wirklich sehr sonderbar.

31

Bis zu diesem Tag war Beka der Meinung gewesen, vielleicht ein wenig an Flugangst zu leiden, ansonsten aber keine Höhenangst zu kennen und auch mehr oder weniger schwindelfrei zu sein. Aber so ganz schien das wohl doch nicht zu stimmen. Wenigstens nicht in diesem … *Ding*.

Aus Bekas ungutem Gefühl war schon etwas anderes und deutlich Unangenehmeres geworden, bevor sie das erreichten, was Jezabel so begeistert als *Seilbahn* bezeichnet hatte. Es wurde sogar noch einmal schlimmer, als sie sich dem anderthalbgeschossigen Gebäude näherten, in dem die Seilbahn begann. Wahrscheinlich hatte es einmal zwei Stockwerke gehabt, wenn nicht sogar mehr. Jetzt war davon kaum noch etwas zu sehen. Das Feuer hatte das Gebäude verheert und in ein schwarzes Skelett verwandelt. Was übrig geblieben war, erhob sich wie eine gefledderte Leiche aus einem Wust aus Trümmern und verbogenem Metall.

Ein geradezu lächerlich dünnes Seil wuchs in flachem Winkel aus dem eingestürzten Dach und spannte sich wie der Faden einer größenwahnsinnig gewordenen Spinne an der Flanke des Berges, den sie schon vom Turm aus gesehen hatte. Sie war jetzt näher, aber noch nicht nahe genug, um Einzelheiten zu erkennen, außer dass der Berg deutlich höher war, als sie zunächst angenommen hatte und es auf halber Höhe ein großes Gebäude zu geben schien, aber nicht viel mehr. Vermutlich Jakobs Palast. Sie war plötzlich gar nicht mehr so erpicht darauf, ihn zu Gesicht zu bekommen.

Leider nahm Jezabel keine Rücksicht darauf, so wenig wie auf ihren vergeblichen Versuch, irgendeinen Vorwand zu ersinnen, um nicht in eine der lächerlich kleinen, rostzerfressenen Gondeln zu steigen, die an einem nicht minder rostigen Drahtseil baumelten und auf den nächstbesten Lebensmüden warteten, der dumm genug war, hineinzuklettern. Oder *die* Lebensmüden. Mehrzahl. Weiblich.

Jezabel ignorierte ihre schwächlichen Proteste nicht nur, sondern zog sogar gespielt drohend halb ihr Schwert, um sie die wackelige Baumarktleiter hinaufzuscheuchen, die passend zum Hightech-Ambiente der gesamten Anlage zu einer der Gondeln hinaufführte. Unnötig zu sagen, dass die Gondeln kein Glas mehr hatten. Auch keine Türen.

Kaum oben angekommen beugte sich Jezabel aus dem Fenster und winkte mit beiden Armen, und die Gondel setzte sich ruckelnd in Bewegung, während Beka hastig nach etwas Ausschau hielt, woran sie sich festklammern konnte.

Die Gondel bewegte sich eher träge, dafür aber umso unruhiger, und der Boden sackte trotzdem erschreckend schnell unter ihnen weg. Beka schätzte, dass sie schon nach der ersten Minute auf mindestens dreißig Meter gestiegen waren und immer noch weiter an Höhe gewannen.

»Angst?«, erkundigte sich Jezabel. Beka fand, dass sie irgendwie schadenfroh klang.

»Wie kommst du denn darauf?«, fragte sie nicht nur, sondern beugte sich auch aus dem glaslosen Fenster und sah nach unten, um gleich das Gegenteil zu beweisen. Nicht sehr weit, auch nicht sehr lange und vorsichtshalber mit geschlossenen Augen.

»Es gibt gar keinen Grund«, versicherte Jezabel, nun ganz eindeutig und unüberhörbar schadenfroh. »Ich bin schon hundertmal damit gefahren, und wie du siehst, lebe ich noch.«

Beka versuchte zu lächeln, aber sie spürte selbst, dass es wohl eher zu einer Grimasse geriet.

»Das ist es nicht«, log sie. »Ich bin nur … überrascht, dass sie noch funktioniert. Wo doch gar keine Technik mehr arbeitet.«

»Wir sind hier weit genug von Zadkiel und den anderen Engeln weg«, versicherte ihr Jezabel. »Und Jakob lässt die Anlage beinahe täglich kontrollieren, keine Angst. Er ist schließlich nicht lebensmüde. Und ich auch nicht.«

»Das meine ich nicht«, antwortete Beka. »Wieso funktioniert sie noch? Habt ihr irgendwo ein Kraftwerk versteckt, das noch arbeitet?«

»So ungefähr«, antwortete Jezabel. »Also genau genommen sind es fünfhundert Sklaven, die eine riesige Tretmühle bedienen. Am Anfang gab es ein paar Anlaufschwierigkeiten, aber mit ein paar aufmunternden Peitschenhieben ging es dann.«

Beka starrte sie an, und Jezabel brachte es fertig, ihrem Blick noch ganze fünf Sekunden völlig ungerührt standzuhalten, aber dann war es um ihre Selbstbeherrschung doch geschehen, und sie platzte vor Lachen laut heraus.

Beka sah sie nur noch finsterer an. »Das war nicht komisch.«

»Weil du es Jakob durchaus zutraust?«, fragte Jezabel, immer noch lachend. »Nein, keine Sorge. Jakob ist ein Zauberer, weißt du? Und ein sehr kluger Mann, auch wenn man ihm das vielleicht nicht gleich anmerkt.«

»Ein Zauberer?« War da etwa ein Teil in ihr, der diesen Unsinn glaubte?

»Ja. Das Zauberwort heißt Wasserkraft«, bestätigte Jezabel. »Jakob hat fast zwei Jahre gebraucht, um die Anlage zu konstruieren und so weit zu verbessern, bis sie einwandfrei arbeitete, aber seitdem funktioniert sie prima.«

Das war in der Tat bemerkenswert, dachte Beka. Noch bemerkenswerter fand sie allerdings den Umstand, dass Jakob diese durchaus nützliche Erfindung einsetzte, um sich einen privaten Aufzug zu seinem Privatpalast zu basteln. Das behielt sie aber lieber für sich. »Es ist trotzdem ziemlich aufwendig«, sagte sie lediglich.

»Aber sehr praktisch«, beharrte Jezabel. »Es dauert sonst gute drei Stunden, um zum Palast hinaufzuklettern, und der Weg ist teilweise so steil, dass du das getrost wörtlich nehmen kannst.«

Beka ächzte. »Soll das heißen, es gibt noch einen anderen Weg?«

»Den willst du nicht gehen, glaub mir«, versicherte Jezabel.

Nein, vermutlich nicht. Aber noch sehr viel weniger wollte sie in einer durchgerosteten Konservendose in dreißig Kilometern Höhe am Rande der Stratosphäre entlangschrammen.

Ruckelnd und schaukelnd setzten sie ihren Weg fort, und ungefähr auf halber Strecke gab es einen sanften Ruck, und die Gondel kam mit einem heftigen Schaukeln zum Stillstand.

Jezabel ließ ihr gerade genug Zeit, um zu erschrecken, dann schüttelte sie beruhigend den Kopf und machte auch eine entsprechende Geste. »Keine Angst. Es geht gleich weiter«, versicherte sie. »Wahrscheinlich muss der Aufseher nur die Peitsche auswechseln. Die Dinger halten nicht sehr lange.«

Kurz darauf ging es weiter, und den Rest der Fahrt verbrachte Beka in beleidigtem Schmollen.

Sie dauerte nicht einmal mehr wirklich lange, auch wenn es ihr endlos vorkam, und zumindest die zweite Hälfte vertrieb sie sich damit, den allmählich näher kommenden Palast zu betrachten, von dem Jezabel behauptet hatte, es wäre ein Kloster. Das stimmte vermutlich sogar, auch wenn sein Anblick Beka eher an ein südamerikanisches Pueblo erinnerte, wenn man sich die beiden runden Zwiebeltürmchen wegdachte; eine Ansammlung ineinander verschachtelter sandfarbener Würfel mit zahllosen rechteckigen Fenstern und flachen Dächern.

Auf halber Höhe des Berges erbaut statt auf seinem Gipfel, wie es bei einer richtigen Festung der Fall gewesen wäre, wirkte es trotzdem wie eine solche, und Beka nahm an, dass es diesen Zweck auch durchaus erfüllte. Jakob hatte dieses trutzige Bollwerk gewiss nicht nur wegen der fantastischen Aussicht zu seinem persönlichen Domizil gemacht. Sie selbst genoss die Aussicht deutlich weniger, aber sie nahm sich fest vor, es nachzuholen, sobald sie wieder festen Boden unter den Füßen hatte.

Es dauerte dann auch nicht mehr lange, und die Ankunft hielt noch eine kleine Überraschung für sie bereit, von der sie im ersten Moment felsenfest überzeugt war, dass Jezabel sie aus dem einzigen Grund ersonnen hatte, um sie zu quälen. Ein Teil der hölzernen Plattform, auf der die Gondeln wohl früher angehalten hatten, war weggebrochen, und die Gondel selbst hielt nicht an oder wurde auch nur langsamer, sodass sie sich zu einem gewagten Satz über einen zwar schmalen, aber gefühlt achtzig Kilometer tiefen Abgrund gezwungen sah. Jezabel verkniff sich jeden Kommentar, aber ihr Blick sprach Bände.

Die Seilbahn hatte sie nicht direkt zum Kloster gebracht. Vielmehr betraten sie eine Art gepflasterte Terrasse, auf der noch die Reste ehemaliger Tische und Stühle vor sich hin rosteten; wahrscheinlich hatte es hier einmal ein Restaurant gegeben, in dem Scharen von Touristen hoffnungslos überteuerte Getränke und die kostenlose Aussicht auf ein wahrhaft fantastisches Panorama genießen konnten.

Beka hütete sich, dasselbe zu tun. Ein Blick hinter den Ereignishorizonts eines schwarzen Lochs war vermutlich auch höchst interessant und stand auf ihrer Wunschliste ungefähr genauso weit oben.

Immerhin sah sie jetzt, dass die Stadt nicht in der Wüste lag, wie sie ursprünglich angenommen hatte, sondern in einem dicht bewachsenen und über und über grünen Tal. In einiger Entfernung meinte sie die geometrischen Formen von Feldern zu erkennen und dahinter das braune Band des Flusses, den sie in der vergangenen Nacht überquert hatten. Ganz wie sie angenommen hatte, war die ehemalige Brücke über den Fluss zerstört. Das mittlere Fünftel fehlte, und die Lücke sah aus, als hätte ein zorniger Drache ein Stück herausgebissen.

Es ging eine breite und nicht besonders steile Treppe hinauf, dann eine etwas schmalere und schon deutlich steilere. Aber irgendwann hatten sie ihr Ziel erreicht und standen vor einem massiven Tor. Jezabel hämmerte mit der Faust gegen eine kaum anderthalb Meter hohe Schlupftür, die darin eingelassen war, und sie wurde so schnell geöffnet, als hätte jemand auf der anderen Seite nur auf das Klopfen gewartet.

*

Ein klapperdürrer, dafür aber umso größerer Zelot erwartete sie, der ausnahmsweise einmal weder schwarzes Leder noch Stacheln trug. Er begrüßte Jezabel mit einem Lächeln und Beka mit einem misstrauischen Stirnrunzeln, enthielt sich jeden Kommentars und bedeutete ihnen nur mit einem stummen Nicken, weiterzugehen.

»Das ist also Jakobs Palast«, sagte sie, während ihr Blick durch den ummauerten Innenhof tastete, in den sie hereingetreten waren. Er war unerwartet klein und an drei Seiten von Gebäuden umgeben, die geradewegs in den Himmel zu wachsen schienen, an der vierten von einer kaum weniger hohen Mauer mit einem offensichtlich nachträglich angebrachten, halb überdachten Wehrgang.

»Palast?« Jezabel schüttelte den Kopf. »Ach, das habe ich doch nur gesagt, um dich hochzunehmen. Du glaubst aber auch alles, wie?«

Beka ignorierte den letzten Satz. »Dann kommt Jakob hierherauf, um zu beten?«

»Weil das hier einmal das Kloster der Versuchung gewesen ist?«, erkundigte sich Jezabel amüsiert. »Nö. Und auch nicht, um sich in selbige führen zu lassen, bevor du fragst. Komm, ich zeige es dir.«

Und das tat sie dann auch, ob Beka es wollte oder nicht. Aber eigentlich wollte sie es auch, denn was sich als langweiliger

Steinhaufen tarnte, das entpuppte sich als faszinierendes Labyrinth aus zahllosen Räumen und Kammern und Stollen, die sich längst nicht nur auf den gemauerten Teil des Klosters beschränkten, sondern zum Großteil aus dem gewachsenen Fels herausgemeißelt waren, ein Umstand, der Beka fast mit Ehrfurcht erfüllte, wenn sie bedachte, wie alt dieses Felsenlabyrinth war und mit welchen Werkzeugen man es dem Berg abgetrotzt hatte. Hauptsächlich mit Schweiß, nahm sie an.

Was sie kaum fand, waren irgendwelche Hinweise darauf, sich in einem Kloster zu befinden. Es gab einige wenige abblätternde Wandgemälde sakraler Art, und über dem Eingang eines der wenigen wirklich großen Räume war ein Kreuz in die Wand gemeißelt. Davon abgesehen erinnerte hier nichts an ein Kloster. Es hätte ebenso gut eine Raubritterburg aus dem finsteren Mittelalter oder eine Orkhöhle sein können. Falls es da überhaupt einen großen Unterschied gab.

Eigentlich ähnelte die ganze Anlage eher einer Mischung aus einer (leer stehenden) Jugendherberge und einem gewaltigen Lagerhaus. Was wiederum doch auf ein Kloster hindeutete, waren die zahlreichen winzigen Zellen, die meisten lediglich mit einem Schießscharten-Fenster oder auch gar keinem. In vielen davon fand sie einfach zusammengezimmerte Bettgestelle, andere waren mit Kisten, Säcken und Bündeln unbekannten Inhalts bis oben hin angefüllt. Einmal führte sie Jezabel in einen Keller, in dem es so kalt war, dass ihr Atem als blasser Dunst vor ihrem Gesicht erschien. Trotz seiner Größe wirkte er beengt, denn er war bis unter die Decke mit Reihen um Reihen waagrecht aufgestapelter, mannsgroßer Amphoren vollgestopft.

Nach einer guten Stunde schließlich betraten sie einen der wenigen Räume, die nicht nur ein großes Fenster hatten und hell waren, sondern auch etwas anderes enthielten als leere Betten, Kisten und Säcke oder Regale voller Waffen. Vielmehr stapelten sich überall geschnitzte Heiligenstatuen, Bilder, uralte Bücher und Schriftrollen, Ikonen und bemalte Holztafeln sowie eine Unzahl unterschiedlich großer und prachtvoller oder auch schäbiger Kreuze; einige davon koptisch. Kurz, alles, was sie bisher in diesem angeblichen Kloster vermisst hatte, war hier zusammengetragen werden.

Und das nicht besonders liebevoll. In der Welt, an die sie sich erschreckenderweise kaum noch erinnerte, obwohl es doch erst wenige Wochen her war, hätte sie hier mitten in einem Millionenschatz gestanden, für den so mancher Museumsdirektor einen Mord begehen würde.

Hier waren all diese Kostbarkeiten wie Abfall übereinandergestapelt, und wahrscheinlich begegnete man ihnen auch mit ungefähr derselben Wertschätzung. In einer Welt, in der es ums nackte Überleben ging, galt Kunst anscheinend nicht viel. Vielleicht als Brennholz.

Sie fragte sich, was Lukas wohl sagen würde, wäre er jetzt bei ihr, und ein Gefühl vager Trauer überkam sie. Es war das erste Mal seit langer Zeit, dass sie wieder an Luke dachte, und sie musste sich zu ihrer Schande eingestehen, dass sie sich nicht einmal mehr an sein Gesicht erinnern konnte. Dabei war er doch in den wenigen Stunden, die sie sich gekannt hatten, der wichtigste Mensch auf der Welt für sie gewesen.

*

Etwas raschelte, und Beka schrak nicht nur aus ihren Gedanken hoch, sondern stellte auch erst jetzt fest, dass Jezabel und sie nicht allein waren. Yoram kniete auf der anderen Seite des großen Raumes vor einem aufgeschlagenen Buch von den Abmessungen eines Schulatlanten aus dem vergangenen Jahrhundert und blätterte die Seiten mit fast ehrfürchtigen Bewegungen durch. Es knisterte wie genau das uralte Pergament, dass sie auch waren.

»Yoram?«, fragte sie überrascht. »Wie kommst du denn hierher?«

»Mit der Seilbahn, genau wie du. Wir wären ja zusammen gefahren, aber du warst schon weg.« Es war nicht Yoram, der antwortete, sondern Rachel, die hinter einem mannshohen Bücherstapel hervortrat und ihn dabei mit der Schulter anstieß, sodass er bedrohlich ins Wanken geriet, sich aber dann doch wieder fing. »Eine tolle Maschine! Ich wusste gar nicht, dass es so was gibt.«

»Wenn es dich interessiert, zeige ich dir später alles«, sagte Jezabel. »Wir brauchen immer Leute, die daran mitarbeiten.

Rachel wirkte ein bisschen verirrt, machte aber dann nur eine ausholende Handbewegung. »Das sind tolle Sachen, die ihr hier habt. All diese Bilder und Figuren sind so hübsch. Sieh mal!« Beka fiel erst jetzt auf, dass sie ein kleines Kruzifix mit einer geschnitzten Jesusfigur in der Hand hielt, die sie ihr nun entgegenstreckte. »Das sieht aus wie das Ding in der Kirche, mit dem du gesprochen hast.«

»Ich habe nicht mit ihm gesprochen«, widersprach Beka. Wie kam sie darauf?

»Hast du doch«, beharrte Rachel und wedelte nun mit dem Kruzifix in Jezabels Richtung. »Das ist hübsch. Kann ich es haben?«

»Leg es lieber wieder weg«, sagte Jezabel. »Wir mögen … solche Sachen hier nicht. Jakob wollte das ganze Zeug schon lange wegwerfen. Vielleicht verbrennen wir es im nächsten Winter, dann ist es wenigstens noch für etwas gut.«

»Ja, darauf wette ich.« Yoram klappte sein Buch sehr behutsam zu und stand dann umso schneller auf. Er wirkte empört. »Weißt du eigentlich, wie alt all diese Sachen hier sind, von denen ihr nichts haltet?«

»Hundert Jahre?« Jezabel nahm ihren Helm ab, und Rachel war nicht die Einzige, die erschrocken zusammenzuckte, als ihre verheerte Gesichtshälfte wieder sichtbar wurde.

»Wohl eher tausend, wenn nicht noch mehr«, antwortete Yoram. »Und du hast wahrscheinlich auch keine Vorstellung davon, wie vielen Menschen dieser *Müll* alles bedeutet hat.«

»Ich denke doch«, sagte eine Stimme von der Tür her. »Wahrscheinlich besser als du, mein Junge.« Jakob kam herein und maß das Kruzifix in Rachels Hand mit einem fast angewiderten Blick. »Unzählige Menschen sind im Lauf der Jahrtausende wegen so etwas gestorben, wolltest du das sagen?«

»Unter anderem«, entgegnete Yoram spröde.

»Aber es hat ihnen nichts genutzt«, sagte Jakob böse. »Gott ist nicht vom Himmel herabgestiegen, um die Atombomben aufzuhalten. Und die Engel sind auch nicht hier, um die Überlebenden ins Paradies zu führen, soviel ich weiß.«

»Aber darum geht es doch gar nicht!«, protestierte Yoram. »Das alles hier …«

»Doch, genau darum geht es«, fiel ihm Jakob ins Wort. »Willst du mir jetzt einen Vortrag über das kulturelle Erbe der Menschheit halten, mein Junge? Vergiss es! Wir brauchen das alles hier nicht mehr, weißt du? Wir fangen noch einmal von Neuem an, sobald die Engel fertig damit sind, sich gegenseitig umzubringen, und glaub mir, wir sind besser dran ohne das hier!«

Er versetzte dem Bücherstapel einen Stoß, der ihn mit einem gewaltigen Poltern zusammenbrechen ließ und die Luft mit Getöse und wirbelndem grauem Papierstaub füllte. Rachel machte einen überraschten Satz zur Seite und ließ das Kruzifix fallen. Yoram funkelte den Zeloten nur weiter trotzig an. Jakob hielt seinem Blick etliche Sekunden lang unbeeindruckt stand, aber dann brach er das kindische Spiel doch ab und stürmte ohne ein weiteres Wort hinaus.

»Das war jetzt ausgesprochen daneben«, sagte Jezabel.

»Wieso?«, fragte Yoram. »Habe ich etwa seine Gefühle verletzt?«

»Jakob reagiert manchmal etwas empfindlich, was dieses Thema angeht«, sagte sie. »Es hat wohl etwas mit seinem früheren Leben zu tun, glaube ich. Aber ich habe ihn nie gefragt. Und ihr …«, fügte sie mit einem Blick in Yorams Gesicht hinzu, »… solltet das auch nicht tun.«

»Das hat auch niemand vor«, sagte Beka rasch. »Tut mir leid.«

Jezabel setzte ihren Helm wieder auf. »Es wird ohnehin Zeit zu gehen.« Sie räusperte sich unbehaglich. »Ich bringe euch zurück in die Stadt. Du freust dich doch bestimmt darauf, noch einmal mit der Seilbahn zu fahren, Rivkah.«

»Beka«, knurrte Beka. Sie warf Yoram einen auffordernden Blick zu. »Ja, und ich freue mich wirklich. So etwas erlebt man schließlich nicht alle Tage.«

Deutlich schneller, als sie heraufgekommen waren, verließen sie das Kloster wieder und warteten auf der ehemaligen Restaurantterrasse, während Jezabel zur Plattform eilte und irgendwo eine weiße Fahne hervorholte, mit der sie hektisch zu winken begann. Die Talstation war zu weit entfernt, um Einzelheiten zu erkennen, aber das Stahlseil begann zu summen, und irgendwo über Jezabel hob ein kratzendes Scheppern an, das verdächtig nach einem ausgeschlagenen Kugellager klang.

Rachel wartete, bis Jezabel außer Hörweite war, dann wandte sie sich mit einem vorwurfsvollen Ton an Yoram. »War das jetzt nötig, ihn so zu reizen?«

»Bist du sauer, weil du dein Spielzeug nicht bekommen hast?«, fragte Yoram.

»Hört auf«, sagte Beka müde. »Beide.«

Zum Dank funkelten sie sich beide feindselig an, verzichteten aber immerhin darauf, sich nun gemeinsam auf sie zu stürzen. Rachel presste die Lippen zu einem blutleeren Strich zusammen und funkelte sie nur wortlos an, und Yorams Blick wurde eindeutig verächtlich.

»Fällt euch beiden eigentlich so gar nichts auf?«, fragte er.

»Eine ganze Menge … aber was meinst du genau?«

Yoram sah kurz zu Jezabel hin, bevor er antwortete, aber sie war noch immer voll und ganz damit beschäftigt, mit ihrem Tuch nach imaginären Fliegen zu schlagen.

»Das alles hier gefällt mir nicht«, sagte er, »und das sollte es euch auch nicht.«

»Warum?«, fragte Rachel.

»Weil ich nicht dumm bin!«, antwortete Yoram heftig.

»Ach?«, blaffte Rachel. »Aber ich schon?«

Yoram ignorierte sie. Er machte eine ausholende Geste auf den angesengten Fleckenteppich hinab, als der die Stadt unter ihnen lag. »Das da unten«, sagte er eindringlich, »das sind alles Zeloten!«

»Und?«, fragte Rachel.

»Zeloten«, wiederholte Yoram. »Unsere Feinde, Rachel. Unsere Todfeinde! Sie haben Dutzende von uns umgebracht, und wir noch mehr von ihnen. Seit ich hier angekommen bin, führen wir Krieg gegeneinander, und erst vorgestern habe ich ein paar von ihnen erschlagen.«

»Und jetzt bist du traurig, dass sie uns nicht auch umgebracht haben?«, spottete Rachel.

Beka sah Yoram an, dass er auffahren wollte, aber er beherrschte sich. »Ich bin nur nicht naiv«, sagte er gepresst. »Sie nehmen uns gefangen, prügeln uns halb zu Tode und schleppen uns hierher, und kaum haben wir ein paar freundliche Worte miteinander gewechselt, ist alles Friede, Freude, Eierkuchen?«

»Was ist Eierkuchen?«, fragte Rachel verwirrt. Yoram ignorierte sie weiter.

»Es war alles nur ein großes Missverständnis, wie?«, höhnte er. »Und nachdem wir das begriffen haben, schütteln wir uns die Hände und sind fortan die besten Freunde? Klar doch! Und um das zu beweisen, zeigen sie uns auch gleich noch ihre größten Geheimnisse! Wer soll das glauben?«

Beka hätte es ja gerne getan, aber natürlich konnte sie es nicht. Und wenn sie ehrlich zu sich selbst war, hatte sie auch keine Sekunde lang wirklich daran geglaubt. Sie hatte sich selbst belogen, weil sie so verzweifelt *gewollt* hatte, dass es einen Ort gab, an dem nicht jeder und alles darauf aus waren, sie umzubringen. Sie schwieg.

»Irgendwas stimmt hier nicht«, sagte Yoram noch einmal,

und mit sogar noch mehr Nachdruck. »Sie belügen uns. Und eins weiß ich ganz sicher: Sie lassen uns ganz bestimmt nicht wieder gehen.«

Jezabel kam zurück. Beka war sich sehr sicher, dass sie nichts von ihrer Unterhaltung mitbekommen hatte. Dennoch schien sie zu spüren, dass etwas nicht stimmte. Ihr Blick wanderte zwischen ihren Gesichtern hin und her. Als sie begriff, dass keiner von ihnen freiwillig den Mund aufmachen würde, wandte sie sich brüsk um und beschied ihnen mit knappen Worten, ihr zu folgen.

Das Drahtseil schepperte emsig vor sich hin, als sie auf die hölzerne Plattform hinaustraten. Das Holz war morsch und knarrte protestierend unter ihrem Gewicht, und ein Teil von Beka beharrte darauf, die gesamte Konstruktion als leicht hin und her schwankend zu empfinden. Ein winziger rostrot-weißer Punkt wackelte vom Tal her auf sie zu, und das Quietschen des Drahtseils erreichte eine Tonhöhe und Frequenz, die in den Ohren schmerzte.

»Ich begleite euch noch zurück ins Hotel«, sagte Jezabel. »Danach habe ich zu tun. Aber ich glaube, ihr habt für einen Tag auch genug gesehen, worüber ihr reden könnt.«

»Ja, vor allem Jakobs kleinen Sommerpalast«, maulte Yoram. »Sehr schick.«

»Es ist nicht Jakobs *Palast*«, antwortete Jezabel betont und ein ganz kleines bisschen scharf. »Du hast es doch gesehen, oder?«

»Ja«, erwiderte Yoram. »Ich weiß nur nicht genau, was.«

Jezabel starrte ihn eine Weile schweigend an. »Unseren letzten Rückzugsort«, sagte sie dann. »Und damit vielleicht den letzten Rückzugsort für die wenigen freien Menschen, die nicht von den Magog oder Engeln geknechtet werden.«

32

Sie sprachen während des gesamten Rückwegs von der Gondelstation zur Stadt kein Wort. Yorams Gesicht war zu einer ausdruckslosen Maske erstarrt, aber Beka konnte auch in seinen Augen lesen, wie es dahinter arbeitete. Und es war nicht nur sein Streit mit Jakob. Da war noch mehr, das spürte sie. Aber sie spürte auch, dass es sinnlos wäre, weiter in ihn zu dringen.

Sie nutzte die Zeit, um sich aufmerksam umzusehen, und je länger sie es tat, desto mehr wuchs ihr Erstaunen. Einmal abgesehen davon, dass es keinen Strom gab und sie immer wieder auf Spuren mehr oder weniger großer Brände stießen, hätte es eine ganz normale Stadt sein können, mit – fast – normalen Einwohnern. Sie hatte eine Art … Monsterparade erwartet oder doch zumindest einen mit feindseligen Blicken und aggressiver Neugier gespickten Spießrutenlauf. Doch abgesehen von ein paar Kindern, die ihnen eine Weile lachend hinterherrannten und Dinge riefen, die Beka nicht zu verstehen vorzog, schien niemand besondere Notiz von ihnen zu nehmen. Ihr entgingen aber auch nicht die freundlichen Blicke, die der eine oder andere Jezabel zuwarf, und der belanglose, aber alles andere als unwichtige Small Talk, den sie mit ein paar Zeloten austauschte. Alles sah so … entsetzlich normal aus.

Nach einer Weile begriff sie, was mit ihr passierte: Diese Stadt *war* entsetzlich, und das Leben in ihr noch viel mehr, und doch hatte sie sich schon so sehr an die Hölle gewöhnt, zu der die Welt geworden war, dass ihr ein Leben in diesen verbrannten Ruinen als fast erstrebenswert vorkam.

Diese Erkenntnis reichte, um ihr die Laune endgültig so weit zu verhageln, dass sie schon fast erleichtert war, als sich die Tore der Stadtfestung hinter ihnen schlossen und sie Rahabs Plüsch-und-Spiegeldecken-Hotel wieder ansteuerten. Dabei brannte es ihr auf den Nägeln, mit Yoram zu sprechen. Aber nicht in Rachels Anwesenheit. Und schon gar nicht in Jezabels.

»Ich muss jetzt leider weg, denn ich habe noch eine Menge zu tun, wichtige Geschäfte, ihr versteht«, plapperte Jezabel los, kaum dass sie das ehemalige Etablissement wieder betreten hatten und als wäre gar nichts gewesen. »Ruht euch einfach ein bisschen aus, bis ich zurück bin. Danach können wir in Ruhe besprechen, wie es weitergeht.«

»Weitergeht?«, fragte Yoram misstrauisch. »Womit?«

»Wir brauchen eine Unterkunft für euch«, antwortete Jezabel. »Oder wollt ihr hier im Hotel wohnen? Jakob wäre nicht besonders begeistert, glaube ich, aber ich kann ihn trotzdem überreden. Er kann mir kaum einen Wunsch abschlagen.«

»Hier?« Yoram sah sich demonstrativ um. »Wohl kaum!«

»Warum nicht?«, fragte Rachel. »Mir gefällt's.«

»Denkt einfach darüber nach, und besprecht euch in Ruhe«, erwiderte Jezabel mit einem ebenso flüchtigen wie amüsierten Seitenblick auf Rachel. »Ihr müsst euch nicht sofort entscheiden. Ein paar Tage könnt ihr auf jeden Fall noch hierbleiben und es euch in aller Ruhe überlegen. Ist vielleicht sogar besser, wenn ihr euch erst mal ein bisschen einlebt und euch vor allem erholt. Ihr habt eine Menge durchgemacht.«

»So wild war's nun auch wieder nicht«, sagte Rachel großtuerisch. »Da muss schon ein bisschen mehr kommen als ein schlecht gelaunter Engel, um mit Yoram fertig zu werden.«

Nicht nur Jezabel blickte Rachel überrascht an. Auch Yoram riss die Augen auf, und sogar Rachel selbst sah einen Moment lang aus, als fragte sie sich selbst, warum sie das gerade gesagt hatte.

»Das ging schnell«, sagte Jezabel kryptisch und sah dabei ganz so aus, als wäre sie zwar überrascht, aus irgendeinem Grund aber auch sehr zufrieden. Beka konnte regelrecht sehen, wie sie sich selbst eine Frage stellte und auch gleich darauf beantwortete. »Muss wohl daran liegen, dass du noch so jung bist.«

»Was zum Teufel soll das heißen?«, polterte Yoram.

Jezabel drohte ihm spielerisch mit dem Zeigefinger. »Jakob würde mir den Kopf abreißen, wenn ich ihm die Überraschung verdürbe«, sagte sie grinsend. »Wartet noch ein, zwei Tage, dann erklären Jakob und ich euch alles … wenn ihr bis dahin nicht von selbst darauf gekommen seid.«

Bei diesen Worten sah sie Beka an, als erwartete sie eine ganz bestimmte Reaktion von ihr. Als sie sie nicht bekam, hob sie nur die Schultern und drehte sich aus derselben Bewegung heraus auch schon um. »Wir sehen uns heute Abend. Wenn ihr irgendetwas braucht, dann sagt es Hänschen. Er wird euch alles bringen, was ihr braucht.«

»Und vor allem aufpassen, dass wir auch schön brav sind und nichts Böses tun, nicht wahr?«, rief Yoram ihr noch nach, aber Beka bezweifelte, dass Jezabel es überhaupt hörte, denn seine beiden letzten Worte gingen im Geräusch der zuschlagenden Tür unter.

»Vielleicht hat sie ja recht«, sagte Beka.

»Womit?«

»Dass es hier noch eine Menge gibt, was wir nicht verstehen«, antwortete Beka. »Wir sollten ihnen eine Chance geben.«

Sie konnte Yoram ansehen, wie nahe er daran war, einfach aus der Haut zu fahren, aber dann schürzte er nur verächtlich die Lippen, machte ein dazu passendes Geräusch und stürmte in Richtung Treppe davon. Rachel sah ihm verdattert nach, aber dann bedachte sie Beka nur noch mit einem angemessen empörten Blick und lief ihm hinterher. Beka folgte ihnen ebenfalls, wenn auch erst, nachdem sie sicher war, Rachel oben auf dem Flur nicht mehr zu begegnen.

Dafür traf sie auf Hänschen. Der Koloss stand noch immer mit vor der Brust verschränkten Armen vor der Tür zu Jezabels Zimmer, als wäre er dort angewachsen, und obwohl sein Gesicht hinter dem albernen Orkhelm unsichtbar blieb (Beka war nicht böse darüber), glaubte sie seine misstrauischen Blicke fast körperlich zu spüren.

Beka nickte ihm freundlich zu, steuerte das Zimmer an, in dem sie übernachtet hatte, und machte dann noch einmal kehrt, um sich mit einer Geste auf Yorams Tür nun doch an Hänschen zu wenden. »Ist Yoram da drin?«

Der Koloss nickte, aber er tat es immerhin so vorsichtig, dass er das Haus nicht zum Einsturz brachte.

»Und Rachel?«

Diesmal schüttelte der Gigant – ebenso behutsam – den Kopf, und Beka ging los, konnte sich aber auch nicht verkneifen, noch über die Schulter hinzuzufügen: »Dann pass auf, dass sie nicht reinkommt und uns am Ende noch in einer peinlichen Situation überrascht.«

Etwas polterte – hatte er gelacht? – und Beka drückte die Klinke herunter und trat ein, ohne sich mit etwas so Überflüssigem wie Anklopfen aufzuhalten. Yoram hockte vornübergebeugt auf der Bettkante und sah nicht zu ihr hoch. Sie war nicht einmal sicher, ob er sie überhaupt bemerkt hatte. So leise sie konnte, drückte sie die Tür hinter sich zu, lehnte sich mit dem Rücken dagegen und wartete etliche Sekunden lang darauf, dass er etwas sagte oder wenigstens zu ihr aufsah. Als sie einsah, dass das nicht geschehen würde, nahm sie neben ihm auf der Bettkante Platz; in deutlich größerem Abstand, als nötig gewesen wäre.

»Also, wegen vorhin, oben, in Jakobs Festung …«, begann sie schließlich und mit einem unbehaglichen Räuspern. »Ich glaube, du hast recht, weißt du?«

Yoram sah sie nachdenklich und mit undeutbarem Blick an. »Womit?«

»Mit allem hier.« Sie machte eine Geste, die die ganze Stadt einschloss und hob gleich darauf besänftigend die Hand, als sich Yorams Blick schon wieder verfinstern wollte. »Ich glaube mittlerweile auch, dass sie uns etwas verheimlichen. Alles andere wäre ja auch verrückt. Wenn sie so naiv wären, jedem Wildfremden gleich alle ihre Geheimnisse zu verraten, dann hättet ihr sie doch schon längst besiegt.«

»Wahrscheinlich«, sagte Yoram widerwillig. »Dann sollte ich jetzt vielleicht beleidigt sein, dass sie mich für so dumm halten, darauf reinzufallen.«

»Ich bin mir nicht mehr sicher, ob sie wirklich unsere Feinde sind«, antwortete Beka. »Und du doch auch nicht, oder?«

Yoram sagte gar nichts dazu, was aber eigentlich schon Antwort genug war. Beka spürte, wie aufgewühlt und zutiefst verunsichert er unter der mühsam aufrechterhaltenen Maske war, hinter der er sich verkrochen hatte. Und nicht erst seit jetzt.

»In einem hat Jezabel recht«, fuhr Beka fort. »Wir können alle eine kleine Verschnaufpause brauchen.«

»Drei Monate?«, fragte er. »Oder ein Jahr? Du glaubst doch auch nicht, dass sie uns wieder gehen lassen.«

Beka lachte. »Wir sind einem leibhaftigen Engel entkommen, da werden uns doch ein paar Zeloten nicht aufhalten, oder?«

Sie sah Yoram an, dass er nicht lachen wollte, aber ganz konnte er es nicht unterdrücken, wurde aber dann sofort nur umso ernster. »Das ist es nicht«, sagte er.

»Sondern Jezabel«, vermutete Beka.

»Hör sofort auf, meine Gedanken zu lesen!«

»Dann hör auf, so laut zu denken«, erwiderte Beka. »Außerdem bin ich nicht blöd. Du müsstest schon einen Stein in der Brust tragen, wo andere ein Herz haben, wenn dich ihr Anblick kaltgelassen hätte.«

»Du meinst, weil sie … so aussieht, wie sie aussieht?«

Damit kam er der Wahrheit näher, als er vermutlich selbst ahnte, wenn auch aus einem vollkommen anderen Grund, als er annahm. Jezabel-Anns Anblick hatte sie zutiefst erschreckt, weil sie wusste, wie es zu ihrer Entstellung gekommen war. Warum hatte sie eigentlich nach all der Zeit immer noch das Gefühl, dass es ihre Schuld gewesen war?

»Es ist verrückt, ich weiß«, fuhr Yoram fort, als sie nicht antwortete, »aber ich habe einfach das Gefühl, dass sie Thora *ist*, verstehst du? Auch wenn sie ganz anders aussieht und ich sie erst seit ein paar Stunden kenne, habe ich das Gefühl, sie schon mein ganzes Leben zu kennen.«

»Thora und sie sind Schwestern«, gab Beka zu bedenken. »Zwillinge. Eineiige Zwillinge, glaube ich.«

»Ich weiß.« Yoram schüttelte trotzdem noch einmal den Kopf. »Aber da ist mehr. Es ist, als ...« Er suchte nach Worten. »Glaubst du, dass es ein und denselben Menschen zweimal geben kann?«

Noch vor ein paar Tagen hätte sie darauf nur mit einem Lachen reagiert, aber jetzt dachte sie ernsthaft darüber nach, kam aber zu keinem Ergebnis und zuckte hilflos die Achseln.

»Aber du bist nicht hier, um über Jezabel zu sprechen«, vermutete Yoram.

Doch, aber nicht so, wie er glaubte, und nicht jetzt. »Heute Morgen, oben auf dem Wachturm«, begann sie vorsichtig, »Hast du da wirklich ... gebetet?«

»Und wenn?«, fragte Yoram heftig und mit einer Feindseligkeit, die sie nicht verstand, die aber an ihrem schlechten Gewissen kratzte. Das Letzte, was sie wollte, war, seine Gefühle zu verletzen.

»Dann ist das ganz allein deine Sache«, beeilte sie sich zu versichern. »Ich war nur erstaunt, das ist alles.«

»Weil ich nicht aussehe wie jemand, der betet?«, fragte er misstrauisch.

»Als wir vor zwei Nächten in der Synagoge über dieses Thema gesprochen haben, da hast du mir nicht wirklich auf die Frage geantwortet, ob du religiös bist«, erinnerte sie ihn vorsichtig. Jetzt sollte sie sich jedes Wort sehr genau überlegen, das spürte sie. »Weil du es nicht wusstest, stimmt's?«

Yoram antwortete nicht gleich. Sein Blick tastete forschend immer wieder über ihr Gesicht, als suchte er nach etwas ganz Bestimmtem, was er aber nicht fand. »Ich weiß es nicht«, gestand er schließlich. »Es ist … unheimlich. Manchmal habe ich das Gefühl, gar nicht richtig da gewesen zu sein. Wie wenn man zu lange geschlafen hat und nach dem Aufwachen noch nicht richtig denken kann, weißt du?«

»Und das die ganze Zeit? All die Jahre?« Beka konnte ein eisiges Frösteln nicht mehr ganz unterdrücken. Sie streckte die Hand aus, wie um ihn zu berühren, wagte es aber dann doch nicht. Aber Yoram tat es, indem er ein Stück näher rückte, mit beiden Händen nach ihrer Rechten griff, und dann konnten sie beide einfach nicht mehr anders, als sich gegenseitig in die Arme zu nehmen, wie zwei verlorene Kinder, die sich im Wald verirrt hatten und als einzigen Trost die Nähe des anderen suchten.

Und selbstverständlich ging genau da die Tür auf, und Rachel kam herein.

*

Unnötig zu sagen, dass Rachel den gesamten Rest des Tages kein Wort mehr mit Beka oder gar Yoram sprach – nachdem sie aufgehört hatte zu lamentieren. Sie geizte zwar danach mit Worten, aber ganz und gar nicht mit giftigen Blicken in Bekas und vorwurfsvollen in Yorams Richtung.

Jezabel war eine Stunde später zurückgekommen und hatte sie abgeholt, um sie erneut in der Stadt herumzuführen und ihnen weitere wichtige Bewohner vorzustellen, deren Namen sie sich genauso wenig merken wollte wie die vom Vormittag. Beka ging an diesem Abend früh zu Bett und wachte am nächsten Vormittag erst auf, als die Silbe *Vor* eigentlich keine Berechtigung mehr hatte. Ihr Körper verlangte nun endgültig sein Recht.

Sie hatte wie ein Stein geschlafen und erinnerte sich auch nicht, geträumt zu haben, und wahrscheinlich wäre sie auch noch lange nicht wach geworden, hätte nicht jemand mit einem Vorschlaghammer versucht, die Tür einzuschlagen.

Eigentlich war es Hänschen. Der vermeintliche Vorschlaghammer entpuppte sich als seine Fingerknöchel. Aber das Ergebnis wäre dasselbe gewesen, hätte sie nicht nach der dritten oder vierten Attacke die Tür aufgemacht und den Kopf in den Nacken gelegt, um in ein hinter schwarzem Eisen verborgenes Gesicht hinaufzublicken, das sich eindeutig ein gutes Stück über dem Deckenniveau befand.

»Ja?«, nuschelte sie verschlafen.

Hänschen grummelte irgendetwas, das vom schwarzen Eisen des Helms in das Geräusch eines zusammenbrechenden Brunnenschachts verwandelt wurde, und Beka sortierte ihre immer noch trägen Gedanken immerhin weit genug, um zu mutmaßen, dass es ihrer Gesundheit möglicherweise abträglich war, sich zu lange zu sträuben. Sie murmelte eine genauso unverständliche Antwort und schlurfte aus dem Zimmer und in die Richtung, in die seine ausgestreckte Pranke deutete, zur Treppe hin.

Yoram, Rachel und Jezabel saßen an einem der zahlreichen runden Tische. Auf ihm war jetzt kein gepanschter Champagner aufgefahren, sondern schlichtes Wasser, eine große Schale mit frischem Obst sowie köstlich duftendes, frisch gebackenes Fladenbrot, bei dessen bloßem Anblick ihr nicht nur das Wasser im Mund zusammenlief, sondern ihr Magen auch ein höchst peinliches, lang anhaltendes Knurren hören ließ. Jezabel – sie trug keinen Helm – grinste zur Hälfte amüsiert, zur Hälfte schrecklich, und Rachel hatte wohl die ganze Nacht damit zugebracht, ihre Blicke spitz zu feilen, mit denen sie Beka nun aufzuspießen versuchte.

»Hallo, Dornröschen«, begrüßte sie Yoram fröhlich. Er machte eine einladende Geste auf einen von zwei frei gebliebenen

Stühlen am Tisch. »Ich dachte schon, du wirst gar nicht mehr wach.«

So ganz war sie das auch immer noch nicht. »Frühstück?«, fragte sie mit einem nur halb unterdrückten Gähnen.

»Mittagessen«, verbessertes Yoram und fügte nach einem winzigen Zögern noch einmal hinzu: »Dornröschen.«

Beka griff nach einem Fladenbrot und riss ein großes Stück davon ab. »Zu Dornröschen fehlen noch die Dornenhecke und ein Prinz, der …« Sie sprach nicht weiter, als sie Yorams mahnenden Blick bemerkte. Sie war zwar fast sicher, dass Rachel das Märchen von Dornröschen nicht kannte, aber manche Dinge musste man auch nicht kennen, um sie zu verstehen. Vor allem nicht, wenn man eine eifersüchtige kleine Göre war, die kurz vor der Pubertät stand.

»Ich hätte dich ja noch weiterschlafen lassen«, fuhr Yoram unbeeindruckt weiter grienend fort, »aber der große Boss hat uns zum Rapport einbestellt.«

Beka biss genüsslich in ihr Fladenbrot und schloss vor lauter Wonne die Augen. Es war das Köstlichste, was sie jemals probiert hatte.

»Jakob möchte mit euch sprechen, das ist wahr«, ergänzte Jezabel mit einem übertrieben missbilligend gespielten Stirnrunzeln in Yorams Richtung.

»Und worüber?«, erkundigte sich Beka mit vollem Mund kauend.

Jezabel sagte nichts, aber Yoram. »Wahrscheinlich dürfen wir uns aussuchen, auf welche Art wir hingerichtet werden.«

Jezabel schenkte ihm einen weiteren bösen Blick, und auch Beka bemühte sich um einen Ausdruck angemessener Entrüstung, aber sie sah Yoram auch noch einmal und auf eine andere Art aufmerksam an. Irgendetwas an ihm war anders als noch gestern Abend. Seine Bemerkung über Jakob war vermutlich nicht ganz so scherzhaft gemeint gewesen, wie es klang, aber da war trotzdem mit einem Male eine Fröhlichkeit in ihm, die sie noch nie bemerkt hatte. Konnte es sein, dass sie zum allerersten Mal den wirklichen Yoram sah?

»Was das angeht, solltest du vielleicht besser mit Hänschen diskutieren«, sagte Jezabel fröhlich. »Er ist hier unser Spezialist für so was.« Sie überlegte einen Moment. »Aber ich glaube, er benutzt am liebsten einfach seine Hände … halt, das stimmt nicht. Nur *eine* Hand. Ja, genau.«

Yoram holte Luft zu einer vielleicht nicht mehr ganz so amüsierten Antwort, doch da wurde der Vorhang zurückgeschlagen, und Jakob kam herein. Dem vagen Hochziehen seiner Mundwinkel nach zu urteilen, hatte er zumindest einen Teil des Gesprächs mit angehört. Er nahm jedoch nur kommentarlos Platz und goss sich einen Becher Wasser ein. Das Essen rührte er nicht an.

»Ich hoffe, ihr hattet eine halbwegs ruhige Nacht«, begann er schließlich. »Ich vergesse manchmal, dass es hier zuweilen doch recht unruhig sein kann.«

Yoram starrte ihn an. Was sein Blick ausdrückte, das war schon kein Misstrauen mehr, sondern offene Feindseligkeit.

»Auch keinen schlechten Traum?«, vergewisserte sich Jakob.

»Also ich erinnere mich an …«, begann Rachel und wurde von Yoram mit einem Blick zum Schweigen gebracht, gegen den der, mit dem er Beka vorhin verstummen hatte lassen, wie ein freundlicher Dackelblick wirkte.

»Jakob fragt aus einem bestimmten Grund«, sagte Jezabel. »Bitte antwortet!«

»Nein«, knurrte Yoram. Ob das nun bedeutete, dass er nicht antworten würde oder sich nicht an Träume erinnerte, ließ er unerklärt.

»Ich weiß, dass das nicht stimmt«, sagte Jakob sehr ruhig. »Aber das macht nichts. Ich an deiner Stelle würde mir auch nicht trauen. Und ich will dir nichts vormachen: Wir haben noch nicht endgültig entschieden, was mit euch geschieht.«

»Also doch Plan Hänschen?«, fragte Yoram.

»Und wann genau entscheidet ihr das?«, fragte Beka rasch.

Yoram warf ihr einen ärgerlichen Seitenblick zu, den sie ignorierte.

»Dann wäre es hilfreich, wenn du uns normale Fragen stellen würdest, statt dich nach meinen Träumen zu erkundigen«, sagte Yoram. »Die gehen nämlich niemanden etwas an.«

»Mich geht hier alles etwas an«, antwortete Jakob. »Du glaubst immer noch, dass Zadkiel und die anderen Engel alles sind, was zwischen uns und dem Weltuntergang steht? Dass sie euch auf die finale Schlacht zwischen Gut und Böse vorbereiten, nach der entweder das Paradies oder die Hölle auf Erden herrscht?«

»Nein«, antwortete Beka, bevor Yoram es konnte. »Das tut er nicht. Er ist nur noch nicht so weit, es sich einzugestehen.«

»Und du?«, fragte Jakob, wartete ihre Antwort aber gar nicht erst ab, sondern fuhr mit einem Nicken fort: »Weil du nie ein Tefillin getragen hast.«

Beka war nicht einmal wirklich überrascht, und auch Yoram starrte ihn nur weiter wortlos an. Rachel klang schon beinahe empört. »Was soll denn dieser Quatsch?«

»Fragte das Mädchen, das gestern noch wie ein Rohrspatz auf einen Engel geschimpft hat«, sagte Jezabel spöttisch. »Denselben Engel, für den es vor ein paar Tagen noch sein Leben geopfert hätte, ohne das auch nur im Geringsten infrage zu stellen.«

»Aber das ist ja wohl ein Unterschied!«, empörte sich Rachel.

»Ach ja? Wieso?« Jezabel wollte aber auch gar keine Antwort haben, denn sie wandte sich mit einem fragenden Blick an Beka. »Wie bist du auf die Idee gekommen, ihnen die Tefillin abzunehmen?«

»*Abgenommen* würde ich es nicht gerade nennen«, maulte Rachel und fuhr sich mit dem Daumen demonstrativ über den Cent-großen roten Fleck auf ihrer Stirn. »Es hat verflucht wehgetan, und ich bin für mein Leben entstellt, und …« Sie sprach nicht weiter, sondern zog die Unterlippe zwischen die Zähne und wusste plötzlich nicht mehr, wohin mit ihrem Blick, aber Jezabel schien es ihr nicht übel zu nehmen.

»Die Frauen in Indien lassen sich so etwas tätowieren, weil sie es schön finden«, sagte Beka. »Genau genommen schuldest du mir etwas.«

Jakob beugte sich ein Stück vor. »Woher hast du gewusst, dass du deine Freunde von den Tefillin befreien musst?«

»Ich habe das gar nicht gewusst«, antwortete Beka. »Das hatte … andere Gründe.«

»Ihr wisst, dass ihr Glück habt, noch am Leben zu sein«, sagte Jakob, gleichzeitig an Yoram und Rachel gewandt. »Acht von zehn überleben es nicht, wenn man das Tefillin entfernt. Ihr hattet wirklich großes Glück.«

Den letzten Satz sprach er eindeutig wie eine Frage aus, und er sah dabei auch nicht mehr Yoram oder Rachel an, sondern Beka. Konnte es sein, dachte sie, dass er wusste, was in der ausgebrannten Kirche passiert war?

Nein, das war unmöglich.

»Ist dir eigentlich niemals aufgefallen, dass jeder bei euch tut, was diese angeblichen Engel verlangen?«, wandte sich Jakob an Yoram. »Dass jeder bei euch jeden Befehl kritiklos ausführt, ganz egal wie absurd oder grausam er auch war?«

»Sie sind Engel«, sagte Rachel.

In Jakobs Augen blitzte es zornig auf, aber er beherrschte sich. »Ich weiß nicht, was sie sind – aber ganz bestimmt keine Engel des Herrn.«

»Vielleicht sind sie ja von der anderen Fraktion«, sagte Beka. »Gab es da nicht so eine kleine Palastrevolution?«

Seltsamerweise hatte sie das sichere Gefühl, dass ihre Worte Jakob verletzten. Er ging jedoch nicht darauf ein, sondern beließ es bei einem vorwurfsvollen Blick und wandte sich dann wieder an Yoram.

»Ich wollte, dass du das alles weißt«, sagte er. »Ich bevorzuge es, mit offenen Karten zu spielen.«

»Wie nobel«, höhnte Yoram.

»Nein, nur ehrlich«, sagte Jakob. »Und ich erwarte dasselbe von dir. Und ich erwarte jetzt auch keine Antwort. Es wird noch einige Tage dauern, bis euer Denken wieder ganz euch gehört, und bis dahin werden wir noch eine gewisse Vorsicht walten lassen. Danach entscheiden wir, was endgültig mit euch geschieht.«

»Vorsicht walten lassen«, wiederholte Yoram. »Du meinst, wir sind Gefangene.«

»Ihr dürft euch frei bewegen, nur die Stadt nicht verlassen«, antwortete Jakob. »Jezabel und Hänschen werden euch alle Fragen beantworten und euch auch weiter alles zeigen, aber ihr müsst in der Stadt bleiben.«

»Und wenn nicht, hetzt du uns deinen Orang-Utan auf den Hals?«, fragte Yoram.

»Hänschen wird in eurer Nähe bleiben«, bestätigte Yoram, und Jezabel ergänzte noch: »Damit ihr euch nicht verirrt. Die Stadt ist groß.«

Jakob stand auf und wollte wohl ebenfalls noch etwas sagen, doch in diesem Moment flog der Vorhang auf, und gleich zwei Zeloten stürmten herein. Einer durchquerte den Salon im Laufschritt und war dann schon auf der Treppe verschwunden, der andere steuerte Jakob an und raunte ihm etwas zu. Beka konnte nicht verstehen, was, aber es war nicht zu übersehen, dass es ihm nicht gefiel. Nach einem Augenblick wandte er sich ebenfalls um und stürmte die Treppe hinauf, begleitet von dem zweiten Zeloten.

»Was ist passiert?«, fragte Yoram

»Das weiß ich nicht«, sagte Jezabel. »Fragen wir ihn.«

Damit lief sie ebenfalls zur Treppe, und Beka und die beiden anderen folgten ihr dichtauf. Niemand versuchte sie aufzuhalten, nicht einmal Hänschen, der die Szene reglos verfolgt hatte. Ganz im Gegenteil schloss er sich ihnen ebenfalls an, als Jezabel an ihm vorbeistürmte.

Jakob stand zusammen mit gleich vier weiteren Zeloten am

Rand des Daches. Alle gestikulierten wild durcheinander nach Westen, und alle redeten gleichzeitig und so aufgeregt, dass sie kein Wort verstand, als hätte die *Eine Sprache* plötzlich ihre Gültigkeit wieder verloren. Aber man musste auch kein Hellseher sein, um zu begreifen, dass hier etwas ganz und gar nicht stimmte.

Yoram fragte trotzdem. »Was ist los? Ärger?«

Zuerst schien es, als hätte Jakob die Frage gar nicht gehört oder wollte nicht antworten, doch dann reichte er Yoram wortlos etwas, das Beka erst auf den zweiten Blick erstaunt als einen altmodischen Feldstecher mit gesplittetem Gehäuse erkannte. Yoram setzte das Glas an und richtete es nach Westen. Beka konnte hören, wie er scharf die Luft einsog.

»Was?«, fragte sie alarmiert. »Yoram! Verdammt! Was ist los?«

Yoram antwortete immer noch nicht, aber Jakob tat es. »Ephraim. Ephraim und die Engel. Sie kommen.«

33

Eines musste sie Jakob lassen: Er schien ein wahres Organisationstalent zu sein, und er hatte seine Schäfchen ausgezeichnet im Griff. Was auf den ersten Blick wie totales Chaos aussah, erwies sich in Wahrheit als wohlgeordneter Rückzug, in dem die Bewohner Jerichos durch die offen stehenden Tore strömten. Schon nach einer Stunde hatte sie das Gefühl, dass die Stadtfestung überfüllt war, nach einer zweiten schien sie aus allen Nähten zu platzen, und die Flüchtlingswelle ebbte nicht ab, sondern schien ganz im Gegenteil immer nur noch mehr zuzunehmen.

Yoram brachte es auf den Punkt, als sie irgendwann am späten Nachmittag auf der Aussichtsplattform eines der Wachtürme standen und nach Westen sahen. »Es sind viel zu viele. Da draußen müssen noch Tausende von Menschen sein. So viele finden hier niemals Platz.«

Beka riss ihren Blick von der gewaltigen Staubwolke los, die im Westen aufstieg und sich mit den tief hängenden Wolken vereinte, als wäre der Himmel selbst auf die Erde gestürzt. Sie sah Yoram an. Er hatte *Menschen* gesagt, nicht *Zeloten*.

»Vielleicht bleiben die anderen ja draußen, um die Stadt zu verteidigen«, mutmaßte Rachel.

Yoram machte sich nicht einmal die Mühe zu antworten, und auch Beka deutete nur stumm nach Westen. Wenn man genau hinsah, konnte man einen flirrenden schwarzen Schatten dort erkennen, wo die Staubwolke mit dem Boden verschmolz. Unmöglich, sie zu zählen oder auch nur zu schätzen. Aber es mussten viele Tausend sein. Manchmal war es, als glitte etwas durch die Wolken, etwas Flatterndes und Flügelschlagendes und sehr Großes. Aber es entzog sich auf fast schon unheimliche Weise dem genauen Erkennen. Eigentlich wollte sie es auch gar nicht wirklich sehen.

»Wieso hat sie niemand kommen sehen?«, murmelte Rachel. »Das ist eine Armee! Die kann sich nicht anschleichen!«

»Seltsam, nicht?«, fragte Beka. »Wenn ich nicht wüsste, dass es so etwas gar nicht gibt, dann würde ich glatt anfangen, an Zauberei zu glauben. Oder an Wunder.«

Yoram sah sie auf eine sonderbar schuldbewusste Art an und konzentrierte sich dann wieder auf die näher kommende Armee. Durch Rachels Frage darauf aufmerksam gemacht, fragte sie sich dasselbe, wie sie gerade: Warum hatte es niemand gemerkt? Sie konnte nicht begreifen, dass sich diese gewaltige Armee der Stadt genähert haben sollte, ohne dass es auffiel. Jezabel hatte behauptet, dass Jakob ein sehr kluger Mann war, und er hätte schon dämlich sein müssen, um nicht wenigstens Wachen aufzustellen und dann und wann eine Patrouille loszuschicken.

Ein schweres Poltern erscholl, und die Sonne verdunkelte sich ein bisschen, als Hänschen zu ihnen heraufkam. Beka wich rasch in die entgegengesetzte Ecke der Plattform zurück, damit der Turm kein Übergewicht bekam und umfiel.

Hänschen grollte etwas unter seinem Helm, das sie nicht verstand, aber Jezabel nickte und drehte sich dann zu ihnen um, um zu übersetzen. »Ihr müsst runter hier. Jakob will euch sehen.«

»Ich verstehe«, sagte Yoram spöttisch. »Hat er Angst, dass ich denen da drüben Rauchsignale gebe?«

»Das musst du ihn schon selbst fragen«, sagte Jezabel eisig. »Aber wenn er das wirklich glauben würde, dann könntest du diese Frage jetzt nicht mehr stellen.«

Yoram holte tief Luft für eine Antwort. Bevor er noch mehr

Unsinn von sich geben konnte, schloss sich Beka dem hünenhaften Zeloten hastig an, wobei sie aber vorsichtshalber wartete, bis er in der nächsten Etage angelangt war. Schließlich wollte sie ihr Glück nicht unnötig auf die Probe stellen. Die Treppe war zwar massiv, aber eben nur aus Holz. Und Hänschen war Hänschen.

*

Ohne größeren Kollateralschaden erreichten sie das Dach. Es war voller Männer – und auch ein paar Frauen – in Rüstungen und Waffen, die hastige Vorbereitungen für den erwarteten Ansturm trafen. Überall wurden Waffen und Schilde bereitgelegt, Pfeile und Armbrustbolzen und Steine und andere Wurfgeschosse und große Eimer und Bottiche mit Löschwasser und Sand platziert. Einige große Metallbehälter standen auch auf eisernen Dreibeinen. Männer waren dabei, Feuerholz und Reisig darunter aufzuschichten. Beka nahm an, dass sich kein Löschwasser darin befinden würde, wenn der Angriff begann.

Als sie Jakob zwischen einigen heftig debattierenden Männern entdeckte und ansteuerte, sah sie etwas, das sie bis ins Mark erschreckte. Schon gestern waren ihr die Sandsack- und Stacheldrahtverhaue aufgefallen, die sie an MG-Nester aus dem Zweiten Weltkrieg erinnerten. Etliche muskulöse Zeloten schleppten antiquierte Maschinengewehre herbei, die sie mit kundigen Bewegungen zusammensetzten und mit langen Patronengurten luden.

Statt ihre sorgsam zurechtgelegte Frage loszuwerden, sprudelte sie los, kaum dass Jakob auch nur knapp in Hörweite war: »Das solltet ihr nicht tun, Jakob. Glaub mir, ich weiß, wovon ich rede.«

»Wie schön«, sagte Jakob ärgerlich. »Nicht, dass ich Zeit dafür hätte … aber verrätst du es mir auch?«

»Ich könnte dir erzählen, was mit meinen Schuhen passiert ist und meinen neuen Jeans«, sagte Beka, während sie auf eines der

Maschinengewehre deutete, das nur ein Stück neben ihnen an der Dachkante aufgebaut war. »Das Ding fliegt euch um die Ohren, bevor ihr auch nur die dritte Salve abgebt!«

»Dafür habe ich jetzt keine Zeit«, polterte Jakob und wollte sich brüsk abwenden, doch Beka war mit einem einzigen schnellen Schritt bei ihm und riss ihn so grob an der Schulter zurück, dass einer der anderen Männer nach seiner Waffe griff.

Jakob hielt ihn mit einer raschen Bewegung zurück, wandte sich betont langsam ganz zu ihr um und sah eine Sekunde lang ausdruckslos auf ihre Hand hinab, die auf seinem Unterarm lag. Beka zog die Hand zurück, fuhr aber eher noch eindringlicher fort: »Ihr dürft diese Waffen nicht benutzen!«

»Weil es unmoralisch ist? Sag das deinem Freund Zadkiel!«

»Sie werden nicht funktionieren!«, sagte Beka beschwörend. »Du hast es doch selbst gesagt!«

»In der Nähe der Engel«, bestätigte Jakob. »Und auch nicht sofort. Sie müssen nicht lange halten. Nur, bis wir unsere Munition verbraucht haben.«

Wovon sie eine Menge hatten, vermutete Beka. Wenn Jakob sich auf diese Waffen verließ, dann hatte er schon verloren, begriff Beka. Aber ihr war auch klar, dass es vollkommen sinnlos wäre, auch nur noch ein einziges Wort hinzuzufügen. Sie presste die Lippen zu einem fast blutleeren schmalen Strich zusammen. Jakob starrte sie noch einen Atemzug lang zornig an, dann fuhr er auf dem Absatz herum, sah aber danach noch einmal über die Schulter zu ihr zurück.

»Ihr könnt nicht hierbleiben«, rief er. »Das ist zu gefährlich. Jezabel und Hänschen werden euch ins Kloster bringen. Sollte die Festung fallen, dann seid ihr dort wenigstens in Sicherheit.«

Und für wie lange?, dachte Beka. Lange genug, um zuzusehen, wie die Stadt unter ihnen in Schutt und Asche sank und jeder tot war, den sie kannten?

»Ich bleibe hier«, sagte Yoram. Beka hatte nicht einmal gemerkt, dass er ihr gefolgt war. »Gebt mir eine Waffe! Ich habe noch eine Rechnung mit Olmos und ein paar seiner Freunde offen.«

Jakob blickte ihn nachdenklich an. Sehr lange, und Beka konnte ihm ansehen, wie angestrengt er über Yorams Worte nachdachte und ihm wahrscheinlich auch glaubte. Aber dann schüttelte er dennoch den Kopf. So weit reichte sein Vertrauen wohl doch nicht. »Wir evakuieren gerade die Kinder. Danach geht ihr in die Festung.«

Er hob die Hand, als Yoram widersprechen wollte. Als er weitersprach, hatte seine Stimme einen neuen, scharfen Unterton, der nicht einmal wirklich feindselig war, aber keinen Widerspruch duldete. »Wir brauchen noch eine Stunde oder etwas mehr, danach seid ihr an der Reihe. Hänschen wird hierbleiben. Wir brauchen ihn bei der Verteidigung der Stadt. Sobald ihr oben im Kloster seid, bist du für die Mädchen verantwortlich. Kann ich mich darauf verlassen, dass du sie beschützt?«

Yoram war viel zu verblüfft, um irgendetwas anderes zu tun, als zu nicken, und Jakob tat dasselbe. Die Schärfe verschwand aus seiner Stimme. »Ihr könnt so lange hierbleiben. Ich fühle mich sowieso besser, wenn ich weiß, wo ihr seid.« Er fügte eine Geste hinzu, die etwas hinter ihnen galt, das nur unwesentlich kleiner als der Eiffelturm war. »Du bist mir dafür verantwortlich, dass sie in die Seilbahn steigen.«

Hänschen grunzte eine Antwort, die das Haus nur ein ganz kleines bisschen zum Beben brachte, und Jakob drehte sich wieder zu den anderen Zeloten um und führte sein unterbrochenes Gespräch fort, als wäre gar nichts geschehen. Beka konnte Yoram ansehen, dass er erneut dazu ansetzte zu widersprechen und legte ihm rasch die Hand auf die Schulter.

»Lass es gut sein«, bat sie. »Du willst doch nicht wirklich gegen deine alten Freunde kämpfen müssen, oder? Außerdem ist es mir lieber, wenn du uns beschützt, und nicht dieses … *Ding.*«

Sie machte eine Kopfbewegung hinter sich und meinte aus

den Augenwinkeln zu sehen, wie der Riesenzelot ebenfalls den Kopf auf die Seite legte, wie um zu lauschen. Besorgt fragte sie sich, ob er ihre Worte verstanden hatte, schob den Gedanken dann aber beiseite. Es konnte ihr egal sein.

»Und außerdem freust du dich bestimmt darauf, wieder mit der Seilbahn zu fahren, nicht?«, spottete Jezabel.

Beka revanchierte sich mit dem bösen Blick, den sie offensichtlich erwartete, und konnte dann nicht anders, als wieder zur Seilbahn hinzusehen. Es waren jetzt gleich drei Gondeln, die in geringem Abstand der Bergflanke entgegenruckelten und -schaukelten. Schon bei dem bloßen Anblick zog sich etwas in ihr zusammen. Sie war sich auch ganz und gar nicht sicher, ob das seit sieben Jahren nicht mehr fachmännisch gewartete Drahtseil der dreifachen Belastung standhielte.

Sie würde es wohl herausfinden müssen.

*

Der eigentliche Angriff begann eine halbe Stunde später, und das gleich mit einem doppelten Paukenschlag. Die heranrückende Armee war längst kein amorpher Schatten mehr, sondern eine ungeheuerliche Masse aus zahllosen winzigen dunklen Umrissen, Tausende und Tausende von Männern, die sich der Stadt unter einem Meer flatternder Wimpel und Fahnen näherten. So schnell, wie sie auf sie zuhielten, kam Beka schon wieder das Wort Zauberei in den Sinn. Aber etwas änderte sich, genau in diesem Moment. Plötzlich und wie auf ein zumindest hier oben unhörbares Kommando hin wurde aus dem scharfen Marschtempo ein gewaltiger Ansturm, und trotz der noch immer großen Entfernung konnte sie einen gellenden Kampfschrei aus tausend Kehlen hören. Und es war gewiss keine Einbildung, dass sie den Boden unter den stampfenden Schritten unzähliger rennender Krieger erbeben zu spüren meinte.

»Es geht los«, sagte Yoram. Er klang nervös.

»Ja.« Jakobs Blick ließ die heranrasende schwarze Flutwelle nicht für eine Sekunde los, und machte dann eine wedelnde Bewegung zu Hänschen. »Bring sie ins Kloster!«

»Aber …«, begann Jezabel, und jetzt fuhr Jakob zornig auf dem Absatz herum.

»Jetzt!«, donnerte er. An Hänschen gewandt und in kaum weniger scharfem Ton fuhr er fort: »Du bleibst bei ihnen, bis sie in Sicherheit sind.«

Unverzüglich legte der Titan Yoram eine Pranke auf die Schulter, unter deren Gewicht er ein Stück in die Knie ging, und Beka registrierte eine Bewegung aus den Augenwinkeln und sog so scharf die Luft zwischen den Zähnen ein, dass es wie ein kleiner Schrei klang.

Die Wolkendecke riss auf, und ein gewaltiger, vierfach geflügelter Schatten brach hervor. Mit seinen rasend schnellen Flügelschlagen ähnelte er eher einem riesigen Schmetterling als einem Engel, doch wenn, dann einem Schmetterling aus der Hölle. Er war von der Farbe der Nacht und zog eine Spur aus grellrot lodernden Funken hinter sich her. Einem brennenden Falken gleich stieß er vom Himmel und auf die Stadt herab, schwenkte dann jäh nach links und wieder in die Höhe – und direkt auf die drei rot-weißen Seilbahngondeln zu!

Es ging beinahe zu schnell, als dass Beka auch nur Zeit fand zu erschrecken, geschweige denn zu begreifen, was geschah: Der Höllenengel prallte, ohne auch nur langsamer zu werden, gegen die mittlere Gondel, die daraufhin in Stücke brach und gleichzeitig in Flammen aufging. Brennende Gestalten – manche davon entsetzlich klein – stürzten aus der zerbrechenden Gondel und zogen lodernde Flammenspuren durch die ewige Dämmerung über der Stadt, und selbst über die große Entfernung hinweg meinte sie einen Chor gellender Schreie zu hören.

Auch der Engel brannte, wenn auch nur ganz kurz, bevor er die Flammen mit einem einzigen zornigen Flügelschlagen löschte und erneut angriff. Wie durch ein Wunder hatten die beiden anderen Gondeln die Attacke überstanden, schaukelten allerdings wild hin und her – Beka beobachtete entsetzt, wie mindestens eine weitere kleine Gestalt aus der offenen Tür geschleudert wurde, – und der Engel stieß ein zweites Mal herab.

Diesmal attackierte er nicht die Gondeln, sondern das Drahtseil, das mit einem peitschenden Knall zerriss, als es von den stahlharten Messerschwingen getroffen wurde. Aus der Stadt stieg ein Chor entsetzter Schreie auf und vermischte sich mit dem donnernden Getöse, mit dem die beiden Gondeln zwischen den Gebäuden einschlugen und zerbarsten. Eine gewaltige Staub- und von Flammen durchzuckte Rauchwolke stieg auf, während der Engel bereits mit heftig schlagenden Flügeln vom Himmel herabstieß und eine halbe Sekunde zwischen den Ruinen verschwand. Als er wieder aufstieg, hielt er eine heftig zappelnde Gestalt in den Armen, die er in gut dreißig oder auch vierzig Metern Höhe fallen ließ.

In derselben Sekunde erbebte die gesamte Stadt unter dem Anprall der heranstürmenden Armee, die sich wie ein Tsunami aus Fleisch und Eisen an den Mauern der Stadt brach. Schreie und Getöse griffen wie ein Steppenbrand um sich, und plötzlich brach an einem Dutzend Stellen Feuer aus. Explosionen blitzten, und fettiger schwarzer Rauch wälzte sich in den Himmel. Offensichtlich hatten Yorams Männer die eine oder andere Überraschung für die Angreifer vorbereitet.

Nicht, dass es sie aufgehalten oder auch nur langsamer gemacht hätte. Aus der Entfernung sah es aus wie eine Woge aus schwarzem Teer, die gegen die Grenzen der Stadt prallte und ihre Straßen rasend schnell durchtränkte.

Sie schienen nicht auf großen Widerstand zu stoßen, so schnell wie die Schwärze voranschritt, obwohl immer wieder kleine oder auch größere Explosionen aufblitzten. Beka verlor das Geschehen am Boden aus den Augen, als ihr Blick dem Engel folgte, der immer wieder auf die Stadt herunterstieß, um sich ein neues Opfer zu suchen, das er zu Tode stürzen konnte.

»Eine Waffe!«, verlangte Yoram. »Gebt mir eine Waffe! Ich will mich wenigstens verteidigen können!«

Jakob ignorierte ihn. »Macht euch bereit!«, rief er. »Und passt an den Toren auf!«

Beka sah automatisch nach unten und erkannte, dass der Flüchtlingsstrom kein bisschen schwächer geworden war. Auf der Straße vor den improvisierten Festungsmauern drängten sich Hunderte, wenn nicht Tausende, und noch mehr drängten aus den angrenzenden Straßen herbei, verfolgt von einer brodelnden Wolke aus reiner Schwärze, die alles verschlang, was ihr in den Weg geriet, und in der es immer wieder rot und silbern aufblitzte.

Vor den Toren, die an beiden Enden weit offen standen, war längst das reine Chaos ausgebrochen. Selbst wenn es anders gewesen wäre, hätte es nichts genutzt, denn das Fassungsvermögen der Festung war längst hoffnungslos überschritten. Auf dem Platz drängten sich die Menschen so dicht, dass der eine oder andere wohl schon zu Tode gequetscht worden war, und Beka zweifelte nicht daran, dass es im Inneren der Gebäude genauso aussah. Trotzdem versuchten sich immer noch mehr Menschen hereinzudrängen, obwohl es vor den Toren kaum noch einen Schritt weiterging; und dahinter sogar noch langsamer.

Die wenigsten würden es schaffen, begriff Beka. Und auch für die, die die Sicherheit der Festung erreichten, gab es vermutlich keine Rettung. Die Angreifer waren jetzt so nahe, dass sie einzelne Gestalten erkennen konnte, und sie kamen entsetzlich schnell näher. Hier und da versuchten ein paar beherzte Männer Widerstand zu leisten, wurden aber gnadenlos und so schnell niedergemacht, wie die Angreifer vorrückten.

Und nicht nur Männer. Beka war entsetzt, dass sie auch Frauen, Kinder und Alte und Verletzte niedermetzelten, einfach jeden, der ihnen in den Weg geriet. Sie waren nicht gekommen, um zu erobern, sondern um die Zeloten auszulöschen.

Wie es aussah, würde es ihnen auch gelingen.

»Haltet euch bereit!«, befahl Jakob. »Niemand schießt, bevor ich es befehle!«

Überall auf dem Dach wurden Pfeile und Armbrustbolzen aufgelegt, Speere und Steine und andere Wurfgeschosse ergriffen, und kräftige Männer nahmen hinter den großen Metallkesseln Aufstellung, unter denen längst große Feuer prasselten. Beka hatte plötzlich das Gefühl zu wissen, wie sich die Besatzung einer mittelalterlichen Burg gefühlt haben musste, die den Feind herannahen sah. In einem anderen Leben hatte sie Filme dieses Inhalts gerne gesehen, aber sie war nicht besonders scharf darauf, live in einem solchen mitzuspielen. Leider wurde sie nicht gefragt.

Ein besonders großer Zelot in zerschrammtem Leder kniete sich hinter das antiquierte MG, und ein zweiter nahm hinter einem ganzen Stapel Munitionskisten Aufstellung, der neben ihm stand.

»Ihr solltet das wirklich nicht tun«, sagte Beka ohne große Hoffnung, gehört zu werden. Sie wurde nicht enttäuscht.

»Die Tore!«, rief Jakob. »Schließt die Tore!«

»Aber das kannst du doch nicht …«, begann Rachel und sprach dann nicht weiter, als Hänschen hinter ihr eine ungeschickte Bewegung machte und sie dabei versehentlich anrempelte, sodass sie einen hastigen halben Schritt machen musste, um nicht zu stürzen.

Unter ihnen nahm das Geschrei der Menge eine andere Tonlage an, als sich die großen Metalltore rumpelnd zu schließen begannen. Die Fliehenden kämpften plötzlich nicht nur gegen die Angreifer, die hinter ihnen aus den Straßen quollen, sondern auch gegen ihre eigenen Brüder und Schwestern, die das Tor zu schließen versuchten. Erstaunlicherweise gelang es ihnen, und die Tore rasteten mit einem gewaltigen, lang nachhallenden Krachen ein.

»Noch nicht!«, befahl Jakob. »Wartet, bis …«

Er sprach nicht weiter, aber das war auch nicht nötig. *Bis alle tot sind.* Er wollte nicht, dass seine Männer auf ihre eigenen Brüder und Schwestern schossen. Das war so grausam, dass sich alles in ihr dagegen sträubte, es zu glauben; auch wenn sie tief in sich wusste, dass es der einzige Weg war. Und dass Jakob recht hatte, so grässlich es auch war.

Wenigstens dauerte es nicht lange. Immer nur noch mehr und mehr Angreifer stürmten heran und metzelten alles nieder, was ihnen unter die Klingen geriet, Männer mit Rüstungen und Schwertern und wie lackiert glänzenden schwarzen Tefillin auf der Stirn. Beka beobachtete mehr als einmal, wie sich Zeloten zu ergeben versuchten und gnadenlos niedergemacht wurden, egal ob Mann, Frau oder Kind. Was sie schon einmal geglaubt hatte, wurde zur Gewissheit: Sie waren nicht gekommen, um zu erobern. Sondern um zu töten.

»Jetzt!«, befahl Jakob. »Feuer!«

Bogensehnen knallten, Armbrüste wurden abgeschossen und Speere geschleudert, nicht nur auf diesem Dach.

Die Wirkung war verheerend. Und zugleich kaum mehr als ein Nadelstich. Ein ganzer Hagel der unterschiedlichsten Geschosse prasselte auf die Angreifer hinab und verwundete oder tötete schon mit der ersten Salve Dutzende. Doch die Männer standen mittlerweile so dicht gedrängt, dass manche nicht einmal zusammenbrechen konnten, und es strömten nur noch mehr und mehr heran, als wollten sie die Festungsmauern allein durch ihre bloße Zahl niederreißen. Beka wäre nicht einmal mehr wirklich überrascht gewesen, wäre ganz genau das passiert.

Stattdessen begannen die ersten Angreifer gegen das Tor zu hämmern, ungeachtet der Pfeile und Steine, die in immer rascherer Folge auf sie herabregneten und sie zu Dutzenden niederstreckten. Aber es kamen einfach immer mehr, mehr und schneller, als Jakobs Männer sie erschießen konnten. Noch wenige Minuten, dachte Beka, und die Toten mussten sich so hoch vor dem Tor stapeln, dass die Nachfolgenden einfach über sie hinweg über das Tor steigen konnten. Und sie dachte diesen Gedanken in vollem Ernst.

Andere Männer versuchten an den Mauern emporzuklettern, bezahlten aber einen schrecklichen Preis dafür, als Jakobs Krieger damit begannen, kochendes Wasser und siedendes Öl auf sie herabregnen zu lassen.

»Jetzt!«, befahl Jakob, und nur ein Stück neben ihr begann das MG loszuhämmern.

Der Lärm war unbeschreiblich. Beka schrie auf, schlug die Hände gegen die Ohren und taumelte zur Seite, aber sie sah trotzdem, dass die Salve eine blutige Spur in die Masse der Angreifer pflügte.

Zehn oder fünfzehn Sekunden lang, dann explodierte das Maschinengewehr, genau wie sie es vorausgesagt hatte, nur mit ungleich schrecklicheren Folgen.

Die antiquierte Waffe flog in einem grellen Blitz auseinander. Der Lauf riss ab und bohrte sich wie ein rot glühender Speer in den Körper des Mannes mit der Munition.

Der Schütze selbst hatte weniger Glück. Das explodierende MG riss ihm beide Hände und einen Teil des Gesichts ab, und noch während er brüllend nach hinten kippte und die Armstümpfe in die Höhe riss, aus denen hellrot dampfendes Blut in zwei pulsierenden Fontänen schoss, explodierte ein letztes Geschoss im Wrack des Maschinengewehrs, und die Kugel sprengte dem Mann neben Jakob den Kopf von den Schultern. Noch während sein kopfloser Torso nach vorne und über die Dachkante kippte, explodierte auf der anderen Seite der Festung ein zweites Maschinengewehr, und die anderen stellten binnen Sekunden das Feuer ein.

Auch unten am Tor wurde die Lage brenzlig. Der Leichenberg hatte natürlich nicht wirklich die Oberkante des Tores erreicht, war aber schon hoch genug, dass einige besonders vorwitzige Angreifer sich mit dem Rücken gegen das zerschrammte Eisen lehnten und mit verschränkten Händen eine Räuberleiter bilden konnten, über die andere hinauf und über das Tor kletterten. Jakobs Bogenschützen erledigten sie beinahe schneller, als sie es versuchen konnten, aber es war aussichtslos. Die Zahl der Angreifer schien endlos zu sein, und sie schienen keine Angst und kein Zögern zu kennen.

»Aber das … das ist doch Wahnsinn!«, stammelte Yoram. »Sie rennen in den Tod!«

»Und genau deshalb werden sie gewinnen«, sagte Beka bitter.

Jakob schien das genauso zu sehen, denn er begann wild zu winken und gab einen einzelnen, scharfen Befehl. Der Pfeilhagel wurde für einen Moment sogar noch einmal intensiver, hörte dann ganz auf, und plötzlich ergoss sich ein dampfender Strom aus kochendem schwarzem Wasser auf den Leichenberg und alle, die dumm genug waren, weiter heranzustürmen.

Oder wohl eher Pech, denn dem brodelnden Strom folgte eine einzelne geworfene Fackel, und das ganze grausige Hindernis fing mit einem schmetternden Schlag Feuer. Die Flammen schossen bis zur Dachkante hinauf, und Beka konnte gerade noch zurückspringen, bevor ihr die Hitze das Gesicht versengt hätte.

»Das wird sie eine Weile aufhalten«, sagte Jakob grimmig, schüttelte aber auch sofort den Kopf und drehte sich zu Hänschen herum. »Bring sie ins Kloster! Sofort. Wir halten sie auf, solange wir können.«

»Ich bleibe hier!«, protestierte Jezabel. »Wenn die Festung fällt, sind wir dort oben auch nicht mehr sicher!«

»Sofort!«, sagte Jakob scharf, und Hänschen legte Jezabel gehorsam die Hand auf die Schulter und streckte die andere aus, um sie einfach hochzuheben.

Aber er führte die Bewegung nicht zu Ende, denn in diesem Moment stürzte ein gewaltiger geflügelter Schatten vom Himmel.

34

Sie konnte nicht erkennen, ob es Zadkiel war oder ein anderer, ebenfalls schwarzer Engel. Die Kreatur war gigantisch, sicherlich über zwei Meter groß und mit einer Spannweite, die geradezu grotesk war. Mit einer Gewalt, die das Dach unter ihren Füßen erzittern ließ, landete er unweit des Tores und spreizte die Schwingen, womit er Dutzende von Männern von den Beinen fegte und zahlreiche verletzte und tötete. Beka sah Blut spritzen und abgetrennte Gliedmaßen fliegen.

Mit einer noch kraftvolleren Bewegung schlug er die Flügel an ausgestreckten Armen vor dem Leib zusammen und entfachte einen Sturmwind, der die Flammen des brennenden Leichenstapels augenblicklich ausblies. Pfeile regneten auf den Engel nieder, Armbrustbolzen und Steine und brennendes Pech, aber nichts davon beeindruckte die gewaltige Gestalt, als sie mit fast gemächlichen Schritten weiterging – auf das Tor zu. Nur eine ihrer grausamen Messerschwingen traf das Tor, das aber mit solcher Wucht, dass es einfach aus den Angeln gesprengt wurde und eine Spur aus blutigem Brei in die Menge auf der anderen Seite pflügte.

Vollkommen unbeeindruckt von dem immer noch weiter zunehmenden Geschosshagel, der auf ihn herunterprasselte, ging der Engel weiter und näherte sich dem geschlossenen Tor am anderen Ende der Gasse. Seine Schwingen wirbelten, fetzten und rissen und schlitzten jeden in Stücke, auf den er traf, und obwohl sie viel zu weit entfernt war, war sich Beka trotzdem sicher, ein dünnes, durch und durch böses Lächeln auf den Zügen der höllischen Kreatur zu erblicken. Sie war auch davon überzeugt, dass es ihr nur ein Flügelschlagen gekostet hätte, sich zu ihnen auf das Dach heraufzuschwingen und es zu Ende zu bringen. Stattdessen ging der Engel ohne Hast, eine Spur aus Blut und Sterbenden hinterlassend, weiter und näherte sich dem zweiten Tor, um es ebenfalls einzuschlagen. Hinter ihm strömten Krieger wie eine blitzende schwarze Flut herein.

Bevor der Engel das zweite Tor erreichte, packte Jakob Beka an beiden Schultern, drehte sie schon fast brutal um und versetzte ihr einen Stoß, der sie geradewegs in Hänschen Arme stolpern ließ.

»Bring sie weg!«, befahl er. »Sofort!«

»Aber ich will nicht …«, begann Yoram, und nun packte Jakob ihn so hart an den Oberarmen, dass er vor Schmerz die Zähne zusammenbiss.

»Willst du, dass die Mädchen überleben?«, fuhr er ihn an. »Dann geh mit ihnen und beschütze sie! Wir halten sie auf, solange wir können!«

Er sagte nicht: *Und dann komme ich nach,* registrierte Beka, und Yoram konnte es auch nicht entgangen sein. Eine endlose Sekunde lang sah er Jakob noch durchdringend an, doch dann nickte er und bedeutete ihm damit gleichzeitig, ihn loszulassen. Kaum hatte er es getan, drehte sich Yoram auch schon auf dem Absatz um und wies zum Treppenabgang. »Ihr habt ihn gehört. Schnell jetzt.«

»Ich denke ja gar nicht daran!«, sagte Jezabel entschlossen. »Ich bleibe hier! Ihr müsst mich schon niederschlagen!«

Beka bemerkte aus den Augenwinkeln, wie Jakob nickte, und Hänschen schlug das Mädchen zwar nicht nieder, packte es aber kurzerhand und klemmte es sich wie ein Paket unter den Arm. Jezabel begann zu kreischen und um sich zu schlagen und mit den Beinen zu strampeln. Der Gigant schien es nicht einmal zu bemerken. Rasch wandte er sich um und stampfte los, und Beka, Yoram und auch Rachel schlossen sich ihm an. Alles ging einfach zu schnell, als dass sie auch nur die Zeit gefunden hätte, noch einmal über die Schulter zu Jakob zurückzublicken.

Auch das Haus war voller Menschen, größtenteils Frauen und Kinder, die sich in Panik auf der Treppe zu den Zimmern drängten, sodass Hänschen schließlich seine ganze gewaltige Kraft einsetzen musste, um einen Weg für sie zu bahnen. Beka wäre nicht erstaunt gewesen zu erfahren, dass er nicht nur eine Spur aus blauen Flecken und Prellungen und blutig getretenen Zehen hinterließ, sondern auch den einen oder anderen gebrochenen Knochen.

Ihr schlechtes Gewissen bekam nicht einmal die Chance, sich zu melden. Der gigantische Zelot schuf ihnen immer rücksichtsloser einen Weg nach unten und in den Salon, der ebenfalls vor Menschen aus den Nähten platzte. Statt jedoch aus dem Haus zu stürmen, was Beka erwartete, bahnte er ihnen mit seinen gewaltigen Körperkräften einen Weg zur anderen Seite, wo die Bar lag. Beka bemerkte überhaupt erst jetzt, dass es dort eine weitere schmale Tür gab.

Hänschen machte sich gar nicht erst die Mühe, die Klinke auszuprobieren, sondern stürmte einfach hindurch, sodass Beka instinktiv den Kopf einzog und die Hände vors Gesicht schlug, um nicht ein Auge an einen fliegenden Holzsplitter zu verlieren.

Hänschen stürmte so schnell durch den nächsten Raum und auf haargenau dieselbe Weise auch durch eine weitere Tür, dass ihr nicht einmal Zeit zum Luftholen blieb, dann eine steile Steintreppe in völlige Schwärze hinab. Der Riese ließ zwei Feuersteine aneinanderklicken und entzündete eine Fackel, die den Raum nicht nur mit flackernden Schatten und hin und her huschendem Licht erfüllte, sondern sich auch unverzüglich daranmachte, jeglichen Sauerstoff zu verzehren. Den Gestank von moderndem Papier und Fäulnis ließ sie unangetastet und fügte noch bitteren

Rauch hinzu, der in der Kehle brannte und ihnen sofort die Tränen in die Augen trieb.

Hinter ihnen drangen nicht nur Lärm und ein Chor aufgeregter Stimmen und Schreie durch die aufgebrochene Tür, sondern auch polternde Schritte, denn natürlich folgten ihnen die Menschen, um der erdrückenden Enge oben zu entkommen. Hänschen raste ungerührt weiter, zertrampelte kleinere Möbelstücke und stampfte über halb aufgeweichte Kartons, in denen Glas klirrend zerbrach. Dann fiel dem rasenden Giganten eine weitere Tür zum Opfer, und so ging es weiter, Stunden, wie es Beka vorkam. Sie passierten zahllose Türen und durchquerten Gänge und kleine oder auch große Kellerräume, die meisten leer, manche auch mit ausrangiertem Mobiliar oder allerlei Krempel vollgestopft.

Irgendwann wurden die Schritte hinter ihnen leiser, und dann waren sie wieder ganz allein, doch der Zelot jagte in unvermindertem Tempo dahin. Beka begriff längst nicht mehr, woher der Gigant die Kraft nahm, seine gewaltige Körpermasse mit der Geschwindigkeit eines ICE durch die unterirdischen Labyrinthe zu jagen, noch dazu in eine Rüstung gehüllt, die eine Tonne wiegen musste. Ihr selbst fiel es immer schwerer, auch nur mit ihm Schritt zu halten. Ihre Beine schienen Zentner zu wiegen, ihr Herz versuchte mit jedem hämmernden Schlag ein bisschen weiter in ihrer Kehle emporzukriechen, und ihre Lungen brannten wie Feuer. Den beiden anderen erging es nicht besser, und selbst Jezabel hatte irgendwann aufgehört, mit den Beinen zu strampeln, und kurz darauf auch, zu schreien.

Als sie schon nicht mehr damit rechnete, hörte es auf. Hänschen stürmte eine gemauerte Treppe hinauf, hielt vor einer weiteren Tür an und stellte Jezabel fast behutsam auf die Füße. Dann tat er etwas, von dem Beka gar nicht gewusst hatte, dass er es konnte: Statt die Tür kurzerhand zu Kleinholz zu verarbeiten, drückte er die Klinke herunter, zog sie einen Spaltbreit auf und lugte etliche Sekunden lang konzentriert hindurch, wobei er die

Fackel so hielt, dass möglichst wenig Licht nach draußen fiel. Erst nachdem er anscheinend sicher war, dass draußen keine bösen Überraschungen auf sie warteten, legte er die Fackel behutsam auf den Boden, trat sie aus und zog die Tür zur Gänze auf.

Sie traten auf einen kleinen, an drei Seiten von hohen Mauern umgebenen Innenhof hinaus, und der Lärm der immer noch anhaltenden Schlacht traf sie wie ein Schlag. Natürlich wusste Beka, dass es vollkommen unmöglich war, aber sie meinte trotzdem das Weinen von Kindern aus der infernalischen Kakofonie herauszuhören. In ihrer Verwirrung glaubte sie, sie hätten den ganzen Tag auf der Flucht durch das Kellerlabyrinth verbracht, denn es war merklich dunkler geworden. Auf den zweiten Blick wurde ihr klar, dass der Himmel einfach schwarz vom Rauch der zahllosen Brände war, die überall in der Stadt wüteten. Roter Feuerschein tauchte die Unterseite der bauchigen Wolken in flackerndes Höllenlicht, und auch die Luft hier oben brannte beim Atmen in der Kehle.

Ihr riesenhafter Führer durchquerte lautlos den Hof, öffnete eine weitere Tür und starrte etliche Sekunden lang konzentriert hindurch, bevor er ihnen mit einer ruppigen Geste bedeutete, dass alles in Ordnung war, und hindurchtrat.

Dahinter erwartete sie eine der typischen schmalen Altstadtstraßen – und zwei Krieger Ephraims, die im toten Winkel hinter der Tür gestanden hatten und genauso überrascht waren wie sie.

Hänschen überwand seine Verblüffung zu ihrem Pech eindeutig schneller. Mit zwei raschen Schritten war er bei ihnen und hinderte sie nachhaltig und für alle Zeiten daran, Alarm zu geben, und das so schnell, das sie nicht einmal mehr dazu kamen, einen Schrei auszustoßen, geschweige denn ihre Waffen zu ziehen. Ohne auch nur in der Bewegung innezuhalten, lief er bis zum Ende der Gasse, blickte kurz in beide Richtungen und winkte ihnen dann, nachzukommen.

»Darüber reden wir noch«, grollte Jezabel. »Ganz bestimmt!

Wenn das alles hier vorbei ist, prügle ich diesen groben Kerl windelweich!«

Beka musste gegen ihren Willen lächeln, auch wenn ihr Jezabels Worte zugleich einen eisigen Schauer über den Rücken laufen ließen. Wenn *das alles hier vorbei war,* dachte sie bitter, dann waren sie wahrscheinlich alle tot.

Sie beschleunigte ihre Schritte, um nicht den Anschluss zu verlieren. Während sie es tat, sah sie über die Schulter zurück und registrierte voller Unbehagen, wie nahe sie der Stadtfestung noch immer waren. Der Weg durch das Kellerlabyrinth war ihr endlos vorgekommen, und doch hatten sie sich nur wenige Blocks weit entfernt, sodass es ihr fast schon wie ein kleines Wunder vorkam, dass sie nicht auch hier auf wirklich große Gruppen von Angreifern stießen.

Die Festung selbst stand lichterloh in Flammen. Einer der großen Wachtürme brannte wie eine Fackel, ein zweiter musste zusammengebrochen sein, während sie unter der Erde gewesen waren, und aus den meisten Fenstern schlugen Flammen und quoll schwarzer, fettiger Rauch. Aber noch hielten die Verteidiger stand, wie der an- und abschwellende Kampflärm und die Schreie bewiesen. Das Töten dauerte an. Und das würde es auch weiter tun, solange nur ein einziger Zelot in dieser Stadt lebte. Einmal glaubte sie einen monströs geflügelten Schatten zu sehen, der auf der Thermik über der brennenden Festung ritt wie ein Raubvogel, der nach Beute Ausschau hielt. Aber vielleicht war es auch nur wieder ein weiterer böser Streich, den ihr ihre Nerven spielten.

Zumindest auf dem ersten Stück blieb ihnen das Glück noch treu. Ein einziges Mal kam ihnen eine größere Gruppe Ephraimiten entgegen, aber sie konnten sich rechtzeitig in eine schmale Lücke zwischen zwei Gebäuden zurückziehen, und der ganze Trupp marschierte an ihnen vorbei, ohne sie zu bemerken. Hänschen hatte trotzdem ein Schwert gezogen, dessen Klinge länger war als so mancher nicht allzu groß gewachsene Mann, und auch

Yoram hielt zu Bekas Überraschung plötzlich ein Schwert in der Hand. Erst im Nachhinein erinnerte sie sich wieder daran, dass er ihnen erst nach ein paar Sekunden gefolgt war, und sie nahm an, dass er die Waffe eines der toten Krieger an sich genommen hatte.

Vorerst brauchten sie sie gottlob aber nicht, denn die Männer passierten ihr Versteck, ohne sie zu bemerken. Ihr lief trotzdem ein eisiger Schauer nach dem anderen über den Rücken, während sie den vorübermarschierenden Trupp betrachtete. Es waren ausnahmslos große, schwer bewaffnete Männer mit blutverschmierten Händen und Gesichtern, wippenden Schläfenlocken und Mordlust in den Augen. Sie konnte die Gewalt und den absoluten Willen zu töten spüren, die diese Männer beseelte, als wären sie nicht mehr als aufs Töten programmierte Maschinen, die nur zufällig aus Fleisch und Blut gemacht waren. Und ganz genauso, erinnerte sie sich, waren ihr ja auch die Krieger vorgekommen, die das Tor gestürmt hatten: wie Maschinen, die einem überlegenen Willen gehorchten, dem ein Menschenleben weniger galt als der Schmutz unter seinen Fingernägeln.

Aber war es nicht auch ganz genau das, was sie stets in Zadkiels Nähe gespürt und sich nur nicht eingestanden hatte, weil sie der Gedanke einfach erschlug, im Angesicht eines leibhaftigen Engels?

Auch darüber wollte sie nicht nachdenken, so wenig wie über die brennende Festung und darüber, was dort gerade geschah. Sie konzentrierte sich wieder auf ihre nähere Umgebung, und das genau rechtzeitig, um zu begreifen, dass ihre Glückssträhne zu Ende war.

Es war ein gutes halbes Dutzend Ephraimiten – sieben, um genau zu sein, wie sie auf den zweiten Blick erkannte –, die wie aus dem Nichts auftauchten und augenblicklich angriffen. Einer von ihnen riss sein Schwert in die Höhe und stürmte auf eine Art auf Yoram zu, die keinerlei Zweifel daran ließ, dass er nicht gekommen war, um Gefangene zu machen. Das restliche halbe

Dutzend warf sich gemeinsam auf Hänschen, den sie zweifellos als den gefährlicheren Gegner ausgemacht hatten.

Yoram empfing seinen Kontrahenten mit einer blitzartigen Schlagkombination, die dem vollkommen überraschten Krieger die Waffe aus der Hand prellte, und schickte ihn mit einem nachgesetzten, perfekten Drehtritt zu Boden. Und auch Hänschen bewies den anderen, wie richtig sie mit ihrer Einschätzung gelegen hatten, indem er sie mit einem beidhändig geführten Schwertstreich empfing, der einen der Ephraimiten nahezu halbierte und auch noch einen zweiten tödlich getroffen zu Boden schickte.

Hänschen selbst wurde zeitgleich und gleich zweimal getroffen, aber die Klingen schrammten nur funkensprühend an seiner dicken Rüstung entlang, und eine wurde dem Angreifer sogar aus der Hand geprellt. Der Riese schickte ihren Besitzer mit einem Rückhandschlag und eingeschlagenen Schädel hinterher. Inzwischen hatte wohl auch Yoram seinen Gegner endgültig besiegt, denn er tauchte hinter einem weiteren Angreifer auf und rammte ihm das Schwert mit solcher Gewalt in die Achselhöhle, dass die Spitze in einer Explosion aus hellrotem Blut auf der anderen Seite wieder aus seiner Schulter hervorbrach.

Die beiden Überlebenden suchten ihr Heil in der Flucht. Vergebens. Hänschen setzte dem einen nach und schlug ihm die geballte Faust zwischen die Schulterblätter, sodass er mit gebrochenem Rücken nach vorne fiel und meterweit davonschlitterte. Der letzte duckte sich blitzartig unter Yorams Schwert hinweg und rannte Haken schlagend davon, beging aber den Fehler, es in ihre Richtung zu tun.

Jezabels Arm machte eine blitzartige, deutende Geste. Etwas flog mit einem silbrigen Schimmern durch die Luft, und der Krieger brach mit einem gurgelnden Schrei zusammen und schlang beide Hände um den Dolchgriff, der aus seiner Kehle ragte. Beka riss die Augen auf.

»Schnell!«, befahl Jezabel. »Bevor noch mehr kommen!«

Augenblicklich setzten sie sich in Bewegung, doch Jezabel hielt bei dem gestürzten Ephraimiten noch einmal an, um den Dolch aus seiner Kehle zu ziehen und die Klinge an seinen Kleidern abzuwischen. Der Mann lebte noch und erstickte gerade qualvoll und langsam an seinem eigenen Blut, aber das Mädchen tat nichts, um ihn zu erlösen, sondern versetzte ihm ganz im Gegenteil noch einen wuchtigen Tritt in die Seite.

»Seht ihr?« Sie deutete nichts anderes als stolz auf das Schwert in Yorams Hand. »Thora hat nicht übertrieben. Er *ist* gut.«

Gut genug immerhin, um einen Mann hinterrücks niederzustechen, dachte Beka. Sie wunderte sich ein bisschen über ihre eigenen Gedanken. Die Angreifer hätten umgekehrt gewiss keine Skrupel gehabt, sie zu töten, und angesichts ihrer Übermacht war Yoram gar nichts anderes übrig geblieben, als unfair zu kämpfen. Sie selbst hätte ganz genau dasselbe getan, wenn es um ihr Leben gegangen wäre. Und doch hatte sie das Gesehene zutiefst erschüttert.

Was wäre wohl gewesen, wenn Yoram auf dem geplanten Chanukka-Fest im Kreise derer aufgenommen worden wäre, die nun aufs Brutalste die Bewohner Jerichos abschlachteten? Würden sie sich dann hier und jetzt als Feinde gegenüberstehen?

Es war nicht das erste Mal, dass sie Yoram kämpfen sah, und auch nicht das erste Mal, dass er in ihrer Gegenwart getötet hatte. Und doch war das, was er gerade getan hatte, auf eine fundamentale Weise anders. Dass sie den Unterschied nicht wirklich benennen konnte, machte es eher noch unfassbarer.

Jezabel schob den Dolch wieder in die Lederscheide an ihrem Gürtel zurück, und Beka erkannte jetzt, dass es das passende Gegenstück zu ihrem lächerlichen Fantasyschwert war: Der blutfarbene Plastikgriff hatte die Form eines Schlangenkopfes, und die Klinge war beidseitig geschliffen und verchromt. Ein Spielzeug, genau wie das Schwert. Aber ein tödliches.

*

Sie setzten ihren Weg fort, wobei sie größere Straßen mieden und sich nur durch schmale Gässchen, Hinterhöfe und mehr als einmal auch direkt durch ausgebrannte Ruinen oder leer stehende Gebäude bewegten. Ihre Taktik ging auf. Mehrfach hörten sie Geräusche näher kommender Gruppen und versteckten sich hastig. Aber sie wurden nicht noch einmal entdeckt, sodass es zu Bekas Erleichterung auch zu keinem weiteren Kampf mehr kam.

Nach einer halben Stunde erreichten sie den Stadtrand. Der Berg der Versuchung mit dem gleichnamigen Kloster schien nicht einen Meter näher gekommen zu sein. Beka schätzte, dass sie fünf oder sechs Stunden brauchen würden, um auch nur seinen Fuß zu erreichen.

Sie schafften es in zwei. Hänschen trieb sie unbarmherzig an, und obwohl sie von Weitem gesehen hatten, dass auch die Ebene vor der Stadt von Angreifern nur so wimmelte, erreichten sie den Berg unbehelligt. Der schweigsame Titan erwies sich als überaus ortskundig, sodass sie den Ephraimiten nicht einmal nahe kamen. Aber sie alle waren zu Tode erschöpft, als sie sich dem Berg endlich näherten. Dabei lag der anstrengende Teil der Strecke noch vor ihnen, jetzt, wo es die Seilbahn nicht mehr gab.

Jezabel hatte nicht übertrieben, als sie erzählte, dass es einen zweiten Aufstieg zum Kloster hinauf gab, der so stark befestigt worden sei, dass kein Angreifer auch nur eine Chance hatte, ihn zu gehen. Ein Freund übrigens auch nicht. Wenigstens Bekas Meinung nach.

Schon während der letzten Stunde war der Boden immer steiler angestiegen, und fruchtbares Erdreich hatte immer gewaltigeren Steinen und Felsbrocken Platz gemacht. Früher einmal musste es hier eine Straße gegeben haben, deren Reste zwischen zyklopischen Felstrümmern und Schutt allenfalls noch zu erahnen waren, und schließlich standen sie vor einer scheinbar unüberwindlichen Barriere aus gewaltigen Felsbrocken und Schutt, wo eine Steinlawine abgegangen war und den Weg blockierte.

Wenigstens sah es so aus. Als sie sich jedoch auf zehn oder fünfzehn Meter genähert hatten, kollerten kleinere Steinchen. Ein Dutzend behelmter Köpfe erschien über dem Hindernis, flankiert von ebenso vielen Speerspitzen. Jezabel hob die Hand und winkte, und Hänschen bellte etwas, das niemand verstand, das aber nicht ohne Wirkung blieb. Keiner der Männer antwortete oder winkte auch nur zurück. Aber kurz darauf erscholl ein mahlendes Rumpeln, und ein vermeintlich tonnenschwerer mannsgroßer Fels rumpelte zur Seite und gab den Blick auf einen schmalen Durchgang frei. Beka konnte die Armbrustbolzen und Pfeile, die auf sie zielten, beinahe körperlich spüren, als sie hindurchgingen.

Dahinter erwartete sie eine Überraschung: Was von außen nach den Folgen eines katastrophalen Erdrutsches aussah, entpuppte sich auf der anderen Seite als Teil einer zwar einfachen, aber überaus massiven Wehranlage, die gut zwei Dutzend Zeloten samt zweier komplizierter Konstruktionen Platz bot, die sie an römische Ballisten erinnerten und wohl auch ganz genau das waren.

Der angebliche Felsen schob sich rumpelnd wieder an seinen Platz, und Beka sah, dass es sich in Wahrheit um eine täuschend echte Nachahmung aus bemaltem Segeltuch und Holz handelte. Gerade als sie anfangen wollte, über den Defensivwert einer solchen Attrappe nachzudenken, rasselte ein massives Fallgitter aus daumendicken Eisenstäben von der Decke und rastete mit einem lautstarken Scheppern in passende Vertiefungen im Boden ein.

Beka wäre nicht überrascht gewesen, hätte Hänschen sie augenblicklich weitergescheucht. Doch ganz im Gegenteil bestand er darauf, dass sie eine Weile ausruhten und aßen und tranken. Beka war zu erschöpft, um zu widersprechen, und sie war auch sehr hungrig und hatte großen Durst. Darüber hinaus war sie viel zu müde, um zu reden. Sie war fast dankbar, dass keiner der Zeloten sie ansprach, beobachtete aber die schwer bewaffneten Männer sehr aufmerksam. Es waren ausnahmslos große, kräftige und gut trainierte Krieger, denen man ansah, dass sie ihr Handwerk verstanden. Ein Gefühl vager Trauer überkam sie, als ihr aufging, dass diese Festung die größte Wucht des bevorstehenden Vernichtungsangriffes zu spüren bekommen würde. Nicht einer dieser Männer würde den nächsten Sonnenaufgang erleben.

Nach einer Weile setzten sie ihren Weg fort. Beka hatte nicht erwartet, dass es einfach werden würde. Aber es stellte sich als noch viel schlimmer heraus. Der Weg schlängelte sich in unzähligen Kehren und Windungen den Berg hinauf, und das so steil, dass allerhöchstens eine Bergziege Freude daran gehabt hätte, und vermutlich nicht einmal die. Immer wieder stießen sie auf künstliche Hindernisse, mal einfache Mauern, mal richtige kleine Burgen oder Wehrtürme, die aus der Flanke des Berges wuchsen und ihn blockierten. Jedem Angreifer, der mutig – oder dumm – genug war, den Berg stürmen zu wollen, mussten sie einen schrecklichen Blutzoll abverlangten, der ihm allen Mut nahm. Es sei denn, es war eine Armee ferngesteuerter Zombies, die nicht einmal wussten, was das Wort Angst bedeutete.

Sie brauchten nahezu den Rest des Tages, um das Kloster zu erreichen. Auf dem letzten Stück war der Weg weggebrochen, sodass sie über eine wenig vertrauenerweckende Holzkonstruktion balancieren mussten, der man ansah, dass sie dem einzigen Zweck diente, im richtigen Moment möglichst spektakulär zusammenzubrechen und jeden mit sich in die Tiefe zu reißen, der sie gerade benutzte. Beka konnte nur beten, dass niemand auf die Idee kam, das jetzt auszuprobieren.

Kaum eine Stunde vor Sonnenuntergang und mit dem allerletzten Rest ihrer Kraft erreichten sie das Kloster und traten in denselben Innenhof, den sie bereits kannten, nur dass er jetzt voller Männer war, die geschäftig umhereilten, sich auf den Wehrgängen postierten oder Waffen und Löschwasser bereitlegten. Auch wenn die Szenerie auf den ersten Blick vollkommen anders wirkte, kam sie ihr jedoch zugleich auf schreckliche Weise vertraut vor. Und sie hatte auch das noch viel bedrückendere Gefühl zu wissen, wie sie ausging.

Ihr Herz schlug schwer, aber so langsam, dass sie sich vorsichtshalber mit konzentriertem Lauschen überzeugte, dass es seine Arbeit nicht schon längst aufgekündigt hatte. Wie ihre zitternden Knie das Gewicht ihres Körpers noch tragen konnten, war ihr selbst ein Rätsel. Alles drehte sich um sie, in ihrem Mund war der schlechteste Geschmack aller Zeiten, und ihre Kehle brannte schon wieder vor Durst.

Als hätte sie den Gedanken laut ausgesprochen, kam derselbe Zelot heran, den sie gestern schon hier getroffen hatte, und brachte ihr einen Tonbecher mit Wasser. Gierig stürzte sie es herunter und gab ihn dem Zeloten zurück.

»Braucht Ihr sonst noch etwas?«, erkundigte er sich.

Ihr? Beka war vage verwirrt, aber auch viel zu müde, um mehr als nur einen Gedanken daran zu verschwenden, und schüttelte den Kopf und nickte, alles in einer einzigen, ineinanderfließenden Bewegung. »Ein Bett. Nicht für lange. Vielleicht für eine Woche oder zwei.«

»Dafür ist keine Zeit«, sagte Jezabel neben ihr. »Wir haben eine Stunde, wenn überhaupt. Hänschen bereitet alles vor, aber solange solltet ihr in meiner Nähe bleiben.«

»Er bereitet *was* vor?«, fragte Yoram misstrauisch.

Jezabel schwieg, und Beka konnte ihr ansehen, dass sie nahe daran war, die Frage nicht zu beantworten. Dann hob sie die Schultern. »Es gibt einen Fluchtweg. Einen geheimen Tunnel auf die andere Seite des Berges, durch den ihr entkommen könnt. Kaum jemand kennt ihn, und es ist nicht ganz ungefährlich.«

»Du glaubst nicht, dass das Kloster einem Angriff standhält«, fragte Yoram geradeheraus.

»Warst du gerade in derselben Stadt wie ich?«, gab Jezabel mit einem bitteren Verziehen der Lippen zurück.

Yoram setzte zu einer ärgerlichen Erwiderung an, aber Beka kam ihm zuvor. »Und wieso nur eine Stunde?«

»Du hast es nicht gesehen?« Ohne ihre Antwort abzuwarten, drehte sich Jezabel um und eilte über den Hof in Richtung einer überdachten Holzleiter auf der anderen Seite. Erst schon zu einem Drittel hinauf, hielt sie wieder an und winkte ihr zu nachzukommen.

Beka verdrehte innerlich die Augen. Sie sollte *dort hinauf?* Sie bezweifelte, dass sie es noch schaffte. Das mit dem Bett und den zwei Wochen war ernst gemeint gewesen.

Sie zerbrach sich den Kopf nach einer Ausrede. Rachel nahm ihr die Entscheidung ab, indem sie an ihr vorbei und schon fast unverschämt fröhlich die Leitersprossen hinaufkletterte. Yoram schloss sich ihr an, sodass sie es ebenfalls tun musste, wollte sie sich nicht endgültig blamieren. Immerhin war Hänschen rücksichtsvoll genug, nicht auch noch mitzukommen, sodass sie nicht um die Stabilität der wackeligen Konstruktion fürchten musste.

Die Leiter führte zur Mauerkrone und dem offenbar nachträglich angebauten Wehrgang hinauf. Er war gute zwei Meter breit und zog sich über die gesamte Länge der Mauer, platzte vor bewaffneten Männern aber schier aus den Nähten, sodass sie es schon fast ein bisschen bedauerte, dass Hänschen ihnen nicht gefolgt war, während sie sich mühsam ihren Weg zu Jezabel bahnte. Die Männer hatten ihr Platz gemacht. Yoram, Rachel und ihr nicht.

Um etliche blauen Flecken reicher kam sie schließlich als Letzte bei Jezabel an und wollte eine vielleicht nicht mehr ganz so freundlich formulierte Frage stellen, doch dann trat sie neben ihr an die Mauerkrone und sah auf die Ebene und die Stadt hinab. Sie vergaß ihre Frage.

Irgendwie war es ihr gelungen, den Gedanken an die Stadt und das Grauen, das in ihren Mauern tobte, in den letzten Stunden aus ihrem Bewusstsein zu verdrängen. Doch nun ging das nicht mehr.

Die Stadt lag wie eine brennende Spielzeuglandschaft unter

ihnen. Bis zur Dämmerung war es vielleicht noch eine Stunde hin. Es war schon merklich dunkler geworden, zumindest direkt über der Stadt, wo sich der Rauch unzähliger Feuer mit den tief hängenden Wolken verband und das Licht der Sonne absorbierte, sodass sie keine Einzelheiten mehr erkennen konnte. Sehr wohl aber die unzähligen Feuer, die überall in der Stadt brannten, winzige Funken, die in Wahrheit ganze Häuserblocks waren, die von Flammen verzehrt wurden. Aber sie sah auch das lodernde Herz der Stadt, ein bösartiges rotes und gelbes Dämonenauge, das voller Hass zu ihnen heraufstarrte.

Die Schlacht war vorbei, begriff sie. Dort unten konnte niemand mehr leben und vermutlich auch nicht im Rest der Stadt. Und sie wurde das schreckliche Gefühl nicht los, dass sie ganz allein den Tod über all diese Männer, Frauen und Kinder gebracht hatte.

*

Jezabel berührte sie sacht am Arm und deutete mit der anderen Hand nach unten, und Beka senkte gehorsam den Blick und fragte sich zweierlei: nämlich, warum sie eigentlich kaum noch erschrak, und wie um alles in der Welt es sein konnte, dass sie während des gesamten Aufstiegs nichts davon bemerkt hatte.

Die Stadt brannte noch immer. Beka zweifelte nicht daran, dass ganze Horden von Ephraimiten weiter durch die Straßen zogen und nach Leben suchten, das sie gewaltsam beenden konnten. Aber die eigentliche Schlacht war wohl vorbei, denn die Ebene unter ihnen war schwarz vor Kriegern, Tausende, die sich einzeln oder in kleineren oder größeren Pulks oder auch zu langen Schlangen vereint dem Berg näherten, um auch noch des letzten Überlebenden habhaft zu werden.

Oder nur ihr? Allein die Vorstellung war aberwitzig. Aber der Gedanke war einmal da und nistete sich wie ein bösartiges Geschwür in ihrem Kopf ein, um sich mit einer anderen und nicht minder absurden Frage zusammenzutun, die sie sich vor gar nicht langer Zeit gestellt hatte: Was, wenn das alles hier tatsächlich ihre Schuld war?

Aber das war Blödsinn. Sie nahm sich eindeutig zu wichtig. Als Nächstes würde sie sich noch die Schuld an der Atombombe geben, die Tel Aviv getroffen hatte.

Mit klopfendem Herzen beugte sie sich über die hölzerne Brustwehr und sah nach unten, und was sie erblickte, das ließ sie den kindischen Gedanken auf der Stelle vergessen.

Die Ephraimiten konnten die Stadt nicht lange nach ihnen verlassen haben. Das Heer hatte den Berg schon längst erreicht. Beka erkannte mit einer Art dumpfer Resignation, dass ihre Einschätzung falsch gewesen war, was die Lebenserwartung der Verteidiger in der so uneinnehmbar wirkenden Felsenfestung anging. Sie war bereits gefallen, und etwas wie eine schwarze, aus unzähligen winzigen Punkten zusammengesetzte gigantische Schlange schob sich den gewundenen Pfad herauf, langsam und zugleich auch unglaublich schnell, wenn man die Bewegung über die große Entfernung hinweg beobachten konnte.

»Möchtest du deine Frage von gerade vielleicht noch einmal stellen?«, fragte Jezabel, an Yoram gewandt, und ohne den Blick von der näher kommenden Armee zu lösen.

Yoram war klug genug, nicht zu antworten, und Jezabel streckte den Arm nach hinten. Einer der Zeloten reichte ihr wortlos ein Fernglas – eines von der alten, antiquierten Sorte, wie man sie in Historienschinken und Schifffahrtsmuseen sieht, aus glänzendem Messing und mehreren Segmenten, die man ineinanderschieben konnte –, und sie setzte es ebenso wortlos an und sah nach unten.

Die beiläufige Selbstverständlichkeit dieser Geste veranlasste Beka zu einem nachdenklichen Stirnrunzeln. Sie glaubte Jezabel, dass sie hier nicht die Anführerin war. Aber als Kronprinzessin wurde sie ganz offensichtlich wie eine solche behandelt. Was störte sie eigentlich daran?

»In spätestens eine Stunde sind sie hier«, sagte Jezabel, nachdem sie eine Weile schweigend und mit immer finsterer werdender Miene durch das Glas gesehen hatte. Sie reichte es an Beka weiter.

Es dauerte ein paar Sekunden, bis sie den leisen Schwindel überwand, den der Blick durch die zweihundert Jahre alte Antiquität mit sich brachte, und ihr Ziel fand. Dann stockte ihr der Atem.

Aus der herankriechenden Schlange war eine schier endlose Kette schwerbewaffneter Krieger geworden, die sich in scharfem Tempo den schmalen Pfad hinaufbewegten. Angeführt wurden sie von einer gewaltigen geflügelten Gestalt im tiefsten Schwarz, das sie jemals gesehen hatte.

Sie reichte das Fernrohr an Yoram weiter. »Zadkiel?«, fragte er, nachdem er einige Sekunden lang hindurchgesehen hatte.

Beka konnte nur die Schulter heben.

»Aber wenn er es ist, warum fliegt er dann nicht einfach zu uns herauf und bringt es zu Ende?«, wunderte sich Rachel.

Yoram schenkte ihr nur einen bösen Blick, und Jezabel verzog verächtlich die Lippen und sagte: »Vielleicht, weil wir hier dreihundert unserer besten Krieger haben, die nur darauf warten, ihm die Flügel zu stutzen?«

Rachel machte ein nachdenkliches Gesicht, Yoram blickte eher skeptisch und auch Beka zweifelte an dieser Erklärung. Sie hatten beide vor wenigen Stunden gesehen, wozu diese Bestie in Engelsgestalt fähig war. Zadkiel würde sich von dreihundert Kriegern ebenso wenig abschrecken lassen wie von dreitausend. Er tat das, was er tat, weil er Freude daran hatte.

»Ich denke eher, er will ein Exempel statuieren«, sagte Yoram.

Jezabel sah ihn auf eine Art stirnrunzelnd an, die klarmachte, dass sie mit diesem Wort nichts anfangen konnte. Dann hob sie nur noch einmal die Schultern und sah noch trotziger aus. »Lass ihn nur kommen. Wir haben ein paar Überraschungen für ihn vorbereitet.«

So wie Jakob?, dachte Beka bitter. Auch auf diesem mittelalterlichen Wehrgang waren Steine bereitgelegt und große Kessel mit Wasser und Öl aufgestellt worden, unter denen jetzt die ersten Feuer entfacht wurden. Wenigstens gab es hier kein Maschinengewehr, das seinem Besitzer um die Ohren fliegen konnte. Trotzdem wusste sie, wie sinnlos jeder Widerstand am Ende sein musste. Aber was sollten sie schon tun? Sich ohne Gegenwehr abschlachten zu lassen erschien ihr keine verlockende Alternative zu sein.

Sie machte eine Kopfbewegung auf das Schwert an Yorams Seite. »Kannst du mir beibringen, wie man damit umgeht?«

Yoram nickte. »Kein Problem. Wenn du fünf oder sechs Jahre Zeit hast.«

Beka fragte sich, warum sie das gesagt hatte. Sie hasste Waffen. Und sie dachte immer noch voller Entsetzen an das zurück, was Yoram vor wenigen Stunden vor ihren Augen getan hatte.

»Dann fangt doch gleich an zu trainieren«, sagte Jezabel gereizt. »Aber nicht hier und nicht jetzt. Hier steht ihr nur im Weg. Geht ins Haus! Hänschen bringt euch an einen sicheren Ort.« Sie deutete auf Rachel und Beka, dann auf Yoram. »Du passt auf sie auf. Rivkah darf nichts passieren.«

»Ach?«, knurrte Rachel.

»Ich will helfen«, beharrte Yoram, aber Jezabel schüttelte nur noch entschiedener den Kopf.

»Dann pass auf die beiden auf. Ein Schwert mehr oder weniger macht hier oben keinen Unterschied. Aber falls sie durchbrechen sollten, vielleicht schon. Und jetzt geht – oder soll ich Hänschen bitten, euch zu helfen?«

Yoram wäre nicht Yoram gewesen, wenn er Jezabel nicht noch eine Sekunde lange trotzig und herausfordernd in die Augen geblickt hätte. Aber dann drehte er sich doch um und legte Rachel und Beka die Hände auf die Schultern, um sie wegzubringen.

35

Immerhin hatten sie einen Logenplatz bekommen, nämlich das große Zimmer in einem der Zwiebeltürme, in dem sie schon einmal gewesen waren. Von den Fenstern auf der Westseite aus konnten sie nicht nur die Ebene samt der brennenden Stadt dahinter überblicken, sondern auch das gesamte Kloster und einen Teil des Berges darunter.

Spätestens mit diesem Ausblick konnte das Kloster seine zweite Natur nicht mehr verbergen, nämlich dass es zugleich auch eine fast uneinnehmbare Festung war. Und allein durch seine Lage auf halbem Wege zum Berggipfel hinauf hätte sie das Wort *fast* aus ihrer Einschätzung gestrichen, wären die Angreifer nicht von einem leibhaftigen Engel angeführt worden, der Freude am Zerstören und Töten hatte.

Und doch war der Kampf noch nicht verloren. Jezabel hatte entschieden, hier so lange auszuharren, wie ihnen das Kloster Schutz bot. Auch wenn das Hänschen gar nicht gefiel.

Etwas polterte, und Beka musste sich nicht umdrehen, um zu wissen, dass Jezabels kleinwüchsiger Leibwächter hereingekommen war, um sie zum Gehen aufzufordern; wenn sie richtig mitgezählt hatte, zum dritten Mal, seit sie hier waren. Sie drehte sich immer noch nicht um, hörte Hänschen aber etwas grunzen, das sie wieder einmal nicht verstand – er musste wohl der einzige Mensch auf diesem Planeten sein, der eine andere als die

Eine Sprache sprach. Yoram antwortete in scharfem Ton, woraufhin sich der gepanzerte Riese widerwillig entfernte. Beka fragte sich, wie oft wohl noch, und antwortete sich auch gleich selbst: bis die Lage draußen wirklich ernst wurde.

Ein weiterer Blick aus dem Fenster zeigte ihr, dass es lange dauern konnte. In der Zeit, in der sie jetzt hier oben waren – nicht einmal die Hälfte der Frist, die Jezabel veranschlagt hatte –, waren die Angreifer beinahe herangekommen. Der Weg war nicht nur steil und kaum nennenswert breiter als zwei nebeneinandergelegte Hände mit gespreizten Fingern, sondern sollte eigentlich auch an einem Dutzend Stellen verteidigt werden.

Zadkiel hatte nicht nur jede einzelne Befestigung eigenhändig hinweggefegt. Sein überlegener Wille trieb die Männer auch unbarmherzig und mit mörderischem Tempo an, und das wortwörtlich: Immer wieder verlor einer der Männer auf dem schmalen Pfad den Halt und stürzte lautlos in die Tiefe, ohne dass seine Kameraden Notiz davon nahmen, und Zadkiel selbst schon gar nicht. Jetzt hatten sie die Brücke vor dem eigentlichen Tor fast erreicht. Beka nahm an, dass die Verteidiger spätestens damit anfangen würden, ihnen das Leben schwer zu machen, wenn sie sie betraten. Sie nahm auch ebenso sicher an, dass Hänschen spätestens dann erneut auftauchen würde, um sie abzuholen und das Kloster auf Jezabels ominösem Fluchtweg zu verlassen; nötigenfalls mit Gewalt.

»Ich verstehe das nicht!«

Beka fuhr ganz sacht zusammen, denn sie hatte nicht einmal gemerkt, dass Yoram neben sie getreten war, sah ihn jedoch nur fragend an. »Was?«

»Warum sie das tun.«

»Um uns anzugreifen?«, vermutete sie.

»*Wie* sie es tun«, präzisierte Yoram. »Das ist doch Wahnsinn! Selbst wenn es ihnen gelingt, die Mauern zu überwinden, werden sie unglaubliche Verluste erleiden. Zehn von ihnen für jeden von uns, den es erwischt.«

»Du hast also deinen Blücher gelesen.«

»Ich habe keine Ahnung, wer das ist, aber es bleibt kompletter Wahnsinn«, knurrte Yoram, wenn auch mit einem leicht irritierten Blick. »Genau wie vorhin in der Stadt! Er wird die Hälfte seiner Armee verlieren, nur um diese Ruine einzunehmen!«

Und wahrscheinlich war ihm das auch egal, dachte Beka. Vielleicht tat er es ja einfach nur, weil er es *konnte.*

»Es … es tut mir unendlich leid«, sagte Yoram, nachdem sie endlose Minuten schweigend nebeneinander am Fenster gestanden und auf die näher kommende Finsternis hinabgestarrt hatten. Beka war sich sicher, dass sie beide dasselbe sagten, und dennoch jeder etwas gänzlich anderes meinte.

»Es ist doch nicht deine Schuld«, sagte sie. »So wenig wie die irgendeines dieser Männer dort unten. Sie haben keine Wahl, und die hattest du auch nicht. Es war das Tefillin.«

Yoram sah sie sehr ernst an, aber sein nahezu unbewegtes Gesicht war nur eine Maske, die sie spielend durchschaute. Dahinter arbeitete es, und sie spürte, dass er in Wahrheit litt wie ein Hund. War es ihre Schuld?, fragte sie sich betroffen. Immerhin hatte sie ihm gerade erklärt, dass die Männer, die er vor wenigen Stunden in der Stadt erschlagen hatte, nichts anderes als unschuldige Opfer gewesen waren, genau wie Rachel, Thora und er selbst.

Sie überlegte, sich zu entschuldigen, aber Yoram schüttelte bereits den Kopf und fuhr fort: »Das ist es nicht.«

»Sondern?«

Es dauerte lange, bis Yoram antwortete, und er tat es nicht nur ohne sie anzusehen. Sie spürte auch, wie schwer ihm jedes einzelne Wort fiel. »Gestern Morgen, oben auf dem Wachturm.« Wieder eine Pause. Lange. Mindestens fünf Sekunden. »Da habe ich nicht gebetet.«

»Sondern?«

Ein dumpfer, mehrfach gebrochener Knall wehte von draußen herein und ließ die Fenster erbeben. Der ihn begleitende grellrote Blitz wollte grässliche Erinnerungen in Beka wecken, bevor sie von einem noch lauteren Krachen hinweggefegt wurden, das sich scheinbar endlos an der Bergflanke brach.

Unter ihnen stieg eine brodelnde Qualmwolke in die Höhe, die von grellen und orangefarbenen Flammen verzehrt wurde und den Blick auf eine gewaltige Lücke in der Kolonne freigab, die die Explosion in das Heer der Ephraimiten gesprengt hatte. Und es schien sich nicht nur einfach um Sprengstoff gehandelt zu haben, denn der Pfad brannte auf einer Länge von dreißig Metern, zuckende, grün und neongelb flackernde Flammen, deren scharfer chemischer Gestank selbst hier oben noch wahrzunehmen war.

Zadkiel marschierte einfach hindurch. Seine gewaltigen Flügel schlugen ein einziges Mal und löschten die Flammen ebenso mühelos, wie er es vorhin in der Stadt schon einmal getan hatte. Hier und da brannte es immer noch, und an einigen Stellen glühte der Boden, aber Zadkiel schritt weiter voran und die Männer hinter ihm taten dasselbe.

Beka beobachtete entsetzt, wie Schuhwerk und auch Hosenbeine etlicher Männer zu schwelen oder auch gleich zu brennen begannen, doch sie marschierten einfach weiter, bis sie zusammenbrachen oder in die Tiefe stürzten, alles ohne einen einzigen Schrei, bis die Kolonne Flammen und Glut mit ihrem eigenen Fleisch gelöscht hatte. Beka hatte geglaubt, dass es nach den entsetzlichen Szenen in der Stadt nichts mehr gab, was sie noch schockieren konnte, aber das stimmte nicht. Er stimmte ganz und gar nicht.

»Dieses … dieses verdammte … Ungeheuer!«, stammelte Yoram. Seine Augen füllten sich mit Tränen der Wut, und seine Finger schlossen sich so fest um die Fensterbrüstung, dass das altersschwache Holz protestierend knirschte. »Dieses Monster! Die Männer dort unten haben keine Wahl, und keine Chance! Und wir auch nicht!«

Die Tür flog auf, und Hänschen stampfte herein, auf dem Fuß gefolgt von Jezabel, die sofort lossprudelte: »Ihr müsst weg! Jetzt! Sie sind da!«

»Gut, dass du es uns sagst«, sagte Rachel säuerlich. »Sonst hätten wir es gar nicht gemerkt.«

Jezabel war mit einem halben Dutzend Schritten bei ihr und packte sie so grob an den Oberarmen, dass Rachel vor Schrecken quietschte. Von draußen wehten die ersten Schreie herein, das Klirren von Metall und eine weitere, wenn auch viel schwächere Explosion. »Du dummes Kind!«, fuhr sie sie an. »Hältst du das da draußen für ein Spiel? Da unten sterben gerade meine Freunde!«

Sie begann Rachel zusätzlich zu schütteln, dass ihre Zähne aufeinanderschlugen, bis Yoram ihr in den Arm fiel. »Da unten sterben auch die Männer, die mich und Rachel noch vor Kurzem beschützt haben«, sagte er mit einer Traurigkeit, die Beka schier den Atem verschlug. »Sie ist so aufgewühlt wie wir alle. Und hat es nicht so gemeint.«

»Doch, das hat sie!«, zischte Jezabel, ließ aber immerhin von Rachel ab und deutete auf die Tür. »Wir müssen los. Hänschen zeigt euch den Weg.«

»Aber wohin denn?«, fragte Beka so ruhig, wie sie es nur fertigbrachte.

»Der Tunnel durch den Berg, und auf der anderen Seite …«

»Wohin?«, unterbrach sie Beka. »Wohin sollen wir denn gehen, Jezabel?«

»Wohin wolltet ihr denn, als Jakob euch aufgegriffen hat?«, fragte Jezabel trotzig. Unter ihnen schossen Flammen in den Himmel, und aus den vereinzelten Schreien wurde ein ganzer Chor.

»Das weiß ich nicht«, gestand Beka. »Aber nach dem, was ich in den letzten Tagen gesehen habe, glaube ich nicht, dass es überhaupt noch einen Ort gibt, an den wir gehen können.«

Jezabel setzte zu einer noch patzigeren Antwort an, aber dann machte sich Betroffenheit auf ihrem nur zur Hälfte sichtbaren Gesicht breit. Sie schüttelte trotzdem den Kopf. »Vielleicht hast du sogar recht. Aber einen Ort gibt es noch, an den ihr gehen könnt. Vielleicht seid ihr dort sogar willkommen. Kommt. Ich zeige es euch.«

Sie eilte zu einem anderen Fenster. Beka und die anderen folgten ihr, und Beka strengte die Augen an, als Jezabels ausgestreckte Hand nach Südwesten deutete. Allerdings gab es dort rein gar nichts zu sehen außer tief hängende Wolken, deren Unterseiten blutroten Feuerschein reflektierten.

»Aha«, machte Rachel.

»Ihr müsst nur …«, begann sie.

Sie sollten nie erfahren, was sie mussten, denn Hänschen stieß am anderen Fenster ein entsetztes Keuchen aus, und sie eilten geschlossen zu ihm hin.

Die Angreifer hatten die Brücke erreicht, und es geschah ganz genau das, was Beka erwartet hatte: Die Verteidiger warteten ab, bis sich die grobe Konstruktion komplett mit Kriegern (angeführt von einem schwarzen Engel) gefüllt hatte und schütteten kochendes Öl und halb geschmolzenes Pech auf sie herab, und noch bevor die ersten Schmerz- und Todesschreie gellten, folgte gleich ein halbes Dutzend brennender Pfeile.

Die Brücke fing nicht etwa Feuer. Sie explodierte.

*

Von einem Lidschlag auf den anderen war da, wo es die Brücke gerade noch gegeben hatte, ein orangeweißer, brennender Feuerball, der seinerseits von emporschießendem schwarzem Qualm verschlungen wurde und eine so mörderische Hitzewelle in alle Richtungen spie, dass sie selbst hier oben schützend die Arme vor die Gesichter hoben. Brennende Gestalten stürzten in die Tiefe oder prallten wie grässliche Wurfgeschosse gegen den Berg und die Klostermauern auf der anderen Seite des Abgrundes, und eine riesenhafte Gestalt mit lodernden Flügeln schoss wie ein brennender Meteor aus der Feuerwolke und taumelte in Richtung Tal.

Allerdings nicht sehr weit. Mit einem einzigen, gewaltigen Flügelschlag fing der Killerengel seinen Sturz ab, löschte mit einem hektischen Flattern die Flammen, die an seinen Flügeln zehrten und schwang sich mit einer dritten und womöglich noch kraftvolleren Bewegung wieder in die Höhe. Es sah ein bisschen aus wie eine ins Riesenhafte vergrößerte Schwalbe, die in einem eleganten Bogen zur Mauerkrone emporschoss und sie kaum zu streifen schien, wenn überhaupt.

Aber es war wohl eher eine Sense.

Nahezu die komplette erste Reihe der Verteidiger sank leblos zu Boden, enthauptet oder nahezu halbiert und Händen, Armen und Schultern beraubt. Rosafarbener Nebel erfüllte die Luft über dem Wehrgang, aber auch ein schwarzer Hagelschauer aus Pfeilen und Armbrustbolzen, die mit unglaublicher Zielsicherheit auf den fliegenden Engel einprasselten. Kaum eines der Geschosse verfehlte sein Ziel.

Kein einziges verletzte ihn.

Pfeile und Bolzen prallten einfach von ihm ab wie Kieselsteine von einer Bronzestatue, und der Engel, der nun eine Rauch- statt einer Flammenspur hinter sich herzog, schwang sich in einer lang gezogenen Kurve herum und holte Flügel schlagend Schwung zu einem neuen Angriff.

Er galt nicht der Mauer.

Ein weiterer Hagel vollkommen wirkungslos bleibender Pfeile und Bolzen und ebenso wirkungsloser Brandgeschosse schlug ihm entgegen. Er prallte ausnahmslos von ihm ab, was ihm für einen einzigen Augenblick eine frappierende Ähnlichkeit mit einem modernen Kampfjet verlieh, der *Flares* abfeuerte. Dann kippte er über eine schwarze Schwinge ab und näherte sich der Felswand über der Zehn-Meter-Lücke, die die zusammengebrochene Brücke hinterlassen hatte. Beka beobachtete fassungslos, wie seine Messerschwinge in den Fels hämmerte. Funken und zu feinem sandbraunem Staub zermahlener Stein stoben auf.

Bekas Fassungslosigkeit erreichte ungeahnte Höhen, als sie den gut handbreiten und ebenso tiefen Riss bemerkte, den sie so mühelos in den Fels schnitten wie das sprichwörtliche heiße Messer in Butter.

Zadkiel schwenkte herum und flog diesmal unter einem ununterbrochenen und immer noch wirkungslosen Bombardement aus Pfeilen und Brandgeschossen aus der anderen Richtung heran und fräste einen zweiten Graben in die Wand. Beka begriff nicht sofort, was das sollte. Aber kaum hatte er seinen Vorbeiflug beendet und schwang sich zu einem neuen Anflug in die Höhe, da klammerten sich die ersten Krieger mit Händen und Füßen in den Vertiefungen fest und begannen sich über den Abgrund zu hangeln.

»Das ist doch Selbstmord«, japste Yoram. Er klang erschüttert.

»Nein«, antwortete Beka. »Das ist Mord.«

Das Ergebnis war allerdings dasselbe. Gut ein Drittel der Männer, die die wahnwitzige Kletterpartie versuchten, verloren den Halt und stürzten in den Tod. Den Rest schossen die Verteidiger ab wie die Tontauben.

»Wir müssen weg!«, drängte Jezabel. »Sie brechen durch!« Sie sah wieder über die Schulter zurück. »Hänschen! Öffne die Tür!«

Der Zelot grunzte eine Antwort, die außer Beka wieder einmal jeder zu verstehen schien, und Jezabel presste die Lippen zu einem schmalen Strich zusammen, bevor sie abgehackt nickte. »Also gut, verdammt! Ich komme mit.«

Das schien dem Giganten zu genügen, denn er fuhr auf dem Absatz herum und dampfte hinaus. Eilig, wie er es hatte, vergaß er in seiner Hast sogar, die Tür zu öffnen, was ihn aber keinen Deut langsamer machte.

»Hast du das mit dem Türaufmachen ernst gemeint?«, fragte Rachel.

Jezabel funkelte sie an, aber sie antwortete trotzdem. »Der Eingang ist gut versteckt. Kaum jemand weiß, dass es ihn überhaupt gibt. Sonst wäre es ja auch kein Geheimnis, oder? Aber Hänschen weiß, wo er ist, und er ist auch in der Lage, ihn zu öffnen. Fünf Minuten.«

Beka wandte sich nervös wieder zum Fenster. Sie war sich ganz und gar nicht sicher, dass ihnen so viel Zeit blieb. Die Verteidiger schossen die Ephraimiten nach wie vor ebenso schnell ab, wie diese in die Wand stiegen. Zadkiels Geduld schien endgültig erschöpft zu sein. Vielleicht war er auch zu dem Schluss gekommen, dass die Verteidiger mehr Pfeile hatten als er Männer. Oder er war des grausamen Spiels einfach überdrüssig – aus welchem Grund auch immer, er warf sich in der Luft herum und setzte mit gewaltigen Flügelschlägen zum direkten Anflug auf die Wehrmauer an. Beka zweifelte nicht daran, dass er sie schon im ersten Anflug niederreißen würde.

Oder aber auch nicht, denn die Verteidiger hatten zumindest noch eine böse Überraschung für ihn auf Lager. Trotz des tosenden Schlachtenlärms konnte sie ein Geräusch wie von einer gigantischen Bogensehne hören, und ein weiß und rot und orange lodernder Stern stieg aus dem Burghof empor, traf den heranfliegenden Engel und hüllte ihn in einen brennenden Feuerball.

Es war das erste Mal, dass sie einen Engel vor Schmerz schreien hörte. Es war ein Laut, der die Welt in ihren Grundfesten erschütterte, unvorstellbar hoch und spitz und so laut, dass sie sich zumindest einbildete, ihre Trommelfelle würden zerreißen. Blut schoss aus ihrer Nase, und zwei winzige weißglühende Dolche versuchten sich aus dem Inneren ihres Schädels heraus in ihre Augen zu bohren. Aber sie sah trotzdem, wie der Engel in verzehrendes Feuer gehüllt davon- und in die Tiefe torkelte und immer hektischer mit den Flügeln schlug, um die Flammen zu löschen, die an seinen Leib zehrten, ohne dass es ihm wirklich gelang.

Es musste Napalm sein oder etwas Schlimmeres. Wahrscheinlich etwas Schlimmeres, doch nicht ganz so wirkungslos gewordene Hightech, gegen die anscheinend selbst seine düstere Magie nicht half. Die Flammen brannten sich unbarmherzig in seinen Leib und sein stählernes Gefieder, das hier und da rot oder auch schon gelb zu glühen begann und grelle Funkenschauer versprühte, als wären andere und noch mächtigere und ältere Götter mit einer himmlischen Schweißflamme über ihn hergefallen, um ihn in Stücke zu schneiden.

Und der Engel *schrie*. Er schrie und schrie und schrie, und die Dolche gruben sich unbarmherzig tiefer in Bekas Augen. Blut schoss aus ihrer aller Nasen, Ohren und Augenwinkel. Neben ihr brach Rachel wimmernd in die Knie, schlug die Hände vor die Ohren und krümmte sich, und Jezabel schrie mit schmerzverzerrtem Gesicht etwas, das wie eine Woge über sie hinwegfegte. Als sie dann endlich die Worte verstand, begriff sie nicht, was Jezabel damit meinte.

»Nicht das!«, kreischte das Mädchen. »Nein! Bitte! *Nicht das!*«

Der Engel kreischte weiter, und je lauter und schriller seine Schreie wurden, desto klarer wurde ihr, dass dieser akustische Tsunami nicht nur ihren Ohren galt, sondern *allem*.

Der Turm begann zu zittern. Putz und Steinsplitter regneten von der Decke, zuerst eines, und dann in immer rascherer Folge sämtliche anderen Fenster sprangen oder fielen auch gleich in Scherben auseinander, und über ihren Köpfen erklangen peitschende Pistolenschüsse, als die Dachziegel zerbarsten und in Stücken in den Burghof hinabregneten. Beka wollte es nicht, aber der Boden zitterte so stark, dass sie gegen die Fensterbrüstung taumelte und, ohne es zu wollen, in den Hof hinabsah. Sie wünschte sich, sie hätte es nicht getan.

Die Mauern zerbrachen.

Das gesamte Kloster schien sich wie unter den Hammerschlägen eines zornigen Gottes zu krümmen. Risse entstanden in den Mauern, riesige Breschen taten sich auf, aus denen Staub und Steinsplitter explodierten. Dann begann die gesamte Wehrmauer zu wanken und brach mit gewaltigem Getöse zusammen, nur einen Lidschlag später gefolgt von dem angrenzenden Gebäude, das seinerseits noch einen weiteren Teil des Klosters mit sich riss.

»Raus hier!«, brüllte Jezabel mit sich überschlagender Stimme. »Schnell!«

Beka war sich bis zuletzt nicht sicher, dass sie es schaffen würden. Der Boden unter ihren Füßen zitterte wie ein bockendes Pferd, das seinen Reiter abzuschütteln versuchte und gleichzeitig mit einem Paar zusätzlicher Beine nach ihm trat. Von der Decke regneten jetzt keine Splitter mehr, sondern massive Steine, die jeden erschlagen würden, den sie trafen. Nicht nur der Himmel schrie noch immer, auch das gesamte Kloster brüllte seinen Schmerz mit dem Geräusch explodierender Steine und berstender Mauern heraus.

Der Turm schwankte, neigte sich zuerst nach der einen, dann nach der anderen Seite, und Beka jagte im buchstäblich allerletzten Moment durch die Tür. Hinter ihr rauschte der zentnerschwere Türsturz wie ein steinernes Schafott herab und brach glatt durch den Boden. Während sie hinter Jezabel und den anderen herjagte, sah sie gerade noch rechtzeitig über die Schulter zurück, um Zeuge zu werden, wie zuerst eine komplette Wand, dann der gesamte Turm zerbarst und in einer gewaltigen Lawine aus berstendem Mobiliar und zerbrechenden Steinen in die Tiefe stürzte. Der Engel schrie noch immer, und seine Schreie brachten die Mauern von Jericho zum zweiten Mal zum Einsturz.

*

Irgendwie schafften sie es, aber es war so knapp, wie es überhaupt nur ging. Hinter ihnen stürzte das gesamte Kloster zusammen und verwandelte sich in eine zyklopische Schutt- und Steinlawine, die mit weltenerschütterndem Getöse die Flanken des Berges hinabdonnerte und Freund und Feind mit sich riss und zermalmte. Die Vernichtung folgte ihnen auf dem Fuß. Beka hütete sich, noch einmal hinter sich zu sehen, aber das musste sie auch nicht, um zu spüren, wie der Boden hinter ihr zersprang und dann einfach verschwunden war.

Dann brach der Boden auch direkt *unter* ihren Füßen weg. Sie stürzte und schrie gellend auf – in der ersten halben Sekunde vor Angst, dann vor ganz profanem Schmerz, als eine monströse Pranke nach ihrer Hand griff und sie zurück auf festen Boden zerrte, zugleich aber auch jeden einzelnen Knochen in ihren Fingern zu feinen Splittern zu zermalmen schien.

Hänschen zerrte sie nicht nur mit einer kraftvollen Bewegung zurück auf sicheren Boden, sondern beförderte sie auch ein gutes Stück hinter sich, geradewegs durch die offen stehenden Türen eines monströs großen, uralten Schranks, dessen Rückwand ihrem ungestümen Stolpern jedoch keinen Einhalt gebot. Sie war nicht mehr da. Was davon übrig war, sah aus, als wäre es von einer Abrissbirne getroffen worden, und gab den Blick auf einen offenbar nur grob aus dem gewachsenen Fels herausgemeißelten Stollen frei; der Geheimgang, von dem Jezabel gesprochen hatte. Eine Fackel brannte und sorgte mit ihrem blakenden roten Licht für eindeutig mehr Verwirrung als Sicht, und die Luft roch abgestanden und uralt.

»*Los!*«, brüllte Jezabel. Vielleicht war es auch Yoram. Aber egal wer, Beka spürte, dass ihr Leben davon abhing, der Aufforderung sofort Folge zu leisten.

Sie machte trotzdem nur einen Schritt und schenkte sich selbst eine einzelne Sekunde, um ihre pochende Hand zu massieren und die Knochen behutsam wieder dorthin zurückzuschieben, wo sie sein sollten, bevor sie sich erneut umdrehte.

Der Anblick war ein Schlag in den Magen. Staub erfüllte die Luft in so dichten Schwaden, dass sie zunächst gar nichts sah, und als eine plötzliche Windböe aufkam und ihn vertrieb, sah sie immer noch nichts. Wenigstens nicht das, was da sein sollte.

Das Kloster war verschwunden. Nicht nur der Turm und der angrenzende Gang, sondern einfach *alles* war weg. Unter ihnen polterte noch immer eine gewaltige Schutt- und Steinlawine zu Tal, durchsetzt mit zahllosen Brandnestern, die ebenso schnell wieder aufflammten, wie der Felssturz sie auslöschen konnte, und das Krachen und Rumpeln und Poltern nahm einfach kein Ende.

»Großer Gott«, flüsterte Yoram neben ihr. »Aber das … das kann doch … das kann doch nicht sein!«

»Ich glaube, Gott hat damit nichts zu tun«, sagte Beka. Ihre Stimme klang belegt, was nicht nur am Staub in ihrem Rachen lag. »Eher im Gegenteil.«

36

Die Katastrophe hatte aus dem Stollen hinter ihnen etwas anderes gemacht, eine zerklüftete und zur Talseite hin aufgerissene offene Wunde, in der nichts mehr von dem uralten Schrank zu sehen war, durch den sie gerade gekommen waren, oder von irgendetwas, das an das Kloster erinnerte. Die Wände waren durchzogen von heftig knirschenden Rissen, Spalten und Ausbuchtungen, die vorher noch nicht da gewesen waren, und beständig regneten Dreck und feine Steinsplitter auf sie herab. Sie mussten hier weg, und das schnell.

Zumindest vor ihnen schien der grob in den Felsen gehauene Geheimgang noch halbwegs intakt zu sein; und er verengte sich, um sich irgendwo in der schützenden Dunkelheit zu verlieren. Doch gerade, als sie in ihn hineinlaufen wollten, sahen sie etwas Dunkles auf sich zustürmen, begleitet vom Geräusch stampfender schwerer Schritte.

Und dann war der Gang auch schon fast vollständig blockiert. Hänschen stürmte auf sie los und hatte Mühe, mit seinen breiten Schultern nicht einfach stecken zu bleiben wie ein Korken im Flaschenhals. Gerade als es so aussah, als würde er Jezabel und sie einfach plattwalzen, kam er irgendwie doch zum Halten und stieß ein aufgeregtes Bellen aus.

»Was soll das heißen, du bekommst die Tür nicht auf?«, fuhr Jezabel ihn an. »Dann schlag sie doch ein!«

Hänschen bellte erneut, und jetzt wurden Jezabels Augen groß. »Das glaube ich nicht. Unmöglich!«

Der Riese bellte zum dritten Mal, und Jezabel schob sich irgendwie an ihm vorbei und verschwand, während Hänschen selbst deutliche Mühe hatte, sich in dem engen Stollenstück vor ihnen umzudrehen. Beka hoffte nur, dass er nicht wirklich stecken blieb und den Weg blockierte. Um ihm Platz zu machen, wichen sie und Yoram ein Stück zurück, in den zerrissenen Teil des Stollensystems hinter sich, in dem sich Felsspalten und Nischen auftaten, die gerade noch nicht da gewesen waren. Das Krachen und Knirschen rings um sie herum nahm bedrohliche Ausmaße an, und kleinere und größere Felstrümmer polterten aus dem zum Tal hin nun offenen Stollen hinab.

Während Yoram angespannt dabei zusah, wie der Riesenzelot kehrtzumachen versuchte, ohne dabei den Berg vollends einzureißen, nahm Beka allen Mut zusammen, drehte sich zur zerstörten Öffnung hin um und blickte in die Tiefe. Die Lawine polterte immer noch zu Tal und hatte nicht nur das gesamte Kloster mitgerissen, sondern auch den allergrößten Teil von Zadkiels Armee. Kaum einer, der auf dem Pfad gewesen war, lebte noch. Unzählige Tonnen Fels und Schutt und Geröll bildeten nun auch am Fuß des Berges eine rasend schnell größer werdende Lawine, die gierig nach allem schlug, was dem Berg zu nahe gekommen war, und unzählige weitere Opfer forderte. Zadkiel hatte gesiegt. Jericho brannte, und das Kloster war komplett verschwunden. Aber es war ein Sieg, der ihm teuer zu stehen gekommen war. Von seiner Armee war nicht mehr viel übrig.

Von ihm unglücklicherweise schon, und Beka hätte es um ein Haar zu spät begriffen. Ein Schatten schoss aus der Staubwolke empor, gigantisch und auf vier Flügeln und so schnell wie ein Pfeil heranreitend. Der Anblick war so bizarr, dass sie einfach wie gelähmt dastand.

Im buchstäblich allerletzten Moment stieß Yoram sie zur Seite und gegen die Wand und zog mit der anderen Hand sein Schwert.

Es war pures Glück, dass er die nächste Sekunde überlebte. Zadkiels Sichelschwinge sauste mit einem hässlichen Zischen heran, kappte das hochgerissene Schwert dicht über dem Griff und hätte ihn zweifellos ebenso beiläufig enthauptet, wäre der Killerengel nicht vom Ungestüm seiner eigenen Bewegung getragen draußen gegen die Mauer geprallt, was nicht nur den gesamten Berg zum Beben brachte, sondern ihn auch zur Seite schleuderte. Der Flügel verfehlte Yoram um Haaresbreite. Doch schon der bloße Luftzug riss ihn von den Füßen, sodass er neben Beka gegen die Wand prallte und ächzend daran herunterrutschte.

In aller Hast halfen sie sich gegenseitig auf. Während sie ein paar unbeholfene Schritte in den Gang hineintaumelten, kehrte der Engel auch schon zurück. Beka konnte gar nicht anders, als mit wild klopfendem Herzen stehen zu bleiben und zum offenen Stollenende zurückzublicken, als sie ihn hinter sich hörte.

Der Engel hätte erneut angreifen können. Aber das tat er nicht. Er stand ganz ruhig im Eingang des aufgebrochenen Stollens und starrte Beka an.

Sie erkannte ihn jetzt ganz eindeutig als Zadkiel wieder, wenn auch wilder, düsterer und ungleich gefährlicher, wissend, wozu er tatsächlich in der Lage war. Seine Flügel waren nicht zu sehen, aber hier und da sah sie winzige Glutnester in seinem schwarzen Gewand, und auch an der Seite seines Halses nagten einige wenige rote Funken, die nur ganz allmählich verblassten. Engel waren wohl doch nicht völlig unverwundbar.

Er griff immer noch nicht an.

Stattdessen näherte sich der schwarze Engel rasch, blieb in zwei Schritten Abstand stehen und sah aus seinen unheimlichen Augen auf sie herab. Eine Hitzewelle stieg hinter seinem Rücken empor und ließ die Luft vor dem Tunnelausgang flirren. »Und?«, fragte er schließlich. »Bist du zufrieden, Rivkah? War es das, was du wolltest?«

Beka starrte aus aufgerissenen Augen zu ihm hoch. Sie? *Sie?!*

»Komm mit mir, Rivkah!« Zadkiel streckte die Hand aus.

»Gib auf und komm mit mir zurück, und ich verspreche dir, dass dir nichts geschieht.«

Yoram presste irgendetwas zwischen zusammengebissenen Zähnen hervor und wollte sich ihm entgegenwerfen. Zadkiel empfing ihn mit einem Tritt, der ihn meterweit davonschlittern ließ. »Und deinen Freunden auch nicht«, fügte er hinzu.

Beka starrte den wimmernden Yoram an, der sich in einem Vorsprung am Boden krümmte und nach Luft rang. »Eher sterbe ich«, sagte sie und meinte es bitterernst.

»Das wird nicht geschehen.« Zadkiels Hand war immer noch ausgestreckt, und da war plötzlich eine leise, aber immer drängender werdende Stimme in ihrem Kopf, die sie dazu bringen wollte, nach dieser Hand zu greifen und mit ihm zu gehen.

Es kostete sie ihre ganze Kraft, den Blick von Zadkiel loszureißen und wieder zu Yoram zu sehen. Er hatte aufgehört zu keuchen. Sie war sich nicht sicher, ob er noch atmete.

»Was allerdings mit deinen Freunden geschieht, das liegt allein bei dir.« Ganz kurz blitzte eine mächtige Schwinge hinter Zadkiels Rücken auf, eine Ansammlung rasiermesserscharfer, tödlicher Eisenfedern. Einige davon schwelten.

»Nein«, beharrte Beka. Er würde die anderen sowieso töten, das wusste sie einfach. »Niemals.«

»Oh doch«, seufzte Zadkiel. »Aber ganz wie du willst.«

Er streckte die Hand noch weiter aus, um sie zu packen, doch da erklang der Kampfschrei eines gereizten Dinosauriers. Die Dunkelheit des aufgeplatzten Stollens erwachte zum Leben, und ein Koloss aus schwarzen Panzerplatten und Dornen und purem geronnenem Zorn fegte an Yoram und Beka vorbei und warf sich auf den Engel, größer und sogar noch breitschultriger als Zadkiel selbst und mit der unaufhaltsamen Kraft einer Naturgewalt.

Zadkiel wollte ausweichen und die Arme hochreißen, aber Hänschen war viel zu schnell für ihn. Bevor der schwarze Engel auch nur daran denken konnte, seine tödlichen Schwingen einzusetzen, prallte er auch schon gegen ihn, und das mit solcher Kraft, dass beide eng umklammert aus dem Stollen stürzten.

Mit wenigen Schritten war Beka hinterher und erwartete halbwegs, Hänschen mit zerschmetterten Gliedmaßen in der Geröllawine herabrutschen zu sehen. Stattdessen torkelte Zadkiel mit wild peitschenden Flügeln auf dem Rücken liegend ein gutes Stück unter ihr durch die Luft. Der riesige Zelot klammerte sich mit Armen und Beinen an ihn und drosch abwechselnd mit der rechten und der linken Faust auf ihn ein. Zadkiel kreischte vor Wut wie ein riesiger zorniger Raubvogel und versuchte ihn abzuschütteln, erreichte damit aber nur, dass Hänschen ihm nun auch noch seinen in dickes Eisen gehüllten Schädel ins Gesicht rammte. Selbst über die Entfernung hinweg konnte sie das trockene Knacken hören, mit dem etwas zerbrach.

Eine Hand legte sich auf ihre Schulter und versuchte sie zurückzuziehen. »Weg hier«, keuchte Yoram. Er konnte fast nicht mehr sprechen und sich auch kaum noch auf den Beinen halten. »Bevor er mit ihm fertig ist.«

»Aber Hänschen …«

»… stirbt völlig umsonst, wenn wir nicht verschwinden!«, schnitt ihr Yoram das Wort ab. »Jetzt!«

*

Ohne eine Antwort abzuwarten, taumelte er los und zerrte sie hinter sich her, auch wenn Beka genau genommen *ihn* stützte und vor sich herschob. Schreie und die Geräusche dumpfer Schläge und sensender Flügel blieben rasch hinter ihnen zurück, während sie dem immer weiter zunehmenden Gefälle des Stollens tiefer in den Berg hineinfolgten. Die Luft wurde mit jedem Schritt schlechter. Auf dem letzten Stück stolperten sie durch fast völlige Finsternis, nur noch geleitet von einem kaum wahrnehmbaren blassroten Schimmer irgendwo in unbestimmbarer

Entfernung vor ihnen. Vielleicht nahm dieser Weg ja nie mehr ein Ende, oder führte geradewegs in die Hölle. Und vielleicht war ja auch beides dasselbe.

Bevor sie über diese Vorstellung endgültig den Verstand verlor, stürmten sie um eine letzte Biegung. Es wurde heller. Leise Stimmen, die von einem seltsamen Echo untermalt wurden, wehten ihnen entgegen. Es folgte eine kurze, aus nur vier ungleichen Stufen bestehende Treppe, die sie in eine weitläufige, aber niedrige Höhle führte. Sie wurde von einer einzelnen Fackel erhellt, deren flackerndes Licht es unmöglich machte, ihre Ausmaße auch nur grob abzuschätzen.

Und Beka hatte ein Gefühl von Déjà-vu, das sie wie ein Hammerschlag traf. Es war ein Schritt zurück in die Vergangenheit. Die Wände waren grob aus dem Fels herausgemeißelt, und sie waren über und über mit Bildern, Symbolen und Schriftzeichen übersät, die das tanzende Licht der Fackel zu unheimlichem Leben erweckte. Sie war wieder in den Katakomben unter dem Tempelberg, in denen Lukas und sie aufgewacht waren, mit dem einzigen Unterschied, dass diese Höhle unendlich viel älter sein musste, ungezählte Jahrtausende.

Vielleicht war sie älter als die Zeit.

»Wo ist Hänschen?« Jezabels Stimme riss sie aus ihren Gedanken und in eine Wirklichkeit zurück, die mehr von einem Albtraum hatte als so mancher echte Nachtmahr.

»Draußen, mit Zadkiel spielen«, antwortete Yoram.

Jezabel starrte ihn an, und Beka maß ihn mit einem sehr vorwurfsvollen Blick.

»Das war unpassend«, sagte sie, bevor sie sich wieder an Jezabel wandte. »Es tut mir leid.«

Jezabels Lippen begannen zu beben. »Das heißt, er … er ist …?«

»Er hält ihn auf«, antwortete Beka mit einem weiteren strafenden Blick in Yorams Richtung. »Aber ich weiß nicht, wie lange noch.«

Sie war sich nicht sicher, ob Jezabel ihre Worte überhaupt hörte. Das Mädchen sah sie aus weit aufgerissenen, starren Augen an, aber sein Blick schien auch geradewegs durch sie hindurchzugehen. Hänschen war viel mehr als nur ein Leibwächter für sie, begriff Beka.

Sie gab Jezabel einige Sekunden, um sich ihrem Schmerz hinzugeben, aber dann erinnerte sie sie sanft: »Die Tür.«

Jezabel starrte noch einen weiteren Moment einfach durch sie hindurch. Dann rang sie sich ein angedeutetes Nicken ab, fuhr sich mit dem Handrücken über die Augen und zog hörbar die Nase hoch. Sie drehte sich um und schüttelte den Kopf, während sie gleichzeitig zur anderen Seite der Höhle ging, wo Rachel stand und ihnen betroffen entgegensah. Sie hatte mitbekommen, was sie über Hänschen gesagt hatten.

Sie näherten sich einer der wenigen glatten Stellen in den Wänden, wo es eine große Tür gab. Vielleicht. Vielleicht war es auch etwas anderes. Beka war sich nicht sicher. Es sah aus wie eine Tür, samt Rahmen mit kompliziert hineingeschnitzten Verzierungen … Oder um präzise zu sein, hineinge*meißelt*. Und genau das war das Problem, und wohl auch der Grund, weshalb es nicht einmal dem riesenhaften Zeloten gelungen war, sie zu öffnen. Niemand konnte das, denn es war nicht wirklich eine Tür, sondern ein großes Basrelief, das eine Tür darstellte.

»Hier geht es nicht weiter«, sagte Rachel überflüssigerweise.

»Aber das … kann nicht sein«, murmelte Yoram. »Jakob würde uns doch niemals …«

»… hierherunter schicken, wenn es so wäre«, beendete Jezabel den Satz für ihn, und mit einem grimmigen Nicken. »Nein, bestimmt nicht! Es muss irgendwo einen Ausgang geben!« Sie hob die Fackel, und ganz kurz meinte Beka in dem sich unruhig bewegenden Licht etwas zu sehen. Aber sowohl das Bild als auch der Gedanke entglitten ihr, bevor sie auch nur eines von beiden festhalten konnte.

Yoram offensichtlich nicht. Er drückte Jezabels Arm mit sanfter Gewalt wieder herunter, nahm ihr dann die Fackel ab und trat dichter an das große Relief heran. Das Fackellicht offenbarte mehr Einzelheiten, hin und her huschende Schatten, die sich zu Formen zusammenfügen wollten und jedes Mal wieder zerstoben. Und dennoch: Unter der dicken Schicht aus uraltem Staub und zur Härte von Stein zusammengebackenem Schmutz und Zeit ... *war* etwas. Beka streckte die Hand aus, wagte es aber dann doch nicht, dass Relief zu berühren. Sie wusste nicht, warum.

Yoram hatte weniger Hemmungen. Er fuhr mit der Handfläche darüber, zuerst behutsam, dann immer nachdrücklicher, sodass Staub und kleine Schmutzplättchen zu Boden rieselten, bis er den Anfang einer weiteren, kunstvollen Reliefarbeit freigelegt hatte, die in die Oberfläche der vermeintlichen Tür gemeißelt worden war. Neugierig geworden wischte er immer heftiger, und schließlich löste sich ein großes Segment der so massiv aussehenden Tür ab, in Wirklichkeit eine nur wenige Millimeter dicke Schicht aus zusammengebackenem Staub und Alter, die auf den Boden fiel und in tausend Stücke zerbrach.

Darunter kam ein großes, ungemein kunstvoll in den Stein ziseliertes Bild zum Vorschein, ein gut einen Meter durchmessender und von komplizierten Symbolen eingefasster Kreis, in dessen Zentrum sich eine bärtige Männergestalt mit langem Haar und einem knöchellangen fließenden Gewand befand. Er hielt etwas in der Hand, das die Jahrtausende bis zur Unkenntlichkeit abgeschliffen hatten, und irgendetwas kam aus seinem Mund, das ebenfalls nicht mehr wirklich zu identifizieren war. Es konnte eine Messerklinge sein, aber auch eine Flamme oder die gespaltene Zunge einer Schlange. Oder auch etwas ganz anderes.

»Was ist das?«, fragte Rachel.

Die Frage galt Jezabel, die aber nur mit einem Achselzucken reagierte, und auch Yoram sah ein wenig ratlos aus. Und ein ganz kleines bisschen so erschrocken, wie sich auch Beka fühlte.

Sie selbst trat zögernd näher an das Relief heran. Ihr Herz klopfte, und etwas … *berührte ihre Seele,* anders konnte sie das Gefühl nicht beschreiben, auch wenn die Worte der Wahrheit nicht einmal nahe kamen. Etwas sehr Großes.

Sie riss ihren Blick von der unheimlichen Gestalt los und versuchte die Symbole zu entziffern, die sie wie ein Nebel aus versteinerten Sternen umgaben, scheiterte aber. Es waren keine Bilder, sondern ganz eindeutig Schriftzeichen. Aber selbst die *Eine Sprache* half ihr nicht weiter. Wenn es eine Schrift war, war sie unendlich viel älter.

So wie das ganze Bild, wie ihr plötzlich klar wurde. Was sie wie einen eisigen Hauch auf der Seele spürte, das war *Alter*, der Atem der Zeit, der über den Abgrund der Äonen wehte. Und es war, als flüsterte dieses Alter ihren Namen. Nicht Beka, nicht Rebecca oder Maria oder Rivkah, sondern etwas, das älter und unendlich bedeutsamer war. Etwas, das *Macht* hatte.

Zögernd hob sie den Arm und streckte die Hand aus. Jezabel sah sie stirnrunzelnd an, unternahm aber keinen Versuch, sie aufzuhalten, sondern machte ganz im Gegenteil einen Schritt zur Seite, um den Weg freizugeben. Bekas Herz schlug zunehmend langsamer und schwerer. Die Zeit flüsterte ihren Namen. Sie hob die Hand noch etwas höher.

»*Halt!*«

Die Stimme zerriss die Stille wie das Knallen einer Peitsche, und Beka hielt zwar mitten in der Bewegung inne und drehte sich halb um, ließ den Arm aber auch nicht sinken.

Zadkiel stand unter dem Eingang, hoch aufgerichtet und verheerend wie immer. Eine Aura aus Licht verzehrender Düsternis wehte wie ein von unsichtbarem Wind bewegter Mantel hinter ihm, und seine Finger waren gekrümmte Raubvogelklauen mit dolchscharfen Krallen, von denen Blut tropfte.

Aber was sie in seinen Augen las, das war kein Zorn.

Es war Angst.

»Tu das nicht, Rivkah«, sagte er beschwörend. »Im Namen des Vaters, *rühr es nicht an!*«

»Natürlich nicht«, antwortete Beka, führte den begonnenen Schritt zu Ende und presste die flache Hand auf das Gesicht des Mannes mit der Flammenzunge. Zadkiel sog so scharf die Luft ein, dass es sich wie ein Schrei anhörte.

Sonst geschah nichts.

Beka wusste nicht, was sie erwartet hatte, aber der Boden tat sich nicht auf, um sie zu verschlingen, die Wände stürzten nicht ein und auch Gottes Faust fuhr nicht vom Himmel herab, um sie zu zermalmen. Eigentlich passierte gar nichts.

In der ersten Sekunde.

Dann war es, als bräche die Welt in sich entzwei.

Es war nichts, was sie hörte, fühlte, sah oder roch oder mit irgendeinem ihrer anderen menschlichen Sinne wahrgenommen hätte. Zugleich war es wie der Zusammenprall zweier Galaxien, unendlich langsam, aber auch von nichts in diesem Universum aufzuhalten. Etwas tat sich auf, ein Abgrund, tiefer als die Zeit, und die Welt glitt hinüber auf die andere Seite, auf der nichts mehr so sein würde, wie es einmal gewesen war.

Dann traf der Hieb einer unsichtbaren Axt das Relief und spaltete es diagonal von der Decke bis zum Boden. Hinter ihnen schrie Zadkiel auf, als hätte dieselbe unsichtbare Gewalt auch ihn getroffen, und Beka raste einfach los. Sie verschwendete keinen Gedanken an die tonnenschwere Hälfte der gewaltigen Steinplatte, die in ihre Richtung kippte, sondern duckte sich blitzschnell darunter weg und stürmte in den schmalen Gang, der dahinter zum Vorschein kam.

Schon mit dem zweiten Schritt entpuppte er sich als der Anfang einer steilen Treppe mit viel zu hohen Stufen, die aus dem Felsen herausgeschlagen waren. Sie drohte zu fallen, fand erst im letzten Moment ihr Gleichgewicht wieder und raste, ohne auch nur langsamer zu werden, weiter. Es war nicht vorbei.

Die Zeit zerriss immer noch. Die Schöpfung selbst schrie vor Schmerzen und dann vor Angst, als etwas kam. Etwas Ungeheuerliches und Uraltes. Seine Ankunft würde die Welt verheeren, so wie sie schon unzählige zuvor verheert hatte.

Schreie und polternde Schritte folgten ihr, vielleicht das Schlagen großer Flügel, und möglicherweise rief jemand ihren Namen. Sie achtete auf nichts von alledem, sondern jagte in unverändertem Tempo weiter, bis ihre Lungen in Flammen standen und sie sich sicher war, dass ihr Herz einfach explodieren würde, wenn sie sich auch nur noch eine einzige Stufe weiter nach unten zwang.

Sie tat es trotzdem, und immer weiter und immer noch weiter, bis endlich ein blasser grauer Schein tief unter ihr auftauchte. Beka mobilisierte auch noch ihre allerletzten Kraftreserven, stürmte weiter und torkelte mit dem nun unwiderruflich letzten Quäntchen Kraft durch einen schmalen Felsspalt, der auf eine weitläufige Felsenebene hinausführte, die mit Geröll und kurzlebigen Sandverwehungen bedeckt war.

Sie war wieder draußen.

Die Erkenntnis ließ ihre letzten Kraftreserven zusammenbrechen. Sie fiel so schwer auf die Knie, dass sie sich die Haut blutig schürfte, und alles drehte sich um sie. Ihr wurde schwarz vor Augen, dann übel, und sie hörte zwar die Schritte und Stimmen der anderen, aber sie war viel zu erschöpft, um irgendetwas davon eine Bedeutung zuordnen zu können.

Jemand sprach sie an und nannte ihren Namen. Yoram. Sie erinnerte sich an ihn, sonderbarerweise aber nicht an sein Gesicht, als wäre er nicht mehr als eine Erinnerung an eine längst untergegangene Welt, die mit jeder Sekunde mehr an Bedeutung verlor und schon bald ganz verschwunden sein würde.

Eine Hand berührte unendlich sanft ihre Schulter, und Yorams Stimme erklang erneut. Sie verstand immer noch nicht, was er sagte. In seiner Stimme war ein Ton, der an Entsetzen grenzte, und etwas so Drängendes, dass sie Benommenheit und Übelkeit mit einer enormen Willensanstrengung niederkämpfte und sich auf die schmerzenden Knie hochquälte, bevor sie sich mit bangem Gefühl zwang, die Augen zu öffnen.

Zuallererst wurde ihr klar, dass ihr vielleicht nicht wirklich schwarz vor Augen geworden war. Sie mussten deutlich länger im Berg gewesen sein, als sie angenommen hatte. Es war dunkel, so finster wie in einer mond- und sternlosen Nacht, aus der alle Farben flüchteten. Alle Dinge schienen neue und beunruhigende Bedeutungen zu bekommen.

Sie erinnerte sich an den beunruhigenden Ton in Yorams Stimme, sah hoch und erkannte den dazugehörigen Ausdruck auf seinem Gesicht.

Und nicht nur auf seinem. Auch Rachel und Jezabel sahen nichts anderes als entsetzt aus. Trotz der Dunkelheit konnte sie erkennen, dass alle drei kreidebleich waren.

Beka wollte alles, nur nicht sehen, was sie sahen. Sie drehte sich trotzdem im Sitzen halb um und spürte, wie ihr alles Blut aus dem Gesicht wich. Sie hatte geglaubt, es wäre endlich vorbei, aber das stimmte nicht. Vielleicht war es nie vorbei.

Trotz der nahezu vollkommenen Dunkelheit konnte sie ihre Umgebung zumindest schemenhaft erkennen; gut genug wenigstens, um die Gestalten zu erkennen, die sie in einem weit gespannten Dreiviertel-Kreis umstanden. Keiner von ihnen rührte sich, keiner sprach auch nur ein einziges Wort, und im Grunde waren sie nicht mehr als tiefenlose schwarze Schatten, die mit der Dunkelheit verschmolzen. Aber mehr mussten sie auch nicht sein, um Beka ihre Waffen und Rüstungen erkennen zu lassen und die schwarzen Schläfenlocken.

Es hätten namenlose Gestalten aus der Vergangenheit sein können. Aber es waren Zadkiels Ephraimiten.

Sie war nicht einmal mehr erstaunt, als sie sich wieder umdrehte und den gigantischen schwarzen Engel sah, der aus dem Felsspalt heraustrat und die Flügel spreizte.

»Du dummes Kind«, sagte er, seine Stimme brodelnd vor

mörderischem Zorn. »Du dummes, ahnungsloses Kind! Du hättest niemals das erste Siegel brechen dürfen. Hast du auch nur eine Vorstellung, was jetzt geschehen wird?«

Das hatte sie nicht – und wie auch? –, aber sie spürte, dass es noch nicht vorbei war. Vielleicht hatte es ganz im Gegenteil gerade erst angefangen.

In Zadkiels Hand lag plötzlich ein Schwert, das es einen Sekundenbruchteil zuvor noch nicht gegeben hatte, eine monströse Waffe mit einer gezackten Klinge, die weniger zum Töten als vielmehr zum Schmerzzufügen und Verstümmeln gedacht war. Winzige blaue Flämmchen tanzten auf ihr. Mit einem Ruck hob er die andere Hand und deutete zuerst auf sie und die drei anderen, dann auf die Ephraimiten.

»Ergreift sie! Rivkah krümmt ihr kein Haar, die drei anderen könnt ihr töten.«

Rachel schlug die Hand vor den Mund, und Yoram zog sein Schwert, ergriff es mit beiden Händen und ging mit leicht gespreizten Beinen in einen stabilen Stand, und auch Jezabel zog ihre Waffe.

Wenigstens versuchte sie es. Alles, was sie aus der Scheide zog, war der Schwertgriff. Die Klinge selbst zerfiel in mehrere Stücke, die sich in chromfarben blitzendem Staub auflösten, der auch noch seinen Glanz verlor, bevor er ganz zu Boden gerieselt war.

Und dann war jetzt tatsächlich *jetzt*, und es geschah.

Beka hörte ein schweres Rumpeln und Rollen und erschrak, denn im allerersten Moment glaubte sie, der Berg hätte sich nun entschlossen, auch auf dieser Seite zusammenzubrechen und sie doch noch unter eine Million Tonnen Gestein zu begraben. Aber das Geräusch dauerte an, ohne dass es Steine regnete, und sie identifizierte es als fernes Donnern, das unvorstellbar rasch näher kam und dabei immer nur noch lauter und machtvoller wurde, bis selbst der Boden unter ihr in seinem Rhythmus zu zittern begann.

Dann loderte der erste Blitz, eine dünne grellweiße Linie aus purer Energie, die sonderbarerweise nicht im Boden oder der Flanke des Berges über ihnen explodierte, sondern den Himmel von einem Horizont zum anderen spaltete, und die auch nicht erlosch, sondern blieb; als wäre es ein Riss im Himmel, durch den das Licht einer fremden Sonne drang.

Zadkiels Kopf flog mit einem Ruck in den Nacken. Seine Lippen bewegten sich.

Beka verstand nicht mehr, was er sagte, denn das Donnern war inzwischen zu einem ununterbrochenen, apokalyptischen Krachen und Bersten geworden, das jeden anderen Laut einfach verschluckte und bis in die letzte Zelle ihres Körpers zu spüren war.

Dem ersten Blitz folgte ein zweiter, der sich in den Himmel brannte und gegen alle Naturgesetze blieb, wo er war, gefolgt von einem dritten, vierten und fünften und in immer rascherer Folge immer nur noch mehr und mehr, bis die Wolkendecke zur Gänze in Flammen zu stehen schien, durchwoben von einem gigantischen Spinnennetz aus zischender weißer Glut. Was immer es war, dessen Nahen sie gefühlt hatte, es war da.

Jezabel schrie etwas, das vom Weltuntergangsgetöse kollidierender Kontinente ebenfalls zu einer bloßen Lippenbewegung reduziert wurde, und Yoram ließ sein Schwert fallen, sank neben Beka auf die Knie und schloss sie schützend in die Arme.

Ein weiterer Blitz spaltete den Himmel, explodierte in einer gleißenden Wolke aus Licht auf der Ebene irgendwo vor ihnen. Nur einen halben Atemzug später folgte eine immense Druckwelle, die Beka und die drei anderen nicht einmal zu berühren schien, ebenso wenig wie den Engel. Dafür traf sie jeden einzelnen Ephraimiten mit umso größerer Wucht und riss sie allesamt von den Beinen. Etliche verschwanden einfach in der Dunkelheit, andere wurden mit tödlicher Wucht gegen den Berg geschmettert oder schlitterten hilflos davon, und erschreckend viele blieben einfach liegen und rührten sich nicht mehr. Wer es irgendwie wieder auf die Füße schaffte und noch dazu in der Lage war, suchte sein Heil in der Flucht. Es waren nicht sehr viele.

Genau wie das weiße Gleißen am Himmel erlosch auch der letzte, einzelne Blitz nicht, sondern begann sich zischend und Funken sprühend in den Boden zu brennen, wobei er allmählich noch heller zu werden begann und zu pulsieren anfing. Sein Licht war längst so grell, dass es ihr die Tränen in die Augen trieb und sie wahrscheinlich erblinden würde, wenn sie noch länger hineinsah. Aber sie war einfach nicht in der Lage, die Augen zu schließen, geschweige denn wegzusehen.

Das Pulsieren wurde immer schneller, und jetzt glaubte sie etwas wie einen mächtigen Herzschlag zu spüren, der das Grollen des Donners durchdrang und ihm seinen Rhythmus aufzwang. Dann erfolgte ein letzter, ungeheuerlicher Donnerschlag, und der Blitz erlosch und wurde zu einem weißen Ball aus verzehrender Glut, heller als tausend Sonnen und so heiß, dass der Felsen schmolz, wo er ihn berührte.

Und dann erschien der Reiter.

Weiße Glut gerann zu den Umrissen eines gewaltigen Pferdes, auf dessen Rücken ein nicht minder beeindruckender Reiter saß. Zuerst glaubte sie, es wäre ein Engel, dann erkannte sie ihren Irrtum und sah, dass die gewaltigen Schwingen dem Pferd gehörten. Funken stoben aus dem Fels, wo ihn seine Hufe berührten, und sie hatte das unheimliche Gefühl, Flammen zu sehen, die aus seinen Nüstern quollen.

»Aber wer … was … was ist das?«, stammelte Yoram. Er hielt sie immer noch schützend in den Armen, aber sie spürte auch, wie sehr er selbst vor Angst zitterte.

Ganz langsam kamen Pferd und Reiter näher. Der Blitz war endgültig erloschen, und mit ihm verschwand nun auch die Augen versengende Glut, aus der der Reiter geboren war; ein strahlend weißer Gigant auf dem größten Pferd, das die Welt je gesehen hatte. Alles an ihm war weiß: seine Kleidung, die archaische Rüstung, die er darüber trug, der große Schild an seinem linken Arm und die lederne Schwertscheide an seiner anderen Hüfte. Selbst das schulterlange Haar war von einem so hellen Platinblond, dass es in der Nacht eher weiß wirkte.

Yoram runzelte die Stirn und sah eine Sekunde lang sehr nachdenklich aus, und Beka riss einfach nur ungläubig die Augen auf und starrte die weiße Erscheinung an.

Das. War. Unmöglich!

Aber unmöglich oder nicht, er näherte sich bis auf drei oder vier Meter, hielt an und stieg ab, wobei er die nur halb angelegte Schwinge des riesigen weißen Pegasus benutzte, um elegant zu Boden zu gleiten. Seine Hand schloss sich wie zufällig um den Schwertgriff an seiner Seite.

»Nein«, murmelte Beka. »Das kann … nicht sein.«

»Rivkah?«, fragte Yoram. Dann verbesserte er sich. »Beka?«

Beka hörte ihn nicht einmal. Sie streifte Yorams Hand ab, stand auf, und blieb dann sofort wieder stehen, als der weiße Gigant ihr zwar ein warmes Lächeln schenkte, ansonsten aber an ihr vorbei und auf Zadkiel zuging, um kaum eine Armeslänge von ihm stehen zu bleiben. Wenn er wusste, wozu Zadkiel fähig war, dann schien es ihn nicht zu beeindrucken.

»Du?«, murmelte Zadkiel.

»Ich habe dir gesagt, dass wir uns wiedersehen«, sagte der weiße Reiter. »Es hat lange genug gedauert!«

Zadkiel knurrte, ein wütendes Raubtier, das sich zum Sprung bereit machte. Er hob das Schwert höher, und die blauen Flämmchen wurden zu einer prasselnden Feuersäule, die die gesamte Klinge einhüllte.

»Willst du das wirklich?« Der Reiter deutete mit einer Kopfbewegung hinter sich. Beka sah über die Schulter zurück und erkannte einen zweiten Reiter auf einem geflügelten Pferd, der lautlos aus der Nacht trat, dann einen dritten und schließlich einen vierten. Sie waren kaum mehr als Schatten, aber Beka wusste trotzdem, dass der eine auf einem roten Pferd ritt, der zweite auf einem schwarzen und der dritte auf einem fahlen.

Zadkiel starrte die drei Reiter der Reihe nach und voller unverhohlenem Hass an, dann senkte er das Schwert. Die Flammen erloschen, und die Klinge verschwand. »Bald«, sagte er. »Bald, Morgenstern. Bald.«

Und damit verschwand er ebenfalls. Weder ging er in den Berg zurück, noch entfaltete er seine Schwingen und flog davon. Er war einfach nicht mehr da.

Der weiße Reiter sah die Stelle noch einen Augenblick an, an der er gestanden hatte, dann drehte er sich sehr langsam um und legte den Kopf auf die Seite, um lächelnd auf Beka hinabzusehen. In seinen Augen erschien wieder derselbe gutmütige Spott, der sie von Anfang an so an ihm fasziniert hatte.

»Luke?«, flüsterte sie. »Aber das kann doch nicht … wie … wieso …?«

»Lukas«, verbesserte er sie lächelnd. »Ich habe diese Abkürzung eigentlich nie wirklich gemocht. Hier heiße ich Lukas. Und ich habe dir doch versprochen, dass ich zurückkomme.«

»Aber wie kannst du denn das … du … du bist doch …«

»Tot?«, half ihr Lukas lächelnd aus. »Ja, das war ich. Aber es ist nicht so einfach, uns zu töten.« Er hob die Hand, als Beka etwas sagen wollte. »Ich werde alle deine Fragen beantworten, das verspreche ich dir, aber nicht jetzt und nicht hier. Wir können nicht bleiben.« Der Spott in seinen Augen nahm sogar noch einmal zu. »Außerdem gibt es da noch jemanden, der sich schon lange darauf freut, mit dir zu sprechen.« Und damit sank er auf das linke Knie herab und senkte das Haupt.

Das war übertrieben, dachte Beka, fast schon ein bisschen hysterisch. Und auch ein bisschen albern.

»Ich habe sie gefunden, Metatron«, sagte er.

»Wie hast du mi…«, begann Beka und brach dann mitten im Wort ab, als Jezabel die Augen aufriss und Rachel einen kleinen Schrei ausstieß. Alle, auch Yoram, starrten sie an.

Aber auch nicht wirklich sie.

Jemand stand hinter ihr.

Etwas.

Beka drehte sich mit klopfendem Herzen um, und was sie sah, das war schier unmöglich. Sie weigerte sich schlichtweg, es zu glauben, auch wenn sie zugleich wusste, dass es die Realität war.

»Willkommen zu Hause, Rebecca!«, sagte ihr Vater, während er seine gewaltigen goldenen Flügel auf dem Rücken zusammenfaltete.

Was wirst du tun, um zu überleben?

*Cover- und Preisänderungen vorbehalten

Lukas Hainer

Das dunkle Herz

Roman

ivi, 384 Seiten

€ 16,00 [D], € 16,50 [A]*

ISBN 978-3-492-70472-4

Während einer Gedenkfeier für ihren verschwundenen Bruder wird Anna schwarz vor Augen. Als sie in einer fremdartigen Wüste erwacht, beginnt für sie ein Kampf ums Überleben. Gemeinsam mit dem ebenfalls hier gestrandeten Nick versucht sie, die unwirtliche Wüstenwelt zu ergründen. Plötzlich findet Anna Hinweise auf ihren Bruder – ist es möglich, dass er noch lebt? Nick und Anna folgen der Spur und stoßen auf ein furchtbares Geheimnis, das dieser Ort hütet: das dunkle Herz.

IVI

Leseproben, E-Books und mehr unter www.piper.de/verlag/ivi

ENTDECKE
NEUE WELTEN
MIT PIPER FANTASY
Mach mit und gestalte deine
eigene Welt!
PIPER
www.piper-fantasy.de